4.–

ANTHONY BURGESS

ERLÖSE UNS, LYNX

ROMAN/KLETT-COTTA

Aus dem Englischen übersetzt
von Joachim Kalka

Verlagsgemeinschaft Ernst Klett Verlag –
J. G. Cotta'sche Buchhandlung
Die Originalausgabe erschien 1982 bei
Hutchinson & Co Ltd. unter dem Titel
»The End of the World News«

Gesamtherstellung: Wilhelm Röck, Weinsberg
ISBN 3-608-95216-0

■Für Liana■

Vorwort
▪ John B. Wilson, B. A. ▪

Meinen Pflichten als literarischer Nachlaßverwalter jenes Schriftstellers obliegend, dessen erstes postumes Werk hiermit dem Entzücken vieler Leser, zweifellos der Verblüffung mancher anderer dargeboten wird – Pflichten, weit mühevoller, als ich mir hätte träumen lassen, als ich dieses Amt mit keiner Aussicht auf eine andere als eine rein moralische Entschädigung übernommen habe –, habe ich es mir angelegen sein lassen, solche Manuskripte aufzutun, deren Veröffentlichung einerseits weder seinen Ruf beeinträchtigen, andrerseits seinen Hinterbliebenen wenigstens gewisse Mittel zuführen würde, da diese, wie die Hinterbliebenen der meisten Schriftsteller, der Unterstützung bedürftig waren und sind.

Ich entdeckte eine große Zahl von Manuskripten, einige abgeschlossen und in Reinschrift, andere in äußerst unreiner, ja in der Tat kaum zu entziffernder Rohform, offensichtlich unvollendet oder zuweilen kaum richtig begonnen. Einige der Manuskripte waren musikalischer Natur. Eines bestand aus dreihundert Seiten einer kompletten Partitur mit dem Libretto für Soli und Chor – eine unvollendete Oper in ironisch überhöhtem Puccini-Stil mit dem Arbeitstitel »Der Hamlet von Black Rock«, welche den Stoff der Shakespeare-Tragödie in den Wilden Westen verlegte (Claudius als Besitzer eines Saloons, der einst seinem toten Bruder gehört hat, Hamlet der trauernde Sohn, der von seinem Jurastudium an der Ostküste zurückkehrt, Polonius, der alte Doc mit attraktiver Tochter, das Duell von Laertes und Hamlet: High Noon auf der Hauptstraße, usw.). Ein Zyklus von zwölf Geschichten trug den Titel »Das schlimmtemperierte Klavikel«, offenbar eine Reihe von Versuchen, die Form der Fuge narrativ auszugestalten, oder umgekehrt. Unser Autor – was ihm weder bei der Kritik noch hinsichtlich der Verkaufszahlen etwas eintrug – beschäftigte sich sehr viel mit der Musikalisierung der literarischen Fiktion. Ich erinnere mich gut, wie er mehr als einmal bei der Arbeit vor sich hinmurmelte oder auch schrie: »Kontrapunkt!« Also waren einige der Manuskripte musikalisch-literarisch. Die bei weitem größte Anzahl jedoch war pseudo- oder subliterarisch. Seine Konzentration auf diese Subliteratur, wobei aus dem literarischen Konstrukt alles, was man dichterische Qualitäten nennen könnte, herausfällt, entsprach seiner Erkenntnis der wachsenden Bedeutung der visuellen Medien, insonderheit des Fernsehens. Ein umfangreiches Typoskript – das zu dem Werk, welches Sie nun vor sich liegen haben, aufbereitet wurde – entdeckte ich in einer Einkaufstüte mit dem kühnen Schriftzug UPIM (dem Namen einer berühmten italienischen Ladenkette, welche über Filialen auf der ganzen Halbinsel verfügt), und die Öffnung der Tüte war mit Klebeband verschlossen. Die Lektüre dieses Typoskripts war für mich selbst wie für andere, die ich in der Hoffnung auf Erhellung beizog (da mein eigenes literarisches oder subliterarisches Urteil nicht besonders entwickelt ist), eine stete Quelle der Verwunderung und des Zweifels. Es schien sich – trotz einer doppelten Vereinheitlichung des Ganzen sowohl durch die gemeinsame Type (Olivetti Studio 45) wie durch das verwendete Papier (Gevafax 701) – und die Tatsache der bewußt herbeigeführten Zusammenfügung hier nicht um ein einziges Werk zu handeln, sondern um deren drei. Ein weiterer vereinheitlichender Faktor, der gemeinsame subliterarische Charakter des Stils, war der einzige inhaltliche Hinweis darauf, daß dies als ein einziges Werk intendiert sein mochte, wenn auch die Heterogenität der Inhalte dieser Hypothese entgegenstand. Die Seiten waren unpaginiert.

Auf willkürliche Weise schien hier eine phantastische Geschichte vom Weltuntergang kombiniert mit einer kurzen Biographie Sigmund Freuds, ganz offensichtlich – wie das Überwiegen des einfachen Dialogs und ein Minimum an *récit* zeigt – als Rohmaterial für eine Fernsehserie gedacht, und mit dem Libretto eines Musicals über Leo Trotzkis Aufenthalt in New York im Jahre 1917. (Die Musik für letzteres Projekt fand sich später in ersten Entwürfen, zu verschiedenen Zeitpunkten mit verschiedenen Tinten notiert). Die drei Werke, wenn man sie so nennen darf, sind sozusagen achtlos durcheinandergemischt worden wie Kartenpäckchen, gelegentlich trifft man jedoch auf subliterarische Ansätze einer Verknüpfung, lose eingenähte Fäden, die wie mit wenigen unbeholfenen Stichen die drei Teile zusammenhalten sollen.

Da mir nun die Verantwortung zugefallen war, über die Ratsamkeit einer Veröffentlichung des Werkes bzw. der Werke zu befinden, schien es mir unerläßlich, in den Papieren, welche der Autor nicht – einer periodisch aufflackernden Angewohnheit folgend – vernichtet hatte, nach einem Hinweis auf seine Intentionen zu forschen. In der spinnwebüberzogenen Ecke der Toilette dessen, was man vielleicht des Autors letzte Wohnung (so übertrieben der Ausdruck klingen mag) wird nennen dürfen, stieß ich auf einen Stapel Bücher, eine faszinierende kleine Bibliothek, bestehend aus einem Band der Briefe von Henry James; einer Gedichtsammlung eines gewissen Geoffrey Grigson, von welcher die meisten Seiten herausgerissen und anscheinend einem purgativen Zwecke zugeführt worden waren; einem musikwissenschaftlichen Werk eines gewissen Hans Keller, mit vielen bitter-obszönen Bemerkungen bekrakelt; sowie einer Reihe Paperback-Romane, z.B. »Laßt sie ruhig schreien« von Anthony Powell, »Tod im Négligé« von S. Bellow, »Mein Ballermann« von Paul Bayley. Unter diesen Werken lag ein Notizbuch, das knappe Eintragungen von der Hand unseres Autors enthielt. Eine Seite bestand aus folgenden Notizen:

Algorithmus – die Grundrechenarten, gew. bez. auf eine Reihe von Rechenschr., auch Algorismus

fiddler crab – kl. Krebsart, Genus uca, an amerik. Küsten. Schere (nur eine) stark vergrößert beim Männchen. Auffällige Bew. (»Fiddling«) d. Schere erregt Neugier der Weibch.

Die Seele mag ihren Ursprung der Diktatur verdanken. Der Tyrann nimmt uns alles, so daß wir gezwungen sind, an etwas zu glauben, das uns noch geblieben wäre. Dies nennen wir die Seele. Maurice könnte vielleicht diesen Gedanken entwickeln.

Mikrokosmisches Salz – weiße, lösliche feste Substanz, gewonnen aus menschlichem Urin

Sah ein Photo des vormaligen Präsidenten Carter + Frau im Weißen Haus, spät in der Nacht, wie sie dasitzen, Hamburger essen und fernsehen. Aber, NB.: Sie hatten drei Programme gleichzeitig eingeschaltet. Wohl Frage einer Ersatzmöglichkeit, wenn die Werbung in einem Programm losgeht, da die *late night commercials* bekanntlich am dümmsten u. häufigsten sind. Aber – dies muß das in Zukunft übliche Muster der TV-Rezeption sein. Echter visueller Kontrapunkt. Ist das auch eine mögliche Zukunft des Romans? Bedenk' es wohl, mon vieux.

Mahewu – fermentierter Hirsebrei, in Südafr. von Schw. Afr. als Stimulans verwendet

Magnetic flux density – ach schon gut, ist ja egal, die Welt wird zu verdammt kmplz.

Man kann sich Zeit und Raum aussuchen. Was die Geschichte betrifft, so geht nicht beides, vor allem, wenn man Deutscher ist. Der junge K., ein Deutscher, hält mich eher als sich selbst für fähig, wie ein Nazi zu empfinden, weil ich in der Zeit des Nazismus aufgewachsen bin.

Aaronstab – vgl. Num. 17, 8

Abelmoschus – *hibiscus moschatus*, Kaffeegewürz

to abseil – sich an einem Seil von etwas herunterlassen (z.B. aus Hubschrauber)

Ich habe mich vergewissert, daß in der Tat im letzten Jahre von Präsident Carters Amtsperiode – in vielen europäischen Illustrierten veröffentlicht – ein Bild erschien, welches ihn und seine Gattin beim simultanen Betrachten dreier Fernsehprogramme zeigte. Der Kommentar des Autors zu dieser Prozedur und der hierin für den Roman enthaltenen Möglichkeit gibt uns einen eindeutigen Hinweis auf die Absicht, welche er mit dem Ihnen nun vorliegenden Werk verfolgt hat.

Ein Brief, von dem er eine Photokopie aufbewahrt hatte – er ist an ein Mädchen gerichtet, das er als »Dear Jenny« anredet, offensichtlich eine Studentin an einer amerikanischen Universität –, gibt uns den, wie ich meine, entscheidenden Aufschluß über jene Absicht:

»Die drei wichtigsten Ereignisse aller Zeiten? Mein liebes Kind, das ist zuviel verlangt. Ereignis klingt außerdem zu momentan und überschaubar, zu sehr nach dem Big Bang. Sagen wir: der Augenblick, wo zum erstenmal ein Tiergehirn als Menschenhirn sich erwies, die Vollendung der Erfindung der Schrift, die (lach nicht, es ist mein Ernst!) Abschaffung der Sklaverei im Westen. Nicht gut genug? Vielleicht werden andere von den »Großen Männern«, welchen Du schreibst, sich bessere Antworten ausdenken. Es macht mir keine Schwierigkeiten, das festzuhalten, was ich als die drei wichtigsten Ereignisse des letzten Jahrhunderts ansehe: die Entdeckung des Unbewußten durch Sigmund Freud, die Lehre Trotzkis vom Weltsozialismus, und die Erfindung der Weltraumrakete (physische, im Gegensatz zu nur psychologischer oder ideeller, Überschreitung unserer kotigen Ursprungsheimat). Druck das ruhig in Deiner Studentenzeitschrift ab, wenn Du magst. Dir alles Liebe, Küßchen, Küßchen, so alt ich bin.«

Es scheint also klar, nach diesen dokumentarischen Belegen, daß der Text, welchen Sie nun in Händen haben, den Versuch darstellt, in drei ausgewählten Erzählthemen eine Struktur zu verkörpern, die sich zufällig aus einem Nachrichtenphoto ergeben hat. Die Themen stehen in Zusammenhang durch die einigermaßen exzentrische – so empfinde zumindest ich das – Einschätzung der menschlichen Geschichte durch den Autor. Es wird zweifellos andere, esoterischere Verbindungen geben, die zu entdecken ich den Müßigen und Scharfsinnigen unter den Lesern überlassen muß.

Das Typoskript hatte keinen Titel. Ich leide an Schlaflosigkeit und verbringe lange, moskitodurchsurrte Mittelmeernächte damit, dem Overseas Service der BBC zu lauschen. Jede Stunde, zur vollen Stunde, höre ich die Nachrichtendurchsage, die manchmal mit der Formel schließt: »That is the end of the world news.« Als Titel für sein Buch würde dies dem Schatten meines alten Freundes hoffentlich nicht mißfallen. Auch er war ein Schlafloser, fern der Heimat, und lauschte in seinem Exil der Stimme Englands, wie immer stark verzerrt durch die Störsender der Russen und Albanier, die sich anstrengen, die Wahrheit der Lüfte zu ersticken. Er diente der Wahrheit durch ein lügnerisches Medium. Er schläft nun tief. Wollte Gott, ich auch.

Villefranche 1982

Ein Mittag im März; der mitteleuropäische Himmel hängt nicht nur voll grauer Schlieren, sondern ist durchwimmelt von den Flugzeugen des Dritten Reiches, die in einem drohenden Tanze die ausschließlich edlen Ziele des *Anschlusses* feiern: Ruhe und Ordnung, Uniformität, Schutz vor Gedankenfreiheit, all so was. Wie das Passagierflugzeug zur Landung ansetzte, knipste Dr. Jones mit seiner Kodak ein Bildchen des Flughafengebäudes, mit WIEN auf dem Dach, und dann eines von einer Abteilung Jagdflugzeuge, in herrlicher Symmetrie auf dem Flugplatz aufgereiht. Dann stiegen er und fünf andere Passagiere die niedrigen Stufen hinunter und wurden begrüßt von einer blonden Hostess, einem starken Wind und dem über sie hinwegziehenden Dröhnen von Motoren. Man führte sie zur Abfertigung in ein kleines Gebäude voll kehlig klagender Flüchtlinge, beladen mit Gepäck und der Bedrückung des langen Wartens, ehe sie hinausdürften, und daneben die Witze und das Hohngrinsen uniformierter Beamter. Wimpel mit dem krummen Kreuz baumelten. Adolf als Parsifal lauerte in mystischem Dämmer an der Wand bei der Zoll- und Einreisekontrolle. Ein Beamter mit einer Hakenkreuzarmbinde half dem zuständigen österreichischen Beamten bei der grinsenden Musterung der Pässe. Beim Anblick von Jones' Paß grinste er nicht. Er sagte mit ausgesuchter Höflichkeit auf deutsch:

»Darf man sich erkundigen, warum Sie Wien besuchen wollen?« *(Why Vienna?)*

»Dies«, sagte Jones, »ist das erste Mal, daß ich gefragt werde, WARUM ich nach Wien komme. Ich komme nach Wien, weil ich Wien liebe.« *(First time ever asked* WHY. *Come because like the place.)*

»Sie sprechen gut deutsch für einen Engländer. Ihr Beruf wird hier als Doktor der Medizin angegeben. Was tut ein englischer Doktor hier?« *(Speak good for Englander. Passport says doctor. What does English doctor want here?)*

»Ich bin«, sagte Jones, »kein Engländer. Ich bin Waliser. Ich bin psychiatrischer Berater. Wien ist das Zentrum der psychoanalytischen Bewegung.« *(Welsh. Psychiatric Consultant. Vienna center of psychoanalytical movement.)*

»Nicht mehr. Sie meinen die Schmutzigkeiten von dem Juden Freud. Das überrascht mich, Doktor. Die Waliser sind arisch.« *(Not any longer. Filth of Jew Freud. Surprised at you. Welsh are Aryans.)*

»Arisch«, erklärte Jones und hätte beinahe Arsch gesagt, »ist ein sprachwissenschaftlicher Ausdruck. Ich bin nicht sicher, was Sie unter jüdisch verstehen.« Nur Mut, gleich ist Schluß mit den Untertiteln. *(Aryan a linguistic term. Not sure what mean by Jew.)*

»Hier«, sagte der Beamte mit strahlendem Charme und zeigte seine mit arischem Odol gepflegten Zähne, wobei er einen wuchtigen nationalsozialistischen Stempelhieb auf Jones' Paß führte, »ist nicht der Ort, Sie zu belehren. Vielleicht einmal abends bei einem Bier. Viel Vergnügen bei Ihrem kurzen Aufenthalt im Dritten Reich. Heil Hitler.« *(This not place to teach. Perhaps some evening over a beer. Enjoy brief visit to 3rd R., H. H.)* Fertig.

Jones äußerte lächelnd einen ordinären walisischen Fluch und machte sich auf die Suche nach einem Telephon. Durch die kehligen Klagen hindurch schob er sich zu einer Zelle. Eine laute Rede brach aus den Lautsprechern, es hallte von Heil-Rufen. Er bekam seine Verbindung und begann zu sprechen. Er lauschte. Er sprach. Er sagte »Mut!« und hing auf. Er ging hinaus und winkte ein Taxi mit einer darüberdrapierten Hakenkreuzfahne herbei. Vom Auto aus knipste er mit seiner Kodak Fahnen, jubelnde Massen, Panzer, Straßen über Straßen voller Jubel und Ergebenheit. Der Fahrer konnte seine Anweisungen wegen des Lärms nicht gut verstehen. Schließlich fanden sie sein Ziel: den Internationalen Psychoanalytischen Verlag.

Jungen in Braunhemden schleppten hohe Bücherstapel, die ihnen aus den umklammernden Armen glitten, auf die Straße und beluden damit einen Lastwagen. Ein brauner Hund kratzte sich und gähnte. Jones setzte sich die britische Melone fester und ergriff seinen säuberlich gerollten Regenschirm wie ein Schwert. Er zahlte die Taxifahrt und ging in das Haus. In dem Zimmer, das er betrat, zählten Braunhemdenmänner Geld, das aus einer Schublade hervorgerafft wurde. Andere trugen die Bücherbestände fort. Martin Freud stand hilflos dabei, bewacht von einem untersetzten, wild dreinschauenden SA-Mann mit einer Pistole. Martin war höflich-sanft, verwirrt, schmal; ein gutaussehender Mann mittleren Alters. Jones sagte:

»Was soll das?«

»Ich stehe unter Arrest.«

»Wer sind Sie? Was tun Sie hier?« rief der SA-Mann.

»Ich bin«, sagte Jones, seine Worte sorgfältig wählend, »der englische Vertreter des Internationalen Psychoanalytischen Verlages. Wer Sie sind, weiß ich nicht, ich will es nicht wissen. Was Sie sind, rieche ich von hier aus. Sie machen sich eines Übergriffs schuldig. Dies ist international geschütztes Privateigentum. Verschwinden Sie und nehmen Sie diese kleinen Schmutzfinken mit. Sofort!«

Ungläubig, dann beunruhigt, dann zornig richtete der SA-Mann schließlich seine Pistole auf Jones. »Sie sind auch verhaftet«, schrie er.

»Idiot!« fuhr Jones mit erhobener Stimme fort zu bluffen. »Ich bin britischer Staatsangehöriger. Sie können mich nicht verhaften. Hinaus jetzt mit Ihnen!«

Der SA-Mann stotterte ratlos. »Idiot zu sagen ist nicht erlaubt. Sie beleidigen die Uniform und Sie beleidigen den Führer.«

»Nicht mein Führer, Gottseidank. Los jetzt, raus! Schnell.«

»Nicht doch ...«, stöhnte Martin.

»Ich habe Anna angerufen. Sie hat mir gesagt, was hier los ist. Es ist natürlich hoffnungslos. Wir müssen Euch rausholen, alle. Inzwischen heißt es warten. Und bluffen.« Er wandte sich wieder an den SA-Flegel. »Ich bestehe darauf, mit Seiner Exzellenz, dem Botschafter Seiner Britannischen Majestät zu telephonieren. Er wird es Ihnen schon zeigen, mein Freund.«

Der Schlagetot war amüsiert. Er zeigte seine (nicht mit Odol gereinigten) Zähne. »Das wird Ihnen nichts nützen. Wir sind im Dritten Reich hier. Sie werden's noch lernen.«

»Sie wollen also einem ausländischen Staatsbürger verbieten, mit seiner eigenen Botschaft zu sprechen? Soll das eine einseitige Kriegserklärung sein?«

»Krieg, Ihr kriegt Euren Krieg noch. In die Ecke da drüben! Sie sind verhaftet.«

Jones lächelte mit größter Urbanität und erklärte dem SA-Schwein in melodischem Walisisch, was er sei und was sein Führer und wie sie beide aus dem Arschloch eines Hundes auf die Welt gekommen waren. Ein Bücherstapel erschien, schwankend, in den Armen eines Jungen mit Armbinde und Pickeln. Ein Buch fiel zu Boden und öffnete sich. In kräftigen Farben zeigte es ein Diagramm des menschlichen Gehirns. »Dreckiger Judenrotz!« sagte der SA-Mann.

»Wie geht es Ihrem Vater?« fragte Jones.

Martin zuckte die Achseln und erzählte es ihm.

Als die lauten Schläge gegen die Wohnungstür pochten, ging

Martha Freud selbst, um zu öffnen. Sie war zu alt, um noch das Fürchten zu lernen oder ihre gewohnte höfliche Würde zu verlieren. Als sie die Tür aufmachte und fünf junge SA-Männer vor sich sah, auf deren pickligen Unschuldsgesichtern (sie wußte jedoch, daß es nichts Gefährlicheres gibt als die Unschuld) der Ausdruck drohenden Grimms maskenhaft saß, wie pornographische Umschläge um fünf Bände von Grimms Kinder- und Hausmärchen, da lächelte sie und sagte: »Ja, meine Herren?«

»Wir gehn jetzt hier rein«, sagte der Anführer. Unter seinem linken Auge saß ein nervöses Muskelzucken, vielleicht ein Gnadenzeichen innerer Unsicherheit. Nervös zuckend richtete er eine Pistole auf sie. Der Junge hinter ihm streichelte sein Gewehr.

»Ich fürchte«, sagte sie, immer noch lächelnd, »der Herr Professor empfängt nur einen Patienten auf einmal. Wer von Ihnen möchte ihn denn konsultieren?« Sie drängten stolpernd herein und sie seufzte. »Wenn Sie darauf bestehen. Wischen Sie sich doch bitte die Füße ab.«

Der zweite der Jungen sah sich im Vestibül um, wo Totem-Antiquitäten und Bilder aus der Fülle hingen, die das Arbeitszimmer nicht mehr fassen konnte und wo helles Tageslicht herrschte. »Drekkige reiche Juden«, schlug er vor. Martha Freud sagte:

»Nein, wir sind saubere mittelständische Juden. Deswegen bat ich Sie, Ihre Füße zu putzen.« Der dritte fing an, es reflexhaft zu tun, und wurde vom Anführer angeknurrt: Dummkopf, Vollidiot! Der mit dem Gewehr nahm an der Tür die Haltung eines Wachtpostens ein. Martha Freud sagte zu ihm: »Setzen Sie sich doch bitte auf diesen Stuhl. Dies ist keine Polizeiwache. Niemand in diesem Haus braucht zu stehen, wenn es einen Platz zum Sitzen gibt. Und stellen Sie doch bitte den Gewehrkolben in den Schirmständer. Ich lasse mir mein Parkett nicht zerkratzen.« Der junge Mann, verwirrt und den Tonfall seiner Großmutter im Ohr, gehorchte. »Hier, bitte, meine Herren«, sagte Martha. Sie folgten ihr in das Wohnzimmer.

Sie sahen wienerische bürgerliche Ordnung. Augen und offene Münder drehten sich vergeblich nach obszönen Bildern. Sie sahen eine hübsche Dame, nicht mehr ganz jung, die aufrecht auf einem Stuhl saß und ein großes Buch las – zu sorgfältig gebunden, als daß es ein unanständiges Buch hätte sein können. »Ich glaube, Anna, sie wollen Geld«, sagte ihre Mutter. »Arme Jungen. Das Haushaltsgeld liegt am üblichen Platz.« Anna ließ das Buch sinken, aber ihre Augen schienen noch auf einem inneren Nachbild des Textes zu verweilen. Sie ging zu einer kleinen Porzellanvase auf dem Kaminsims. Ihre

Mutter betrachtete die Jungen mit schmerzlicher Güte. Anna leerte die Vase auf die Seidendecke des runden Tisches. »Würden die Herren«, sagte Martha Freud, »so freundlich sein und sich bedienen?«

»Wir wollen mehr haben«, sagte der Anführer zuckend, während er klirrende Silbermünzen in seine Hemdentasche stopfte.

»Natürlich.« Und Martha ging selbst zum Abbild eines wilden Stammesgottes, der auf der Etagère in der Ecke eine kleine Sparbüchse bewachte. Sie schüttete den Inhalt auf den Tisch.

»Mehr!«

»Ich fürchte, mehr haben wir nicht. Wenn Sie sich bereitfinden könnten, uns einen offiziellen Brief Ihrer Organisation zu bringen, in welchem erklärt wird, wieviel Sie benötigen – welche Organisation es nun auch immer sein mag –, könnten wir natürlich nach mehr schauen. Wir bräuchten dann selbstverständlich eine Quittung.«

Anna begann zu sprechen. Sie sprach in einem leicht belehrenden Ton. »Ist Ihnen klar, daß die Geldgier infantile Züge hat? Sie geht auf das Vergnügen zurück, das das Kleinkind empfindet, wenn es mit seinen eigenen Ausscheidungen spielt. Das Spielen mit den Faeces.« Sie präzisierte ihre Mitteilung. »Exkremente.« Noch präziser: »Scheiße.«

Das brach den seltsamen Bann. »Also!« sagte der Anführer mit einer zuckenden Bewegung. »Fangen wir an. Ein reiches Judenhaus. Reiche dreckige Judenschweine!« Und er ging zielstrebig auf eine Cloisonné-Vase zu, die er – in seiner jugendlichen Unschuld – zu zerbrechen im Sinn hatte.

In diesem Moment kam der Herr des Hauses selbst herein. Er war klein, alt, trug einen sauber gestutzten Bart, litt körperliche Schmerzen; sein Mund sah merkwürdig formlos aus. Die Augen aber waren von großer wilder Kraft. Er sagte nichts. Er schaute nur her. Der Anführer stieß einen leisen Schrei aus, als versenge der Raub in der Brusttasche ihm das Fleisch darunter. Er sagte: »Wir gehen jetzt wieder. Aber wir kommen zurück.« Beim Hinausgehen mußten sie an den Augen des alten Mannes vorüber. Es gefiel ihnen nicht. »Die Gestapo kommt, die schlagen euch zusammen«, stieß der Anführer schluckend hervor, überflutet vom Blick dieser Augen. Niemand begleitete sie zur Tür. Im Vestibül wurde anscheinend etwas von seinem Platz heruntergestoßen. Die Freuds hörten etwas dumpf auf das Parkett plumpsen.

»Wieviel, Anna?« fragte Freud.

»Etwa siebentausend Schilling.«

»Nur für einen Besuch. Mehr als ich je für einen Besuch berechnet habe.« Hinter seinem Rücken hatte er wie eine verborgene Waffe eine Zigarre in der Hand gehalten. Nun schob er sie unter Schmerzen in den Mund, wobei er die Kiefer ärgerlich auseinanderzwängte, indem er mit der freien Hand auf sein bärtiges Kinn drückte. Die Zigarre brannte noch. Er nahm einen Zug und ging qualmend hinaus.

Martin und Jones sprachen jetzt englisch miteinander. Der SA-Schläger hörte ihnen unruhig zu. Der Führer müßte eigentlich die ganze Welt zwingen, die fremden Sprachen abzuschaffen. Die beiden hier konnten gut Deutsch – sie sprachen diese andere Sprache, damit der treue Gefolgsmann des Führers sie nicht verstehen konnte. Er ließ den dreckigen Juden eine Weile in der anderen Sprache reden. Martin sagte: »Es steht nicht allzuschlimm um ihn. Aber Sie werden ihn nie dazu bekommen, Wien zu verlassen. Er spricht von der Zerstörung des Tempels durch Titus; ein Rabbi hat damals, wie er sagt – der Name entfällt mir – die Erlaubnis erhalten, eine Thoraschule zu eröffnen. Er glaubt, hier wird es ebenso sein. Er sagt, die Juden seien Verfolgungen gewohnt. Er begreift offensichtlich nicht das Geringste von den Nazis.«

Zeit, ihn zu unterbrechen. »Nazis. Nazis. Das versteh ich. Sprechen Sie deutsch und hören Sie auf mit dem ausländischen Gequatsche. Und Sie«, zu Jones, »sind Sie auch einer von den dreckigen Juden?«

»Nein, ich bin kein Jude«, sagte Jones mit deutlicher Artikulation und mit Genuß. »Aber Sie sind einer, junger Freund. Sie versuchen es zu verheimlichen. Ich kenne mich aus mit Juden. Seit Jahren habe ich sie studiert. Ich kann an der Form Ihrer Nase und an Ihrer Schädelbildung erkennen, daß Sie Jude sind. Ich werde Ihren Vorgesetzten fragen, ob ich nicht eine Blutprobe von Ihnen bekomme. Ich bin Wissenschaftler, Gelehrter, ich bin Arzt. Ich weiß, daß Sie ein Jude sind, das riecht man doch meilenweit. Wenn es rauskommt, sieht es schlecht aus für Sie.«

Der SA-Schläger bekam einen Wutanfall. Er entsicherte seine Pistole und baute sich mit aufrichtiger Drohung vor Jones auf. Soweit der es verstand, schien er ihn zu fragen, ob er die beschissene Pistole gottverdammt noch mal in seine Hurengurgel gesteckt kriegen wollte. Jones sagte, als die Pistolenmündung näherkam: »Immerzu, tun Sie's doch! Sie werden in die Geschichte eingehen als der Mann, der dem Empire den Krieg erklärt hat. Ihrem Führer wird das zwar natürlich gar nicht gefallen – er wird Sie aufhängen lassen, aber Ihre Fußnote im Geschichtsbuch haben Sie sicher.« Der SA-Mann hörte nicht mehr zu. Er nahm hölzern Haltung an, als sein vorgesetzter Offizier hereingestampft kam, gefolgt von einem Zivilisten, der rauchte und dem die Zigarettenasche auf seinen haferbreifarbenen Mantel bröselte. Der SA-Offizier, ein schiefgewachsener Mann mit einer zornig leuchtenden Warze im Nacken, die sein Kragen nicht ganz verbergen konnte, blickte Jones und Martin streng an und fragte:

»Ihre Namen?«

»Ich bin Dr. Jones, britischer Staatsbürger. Einer von Ihren Männern hier wollte mich verhaften, weil ich versucht habe, das Eigentum eines internationalen Verlagshauses zu schützen. Sie sollten Ihre Untergebenen wirklich ein wenig sorgfältiger auswählen. Dies ist der Sohn von Professor Sigmund Freud.«

Der Offizier begann, seinem Schläger Tritte zu versetzen. »Raus hier, Flachkopf, du lernst mich noch kennen, Esel, benimm dich in Zukunft, du Scheißhaufen!« Das Schwein entfernte sich mit haßerfülltem Blick auf Jones' Grinsen. »Servus«, sagte der Offizier. »Der Herr hier ist der Kommissar, der für die Liquidierung der jüdischen Psychoanalyse in Wien zuständig ist – Dr. Sauerwald.« Dr. Sauerwald spuckte das Korkmundstück seines Zigarettenstummels aus und streckte Jones die Hand hin. Jones behielt eine Hand in der Manteltasche, die andere am Griff seines Regenschirms. Jones sagte:

»Es ist jammerschade. Die Psychoanalyse hat Leben gerettet. Auch das Leben von Nichtjuden.«

»Wir haben gegen eine arische Psychoanalyse nichts einzuwenden«, sagte Dr. Sauerwald. »Nichts gegen Dr. Jung. Die jüdische Schule ist es, die verschwinden muß.«

»Ich verstehe«, sagte Jones. »Nun, da schärfen Sie lieber den Jungs hier ein, daß sie sehr genau hinsehen müssen. Eine Menge arischer Psychoanalyse wird hier unter fröhlichem Gelächter für den Scheiterhaufen aufgetürmt. Schriften von mir zum Beispiel. Verdammter Unsinn!«

Dr. Sauerwald sagte, während er sich blind-achtlos eine neue Zigarette anzündete, zu dem SA-Offizier: »Lassen Sie mich mit Dr. Jones reden. Sie haben doch sicher anderes zu tun. Staatsfeinde zusammenschlagen, beispielsweise.«

»Heil Hitler.«

»Heitler«, sagte Dr. Sauerwald und rauchte. Und zu Martin: »Es ist überflüssig, daß Sie hierbleiben. Danke für Ihräh.« Martin war noch vor dem SA-Offizier durch die Tür. Dr. Sauerwald, die Zigarettenschachtel noch in der Hand, bot Jones eine Zigarette an. Jones grinste traurig auf den Markennamen hinunter: Wahnfreud. Sauerwald zeigte dasselbe traurige Grinsen. »Mad joy«, übersetzte er. Um auf Deutsch fortzufahren: »Eben das, was wir alle in diesem großen Zeitalter der Erleuchtung durch den Nationalsozialismus empfinden. Wahn-Freud? Er erweckt keine solchen Gefühle.«

»Nicht einmal unter den Tausenden, die durch seine Methode von ihrem Wahn geheilt worden sind?«

Sauerwald paffte und verstreute Asche. »Ich habe bei Professor Herzig studiert. Chemie«, sagte er. »Kennen Sie diesen Namen?«

»Ein alter Freund von Freud. Jude natürlich.«

»Hören Sie mir gut zu«, sagte Sauerwald mit einer Dringlichkeit, die seine Zigarettenglut wie eine rote Kohle aufleuchten ließ. »Ich will Ihnen das ganze Ausmaß meines Antisemitismus nicht verhehlen. Ich glaube, die Geschichte wird Adolf Hitler dafür segnen, daß er Macht und Einfluß der Juden zurückgedrängt hat. Ihr eigenes britisches Empire wird von ihnen unterminiert. Sie sind überall. Klug natürlich. Erfinderisch. Und das gehört zu meinen Problemen: Ich bewundere Klugheit und Erfindungsreichtum. Auch sind die Juden großartige Lehrer. Ich bewundere Professor Herzig wie nur irgendeinen Menschen auf der Welt. Aber ich hasse die Juden und ich möchte die gesamte jüdische Rasse vernichtet sehen. Können Sie das begreifen?«

»Nein. Aber ich begreife, glaube ich, was Sie zu tun gedenken. Nun, ich bin gekommen, um im Interesse der Hygiene des reinen Nazi-Wiens Dr. Freud zur Ausreise zu überreden. England wäre wohl bereit, ihn aufzunehmen. Er hat Schüler in England.«

»Wie gesagt, Ihr Empire ist von Juden durchsetzt.«

Jones wurde wütend. »Hören Sie doch um Gotteswillen mit diesem entsetzlichen Blödsinn über die Juden auf! Ich bin in erster Linie für die Verbreitung von Freuds Lehren in England verantwortlich, ich, ein gottverdammter Waliser. Ein Kelte. Aber wenn Sie argumentieren wollen, daß die Kelten alle Juden sind, wozu Ihre Parteianthropologen ja jederzeit in der Lage – Verzeihung. Verzeihung, Verzeihung. Ich weiß, Sie wollen einem großen Mann helfen. Was wird geschehen, wenn er hierbleibt?«

»Konzentrationslager«, sagte Dr. Sauerwald. »Der Tod in einer oder der anderen Form. Aber wenn er hier stirbt, wird der Rest der Welt sagen, er sei umgebracht worden. Das will ich nicht. Es ist eine Geldfrage. Er muß sich den Weg freikaufen. Es gibt die sogenannte Reichsfluchtsteuer–«

»Sie verfügen über einige wirklich reizende Begriffe.«

»–und andere Steuern, Gebühren, Strafzahlungen, freiwillige Abgaben an den Staat. Wieviel Geld hat er?«

»Nicht viel. Aber machen Sie sich keine Sorgen, das Geld kann aufgebracht werden.«

»Hat er Geld im Ausland?«

Jones antwortete nicht.

»Sehen Sie, alle ausländischen Mittel müssen eingezogen werden, bevor wir die Unbedenklichkeitserklärung ausstellen können.«

»Die– wie heißt das? Nein, wiederholen Sie es nicht. Es ist mir schon klar. Auslandsgelder abzurufen kann sehr lange dauern. Jahrelang. Hoffentlich ist Ihnen klar, daß Freud ein sehr kranker Mann ist. Mundhöhlenkrebs. Vielleicht könnten selbst Ihre Machthaber einem kranken Juden zugestehen, daß er in Ruhe stirbt.« Zorn verschlug ihm die Stimme. »Nein, es ist natürlich absurd, so etwas vorzuschlagen. Wir dekadenten Intellektuellen haben manchmal gewisse Schwierigkeiten, bestimmte Neuerungen zu verstehen. Die Idee einer totalen, metaphysisch fundierten Brutalität zum Beispiel. Verzeihung... Was werden Sie tun?«

»Folgendes«, und Dr. Sauerwald spuckte den Zigarettenstummel aus. »Ich werde eine notariell beglaubigte Erklärung ausfertigen, daß er kein Geld im Ausland hat. Hoffentlich glauben sie das. Wir kriegen ihn raus. Als Dank an dieses jüdische Schwein von einem Professor, der der beste Mensch der Welt war.«

»Gott segne Sie, Sauerwald!«

»Wie? Helfe? Haben Sie ›helfe‹ gesagt?«

»Gott helfe Ihnen, ja, das auch.«

Die Bar des Ritz in Paris war beinahe leer. Ein betrunkener Amerikaner an der Theke beklagte sich bei seiner Frau über die Abwesenheit von Ernest Hemingway. »Und wo ist er nun, for Christ's sake? Immer hier zu finden, hat er gesagt. Komm vorbei, sagt er, jederzeit, immer da. For Christ's sake.«

»Vielleicht« (seine Frau zog sich die Lippen mit einem tiefdunklen, beinahe an Trauer gemahnenden Lippenstift nach) »ist er irgendwo in der Arena und tötet Stiere.« Sie war bohnenstangendünn, in Beige.

»Jederzeit, hat er gesagt. For Christ's sake.«

An einem Tisch nahe an einer der Längswände saßen zwei Männer. Der eine war der amerikanische Botschafter in Frankreich, W. C. Bullitt, der andere Graf von Welczek, Botschafter des Dritten Reiches. Graf von Welczek sagte:

»Eine überaus heikle Situation. Möchte Ihr Präsident eine offizielle Note übermitteln?«

»Wohl kaum.«

»Der Führer nimmt eine trotzige, kriegerische Haltung ein. Nichts von Vernunft und Kompromißbereitschaft.« Der englische Akzent war von gepflegter Perfektion. »Der Anschluß Österreichs hat sein Selbstvertrauen ungemein gestärkt. Er würde liebend gern Präsident Roosevelt mit einem Fingerschnippen antworten.« Er schnippte mit den eigenen Fingern: noch zwei Martinis. Bullitt sagte:

»Roosevelt und ich sind alte Freunde. Ich hab ihm nur von Freund zu Freund eine Nachricht geschickt. Es ist keine Staatsangelegenheit. Wir versuchen, bestimmte Vorgehensweisen Ihrer Regierung als– sagen wir, als innere Angelegenheiten aufzufassen. Dazu gehört selbst das plötzliche Schweigen von– nun, von gewissen weltberühmten jüdischen Musikern und Schriftstellern. Aber es gibt eine Rangfolge der Werte. Bestimmte Menschen gehören nicht dem Dritten Reich. Schönberg. Einstein. Auch andersdenkende Nichtjuden – Thomas Mann, Paul Hindemith.«

»Die sind alle davongekommen.«

»*Die* sind alle davongekommen.« Die Martinis erschienen.

»Was erwarten Sie von mir?«

»Lediglich eine angemessene Reaktion auf das Empfinden der Weltöffentlichkeit. Mein Präsident hat bereits ein Telegramm an unseren Geschäftsträger in Wien geschickt. Aber alles, was wir zu erwarten wagen, ist eine mögliche– nun, Großzügigkeit.«

»Von der Gestapo?« Der Graf nippte lustlos. »Mein lieber Bullitt, Wien war schon immer antisemitisch. Die Gestapo ist nur die neue Exekutive der einheimischen Intoleranz. Ihr Geschäftsträger wird nichts erreichen.«

Sie nahmen kleine Schlucke. »Die machen gute Martinis«, sagte Bullitt. Der Amerikaner an der Bar quengelte:

»Jederzeit, hat er gesagt. Frag nur nach Ernie Hemingstein, hat er gesagt, for Christ's sake.«

Bullitts Hand mit dem Martiniglas bebte ein wenig. »Graf von Welczek«, sagte er, »ich nehme an – Sie sind nicht vertraut mit der Bedeutung – der weltbewegenden Bedeutung–«

»Ja–?«

»Ich war in Behandlung, wissen Sie. Bei ihm. Persönlich.« Er verbarg die untere Gesichtshälfte im Martiniglas.

»Das wußte ich nicht, nein.«

»Es ist eine der ganz großen Entdeckungen. Wir waren alle

Kinder, ehe er kam. Er hat die Welt gelehrt, was das menschliche Bewußtsein ist.«

Der Graf sagte säuerlich: »All diese infantile Sexualität.«

»Schockierend, jawohl. Wie die Behauptung, daß sich die Sonne nicht um die Erde dreht. Wie, daß der Mensch mit irgendwelchen Affen verwandt ist.«

»Oh, das alles läßt sich aushalten. Aber– nun, Inzest und Analerotik. Mit der eigenen Mutter schlafen wollen. Den eigenen Vater töten.«

»Ist es nicht wahr?« sagte Bullitt scharf. »Er hat Menschen geheilt, ja? Hat sie gesund gemacht. Wie eine Teufelsaustreibung.«

»Die nationalsozialistische Partei«, sagte Graf von Welczek mit großem Ernst, »wendet sich unnachgiebig gegen jede Form des Aberglaubens.« Er sah Bullitt in die Augen, ohne zu lächeln. Bullitt begann zu lächeln. Der Graf lächelte ganz leise. »Ich werde tun, was ich kann.«

»Jederzeit, hat er gesagt.«

Hoch über der Berggasse, in der Nähe des Hauses Nummer 19, flatterte eine Hakenkreuzfahne. Jones zusammengerollter Regenschirm stieß und stieß weiter vor in die Richtung der Klänge einer Marschkapelle, einherstampfender Schritte, lauter Jubelrufe. Sehr anständig-kräftige Musik, wie ein kalvinistischer Choral, in einem etwas flotteren Tempo. Er marschierte zur Tür von Nr. 19 und klopfte. Ein kauendes Dienstmädchen, den frischen Backen nach vom Lande, ließ ihn herein. Er ging gleich in das Arbeitszimmer, voller Götterbilder und Götzenfiguren und signierter Photographien von Größen, die nun tot oder in Sicherheit waren. Freud öffnete unter Schmerzen und Schwierigkeiten seinen Mund und steckte sich eine Zigarre hinein. Sein Gesicht verzerrte sich kurz.

»Wie ist die neue Prothese?«

»So schlimm wie all die anderen. Eine große, klobige Tür in meinem Mund.« Er zündete sich die Zigarre an und paffte. »Ich gehe nicht. Sie sehen selbst, wie es mir geht. Alt und schwach. Ich könnte nicht einmal in einen Eisenbahnwagen einsteigen.«

»Man könnte Sie hineinheben.«

»Wie ein Kind. Gut. Ich bin im Zug. Und wohin fahre ich dann? Kein Land will Flüchtlinge.«

»Marie Bonaparte wird sich in Paris um Sie kümmern. Ich fahre jetzt nach London zurück, um den Innenminister zu sprechen. Wir gehören demselben Club an.«

»Ihr Freund vom Schlittschuhlaufen?«

»Sie erinnern sich noch daran. Bleiben Sie in Paris, bis wir die Erlaubnis haben.«

»Bei der Prinzessin? Nein, das will ich nicht.«

»Sie werden viel mit dem Packen zu tun haben. All die Götterbilder und Statuetten und Porträts.«

»Ein Soldat verläßt seinen Posten nicht. Und ein Kapitän nicht sein Schiff.«

»Erinnern Sie sich an die *Titanic*?«

»Was ist mit der *Titanic*?«

»Lightoller, der zweite Offizier. Er hat sein Schiff nicht verlassen. Sein Schiff hat ihn verlassen.«

Freud wollte kurz auflachen, doch statt dessen verzerrte sich sein Gesicht zu einer leichten Grimasse des Schmerzes. »Ein neugeborenes Kind im Palast der Prinzessin. Wie Moses. Sie verlangen, daß ich eine Wiedergeburt in Betracht ziehen soll.«

»Fangen Sie morgen mit dem Packen an.«

»Ich will nicht.«

Diesmal pochten nicht nur Schläge gegen die Haustür, auch ein penetrantes Dauerklingeln der Türglocke war zu hören. Martha Freud ging selbst, um zu öffnen. Draußen standen vier Männer in zerknitterten dunklen Anzügen. Der Chef der Gruppe sagte:

»Gestapo.«

»Verzeihung, meine Herren«, sagte Martha. »Dieses Wort sagt mir nichts. Haben Sie etwas zu verkaufen?«

»Geheime Staatspolizei.«

»Oh, Ge-sta-po. Das ist etwas Neues. Ich glaube, das hatten wir nicht, ehe wir befreit worden sind.«

»Befreit? Dürfen wir hereinkommen?« Aber sie kamen so oder so herein.

»Nun, man sagt den Österreichern, sie seien von Schwäche und Dekadenz befreit worden und vom schlimmen Einfluß der Juden. Wenn man bedenkt, daß wir all die Jahre ein schlimmer Einfluß gewesen sind, und es nie geahnt haben. Ja, kommen Sie bitte herein. Aber ich fürchte, wir haben kein Geld für Sie. Diese kleinen Jungen mit den braunen Hemden holen sich immer wieder alles.«

»Sie reden zu viel, gnädige Frau«, sagte der Chef. Er war ein anständig aussehender, gequält aussehender Mann mittleren Alters, etwa wie ein entlassener Schullehrer. »Wir kommen von der Gestapo. Wenn wir wollen, daß jemand spricht, dann stellen wir Fragen.«

»Wie mein Mann, ja, ich verstehe. Er hat viele Menschen vom

Wahnsinn geheilt, einfach, indem er sie sprechen ließ. Sie heißen geheime Polizei, weil Sie den Leuten ihre Geheimnisse entlocken – ist das richtig?«

»Wir tun unsere Pflicht hier, verstehen Sie? Es ist kein Vergnügen für uns, wenn wir Ihr Haus in Unordnung bringen müssen. Aber wir müssen nach Büchern und Papieren suchen. Was gegen den Nationalsozialismus geht, verstehen Sie?«

Martha war jetzt ärgerlich. »Sie werden mein Haus *nicht* in Unordnung bringen«, rief sie. »Ich habe davon gehört, wie Sie alles auf den Kopf stellen, wenn Sie nach irgendwelchem Unsinn suchen. Nein. Dies ist immer ein ordentliches Haus gewesen. Es ist meine Pflicht und meine Freude gewesen, es für meinen Mann sauber und ordentlich zu halten. Hier gibt es keine Broschüren gegen den Nationalsozialismus. Wir hatten von euch kaum gehört, ehe ihr mit all euren lächerlichen Fähnchen in unsere Stadt gesprungen kamt. Ich muß die Herren bitten, zu gehen.«

Sie lächelten nicht. Der Chef sagte: »Broschüren, ja? Sie wissen also über Broschüren Bescheid. Ihr Mann war Mitglied in einer jüdischen Geheimgesellschaft, nicht wahr?«

»Er war Mitglied im B'nai B'rith-Verein, wenn Sie das meinen. Ein Verband jüdischer Herren. Dort hat er gelegentlich Vorträge gehalten. Nun hat er Mundhöhlenkrebs und kann nicht mehr gut reden.«

»Vorträge gegen die Nationalsozialisten?«

»Die Nationalsozialisten gab es noch gar nicht, als er seine Vorträge hielt. Er hat über das menschliche Bewußtsein geredet, und das hat mit dem Nationalsozialismus nichts zu tun.«

Der zweite, der das Aussehen eines Metzgers hatte, aber beim Sprechen lispelte, sagte: »Meinen Sie das als Beleidigung, Gnädige Frau?«

»Was soll das heißen, eine Beleidigung? Ich sehe keine Beziehung zwischen der Politik und dem Studium des menschlichen Bewußtseins.« Sie wußten nicht genau, was sie hiervon halten sollten. Sie sahen einander an. Der Chef zuckte die Schultern und sagte:

»Wir fangen jetzt an.«

Im Wohnzimmer überprüften sie die Titel der Bücher auf den Regalen; sie lasen die Namen auf den Rücken laut ab, dann warfen sie Bücher zu einem Haufen auf den Orientteppich. Goethe. Schiller. *Three Men in a Boat. Alice in Wonderland.* Schnitzler?

»Schmutzfink! Aber nicht subversiv.«

Martha rang die Hände und sah hilflos zu. Ihr Mann und ihre

Tochter waren nicht da, diese entsetzlichen Männer mußten das gewußt haben, o, wann würden sie zurückkommen? Sie kamen zurück, als die Gestapo über die Bibel diskutierte. Die Bibel war jüdisch. Das Problem mit der Bibel war nie eindeutig geklärt worden, ähnlich wie bei Shakespeare, obwohl bei Shakespeare immerhin klar war, daß er Antisemit war. Luthers Übertragung war anscheinend in Ordnung, Luther war ein deutscher Arier, aber diese Bibel hier war in englischer oder möglicherweise niederländischer Sprache. Freud und Anna traten in Straßenkleidern ein. Freud musterte die Gestapo mit einem Blick mosaischen Unwillens, aber ohne Überraschung. Die Gestapo interessierte sich sogleich für Anna.

»Diese Frau–?«

»Diese Dame«, sagte Freud, »ist Fräulein Anna Freud. Meine Tochter.«

»Sprechen Sie lauter. Sie sprechen undeutlich.«

»Die Prothese in meinem Munde bittet um Entschuldigung.«

»Ich glaube«, sagte der Chef, »es ist unnötig, weiterzusuchen. Wir werden statt dessen diese *Dame* mit ins Hotel Metropol nehmen.«

»Das Gestapohauptquartier«, sagte Anna. Ihre Mutter stieß einen klagenden Schrei aus. »Diese *Frau* wird mit Ihnen gehen, wenn Sie es wünschen. Aber bitte sprechen Sie nicht davon, mich ›mitzunehmen‹, ich bin kein Paket.«

Freuds Sprache hatte sich schrecklich verzerrt. »Nlehmen Sie mlich«, sagte er. »Sie weiß nlichts. Ich blin der grloße Sünder wider die Ethik des Nlationalsozialismus.«

Der zweite Mann ergriff Annas Arm, aber die schüttelte seine Hand schulterzuckend ab.

»Wlas wlünschen Sie von mlir? Daß ich öffentlich mleine Verbrlechen bereue?«

»Ich habe von Ihrem Hauptquartier gehört«, weinte Martha. »Dort foltern Sie Menschen. Warum mußtet Ihr in unsere Stadt kommen? Warum könnt Ihr anständige Menschen nicht in Ruhe lassen?«

»Wollen Sie eine öffentliche Krleuzigung? Ich bestehe darauf, daß Sie mlich mlitnlehmen. Lassen Sie mleine Tochter in Frlieden. Sie arlbeitet mit Kindern, sie tut nur Gutes.«

»Mach dir keine Sorgen«, sagte Anna. »Kommen Sie«, und sie schickte sich an, vorauszugehen. Freud hob die Rechte gen Himmel. Die Geste wurde scherzhaft mißdeutet:

»Heil Hitler!«

Sie gingen. Martha schluchzte. Freud schloß sie zitternd in die Arme.

Der Korridor, wo man Anna warten ließ, lag unter der Erde, erleuchtet von schwachen kleinen Lämpchen hinter Drahtgeflecht. Bei den Wartenden war allgemein, dachte Anna, die jüdische Physiognomie erkennbar, wenn es auch Raum gab (Mischehen, gewaltsame Zeugung durch Kreuzfahrer) für blonde, stumpfnasige Ausnahmen. Fast alle Juden, die auf den langen Bänken warteten, waren vom Typus der *Stürmer*-Karikaturen. Schade. Ein Angestellter kam aus einem Büro, er pfiff vor sich hin. Aus der einen Augenblick lang geöffneten Tür drang leidenschaftliches Weinen. In der Ferne hörte man drei kreischende, tierische Aufschreie, dann Stille. Der Jude, der neben ihr saß, sagte:

»Schon drei Stunden. Worauf es ankommt, ist: sich keine Sorgen machen. Sie wollen, daß man sich sorgt. Daß man Angst hat. Kennen Sie die Geschichte von den beiden Juden vor dem Erschießungskommando? Noch ein letzter Wunsch? fragt der Hauptmann. Ja, sagt Isaak, eine Zigarette. Und du? fragt der Hauptmann den anderen. Esau spuckt ihm bloß ins Gesicht. Ach Esau, ruft Isaak, warum mußt du uns wieder in Schwierigkeiten bringen?«

»Eine gute Geschichte«, sagte Anna. »Und ermutigend.« Sie stand auf und ging zur ersten Tür des Korridors. Sie machte sie auf und ging in das Zimmer. Drinnen saßen hemdsärmlige Männer und bearbeiteten Akten. Sie sagte laut und deutlich: »Ich habe zu tun. Wie lange soll meine Zeit hier noch verschwendet werden?«

Nach der Stille des ersten Schocks erfolgten verschiedene verbale Reaktionen. Raus hier an deinen Platz Judenweib warte bis du dran bist Schlampe wärst nicht so ungeduldig wenn du wüßtest was wir mit dir machen werden! Anna sagte:

»Wenn ich verhört werden soll, fordere ich, daß man mich jetzt verhört. Zum Verhör bin ich hierhergebracht worden. Warum werde ich also nicht verhört? Ich möchte dieses Verhör, das mich meine Zeit kostet, hinter mich bringen.«

Ein fülliger Mann, der eine Zigarette mit seidig-langem Aschenkegel rauchte, kam herein. Die anderen hielten rasch den Mund: hier kam jemand, der über Autorität verfügte. Er war nicht in Hemdsärmeln. Er betrachtete Anna mit großer, selbstsicherer Dreistigkeit und sagte: »Sie sind–?«

»Anna Freud. Zum Verhör hierhergebracht.« – »Worüber?«

»Es gibt nur ein einziges Vergehen, oder? Ich nehme an, ich bin eine Staatsfeindin.«

»Gehen Sie nach draußen«, sagte der Mann. »Sie werden gerufen, wenn man Sie brauchen kann.«

»Jetzt. Meine Patienten brauchen mich. Ihre Behörde ist viel zu leichtfertig.«

Dieses Adjektiv mußte erst bewältigt werden. Es war noch nie zuvor auf die Gestapo angewandt worden. Leichtfertig! Das Wort führte dazu, daß man sie in ein inneres Büro schleppte, wo ein hochrangiger Beamter geschäftig rauchte und vorgab, über einer Akte nachzudenken. Über dem Kamin hing Adolf und schien sein Gesicht wegen eines schwachen, aber durchdringenden schlechten Geruchs zu verziehen. Leichtfertig! »Anna Freud«, sagte Anna, »zum Verhör hierhergebracht.« Der füllige Mann, der sie hergeführt hatte, schüttelte seinen Kopf über die Leichtfertigkeit der Welt und ging. Anna setzte sich auf den Holzstuhl vor dem Schreibtisch.

»Sie werden stehenbleiben.«

Sie stand auf. »Ja, vielleicht haben sie recht. Ich darf mich hier nicht erst niederlassen. Verzeihen Sie meine Ungeduld. Ich habe zu arbeiten. Können wir anfangen?«

»Freud.« Der Name hatte ein Echo ausgelöst. Der Gesichtsausdruck Hitlers über dem Kamin besiegelte den üblen Geruch des Namens. »Tochter des? Frau des? Schwester des?«

»Ich bitte Sie. Er ist ein alter Mann, das wenigstens sollten Sie wissen. Tochter.«

»Sie machen dasselbe wie er? Arbeiten mit ihm?«

»Mit Kindern, ja.«

»Mit Kindern.« Hitler schaute angewidert drein. »Sagen Sie mir etwas über das, was Sie da machen.« Das dünne Beamtengesicht war lüstern.

»Ich heile Angst, antisoziales Verhalten, Hysterie – interessiert es Sie wirklich?«

»Ich weiß schon genug. Ich weiß, daß die schmutzigen Erfindungen Ihres Herrn Vaters pervers sind, eine Scheußlichkeit. Ein jüdischer Versuch zur Verderbnis der kindlichen Unschuld. Kinder, die über das Geschlechtsleben Bescheid wissen – die sich in die Mutter verlieben und den Vater töten wollen.«

»Die Wahrheit«, sagte Anna, »ist immer schmerzhaft. Bis wir uns an sie gewöhnen. Aber die Wahrheit hat nichts zu tun mit Schmutz und Verderbnis. Ich bin, wie ich annehme, hierhergeholt worden, um ein vernünftiges Gespräch zu führen. Wollen wir reden, oder wollen Sie mich foltern?«

Das Telephon summte. Der Beamte gab ihm ein »Ja« und ein

»Guten Tag«. Am anderen Ende wurde in dringlichem Tonfall gesprochen. Er sagte immer wieder »Ja«, während seine Augen Anna musterten, von ihrem ordentlich frisierten schwarzen Haar zu den Ohrringen, von einer Schulter unter dem braunen Mantel zur anderen. Als er sein letztes »Ja« gesprochen und den Hörer aufgelegt hatte, sagte er zu ihr:

»Sie brauchen sich nicht einzubilden, Fräulein, daß diese ausländischen Einmischungen Ihnen oder Ihrer Familie irgendwie nützen werden. Im übrigen sprechen diese Leute ein sehr schlechtes Deutsch.«

»Die Amerikaner?«

»Der Geschäftsträger, chargé d'affaires – lächerlicher ausländischer Titel. Ausländische Juden stecken ihre langen Nasen in die Angelegenheiten des Dritten Reiches.«

Von weitem hörte man einen plötzlichen Schrei, dessen scharfer Beginn in ein Wimmern verebbte. Der Beamte sog ihn genüßlich wie Tabakrauch ein. Anna wurde starr. Dann sagte sie:

»Angelegenheiten des Dritten Reiches, ja.«

»Für den Augenblick steht es Ihnen frei, zu gehen. Aber Sie werden morgen wiederkommen. Und übermorgen. Und den Tag darauf. Kommen Sie früh.«

»Zum Verhör?«

»Sie können es so nennen. Sehr, sehr früh. Jetzt gehen Sie.«

Sie ging, ungewohnterweise, in eine Bierstube und bestellte sich ein großes Dunkles; ihr Durst brannte. Ein Orchester spielte die »Morgenblätter« von Strauß. Braunhemden lachten und amüsierten sich, eine Nase aus dem *Stürmer* wurde in eine Portion Schlagobers gestoßen – nein, nein, aber es hätte geschehen können. Beim Hinausgehen traf sie auf der dunklen Straße den Geschichtenerzähler aus dem Korridor unter der Erde. Er hinkte und war sehr schmutzig. »Sie haben Sie gehen lassen?«, sagte sie.

»Zunächst einmal. Sie haben keinen Sinn für Humor. Ich habe ihnen die Geschichte erzählt, wie Hitler ruft: Wer sind die Feinde des Deutschen Reiches? Und Jakob Bernstein antwortet: die Radfahrer. Warum denn die Radfahrer? ruft Hitler. Und Jakob sagt: Warum die Juden?«

»Ein Witz meines Vaters.«

»Sie fanden es nicht komisch.« In seinem Lächeln saß geronnenes Blut. Anna lief davor weg nach Hause.

Das Eßzimmer schien um den Mittelpunkt eines überquellenden Aschenbechers herum umgestellt worden zu sein. Ihr Vater war vor

Nikotin feucht und braun. Er umarmte Anna und rief wieder und wieder: »O mein Gott!«

»Wie viele hast du geraucht?«

»Achtzehn, zwanzig, ich hab sie nicht gezählt. O mein Gott. Was haben sie dir angetan?«

»Mir – nichts, noch nicht. Sie haben gesagt, ich soll morgen wiederkommen.«

»Und gehst du wieder hin?«

»Natürlich nicht.«

Ihr Vater nickte grimmig, zufrieden. Ihre Mutter kam aus der Küche; sie umarmte Anna nicht. Stattdessen heulte sie: »Die Schande. Die Schande! Dein Vater raucht sich zu Tode. Noch niemals hat er im Eßzimmer. Alles ändert sich. Das Essen ist fast soweit.«

»Wenn man bedenkt«, sagte Freud, »daß ich gezögert habe. Zu denken, daß ich so fürchterlich unschuldig war. Ich, der Spezialist für Schuldbewußtsein. Wir verlassen Wien.«

»Nun«, sagte Anna, »du hast Wien immer gehaßt.«

»Ja, ich habe mein Leben damit verbracht, es zu hassen. Ich werde jetzt wohl weinen. Wer kann sagen, daß er irgendetwas vom Menschenherzen weiß? Wird je auch nur der geringste der menschlichen Widersprüche gelöst werden?«

»Du hast Schmerzen, Vater. Ich nehm dir deine Prothese heraus. Sie ist den ganzen Tag nicht gereinigt worden.«

»Ja«, sagte er erregt, »nimm sie heraus, für immer, wirf sie fort! Was nützt sie mir? Zum Essen bekomme ich ein weiches Ei, das mir durch die Nase wieder ausläuft. Ich wiehere wie ein Pferd, wenn ich zu sprechen versuche.«

»Du hast zu viele Zigarren geraucht, Vater. Du weißt, das macht dich nervös.«

»Werde wieder zum Kind. Hilflos.«

»Setz dich hin«, sagte Martha. »Mach die Zigarre aus. Ich bringe das Essen.«

»Eine undankbare und heimtückische Stadt.«

Vogelsang, Sonnenlicht, Geißblattduft. Das Fenster des Arbeitszimmers weit geöffnet für den Wiener Sommer. Das Zimmer selbst kahl ohne seine Götter und Dämonen. Freud, am Schreibtisch, blies Zigarrenrauch zu Dr. Sauerwald hinüber. Sauerwald, der einen leichten Sommeranzug trug, öffnete seine Aktentasche und zog ein Dokument hervor. Er sagte:

»Für die Verzögerung kann ich nichts. Ich habe alles Erdenkliche getan –«

»Um die Angelegenheit zu beschleunigen, ja. Aber für mich gab es nie einen Anlaß zur Eile. Es waren die anderen. Die meisten haben, Gottseidank, das Land jetzt verlassen. Ich fürchte, andere meiner Familienangehörigen müssen bleiben und leiden.« Er warf, ganz Moses, Sauerwald einen scharfen Blick zu.

»Aber Sie selbst«, sagte Sauerwald, »Sie müssen zugeben, daß man Sie – nun – doch in Ruhe gelassen – mit Respekt behandelt hat –«

»Eine Hakenkreuzfahne weht über dieser Wohnung. Schlägertrupps haben mir Besuche abgestattet, in Uniform und in Zivil. Mein Sohn und meine Tochter sind von der Gestapo belästigt und bedroht worden. Meine Bücher verbrannt. Die Wissenschaft vom menschlichen Bewußtsein ist zerstört. Juden sind gedemütigt worden, gefoltert, in Arbeitslager geworfen, ausgerottet. Der Prozeß der Vernichtung der Juden ist zum Teil mit meinen eigenen mir abgepreßten Mitteln finanziert worden. Ruhe, Respekt – ja, natürlich.«

»Jones, nehme ich an, Dr. Jones – hat mit Erfolg–«

»Die Engländer lassen mich ins Land, ja. Die Engländer haben nur äußerst vage Vorstellungen davon, was denn ein Jude ist. Sie sind sich nicht ganz sicher. Eine der Stärken Ihrer Partei liegt in ihrer absoluten Sicherheit, was denn Rasse ist, Wissenschaft, Kunst, das wünschenswerte Leben. Was für einen Unsinn haben Sie nun in der Hand – geben Sie her und bringen wir's hinter uns.«

»Nur eine Formalität, Sie müssen das verstehen. Die letzte Bedingung für eine Ausreiseerlaubnis.«

Freud nahm das Dokument an sich und las es durch einen Rauchschleier hindurch. »Du lieber Gott – ›bin von den deutschen Behörden und insonderheit von der Gestapo mit jeglicher Rücksicht im Hinblick auf meine wissenschaftlichen und schriftstellerischen ... Daß ich in voller Freiheit leben und arbeiten konnte ... Habe nicht den geringsten Grund zu irgendwelchen Klagen ...‹ Also legen Sie sich doch noch einen Sinn für Humor zu.«

Sie schauten einander ausdruckslos an. Sauerwald zuckte die Schultern. Er sagte: »Ich kann Sie natürlich nicht zur Unterschrift zwingen. Aber ich muß Sie darauf hinweisen–«

»Ja, ja, ja. Nun, von uns Juden erwartet man ja, daß wir Lügner und Heuchler sind, es paßt also alles zusammen.« Er nahm seine Füllfeder vom Schreibtisch. Dann grinste er Sauerwald entsetzlich an. »Darf ich etwas hinzusetzen?«

»Ich bedaure, das dürfen Sie nicht. Sie dürfen an einem auf höchster Ebene vorbereiteten und genehmigten Dokument keinerlei Änderungen–«

»Ich will nur eines hinzufügen«, sagte Freud, der bereits schrieb. »›Ich kann die Gestapo bestens weiterempfehlen.‹ Und nun mein furchtbarer Name, der die Archive des Nationalsozialismus beflekken wird.« Das Grinsen war nicht gewichen. Sauerwald ergriff hastig das Dokument und ging.

Die Freuds nahmen den Nachtzug. Man mußte den alten Mann die hohen Stufen des Eisenbahnwagens hinaufheben, wie ein schweres Gepäckstück. Ein paar junge SA-Männer mit Gewehren lachten. Freud hörte das Gelächter. Von der obersten Stufe aus fluchte er ihnen mit seinen Augen. Es war ein langer Fluch. Sie stolzierten ungerührt weiter. Der Fluch eines alten Mannes, der in einen Zug gehievt wurde.

Um drei Uhr morgens erreichten sie die französische Grenze. Der Zug hielt. Sie warteten. »Neunundsiebzig Jahre«, sagte Freud, nicht zum ersten Mal, nicht zum letzten Mal. Zwei flotte junge Zollbeamte betraten das Abteil. Freud zündete sich eine Zigarre an.

»Rauchen verboten. Dies ist eine Amtshandlung.« Anna reichte die Papiere hinüber. Freud fluchte hörbar auf Englisch vor sich hin. »Verzeihung, ich habe nicht verstanden, was Sie sagten.« Freud räusperte sich und spuckte aus.

»Diese verdammte Prothese.«

»Sigmund«, sagte Martha, »mach uns jetzt keine Schwierigkeiten.«

Anna grinste traurig.

»Alles in Ordnung. Heil Hitler.«

»Darf ich jetzt rauchen?« Doch sie waren schon weg.

»Sind wir frei?« fragte Martha. »Keine Nazis mehr?«

»Keine Nazis mehr. Kein Wien mehr. Neunundsiebzig Jahre ... Eine undankbare, heuchlerische, antisemitische, bigotte, bösartige, frivole, stupide, brutale, verabscheuungswürdige Stadt. Nie wieder Wien.« Aber seine Augen standen voller Tränen. Anna begann einen billigen Unterhaltungsroman, auf englisch und voller Abenteuer, zu lesen.

All dies, Kinder, hat sich vor langer Zeit zugetragen – ihr müßt also entschuldigen, wenn ich mir nicht bei allen Einzelheiten ganz sicher bin. Aber das Datum und der Ort stimmen auf jeden Fall. Es war der 18. Dezember, der letzte Tag, der letzte Abend, des Schulhalbjahres, und die Hitze war – der Jahreszeit entsprechend – beträchtlich. Die Schule führte ihr Krippenspiel im Freien auf. Etwa dreihundert Eltern und Kinder saßen auf Plastikstühlen auf dem Hof der St. Beda-Grundschule von Nowra in New South Wales, und sahen zu, wie Jack Tamworth, Joey Warwick und Bertie Domville als Hirten auf dem Felde des Nachts ihre Herde hüteten. Ihre Bühne bestand aus ein paar Brettern, die über Böcke gelegt worden waren; der Himmel, unter dem sie lagen, war echt. Das Kreuz des Südens störte ein wenig: von Palästina aus dürfte es eigentlich nicht sichtbar sein. Aber die drei Jungen hörten sich an wie richtige Schäfer. Mr. Lithgow, der Englischlehrer, der den Spieltext verfaßt hatte, hatte für sie authentischen australischen Schafhirtenslang vorgesehen.

»Wer soll denn der Sportsfreund da drüben sein?« fragte Joey Warwick.

»Richtiger kleiner Kälbchensmelker«, sagte Bertie Domville.

Ronald Birchip, einer der älteren Schüler, kam als Engel Gabriel mit Flügeln und Nachthemd auf sie zu, barfuß auf den knarrenden Brettern. »Seid mir gegrüßt, ihr gesegneten Hirten«, sagte er und hob die Hand zum Gruß der australischen Labour Party.

»Hört sich an wie so'n Scheiß-Tommy«, bemerkte Jack Tamworth.

»Habt ihr nicht den Stern gesehen, der sich im Osten erhebt?« sagte Ronald Birchip und deutete energisch in Richtung San Francisco. »Das ist ein Zeichen. Großes Geschehen in den Himmeln hat ein wundersames Feuer geboren, und dieses strahlt heute nacht über einem kleinen Stalle, wo der Friedensfürst, selbst ein feuriges Wunder, von einer Jungfrau geboren werden soll.«

»Was ist das, 'ne Jungfrau?« fragte Joey Warwick.

Mr. Maitland, der Rektor, drehte sich stirnrunzelnd nach Mr. Lithgow um. Mr. Lithgow war im Interesse einer realistischen Darstellungsweise doch etwas zu weit gegangen. Dies war schließlich, verdammt noch mal, eine feierliche Angelegenheit. Aber Gerald Bathurst, Reporter für den *Wagga Wagga Sentinel,* Segler mit einer kleinen Jacht und ehemaliger Kopilot sowie Gewinner eines Fernsehquiz' über Astronomie auf Kanal 37, sagte zu Lithgow: »Jesus, das ist jetzt aber ein Zufall!«

»Was ist ein Zufall?«

»Da steht tatsächlich ein neuer Stern im Osten. Da, schau!«

»Ich seh überhaupt nichts.«

»Gott hat wirklich Sinn fürs Schaugeschäft, man muß es dem alten Arsch lassen. Schau doch hin, Mann! Ein verdammt großer Stern im Osten, gottverdammt!« Ein Teil des Publikums machte Pschhht.

»Siehst du das denn nicht?«

»Bist du ganz sicher, daß du noch richtig siehst?«

»Betrunken, ich? Von drei Glas Bier und einem rostigen Nagel? Ich kenne den Himmel. Ich seh ihn mir schon lange an, weißt du doch. Ich würde viel lieber statt einer –Ologiespalte eine mit –Onomie für den Wisch schreiben, aber es interessiert sich ja kein Schwein dafür.«

Schhhhhh! Psssssst!

»Hören Sie mal«, sagte Mr. Maitland. »Es handelt sich hier um ein heiliges Fest, ja?«

»Ein Knüller«, sagte Bathurst. »Ein himmlischer Knüller. Ich geh besser und.« Er trat der dicken Dame neben sich auf den kleinen Zeh. Auu!

Pschhhht!

»Ich seh da überhaupt nichts«, sagte Lithgow.

Ob er's nun sehen konnte oder nicht, Jungs und Mädels, es war endlich für sein bloßes Auge erkennbar und für alle bloßen Augen der südlichen Hemisphäre. Lynx. Lynx. Ursprünglich hatte man gedacht, es handele sich um einen Asteroiden oder kleinen Planeten. Die Lücke zwischen Mars und Jupiter war, wie man schon lange wußte, voller kleiner Planeten, Fetzchen himmlischen Nonsens', die um die Sonne kreisten. Die meisten rund, viele klein. Manche aber auch wieder gar nicht so klein und manche durchaus nicht rund. Es gab einen, der war mehr als hundert Kilometer lang und hatte die Form einer Dose Toilettenreiniger. Hektor. Etliche hatten anständige klassische Namen (wie Toilettenreiniger) – Ajax, Herkules, Vesta, Juno. Einige Namen jedoch waren durchaus un-klassischen Ursprungs: Viktoria, nach einer alten Kaiserin von Indien; Brucia, weil der Entdecker seine Entdeckung mit einem Teleskop gemacht hatte, das von einer gewissen Miss Bruce gestiftet worden war; Marilyn, nach irgendjemandes Tochter. Nach dem ersten großen Krieg des Zwanzigsten Jahrhunderts hatte ein amerikanischer Unterstützungsfonds der Sowjetunion durch eine Hungerkrise hindurchgeholfen, und sowjetische Astronomen hatten im Gegenzug einen Kleinplaneten entdeckt und ihn nach der American Relief Administration ARA genannt. Weil stets eine Anzahl Astronomen ihre Fernrohre auf diese Himmelslücke zwischen Mars und Jupiter gerichtet hielten und aufpaßten wie– nun, deshalb jedenfalls wurde Lynx entdeckt. Manche Astronomen verachteten die Asteroiden und nannten sie das Ungeziefer des Firmaments. Andere aber widmeten diesen kreisenden Klümpchen Abfall ihr Leben.

Es gab zwei Männer – einer in Florida, CDA, der andere in Lilienthal, Europa (Teutophone Zone)–, die beide für sich in Anspruch nahmen, Lynx zuerst gesichtet zu haben. Der Amerikaner, der Lynch hieß, wollte den Asteroiden Lynchia genannt haben. Schließlich gab es bereits Kleinplaneten mit Namen wie Pickeringia, Blenkinsopia, Piazzia und Gaussia. Der Teutophone berief sich auf dieselben Präzedenzfälle bei seinem Wunsch, der neuentdeckte Himmelskörper solle Marxia heißen. Der Planetare Astronomische Hilfskongreß (PAH!) hieß beide sich einem Kompromiß unterwerfen: der neue Asteroid wurde Lynx genannt. Marx plädierte vergeblich für »March«. Lynx – der Luchs – schien bald eine treffende Bezeichnung zu sein: die Radiosignale, die dem Himmelskörper pulsierend entströmten, klangen irgendwie witternd, schnüffelnd, wie von einer großen Katze, die eine Spur verfolgt. Lynx war, wie wir heute wissen, kein Asteroid. Er war ein richtiger Großplanet, allerdings keiner unseres Sonnensystems. Anscheinend hatte er einen unbekannten, unbenannten Stern umkreist, dessen Ort unklar blieb. Durch irgendeine bizarre Veränderung der Gravitationsverhältnisse war er zum Vagabunden geworden, zum himmlischen Irrläufer. Jene Nacht in Südaustralien brachte die erste, leise schnüffelnde Andeutung einer entsetzlichen Botschaft. Der Planet war so groß wie die Erde, seine Dichte jedoch mindestens zehnmal so groß. Er war beiläufig in den Strom der Erdgeschichte geraten und wollte nun in aller Ruhe diese Geschichte zu ihrem unguten, chaotischen Ende bringen. Die Astronomen wußten von Lynx. Sie wußten das Schlimmste, wenn auch nicht alle bereit waren, es einzugestehen, nicht einmal sich selbst gegenüber.

Gerald Bathursts Peepophonanruf bei Professor Bateman vom Observatorium in Canberra war der erste einer ganzen Reihe. Batemans Sekretärin gab den Anrufern begrenzte und unspektakuläre Informationen. Ein Name und eine vage umrissene Bestimmung. Lynx, ein Himmelskörper in Sektor G476, nun am Beginn einer Periode deutlicher Sichtbarkeit am Südhimmel. In einigen Monaten würde die nördliche Hemisphäre ihn ebenfalls sehen. Er würde in das Gravitationsfeld der Sonne eintreten und dann wieder in die Endlosigkeit davonsausen. Ein kurzes Aufzucken, ein Gastspiel am Himmel. Bateman und sein Gast, Professor Hubert Frame von der Universität Westchester, wußten es besser oder vielmehr: schlimmer.

Sie hatten ihr Abendessen beendet, das für Frame im wesentlichen aus australischem Burgunder und Zigaretten bestanden hatte. Frame war sechzig, von gefährlicher Magerkeit, ein auf seinen brillanten Intellekt und auf eine pathologische Gier nach Tabak geschrumpfter Mann. Er war Uranologe und sein offizieller Titel an der Universität lautete: Koordinator für Raumfahrtstudien. Er war nach Canberra gekommen, um dort die Israel-Godman-Gedächtnisvorlesung zu halten: Frühe Theorien über magnetosphärische Stürme mit Bezug auf Elektronenaktivität. Während des Vortrags hatte er kein einziges Mal gehustet – ein Akt der Willensanstrengung, wie Bateman annahm –, aber nun hustete er wahrhaftig genug. Die Vorlesung, die manchen Hörern vorgekommen war, als bestünde sie aus zu Comic-Sprechblasen geformtem Zigarettenrauch, war gut angekommen. Bateman sagte, wie schon so oft:

»Du solltest nun aber wirklich aufhören. Wie viele am Tag sind es denn jetzt?«

»Achtzig, neunzig. Etwas spät, um vom Aufhören zu reden, meinst du nicht auch?«

Sie saßen in Batemans Arbeitszimmer, einem behaglichen Raum – rotbraune Lederbezüge, mittelalterliche Astrolabien, kleine Fische des Südpazifik von glühenden Farben in mattleuchtenden rhombischen Aquarien, Gruppenaufnahmen, Tiefseetaucher-Sportpreise. »Der Husten muß doch recht enervierend sein.«

»Ich nehme die hier«, sagte Frame und zeigte Bateman ein Päckchen Halspastillen: *Fauch Extrastark*. Die Packung zeigte ein Bild, wie sich ein altes Genie die Lunge aus dem Leib hustete. Frame warf sich drei Pastillen in den Mund und zündete am Stummel seiner alten Cataract eine neue an. »Paßt beides gut zusammen«, sagte er lutschend-paffend und stieß Eukalyptusatem aus wie ein Koalabär. Und dann: »Die Verantwortung des Wissenschaftlers. Wir sind alle schon irgendwann gebeten worden, einen Vortrag mit einem so ähnlichen Titel zu halten. Ich hab es immer abgelehnt. Die Frage ist: was sollen wir ihnen sagen?«

»Wir sagen ihnen, wenn du mit *ihnen* die sogenannten Medien meinst, daß Lynx, wenn er nahe genug herangekommen sein wird, einen signifikanten gravitationellen Einfluß auf die Erde ausüben wird. Sie werden wissen wollen, was das heißen soll, und wir sagen's ihnen. Flutwellen, Erdbeben, Seebeben. Dann schnieft Lynx auf und davon.«

»Aber«, sagte Frame stark hustend, »er kommt brüllend wieder zurück.«

»Ich würde gerne annehmen, daß sich keiner von uns da ganz sicher ist, Hubie.«

»Wir sind uns sicher. Wir sind verdammt sicher. O doch, ja, wir sind sicher.«

»Eins nach dem anderen«, sagte Bateman. »Genug, daß jeder Tag seine eigene Plage habe, oder so ähnlich. Unser erstes Problem besteht darin, die jeweiligen Regierungen davon zu überzeugen, daß sie den Notstand ausrufen müssen.« Er schaute in den Sommernachthimmel hinter den offenen Glastüren hinaus, als er zu der kleinen Hausbar hinüberging, um Kognak zu holen. Die Assoziation war: Notstand, Notfall – Kognak.

»Eine nationale Angelegenheit also«, hustete Frame hervor. »Am Ende wird es zu einer nationalen Angelegenheit. Was man heutzutage eine provinzielle Angelegenheit nennt.« Bateman nickte und goß beiden Kognak ein. Es war australischer Kognak. »Vor französischen Nachahmungen wird gewarnt«, hieß es in der Werbung. Sie wußten beide, in welcher Beziehung es eine nationale oder provinzielle Angelegenheit war. Bateman, der ein bauchiges Glas weiterreichte, in dem es golden floß und schwankte, sagte:

»Die Politiker werden lästig genug sein. Hier können sie niemand anderem die Verantwortung anhängen. Keine Parteienprofilierung. Koalitionsregierungen, was sie gar nicht gerne haben.«

»Sprichst du morgen mit deinem Premierminister?«

»Wer bin denn ich, daß ich mit dem Premierminister reden könnte? Das Ding da droben wird immer größer werden, dann will jemand wissen, was es eigentlich ist, dann gibt es eine Anfrage im Unterhaus, dann geht's an das Wissenschaftsministerium, und dann kommen sie zu mir. Die Anfrage wird natürlich möglicherweise auch gar nicht eingebracht. Keine Zeit für solche Frivolitäten bei diesen ganzen parteipolitisch wichtigen Gesetzesvorlagen. Bei Politikern wird mir übel. Zum Kotzen übel.«

»*Die* sind frivol.« Frame hustete. »Der Vetter meiner armen toten Frau hat die Schwester unseres Präsidenten geheiratet. Ein komplizierter Zugangsweg zum Weißen Haus. Gott führt uns auf geheimnisvolle Weise. Wie es sich trifft, wird der Sohn unseres Präsidenten, Jimmy, in Kürze heiraten – eine sozialpädagogische Beraterin für die Studentinnen an der Militärakademie in West Point. Entsprechende Festivitäten in der Bundeshauptstadt stehn ins Haus. Ich werde auch da sein, als entfernter Verwandter. Jack Skilling wird zwischen

Blumen und kalifornischem Champagner von Lynx erfahren. Zehn Tage noch.«

»Natürlich«, sagte Bateman, »lassen wir da Legrand außer acht. Möglicherweise erzählt er bereits den Reportern vom Weltuntergang. Schlagzeilen in *L'Univers* und im *Figaro* und so fort.«

»Franzosen sind bekanntlich leicht erregbar«, sagte Frame mit einem neuen Schwall von Rauch und Eukalyptus. »Keiner wird ihm glauben. Aber es sollte mich nicht wundern, wenn Burgos in Valparaiso eine Katastrophenpredigt hält. Schließlich müssen sie Lynx dort jetzt gesichtet haben. Du, idiotischerweise habe ich keine Zigaretten mehr. Ich hätte schwören können, daß ich noch ein Päckchen dabeihab. Hast du zufällig–«

Bateman lächelte. Es war ein angenehmes Lächeln: ein fünfundsechzigjähriges Gesicht wie das eines pensionierten Offiziers, seewindsonnengebräunt. Ein Mann in guter Form, stark, kein Bauch, Nichtraucher sein Leben lang; er zog eine Zwanzigerpackung Robotti mit Filter aus der Jackentasche und reichte sie seinem Freund. Sein Freund zerfetzte in seinem manischen Eifer, das Päckchen mit den Nägeln aufzureißen, beinahe den Inhalt. »Danke dir, Joe«, sagte er, als eine Robotti von seinen Lippen wippte.

»Wie wirst du dich durchschlagen?« fragte Bateman lächelnd. »Es wird dort droben keinen Tabak geben.«

Frame runzelte einen Augenblick lang die Stirn, als dächte er, Bateman spräche vom Himmelreich. Dann lächelte er auch und sagte hustend: »Ich geh nicht mit. Ich werde Glück haben, wenn ich überhaupt noch erlebe, wie das Ding fertig wird. Wenn es fertig wird. Wenn man überhaupt damit anfängt. Schon wieder Politik!« sagte er rauchseufzend. »Große Worte. Das Überleben der Rasse in ihren wertvollsten Repräsentanten. Das Problem ist, daß wir die Sprache schon bis zu ihren Grenzen aufgebläht haben – jetzt müßte man erst ein Epos verfassen, um den Arschlöchern klarzumachen, wie entsetzlich das sein wird. Welche Verantwortung da auf jene fällt, die unsere Rasse regieren. *O Milton, lebtest du zu dieser Stunde!*«

»Hat dein Arzt etwas gesagt?« fragte Bateman besorgt.

»Da brauch ich keinen Arzt. Ich weiß es. Ich bin mager, ich bin müde, ich hab neulich etwas rausgehustet. Müde, ja. Sehr müde. Zeit zum Schlafen.«

»Du kannst dann während des Flugs schlafen.«

»Ich meinte das in weiterem Sinn.«

»Ich weiß verdammt gut, was du gemeint hast. Sind deine Sachen gepackt?«

»Ja, bloß noch diese Filme. Der Beweis, der unausweichliche, der unumgängliche.« Bateman reichte ihm den Umschlag, der auf einem kleinen geschnitzten indischen Tisch gelegen hatte. Frame wog ihn in der Hand. »Wir haben immer von unserer Arbeit für die Zukunft geredet. Und das hier ist sie.«

»Der Mensch wird überleben.«

»Warum zum Teufel *sollte* er überleben? Um wessentwillen?«

»Um der Zukunft willen.«

»Zukunft.« Frame hustete das Wort in zwei bitteren Silben hervor. Dann trank er seinen Kognak aus und ging mit dem Umschlag in sein Schlafzimmer. Er packte ihn zwischen seine schmutzigen Hemden und seinen zweiten Anzug. Das Unumgängliche, Unausweichliche. Er war froh, daß er sich zu Tode geraucht hatte. Als er hustend in den zentralen Wohnraum zurückkam, in den alle Zimmer des Bungalows mündeten, stand Bateman bereit, ihn zum Flughafen zu fahren. Er betrachtete düster den wandgroßen Fernsehschirm, auf dem ein riesenhafter Ansager regenbogenglühend das Ende der Nachrichten zelebrierte. Der neue Stern im Osten war ein Geschenk des Himmels, um die Sendung hübsch flockig zu beenden, nach all den gewichtigen Meldungen über Terroristen, Politiker, das Versiegen des Öls, das bevorstehende Ende des Friedens (wie man den langen Waffenstillstand zynisch bezeichnet hatte). Krippenspiel der Schule in Nowra, Weihnachtsstern, alles echt, kein Flitterrequisit. Gerald Bathurst hat als erster angerufen. Da ist er auch schon. Bathurst witzelte herum: noch keine jungfräulichen Geburten in New South Wales bekannt geworden, und wie unwahrscheinlich es war, daß drei Weise aus dem Morgenland eintreffen würden, denn im Osten lag ja schließlich Neuseeland, und traditionell waren die Neuseeländer nun nicht gerade für Weisheit bekannt . . . Bathurst verlosch grinsend und dann räumte der Nachrichtensprecher ordentlich-selbstgefällig seine Papierchen zusammen, und Bateman schaltete den folgenden Werbespot für Schimmerschopf-Shampoo aus. Er führte seinen hustenden Freund zum Auto. Es war eine herrliche antipodische Nacht. Ihre geübten Augen sahen Lynx ein gutes Stück über dem Horizont stehen.

Sie fuhren eine Weile schweigend in die Richtung der Südspitze von Australocity. »Eine Zukunft«, sagte Bateman schließlich, »für Vanessa. Das scheint dir doch sicherlich wünschenswert?«

»Vanessa als Wandererin durch den Raum, Erzeugerin weiterer Generationen von Erzeugern und Erzeugerinnen. Hört sich doch ziemlich langweilig an.«

»Es werden Generationen sein, die nie etwas anderes gekannt haben. Geboren in einem Raumschiff von jemand, der in einem Raumschiff geboren wurde von jemand der wiederum. Sag Vanessa meine herzlichsten Grüße. Ach Gott, wie schade, wie gottverdammt–«

»Ja, ja, ja.« Brian, Batemans Sohn, technischer Leiter im Polizeidienst, hätte Vanessa Frame heiraten sollen, aber Brian war bei Straßenkämpfen in Ballarat, Victoria, getötet worden. Vanessa hatte damals am uranologischen Institut in Melbourne ihre Forschungen betrieben. Ganze fünf Jahre her. »Und wenn ich mir den Schwiegersohn betrachte, den man mir jetzt aufgehängt hat – halblebiger Dilettant, nicht mal gut im Bett, soweit ich mir's zusammenreime. Es kann natürlich sein, daß er in einer Kneipenschlägerei fällt. Vielleicht erlebt er auch einen plötzlichen Schub nobler Entsagung. Val als Sidney Carton. Höchst unwahrscheinlich.« Er wurde von einem Hustenanfall geschüttelt. Sie sahen die Lichter des Flughafens. Rasch glitten sie in Anfahrtsspur F. »Was immer sie sagt, ich bleibe bei dieser einen Nominierung. Nicht, weil sie meine Tochter ist, sondern weil sie ist, was sie ist. Man braucht sie nicht erst in VOX oder PIT oder UNY eingeben oder welcher verdammte Ordinator auch immer es sein wird. Sie ist die einzige, die gleich übernehmen kann. Und wenn sie darauf besteht, daß dieser verdammte Val mitkommt–«

»Frauen sind merkwürdig.«

»Merkwürdig? Daisy und ich waren fünfunddreißig Jahre lang verheiratet und ich habe nicht das Geringste über sie gewußt. Und jetzt sagt mir Vanessa, sie liebt diesen nichtsnutzigen Schlappschwanz. Merkwürdig ist kaum–«

Bateman ließ ihn husten und sagte dann: »Wenn du ›Übernehmen‹ sagst, dann meinst du doch nicht die Gesamtkontrolle?«

Er lenkte den Wagen jetzt in Richtung ANSWER *(Air New South Wales Eastern Runs)*.

»Nein. Nur meinen Teil des Unternehmens. Was den Vormann oder die Vorfrau betrifft, das ist Sache von VOX oder PIT oder UNY.« Er stieg aus. »Brauchst mich nicht begleiten. Ist jetzt zu kompliziert mit dem Parkplatz. Kommst du im Februar zu PAH?«

Bateman war ebenfalls ausgestiegen. »Ja. Bring Vanessa mit, wenn du kannst. Danke für deinen Besuch. Dein Vortrag war für alle was zum Nachdenken. Paß auf–« Und dann umarmten sie sich unbeholfen. Eine Schar Fußballfans, eben aus Christchurch zurück, sah es, lachte brüllend und schrie: »Schwulis!«

Frame lag im Halbschlaf in seiner Erster-Klasse-Couchette, während er rasch nach Osten in das CDA getragen wurde: Commonwealth of the Democratic Americas. Sein Husten rüttelte ihn wach, so daß er sich eine Miniamp S9 ins Handgelenk injizierte. Das würde den Husten eine Stunde oder so beruhigen, aber die Nebeneffekte waren unangenehm – Übelkeit, Zittern, Verstopfung. Er wünschte, er könnte schlafen, aber das Zischen des Namens Lynx-Lynx-Lynx in seinen Ohren hielt ihn bei gänzlich wachem Bewußtsein. Seltsam, daß das Grauen vor einem Ding sich so an den Namen heften konnte, da Wörter, wie Saussure gelehrt hat, lediglich willkürliche Kombinationen einzelner Phoneme sind. Lynx stand für Lynch und Marx. Der Name wäre allerdings nicht möglich gewesen, wenn das Sternbild Lynx (zwischen Ursa Major und Cancer) nicht einen neuen Namen erhalten hätte, zu Ehren der Russen, welche seine Struktur geklärt und seine wesentlichen Bestandteile photographiert hatten. Diese Experten begnügten sich damit, persönlich anonym zu bleiben, hatten jedoch darauf bestanden, daß jener nutzlos ferne Sternenstaub mit dem gemütlichen Namen Babuschka (Spitzname ihres Elektronenteleskops) bezeichnet würde.

Ein schnarrendes Surren unten: die Kapsel mit den Passagieren nach San Francisco wurde freigegeben. Er zog den ebenso surrenden Vorhang zurück, der seinen Blick vor den Sternen verhüllt hatte, und entdeckte draußen Tageslicht und drunten die Stadt. Dann schoß die Kapsel nach unten. Er klingelte nach der Stewardess und bestellte Orangensaft, Kaffee und ein Päckchen Lombards. Während er wartete, fing er an zu husten und fühlte, wie etwas Schleimiges und Widerwärtiges in seinen Mund drang. Er spie es in ein Papiertaschentuch und hörte zu husten auf. Auflösung.

Bald lag unten Manhattan, und, stellt euch vor, Kinder, Professor Frame hatte eine furchtbare Vision. Die Stadt wurde von hohen, schäumenden Wogen wie von ockerbraunem und grünlichem Eigelb durchflutet, die in stetigem Rhythmus höher und höher schwollen, bis sie sich gischtsprühend an den Spitzen des Newman Tower und des Patmore Center brachen, des Scotus Complex, des Outride-Gebäudes, an den Spitzen der Paternoster Convention City und der zweihundert Stockwerke hohen Tractarian Folly. Und dann zerriß die Insel in der Mitte, und aus der Wunde sprang Feuer auf, und Rauch stieg empor. Das Feuer wurde von den Wogen ausgeschlagen, doch es kehrte fauchend zurück. Die Türme zerbröselten und fielen in die Löcher hinab, die nun im Ozean aufklafften, und dann war alles von bräunlichem Höllenqualm verdeckt, der sich blähte und wölkte. Dann,

Jungs und Mädels, meine Damen und Herren, war die Stadt, was sie war, stolz, die Wolkenkratzer wuchteten sich empor wie salutierende Fechter, drachenzahnentsprungen, schön im Sonnenlicht, und Frame und seine Mitpassagiere wurden aufgefordert, sich für die Landung bereitzumachen.

In diesem Augenblick hielt Valentine Brodie, der Mann von Vanessa Brodie, geborene Frame, seine letzte Vorlesung vor der Weihnachtspause. Er war ein hübscher Mann von achtunddreißig, mit einem sorgfältig geschnittenen schwarzen Bart und ein wenig unglücklich blickenden braunen Augen, einer kräftigen Nase im Widerspruch zu dem vom Bart verdeckten fliehenden Kinn, einer schönen Stirn und dem Ansatz eines Bierbauchs. Val und Van – so waren er und seine Frau bekannt, oder als Lentine und Nessa. Das ihren beiden Namen gemeinsame VA war in die Vorhänge, Kissenbezüge und Bettdecken ihrer Wohnung gestickt, und alle Bücher in ihren Regalen gehörten, wie die Exlibris verkündeten, VA BRODIE. Dieses Insistieren auf einer gemeinsamen Anfangssilbe hatte etwas Rührendes, da ihre Ehe offensichtlich auseinanderging und nicht durch den Zufall zweier identischer Buchstaben zu retten war. Tatsächlich hatten sie sich auf einer Party getroffen, wo sich die Paare nach gleichen Initialen der Vornamen zusammengefunden hatten, dann waren sie eine Zeitlang zusammen ausgegangen, dann hatten sie geglaubt, sich ineinander verliebt zu haben, dann hatten sie trotz des väterlichen Widerstandes geheiratet. Oder natürlich deswegen.

Val unterrichtete Science Fiction und hatte selbst einen gewissen Ruf als Autor in diesem Genre. Taschenbücher seiner geschickt konstruierten, aber trivialen Phantasien fand man in College-Buchläden, aber auch auf Flughäfen, in Tabakgeschäften und Sexshops, und es gab sie auch als Kassetten und Microfiches. Die bekanntesten waren *Manche freilich, Die schweren Ruder der Schiffe, Bei den Sibyllen, Niederfallen ferner Sterne* und *Steuer droben*. Er war jedoch zu bescheiden, als daß er seine eigenen Werke in den zwei Kursen, die er hielt, behandelt hätte: er begann mit Cyrano de Bergerac und hörte bei Bissell, Hale und Galindez auf. Gerade wandte er sich an eine Gruppe fortgeschrittener Studenten im Anglistentrakt der University of Westchester; er kam auf etwas zurück, womit er vor drei Monaten begonnen hatte.

»Ein Buch, das ich nicht erwähnt habe«, sagte er, »da es nicht in die Kategorie SF oder FutFik zu fallen scheint, möchte ich trotzdem als den eigentlichen Ursprung des Genres bezeichnen. Ich meine

Daniel Defoes *Bericht aus dem Pestjahr.* Dies ist eine Rekonstruktion – rein imaginativ – der Geschehnisse in London in England, als im Jahre 1665 Ratten von Schiffen des Ostasienhandels die Pest in den Hafen brachten. Die Seuche verbreitete sich rasch und tötete einen großen Teil der Bevölkerung unter großen Schmerzen und schrecklichen Umständen, doch die Stadt überlebte und gewann aus ihrer Prüfung eine neue moralische Kraft. Und das ist meiner Ansicht nach das Grundthema unseres Genres: wie gewöhnliche Menschen auf außergewöhnliche Umstände reagieren, denen sie sich plötzlich und unerwartet gegenübersehen. Die Pest, eine Invasion vom Mars, die Dehydration des Planeten, das Ende der Welt –«

»Das haben Sie schon zu Anfang gesagt«, sagte Dan French, ein langer, magerer Student mit langsamer, ein wenig kreischender Stimme. »Und dann haben ein paar von uns gesagt, daß so die ganze Idee des Genres weg ist. Und jetzt läuft's genau darauf raus – dieses Pestbuch, von dem Sie erzählen, das führt doch völlig woanders hin. Da könnte man doch gleich sagen, daß dieser alte angloamerikanische Typ, Harry – nee, Henry James ein SF-Autor war, weil er beschrieben hat, wie Leute auf Überraschungen reagieren. Ich meine, darum geht es doch im Roman überhaupt, oder? Menschen reagieren auf Überraschungen. Oder?«

»Außergewöhnliche Umstände, sagte ich. Und in großem Umfang. Wären Sie einverstanden, wenn ich sage, daß ein Buch über das Ende der Welt und wie das die Menschen in sagen wir Cincinnati oder Columbus, Ohio, betrifft – daß das SF wäre?«

Die Klasse fing mit dem üblichen unproduktiven Hin- und Hergestreite an. Ein Schlauberger namens Juke Harris versuchte, allen die richtige Lösung klarzumachen. »Science Fiction«, sagte er, »muß, wie der Name sagt, was mit Wissenschaftlern zu tun haben. Ich meine, sogar dieses Pestbuchdingsda, was Doc Brodie da gesagt hat, da ist dann etwas drin, wo nur Wissenschaftler etwas tun können, weil Ärzte sind ja Wissenschaftler. Wenn das Buch ein großes unerwartetes Ereignis behandelt, mit dem sich Wissenschaftler befassen, dann ist das Science Fiction.«

Judd Gray sagte, daß die Aufgabe der SF – FutFik, besser gesagt – darin bestünde, zu prophezeien. Uns vorzubereiten auf Sachen, die in der Zukunft passieren werden, ja? Nein, sagte Penny Dreiser, sie muß uns die Zukunft schon in der Gegenwart geben, denn keiner von uns würde die wirkliche zukünftige Zukunft sehn. Dann – was Val etwas verlegen machte – fingen sie an, Fragen über eins von seinen eigenen Büchern zu stellen *(Bei den Sibyllen),* in dem die

Menschen mit einer Neurose lebten, die auf eine Kopfschmerztablette mit unvorhergesehenen Nebeneffekten zurückging, und diese Neurose ließ sie glauben, das Ende der Welt stehe nun unmittelbar bevor, und sie entwickelten alle höchst ingeniöse Modelle, wie das Ende der Welt denn nun eintreten würde: eine große Explosion im Erdinneren, eine weltweite Epidemie, die ganze Völker binnen Minuten auslöschte, ein Krieg mit Nervengasen und vergiftetem Wasser, Luftverschmutzung, eine Invasion wilder Krieger aus dem Weltraum. Dann fand man eine Therapie für die Neurose, die Menschen begannen wieder normal zu leben, und das Ende der Welt trat in einer von niemandem erwarteten Form ein. Sie wollten wissen, warum Val sein Buch einfach so beendet hatte, mit den Worten: »– in einer Form, die von niemandem erwartet wurde«, ohne daß er sagte, was für eine Form das war.

Val sagte: »Ihr sagt doch immer, SF soll die Phantasie anregen. Nun, das Buch endet damit, daß die Phantasie aller Leser nachhaltig angeregt wird. Alle Arten des Weltendes, die sich nur jemand vorstellen konnte, sind schon durchgespielt, was bleibt also noch übrig? Das herauszufinden ist die Aufgabe, vor die sich die Phantasie des Lesers gestellt sieht.« Gemogelt, schrie ein Teil der Klasse. Der Schriftsteller hat gewisse Verpflichtungen seinen Lesern gegenüber. Das Leben wirft Rätsel auf, der Schriftsteller muß versuchen, sie zu beantworten, und so fort. »Science Fiction ist, seien wir ehrlich, letzten Endes trivial«, sagte Val. »Ein bißchen Gehirnkitzeln, mehr auch nicht. Der amerikanische Kult des Mittelmäßigen, der Shakespeare, Milton, Harrison und Abramovitz ablehnt, hat uns zu diesem Blödsinn verleitet – ein Universitätskursus über Schund, offengesagt. Mein Gott, wir sollten uns mit Blake und G. M. Hopkins beschäftigen.« Das war indiskret. Die Leidenschaft, mit der er eben den Gegenstand ablehnte, den zu vertreten er bezahlt wurde, überraschte ihn. Ein dunkles, moschusduftendes Mädchen, die oberen Knöpfe des Hemdes offen, Tamsen Disney, unterbrach die Rufe der Klasse listig mit der Frage:

»Was meint Dr. *Vanessa* Brodie, wie die Welt enden wird?«

Interessiertes Schweigen. Alle kannten Vanessa Brodie, wenn auch meist mit einer nur oberflächlichen Kenntnis ihrer beruflichen Genialität, so doch sicherlich mit vollkommener Ehrfurcht vor ihrer Schönheit. Einige der männlichen Studenten empfanden größere Achtung für Valentine Brodie als Partner einer Göttin als für den Schriftsteller und Lehrer. Er schlief mit ihr, er berührte die Gottheit im Fleische, und dann kam er zur Erde herab und unterrichtete

Science Fiction. Alle lauschten Vals Worten nun aufmerksam – es war beinahe, wenn auch nicht ganz, als schliche man als unsichtbarer Zuschauer in ihr Schlafzimmer, wie dank der Erfindung eines alten SF-Cracks, H. G. Wells.

»Meine Frau«, sagte Val (ein sachter Schauer des Begehrens überlief einige), »na, die hat wenig Zeit für derartige Spekulationen. Das überläßt sie uns kleinen Fabulierern. Jedenfalls – sie hat nur Augen für die Tiefe des Weltraums« (eisblaue Augen, wie einige der Studenten wußten, sie sahen sie vor sich, in die Tiefe des Weltraums gerichtet) »und jede Gefahr von dort ist anscheinend so unsäglich gering, daß es der Überlegung nicht wert ist. Irgendein Asteroid zum Beispiel, der angefegt kommt und vielleicht Groß-New York zerquetscht. Oder von mir aus Moskau. Die Marsmenschen kommen *nicht.* Die Erde stirbt dann, wenn die Sonne stirbt. Die Menschheit mag sich aus eigener Dummheit dem Hungertod preisgeben oder aufhören, sich zu vermehren. Jedenfalls nichts Apokalyptisches. All diesen Unsinn muß man den SF-Autoren überlassen.«

»Was ist mit Lynx?« fragte Margaret Hammerstein.

»Was *ist* mit Lynx?« fragte Val.

»Na, da kam was in den Nachrichten heute morgen. Sie haben diesen Film da aus Australien gezeigt und gesagt, er sei ein Eindringling aus dem Weltraum. Lynx, meine ich. Was sagt Dr. Vanessa dazu?«

War das eine kleine Unverschämtheit – »Dr. Vanessa«? Nein, reine Ökonomie des Ausdrucks. »Über Lynx brauchen Sie sich keine Sorgen zu machen«, sagte Val beruhigend. »Ich habe heute morgen die *New York Times* gelesen, wie wahrscheinlich einige von Ihnen auch – nun, nein, wohl eher unwahrscheinlich. Er wird um die Sonne herumwirbeln und dann wieder davonsausen in den Weltraum. Vieles von Interesse für den Wissenschaftler, sehr wenig nur für den SF-Schriftsteller.«

»Aber«, sagte Margaret Hammerstein, »ein Wissenschaftler in Südamerika, Carácas oder Rio oder da irgendwo, der sagt, er kommt auf die Erde zu und es sei Anlaß zur Besorgnis.«

»Mein Ressort«, sagte Val lächelnd, »ist Science Fiction, ein höchst bescheidener Teil der Literatur. Und nun – fröhliche Weihnachten, und lesen Sie während der kurzen Ferien mal was Solides. Versuchen Sie's mit *Paradise Lost.* Insofern der Stoff dieses Epos theologisch ist, kann man es als eine Art Science Fiction auffassen.« Während die Klasse hinausstolperte, rief er Tamsen Disney zu sich. »Ihre Seminararbeit«, sagte er. »Die über Otis L. Grosso und parachronische

Fantasy.« Er sprach den Titel mit spöttischer Feierlichkeit und lächelte. »Sie liegt in meinem Büro.«

Ihre Lippen lächelten zurück, aber sie hatte heiße Augen.

»Ich will eine Eins.«

»Mehr als eine Drei ist sie nicht wert.«

»Ich will eine Eins. Ich muß eine Eins haben.«

»Wir werden sehen.«

Sie nahmen zusammen den schäbig-klapprigen Aufzug zum obersten Stockwerk. Obwohl sie nicht allein in der Kabine waren, schob sie dreist ihre heiße Hand in seine kühle. Als sie in seinem Büro waren und er die Tür abgeschlossen hatte, war sie sofort in seinen Armen und preßte ihren Mund an seinen. Er zitterte, als er diejenigen Knöpfe ihres Hemdes öffnete, welche noch geschlossen waren, und ihre fest aufragenden kleinen Brüste streichelte. Ihr Fleisch war braun mit zartem schwarzem Flaum. Blake? Nein, G. M. Hopkins – *paradiesische Frucht, lieblich, doch glanzlos* ... »Warte«, sagte sie und schälte sich aus ihren engen Hosen. *Dies war der ersehnte, der große Anblick, ungesucht, so leicht nun dargeboten* ... Er küßte das Feuer in der Gabel. Er nahm sie stöhnend auf dem Teppichboden. Danach sagte sie:

»Eine Eins. Ich will eine Eins.«

»Du hast eine Eins.«

»Jetzt.«

Nackt kroch er zu seinem großen Schreibtisch und zu ihrer Arbeit, nahm einen Rotstift und malte eine große unzweifelhafte rote 1: »Da bitte!«

Sie zog sich an. »Wieso bist du so *ausgehungert*?«

»Hungrig?« Er holte eine Flasche Komitet-Wodka und zwei Plastiktassen aus seinem Aktenschrank. Er schenkte ein. »Hier, nimm das in deine rechte Hand und sprich mir nach ...« Dann, nicht mehr scherzhaft, traurig: »Schon gut, hungrig stimmt.«

»Sie will dich nicht, läßt dich nicht?«

»Eher im Gegenteil. Ich will sie nicht. Ich will, daß ich sie will. Es würde alles so viel einfacher machen. Aber ich kann sie nicht wollen.«

»Sie ist eine der zehn schönsten Frauen von Amerika.« Tamsen bezog sich auf das Ergebnis einer Umfrage, die in dem Studentenmagazin *Wesches* veröffentlicht worden war. Grace Flagg, Sängerin; Dorsy Cosby, Filmstar; Vanessa Brodie, Wissenschaftlerin. Dritter Platz, nicht schlecht.

»Vollkommenheit«, sagte Val, als hielte er eine Vorlesung, »ist per definitionem begehrenswert.« Er saß mürrisch da, die Haare zerwühlt, in Hemd und Hose und mit bloßen Füßen, und goß sich Wodka nach. Mürrisch hob er das Glas: »Auf die Vollkommenheit.«

»Du willst damit sagen«, sagte sie und hielt ihm rasch ihre eigene Tasse hin, »sie kriegt dich ständig klein.«

»Sie will gar nichts anderes als liebevoll sein und eine gute Ehefrau. Sie hat den brillantesten wissenschaftlichen Verstand der Welt, nach ihrem armen herumhustenden Vater. Ihr Körper ist schlechthin ein Wunder. Sie liebt den Sex. Sie weiß auch alles drüber. Sie hat alle Bücher gelesen: Machen wir doch mal Hamsun Nr. 3, sagt sie, und dann zeigt sie mir's. Dann vergehen mir die letzten Reste meiner Erektion. Ich sollte dir das alles nicht erzählen. Du bist nur eine Studentin.«

»Eine gute Studentin. Ich habe grade eine Eins gekriegt.«

»Du siehst, was sie mir angetan hat«, stöhnte er. »Sie hat mich bestechlich gemacht.«

»Sie wirkt auf mich wie ein Eisberg«, sagte Tamsen. »Wenn ich ein Mann wäre, würde ich was bißchen Wärmeres vorziehen. Jemand wie mich.« Sie lächelte. »Ich nehme an, du hast's nicht so furchtbar eilig, nach Hause zu kommen. Ich geh heut abend zu der Gropius-Predigt. Wir haben noch zwei Stunden, wenn du willst.«

»Es ist noch nicht heut abend.«

»Richtig, aber erst geh ich mir Hart Rebells Lyrische Brüllung anhören, und dann bin ich bei einer Vorstandssitzung im Filmclub. Zwei Stunden, wie gesagt. Warum legst du dir eigentlich hier nicht eine Matratze hin? Oder Kissen oder jedenfalls irgendwas Weiches.«

»Ich habe nicht die Absicht, dies zur Gewohnheit werden zu lassen«, sagte er ein wenig geziert.

»Die Stimme des Mannes, postorgasmisch. Ich könnte dich sicher wieder in einen präorgasmischen Zustand bringen. Sieh mal«, und sie öffnete ihr Hemd.

»Ich muß noch Einiges einkaufen. Gäste zum Abendessen. Sie wird ein exzellentes Dinner kochen. Weißwein, haargenau richtig gekühlt. Rotweine chambrés. Ihr Vater wird jetzt aus Australien zurück sein.« Er küßte ihre Brüste.

»Irgendwas mit diesem Lynxdings zu tun?«

»Ach, zum Teufel mit dem Lynxdings.« *Der ersehnte Anblick . . .*

Als sie fertig waren, und dann mit dem unverdünnten Wodka fertig waren, sagte sie:

»Eigentlich müßte es eine Eins plus geben.«

»Das ginge zu weit. Das würde die völlige Perfektion bedeuten.«

»Ich schreibe ja noch andere Essays...«

»Die ich mir ganz leidenschaftslos ansehen werde.«

»Postorgasmisch. Wir werden sehen, wir werden sehen.« Und dann: »Ich gehe zu Gropius.«

»Das hast du schon gesagt. Ich soll wohl nach dem Grund fragen. Warum?«

»Beste Unterhaltung der Welt. Kommst du nicht gegen an, du mit deiner Science Fiction. Macht mir derart Angst, daß ich feuchte Höschen kriege.«

»Ah.«

»Wie der donnern kann, Hölle und Verdammnis! Elende Sünder, die sich im unstillbaren Feuer winden. Es erregt mich.«

»Und was machst du anschließend?«

»Mich winden. Mit Maureen und Edwin und Archie und Minnie und Benny Goodhue.«

»Frauen sind unersättlich.«

»Ich denke an dich. Oder vielleicht auch nicht. Dein Bauch läßt's mir vergehen.«

»Ja, ich weiß, ich werde etwas breit«, sagte er. »Kleiner Hinweis auf die menschliche Unvollkommenheit.«

»Ganz hübsches Gedicht. Muß ich mir merken.«

»Wie ist das Buch?« fragte Freud seine Tochter.

»Geht so. Ich glaube, ich schlafe ein bißchen.« Ihre Mutter schnarchte bereits leise. *Undankbares Pack* sagte der Fahrtrhythmus des Zuges vor sich hin. Er dachte zurück. Der Vortrag war an einem Winterabend gehalten worden; die Heizung war ausgefallen. Wieviele Anwesende? Nicht viele, aber alle feindselig. Er erinnerte sich, wie er sagte:

»Die genauen Beobachtungen und das eingehende Studium von Professor Charcots Methoden in Paris haben mich zu einem unausweichlichen Schluß geführt – daß unter Hypnose ein Mensch jegliche Krankheitssymptomatik simulieren kann, ohne die Krankheit zu haben; daß es keine somatische Ätiologie der Neurosen geben muß, daß die Hysterie keine Verstellung ist, sondern ein morbider Zustand, der bei Männern wie bei Frauen auftreten kann. Oder, um es kurz zu sagen, daß wir erst am Anfang der wichtigsten wissenschaftlichen Entwicklung seit Beginn der Medizin stehen: der Erforschung des menschlichen Bewußtseins, die nicht mit der des menschlichen Gehirns identisch ist.«

Man begann, ihn niederzuschreien, ehe er noch seinen letzten Satz recht zu Ende gebracht hatte. Alles hervorragende Neurologen, auf ordinäre Weise brüllend. Gauss:

»Ich darf Dr. Freud wohl daran erinnern, daß Hysterie ein ausschließlich weiblicher Zustand ist, ganz gleich, was seine geliebten französischen Scharlatane lehren mögen. Hystera – das ist das griechische Wort für die Gebärmutter. Diese ist, wie mir fünfunddreißig Jahre klinischer Erfahrung bestätigen, beim Manne nicht aufzufinden.«

Gelächter. Oscheit:

»Alle Krankheiten sind physischer Natur. Jede Erkrankung ist auf eine physische Ursache zurückzuführen. Wenn ein Patient die Symptome einer Paralyse zeigt und eine entsprechende Läsion sich nicht entdecken läßt, wie soll man seinen Zustand anders bezeichnen denn als Simulation?«

Beifallsrufe. Haussmann:

»Dr. Freud steht nachgerade in dem Ruf eines Mannes, der marginale Aspekte der medizinischen Wissenschaft zu gefährlichen Spielen benutzt, die – soweit sie nicht bloßer Varietézauber sind wie die Hypnose – sich als unbedachte oder tatsächlich höchst gefährliche Abenteuer herausstellen, mit Drogen, die Suchtcharakter haben und am Ende tödlich wirken. Wir haben nicht vergessen, daß Dr. Freud den Versuch unternommen hat, das Kokain in die Medizin einzuführen – mit welchem Ergebnis, wissen wir leider alle nur zu gut.«

Gemurmel. Kokain Kokain.

Fleischls Daumen, bloß noch ein häßlicher Stummel toten Fleisches, die Schmerzen trotzdem intensiv und unaufhörlich. Fleischl lag auf dem Sofa in seinem Zimmer und wand sich. Freud sagte mit jugendlichem Eifer:

»Hör zu, Fleischl. Ich hab die Lösung gefunden. Ich weiß nun einen Weg, wie wir dich vom Morphium wegkriegen. Kokain. Ein Derivat der südamerikanischen Kokapflanze – unglaublich! Es tötet den Schmerz, schafft Energie, Wohlgefühl. Ich hab's probiert. Zehn Stunden Arbeit und ich habe nur zwei Stunden Schlaf gebraucht. Es tötet den Hunger wie den Schmerz. Es ist wie ein Wunder. Hier –«

Er reichte ein Glas hinüber: Kokain in ein wenig Wasser gelöst. Fleischl stieß krächzend, mit äußerster Müdigkeit, hervor:

»Kein Morphium mehr? Ich bin an der Grenze. Es hat keinen Effekt mehr – wird das hier tatsächlich helfen?«

»Du wirst sehen.«

Fleischl trank. Er schnitt ein Gesicht. »Es – es – macht die Lippen stumpf. Es stumpft den Mund ab. Wird es– das hier zur Ruhe bringen?« Und er streckte den schmerzpochenden Daumenstummel vor.

»Warte noch.«

»Es macht nicht süchtig, wie Morphium?«

»Mein lieber Fleischl, ich bin mein eigenes Meerschweinchen gewesen. Ich kann es nehmen, wenn ich's brauche – kann es absetzen, wenn nicht–«

»Mein Gott – bilde ich mir's bloß ein – wirkt es denn schon?«

»Der Effekt ist dramatisch. Beinahe sofortige Wirkung.«

Fleischls Augen leuchteten. Er stand von seinem Sofa auf. »Bei Gott, es ist– ich kann es nicht glauben– ich muß es ja glauben. Ich kann wieder arbeiten? Kann an meine Forschungen gehen?«

»Besser als zuvor.«

Die Zeit für einen Aufsatz mit definitiven Ergebnissen war gekommen. Freud schrieb in seiner Wohnung daran, als Josef Breuer eintrat. Sein Gesicht war von starker Erregung gezeichnet, man sah ihm die vollen zwölf Jahre an, die ihn von dem Freund trennten, der kritzelnd dasaß. Freud mißdeutete seinen Gesichtsausdruck: Belastung des Herzens, zu viele Treppenstufen hier herauf. »Hör zu, Josef. ›Die alten Mexikaner sahen in ihm eine Inkarnation des Sonnengottes, eine heilige Gabe des Himmels, die ihrerseits jeden Aspekt ihres Lebens heiligte.‹ Zu literarisch für einen medizinischen Aufsatz?«

»Ich kann nicht in Fleischls Zimmer«, sagte Breuer.

»Stimmt was nicht?«

»Geräusche, Laute. Du kommst besser mit und hilfst mir, die Tür–«

Freud griff schnell nach seinem Hut.

Sie brachen die Tür auf. Sie fanden Fleischl stöhnend, Schaum vor dem Munde, auf dem Teppich. Auf dem Tisch sah Freud– »O mein Gott, er hat es in sich hineingeschüttet.«

»Hilf mir, ihn in ein heißes Bad zu legen.«

Hilf mir, ihn in einen warmen Sarg zu legen. Vorwurfsvolle Blicke beim Begräbnis an einem kalten Tag. Reue, Reue. Noch in Trauerkleidern saßen Freud und Breuer düster in einer Wirtschaft. Kaltes Bier. Bringen Sie lieber einen Glühwein. Breuer sagte:

»Wir sind schon lange Freunde, Sigmund. Du wirst es mir nicht übelnehmen, wenn ich etwas sage–«

»Was immer es ist, ich verdiene es wohl. Immer drauflos –

unzureichende Experimente, oberflächliche Forschungen. Ich habe nicht erkannt, wozu Kokain wirklich geschaffen ist – ein externes Anästhetikum. Augenärzte benutzen es jetzt und man segnet sie dafür. Mir flucht man immer noch–«

»Keine Vorwürfe mehr. Ich kann es dir nicht vorwerfen, daß du bist, wie du nun einmal bist–«

»Was meinst du damit?« Er hielt verwundert inne, ehe er das heiße Gebräu zum Munde führte.

»Du warst nie zum Wissenschaftler bestimmt. Ein Dichter, ein Mann der Phantasie – das ist es eher. Siehst du, du gehst davon aus – was bei dir wahr ist, muß auch bei anderen wahr sein. Dich hat das Kokain nicht süchtig gemacht, und du hast vorausgesetzt, daß es auch bei anderen so sein würde. Du bist introspektiv vorgegangen. Das ist kein wissenschaftlicher Ansatz, Sigmund. Deshalb – verzeih – deshalb fürchte ich– nun, du bist fasziniert von dem, was du das Bewußtsein nennst, nicht das Hirn, nicht das Nervensystem – das formlose Unsichtbare, das die Theologen die Seele nennen. Es gibt nur eine Seele, über die du etwas wissen kannst, und das ist deine eigene. Ich fürchte, du wirst davon ausgehen, daß das Bewußtsein anderer Menschen beschaffen ist wie deines. Die Wissenschaft geht den Weg objektiver Beobachtung. Verhalten läßt sich beobachten. Aber das, was ein Verhalten begründet, kannst du nicht beobachten. Versuch es nicht. Laß es!«

Und Meynerts Worte, nach dem Vortrag. Meynert, der aussah wie ein ordentlicherer und weniger verschmutzter Beethoven, wie er dastand, den langen, abgenagt wirkenden Zeigefinger ausgestreckt: »Lassen Sie es! Das ist nicht nur mein persönlicher Rat. Das ist eine Weisung, die sich aus einer lebenslangen Erfahrung am menschlichen Gehirn ergibt. Und, wenn mir Dr. Freud die Bemerkung gestattet, ein Rat von dem Mann, der ihn ausgebildet hat und versucht hat, ihn auf den richtigen Weg zu bringen.«

Meynert und Freud, den langen Saal des Männerflügels der Irrenanstalt hinabgehend, überall Betten mit Schildchen, wie herbstliche Gläser mit eingemachten Früchten: PARANOIA, MANISCH-DEPRESSIV, GENERELLE PARALYSE. Ein ausgezehrter Mann beschimpfte Freud mit wahnwitziger Wut:

»Du bist ein Jude, ich seh es dir an, ein dreckiger Jude. Ihr Juden habt das Trinkwasser vergiftet. Deshalb muß ich verdursten, du Hurensohn von einem Juden.«

»Antisemitismus«, sagte Freud zu Meynert. »Ist das auch eine klassifizierbare Geisteskrankheit?« Meynert lächelte säuerlich. Zwei kräftige Wärter versuchten schwitzend einen Mann zu bändigen, der kreischend auf seinem Bett stand:

»Schlangen von der Decke herunter, holt sie aus meinem Bett. Rot und gelb und grün. Schlangen, die sich herabschlängeln. Aaaaaahh!«

»Verzeihen Sie die Frage, Professor Meynert«, sagte Freud, »aber wie soll man sie heilen?«

»Man kann sie nicht heilen – nur klassifizieren. Wir verfügen nicht über das Wissen, um sie heilen zu können – noch nicht. Wenn ich so weit bin, daß ich mindestens zehntausend menschliche Gehirne untersucht habe – dann werde ich im ersten Ansatz schemenhaft die Wurzeln des Wahnsinns erkennen können.«

»Und diese hier – die müssen einfach sterben?«

»Je früher desto besser. Ich will ihre Gehirne.«

»Sterben«, sagte ein Patient vertraulich zu beiden. »Ich habe das Wort eben gehört. Sterben. Wie Jesus Christus. Sie sagten, er müsse sterben, aber er ist nicht gestorben. Wissen Sie, warum nicht? Weil er nie existiert hat. Jesuschristus, so haben die Römer zwei zusammengenagelte Holzstücke genannt. Ein Jesuschristus, so hieß man das. Und sie haben eine ganze Religion auf zwei Stücken Holz errichtet. Narren, Narren, Idioten!«

Der erste Patient tobte immer noch. »Jude, Jude, dreckiger Jude, läßt mich meine eigene Pisse trinken!«

Zutiefst beunruhigt sagte Freud zu Meynert: »Klassifikation als Behandlungsersatz. Es reicht nicht aus.«

Zutiefst verletzt erwiderte Meynert: »Das ist unverschämt, mein Herr – verdammte jüdische Unverschämtheit!« Es genügte, daß Freud lächelte und ostentativ zu dem Tobenden hinüberhorchte (»läßt mich essen meine eigene–«). Meynerts Grinsen war satirisch-sauer. Anständig genug sagte er: »Fall von Ansteckung.«

»Entsetzlich schmerzhaft«, sagte die Dame. Freud erblickte sich selbst in dem billigen Wandspiegel und fühlte sich entmutigt. Schäbig, mittleren Alters, seinen Bart mußte er sich auch sauber stutzen lassen. Das Sprechzimmer ebenfalls schäbig, wenn auch wenigstens eine Couch darin stand. Die sollte er erst später zu klinischen Zwecken verwenden (etymologisch korrekt: *kline* ist das griechische Wort für »Couch«). Er und die Dame saßen sich durch den Schreibtisch getrennt gegenüber. Freud sagte: »Der zahnärztliche Bericht sagt, Ihre Zähne seien in tadellosem Zustand, Frau Neurath. Beruhigt Sie das?«

»Entsetzlich schmerzhaft. Die Neuralgie steigt in den Kopf hinauf.

Ich kann nicht mehr, Herr Doktor. Sie müssen mir etwas verschreiben.« Eine blühend üppige Frau mit einem prächtigen Gebiß, tadellose Beißerchen und Hauerchen. Er sagte:

»Mit Ihrer Erlaubnis, gnädige Frau, werde ich Sie für ein Weilchen einschläfern.«

»Sie meinen – Sie wollen mich hypnotisieren?«

»Es ist nichts dabei. Keine Zauberei, kein Geheimnis. Legen Sie sich auf die Couch. Sie werden dort bequem ruhen. Bitte. Sie wollen geheilt werden. Ich weiß: ich kann Sie heilen.« Denn sie zeigte ihren Widerwillen. »Bitte.« Sie legte sich steif und vorsichtig nieder. »Jetzt–« Er kannte sich jedenfalls aus damit, sein ärgster Feind konnte es nicht leugnen. Diese Wiener Bürgersfrauen waren auch die idealen Subjekte. Warum? Langeweile. Ein neuer Reiz. Und dann, meine Liebe, hat er mich *hypnotisiert.* Nein! Aber ja! Und dann, Lisa? »Sie werden müde. Sie versuchen, den linken Arm zu heben, aber Sie können es nicht. Sie sind so schläfrig, so müde–«

Und sie war es. Ihre Lider waren geschlossen. Er begann, von zwanzig an rückwärts zu zählen.

»Können Sie mich hören? Wir sind jetzt wieder dort, wo der Schmerz zuerst begonnen hat. Sie sind wieder ein Kind. Wie fing es an? Wer hat damit angefangen? Wer hat Ihnen wehgetan?«

Sie brachte kindliche Laute des Kummers hervor. »Ich hab doch nichts getan. Ich hab nichts Böses gemacht. Nein, Mutter. Nein!« Der Schmerz war real und laut und deutlich. »Auu!« Tränen fingen an zu fließen. »Ich mach dich tot, Mutter. Ja! Ich warte, bis du schläfst und dann – auuu!« Das war es also. Ihre Hände krampften sich in das Seidenkleid, in der Nähe des Schritts. Er konnte sie nun zurückholen. Er fing an, zu zählen, von eins an.

Sie saß am Schreibtisch.

»Der Schmerz hat nachgelassen, ja?«

»Ja, ein wenig. Wie haben Sie–? Es war der tiefe Schlaf, nicht wahr – ich habe nicht mehr gut geschlafen, Herr Doktor.«

»Als Kind«, sagte er mit sorgfältiger Betonung, »haben Sie getan, was alle Kinder tun, den eigenen Körper entdeckt. Neugier. Masturbation – das Wort ist Ihnen bekannt?« Es war ihr bekannt. Es gefiel ihr nicht, daß es so war.

»Das ist ungeheuerlich.« Aber nicht sonderlich laut.

»Kommen Sie, Frau Neurath! Wir reden von einer unschuldigen, kindlichen Handlung. Ihre Mutter hat Sie geschlagen, als Sie von ihr überrascht wurden. Die Neuralgie, die Sie zu haben glauben–«

»Ich habe sie auch. Ich habe sie.«

»Sie ist eine Strafe, die Sie sich selbst auferlegen. Sie fühlen sich schuldig. Sie verwandeln die Ohrfeige Ihrer Mutter–«

»Die Schmerzen sind immer noch da. Es tut immer noch weh.«

»Aber nicht so schlimm wie vorher.«

»Nicht ganz so schlimm. Aber es kommt wieder, ich weiß es genau. Sie sagten, Sie würden mir etwas dagegen geben.«

»Ich habe Ihnen etwas gegeben. Die Anfangsgründe des Verständnisses dafür. Es ist kein richtiger Schmerz. Es gibt keine organische Ursache. Sie bestrafen sich für–«

»Was Sie da sagen, ist schmutzig. Sündhaft.«

»Unsinn. Es gibt keinen Grund für Schuldgefühle. Sie brauchen sich nicht zu quälen. Kommen Sie nächste Woche wieder. Ich glaube, wir können die Neuralgie für immer zum Verschwinden bringen.«

Aber sie schüttelte traurig den Kopf.

Beim Essen hielt er Martha einen Vortrag. »Es geht immer auf die Sexualität zurück. Sexuelle Schuldgefühle irgendeiner Art.«

»Still. Nicht vor den Kindern, Sigmund!«

»Sie verstehen ohnehin nicht – und was wäre, wenn sie es verstünden? Warum soll das Geschlecht verborgen und erstickt bleiben? Es ist von grundsätzlicher Bedeutung, so grundsätzlich, daß wir Angst davor haben – wie vor einem dunklen, barbarischen Gott. Wir müssen es ans Licht bringen.«

»Tu das in deiner Sprechstunde«, sagte sie bestimmt. »Nicht hier! Verstehst du mich, Sigmund? Ich lasse nicht zu, daß die Kinder solche Sachen in *meinem* Haus hören.«

»Entschuldige, meine Liebe«, sagte er gehorsam. Er lächelte die Kinder an, während er an einem Bissen Kalbfleisch kaute. Sie schauten mit dunklen, ernsthaft-erwachsenen Augen zurück.

Und dann Frau Ohler. Sie lag auf der Couch, ganz entspannt. Aber sie gab ihm nicht nach. »Ihre Augen werden schwerer und schwerer. Sie sind so müde. Sie müssen schlafen – Sie müssen–«

Sie schaute ihn mit den glänzenden Augen eines eben erwachten Kindes an. Er seufzte. »Ich fürchte, Sie sind kein sehr gutes Subjekt für die Hypnose.«

»Mit Verlaub, Herr Doktor«, sagte Frau Ohler, »vielleicht sind Sie kein sehr guter Hypnotiseur.«

Dies traf ihn hart. Doch er erholte sich wieder. Mit ironischem Lächeln nickte er. »Vielleicht haben Sie da recht, Frau Ohler. Lassen Sie uns einfach miteinander reden.«

»Nein«, sagte sie. »*Ich* rede jetzt einfach. Sie hören zu.«

Es war wie eine kleine Offenbarung. Er sagte demütig: »Ich höre zu. Mehr noch: ich mache mich unsichtbar.« Und er stand von seinem Stuhl auf und trug ihn in die etwas verstaubte Ecke hinter dem Kopf der Couch, wo er sich wieder hinsetzte. Unsichtbar. Wie, Gott steh uns bei, ein Beichtvater. »Nun«, höchst demütig, »Frau Ohler?«

»Lassen Sie mich jetzt versuchen, es zu begreifen. Ich bin glücklich. Ich habe den besten Ehemann auf der Welt. Ich habe ein wunderbares kleines Mädchen. Ich habe ein schönes Heim. Und – warum bin ich dann so bedrückt und traurig? Warum will ich mir das Leben nehmen? Warum?«

Vorsichtig: »Weil Sie–«

»Weil ich nicht wirklich glücklich bin. Und dann will das Ding mir immer unter den Rock–«

»Welches Ding?«

»Es ist schlimm, es ist sündhaft, ich darf solche Empfindungen nicht haben. Ich habe es verdient, daß ich sterben muß. Ich *muß* sterben.«

»Geschlechtsverkehr«, sagte Freud leise und bescheiden. »Ihr Gatte will nicht mehr. Aber Sie wollen noch. Und dann sehen Sie attraktive Männer auf der Straße und Sie müssen an sie denken – Sie stellen sich vor–«

»Woher wissen Sie das? Ich habe Ihnen nichts–«

»Sie fühlen sich schuldig, weil Sie diese Wünsche haben. Schuldig. Sie müssen bestraft werden. Sie müssen sich umbringen.«

Sie begann bitterlich zu weinen. Er stand auf, ging zu ihr hinüber und legte vorsichtig, bescheiden, die Finger auf ihren Arm. Sie zuckte zurück und streifte sie ab, mit einem Aufkeuchen: »Ich bin so entsetzlich, entsetzlich böse. Ich muß es nicht haben, ich sollte es mir nicht wünschen. Meine Schwester Ursula, die ist bei den Nonnen, sie braucht es nicht–«

»Sie sind keine Nonne. Sie sind eine gesunde junge verheiratete Frau. Warum sollten Sie sich nicht danach sehnen? Es ist weiß Gott natürlich genug. Und wenn Ihr Gatte es nicht mehr will, dann – nun, es ist natürlich genug, daß Sie dann daran denken, es mit anderen zu tun. Das ist nicht böse. Das ist gut und gesund und richtig.«

Sie wischte sich die feuchten Wangen mit ihrem Taschentüchlein. »Was kann ich tun? Was können *Sie*–«

»Ich kann nicht Ihrem Mann sagen, daß er Sie in diese Selbstmordphantasien treibt, er ist nicht mein Patient. Aber *Sie* können es. Sie müssen einen Weg finden, ihm zu zeigen – daß die Art, wie er Sie vernachlässigt–«

»Also«, sagte sie, nach ihren Tränen mit nur desto leuchtenderen Augen, »ist es nicht böse.«

»Durchaus nicht, wei–«

Wein, Weib und Gesang hieß der Strauß-Walzer, den die Geiger spielten, während Freud in lebhafter Diskussion mit Breuer und den anderen an ihrem gewohnten Tisch saß. »Diese Vorstellungen vom ›Bösen‹«, sagte er, den Griff seines Bierkrugs fest umklammernd, »sind heuchlerische Projektionen der Eltern, der alten Generation, des Staates. Warum ist die Sexualität böse? Weil sie eine Form der Lust ist, die der Unterdrückung durch die Alten hohnlacht. Wir wissen, daß weder die männliche noch die wei–«

»Dr. Freud?« Ein großer Mann, untadeligst gekleidet, aggressiv, aufrecht. Mittlere Jahre eines Lebens im Wohlstand. Freud empfand seine eigene Schäbigkeit. Er erhob sich.

»Dr. Freud, jawohl. Guten Abend. Sie sind–?«

»Mein Name ist Ohler.«

»Ah, Herr Ohler. Und wie geht es Ihrer Frau?«

»Es geht Sie nichts an, wie es meiner Frau geht!« Er versetzte Freud einen scharfen, bösen Schlag mit einem steifen Lederhandschuh auf die linke Wange. Er schlug. Freud. War. Wie erschlagen. Erstaunt. »Wenn Sie satisfaktionsfähig wären und nicht nur ein billiger jüdischer Quacksalber, dann würden Sie mich nun fordern. Wie können Sie es wagen. Wie können Sie es wagen! Meine Frau zur Hure machen zu wollen!« Und er schlug wieder zu. Freuds Freunde griffen nicht ein, sie sahen mit großen Augen zu. Der Mann schritt steif davon. Freud rieb sich die Wange. Mein wei–

Er rieb sich die Wange, dem jungen Mann auf der Couch unsichtbar. Er hörte zu.

»Und ich kann nicht. Ich kann es nicht.«

»Sie sind Jurist«, sagte Freud. »Sie wissen so gut wie ich, daß es kein Gesetz gibt, das es verbieten würde. Die Kirche sieht es natürlich nicht gerne. Das Alte Testament berichtet von der Sünde Onans. Aber es gibt kein Gebot, das lautet: Du sollst nicht onanieren. Verbot und Strafe bleiben der Natur überlassen.«

»Dann – dann ist es wahr? Was man immer sagt – daß es physische Folgen hat? Daß man blind wird, wahnsinnig?«

»Aberglauben«, sagte Freud lächelnd. »Nein, ich meine damit, daß die Natur beabsichtigt hat, daß der Samen sich während des gesunden, lebenspendenden, liebevollen, normalen Vorganges einer Paarung verströmt. Ein Mann und eine Frau. Machen Sie so weiter, und Sie werden am Ende sein wie Narziß in der alten Sage – sich selbst liebend, unfähig, eine Frau zu lieben. Verstehen Sie mich?«

»Aber ich– ich meine, ich denke mir ja, wenn ich– ich stelle mir Frauen vor – jeweils eine, meine ich. Immer eine andere.«

»Es gibt Leute, die würden sagen: Warum sich auf eine beschränken, wenn die Auswahl so groß ist?«

»Aber ich komme immer wieder zurück auf – sie.« Er versuchte, den Hals zu drehen, angstvoll, wollte in Augen sehen, die ihn nun sicherlich zermalmen würden. Freud blieb gelassen.

»Ihre Mutter?«

»Wie können Sie das wissen – wie haben Sie das erraten?«

»Ich werde Ihnen ein Berufsgeheimnis anvertrauen. In den letzten Jahren habe ich umfangreiches Fallmaterial über Angstzustände neurotischer Natur zusammengetragen. Etwa hundert Fälle. Jeder einzelne davon geht auf eine sexuelle Ursache zurück. Verstehen Sie? Sie klagen stöhnend über Ihre sexuellen Schuldgefühle, aber es gibt kaum einen Mann oder eine Frau in Wien, die nicht in derselben Lage wären, auf die eine oder andere Weise. Wenn es schlimm wird, entsteht eine Neurose. Wenn es nur ein leichter, permanenter, irritierender Schmerz ist, das ist Normalität. Wir haben alle unsere Sexualprobleme.«

»Aber nicht wie dieses – nicht mit–«

»Ja, jeder von uns will die große Ausnahme sein! Gehen Sie gelegentlich ins Theater?«

»Manchmal, ja. Was hat das damit zu tun?«

»Gehen Sie heute abend hin. Ich werde jedenfalls gehen.«

»Was wird gespielt?«

Freud lächelte und zündete sich eine Zigarre an.

Es war eine Nachdichtung, keine genaue Übersetzung. Die Freuds teilten sich eine Loge mit den Breuers. Ödipus rief in furchtbarer Qual:

»Er sei verflucht, der Mann, der sich erbarmte,
der dem hilflosen Kind zur Hilfe kam, der Lebenspender.
Unschuldig wäre ich gestorben. Hier nun steht er,
Söhne und Töchter Thebens, eure Schande,
Urheber eurer Pest – hier, Ödipus,
Mörder des Vaters, Schänder seiner Mutter – nun
laßt allen Augen mich verborgen sein.
Laßt mich hinweg, des Tods unwürdig. Laßt mich wandern
und meine Hölle nähren. Stoßt mich aus.
Tut Schlimmeres mir an. Oder ein Bessres.«

Kreon sprach:

»Die Götter müssen's weisen. Ich warte des Wortes.«
»Das Wort ist dir geworden.
Der Gott hat dem Schänder den Tod verhängt.«
»Wir warten deutlicherer Weisung. König ist König.
Laßt uns hineingehen.«
»An diesem Altar ein Gebet,
der oftmals Zeuge war, wie die Familie
vereinigt Lob und Dank darbot. Laßt mich gehn.
Ein Mann kann dort nichts Übles.«

Und die bewaffnete Wache des Palasts ließ ihn in den Vordergrund der Bühne treten. In den zusammengepreßten Fäusten hielt er die Spangen der toten Jokaste. Er hob sie zu den Augen und stach sie sich aus. Der Chor schrie auf:

»Schrecken. Schrecken über Schrecken.«

Ödipus sagte mit schwacher Stimme:

»Dunkel, dunkel. Die Sonne brach hier
zum letzten Mal.«

Der Chor brüllte:

»Die Augen der Welt sind leer.
Die Götter schreien:
Gift finden sie im Becher.
Die Berge schmelzen,
das Meer ist voll Blut.
Der aufsteigende Mond
verbirgt das Gesicht.
Der Tag kommt nicht wieder.«

Ödipus, das Gesicht eine blutüberströmte Maske, wurde stolpernd davongeleitet.

Sie tranken anschließend zusammen Kaffee und aßen etwas Gebäck. Die Geiger spielten den Kaisermarsch. Düfte: Pomade, Kölnisch Wasser, erlesenere Destillate. Pelze, Federn. Das ganze bourgeoise Wien schien versammelt. Freud mußte mit lauter Stimme sprechen, um sich Gehör zu verschaffen.

»Natürlich sticht er sich nicht eigentlich die Augen aus. Die Augen sind sozusagen die aufwärts verschobenen Genitalien–«

»Bitte, Sigmund!«, sagte Martha, mit schwacher Stimme wie Ödipus. »Seine Schuld kann nur durch die Kastration gesühnt werden.« Die Leute begannen neugierige Blicke herüberzuwerfen. Er blieb völlig unbekümmert. »Die Schuld ist furchtbar groß, weil das Verbrechen so furchtbar ist. Doch warum ist das Verbrechen furchtbar?«

»Den eigenen Vater zu töten«, sagte Breuer. »Da muß man doch sicher nicht lange fragen, warum.«

»Oh, dies Verbrechen meine ich nicht. Ich meine die Verbindung mit der eigenen Mutter.«

»Bitte, Sigmund!«

»Schau«, sagte er dringlich. »Die Geschlechtlichkeit ist nun einmal das wichtigste Thema der Welt. Ich werde es langsam müde, stets mit gedämpfter Stimme davon reden zu müssen.«

»Das wichtigste Thema für dich, Sigmund«, sagte Breuer. »Nicht für alle.«

»Ich weiß schon. Du hast mir vor langer Zeit einmal gesagt, ich dürfe meine eigenen Prioritäten nicht als die der ganzen Welt betrachten. Aber meine Arbeit hat mich zu der Überzeugung gebracht, daß mehr Gehirnraum und Lebenszeit von der Sexualität besetzt werden, als die Welt es sich einzugestehen wagt. Schuldgefühle wegen geschlechtlicher Dinge. Tabus. Gedanken, Träume, Phantasien über Sexualität! Sexualität!«

»Die Leute schauen uns schon an, Sigmund.«

»Die Sexualität liegt allem zugrunde.« Ein paar flüsternde Herren hörten auf zu flüstern und sahen mit schockierter Neugier zu Freud herüber. »Nehmen wir diesen Fall von dir, Josef – Anna O., wir haben uns auf dieses Pseudonym geeinigt, obwohl wir eigentlich gleich Bertha Pappenheim sagen könnten–«

»Nicht doch«, knirschte Breuer, »sie ist vielleicht hier.«

»Das ist vorbei«, sagte Frau Breuer aufgeregt. »Er will nicht mehr davon reden. Vorbei – nicht wahr, Josef?«

Breuer lief rot an. »Ich will nicht darüber reden.«

»Genau. Es ist peinlich. Ein klinischer Fall, eine nüchtern-medizinische Angelegenheit, aber peinlich. Sie hatte nämlich eine hysterische Schwangerschaft und machte dich dafür verantwortlich. ›Ich bekomme ein Kind von Dr. Breuer‹, sagte sie.«

»Still, Sigmund«, brachte Breuer hervor, »hörst du?«

»Ein simpler Fall psychologischer Übertragung. Kommt bei mir ständig vor.«

»Sigmund«, sagte Martha, »du hast mir nie–«

»Ach, es hat nichts zu bedeuten, nichts Persönliches jedenfalls. All diese sich ergießenden hysterischen Gefühle – sie müssen sich an irgendjemand festhalten. Und als Anhaltspunkt dient das nächstmögliche Objekt – der Arzt selbst. Neulich hat eine meiner Patientinnen mich umhalst und hat angefangen, mich zu küssen. Dann kam Gottseidank Grete mit dem Kaffee herein–«

»Sie hat nie etwas zu mir gesagt – Und du auch nicht–«

»Ein vernünftiges Mädchen. Eine rein klinische Angelegenheit, ohne jegliche persönliche Bedeutung.«

»Ich verstehe«, sagte Martha. Frau Breuer wechselte das Thema. Sie sagte:

»Ich hatte den Eindruck, sie spielten heute abend sehr gut.«

»Wer?« fragte Martha dankbar. »Oh, das Ensemble. Ein wenig arg viel Geschrei und Gekreisch, dachte ich.«

»Genau«, sagte Freud. »Hysterie. Die unbegriffene Schuld. Und ich komme auf meine Frage zurück: warum diese Schuldgefühle? Gut, wir setzen fraglos voraus – zunächst einmal wenigstens –, daß der Inzest mit der Mutter von allen Ideen auf der Welt die ist, die dem mächtigsten Tabu unterliegt; warum aber nun die Hysterie des Theaterstückes, eine Hysterie, die der Schauspieler mit entsprechender eigener Hysterie beantworten muß–«

»Wie gesagt«, sagte Breuer, »der Mord am Vater–«

»In der Tat: wie gesagt, der Beischlaf mit der Mutter– *warum* ist das schlimm?«

»Du meinst, es sei in Ordnung?«

»Das hab ich nicht gesagt. Ich will den Grund hinter dem Tabu, dem Verbot wissen.«

»Ach Sigmund, warum dem nachgehen?« sagte Frau Breuer. »Es ist ja nur ein groteskes altes Märchen, eine Schauergeschichte–«

»Nein, *Ödipus* ist mehr. Das Stück hat eine tiefe und, sagen wir, unmittelbare Wirkung. So schrecklich und bewegend heute abend wie vor zweitausendfünfhundert Jahren. Warum fühlen wir uns von Ödipus' Tragödie so angerührt? Weil wir er selbst sind.«

»Herr Ober«, rief Breuer, »bitte zahlen.«

»Ein grundlegendes und geheimnisvolles Problem, das die Gegenwart uns jedoch zu diskutieren verbietet. Die alten Griechen waren nicht so furchtsam. Sie wußten um die entsetzliche Faszination des

Inzests. Was am strengsten verboten ist, wird zutiefst begehrt. Ich muß etwas darüber schreiben–«

»Ja, tu das, Lieber«, sagte Martha eifrig. »Schreib darüber.«

»Werde ich, werde ich. Aber wir sollten es zunächst diskutieren. Dialektik. Das Widerspiel der Ideen. Weißt du, was meine Mutter zu mir gesagt hat, Martha, als ich ihr angekündigt habe, ich wolle heiraten? Sie hat gesagt: ›Wenn ein Mann heiratet, läßt er sich von der Mutter scheiden.‹ Altes jüdisches Sprichwort.«

»Der Kellner trödelt«, sagte Frau Breuer. »Vielleicht können wir im Hinausgehen an der Kasse zahlen.«

»An der Kasse, ja«, sagte Breuer und erhob sich. Man stand auf, drei eilig, einer widerstrebend.

»Inzest. Inzest!«

»Bitte, Sigmund–«

Sigmund sah im neuen Wandspiegel einen vierzig Jahre alten Arzt mit einem adretten, wenn auch ergrauenden Bart. Nicht wohlhabend, noch nicht. Der Luxus des Zimmers war ganz auf die neue Couch und die Kissen darauf beschränkt. Eine junge, hübsche Frau lag dort, in großer, quälender Verwirrung.

»Und wo, Fräulein Ilse, war zu diesem Zeitpunkt Ihre Mutter?«

»Ich kann mich nicht mehr erinnern.«

»Sie meinen, Sie wollen sich nicht daran erinnern. Bemühen Sie sich, sich das Haus vorzustellen, das Zimmer. Es war Sommer, die Sonne schien–«

»Es hat geregnet. Der Regen drang durch das Dach.«

»Sie haben den Regen gesehen? Wo?«

»Er kam in das Schlafzimmer. Eine kleine Regenpfütze war auf dem Boden. In der Ecke.«

»Und Ihre Mutter?«

»Sie hatte sich hingelegt, glaube ich. Auf dem Sofa im Wohnzimmer. Sie las. Sie lag da, als ich nach oben ging.«

»Warum sind Sie nach oben gegangen?«

»Ich weiß nicht mehr.«

»Und als Sie in Ihr Zimmer kamen, wartete der Mann auf Sie. Wie war er hereingekommen?«

»Ich weiß nicht.«

»Warum sind Sie nicht davongerannt? Sie hätten die Treppe hinunterlaufen und Ihre Mutter rufen können.«

»Ich hatte Angst.«

»Also ließen Sie diesen Mann das tun, wovon Sie erzählt haben –

in Ihre Hand – diese Hand, die Hand, die Sie nicht bewegen können.«

»In meine Hand. Er hat mich gezwungen.« Tränenerstickt. »Ich mußte es in die Hand nehmen.«

»Und was hat der Mann dann getan?«

»Ich kann mich nicht entsinnen.« Hysterisch. »Ich kann nicht.«

»Hören Sie gut zu, Lise. Ich weiß, wer dieser Mann war. Es war Ihr Vater, nicht wahr?«

»Nein nein nein nein!«

»Es war Ihr Vater. Versuchen Sie jetzt, sein Gesicht zu erkennen. Es war Ihr Vater, nicht wahr?«

Sie schluchzte und schluchzte.

»Sie dürfen sich nicht schuldig fühlen. Und mit Ihrer Hand ist alles in Ordnung, es fehlt ihr nichts. Sie werden sehen. Wenn Sie das, was geschehen ist, akzeptieren, werden Sie sehen – wenn Sie nicht mehr dagegen ankämpfen. Begreifen Sie, Ilse, es ist eines der ältesten Dinge der Welt – die Liebe eines Vaters zu seiner Tochter, die Liebe einer Tochter zu ihrem Vater. Und manchmal wird es auch zu *dieser* Liebe. Sie haben nicht gerufen, sich nicht gewehrt, weil Sie es wollten – versuchen Sie das zu akzeptieren. Es ist Tausenden und Abertausenden von Mädchen so ergangen. Es gibt da kein Verbrechen, keinen Schmutz. Sie haben versucht, die Hand, die ihn hielt, zu bestrafen – durch eine Lähmung. Die Macht des Unbewußten ist gewaltig – es vermag alles. Verstehen Sie? Schauen Sie – Ihre Hand bewegt sich. Sehen Sie nur die Finger–«

Sie waren acht bei Tisch an diesem Abend, bei dem üblichen kalten Abendessen. Fünf Kinder und die Eltern und Minna, Marthas Schwester, eine große, hagere, scharfzüngige Frau. Martha sagte:

»Ein gewisser Herr hat sich heute nach dir erkundigt, Minna.«

»Du sagst das jeden Tag«, entgegnete Minna. »Es ist nett von dir, daß du dir Mühe gibst, mich davon zu überzeugen, daß ich noch begehrenswert bin. Aber ich will nicht unbedingt begehrt werden. Trotzdem vielen Dank. Wer war der Herr?«

»Aha«, sagte Freud.

»Ich frage aus reiner Höflichkeit. Wenn meine Schwester sich die Mühe macht, einen Herrn für mich zu erfinden, kann ich zumindest versuchen, sie davon zu überzeugen, daß ihre Erfindung nicht völlig vergeblich war. Noch Kaffee, Sigmund?«

»Bitte, ja. Oder – nein, ich glaube, ich mache noch eine Flasche Riesling auf. Ich sollte es zur Feier meines hundertsten Falles von– elterlichen Übergriffen tun.«

»Sigmund, bitte – die Kinder!«

»Meinst du«, fragte Minna, »die Erbeutung eines neuen Falles oder eine gelungene Heilung?«

»Oh, geheilt ist sie«, sagte Freud gleichgültig. »Lähmung der rechten Hand. Das Glied, das Ärgernis gegeben hatte. Glied – interessant.«

»Sigmund–«

»Was ich interessant finde«, sagte Minna, »ist die Tatsache, daß du die Heilungen als selbstverständlich voraussetzt. Was dir Spaß macht, sind die Krankheiten.«

»Nicht die Krankheiten. Lediglich der weite, geheimnisvolle Raum, in dem sich die Krankheiten bilden. Ich glaube, mein Buch ist jetzt beinahe fertig.«

»Du willst es unbedingt veröffentlichen?«

»O ja, natürlich. Das Evangelium muß verbreitet werden.«

»Man wird dich steinigen.«

Martha sagte beunruhigt: »Sigmund, ich hoffe, du wirst nicht–«

»Werde mich nicht noch unbeliebter machen, als ich es eh schon bin? Das ist ein kleiner Preis für das Privileg, die Wahrheit verbreiten zu dürfen.«

»Ich habe heute auf dem Markt Frau Doktor Schlimmbein getroffen«, sagte Martha. »Sie hat rein durch mich hindurchgesehen. Wie durch Glas.«

»Es tut mir leid, Martha, daß du darunter zu leiden hast. Aber möchtest du mich selbstgefällig und stupid und pompös haben wie Dr. Schlimmbein?«

»O nein, es macht mir im Grunde nichts aus. Nur–«

»Nur wünschst du dir«, sagte Minna, »daß dein Mann nicht ganz so unbeugsam und kompromißlos wäre. Ich hatte auch einmal einen kompromißlosen– Verlobten.«

»Aber der«, sagte Martha, »war nur kompromißlos, was Sanskrit betraf. Niemand macht sich Gedanken wegen Sanskrit.«

»Du würdest dich wundern«, sagte Minna. »Es gibt einige höchst erotische Schriften, die auf die Übersetzung aus dem Sanskrit warten.«

»Bitte, Minna, die Kinder–«

Minna wandte sich an den kleinen Martin. »Erotisch, sexuell – kennst du diese Begriffe, junger Mann?«

»Minna!«

»Sexuell«, antwortete Martin, »ist das, was Vater und Mutter tun. Aber jetzt nicht mehr so oft.«

»Martin!« Sogar Freud errötete. Minna lächelte.

»Das andere Wort weiß ich nicht. Aber ich finde es schon heraus.«

Nicht mehr beinahe fertig – jetzt völlig fertig. Das dicke Manuskript lag auf Dr. Krafft-Ebings Schreibtisch. Ein Tablett mit Kaffeegeschirr stand darauf; vergossener Kaffee machte einen Teil des Swastika-Musters des Tabletts unkenntlich. Dr. Krafft-Ebing jedoch, ein gutaussehender Fünfziger, hatte nichts Nachlässiges oder Unkontrolliertes an sich. Sein Anzug war neu und steif. Sein Begrüßungslächeln verband Nachsicht und Vorsicht.

»Wie ich sehe, haben Sie es durchgelesen.« Freud entfernte ein paar Papiere aus einem Sessel und nahm Platz.

»Dr. Freud – Sie kennen meine Bücher – mein veröffentlichtes Werk. Sie würden es wohl nicht als das Werk eines Mannes ansehen, der für die Unterdrückung von, hm, gefährlichen Ideen ist?«

»Sie haben es zum Teil auf Lateinisch geschrieben, Herr Professor. Das war in gewisser Weise eine Form von Unterdrückung.«

»Seien Sie vernünftig, Mann. Der Welt in einer lebenden Sprache von sexuellen Perversionen zu berichten – Koprophilie, Nekrophilie, Sodomie . . . liebe Zeit, ich mußte mich glücklich schätzen, daß ich es auf Lateinisch veröffentlichen konnte. Und selbst das Latein hat seine Wirkung gehabt. Unsere törichten Beamten beginnen zu begreifen, daß das, was sie Sexualverbrechen genannt haben, tatsächlich Sexualerkrankungen sind. Die Irrenanstalt, Dr. Freud, nicht das Zuchthaus–«

»Wo liegt der Unterschied? Es scheint in keinem Falle eine Heilung möglich.«

»Warten Sie. Vielleicht müssen wir lange warten. Wenn wir die Struktur des Menschengehirns begreifen, werden wir jegliche Geisteskrankheit kurieren können. Aber nie werden Geisteserkrankungen auf *Ihre* Art zu heilen sein.«

»Dieses Buch, Herr Professor Krafft-Ebing, ist eine Dokumentation von Heilungen. Einige vollständig, andere provisorisch, doch in jedem Falle Heilungen.«

»Geheilte Hysterie, was ohnehin keine Krankheit darstellt.«

Freud sprach nicht ohne Erregung. »Eine Frau kommt zu mir mit unheilbarer Migräne, eine andere mit Lähmungen, wieder eine mit Selbstmordgedanken. Auch Männer, mit Verfolgungswahn, mit paralysierenden und unbegreiflichen Schuldgefühlen, mit ruinösen Ängsten – ich habe sie geheilt. Zu sagen, sie seien hysterisch, die Krankheiten seien eingebildet oder simuliert, heißt soviel wie zu sagen: der Schmerz ist nicht wirklich, der Lahme könnte gehen, der

Blinde sehen, wenn er nur wollte. Alles nur, weil die physiologische Ätiologie fehlt. Doch die Wahrheit über viele Erkrankungen ist der traditionellen Halbwahrheit diametral entgegengesetzt. Sie sagen, der Körper wirke auf das Bewußtsein. Ich sage, das Bewußtsein kann auf schrecklichste Weise auf den Körper wirken. Das Geheimnis einer Neurose liegt tief im Erinnern des Patienten verborgen, in dem weiten unerforschten Reich des Unbewußten. Dies versuche ich zu erhellen. Ich ziehe die unterdrückten inneren Gründe der Erkrankung ans Licht. Indem ich dem Patienten den Grund seines Leidens zeige, heile ich das Leiden. Oder besser: unter meiner Anleitung heilt der Patient sich selbst.«

»Sie sind sehr beredt. Schauen Sie sich diese Kaffeepfütze an, wie ungeschickt... Sie verfügen über eine gewisse rhetorische Begabung. Ihr Text dort erreicht gelegentlich eine Kraft und eine Eleganz, die man für gewöhnlich eher mit der Dichtung in Verbindung bringen würde als mit der Prosa der wissenschaftlichen Untersuchung. Nein, bitte, hören Sie mich an – es ist luzid, die Argumentation ist logisch aufgebaut, klar dargelegt – aber es gibt da etwas, zu dem ich instinktiv Nein sage. Nein, und nochmals Nein.«

»Und was ist das?«

»Wenn Sie nun in das Unbewußte des Patienten vordringen, dann stoßen Sie auf eine vergessene Erinnerung, die Erinnerung an ein unterdrücktes und entsetzliches Ereignis, welches die Läsion hervorgerufen hat–«

»Keine Läsion. Hier geht es um das Bewußtsein, nicht den Körper.«

»Gut denn, das Ereignis, welches die Hysterie zu begründen scheint, die Neurose, das– psychosomatische Leiden. Darf ich so sagen?«

Freud lächelte ein wenig. »Vielleicht darf ich selbst so sagen. Psychosomatisch ist ein schöner Begriff.«

»Sie verlagern also das Gedächtnis soweit zurück wie nur möglich. Ein Prozeß der Regression, ja?«

»Die Wurzel des Leidens liegt weit in der Kindheit des Patienten. Ich nehme an, das bedeutet: soweit wie nur möglich zurück.«

»Und hier sagt mein Instinkt Nein und nochmals Nein. Sie behaupten, die Ursache einer Neurose ist stets eine sexuelle–«

»Ja, stets. Ich habe nicht mit dem Wunsch begonnen, dies herauszufinden, aber so war es. Ich bin zögernd zu diesem Ergebnis gekommen.«

»Aber– Es sollte jemand das Kaffeegeschirr wegräumen. Aber,

Dr. Freud, Kinder haben keine Sexualität. Das Sexualleben beginnt nicht vor der Pubertät.«

»Auch das entsprach meiner Ansicht. Widerwillig, wiederum sehr widerwillig, sah ich mich gezwungen, anzuerkennen, daß die Sexualität schon fast mit der Geburt beginnt. Daß sie nicht auf die Genitalien oder die erogenen Zonen beschränkt ist. Daß sie ihren Beginn nimmt, wenn der Säugling mit seinen Lippen die Brust der Mutter umschließt.«

»Sie haben es unmißverständlich auf seinen Nenner gebracht. Und meine ausdrückliche Ablehnung bezieht sich auf eine erstaunliche, schockierende, furchtbare, durch und durch unzulässige Theorie–«

»In meinem Buch gibt es keine Theorien. Nur Tatsachen.«

»Tatsachen? Tatsachen?! Sie wollen, daß die medizinische Welt und in der Tat die gesamte Öffentlichkeit hinnimmt, daß Kinder, daß bloße Säuglinge sexuelle Beziehungen mit ihren eigenen Eltern haben? Das legen Sie als Tatsache vor? Der Knabe geht mit seiner Mutter ins Bett und schläft mit ihr? Der Vater tut seiner eigenen Tochter Gewalt an? Tatsachen!«

»Diese furchtbaren Wahrheiten entstammen dem Unbewußten der Patienten selbst. Ich habe sie nicht erfunden.«

Krafft-Ebing stieß einen tiefen Seufzer aus. »Es sind uns in unserer modernen Zeit nur noch wenige Illusionen geblieben. Und doch hätte ich gedacht, wir könnten uns an einer Wahrheit festhalten – der Unschuld des Kindes. Seiner Reinheit. Die kleinen Körper und Seelen der Kinder, ohne den Makel der Lust – der ihrer Eltern oder ihrer eigenen. Nichts in ihrem Manuskript stimmt überein mit den Tatsachen der Kindheit, wie wir sie kennen–«

»Nun aber, durch mein Zeugnis, wissen Sie etwas Neues über die Kindheit. Oder besser gesagt, etwas sehr Altes, das die Welt verworfen hat, weil sie es nicht ertragen konnte, den Mythos von der Unschuld des Kindes aufzugeben. Kinder sind sexuelle Wesen. Unser Mythos von ihrer Unschuld unterdrückt diese Wahrheit und erzeugt Neurosen. Das gehört zu den Themen, über die ich in Kürze schreiben werde.«

»Sie können schreiben, Dr. Freud«, sagte Krafft-Ebing bedeutsam. »Sie können soviele schreiben, wie Sie wollen, von diesen – barbarischen Oden auf die Verderbtheit des Kindes. Aber veröffentlichen dürfen Sie das nicht.«

»*Darf* nicht?«

»Dürfen Sie nicht unter den Auspizien unseres Universitätsverlages. Nicht, solange Sie der Vereinigung der Neurologen Wiens angehören wollen. Die Wiener medizinische Fakultät ist die bedeutendste der Welt – die Welt anerkennt es. Wir werden von New York bis Tokio respektiert, von Stockholm bis zu den Antipoden. Doch was dächte die Welt, wenn sie dies zu lesen bekäme?« Sein Finger stieß unter das Kaffeetablett. Freud holte mehrere Male tief Atem. Er sagte:

»Mit allem schuldigen Respekt, Herr Professor Krafft-Ebing, Sie können mir die Veröffentlichung nicht verbieten. Ich kann wohl unter der Schirmherrschaft der medizinischen Fakultät der Universität Wien nicht mit einer Veröffentlichung rechnen, doch es gibt andere Wege der Verbreitung – Verleger, die weniger Respekt vor überholtem und obskurantistischem Denken empfinden.«

»Besinnen Sie sich, ich bitte Sie. Denken Sie nach. Denken Sie nicht nur an unsere Reputation, sondern an die eigene. Sie schnitten sich selbst den Hals durch.«

Freud erhob sich. Sorgfältig zog er sein Manuskript unter dem befleckten Kaffeetablett hervor. »Das habe ich alles schon gehört. Dieses Buch ist mein neuestes Rasiermesser. Damit wird ein gutes Stück des faulen Fleisches halsstarriger Ignoranz weggeschnitten, ein Stück vom Krebsgeschwür erschlaffter Tradition.«

»Wieder Ihre rhetorischen Höhenflüge! Sie sollten in die Politik gehen, Dr. Freud. Auf jeden Fall sollten Sie das Feld der Neurologie verlassen. Guten Tag.«

Freud verbeugte sich steif und ging. Krafft-Ebing nahm sein Modell des menschlichen Gehirns in die Hände und betrachtete es, als wolle er sich bestimmter Wahrheiten versichern. Dann klingelte er, um das Tablett wegräumen zu lassen.

Freud lag im Bett und träumte. Er befand sich an einem vagen Schattenort, völlig nackt. Konventionell gekleidete Kollegen umgaben ihn und schrieen wie der Chor der Ödipus-Tragödie:

> Dreck, Abschaum, Kot, Verderber, Jude,
> schickt ihn in die Wüste, zeichnet das Vieh
> mit dem Zeichen des Tieres,
> den Verführer der Unschuld, den Sünder des Inzests –

Er träumte, er läge wieder im Bett. Martha versuchte, ihn zu umarmen, aber er stieß sie von sich.

> Er verschmäht das Fleisch des Weibs seiner Lenden,
> er giert nach den eigenen Töchtern und Söhnen –

Er stieg aus dem Bett und lief nackt – die Fußsohlen klatschten leise – zur Tür eines anderen Zimmers. Er ging hinein. Seine Tochter lag da, wach. Sie schrie, als sie sah, wie sich der nackte Mann näherte.

Er erwachte erschrocken und fand sich in einem unschuldigen Baumwollnachthemd unschuldig im Bett liegen. Martha schnarchte leise neben ihm. Noch nicht halb sieben. Vogelrufe von den Dachfirsten Wiens. Er zündete sich eine Zigarre an. Er nahm ein Exemplar seines Buches vom Nachttisch (*nicht* im Verlag der Universität erschienen). Martha fing an zu husten. Hastig drückte er seine Zigarre aus. Er legte das Buch weg. Martha, die an ihrem Husten erwacht war, sah ihn mit blicklosen Morgenaugen an. »Liebchen«, sagte er. Er küßte sie sanft auf die Lippen; sie wich vor dem Tabakgestank zurück. Er wollte sie in die Arme nehmen. »Müde«, sagte sie und wandte sich weg. Er seufzte. Er zündete seine Zigarre wieder an. Er schlug das Buch wieder auf, diesmal aufs Geratewohl, und stöhnte ärgerlich auf beim Anblick zweier Druckfehler. Eine Kirchenglocke begann zu läuten, fern, verloren. Natürlich: es war Sonntag.

Ein Priester in der Marienkirche hielt eine Brandpredigt. »Ihr wißt«, sagte er, »wie ihr in eurem alltäglichen Leben nicht nur an dem Mangel leidet, den uns die schlechte Zeit auferlegt – die Arbeitslosigkeit, die steigenden Preise, sondern auch unter dem Anblick derer, denen es wohlergeht, während ihr Entbehrungen ertragt. Es gibt eine Rasse, wie ihr wißt, meine Brüder, die man vom Mammon gesegnet nennen mag, jedoch von Gott verflucht. Es will mir zuweilen scheinen, daß es dieser Rasse gestattet ist, unter uns zu leben, auf daß wir an die Existenz des teuflischen Prinzips gemahnt werden, dem Gott in seiner unerforschlichen Weisheit erlaubt, uns zu bedrücken und unseren Glauben auf die Probe zu stellen. Muß aber die Langmut Gottes nicht manchmal auf eine harte Probe gestellt werden, wenn er des Schauspiels der übergroßen Gier ansichtig wird, die jene an den Tag legen, die er einst aus der Knechtschaft Ägyptens geführt hat? Und wird er uns nicht verzeihen, wenn wir selbst die Geduld verlieren, wenn unser gerechter Zorn sich erhebt?«

Als er mit Martha an diesem schönen Sonntagmorgen aus dem Haus kam, fand er im Briefkasten, zusammengerollt, die neueste Nummer der medizinischen Zeitschrift, die er abonniert hatte. Vor dem Kaffeehaus sitzend, vor sich im Sonnenlicht den Kaffee mit Schlagobers, las er ihr mit komisch-pompöser Stimme die Rezension seines Buches vor. »›Es mag vielleicht nicht angemessen erscheinen, auf dem Gebiete menschlichen Wissens rassische Unterscheidungen vorzunehmen, doch ich weiß kaum, wie man Dr. Freuds Beitrag – um hier gnadenhalber keine andere Bezeichnung zu wählen – anders einschätzen soll, als indem man ihn mit einer eigenartigen Begabung in Verbindung bringt: derjenigen der landlosen Hebräer, mit ihrer phantastischen Vorstellung, daß die einzige angemessene Gesellschaftsform die Familie ist, mit ihrem Matriarchat und ihrer Tolerierung des Inzests. Für den arischen Verstand erscheint diese widerliche Kompilation von Fallgeschichten als etwas Exotisches und Fremdes. Die Krankheit findet sich nicht in Dr. Freuds Patienten, sondern in seinem eigenen Hirn. Doch wie uns die lange Geschichte der jüdischen Rasse lehrt: was ihnen Gesundheit bedeutet, ist Krankheit für uns, die wir einer anderen Ordnung angehören ...‹«

»Ich hab's dir gesagt«, sagte Martha. »Ich weiß, es ist gemein – aber ich hab's dir gesagt.«

»Und das«, sagte Freud, »ist die einzige Besprechung. Guten Morgen, Schultz.« Der angesprochene Dr. Schultz betrat das Kaffeehaus, ohne auch nur vor Martha den Hut zu ziehen. »Zum Teufel mit Ihnen, Schultz«, zu seinem Rücken gesprochen.

»Ich habe dich gewarnt, Sigmund.« Freud warf Geld für die Rechnung auf den Tisch und stand auf. Martha erhob sich seufzend. Langsam gingen sie die Straße hinunter.

»Exotisch«, murmelte er vor sich hin. »Fremd.«

Ein Mann mit einem Zylinder, der ihnen entgegenkam, zögerte bei ihrem Anblick. Dann grüßte er Martha flüchtig und wandte sich erbittert an Freud. »Ich habe Ihr Buch gelesen. Soviel ich davon noch vertragen habe. Noch nie im Leben habe ich solchen Schmutz gelesen. Wenn Sie glauben, ich überweise Ihnen auch nur einen weiteren Patienten, sind Sie sehr im Irrtum. Und an mir soll es nicht liegen, wenn nicht die gesamte Ärzteschaft Sie boykottiert. Sie Verderber der Unschuld!« sagte er. »Sie Allesbeflecker. Verzeihen Sie, Gnädigste, ich muß das sagen. Sie haben das Recht und die Pflicht, es zu hören. Sie Schmutzfink, Sie pornolalischer Schuft! Sie werden überall geschnitten werden. Denken Sie an meine Worte!«

»Danke, Professor Burkheim«, sagte Freud. Dann sah er–: »Hier geht es gleich weiter«, knurrte er. Er sah, wie aus einer Gruppe Wiener Arbeiter und Kleinbürger ein Mob wurde. Ein Stein durch das Fenster des Pfandleihers Süskind. Ein Lümmel mit klaffenden Zahnlücken zerrte grinsend eine Uhr an ihrer Kette aus der schutzlosen Auslage. Zwei ergriffen fröhlich den lamentierenden Süskind mit seinem schwarzen Käppchen. »Warte hier, Martha«, sagte Freud und schwang seinen Stock wie eine Fackel. Um sich schlagend drang er vor.

»O Sigmund, Sigmund!«

Sie saß leise schnarchend in der Ecke des Zugabteils. Anna gähnte und griff wieder zu ihrem Roman. »Wien«, sagte Freud, die Augen voller Tränen. »Gottseidank haben wir es hinter uns!«

»Noch Mousse au chocolat?« fragte Vanessa Brodie, ganz in Gold mit tiefgerundetem Dekolleté. Ihr Vater schüttelte ohne Lächeln den Kopf und zündete sich eine Frick Giant mit Mundstück an. »Australien hat deinem Husten gut getan«, sagte seine Tochter. »Sehr gut. Die unverschmutzte Luft.« Es war ein gutgemeintes Spielchen; sie wußte, wie schlimm es stand, aber sie sah keinen Anlaß, dem Schlimmsten ins Auge zu sehen, noch nicht gleich. »Sie, Muriel?« fragte sie Professor Pollock. Muriel Pollock nickte gierig und löffelte rasch das Bißchen in den Mund, das von ihrer zweiten Portion noch auf dem Teller lag. Taktlos sagte sie:

»Ich sollte eigentlich anfangen zu rauchen. Es tötet wohl den Appetit ab.«

»Mehr als nur den Appetit«, sagte Frame grob. Vanessa sah ihn vorwurfsvoll an und sagte:

»Val?« Val schüttelte den Kopf und verzog die Lippen zu einem Lächeln. Man mußte zugeben, daß dieses Wohnzimmer mit seiner Eßnische, die als silberne Muschel in Decke und Wand eingelassen war, von behaglichem Reiz war. Monogrammierte Porzellanreplikate vor rostbraunen Vorhängen, graue Sessel, klobig, mit grobgewebten Bezügen, von Bonicelli aus Mailand, Meisterwerke an Behaglichkeit. An den limonengrünen Wänden hingen Gemälde von Paxton, Loewy, Treboux und Voorhees. Auf einem Teakholzsockel stand eine Porträtbüste Vanessas von Hebald, die Länge des Königinnenhalses betont, die Brüste ungerührt, metallen-unrührbar hervorgereckt. Ein Stereofernsehschirm verschwand diskret hinter einem anderen (Wand)Schirm: Gestickte Nymphen und Zentauren von Piers Widener. Kassetten/Platten/Bandmaschine in einem Whitney-Stanford-Kabinettschrank. Hausbar aus der Werkstatt von Franchot Tilyou. Alles perfekt. Val zog eine Fünferpackung billiger Zigarren, Marke »Fidel«, hervor, steckte eine an und sah, wie sich Vanessas Nase verzog. Vanessa drückte auf eine goldene Raute in einer Wandkonsole voll solcher rautenförmiger Knöpfe und fast sofort kam ein stahlglänzender Servierwagen mit dem Kaffee aus der Küche geschnurrt. Val ging zur Bar und brachte einen Untermeyer-Kognak (New York, vor französischen Nachahmungen wird gewarnt) an den Tisch.

»Ich nehme an«, sagte Muriel, wiederum taktlos, »ich kann jetzt genausogut anfangen, mich zu Tode zu essen.« Sie war sehr dick, wenn auch nicht in erster Linie wegen ihrer Freßgier. Da sie dick war, hatte sie sich entschlossen, ihren Zustand als Rechtfertigung ihrer Völlerei zu benutzen.

Frame betrachtete kalt seinen Schwiegersohn, ohne dabei zu versuchen – nicht einmal um seiner Tochter willen – seine Abneigung zu verbergen. »Ich nehme an«, sagte er, »du begreifst, worauf sich– äh– Dr. Pollock bezieht?«

»Muriel«, antwortete Val und schaute kalt durch den Mief seines Rauchs zurück, »spielt scherzhaft auf gewisse prophetische Informationen an, über welche die naturwissenschaftliche Fakultät unserer großen Alma Mater verfügt. Etwas im Zusammenhang mit einem gewissen Himmelskörper.«

Frame brummte böse. »Du schreibst diese Phantastikbüchelchen da«, sagte er. »Ich habe keins davon gelesen, aber ich könnte mir vorstellen, daß die Situation, über die Dr. Pollock und ich und meine Tochter nun nachzudenken haben, sozusagen in dein, äh, phantastisches Ressort fiele.«

»Du meinst also«, sagte Val böse (die distanzierende Bezeichnung »meine Tochter« reizte ihn), »ich gehöre unglücklicherweise der Familie an und muß deshalb informiert werden, weil es früher oder später sich ja doch nicht mehr verheimlichen läßt und ich es erfahre, wahrscheinlich von *deiner Tochter* – etwas, von dem direkt zu erfahren ich eigentlich beruflich gesehen nicht würdig bin. Sir«, fügte er betont hinzu.

»Bitte, Val«, sagte seine Frau und rutschte verlegen mit ihrem Himmelskörper hin und her.

»Entschuldige, Van. Entschuldigung, Sir. Das Gerücht ist also wahr – das aus Südamerika? Über Lynx?«

»Lynx«, sagte Vanessa in dem belehrenden Ton, dessen sie sich manchmal bediente (vor allem, wenn sie äußerst feminin gekleidet war), »wird allen Berechnungen zufolge sich in Kürze der Erde nähern und wird mit seinem Schwerefeld dergestalt auf sie einwirken, daß sich katastrophale Folgen für die Struktur des Planeten ergeben werden –«

»Sowie für die seiner Bewohner«, schloß Val. »Und dann?«

»Dann geht er wieder weg«, sagte Muriel mit seltsam kindischem

Stimmchen, als rede sie von dem Regen, der jetzt angefangen hatte, gegen die Scheiben zu schlagen.

»Nehmen wir an«, sagte Frame, »das Ende der Welt tritt ein–«

»Ah!« sagte Val. »Wann wird das geschehen?« Er trank genüßlich seinen Kaffee aus und schob seine Tasse der Maschine hin, um sie nachfüllen zu lassen.

»Niemand hat gesagt«, entgegnete sein Schwiegervater ärgerlich, »daß es geschehen wird! Was Lynx mit der Erde anstellen wird, bedeutet nicht notwendigerweise ihr Ende.«

»Er geht dann weg, ja?« sagte Val zu Muriel. »Für immer und ewig? Oder kommt er zurück und hinterläßt noch katastrophalere Folgen als das erste Mal?« Die Wissenschaftler sahen einander verstohlen an, als wollten sie sagen: Man soll eben den Laienverstand nie unterschätzen. Frame sagte:

»Wir legen dir die hypothetische Frage vor – in einer Science Fiction-Situation (lächerlicher Begriff, lächerliche Idee): was würdest du da mit dem Ende der Welt anfangen?«

Val zündete sich seine stinkende Fidel wieder an. Er sagte: »Die Situation ist in der Science Fiction nicht unbekannt. Tatsächlich ist es eine ziemlich banale Situation. Wenn die Geschichte nicht damit enden soll, daß alle eben tot sind, dann baut jemand eine Art Arche Noah, und einige Auserwählte, die Besten der Menschheit, gehen an Bord, und durch Gottes oder irgendjemandes Gnade finden sie nach kurzer Raumfahrt einen neuen und überaus wohnlichen Planeten.«

»Die Besten der Menschheit«, wiederholte Frame und nahm einen Schluck Kaffee, mit Zigarettenrauch untermischt. »Und wer entscheidet, wer die Besten der Menschheit sind?«

»Sehr einfach«, sagte Val. »Eine Kombination von hoher Intelligenz und großer körperlicher Fitness, Schönheit wohl auch, nehme ich an, und dabei wahrscheinlich der Nachweis, daß diese Qualitäten sich über einen langen Zeitraum hinweg in der Familie nachweisen lassen.« Er sah Muriel stumm nicken. Was er da sagte, war natürlich äußerst grausam. »Man könnte« – fügte er hinzu, das eben Gesagte mildernd – »hohe Intelligenz und spezialisierte wissenschaftliche Leistungen als hinreichenden Ersatz für die physische Qualifikation ansehen. Wenn man aber auf Fortpflanzung aus ist, was ja wohl der Fall sein dürfte, kann man es sich nicht leisten, allzuviel Untüchtigkeit, im Darwinschen Sinn, genetisch mitzuschleppen.« Er grinste traurig. »Wie ich's sehe, wenn ich mich hier am Tisch umschaue, kann sich aus unserer kleinen Gesellschaft hier nur eine Person qualifizieren. Diese natürlich mit links.«

»Du gibst zu«, sagte Frame, »daß du die Qualifikationen nicht hast? Nur eine Hypothese, versteh mich recht. Wir reden jetzt von einem Buch. Ein nach deinem Bilde gezeichneter Charakter könnte es nicht schaffen, das gibst du zu?«

»Ich bin ziemlich gesund«, sagte Val, »wenn es in meiner Familie auch eine Neigung zur Herzschwäche gibt. Sowie eine zur Bronchitis. Was die Intelligenz betrifft, wie soll ich das beurteilen? Wenn spezielle naturwissenschaftliche Kenntnisse ein Desiderat sind, bin ich draußen. Ich bin ein Amateur, ein Literat, sogar eine Art Dichter. Mein Buch würde wahrscheinlich damit enden, daß der Held, ein Dichter, mehr oder weniger nach meinem Bilde erschaffen, eine Ode verfaßt, während die Welt zusammenbricht. Ein unnützes Vorhaben, aber mein Typus ist wohl auch unnütz.«

»Dieser Mann«, sagte Frame, »wäre verheiratet. Verheiratet mit–«

Wieder bewies Val eine rasche Auffassungsgabe. »Mit jemand wie Vanessa. Er würde beobachten, wie das Raumschiff am Himmel kleiner wird und immer kleiner, und diese Vanessa würde dabei unter Tränen, aber tapfer und unsichtbar und pflichtgetreu winkewinke machen. Ist es das«, fragte er, »was geschehen wird?«

»Nein.« Sagte Vanessa, Gesicht und Nacken errötet.

»Also keine Science Fiction«, sagte Val. »Ich wußte es. Komisch, ich habe in Romanen geschildert, wie Menschen mit Entsetzen und Ungläubigkeit und so weiter diese Sätze des endgültigen Schreckens hören, und hier sitze ich – hier sitzt auch ihr – und, na ja, ich will noch Kaffee.« Die Kaffeemaschine kicherte gurgelnd.

»Eine Hypothese«, sagte Frame. »Das ist alles.« Man merkte ihm nun die Flugmüdigkeit an. Er fing an, zu husten. »Wie es so schön heißt, wir wollen erst–« Er hustete.

»Ich weiß, was du von mir hältst«, sagte Val wütend. »Ich bin nur ein Stück Scheiße, verglichen mit diesem Polizisten, dem Sohn von deinem australischen Spezi.«

»Nicht vor Dr. Pollock!«, sagte Frame. »Kannst du mich nach Hause fahren, Muriel? Ein wundervolles Essen, Vanessa. Auf daß wir noch oft so zusammenkommen.«

»Nächsten Mittwoch«, sagte Vanessa. »Weihnachtsessen.«

»Wird man im Weltraum Weihnachten feiern?« fragte Val. »Oder ist Christus eine allzu unwissenschaftliche Figur?«

»*Bitte,* Val!«, sagte Vanessa. Muriel Pollock holte sich in raschem Watschelgang Tasche und Mantel aus dem Schlafzimmer. Frame hustete gute Nacht. Vanessa gab ihm einen Kuß auf die Wange, Muriel auch. Sie gingen. Die Gastgeber hörten, wie sich ein Husten den Korridor vor der Wohnung hinunter entfernte. Val schenkte sich noch Kognak ein. Er ließ sich mit seinem Glas auf das Bonicelli-Sofa fallen.

»Ich habe ihn nie geliebt«, sagte Vanessa, die, wunderbar in ihrem Gold, ihm gegenüberstand und in sein hoffnungslos gerunzeltes Gesicht sah. »Du hast das doch immer gewußt. Es war nur die Idee von Vater. Dich liebe ich, jetzt und immer.«

»Warum, Van, warum, warum?« Die verzerrten Züge drückten jetzt nur noch reine Müdigkeit aus.

»Das ist keine Frage, die man stellen kann. Du weißt, daß ich dich liebe. Warum kannst du mich nicht auch ein wenig lieben?«

»Nimm an«, sagte Val, »daß ich nicht gut genug bin für dich. Ich meine das ernst. Daß ich nicht gut genug bin, das liegt im Bett zwischen uns.«

»Früher einmal hast du nicht vom Gutgenugsein geredet. Die Liebe redet so etwas nicht daher.«

»Das Wissen kann die Liebe nicht ausstehen. Daß ich dich besser kenne, das hat mich verändert. Zu wissen, daß du mich umfaßt, wie du das Frobisher-Theorem und die deuteroastrale Anomalie umfaßt und– ach, den ganzen Rest.« Sie kniete jetzt vor ihm. Er konnte die doppelte Schwellung ihrer nackten Brüste sehen, vom Gold umsäumt, und hätte auch das Schwellen der Begierde spüren sollen, was nicht der Fall war. Er wußte, es würde einfacher sein, wenn er Begierde empfände. Viele Ehen lebten aus der Begierde und aus sonst nichts, und es gab einfache, geheime Kniffe, die Begierde zu schüren.

»Stell das Glas weg«, ordnete sie an, und saß nun neben ihm auf dem Sofa, warm und golden. Er schloß die Augen und versuchte, ein Bild von Tamsens Leib heraufzurufen, oder vom Leib einer anderen, alle im Grunde dieselbe – dunkel, stark riechend, heiß, unwissend. Er übte nun Grausamkeit, kalt, er haßte sich dabei, er hörte sich sagen:

»Heute, nach der Vorlesung, hatte ich ein Mädchen in meinem Büro. Eine Studentin. Eine kleine Nutte. Nicht wert, dir den Tischcomputer abzustauben. Sie machte eine Bemerkung über mein Ausgehungertsein, wie sie das nannte. Ich war hungrig.« Sie löste sich von ihm, wie er es erwartet hatte. Er schaute in ihre Augen, in das arktische Blau, und wußte nicht ganz, was er dort eigentlich zu sehen hoffte – Ekel, Schmerz, Verwunderung. Es sah aus, dachte er, wie Verwunderung. Oder war es Mitleid? Er hatte sein Kognakglas nicht weggestellt. Nun trank er und sah sie über den Rand hinweg an.

»Eine Menge Männer sind so«, sagte sie ruhig. »Es gibt da ein altes Buch von Montrachet, *Nostalgie de la boue.* Sie können die Liebe als Beziehung zwischen Gleichen nicht ertragen. Sie wollen den Geschlechtsakt als Schmutz, als Inbesitznahme. Ich mach ihnen, mach dir keine Vorwürfe. Aber ich bin ein wenig enttäuscht. Ich dachte, du lernst etwas. Bin keine so gute Lehrerin, wie ich dachte. Vielleicht solltest du Montrachet lesen. Es gibt auch noch dieses Dings von Peter Nichols–«

»Wenn dann – oder falls dann–«, sagte er, »ach, morgen früh werde ich mich fragen, ob ich diese Lynx-Geschichte geträumt habe. Dann werde ich dich fragen, und es wird kein Traum gewesen sein. Aber wenn das geschieht, wenn es geschehen ist, und du stündest vor dieser Science Fiction-Entscheidung, du wärst an der Spitze dieser Weltbesten, und– ach, wovon rede ich bloß?«

»Ich würde nie ohne dich gehen«, sagte sie fest.

»Nach dem, was ich dir gesagt habe, und all dem anderen, was ich dir sagen könnte, aber nie gesagt habe?«

»Ich erkenne das nicht an, das Scheitern der Liebe, einer Ehe. Wir würden zusammen gehen, wir würden irgendwo lernen, *du* würdest es lernen–«

»Und wenn ich mich zu gehen weigerte? Einmal vorausgesetzt, natürlich, daß man mich gehen ließe?«

»Das wäre eine der Bedingungen«, sagte sie. »Ich weiß, ich will es mir noch nicht eingestehen, noch nicht, aber bald muß ich. Vater wird sterben. Was ich weiß, hat er mir beigebracht. Ich habe der Wissenschaft, also der menschlichen Rasse gegenüber eine Verpflichtung. Aber ich lasse mir nicht diese kalte unpersönliche Computerentscheidung aufzwingen. Wenn Vater sich das Recht einer persönlichen Nominierung nimmt, ohne sich um die sogenannte Fairness der Computerwahl zu bekümmern, beanspruche auch ich dieses Recht.«

»Was bring ich schon für die menschliche Rasse. Ich hab einen Kopf wie ein Flohmarkt, moralisch gesehen bin ich ein Abfallhaufen. Mein Geschlechtsleben ist, wie du mir freundlicherweise mitgeteilt hast, nur ein Schnüffeln im Dreck.«

»Denk nicht an die Rasse. Denk an mich!«

»Du bist also nicht gänzlich vollkommen. Es steckt menschliche Tugend in dir, Korruption, heißt das.« Sie sagte nichts und sah prüfend auf ihre goldenen Nägel. »Dein Vater hat die Oberleitung, ja? Oder wird sie haben.«

»Ich hab dir von der Sitzung der Akawiss erzählt, letzten Monat. Er ist wieder zum Präsidenten gewählt worden.«

»Das ist mir in seiner Bedeutung da nicht aufgegangen. Ihr wißt das alle schon seit einiger Zeit, was?« Sie nickte, den Blick auf ihn gerichtet. Sie sagte:

»Ihr werdet alles noch früh genug erfahren. Es wird Zeit sein, es zu begreifen, Zeit, sich vorzubereiten. Zeit, noch alles herauszuholen aus–« Sie machte eine schlaffe, aber anmutige Handbewegung, die den Raum zu umschließen schien, in welchem sie saßen, die Kultur, die Ehe, Sex möglicherweise, und auch die Natur draußen, türkischen Honig, Bier in Arbeiterkneipen – nein, das wohl nicht. »Wir gehen jetzt besser ins Bett.«

»Nein.« Er schüttelte energisch den Kopf. »Weihnachten steht vor der Tür. Wann, übrigens steht das andere vor der Tür, das Endgültige?«

»Im Herbst«, erwiderte sie. »Sehr angemessen, könnte man sagen.«

»Also unser letztes Weihnachten.« Er stand auf. »Ich gehe in die Stadt runter. Ich muß so viel von der unvollkommenen Menschheit wie möglich in mich einsaugen.«

»Ich komme mit.«

»Nein, Van. Dir gefällt sowas nicht. Außerdem würden die simplen Freuden der Armen und der einfachen Leute im Angesicht deiner entsetzlichen Vollkommenheit in sich zusammensinken. Ich komm nicht allzuspät. Außerdem habe ich über einiges nachzudenken. Ich finde, daß ordinäre Kneipen tiefen Gedanken förderlich sind.«

Der atomgetriebene Schwebzug von der Roelantsen-Station brachte Val in etwas mehr als zwanzig Minuten nach Manhattan, 57th Street/Third Avenue. Auf den Straßen und in den Bars des Basso ging es lebhaft zu. Der Regen hatte sich zum ersten dünnen Schnee verdickt. Weihnachten lag schwer in der Luft. Betrunkene liefen herum; es kam hie und da zu Gewalttätigkeiten. Unterprivilegierte junge Teutprots suchten Streit mit privilegierten Schwarzen, Braunen, Schwarzbraunen, provozierende Schreie in ihrem unterprivilegierten Argot ausstoßend: »Willst auf die Schnaffe, eho, kommher, Rotzer, kriegst eins ins Gelaiche, schmiern dir die Dengel.« Val trank sich von Bar zu Bar – Manhattans mit vier Oliven, sogenannte GNYS – und sah, daß die Geschäfte in der Fifth Avenue alle noch gute Umsätze machten, trotz des späten Abends. Vor Yamasaki's, die ganze Fassade ein Lichtermeer mit Immergrün, hatte ein Weihnachtsmann – doppelt so dick wie Muriel Pollock, und die war weiß Gott dick genug – Schwierigkeiten mit einer Bande Teutprots. Sie rieten ihm, sich seine Klingelglocke doch in den Aftusius zu jucken. Er ließ sich nichts gefallen. »Drecksäcke«, schrie er, »Abschaum!« Mit einem dicken Handschuh, der offenbar mit Schrot gepolstert war, schlug er um sich: einer der Kerle, den es am Ohr erwischte, schlitterte in die Gosse. Ein Kaufhausangestellter schaute beunruhigt aus dem nächstgelegenen Eingang herüber. Fünf Jungen warfen sich knurrend auf den Weihnachtsmann und rissen seinen roten Mantel in Fetzen. Darunter trug er alte geflickte graue Hosen. Sie rissen auch an denen. Der Weihnachtsmann schrie unchristliche Verwünschungen und schlug brutal drein. Dem Manager rief er zu: »Warum hilfst du mir nicht, du Arsch, du Rotznase?« Der blickte ihn unheilverkündend an, half jedoch weiter nicht. Val griff nun selbst ein. Er war trotz seines Bauchansatzes schnell und gelenkig, und er konnte mit seinen Händen ein paar Tricks, die er vor vielen Jahren als Lehrer im Astoria-Distrikt in Queens gelernt hatte. Er und der Weihnachtsmann schlugen die Lümmels rasch zurück. Dann kamen zwei Polizisten um die Ecke, und die Jungs hatten keine Lust mehr, ihre Attacke zu wiederholen. Der Kaufhausmanager sagte:

»Was haben Sie eben zu mir gesagt, Willett?«

»Arsch, soweit ich mich erinnere, sowie Rotznase. Und nun, da ich wieder etwas bei Atem bin und Muße habe, möchte ich noch hinzufügen, daß Sie ein Kackstengel sind, eine verpißte Flachpfeife, ein debiles Rübenschwein. Und natürlich ein Feigling.«

»Sie fliegen raus, Willett. Geben Sie mir das Kostüm!«

Willett riß ab, was noch nicht zerrissen war, und stand nun in gewöhnlichen Armsünderkleidern da, mit einer roten, pelzbesetzten Mütze auf dem Kopf. Die stülpte er dem Manager über den Kopf wie einen Kerzenlöscher und drapierte um ihn die zerfetzten Tuchbahnen, genug für ein großes rotes Segel. »Um es bei einer klassischen Formulierung bewenden zu lassen: ich kündige. Sie Bube und Bettseicher!« Zu Val sagte er: »Ich danke Ihnen, mein tapfrer Freund, gehen wir was trinken.«

Sie betraten eine Bar in der West 53rd Street, voll roter Lichter und Weihnachtsflitter und voll fröhlicher Betrunkener, die Willett gut zu kennen schienen, da sie ihn mit lautem »Hallo, der dicke Jack« und »Na, der alte Draußvomwalde« begrüßten, sowie, ernsthafter: »Sehet den großen Courtland Willett! Persönliches Auftreten.« Dem entnahm Val, daß Willett wohl ein arbeitsloser Schauspieler sein mochte, der sicherlich bei dieser Leibesfülle einst den Falstaff gespielt hatte. Courtland Willett – der hohl-wohlklingende Name, den sich ein Schauspieler zulegen könnte. Willett, der Bier in Literkrügen und vierfache Scotch Whiskys dazu bestellt hatte, mußte die onomastische Skepsis in Vals Blick bemerkt haben, denn er sagte:

»Um Ihnen die ungekürzte Version mitzuteilen – Robert Courtland van Caulaert Willett, holländische und englische Ahnen innig vermengt.« Er zog aus einer Jackentasche eine Zigarre in einem Aluminiumcontainer, dem längsten, den Val je gesehen hatte, holte das braune Rauchzeug zärtlich heraus, riß ein Küchenstreichholz an seinem Hosenboden an und sog genüßlich den Rauch ein. »Ein Geschenk«, sagte er durch die dichten Schwaden hindurch, »eines Passanten, der mich in besseren Tagen auf der Bühne gesehen hatte und sich gut erinnern konnte. Ich habe einst den Gargantua gespielt, in einer Bühnenversion von Rabelais' gelehrt-unanständigem Meisterwerk. Das hatte er gesehen, sowie meinen Falstaff. Mein Hamlet war leider kein Erfolg. Zu fett, hieß es, zu kurzer Atem – genau dies sind, wie ich immer wieder betonte, die Worte der Königin über Hamlet in der Fechtszene. Wer, beiläufig gefragt, wird diese kleine Anfeuchtung bezahlen? Ich leide an einer Krankheit, die man früher die Pleite zu nennen pflegte.«

»Ich habe Geld«, sagte Val. »Heute nachmittag habe ich mein Gehalt gekriegt.«

»Dann«, sagte Willett zufrieden, »sind wir aller Sorgen ledig.« Auf dem Stereofernsehschirm lief eine Talkshow; ein dünner Schlaumeier und sein dicker Hilfslacher gegen eine schon etwas angegangene Schauspielerin mit koketter Naturkind-Masche und einem großzügig sichtbaren gelifteten Busen. Sie sagte: »Jaa, das isses wohl, jaa, so isses.« Willett begann sogleich, die törichten stereoskopischen Gesichter zu beschimpfen.

»Stiefelleckervisagen, verrunzelte Blödfosen, Scheißplappersäcke, sterile Fliegenwichser, grunzende Arschgesichter. Nicht–« wandte er sich beiseite zu Val, »daß ich gegen dieses Medium an sich wäre. Vor langen, langen Jahren habe ich mir einen kleinen, wenn auch nun vergessenen Namen in ein paar Produktionen gemacht. Eine war ein Musical – ich sang, ich tanzte... Die andere drehte sich um den Seelenscharlatan aus Wien. Ich hatte eine Nebenrolle, weiß gar nicht mehr, welche. Ich hab die Bänder noch. Sie müssen Sie sich einmal mit mir zusammen anschauen.« Und dann: »Ausmachen, weg damit, absurder Idiotenquark!«

Als fühle er den abfälligen Kommentar, sagte der Showmaster nun, das sei alles für heute, Leute, morgen dann wieder! Hahaha! und es folgten Werbespots für Hoppeldipoppel-Pudding, Megaquark, die neuen Fischstäbchen von Schneefisch, Kaviar-Imitat Perlschwarz:

allesamt von Willett als Dreck und Gift kritisiert. Eine große Traurigkeit überkam Val. Klar und deutlich, wie in der Filmversion eines seiner Romane, sah er ein großes Raumschiff vor sich: Jahrtausende suchte es nach einer Landemöglichkeit, und es war voller Männer und Frauen mit engem, präzisem Bewußtsein, die nicht wissen würden, wer Sir John Falstaff war, und denen es nicht im Traum einfiele, einen Ausdruck wie »Fliegenwichser« zu gebrauchen. Die dreckige herrliche Welt voller Lumpen und Huren und Flüche ging zu Ende. Er bestellte neue Drinks und bemerkte, daß Willett nun gegen Calvin Gropius' Predigt donnerte, die aus dem Westchester-Stadion übertragen wurde. Gropius Ermahnungen zur Reue gingen völlig unter in der Flut von Willetts »pastorale Sausackdummbeutel, kackfaules Himmelfahrtspack, elendes Kalbskopfgezücht« undsoweiter, aber eine der suchend kurvenden Kameras nahm einzelne Gemeindeglieder aufs Korn, und unter ihnen war Tamsen Disney, deren benachbarter Studentenflegel eine Hand auf ihrer linken Brust hatte. Nun, mochten sie nur alle so weiter machen – Schmutz, Leben, Saft, Keuchen.

Gropius' Mahnworte waren wie ein Grillenzirpen gegen Willetts poetischen Donner. Er trug der Bar Shakespeare vor, Milton, Dylan Thomas, Gerard Manley Hopkins:

»... Herz, rundest mich recht,
Ist unser Abend über uns, unsere Nacht dringt,
dringt ein, wird uns enden ...«

Die Dichter hatten immer Worte für das Ende der Welt bereitgehalten. Man hatte es von Anfang an erwartet: die Generation Noahs war nicht weit entfernt von der Adams. Der Mann, der dem Teleschirm zunächst saß, schaltete nun auf einen anderen Kanal, und selbst Willett war still, als sie nun alle ein vergrößertes Bild von Lynx betrachteten, von Australien hierher übertragen, den weiten Weg. Es war ein Lichtfleck, das war alles. Eine Pfarrersstimme sagte salbungsvoll aus dem Off: »Lynx, Luchs am Himmel, grüßt Christus den Tiger.« Und dann sang der Mormon Tabernacle Choir aus Salt Lake City ein altes amerikanisches Weihnachtslied:

»Du heller Stern, bei deinem Licht
ziehn wir vor Gottes Angesicht,
Du gehst voran, zeigst uns die Bahn,
du rettest uns vor dem Gericht.«

Willett, ein Mann, der ebenso wie zum Trinken, zur Dichtung und zur Kunst der Invektive auch zum Weinen eine innige Beziehung hatte, begann große kugelrunde Tränen zu vergießen. »Meine Kindheit! Truthähne groß wie Schafe und Weihnachtspuddings wie Kanonenkugeln, und die flammende Sauce roch wie ein Brand in einem Spirituosenkeller. Dahin, dahin, für immer dahin!«

»Dahin für alle«, sagte Val. »Kein Weihnachten mehr. Wollen hieraus noch das beste machen.« Und er bestellte noch eine Runde. Die ihn hörten, glaubten, er meine, daß die schöne Vergangenheit tot sei und die endlose Zukunft dünn und knauserig und lieblos sein würde. Eine junge Hure, ermutigt durch Willetts große Tränen, weinte um vergangene Unschuld, damals in Auburn im Staate Washington. Willett hatte den Arm um sie gelegt und küßte und betatschte sie bald herzlich. Ein alter Mann holte sein Gebiß heraus und hüpfte in komischen Tanzsprüngen zur Begleitung irgendeiner Mundharmonika durch die Bar. Der Bartender sang von der Arbeit auf der Eisenbahn. Ein Mädchen namens Elsie legte einen trunkenen Step auf die Theke. Ein Mann mit Schnee auf den Schultern kam durch die Tür. Weihnachten stand bevor...

Als die Nacht endete, war Val nicht mehr in der Lage, nach Westchester zurück zu finden. Willett nahm ihn mit nach Hause – in ein elendes Einzelzimmer, das seinem Mieter paßte wie eine geräumige Hose. Die beiden schnarchten friedlich bis in den Morgen.

Was Val Brodie und Courtland Willett auf dem Teleschirm jener weihnachtlich aufgekratzten Bar sahen, zwischen der Talkshow und dem hellen Stern, war die Schlußphase von Calvin Gropius' Weihnachtsversammlung im Westchester University Stadium. Seine hier versammelte Gemeinde betrug allein etwa fünfzehntausend Menschen und seine Telezuschauer mußten sich auf einige hundert Millionen belaufen. Es war kalt auf den Bänken des Stadions, doch die Kälte wurde durch die Möglichkeit gemildert, stimulierende Choräle im Marschrhythmus zu singen und dazu zu trampeln und zu gestikulieren, unter der Leitung eines Athleten in weißem Pullover, Dr. theol. Zwingli Gilroy. Ein paar der nicht ganz so frommen Anwesenden bekämpften die Kälte mit dem Flachmann. Doch das Thema von Calvin Gropius' Ansprache war sorgsam ausgewählt. Früher hätte man ihn einen feuerschnaubenden Evangelisten genannt.

»Glühende Feuerwirbel, die in den Eingeweiden zischen«, erklärte er den Mikrophonen. »Der Körper ein einziger großer Ofen, aus vielen Öfen zusammengesetzt, und alle bis zur Weißglut erhitzt von den teuflischen Vollstreckern der göttlichen Rache. Ja, ihr Studenten, ihr Professoren, ihr Männer und Frauen des Intellekts und der Wissenschaft, ihr Rationalisten, die ihr der einfachen Worte des Herrn lachen und spotten wollt – bedenkt das eine: weil ihr die mühevolle Last des unbequemen Glaubens an eine ewige und würdige Strafe abgeschüttelt habt, ist die göttlich erschaffene Wirklichkeit noch lange nicht geändert. Warum sollten eure Visionen, eure Phantasien denn Gottes Wahrheit entsprechen? Gott ist nicht nach eurem Bilde geformt, sondern nach seinem eigenen. Die Sünde, meint ihr, ist bloß ein Versagen der Vernunft. Aber die Sünde ist in Wirklichkeit, wie es das Wort des Herrn in die Ohren derer brüllt, die da nicht hören wollen, eine stinkende Realität, eine ewige und entsetzliche Verletzung der himmlischen Reinheit. Auch ich habe Visionen gehabt, und diese sind mir als gottgeschenkte Visionen zuteilgeworden, nicht als Erzeugnisse irrender Vernunft. Ich habe gesehen, gerochen, geschmeckt, gehört, berührt, was für endloser, endloser, endloser Schrecken in der Feuerhölle wartet. Ja, der Herr war gnädig zu mir, damit ich – ich bin kühn genug, es zu glauben – seine Güte an euch weitergebe, die ihr hier versammelt seid, und an euch, meine anderen Hörer, die ich hier nicht vor mir sehen kann. So seid denn gewarnt – ihr Säufer und Hurer, Spötter und Ehebrecher, ihr, die ihr lügt und ihr, die ihr den Herrn verachtet! Die Hölle ist heiß, die Hölle wartet.«

Nach dem Donner seiner Aufzählung und seiner Verheißung, die es einem kalt – oder heiß – werden ließ, sprach Calvin Gropius mit leiserer Stimme weiter. »Ein Stern im Osten«, sagte er. »Man hat uns von einem neuen Stern im Osten berichtet. Unsere Freunde dort drunten«, sagte er mit biedermännischer Freundlichkeit, »sind des Anblicks teilhaftig geworden, wie der Feuerpunkt am Himmel leuchtet. Er ist zu Weihnachten erschienen, wie vor zweitausend Jahren zum ersten Weihnachten ein Stern am Himmel stand, ein Wunder am Himmel als Zeichen eines Wunders auf Erden – so war es einst. Und mag es nicht auch jetzt so sein? Ein zweites Mal? Unser Herr Jesus Christus hat den Gläubigen seine Wiederkunft versprochen, hat die Sünder davor gewarnt. Und wenn er zum andern Mal kommt, geht es nicht um die Aussaat des Gotteswortes, nein, um die Ernte. Ja, die Ernte – und das heißt nicht nur das Sammeln der Weizenkörner, es heißt auch das Verbrennen der Spreu. Das Verbrennen, das Verbrennen, die Überantwortung an die wilden Flammen des Abgrunds. Kann nicht die Zeit gekommen sein? Kann nicht der Stern Sein Nahen verkünden? Der Stern, dessen Bild wir auf unseren Teleschirmen gesehen haben, wird sich erheben vor den Augen unserer Hemisphäre, ohne daß sie noch zu seinem Anblick die Hilfe der Wissenschaft bräuchten – wenn Gott die Zeit kommen läßt. Wenn die Natur die Zeit kommen läßt, könnte man sagen, wenn nach dem langen Winter neues Leben wächst. Im Frühling werden wir ihn sehen. Mögen unsere Herzen dann rein und bereit sein. Denn wenn er der Vorbote von Christi Wiederkehr ist, wie ich es glaube – mögen wir dann rein von unseren Sünden und ohne Furcht vor dem Gericht seiner harren.«

Die elektronisch verstärkten Töne einer Orgel schwollen an und erhoben sich in die kristallklare Luft, und die Gemeinde erhob sich auch, raschelnd und rauschend wie der Wind. Sie sangen einen Choral, den einer von Calvin Gropius' Helfern komponiert hatte, der Dichter und Musiker Wycliff Wilock:

»Die Angst vor deinem Zorn, o Herr,
erfüllt das Herze uns viel mehr
als Haß auf unsere eigne Schuld.
Nimm uns vom Teufel in die Huld
und leuchte gütig vor uns her.«

Unter den Anwesenden, die nicht mitsangen, war Edwina Duffy, eine junge Kollegin Val Brodies. Sie hielt ein Seminar über religiöse Dichtung, das bei den religiös Empfindenden beliebter war als bei den dichterisch Veranlagten. Die Verbindung zwischen Frömmigkeit und Erotik interessierte sie, und sie spürte geschickt der sexuellen Metaphorik bei frommen Lyrikern wie Watts oder Wesley nach. Sie hatte sogar einen Aufsatz in der *Sewanee Review* veröffentlicht, der ein gewisses Interesse erregt hatte, über die wahre Bedeutung des Lanzenstichs in die Seite Christi bei seinem Kreuzestod. Blut und Wasser, sagt die Bibel, flossen aus seiner Seite. Tatsächlich, so erklärte Edwina, bestand seine letzte Verströmung aus Samen, und der Zusammenhang Blut-Wasser-Lanze drückte dies auf geheimnisvolle Weise aus. Sie sang nicht, weil sie zu große Bewegung empfand. Gropius wirkte auf ihre Nerven und Drüsen in einer rein sexuellen Weise. Die Stimme selbst war trotz oder wegen der grotesken Übersteigerung durch die Mikrophone wie eine Dosis eines kraftvollen Aphrodisiakums, und die breite, schöne Statur des Evangelisten, in der Ferne nicht kleiner, da er stereoskopisch auf einen großen silbernen Schirm projiziert wurde, löste ein Erschauern in ihr aus, das mit den Folgen der Winternacht zu verwechseln unmöglich war. Ihr Freund, Nat Goya, hatte es abgelehnt, mit ihr zu der Versammlung zu gehen. »Frommes Gezitter«, hatte er gesagt, »Aberglaube, tückischer Blödsinn.« Sie bezichtigte ihn der Undankbarkeit. Er begriff den Vorwurf nicht. Bald würde es ihm klar werden, sagte sie bei sich, als sie durch Ausgang D das Stadion verließ, ein fipsiges Mädchen, das die meisten Männer ignorierten, ein dünnes schüchternes Nonnenwesen. Ihre Glut war verborgen: für sie – und für die Männer, die sie ohne Neugier ansahen – gab es keine im knappen Pullover präsentierten Brüste, keine wackelnde Kruppe in engen Hosen.

Es war nur ein kurzer Weg zu dem strahlendhell erleuchteten Angestelltenparkplatz, wo ihr gelber Goodhue Seven auf den belebenden Schlüssel wartete. Hier herrschte heute abend viel Betrieb, viele Autos schoben sich dahin. Die Atmosphäre hatte etwas Frommes, das heißt: etwas Erotisches. Hölle, dachte sie, die Hölle. Heiße dunkle Hölle, glühend. Eine Höhle tief drunten. Die sexuelle Bedeutung mußte eigentlich immer evident gewesen sein.

Sie fuhr den Gottlieb Way hinunter, rechts in die Tucci Avenue, links in die Nesbitt Street und hielt vor Pell House, einem Wohnblock, wo viele der jungen ledigen Dozenten lebten. Der Pförtner, der sie einließ, nickte ihr wissend zu. Sie hob sich im Fahrstuhl in den neunzehnten Stock. »Herein«, rief die Stimme von Nat Goya. Sie ging hinein. Er war ein magerer, harter junger Mann mit sehr wenig Haar. Er saß am Schreibtisch, nur in Unterhosen wegen der Hitze der Zentralheizung, und korrigierte Seminararbeiten. Er gehörte zur Abteilung für Mikroagronomie; es hieß, er würde bald als brillanter Kopf anerkannt werden. Er schaute sie an, ohne zu lächeln, als sei sie eine weitere zu korrigierende Arbeit. Sie lächelte, und das spröde Gesichtchen wurde das einer Kurtisane. Sie zog sich das Mausgrau mit den Kleidern aus. Bis jetzt war das einzige Wort, das gefallen war, »Herein.« Bald wiederholte es sich erstickt als das zweite: »'rein« – diesmal von ihr gesprochen. Die Mikroagronomie war weit. Um seine Ejakulation zu verzögern, wiederholte er in Gedanken immer und immer wieder die chemische Formel für Monosodiumglutamat: $HOOC(CH_2)_2CH(NH_2)COONa$. Dies verwandelte sich bald in bedeutungslose Wörter: HOOK CHACHA COONA hook chacha coona, die dem Rhythmus seiner Stöße folgten. Sie, im Augenblick ihres gemeinsamen Höhepunktes, fühlte sich von Calvin Gropius geschwängert, der – aus einem Grund, der ihr nicht gleich klar wurde – einen hellen Stern auf der Stirne trug. »Die Wiederkunft«, sagte sie.

»Was?«

»Ein Gedicht von Yeats. *The Second Coming*.«

»Was hat ein Gedicht von Yeats damit zu tun?«

»›Und welches zottige Tier spürt seine Stunde/Und trottet schwer gen Betlehem, sich dort gebären zu lassen?‹«

»Mir ist völlig unklar, was zum Teufel das–«

»Nun laß«, sagte sie. »Ein Rhythmus kommt einem in den Kopf – die mystischen Zustände«, fügte sie hinzu. Er sah sie stirnrunzelnd an. Bald jedoch leuchtete ihm die Sache mit dem Zweimal-Kommen wieder ein. Später, als sie Instant-Kaffee aus klobigen Bechern tranken, sagte sie: »Gropius ist bemerkenswert.«

»Inwiefern bemerkenswert?« knurrte er eifersüchtig.

»Diese Energie. Er redet und redet von Gott und Christus, aber es könnte genausogut um Belial und Beelzebub gehn. Riesengroße blind daherdonnernde sexuelle Energie. Betlehem und das zottige Tier. Drei Tiere lagen in der Krippe und eins davon war wild wild wild.« Sie stellte ihren Becher fort, aus dem sie kaum getrunken hatte. »Komm«, sagte sie. »Die Zeit ist so kurz.«

»Wie meinst du das? Die Zeit ist so–«

»Ach komm!«

»Laß mich doch noch schnell meine–«

»Komm!«

Calvin Gropius war sich nicht – im spezifischen Sinne – bewußt, was für eine Wirkung seine Predigtversammlung, seine Person, seine Worte auf Edwina Duffy und andere wie sie hatten. Ganz allgemein war er sich natürlich über den erotischen Effekt im klaren, der sozusagen eine Sekundärwirkung des evangelikalen Impulses darstellte. Es stand in der Heiligen Schrift, wie alles andere auch. Salome und Johannes der Täufer beispielsweise. Diese kleine Nymphomanin mit ihrem Schmollmündchen, umgeben von den sabbernden Lüstlingen des galiläischen Hofes, war nicht an diesen interessiert, sondern setzte sich eine hagere, glutäugige Inkarnation der Urkraft des Universums in das kleine Köpfchen. Gott, Teufel, Demiurg – Worte, Worte! Gropius, der mit dem Vorstand der Christlichen Studentenkörperschaft von Westchester um eine Terrine alkoholfreien Obstpunsch stand, konnte sehen, wie ihn die großen Augen der anwesenden Mädchen verschlangen. Er empfand weder Genugtuung noch Widerwillen. Religion und Sexualität redeten beide vom Leben; in den bäuerlichen Mythen, aus denen die komplexesten Hochreligionen hervorgegangen waren, traf sich beides. Aber bei diesen gesellschaftlichen Anlässen versuchte er nie, sich seines

Charismas zu bedienen. Er war ein fünfundfünfzigjähriger Familienvater mit drei erwachsenen Söhnen. Er war vierfacher Großvater. Er achtete auf seinen Körper, korrigierte sein angemessenerweise graues Haar mit chemischen Mitteln und ging alle drei Monate zum Zahnarzt, nicht um für Frauen attraktiv zu sein, sondern damit ihnen die Wahrheit des Herrn attraktiv erscheinen möge. Und den Männern natürlich auch.

Trotz seines weltlichen Aussehens war er kein weltlicher Mann. Er hatte eine kleine Ranch in Arizona, die selbst zu betreiben er jetzt keine Zeit hatte, und ein Penthouse in den DeWitt Towers, East 35th Street, Manhattan. Er hatte zehn Millionen Dollar auf der Bank, zu jener Zeit keine allzu kolossale Summe, und wenig Sorgen hinsichtlich seiner materiellen Zukunft. Um die Zukunft seiner Seele und die der Seelen seiner Mitmenschen, Männer und Frauen, sorgte er sich jedoch aufrichtig. Er glaubte an die Heiligkeit, an einen liebenden, aber gerechten Gott, an die rettende Kraft von Christi Blut. Er glaubte, daß der Mensch alles getan hatte, was ihm mit reiner Erfindungsgabe und Intelligenz zu vollbringen bestimmt war, und daß er sich jetzt mehr denn je um die spirituellen Bedürfnisse bekümmern müßte. Er sah überall um sich herum die reine Genußsucht, sah die Menschen sich in der Ekstase der Fleischlichkeit wälzen, sah zuviel Gewalt und Grausamkeit und Lieblosigkeit und Selbstsucht, und er hatte den verzweifelten Wunsch, eine Rolle bei der Verbreitung des Wortes zu spielen, welches die Welt erneuern könnte. Er war stets froh, wenn er mit jungen Leuten reden und beten konnte, und die so naiven wie tiefen geistigen Fragen der Jugend nahm er sehr ernst und versuchte, sie mit Eifer und Offenheit an die göttliche Vernunft, dargelegt in der Heiligen Schrift, zu verweisen. Die Zukunft lag, glaubte er (was ja auch einleuchtet), bei der Jugend.

»Die Wiederkunft«, sagte ein Mädchen koreanischer Abstammung, mit langen glatten Haaren, »heißt das, Christus muß wieder geboren werden, wie damals, oder kommt er einfach aus dem Himmel in dem Alter, in dem er gestorben ist, gleich zum Jüngsten Gericht?«

»Die Bibel weiß nichts von einer zweiten Geburt«, erklärte ihr Calvin Gropius. »Eine Geburt war ausreichend, wie Ihnen auch Ihre Vernunft sagen wird. Christus existiert als Mensch und Gott und wartet seines Tages im Himmel. Der Tag kann bald sein.«

»Das sagen Sie«, meinte ein junger Mann, der sich gerade in einer Phase frommer Skepsis befand, »weil wir am Ende des zweiten

Jahrtausends angekommen sind. Dasselbe hat man im Jahr Eintausend geglaubt, aber das Ende der Welt kam nicht. Warum sollte in der Zahl 2000 so eine magische Bedeutung liegen? Und warum, davon einmal abgesehen, braucht es einen Stern dabei? Das hört sich für meinen Begriff alles nach Aberglauben an.«

»Genau«, sagte seine Freundin, eine Mulattin. »Glauben Sie wirklich, daß die Welt enden wird? Jetzt?«

»Wir müssen«, sagte Gropius, »bei der Interpretation der Heiligen Schrift sehr vorsichtig sein. Es gibt eine rhetorisch-metaphorische Bedeutungsebene und eine buchstäbliche. Ich glaube nicht im Ernst, daß der ganze Planet und der Weltraum um ihn her in Rauch und Flammen in sich zusammensinken wird und daß der Himmel mit einer Szenerie erfüllt sein wird, wie sie Michelangelo an die Decke der Sixtinischen Kapelle gemalt hat. Ich glaube eher, daß die Männer und Frauen sich darüber klar werden – mehr als je zuvor in der Geschichte der Welt –, daß es Gut und Böse gibt, und sie werden sich entscheiden. Manche werden sich auf die Seite Christi stellen und manche auf die Seite des Teufels. Dann wird es einen Endkampf geben und das Ende der Menschen, wie die Geschichte sie bisher gekannt hat. Der Mensch wird wieder neu beginnen müssen, wie nach der Sintflut.«

»The fire next time«, sagte ein weißer Student.

»Ja, das Feuer menschlichen Kampfes. Das Feuer wird das Gericht sein. Die Gerechten werden es überleben, aber die Gerechten werden gering an der Zahl sein. Ich verkündige Christi Wort Millionen von Menschen, aber im Innersten glaube ich nicht, daß mehr als ein armseliger kleiner Prozentsatz gerettet werden wird.«

»Also wird es geschehen, aber noch nicht gleich«, sagte die Koreanerin. »Nicht *jetzt*. Wir fangen erst an, uns darauf vorzubereiten. Sie meinen, es ist im Grund noch genug Zeit?«

»Niemals genug Zeit«, sagte Gropius streng. »Um unsere Seelen vorzubereiten, benötigen wir alle Zeit, die das Leben uns läßt. Aber glauben Sie nicht, Sie könnten den großen heraufziehenden Kampf verhindern, indem Sie sich weigern, sich auf eine Seite zu stellen. Er war schon vor Anbeginn der Zeiten vorherbestimmt. Die Mächte der Finsternis haben Christus verworfen – die Atheisten meine ich, die totalitären Herrscher und ihre Untertanen. Sie haben sich entschieden, wie ihr Ziel aussehen soll, und sie wissen, es ist nicht das Ziel Jesu. Eine unterernährte und überbevölkerte Welt, vereint unter dem Antichrist, wird an unsere Tore klopfen, ehe das kommende Jahr vergangen sein wird–«

»Das prophezeien Sie?« sagte der skeptische junge Mann, tief in seinem Inneren der Gläubigste aller Anwesenden. »Das wissen Sie?«

»Armaggedon«, sagte Gropius. »Der letzte große Krieg, geführt von denen, die Christus nachfolgen, gegen die Mächte des Antichrist. Die Gerechten, die sterben werden, sollen zu Seiner Rechten sitzen. Die Gerechten, die überleben werden, sollen das Reich Gottes auf Erden errichten. Es steht alles in der Bibel.«

»Noch ein Glas Punsch, Dr. Gropius?« fragte die großäugige Vorsitzende der CSK, die, wie Gropius leidenschaftlos bemerkte, einen ausnehmend hübschen christlichen Studentenkörper besaß.

$HOOC\,(CH_2)_2CH\,(NH_2)COONa$

Hook chacha coona hook chacha coona.

Ein Rhythmus, der zwar etwas anachronistisch klingt, der aber gut genug für das Orchester taugt, ehe der Chor seine kollektive Stimme erhebt. Die Wolkenkratzer New Yorks sind gegen einen bleiernen Morgenhimmel zu sehen. Junge Männer und Frauen in zeittypischer Kleidung singen, an einer Straßenkreuzung wartend:

1917
Ort der Handlung: Manhattan.
Wilson ist Präsident.
Unsere stolze Nation,
sie ist
– wie ihr wißt –
was andere gern hätten:
ein Demokratieideal.

In hüpfenden Tanzschritten steppen sie über die Straße. Die langen Röcke der Mädchen sind, um das Tanzen zu erleichtern, bis zum Schenkel geschlitzt. Und jetzt weitere junge Männer und Frauen in der Untergrundbahn, wobei das Schaukeln des Wagens stilisiertes Schwanken der Körper hervorruft.

Europa brennt!
Es steht in Flammen.
Uns ist's egal!
In den USA rückt man gemütlich zusammen.
Hoch die Isolation!

Männer schippen Schnee im Central Park und schwingen graziös ihre Schaufeln.

Ein scharfer Wind weht uns ins Gesicht
geschieht doch was hier?
Kommt was auf uns zu?
Brüllt der Kanonendonner in unsere Ruh?
Sollen wir?
Oder nicht?

Männer und Frauen kommen die Treppen herauf aus der Untergrundbahn und drängen sich gegen andere, die hinuntergehen. Das Gedränge wird getanzt.

1917
Wir sind gewarnt –
Etwas pocht an das Tor –
An diesem eisigen Morgen
geht etwas vor.
Könnt ihr's schon sehn?
Ist der Friede nur ein getarnt-
er Krieg? Macht euch keine Sorgen:
1917
wird's schon noch gut gehn.

Der gesamte Chor singt vor riesigen Wochenschaubildern.

Im Sturmesgrau
des Atlantik brüllen die Schiffsgeschütze:
Jack hat schon eine Matrosenmütze.
In Brooklyn baut man eilig neue U-Boot-Modelle
(Rot, weiß und blau)
nur für alle Fälle.
Hochbetrieb in den Kasernen!
Der Sergeant brüllt!
Könnt ihr was lernen!
Jungs, hört die Signale,
Trompetenfanale:
Armeen werden gedrillt.

Der Chor geht im Marschtritt an die Arbeitsplätze.

Wenn's sein muß, können wir die auch mal verhaun!
Wir sind bekanntlich sehr selbstbewußt, und natürlich
voll gebührlich-
em Gottvertraun.

Tanz, Tanz, tanzen quer über geschäftige Straßen, in Geschäfte hinein und wieder heraus, in Straßenbahnen und wieder herunter. Zwei antagonistische Volksredner versuchen, die eilenden Tänzer aufzuhalten.

PAZIFISTISCHER REDNER:
Halt dich da raus, Amerika!
Das ist der Krieg Europas.
Laß sie sich drüben verprügeln, die Opas.
Laß sie sich in Stücke hauen. Laß sie in Ruh.
Wir verkaufen ihnen ganz unparteiisch die Waffen dazu.
Welcher Seite? Egal!
Wozu ist man neutral.

KRIEGSHETZENDER REDNER:
Die Teutonen versenken unsere Schiffe! Als ob das kein Krieg wär!
Kaiser Wilhelms säbelrasselndes Reich
prahlt mit seinem arroganten Siegheer!
Der Hunne bedroht uns mit brüllenden Massen!
Sollen wir da ruhig zuschaun?
Dann können wir uns gleich begraben lassen.

PAZIFISTISCHER REDNER:
Halt dich bloß raus, demokratisches Amerika!
Du bist schließlich nicht imperialistisch!

KRIEGSHETZENDER REDNER:
Los jetzt, greif ein, demokratisches Amerika!
Du bist schließlich nicht imperialistisch!

PAZIFISTISCHER REDNER:
Sollen unsere Jungs rübergehen und sich bei Franzosen und Briten
die Armut und die Syphilis holen?

KRIEGSHETZENDER REDNER:
Wollen wir ein verarmtes Europa, das uns nichts mehr abkauft? Ich muß doch sehr bitten!
Nachher stehen wir da und man hat uns den Weltmarkt gestohlen!

Pazifistischer Redner:
Hier zählt nur Frieden!
Kriegshetzender Redner:
Hier zählt nur Krieg!
Pazifistischer Redner:
Frieden!
Kriegshetzender Redner:
Krieg!
Pazifistischer Redner:
Frieden!
Kriegshetzender Redner:
Krieg!

Die antiphonischen Schreie werden von einem Teil des Chors aufgegriffen und dienen als Begleitung, während der Rest das folgende singt:

Ein kalter Wind bläst uns ins Gesicht.
Beginnt die Trommel zu pochen?
Vielleicht schon in ein paar Wochen,
da magst du wollen oder nicht,
ertönt die Trompete, fährt der Sturm
der Geschichte uns durch die Knochen.

Ein Arbeiterredner:
Genossen! Wir wollen Krieg führen, aber dann auch den richtigen!
Vergeßt die deutschen und alliierten Kanonengeschosse!
Die Arbeiter brauchen Frieden für den Krieg gegen die Bosse.
Ihr könnt gleich hier jeden Tag ein Schlachtfeld besichtigen!
Wir haben hier zu kämpfen und nicht über dem Meer.
Jeden Tag schlägt sich in den Fabriken, Genosse!
ein Millionenheer.

Olga, ein sehr hübsches dunkelhaariges New Yorker Mädchen, versucht sich ihren Weg durch die Menge zu bahnen. Sie hat ein rechteckiges Brett unter dem Arm. Hinter ihr, stolpernd, unbeholfen latschend, kommt ein kleines häßliches Exemplar von einem Proletarier, das sich Sascha nennt. Der Chor fängt wieder an, zu singen und zu tanzen:

1917
die Alarmglocke läutet!
Ist der Kriegsgott auf seinem Weg hierher?
Bald wissen wir mehr,
bald werden wir sehn,
was das bedeutet,
1917.

Die Szene verwandelt sich. Das Brett, das Olga unter dem Arm hatte, entpuppt sich als Schild, auf dem in sauberer kyrillischer Schrift zu lesen steht:

НОВЫЙ МИР

Nach Olgas Anweisungen macht Sascha es an einer Ladentür fest. Sie öffnet die Tür mit einem schweren Schlüssel. Aus einem wartenden Möbelwagen laden mürrische Packer Büromobiliar aus. Neugierig stehn Leute herum. Ein Mann fragt: »Was ist das – Chinesisch?«

»Nein, Genosse«, sagt Olga.

»Was heißt das denn?« fragt Sascha, hämmernd.

»Du bist ein Russe und kannst kein Russisch?«

»Mein Alter kann's. Wir Kinder haben's irgendwie dann gelassen.«

»Es heißt«, sagt Olga, »*Nowij Mir.* Das bedeutet Neue Welt. Es kann auch heißen: Neuer Frieden.«

»Ja, das ist ganz hübsch«, sagt Sascha. »Oder? Amerika. Die Neue Welt. Hart wie die alte. Kalt wie die alte.«

»*Nicht* Amerika«, sagt Olga. »Hört zu!« Und sie singt:

Die neue Welt ist noch im Bau,
den Erbauern fehlt es an Glück!
Wir müssen uns erst noch die Steine besorgen,
es fehlt noch ein wichtiges Stück.
Zwar kommt unsere Welt schon morgen,
doch wer weiß, wann morgen ist?
Eines Tages ... Doch wer weiß schon genau,
wann die neue die alte Welt frißt.

Der Chor, der sich mittlerweile auch hierherbegeben hat, bewegt sich zwei Takte lang.

Die neue Welt besteht noch nicht aus Dingen,
eine Idee erst in unserem Kopf!
Der Käfig steht offen, doch wir können nicht singen,
man muß uns erst die Worte beibringen.
Mit der Axt willst du ran an den alten Zopf?
Das ist sinnlos, wenn's dir auch gefällt –
wir planen alles, dann fangen wir an,
doch zweifelt niemals an unserem Plan:
den Vereinigten Staaten der Welt.

Der Chor jammert im Hintergrund in einer Blues-Melodie auf.

In den Bergwerksschächten schuften sich Kinder zum Krüppel,
und beim Streik gibt's eins drauf auf die Arbeiterschädel,
und fürs Hemdennähn kriegst du zehn Cents pro Tag, Mädel,
und die Bosse kaufen der Polizei neue Knüppel.
Aber irgendwann einmal, und egal, wann's beginnt,
weht ein anderer Wind,
weil die Träume, die wir träumen, nicht nur Träume sind.

»Meinst du die Revolution?« fragt Sascha. »Laß das die Bullen nicht hören.«

»Dieser Staat ist aus einer Revolution hervorgegangen. Außerdem sind die Bullen auch nur Arbeiter wie die anderen.«

»Die Bullen sind halt Bullen«, sagt Sascha. »Wenn ihr das baut, was du da sagst, gibt es immer noch Bullen. Revolutionsbullen. Re-vo-lu-tion, die drehn sich dann noch schneller um als unsere.«

»Eine Revolution ist genug für ein Land«, sagt Olga. »Ich will Evolution – allmähliche Veränderung des bestehenden Systems, die Arbeitergesellschaft soll wie eine Blume aufwachsen, die internationale Gesellschaft aller Arbeiter der Welt. Die Welt ist hier in New York. Alle Nationen, alle Rassen. Hier muß es anfangen.«

»Schon recht«, sagt Sascha. »Hört sich schön an, die schönen Worte über die Arbeiter. Ich arbeite halt.« Und, nachdem er das Schild angebracht hat, folgt er den Möbelpackern in das Haus. Olga beendet ihren Song:

Die neue Welt, die steht erst auf dem Papier,
es fehlen die neuen Worte!
Sind die erst zu hören, dann könnt ihr hier
und dort und an jedem Orte
die flammende Fahne flattern sehn,

als Zeichen: die alte Welt soll vergehn!
Das Alte, das Kalte fällt!
Es fällt und platzt und stürzt, und dann
entsteht morgen die neue Welt!
Wie? fragt ihr, wann?
Ich sag's euch, Leute:
Am Tag nach
dem Tag nach
dem Tag nach
dem Tag nach
heute.

Der Arbeiterredner tritt wieder auf. Er ruft: »Proletarier aller Länder, ver–« Als er ein paar Polizisten um die Ecke kommen sieht, die mit interessiertem Blick ihre Knüppel wirbeln lassen, schließt er: »–geßt nie, daß euch mein ganzes Mitgefühl gilt.« Sirenen heulen, Uhren schlagen, Glocken rufen. Der Chor singt und tanzt davon. Olga wirft einen letzten Blick auf das Schild und geht ins Haus. Der Chor:

Zeit zur Arbeit.
O schwere Last.
Freiheit? Absurde Parole.
Sei froh, wenn du deine Arbeit hast
in dieser unbarmherzigen Metropole.
Wohin fliegt die Zeit?
Dumpf und dumm,
bis zum Um-
fallen: Arbeit.
Ist schon wahr:
1917
ist auch bloß ein Jahr,
und wird wie alle Jahre
vergehn.

Die Szene verwandelt sich zum Inneren des *Nowij Mir*-Büros. Olga ordnet Papiere und räumt ihren Schreibmaschinentisch auf. Sascha fegt sich langsam zur Tür hinüber. Er macht sie auf, um weiterfegen zu können, und Bucharin, Wolodarski und Tschudnowski kommen herein, sehr bourgeois gekleidet. Bucharin erinnert stark an den jungen Courtland Willett. Sie erblicken Sascha und heben die Fäuste zum kommunistischen Gruß. Sascha beginnt zögernd, den Gruß zu erwidern, fälscht dann aber die Geste ab und wischt sich über die Nase. Dann fegt er sich nach draußen. Die drei Männer gehen auf Olga zu.

»Von heute ab, Genossin«, sagt Bucharin, »wird es – in diesem geräumigen und bequemen neuen Büro – anders werden: Ich bin nicht länger Herausgeber. Ein Einziger als Verantwortlicher – das riecht nach imperialistischer Diktatur.«

»Nicht doch, Genosse Bucharin! Beziehungsweise: Gut, Genosse Bucharin.«

»Wir haben stattdessen jetzt ein Herausgeberkomitee. Ich darf dir meine und deine Kollegen vorstellen, aus der Heimat exiliert wie ich, wie du auch. Genosse Wolodarski. Genosse Tschudnowski.«

»Kak wy poschiwajete?«

»Kak wy poschiwajete?«

»Otschin choroscho«, sagt Olga. »Olga Alexandrowna Lunatscharskaja. Aber man nennt mich Olga Mooney.«

»Luna – *moon*«, sagt Wolodarski. *»Da, da.«*

»Nein«, sagt Olga, »der zweite Ehemann meiner Mutter heißt Mooney. Er ist Polizist.«

»Wäre es nun«, fragt Tschudnowski, »vielleicht nicht das beste, wir würden für heute abend proben?«

»Wahnsinn!« sagt Wolodarski. »Eine politische Besprechung von äußerster Wichtigkeit, und wir müssen Lieder singen.«

»So ist das hier in Amerika«, sagt Bucharin. »Ein frivoles Volk. Wir müssen lernen, mit ihnen ins Gespräch zu kommen, uns vorzustellen. Die meisten russischen Namen werden ja schon bei der Einreise in den Büros von Ellis Island gestutzt. Die Amerikaner halten es nicht aus, wenn etwas zu lange dauert.«

Sie nicken düster und fangen, von zerknitterten Blättern den Text ablesend, ihr Lied an:

> Bucharin,
> Wolodarski,
> Tschudnowski,
> Bucha! Wol! Tschud!
> Hier werden unsere schönen Namen
> zu jovialen Kürzeln wie in bourgeoisen Reklamen.
> Tschudnowski,
> Wolodarski,
> Bucharin.
> Bucha! Wol! Tschud!

Hört sich an wie ein Knüppelschlag
auf einen feuchten alten Hut.
Tschud! Bucha! Wol!
Hört sich an wie das Luftschnappen einer Ratte
in einem Bottich voll billigem Alkohol.
Wolodarski!
Tschudnowski!
Bucharin!
Tschud! Wol! Bucha! – Ja:
Wir müssen diese barbarischen Deformationen ertragen –
Aber eines Tages, eines Tages werden wir wieder sagen:
Wolodarski.
Tschudnowski.
Bucharin.
Unsere Namen klingen wieder im Ohr,
heil, ganz, stolz wie zuvor.

»Noch einmal?« fragt Wolodarski.

»Jetzt kommt der Tanz«, sagt Bucharin.

»Der Tanz. Auch das noch!«

Mürrisch hüpfen sie einen arthritischen Gopak oder Trepak herunter und stimmen dann atemlos die Coda an:

Das Exil ist zu Ende, wieder klingen im Ohr
die ganzen Namen, schön wie zuvor:
Wolodarski,
Tschudnowski,
Bucharin.
Excelsior!

»Genug jetzt von diesem bourgeoisen Blödsinn!« sagt Bucharin. »An die Arbeit, Genossin Olga! Arbeite hart. Arbeite für unsere Sache. Gut, daß du in keiner Gewerkschaft bist. Was immer der Tariflohn ist, wir könnten ihn dir nicht zahlen.« Die Uhr schlägt neun. »Er kommt zu spät.«

»Nein«, sagt Tschudnowski, »die Uhr muß vorgehen.«

Und so öffnet sich nun die Tür, und herein tritt energisch

Der Zug sauste mit ihnen in Richtung Paris. Freud sagte: »Wann sind wir am Bahnhof angekommen, Martha?«

»Du weißt es ganz genau, Sigmund: Zwei Stunden zu früh. Wie immer.«

»Ich verspreche dir«, sagte Freud, »wenn wir den Zug von Paris nach London nehmen, dann komme ich erst in allerletzter Minute.«

»Und wenn wir ihn dann versäumen?«

»Wir werden ihn nicht versäumen.«

»Wir werden ihn nicht versäumen, Vater«, sagte Anna, die von ihrem englischen Roman aufsah, »weil du zwei Stunden zu früh am Bahnhof sein wirst.«

Freud dachte darüber nach. »Ich weiß«, sagte er, »ich weiß. Aber es wird dann das letzte Mal sein. England. Ich werde dort sterben.«

»Erst wirst du dort leben«, sagte Anna.

»Nun – das Ritual, zwei Stunden auf den Beginn der letzten Reise zu warten – ich glaube, ihr gönnt es mir. Seltsam jedoch, seltsam ... Habe ich recht gehabt mit der Ätiologie?« Und er versank in Nachdenken.

Ein jüngerer Freud, eine jüngere Martha und sechs Kinder saßen da und warteten auf den Zug. Ihr Gepäck umringte sie. Martha sagte: »Sigmund – ich will mich nicht beklagen – aber es ist verrückt.«

»Was ist verrückt, meine Liebe?«

»Wir wissen ganz genau, wann der Zug abfährt, aber du bestehst darauf, mindestens zwei Stunden früher da zu sein. Du kannst die ganze Nacht nicht schlafen, und ich kann es auch nicht. Du vergewisserst dich wieder und wieder, daß der Zug auch wirklich fährt. Du hast Angst, die Fahrkarten zu verlieren. Und dann gehen wir ohne Frühstück aus dem Haus, um zu dieser lächerlich frühen Stunde hier zu sein. Verrückt.«

»Verrücktheit ist ein sehr vager Begriff. Unwissenschaftlich. Nenn es eine Neurose.«

»Nun, wenn es eine Neurose ist, dann solltest du wirklich versuchen, sie zu heilen.«

»Ich heile nur *schädliche* Neurosen.«

»Sie schadet *mir.* Sie macht mich zu einem Nervenbündel.«

»Unsinn. Auf den Zug zu warten gehört zur Freude am Reisen. Die Kinder *lieben* es, zu warten.« Die Kinder – gelangweilt, bedrückt – spielten hinter dem Gepäck lustlos, wer weiter spucken konnte.

»Und dann«, sagte Martha, »wenn der Zug endlich da ist, dann willst du gar nicht einsteigen. Dann fällt dir ein, daß du noch Zigarren brauchst oder eine Zeitung. Heute wird es genauso sein. In einer Viertelstunde«, sagte sie mit einem Blick auf die Bahnhofsuhr. »Du wirst schon sehen.«

»Eine *harmlose* Neurose. Wenn ich die Zeit finde, werde ich mich gelegentlich damit befassen.«

»Und in der Zwischenzeit warten wir.«

»Vater«, riefen die Kinder. »Papa!« Sie waren schon eingestiegen; der Zug war zur Abfahrt bereit. Martha saß am Fenster, in grimmigem Schweigen. Freud machte die Tür auf und stieg ein, während der Zug schon anzurollen begann.

»Es war mir plötzlich–« keuchte er. »Ich mußte–«

»Das wäre auch so gegangen. Du weißt, der Zug hat eine Toilette.«

»Es ging um–«

Bald zündete er sich eine Zigarre an und sagte: »Ferien dank Herrn– Ich habe den Namen des Patienten vergessen.«

»Herr Boecklin.«

»Natürlich. Wieso habe ich das vergessen?«

»Du vergißt immer etwas, wenn das für dich bequemer ist.«

»Das ist nicht wahr. Ich bin Herrn Boecklin dankbar. Bin einem dankbaren Patienten dankbar.«

»Aber du willst im Grunde nicht dankbar sein. Du meinst, du solltest bekommen, was du wert bist, nicht von Geschenken abhängig sein.«

»Ob das wohl stimmt... Warum vergesse ich immer Annas Geburtstag?«

»Vielleicht wolltest du nicht, daß sie zur Welt kommt.«

»Welch ein Unsinn!« Er lächelte Anna an, die ihm gegenüber saß und nicht zurücklächelte. Brummend entfaltete er seine Zeitung.

Alpenluft wie eisgekühlter Sekt. Er sog sie tief in seine Lungen, im Obergeschoß am offenen Fenster, das auf die weite, zerklüftete Aussicht ging. Martha packte die Sachen aus. »Von allem entfernt«, strahlte er. »Schmutziges Wien. Schmutzige Arbeit.« Vom Flur vor ihrem Schlafzimmer drang plötzlich das hysterische Weinen einer Frau.

»Du hast dich zu früh gefreut, Sigmund.«

Eine ältere Frau, mit scharfem Kinn, dem lange, schwebende Haare entwuchsen, und mit einem baumelnden klirrenden Schlüsselbund an der Hüfte, hausherrinnenhaft, tröstete streng ein hübsches blondes Zimmermädchen. »Ich bin Arzt«, sagte Freud. »Kann ich helfen?« Das Mädchen schrie auf und verfiel dann wieder in ihr Schluchzen. Die ältere Frau, offenbar die Haushälterin des Gasthofes, sagte:

»Niemand kann helfen. Nur die Zeit. Es – ist ihre Mutter.«

»Armes Mädel.«

»Seit sechs Monaten sagen wir: armes Mädel. Komm jetzt, Gretel, wir haben zu arbeiten.«

»Vor sechs Monaten war es also, daß–«

»Komm jetzt, Mädchen«, sagte die Haushälterin. »Niemand behält seine Mutter für immer und ewig.«

»›Du weißt, wie's allen geht‹«, zitierte Freud töricht, »Stets naht der Tod, und alles geht durch ihn zur Ewigkeit.«

Gretel hörte nur »Ewigkeit« und begann, entsetzt zu wimmern. »Ich komm in die Hölle«, klagte sie, »ich weiß es gut.«

»Gretel«, sagte die Haushälterin, »ich hab's dir tausendmal gesagt, du brauchst dich wegen nichts schuldig zu fühlen. Es ist nicht deine Schuld, daß sie gestorben ist. Du warst ihr eine gute Tochter. Hörst du?« Und dann: »Entschuldigen Sie die Störung, Herr Doktor.« Sie führte die verstörte Gretel davon. Freud schüttelte traurig den Kopf und erinnerte sich dann daran, daß er in den Ferien war.

Den grünen Berghang, die Luft von übernatürlicher Reinheit durchzog sein Zigarrenrauch. Martha strickte. Die Kinder rannten, Fangen spielend, in das bewaldete Tal hinüber. »Denkst du noch an unsere Verlobungszeit?« fragte Freud zärtlich. »Die Fahrten nach Grinzing, in den Wienerwald – kein Geld, keine Aussichten. Jetzt auch nicht viel mehr, muß man wohl sagen. Das Denkmal, von dem ich geträumt habe – der große Freud – ›Der das Rätsel der Sphinx gelöst hat‹ – ach, es ist genug, Kinder aufzuziehen, nur ein klein wenig verschuldet zu sein.«

»Aber du bist enttäuscht, nicht wahr, Sigmund?«

»Enttäuscht, daß die, die von sich behaupten, sie dienten der Wahrheit, die Wahrheit nicht hören wollen. Meine Kollegen. Selbst Breuer. Sie haben Angst vor der Sexualität. Warum haben sie Angst?«

»Sie haben keine Angst, es ist ihnen einfach peinlich. Es gibt Sachen, von denen will niemand etwas hören, nicht dauernd – so wie – nun–«

»So wie Därme, Hintern, Kot zum Beispiel.«

»Bitte, Sigmund–«

»Es ist kein Zufall. Die Zeugungsorgane, die Organe der Ausscheidung – nur eine Handbreit voneinander entfernt, wenn sie nicht sogar identisch sind – alle praktischerweise weggeknöpft–«

»Wir sind doch hier in Ferien, Liebling.«

»Von diesen Dingen gibt es keine Ferien.«

Er beugte sich zu ihr und küßte Martha. Marthas Finger fuhren fort zu stricken. Er küßte sie lange, während die Zigarre in seinen Fingern qualmte.

»Nein – die Leute werden schauen–«

»Nur die Kinder–«

»Nein.«

Freud wandte sich weg und sagte ein wenig mürrisch: »Es steckt eine gewisse Ironie darin. Das Geschlechtsleben findet im Sprechzimmer seinen Ort. Spät ins Bett, früh aufgestanden. Werden wir nach und nach ein – nun, ein leidenschaftsloses Paar?«

»Wir haben unsere Familie.«

»Das war die Stimme der Biologie. Und der Mensch hat es im Grunde noch nicht gelernt, den Liebesakt von seinen biologischen Konsequenzen zu trennen. Noch nicht. Vielleicht will die Natur es nicht.«

»Ich verstehe dich nicht. Aber ich verstehe schon länger kaum mehr etwas von dem, was du sagst.«

»Angst«, sagte Freud. »Die große Anzahl von Fällen sexueller Angst, die ich in Behandlung habe. Coitus interruptus. Kondome, die reißen. Vielleicht sollte der Kaiser durch einen Erlaß die geschlechtliche Liebe verbieten. Wien ohne Liebe. Eine interessante Vorstellung. Weniger Charme, weniger Angst. Keine Arbeit für Dr. Freud.«

Vom Wirtshaus her wurde die Glocke zum Mittagessen geläutet. Aus der Küche drang während der Mahlzeit der schrille Schrei von – es mußte sie sein – Gretel, dem Zimmermädchen. Gäste schauten von ihrem Fisch oder ihrem Kalbfleisch auf. Martha nickte Freud resigniert zu. Freud ging in die Küche.

Gretel wurde vom Wirt und seiner Frau festgehalten. Der Koch hatte ein Messer in der Hand, das er ihr anscheinend entwunden hatte. Gretel schrie. Sedativa hatte er oben in seiner Tasche. Drüben auf der Anrichte stand jedoch eine Flasche Kochweinbrand. »Geben Sie ihr etwas hiervon«, sagte er. »Beruhigen Sie sie. Bringen Sie sie zu Bett.« Der Wirt, ein dünner Mann, schnalzte bekümmert mit der Zunge, als der größte Teil des Weinbrands über Gretels Küchenschürze gluckste. Gretel verschluckte sich und würgte. »Ich werde Sie in Ihrem Zimmer besuchen«, sagte Freud.

Sie war ruhiger nach der kurzen Bewußtlosigkeit, die der Alkohol bewirkt hatte. Er fragte: »Wie starb Ihre Mutter?«

»Sie ist erstickt. Konnte nicht mehr atmen. Eine Gräte, haben sie gesagt.«

»Ein Fischgericht also. Haben Sie es zubereitet?«

»Meine Schwester.«

»Also haben Sie Ihre Mutter *nicht* umgebracht. Ich möchte, daß Sie versuchen, sich an etwas zu erinnern. Ich möchte, daß Sie sich in eine vergangene Zeit zurückversetzen. Denken Sie an Ihren Vater. Als Sie ganz klein waren.«

»Ich weiß nichts mehr.«

»Doch, Sie wissen es noch. Wir vergessen nie etwas. Sie haben Ihren Vater liebgehabt, nicht wahr?«

Sie fing an zu wimmern, aber es stieg kein hysterischer Dämon empor. Was emporkam, war eine Erinnerung. »Sie waren im Bett«, sagte sie. »Ich hab sie gesehen.«

»Ah ja«, sagte Freud.

Kristallklare Luft mit Zigarrenqualm vermengt. Kinder spielten im Tal. Martha strickte. »Es wird Zeit brauchen«, sagte Freud. »Mein Gott, muß ich allein alles auf mich nehmen – die Leiden der Welt? Hier gibt es sonst niemand. Wenn ich zu dem Wald- und Wiesendoktor hier gehe, zeigt er mich beim Pfarrer und bei der Polizei an. Exorzismus in der Gefängniszelle. Aber man kann es ja förmlich sehen, daß es ihr besser geht. Jedermann kann es sehen.«

»Jedermann kann sehen, wie sie dich anschaut, Sigmund.« Die Nadeln klapperten mit hoffnungslosem Vorwurf.

»Einfache Übertragung. Hat nichts zu sagen. Wichtig ist, daß die Hysterie verschwunden ist. Keine weiteren Selbstmordversuche mit dem Küchenmesser.«

»Für den Augenblick. Sie wird es nicht tun, solange *du* in der Nähe bist.«

»Aber begreif doch, Martha – sie hat es verstanden. Ihr Vater hat sich ihr sexuell genähert, als sie ein Kind war. Sie war damit einverstanden und ihre Mutter wurde ihre Rivalin. Und nun, da sie tot ist, hat sie das Gefühl, das sei ihre Schuld. Ihr lange unterdrückter Wunsch hat sich erfüllt. Jetzt aber fängt sie an, die irrationale Ursache ihrer Schuldgefühle zu verstehen. Verstehen ist alles.«

»Was« – und Martha hielt einen Moment im Stricken inne – »kann denn ein solches Mädel schon *verstehen*? Ein unwissendes Bauernmädchen. Wenn sie sich nur einbildet, sie hat ihre Mutter getötet, warum kann sie sich dann nicht auch diese schreckliche, widerwärtige Geschichte mit ihrem Vater einbilden?« Sie sah ihren Mann plötzlich betroffen an. »Ist dir nicht gut, Sigmund?«

»Was«, fragte Freud mit schwacher Stimme, »willst du damit sagen?«

»Ich meine, sie hat es sich vielleicht nur ausgedacht, daß ihr Vater mit ihr ins Bett gegangen ist und, also, all das andere. Sie hat es sich vielleicht *gewünscht*, das dumme unwissende Mädel, und da sollte sie ja auch wirklich Schuldgefühle empfinden. Aber es zu *tun* – sieh dir unsere Kinder an. Denken sie je daran, mich umzubringen? Und das andere?«

Freud verschluckte sich an einem Zug Zigarrenrauch. Er betrachtete die Zigarre mit ernstem Ekel. Er hielt sie mit einer Hand, die leicht zitterte. »Ich muß sie mir holen«, sagte er, »ich meine, sie beobachten, analysieren. Ich habe sie vernachlässigt. Ich sehe es ein. Wie wenn die Kinder des Schuhmachers in zerrissenen Schuhen herumlaufen.« Dann, trotzig: »Es *muß* so gewesen sein. Sie hat es so nachdrücklich gesagt – wie alle meine Patienten.«

»Sigmund«, sagte Martha streng, »du läßt unsere Kinder in Ruh, verstehst du mich? Ich lasse es nicht zu, daß mit unseren Kindern herumexperimentiert wird. Daß ich dir das nicht noch einmal sagen muß! Unsere Kinder müssen sich ihre Unschuld bewahren.«

»O Martha«, stöhnte Freud, »wie wenig du weißt! Aber – aber es *muß* geschehen sein. Kindererziehung. Ich habe ein ganzes Buch darüber geschrieben.«

»Ein Buch«, sagte Martha grimmig, »das uns nichts Gutes eingebracht hat. Ich habe jetzt keine Freunde mehr. Nicht einen Menschen.« Freud starrte stirnrunzelnd vor sich hin: die Qualen des durchschauten Irrtums lagen vor ihm. Die Behauptungen eines ganzen Buches: alles falsch. Es war unmöglich. Fern sah er die höhnische Wahrheit sich nähern. Die Abbitte, den gesenkten Kopf. Er schaute auf und sah einen Mann in blauer Uniform den Hang herabkommen. »Ein Polizist«, sagte er schwach. »Was will der denn?« Und was konnte er tun als sich schuldig bekennen?

»Du weißt, was der will«, sagte Martha. »Das Mädchen hat geredet.« Sie sah ihren Mann ohne Zuneigung an.

Der Polizist stand vor ihnen. Freud erhob sich aus dem Gras. Um ein Haar hätte er die Hände vorgereckt, wie um sich Handschellen anlegen zu lassen. Der Polizist salutierte. »Dr. Freud? Wir haben auf der Wache ein Telegramm für Sie bekommen. Es sei dringend.«

»Danke sehr, ja, ja.« Er wühlte unbeholfen in seinen Taschen nach Kleingeld. Martha holte – streng und kompetent – ein paar Münzen aus ihrer Handtasche. Der Polizist grüßte wieder und ging davon. Freud faltete das Papier auseinander. »O mein Gott! Vater.«

»Ich habe es gleich geahnt. Ich habe es gespürt. Ich *wußte*, es würden keine richtigen Ferien für uns werden.«

Packen; zahlen. In der großen Hitze warteten sie am Bahnhof. Das um sie aufsteigende Alpenpanorama war nun irgendwie sinnlos überwältigend.

»Zwei Stunden. Der Stationsvorsteher hat gelacht. Ich hab's gesehen.«

»Ich kann nicht anders. Ach, wo bleibt er denn nur?«

»Wenigstens gibt es nichts, was dich veranlassen könnte, gerade in dem Augenblick davonzulaufen, wenn er in den Bahnhof fährt. Zigarren hast du?«

»Ja, ja.«

»Du wirst dich noch krank rauchen, Sigmund. Ich hab heute morgen zwölf gezählt. Wie ein großes Baby, nuckeln und nuckeln.« Er ignorierte den Freudschen Vergleich.

»Vater! Papa!« Alle waren im Zug außer ihm. Der Zug hatte sich schon in Bewegung gesetzt. Er rannte, um aufzuspringen. Keuchend sank er in das Abteil. »Lächerlich«, sagte Martha.

»Sie mußte mich sehen, hat sie gesagt. Das hat sie mir gegeben.« In Zeitungspapier eingeschlagen: ein großer selbstgebackener Kuchen.

»Lächerlich.« Und sie starrte böse zu Gretel hinaus, die hinter dem Schaffner lächelte und winkte. Das Mädchen fuhr mit dem ganzen Alpenkurort in die Vergangenheit. Gereizt holte Martha ihr Strickzeug heraus. »Die dreizehnte«, sagte sie, als Freud sich seine Zigarre anzündete.

Später sagte er: »Ich glaube nicht, daß ich Grund hätte, mich schuldig zu fühlen. Und doch schmerzt es mich immer und beunruhigt mich. War ich freundlich genug, großzügig genug? Ich habe ihn wegen einer Sache verachtet. Und verachte ihn noch. Ich hatte recht, ich habe immer noch recht.«

»Du meinst wegen des Hutes?«

»So etwas zu tun – Ein Schwein von einem Christen schlägt ihm den Hut vom Kopf, daß er mitten auf die Straße rollt–«

»Ich weiß, Liebling. Du hast es mir schon oft erzählt.«

»Er lächelt nur und lächelt und lächelt. Und dann hebt er demütig seinen Hut auf, der zwischen den Pferdeäpfeln liegt–«

»Sigmund – die Kinder–«

»Und setzt ihn wieder auf. Da hat er mich im Stich gelassen. Uns alle. Er hat eine große Familie gezeugt und konnte sie nicht ernähren. Arme Mutter. Eine Heldin, eine Heilige–«

»Du meinst: eine Mutter. Eine jüdische Mutter. Sie kann mich nicht leiden. Ich werde nicht zur Beerdigung gehen.«

»Das ist nur dieser alte Spruch von ihr. Es hat nichts zu bedeuten.«

»Das hatte sehr viel zu bedeuten. ›Wenn ein Mann heiratet, läßt er sich von der Mutter scheiden.‹«

»Ja doch, ja.«

»Dieser Blick dabei.«

»Ja, ja. Arme Mutter!«

Schon der Hausflur war gedrängt voll mit Verwandtschaft. Tanten, Onkel, Schwestern. Seine Mutter, aufrecht und kräftig trotz ihres Alters, umarmte ihn ungestüm. Alexander, sein jüngerer Bruder, schüttelte ihm traurig die Hand, während die Umarmung andauerte.

»Du wirst hungrig sein, Sigi. Ich habe ein schönes Essen für dich.«

»Ich habe schon gegessen, Mutter.«

»Schon gegessen? Und du hast gewußt, daß du in das Haus deiner Mutter kommen würdest!«

»Martha hat darauf bestanden, daß ich etwas esse. Ich wollte nicht, aber – nun, sie hatte schon gekocht –«

»Frauen aus Hamburg, was verstehen die vom Kochen?«

Das war rhetorisch. Freud fragte, ob es rasch gekommen sei.

»Wie konnte es rasch kommen, wo wir alle darauf gewartet haben? Komm und sieh ihn an, dann essen wir.«

Er sah ihn allein, auf einem von Opferkerzen erhellten Tisch ausgestreckt. »Wenn ich etwas getan habe, was dich gekränkt hat, Vater«, sagte er leise aber deutlich, »tut es mir leid. Ich habe manches getan, was dir nicht gegeben war, ich bin Arzt geworden – habe ein Buch veröffentlicht. Es tut mir leid.« Der Analytiker unterbrach den Trauernden wie mit einem Stich. Warum mußten ihm Dinge leid tun, die seinen Vater stolz gemacht hatten? »Du gehst nun nirgendwohin – in die Erde. Ich nehme deine Last auf mich – der Sohn wird der Vater. Wenn ich beten könnte, würde ich es jetzt tun. Aber es gibt niemand, zu dem man beten könnte.«

»Essen ist fertig«, rief die Stimme seiner Mutter. »Komm nun, Sigi, es wird kalt.« Kalt, ja, dachte er. Er machte eine rasche Abschiedsgeste.

Um den Tisch waren die geschäftige Mutter, die Schwestern und Brüder versammelt – Pauline, Anna, Rose, Mitzi, Dolfi, Alexander, schweigende Verwandte. Brathühner, Gemüse, Wein. Freud konnte nur wenig essen. »Wie ein Vögelchen«, sagte seine Mutter. »Ich seh dich immer mehr abnehmen, du wirst immer dünner. Das kannst du dir nicht leisten, Sigi. Du hast keine Reserven, wenn du einmal krank wirst. Iß, Kind!«

»Hat man dich schon zum Professor ernannt?« fragte Alexander.

»Das ist noch lange hin, Alex. Ich bin der böse Bube der Medizinischen Universität von Wien.«

»Böser Bube!« rief seine Mutter. »Denen würd ich's zeigen mit bösem Buben. Aber was kann man von einem Haufen schmutziger Goyim erwarten?«

»Ich bin hier der Schmutzige, Mama. Schmutz-Freud nennt man mich.«

»Warum?« fragte sie mit mißtrauischen dunklen Vogelaugen. »Was hast du getan, Sigi?«

»Ich habe Neurosen behandelt, Mama. Die Tiefen des menschlichen Bewußtseins erschlossen. Dort drunten liegt viel Seltsames. Meine Kollegen sagen, ich sollte es lieber in Ruhe schlafen lassen.«

»Die jüdischen auch?«

»Ich bin jetzt ein Außenseiter, Mama. Keinen Freund auf der Welt.«

»Kein Freund? Du hast deine Familie. Du hast mich. Dein Vater hat sich dein Buch angeschaut, Sigi. Wußtest du das?«

»Er hätte es nicht begriffen, Mama. Es ist ein Buch für medizinische Spezialisten.«

»Richtig. Eine Menge langer Wörter, hat er gesagt. Er war stolz darauf, daß du so viele lange Wörter weißt. Mehr Wörter, als du und ich kennen, Amalie, sagte er. Aber er hat viel verstanden. Reiche Patienten muß er haben, sagt er zu mir.«

»Reich?« Er sagte es traurig.

»Reiche Müßiggänger, richtig. Wer könnte sich die Probleme leisten, wenn er arm wäre? Wissen nicht, was anfangen mit ihrer Zeit, erfinden Krankheiten. Und träumen von Vater und Mutter. Ein Haufen Unsinn. Mädchen, die in den Vater verliebt sind. Hat man so etwas schon gehört?«

Rosa fing an zu weinen.

»Ist schon recht, ist doch gut, Röschen. Ich weiß, daß du deinen Vater liebgehabt hast. Aber dies war eine andere Liebe, was Sigi hier eine Gehirnerkrankung nennt.«

»*Keine* Träume, Mama«, sagte Freud. »Das ist es eben. Neurosen kommen nicht aus Träumen. Träume sind nichts. Neurosen kommen von Dingen, die wirklich geschehen.« Er sagte es entschieden, aber innerlich fühlte er sich hohl.

»Träume? Was sonst könnte es sein als Träume. Ein Haufen zusammengeträumtes Zeug für den müßigen Verstand. Als ob ein Mädchen mit seinem Vater ins Bett gehen würde.«

Rosa putzte sich die Nase und schniefte.

»Nun, wenn du sie davon heilst, solche Sachen zu träumen, Sigi, tust du ein gutes Werk. Schmutzig, ach was! Diese reichen Müßiggänger, *die* sind schmutzig.«

Sie aß. Alle aßen. Freud schob sein Essen auf dem Teller herum.

»Ein Junge mit seiner Mutter im Bett, das ist etwas anderes. Ein Junge braucht seine Mutter. Braucht ihre Wärme und Liebe und ihren Schutz. Daß mir niemand sagt, das sei schmutzig. Iß, Sigi! Laß mich ein schönes Stück von der Brust für dich abschneiden.« Welche Unschuld! Oder war er der Unschuldige?

Älter, dünner, grauer. Er sah sich im Spiegel des Sprechzimmers und erhaschte einen skizzenhaften Umriß seines toten Vaters. Der Regen fiel auf das winterliche Wien. Ein schlauer Wind suchte Ritzen und fand sie. Martha kam mit dem Kaffee ins Zimmer; er lächelte sie schwach an. Er nahm die Tasse und setzte sich auf die Couch. Martha setzte sich an seinen Schreibtisch und musterte ihn mit dem prüfenden Blick des Arztes.

»Es ist absurd«, sagte sie, »wenn ich dich bitte, doch zu einem– ich meine, du solltest selbst in der Lage–«

»Es ist ein Schuldgefühl«, sagte er. »Es ist ein irreales Schuldgefühl . . . es fing an als die Schuld, die jeder Sohn beim Tod des Vaters verspürt. Aber nun ist es krankhaft. Sechs Monate, seit er tot ist, und es wächst immer noch.«

»Du solltest Urlaub machen. Ein Ortswechsel.«

»Wir können bis zum Sommer keinen Urlaub machen. Und selbst das hängt davon ab, ob wir bis dahin genug gespart haben.«

»Ich verstehe das nicht. Du hast doch jetzt genug Patienten.«

»Einige zahlen nicht. Es gehört in einen Zusammenhang, den ich hätte voraussehen können. Sie glauben, sie haben sich selbst geheilt, was ja in gewisser Weise auch richtig ist. Oder sie glauben, sie seien nie wirklich krank gewesen.«

»Minna«, sagte Martha, »will nach Italien fahren. Sie hat genug Ersparnisse. Sie hält es nicht für richtig, daß eine unverheiratete Frau alleine reist.«

»Sie will, daß ich mitkomme? Auf ihre Kosten? Damit brächen wir zu viele Tabus. Als bezahlter Begleiter meiner eigenen Schwägerin . . . Außerdem machen wir mit der ganzen Familie Urlaub – du, ich und die Kinder, Martha.«

»*Ich* und die Kinder, Sigmund. Ein Urlaub mit dir zusammen ist überhaupt kein Urlaub. Es ist wahr, Liebling, du weißt es selbst.«

»Es ist leider wahr. Ich werde mich ändern, ich verspreche es. Ich vergesse – beinahe hätte ich gesagt – du weißt, was ich beinahe gesagt hätte.«

»Vergißt die Sexualität, ja, Lieber. Sexualität ist jetzt einfach Teil deiner Arbeit. Ich weiß. Es macht mir nichts aus.«

»Verheiratete Freunde, mit sechs lebenden Beweisen glühender Leidenschaft. Sechs Sublimationen des Sexus.«

»Das Wort kenne ich nicht.«

»Es ist ein neues Wort.« Er sah auf die Uhr. »Jetzt kommt eine schwierige Patientin. Frau Kleist.« Er stand auf und zog Martha an sich. Sie schob sich weg von ihm und gab ihm ein freundliches Küßchen. Sie nahm das Kaffeetablett und sagte:

»Komm nicht zu spät zum Essen.«

»Es stimmt nicht«, sagte er fest und zärtlich, »das mit den Frauen aus Hamburg. Sie *können* kochen.«

»Aha«, sagte sie nickend, im Hinausgehen. »Ich verstehe.«

Und dann Frau Kleist, eine schöne Blondine von etwa vierzig Jahren, die entspannt auf der Couch lag und hemmungslos von ihrem Vater erzählte. »Er hat mich jeden Tag geliebt«, sagte sie. »Manchmal war es schwierig. Meine Brüder kamen immer herein und sahen zu. Und meine Mutter auch, ein- oder zweimal. Aber ich habe sie immer wüst beschimpft und da ging sie wieder. Dann gingen wir zusammen ins Hotel. Ich tat so, als ginge ich in den Klavierunterricht. Und er war vorgeblich bei seinen Klienten. Aber wir waren in einem Hotelzimmer. Zusammen.«

»Ist all das«, fragte er mit größter Beunruhigung, »wirklich geschehen, Frau Kleist?«

»Natürlich. Oft und oft.«

»Oder wollten Sie nur, daß es geschieht?«

»Ich wollte es. Und deshalb geschah es.«

Er konnte einen tiefen Seufzer nicht unterdrücken. Sie bemerkte es. Sie sagte: »Was ist, Herr Doktor? Habe ich etwas– habe ich etwas gesagt, was–«

»Nichts, Frau Kleist. Bitte fahren Sie fort. Also, ihr Vater–«

»Er hatte die seltsamsten Ideen. Er hat darauf bestanden, daß ich die unglaublichsten Sachen mache. Was andere schmutzig nennen würden. Darf ich es sagen? Sie versprechen, es niemand zu erzählen?«

»Alles«, sagte er müde, »erzählen Sie mir alles, Frau Kleist.« Düster lauschte er, während sie ihm alles erzählte.

Trotzki. Gutaussehend, Ende Dreißig, voll, allzuvoll von Energie. Er begrüßt die Genossen – »Wol. Bucha. Tschud.«

»Seit zwei Tagen im Lande«, sagte Tschudnowski, »schon ist er ein Amerikaner.«

Trotzki geht sofort interessiert auf Olga zu, mit ausgestreckter Hand. »Lew Dawidowitsch Bronstein. Aber nenn mich einfach Trotzki.«

»Leo Trotzki?« Sie ist verwirrt. »Der große Trotzki?«

»Und dein neuer Kollege, Genossin. Groß? Es gibt keine großen Männer in der revolutionären Bewegung. Größe ist eine bourgeoise Vorstellung.« Dann jedoch hat er die vage, wolkige Idee eines Denkmals für– irgendjemand; er fügte hinzu: »Oder? Ich weiß allerdings nicht–«

»Du bist nicht müde, nach deinen Streifzügen durch die Vergnügungen von New York?« fragt Bucharin.

»Du meinst die New York Public Library? Faszinierend. Ich habe einige unglaubliche Einzelheiten über den amerikanischen Export in Erfahrung gebracht. Ich war besoffen von Statistiken.«

»Wodka?« fragt Bucharin und zieht eine Flasche aus einer Schreibtischschublade.

»Russischer Wodka?«

»Wodka von Stroganow. Direkt aus Brooklyn. Der wahre Jakob.«

Tschudnowski sucht trübe Gläser hervor. Sie trinken, mit lauten Nasdorowjes. Olga wird nichts angeboten. »Hast du dich eingerichtet?« will Tschudnowski wissen. »Alles in Ordnung? Natalja, deine zwei Söhne?«

»Okay, würde ich sagen«, sagte Trotzki. »Das haben sie mir schon beigebracht. Kinder lernen schnell. Russisch, Deutsch, Polnisch, Französisch, Spanisch, Jiddglisch. Aber sie lassen sich auch schnell verführen. Meine Frau auch. Schon verfallen.«

»Schon?«

»Schon – träumt von einem Ballettensemble in New York, verrückte Idee. Heute ist sie im Auto eines gewissen Dr. Goldstein abgeholt worden. Um seinen Landsitz in New Jersey anzuschaun. Der Mann nennt sich einen Sozialisten. Er hat einen Chauffeur. So geht's nicht, Genossen.«

»Wie geht was nicht?«

»Das mit diesem dekadenten amerikanischen Kapitalismus. Bloomingdale's. Die Avenue Nr. 5. Hamburger (mit Zwiebeln und Ketchup!). Macy's. Es macht mir Sorgen. Wir haben eine Arbeiterwohnung gemietet, in der Straße Nr. 165. Westliche. Achtzehn Dollar im

Monat. Und alle möglichen Sachen zur Verfügung. Unglaublich. Luxus! Das ist nicht recht für einen Arbeiter.«

»Willst du«, sagte Wolodarski, »daß die Arbeiter nichts von alldem haben?«

»Entbehrung bedeutet Unterdrückung, Genossen. Unterdrückung bedeutet Revolution. Wie kann der Arbeiter sich erheben, wenn er elektrisches Licht hat und einen Gasherd und einen Müllschlucker und ein Telephon? Ein Telephon! Wir haben eins, und jetzt erheben sich die Kinder.«

»Wogegen?«

»Gegen mich. Die Kinder sagen: völlig unnötig, eine Revolution in Rußland. Einfach die Russen nach New York schicken. Der amerikanische Arbeiter – ha!« Er singt:

Konsum! Konsum!
Je länger ich mir's überlege, warum
hier nichts geschieht,
nichts weiterzieht,
wird mir's klar:
der Konsum!
Offenbar
betritt hier der revolutionäre Prozeß gefährliches Gebiet.
Überall, immer mehr verläuft sich der Arbeiter
im Konsum!
Kein Wunder geht die Entwicklung nicht weiter!
Konsum!
Wie soll der Fortschritt kommen? Wie?
Das Land klebt fest im Kaugummi.
Warum
der Arbeiter hier nicht mehr nach den Sternen greift,
ist klar:
wunderbar
hat ihn der Konsumrauschgoldengel eingeseift.
Wenn du hier protestierst, lacht der dich nur aus.
Das Revolutionsevangelium
zu dumm!
bleibt stumm
vor dem törichten Sturm, dem Konsumgebraus.
Wir haben ein Telefon zu Haus.

BUCHARIN: In der Tat?
TROTZKI: Jawohl, und sowas gab's nie in Petrograd.

Und was für eine radikale Erfindung!
Für wichtige Informationen und eine generelle subversive Verbindung.
Und hier dient dieses moderne Wunder
der Vermittlung von Börsenkursen und ähnlichem Plunder,
oder man bestellt Schokoladeneis,
Chop Suey
und eisgekühlten Burgunder.
Meine Kinder finden das Spielzeug natürlich nett.
Sie spielen auf den Nummern begeistert Roulette.
Gestern abend –

TSCHUDNOWSKI: Was war?

TROTZKI: Da hatten sie die halbe Stadt in der Leitung,
den Portier von einem Opiumkeller,
das führende Geschäft für Herrenoberbekleidung,
den Chefsaucier bei Rockefeller,
den Hauptmann der Long-Island-Feuerwehr,
eine junge Dame für käuflichen Geschlechtsverkehr,
den Aufsichtsrat vom Morgan Trust,
die Bowery-Polizeistation –
wie alles hier zusammenpaßt!
das Institut für industrielle Expansion –
Ach, Luxus, Luxus, Luxuskonsum!
New York schwimmt, schwappt, paddelt im Fett herum,
der allmächtige Dollar grinst und regiert,
et ceterum
censeo: der Warenrausch,
in dem alles giert,
und nach Pelzmänteln stiert,
der muß in Bausch
und Bogen abgeschafft und überwunden werden!
Vorher wird es nicht anders auf Erden!
Wenn man sich anschaut, wie die hier ehrfürchtig ihre Konserven verehren,
ihre Autos, ihre leuchtende Doppelrahmstufenmilchflasche,
die zärtlich befingerte Wölbung der Echtlederbrieftasche,
als ob nicht ganz andere Träume zu träumen wären!
Wie ich diese Schlafwandler hasse!
Jeder einzelne aus der amerikanischen Arbeiterklasse
starrt nur mit blödem Lächeln auf seine Lohntüte.
Meine Güte!

Und keiner begreift: dieser Sumpf lähmt mit tückischer Zähigkeit
jede Fähigkeit

(als Volksredner:)

die Herrschaft der monopolkapitalistischen Unterdrücker mit ihren Regierungslakaien zu beenden und, indem man die klassenlose Gesellschaft auf einer breiten Basis ökonomischer Gleichheit errichtet,

(singt:)

den jungen Mond wie eine Sichel zu ergreifen,
und einen neuen Kosmos auszuhämmern,
daß Funken sprühen: lauter rote Sterne.

Trotzkis drei männliche Genossen – Olga nicht – wollen gerade zu applaudieren beginnen, als sich draußen auf der Straße ein Lärm erhebt und Trotzki mit großem Eifer zum Fenster eilt. Die anderen zucken die Achseln und arbeiten weiter – lesen Briefe, korrigieren Druckabzüge.

»Es geht los«, ruft Trotzki. »Hier, in der reichsten Stadt der Welt. Die Revolution. Wer hätte das gedacht?« Er öffnet das Fenster und läßt einen Schwall kalten Ostwind herein. »Frauen – noch dazu gutgekleidete Frauen – zertrümmern Schaufenster.«

»Ach«, sagt Bucharin, »das hat nichts zu sagen . . . Militärmaterial wird schnellstens in die Häfen transportiert. Eisenbahnlinien werden blockiert. Amerika rüstet sich für den Krieg. Die amerikanische Antwort auf Deutschlands uneingeschränkten U-Bootkrieg. Die Waren bleiben unterwegs stecken. Die Preise steigen. Die Leute protestieren gegen die Preiserhöhungen. So einfach ist das, Genosse.«

Trotzki schließt das Fenster und kommt ein wenig niedergeschlagen zurück. Olga hat sich ein Herz gefaßt, etwas zu sagen. Jetzt sagt sie es.

»Genosse Trotzki–«

»Ja?« Er geht zu ihr hinüber wie zu einem kleinen Mädchen und nimmt ihre Hand. Sie reißt sie weg.

»Du hast von der Revolution gesprochen.«

»Ja, liebe Genossin.«

»Wird diese Zeitung die Linie vertreten, daß wir zur Revolution aufrufen?«

»Aber natürlich, Genossin.«

»So war es vorher nicht. Wir haben einen Sozialismus ohne Gewalt verkündet. Die langsame, graduelle, unmerkliche Übernahme des Staates durch die Werktätigen.«

»Ja? Habt ihr das?« Und er schaut stirnrunzelnd zu Bucharin hinüber, der lediglich die Achseln zuckt.

»Ich«, sagt Olga, »bin eine Sozialistin, die nicht an Gewalt glaubt.«

»Dann«, sagt Trotzki, »bist du keine richtige Sozialistin. Hast du deinen Marx gelesen?«

»Ja. Karl Marx hat meinen Vater gekannt. In London. Mein Vater war in London, ehe er in New York war. Ein großer Schürzenjäger, der Karl Marx, sagte mein Vater. Immer hinter den Frauen her, schnüffelnd wie ein Hund. Sagte mein Vater.«

»Das, Genossin, ist genau die Art irrelevante Details, die einem frivolen Bewußtsein faszinierend erscheinen.«

»Irrelevant? Mein Vater sagt, wenn Karl Marx sich mehr um seinen Stil gekümmert hätte und weniger Zeit mit Frauen verschwendet hätte, dann wäre sein Buch über das Kapital leichter zu lesen.«

»Hm«, sagte Trotzki, als müsse er hier ein Zugeständnis machen. »Genossin, liebe hübsche kleine Genossin, du bist vom englischen ›wissenschaftlichen‹ Sozialismus infiziert, das sehe ich. Bernard Shaw, H. G. Wells, Sidney und Beatrice Webb. Fabianismus nennen sie's. Immer schön langsam wie ihr Symbol: die Schildkröte. Nun, Genossin, wir wollen keine Schildkröten in unserer Bewegung. Wir brauchen Schnelligkeit, Tatkraft, Gewalt, die Zähne des Tigers, das Trompeten des Elefanten, den Zorn des Löwen.« Instinktiv verfällt er in den Ton des Volksredners; seine männlichen Genossen machen sich instinktiv bereit, zu applaudieren. Er zügelt sie mit einem Blick.

»Ich verstehe«, sagt Olga. »*Deine* Art. Du bestimmst.«

»Niemand bestimmt hier, Genossin. Die Geschichte bestimmt, die unerbittliche Bewegungskraft gesellschaftlicher Prozesse außerhalb der Kontrolle irgendeines Einzelnen.«

»Also gibt es für uns nur das Warten?«

»Nein. Wir müssen der Geschichte voranhelfen. Die Geschichte geht ihren langsamen Gang. Wir müssen sie in ein schnelles Automobil setzen.«

»Und du sitzst am Steuer?«

Sascha kommt herein und läßt einen uniformierten Chauffeur eintreten, groß, elegant, selbstbewußt. Der Chauffeur sagt:

»Eine Nachricht für Herrn Trotzki. Von Frau Trotzki.«

Trotzki geht mit einer gewissen Aggressivität auf ihn zu. Uniformen kann er nicht ausstehen. »Wer sind Sie, Genosse? Ein General in der imperialistischen Armee der Vereinigten Staaten?«

»Ich bin ein Chauffeur, Sir. Im Dienst bei Dr. Goldstein.«

»Seht ihr, Genossen?« sagt Trotzki mit bitterem Triumph zu seinen Kollegen, »das ist der große amerikanische *Sozialist*, von dem ich erzählt habe. Wie lautet die Nachricht, Genosse?«

»Verzeihen Sie, Sir«, sagt der Chauffeur. »Ich bin kein Genosse.«

»Tatsächlich. Also Sie sind kein Kapitalist, sind aber auch kein Arbeiter. Was sind Sie?«

»Etwas Besseres als beides. Ich bin ein Mann, der sich mit Verbrennungsmotoren auskennt.«

»Etwas Schlimmeres als beides. Sie sind ein Sklave.«

»Des Verbrennungsmotors.«

»So wie wir«, sagt Olga, »Sklaven der Geschichte sind. Die Hauptsache ist, daß man zu lenken versteht, nicht wahr, Genosse Trotzki?«

Trotzki mißfällt diese Bemerkung. Zu dem Chauffeur sagt er: »Glauben Sie, daß alle Menschen gleich sind?«

»Nein. Manche Menschen verstehen mehr vom Verbrennungsmotor als andere. Wenn es Gleichheit gibt, kennt sich niemand mehr mit dem Verbrennungsmotor aus. Wenn ich kein Gentleman wäre, würde ich auf Ihre Gleichheit spucken. Die Nachricht, Sir: Frau Trotzki und die beiden jungen Herren Trotzki werden ein paar Tage auf Dr. Goldsteins Landsitz verbringen. Frau Trotzki beabsichtigt, die Choreographie eines Balletts zu skizzieren. Sie sagt, sie müßte sich ein wenig von den Revolutionen ausruhen.«

»Es erübrigt sich«, sagte Trotzki, »zu fragen, was *Sie* von Revolutionen halten.«

»Ja, Sir. Die Umdrehungen des Verbrennungsmotors sind die einzigen Revolutionen, die ich brauche. Und diese sind wirklich progressiv: sie bringen die Leute von A zu dem entfernten B. Guten Morgen.« Und er geht; Trotzki bleibt ärgerlich und ein wenig verwirrt zurück. Doch er wendet sich mit freundlicher Miene wieder an Olga.

»Meine hübsche kleine Genossin, du wirst einiges lernen, während ich hier im Exil bin«, sagt er. »Du wirst meine Äußerungen festhalten. Heute abend habe ich bei der Versammlung der Arbeiter eine Rede zu halten. Dann kannst du sie übersetzen und an den *Jewish Record* verkaufen. Hunderttausend Auflage pro Tag. Der Fabianismus. Ha!« Sie fangen als Quintett an zu singen:

TROTZKI: Du weißt, wo gehobelt wird, fallen Späne.
OLGA: Und wenn ich nun aber nicht hobeln will?
TROTZKI: Du *mußt* wollen, weil's die Geschichte will.

BUCHA (sanft): Daß wir hobeln, erfordern Genosse Trotzkis Pläne.
OLGA: Was soll das heißen, Pläne, Späne? Er meint doch Arme,
Beine, Augen, Zähne.
DIE MÄNNER: Und?
OLGA: Nein – es geht nur Schritt für Schritt.
TROTZKI: Schritt für Schritt geht's eben nicht!
Genossin, bist du nicht ganz dicht?
TSCHUD: Die alte Gesellschaft braucht einen Tritt!
TROTZKI: Glaubst du, die Schweine lassen sich durch ein
Violinsolo überzeugen?
Glaubst du, die werden sich nach und nach unseren
Forderungen beugen?
Nur das ändert sich, was man sich nimmt.
Wir müssen kämpfen! Seid ihr noch unentschlossen?
Kämpfen! Hab ich nicht recht, Genossen?
BUCHA: Doch!
WOL: Aber ja doch.
TSCHUD: Stimmt!
OLGA: Nein, alles falsch. Aus meiner Sicht.
TROTZKI: Man kann den Hamlet nur spielen,
bringt man den König um.
OLGA: Wieso, bin ich denn Hamlet?
TROTZKI (scharf): Ach stell dich nicht so dumm!
WOL (sanft): Spiel bitte rasch den Hamlet.
OLGA: Spielen! Bin ich denn blöd?
Das ist kein Spiel, hier geht es um Tote
und rote
Armeen und die Realität.
DIE MÄNNER: Und?
OLGA: Nein – es geht nur Schritt für Schritt.
TROTZKI: Schritt für Schritt geht's eben nicht!
WOL: Genossin, du bist von rührender Zuversicht!
TROTZKI: Meinst du, die herrschende Klasse verzieht sich nach einem
Urteil vom Amtsgericht?
Meinst du, die Ausbeuter werden nachdenklich und verschwinden
aus Christenpflicht?
Die weichen nur der Drohung: Ihr werdet erschossen!
Hab ich nicht recht, Genossen?
BUCHA: Klar.
WOL: Diese Analyse
TSCHUD: besticht.

OLGA: Nein. Für mich hat all das kein Gewicht.
TROTZKI *(seufzend):* Schau doch mal her, meine hübsche kleine Genossin –
OLGA: Nenn du mich *bitte* nicht deine hübsche kleine Genossin.
Trotzki seufzt wieder und deutet auf Wolodarski.
WOL: Der Staat ist eine Maschine kapitalistischer List
zur Unterdrückung der Arbeiter, hab ich nicht recht?
BUCHA: So ist es.
TSCHUD: Die Arbeiter brauchen diese Maschine, bis es anders ist.
Dann stirbt der Staat ab, mit Herr und mit Knecht.
TROTZKI: Wie erobern wir diesen entscheidend wichtigen Apparat?
Indem wir die Ausbeuter mit reifen Tomaten bewerfen?
Wie besetzen wir die Riesenmaschine, den Staat?
Indem wir denen ihr moralisches Versagen vorwerfen?
OLGA: Nein.
TROTZKI: Also wie dann?
OLGA: Wandlung steht im Bestehenden an.
TROTZKI: Du bist ja gut!
Jetzt dieser uralte reformistische Hut.
OLGA: Eine Wandlung, eine Neugeburt.
TROTZKI: Absurd!
ALLE MÄNNER *(mit einem lang ausgehaltenen Akkord):* Absuuurd!
TROTZKI: Wer ein Omelette zubereitet,
zerschlägt Eier dabei.
OLGA: Ich will kein Ei
zerschlagen, will kein Omelette.
TROTZKI: *(scharf)* Du willst gefälligst dein Omelette!
BUCHA: *(ihr gut zuredend)* Jetzt sei doch so nett.
Du bist irregeleitet.
OLGA: Genossen, ich seh's in eurem Gesicht,
was da alles noch außer Eiern zerbricht.
WOL: Und?
OLGA: Nein. Es geht nur Schritt für Schritt.
TROTZKI: Schritt für Schritt geht's eben nicht!
TSCHUD: Wer sich davon was verspricht –!
TROTZKI: Hamlet hat ewig gezögert. Wir fangen jetzt an.
Wir setzen den historischen Hobel an.
Für unser Omelette brauchen wir größere Eiermassen,
als alle reformistischen Hühner sich träumen lassen –
Wenn die Arbeiterklasse an *und* für sich aufsteht!
Ja oder nein, Genossen?

Wie soll es sein, Genossen?
WOL: *Da.*
BUCHA: *Da.*
TSCHUD: *Da.*
OLGA: *Njet!*

Trotzki seufzt noch einmal und sagt zu Olga: »Liebe hübsche kleine Genossin – Verzeihung, Verzeihung! Hör nur, ich entschuldige mich. Wofür? Russische Frauen mögen es, wenn man ihnen sagt, sie seien lieb, klein, hübsch, und wir wissen alle, warum. Liebe– Genossin. Wirst du was lernen? Willst du was lernen?«

»Wirst auch du was lernen, Genosse?« fragt Olga, lieb lächelnd.

Trotzki brummt etwas und sagt dann: »Nimm dir Bleistift und Papier, Genossin, und schreib meine Rede mit!«

Sie rüstet sich zum Diktat und wartet. Trotzki stapft zum Fenster und schaut auf die Avenue hinunter.

Freud sah aus Minnas Fenster auf das im Regen daliegende Wien. Sie hörte ihm mit klugen, scharfen Augen zu. Freud sagte – ihr Fenster vernebelte sich mit seinem Zigarrenrauch–: »Was mir nie klar war, nie klar werden konnte, ist die Tatsache, daß das Unbewußte den Unterschied zwischen Lüge und Wahrheit nicht kennt. Ihm geht es nur um Libido, Energie, Begehren – es verzerrt die Wirklichkeit, um seine Wirkungen zu erzielen. Alles, was ich mir angehört habe, alles, was ich geschrieben habe – alles Phantasie, nichts davon ist geschehen.«

»Nichts davon?«

»Wer könnte es nun sagen? Ich muß gestehen, es gab Grenzen der Glaubwürdigkeit. Frau Kleist zum Beispiel – eine unglaubliche Konfession elterlicher Verderbtheit. Ich hatte meine Zweifel, aber ich vertrieb sie. Ich wollte sie nicht haben. Ich war zu eifrig bemüht, mir einzubilden, ich hätte eine erstaunliche Entdeckung gemacht.«

»Um Tatsachen ist es nie gegangen – ist es das, was du sagen willst?«

»Genau. Ich habe Krafft-Ebing gegenüber erklärt, daß die Verführung von Kindern ein häufiges Vorkommnis ist – daß sie in der Tat die immer wieder anzutreffende Ursache der sexuellen Neurosen darstellt – und nun entdecke ich, daß es der Wunsch ist, das Begehren, und die Wahrheit spielt keine Rolle. Wie konnte ich ein solcher Narr sein?«

»Man muß weise sein, um es zum Narren zu bringen.«

»Bitte keine von deinen paradoxen Geistreicheleien, Minna. Etwas anderes übrigens, was mir jetzt langsam aufgeht – o mein Gott, wächst die Arbeit denn ins Unermeßliche – Träume. Die Träume. Viele von ihren Erinnerungen setzen alles gleich – Tagtraum, Traum, Phantasie, Wirklichkeit. Das Mädchen, das mir erzählt hat, sie habe eine Kiste– Wie groß war die, fragte ich. Ach, einmal groß, einmal klein, und ihr Vater tat Holzscheite hinein. Sie hat mir einen Traum erzählt. Erkennst du seine Bedeutung?«

»Obwohl ich eine dumme alte Jungfer bin: ja. Was machst du nun? Verbrennst du alle deine Schriften? Veröffentlichst einen Widerruf?«

»Ich werde die Wahrheit veröffentlichen, wenn ich Zeit gehabt haben werde, die Wahrheit zu verdauen–«

»Und wie lange werden deine Kollegen brauchen, sie zu verdauen? Die müssen sich erst einen neuen Magen wachsen lassen.«

»Und inzwischen werde ich mich selbst kurieren – wenn ich kann–«

»Wovon?«

»Von meiner eigenen Neurose. Eine Neurose ist nur dann zu behandeln, wenn sie schädlich wirkt. Dieses Schuldgefühl vom Tod meines Vaters her wirkt sich auf meine Arbeit aus, auf den Schlaf, den Appetit, des Wohlbefindens. Ich verspüre die ersten Anzeichen eines Begreifens der Schuld, aber ich muß sichergehen. Und wenn ich recht habe– wenn ich recht habe, Minna, dann wird die Welt an ein Ende kommen und wieder von neuem beginnen. Eine neue Welt. Männer und Frauen werden sich zum ersten Mal als das erkennen, was sie wirklich sind. Es wird für die Welt ein furchtbarer Schock sein–«

Er verließ sie grußlos. Sie schüttelte mitleidig den Kopf. Zigarrenqualm hing wie ein Nimbus um ihn, wie er mit wütender Geschwindigkeit in seinem Arbeitszimmer schrieb. Und dann hatte er den Eindruck, als forme sich im Ziehen des Rauches um seine Tischlampe langsam ein Bild. Er sah es an. Es zog sich zur dichten Verkörperung einer tief begrabenen Erinnerung zusammen. Er erkannte den kleinen Jungen im gestreiften Nachthemd, der aus seinem Schlafzimmer hervorkam und den Korridor hinuntertapste bis vor eine verschlossene Tür. Verschlossen? Nein, nur geschlossen. Er lauschte, als er sich nach der Klinke streckte. Das Geräusch eines scharfen rhythmischen Keuchens. Er drückte die Klinke nach unten und ging hinein. Morgendämmerlicht kam durch das breite, gardinenlose Fenster. Ein Mann und eine Frau auf dem Bett. Sie taten Sachen miteinander, die er nicht erklären konnte. Die Frau war seine Mutter und dieser Mann, der war sein Vater, aber nicht der, den er jeden Tag sah, und er machte etwas, was sie immer wieder schreien ließ. Er schaute mit aufgerissenen Augen. Sie mußten aufhören. Er wußte, wie er sie anhalten konnte. Er urinierte auf den Teppich. Das Paar auf dem Bett starrte mit offenen Mündern her.

»Sigi!«

»Schau dir diesen dreckigen kleinen–« sagte der Mann. Er stand vom Bett auf. Der Junge legte die Hände schützend über den Körperteil, der Anstoß gegeben, der Rache geübt hatte. »Dreckiger kleiner – aus dem wird nie etwas Gutes. Ich sollte es ihm am besten abschneiden –«

»Nein«, sagte Freud zu der Rauchwolke. »Das hast du nicht gesagt. Du konntest doch–« Seine Zigarre war ausgegangen. Mit bebenden Fingern zündete er sie wieder an. Er sah etwas Neues in der Flamme des Streichholzes.

Ein Eisenbahngleis. Nacht. Arbeiter besserten eine Schwelle aus, im Schein greller Lampen. Im Zug lag ein kleiner Junge, er sah zu ihnen hinaus. Er war in einem Schlafwagenabteil. Die Lampen beleuchteten seine Mutter. Sie hatte sich ganz nackt ausgezogen. Nackt suchte sie im Koffer nach ihrem Nachthemd. Sie zog es an und drehte sich lächelnd zu dem kleinen Jungen. Er hatte die Augen geschlossen und stellte sich schlafend. Sie gab ihm einen Kuß. Dann stieg sie in das obere Bett. Freud blies das Streichholz aus. Er sog an seinem leicht angesengten Daumen. Er mußte sich die Bestätigung dieser Erinnerung holen; sie erklärte etwas.

»Daß du dich daran noch erinnerst, Sigi«, sagte die Mutter lächelnd, während sie ihm Gemüse auf sein Brathuhn häufte. »Und du warst so klein damals. Ja, wir fuhren zu deiner Großmutter, und an der Strecke wurde gearbeitet. Wir hatten zwei Stunden Verspätung, stell dir vor. Ja, ich seh die ganzen Feuer noch vor mir. Die ganze Strecke entlang.«

»Zwei Stunden zu früh.«

»Zu spät, Sigi, zwei Stunden Verspätung.«

»Entschuldige, Mama. Ich habe an etwas anderes gedacht.«

»Iß, Kind, iß! Ich sollte das nicht mehr sagen – kein Kind mehr, das Familienoberhaupt, gelt? Nimmst die Stelle deines Vaters ein. Dein armer, armer Vater!«

Freud sah von ihren reuelos leuchtenden Augen in die der anderen um den großen Familientisch. Nirgendwo Reue, Schuld. Sie aßen voll Appetit. Die Reue, das Schuldgefühl – das blieb dem ältesten Sohn vorbehalten. Er stocherte lustlos auf seinem Teller.

Er lag auf seiner Couch und sprach mit sich selbst. »Niemand da für eine Übertragung. Muß ich mir vorstellen, wie ich selbst einem Selbst zuhöre, das sich in einen Beichtvater verwandelt hat? Ein zweiter Dr. Freud, der hinter meinem Kopf sitzt und zuhört? Also, was halten Sie davon, Dr. Freud – ich habe Angst, den Zug zu versäumen. Und wenn er kommt – dann habe ich Angst, ihn zu besteigen. Jetzt wissen wir, warum, nicht wahr – Dr. Freud? Meine Mutter. Lust auf meine Mutter. Angst vor der Lust auf meine Mutter. Warum Angst? Weil Vater hergehen wird und– nein, nein, das geht zu weit–«

Aber seine Hände hatten sich instinktiv zum Schritt bewegt. Die Tür ging lautlos auf und Martha kam mit dem Kaffeetablett herein. Sie sah es. Beschämt zog er die Hände weg. Müde stand er von der Couch auf.

»Und wie«, fragte Martha scherzend, »geht es uns heute?«

»Von einem bin ich geheilt, Martha, hoffe ich. Wenn wir das nächste Mal verreisen, dann sind wir fünf Minuten vor Abfahrt des Zuges am Bahnhof – nicht mehr, nicht weniger.«

»Ach, das kannst du jetzt halten, wie du willst, Liebling. Wir werden nicht mehr zusammen fortfahren. Aber Minna wird sich freuen. Du fährst mit ihr nach Rom, du weißt doch–«

»Italien, aber nicht nach Rom.«

»Warum nicht nach Rom?«

»Weil – ach, es ist so heiß dort im Sommer – es besteht Typhusgefahr, Malaria–«

»Nur in Rom – ich verstehe. Nicht in Neapel. Und doch heißt es: Neapel sehen und sterben. Ich komme dann wieder und hole deine Tasse. Ich hab einen Braten in der Röhre.«

»Nein, das ist unmöglich. Du kannst nicht– wir haben nicht– Entschuldige. Symbole, ich platze vor Symbolen.«

»So lange du mich nicht damit ansteckst.« Sie lächelte voll Zuneigung, sie ging. Er saß an seinem Schreibtisch und trank den heißen Wiener Kaffee in kleinen Schlucken. Er erhaschte wieder ein – war es ein Stück Erinnerung? Eine Erinnerung an die Erinnerung von jemand anderem? An die Erinnerung eines anderen an die Geschichte eines Dritten? Ein Traum? Das Gefühl war das des Traumes. Ein kleiner Junge in einem großen Spiegelsaal. Unter dem verzweifelten Drang, Wasser zu lassen, untersuchte der Junge alle Türen. Eine war mit Perlmutter eingelegt. Er lief darauf zu, es wollte aus ihm herausbrechen. Er öffnete sie. Er urinierte dort mit Erleichterung, als Kaiser Franz Josef mit einem Kammerherrn eintrat. Sie ertappten ihn dabei. Der Kaiser rief:

»Schlagt ihm den Kopf ab!«

Der Befehl hallte und hallte in Echos nach.

Freud brütete den Bildern nach, über der leeren Kaffeetasse rauchend. Wann hatte er das geträumt? Denn es war zweifellos sein eigener Traum, es fühlte sich an wie etwas aus seinem eigenen Kopf. Ein Zimmer. Man sagte auch ... Frauenzimmer. Eine Frau – ein Zimmer, ein Zimmer eine Frau. Er begann in wildem Tempo zu kritzeln. Perlmutter. Das Zimmer war seine Mutter. Demnach urinierte er nicht, er – verhüllte unter dieser Vorstellung den Sexualakt, den Erguß – in seine Mutter, o du mein Gott! Schlagt ihm den Kopf ab! Nicht den Kopf, den Penis. Nicht der Kaiser – eine Autoritätsfigur, ein Vater, sein Vater–

»Begreifen Sie das, wenn Sie können, Dr. Freud«, sagte er zu sich selbst. »Das Kind begehrt die Mutter – jeder Sohn begehrt seine Mutter. Der Vater ist der Rivale. Aber er ist stark, mächtig, eine Verkörperung der Autorität. Er sucht den frevelhaften Übergriff zu rächen. Es gibt nur eine Rache – die Kastration. Es ist wahr, wahr für alle – es gibt keine Ausnahme–«

Er war wieder im Theater. »Hier steht er«, rief Ödipus,

> Söhne und Töchter Thebens, eure Schande,
> Urheber eurer Pest – hier, Ödipus,
> Mörder des Vaters, Schänder seiner Mutter – nun
> laßt allen Augen mich verborgen sein.

Er beobachtete konzentriert das Erinnerungs-Stück. Ödipus stach sich die Augen aus. Der Chor schrie.

> Dunkel, dunkel. Die Sonne brach hier
> Zum letzten Mal.

Entsetzen, Entsetzen über Entsetzen. Freud ging auf und ab und sog an seiner Zigarre. »Kein Wunder. Ich habe ihm den Tod gewünscht, ohne es zu wissen. Ich muß– wer weiß? Wer?«

Einige Zeit später war er wieder in einem Theater: umgeben von den amphitheatralisch ansteigenden Bankreihen eines medizinischen Hörsaals, der bis auf fünf Hörer leer war. Er sagte:

»Unser Lehrgang war ein– traditioneller Kursus in Neurologie.

Was ich nun bei Gelegenheit dieser unserer letzten Zusammenkunft sagen möchte, mag für Ihre Studien irrelevant scheinen. Ich lege Ihnen lediglich die Ergebnisse längerer Forschungen zum Problem der Neurosen vor – nicht als dogmatische Wahrheiten, nur als Hypothesen, die Sie bedenken mögen.«

Er sah sie an. Sie wollten am liebsten gehen. Sie wollten keine Hypothesen.

»Der Sexualtrieb ist, ich wiederhole es, beinahe von Geburt an vorhanden. Er fixiert sich auf den gegengeschlechtlichen Elternteil. Das Mädchen wird sexuell vom Vater angezogen, der Knabe von der Mutter. Für den Knaben ist der Vater ein rächender Rivale. Für das Mädchen gilt dasselbe in bezug auf die Mutter-Rivalin. Diese Gefühle werden unterdrückt, finden jedoch ein Ventil, in Neurosen. Die Neurosen sind charakterisiert durch ein ausgeprägtes Schuldgefühl – als Schuld wird ein eingebildeter Wunsch betrachtet, den Elternteil zu töten, der als Geschlechtsrivale empfunden wird–«

Ein Student sah seinen Nachbarn an und nickte. Beide brachen leise auf.

»Wir können hier den Begriff ›Ödipuskomplex‹ einführen, nach dem griechischen Mythos von dem Mann, der seinen eigenen Vater tötete und seine Mutter zur Frau nahm. Diese Empfindung ist in uns allen gegenwärtig. Es gibt keine Ausnahme. Es ist eine der hauptsächlichen Quellen menschlicher Seelenvorgänge. Wir alle, Mann oder Frau, sind Reinkarnationen des schuldbeladenen Ödipus. Unsere Aufgabe als Analytiker der kranken Seele – wenn ich so sagen darf, als Psychoanalytiker – besteht darin, die Seuche zu heilen, welche das leidende Reich der Seele befallen hat. Wir stehen endlich Aug in Auge mit der auslösenden Ursache der Neurosen.«

Die drei verbleibenden Studenten sahen ihn an, dann einander. Sie sagten nichts.

Müde brachte er seine Vorlesung zu Ende. Lahm. »Denken Sie zumindest darüber nach.« Und dann: »Ich danke für Ihre Aufmerksamkeit. Sie können gehen.«

Ein Wiener mittleren Alters, mit wohlhabendem Schmerbauch, lag auf der Couch. Ungläubig hörte er Freud zu. Freud sagte:

»Ich habe endlich die Wurzel Ihrer Neurose aufgedeckt. Haß auf Ihren Vater, eine sexuelle Fixierung auf Ihre Mutter – es ist das, was ich eine ödipale Situation nenne. Haben Sie von Ödipus gehört?« Der Mann sagte nichts. »Seien Sie nicht schockiert! Es ist etwas ganz Allgemeines. Es ist in uns allen. Es ist in mir.«

»Das kann ich nicht– Das ist– Niemals!«

Freud sprach beruhigende Worte. »Ich weiß. Der Schock der Entdeckung kann sehr schmerzhaft sein.«

»Schmerzhaft!« Der Patient stand schwerfällig von der Couch auf; ein weißes Kissen fiel zu Boden. »Dieser Schmutz. Ich habe meinen Vater verehrt! Ich hätte nicht im Traum–«

»Sie haben im Traum. Ihre Träume haben Sie mir erzählt.«

»Träume! Sind Sie sicher, daß Sie nicht– ich meine, daß Sie nicht selbst etwas Ruhe brauchen, Herr Doktor? Es hat mir geholfen, ich weiß es – aber nun das– Wenn Sie mir Ihre Rechnung– Es ist natürlich nun das Ende–«

»Nicht das Ende, Herr Hofbrau. Sie werden wiederkommen. Zu wem sonst könnten Sie gehen?« Der Patient sah seinen Arzt unangenehm berührt an. Er ging rasch. Freud seufzte.

Er lag schlafend mit Martha im Bett. Plötzlich erwachte er, schaute auf die Uhr auf dem Nachttisch, sprang aus dem Bett. Er zog sein Nachthemd aus, riß eine Schublade auf, suchte nach–

»Sigmund, Sigmund!« rief Martha. »Es ist schon spät!«

»Aber ich bin doch schon auf«, sagte er schläfrig. »Siehst du es nicht, ich ziehe mich an.« Aber das tat er nicht. Er lag im Nachthemd im Bett. Nun erwachte er ganz. »Träume«, sagte er. »Bemerkenswert. Weißt du, wozu es sie gibt? Sie hüten den Schlaf, sie überreden den Schläfer, nicht aufzuwachen.«

»Ach, du und deine Träume!« im Aufstehen, Anziehen.

Beim Frühstück sagte er zu Anna: »Hast du letzte Nacht etwas Interessantes geträumt, Liebling?«

»Ich hab genug von dir und deinen Träumen«, sagte Martha, die Kaffee einschenkte. »Immer ist irgendetwas, erst Ödipus, jetzt der Traum.«

»Träume sind wichtig. Träume sind Wunscherfüllungen. Sie sollen den Schläfer davon überzeugen, daß alles in Ordnung ist. Daß er weiter–«

»Schläft. Ich weiß, du hast es schon gesagt. Nun mach zu, dein erster Patient wartet.«

Er schluckte hastig an seinem Kaffee. Aber er blieb sitzen. »Du weißt, Martha, diese leichte Entzündung, die ich da unten habe?«
»An deinem– was du das Perineum nennst. Ist es besser?«

»Ach, schon gut. Hat mich aber etwas wachgehalten. Und als ich dann wieder einschlief, habe ich geträumt, ich reite auf einem Pferd. Da stimmte dann alles. Damit war der leichte Reiz erklärt. Träume – bemerkenswert!«

»Nun geh schon!«

Er ging also zu einer jungen Frau hinüber, die ihm mit großer Bestimmtheit erklärte, daß alle Menschen sie haßten, alle.

»Alle?«

»Alle, meine Tanten und Schwestern und Brüder und Vettern. Die ganze Familie.« Sie fing an zu weinen.

»Sollen wir uns noch einmal über Ihren Traum unterhalten?«

»Das ist bloß ein Traum.«

»Richtig, bloß ein Traum. Erzählen Sie ihn mir!«

»Aber ich war erst vier.«

»Nur zu!«

»Also dieser Hund ging auf dem Dach herum, und dann fiel etwas vom Dach, ein Ziegel glaube ich. Und dann trugen sie meine Mutter aus dem Haus. Tot. Einen Augenblick – es kommt noch etwas. Ein Junge auf der Straße, der sagte zu mir: Hund Hund. Und als ich drei war, drei muß ich gewesen sein, da fiel meiner Mutter vom Dach ein Ziegel auf den Kopf, und sie hat geblutet.«

»Nun lassen Sie mich versuchen, es Ihnen zu erklären. Der Hund, das sind – wie der Junge auf der Straße bemerkt – Sie selbst. Sie werfen etwas vom Dach auf die Straße. Es tötet Ihre Mutter. Der Traum bringt einen Wunsch zum Ausdruck. Sie wollten, daß Ihre Mutter tot sein solle.«

»Nein, nein – nein–«

»Oh, nicht bewußt! Außerdem waren Sie da ein sehr kleines Kind. Alle kleinen Mädchen lieben ihre Väter und wollen, daß ihre Mütter ihnen den Weg freimachen. Alle Mädchen – es ist allgemein so. Hören Sie zu« – denn sie hatte wieder zu weinen begonnen – »niemand hält Sie für schlecht, niemand haßt Sie. Alle Menschen durchlaufen dieses Stadium als Kinder. Wir sprechen hier vom – nun ja. Sie haben Glück: Sie sind sich dessen nun bewußt geworden. Die meisten Menschen tun das nicht.«

»Sie meinen, das ist der Grund?«

»Schuldbewußtsein. Etwas tief in Ihrem Inneren, das Sie sich schuldig fühlen läßt. Und Sie bestrafen sich selbst für diese Schuld, indem Sie sich einbilden, alles haßt Sie. Gehen Sie nun nach Hause und denken Sie darüber nach. Kommen Sie nächste Woche um diese Zeit wieder.«

Während sie, das Gesicht voller Zweifel, von der Couch aufstand, wurde die Tür unzeremoniell aufgestoßen und ein säuerlicher, stämmiger Mann mit einem gefalteten Zettel in der Hand kam herein. »Bitte!« sagte Freud stirnrunzelnd. »Warten Sie im Wartezimmer.«

»Aber der Professor sagt, es ist dringend. Es steht alles hier drauf.«

Das Mädchen ging, ohne zu weinen. Freud las den Zettel. »Professor Nothnagel? Unmöglich. Professor Nothnagel hat Sie an *mich* überwiesen?«

»Rückenmarksschwäche. Das steht da. Er sagte, Sie können es heilen. Steht das nicht drauf?«

»Hier steht, Sie haben die Symptome. Sie legen sich am besten hier auf die Couch.«

»Warum?«

»Ich möchte, daß Sie sich entspannen. Daß Sie mir einiges erzählen.«

»Untersuchen Sie mich nicht?«

»O doch, aber nicht Ihre Wirbelsäule.«

»Also von mir aus.« Und er legte sich unwillig hin.

An diesem Nachmittag kleidete sich Freud sehr formell, mit Zylinder, und klopfte bei Professor Nothnagel an. Der Professor, ein alter Herr mit scharfem, kantigem Gesicht und wuchernden Koteletten, tat so, als wäre er mit höchster Konzentration dabei, zu schreiben. Freud sagte ohne Einleitung:

»Sie haben mir einen Patienten überwiesen.«

»Ah ja. Dr. Freud? Ja. Wie steht es mit ihm? Symptome einer Rückenmarksschwäche. Es muß eine Neurose sein. Sie sind der Mann für Neurosen.«

»Aber«, und Freud holte tief Luft, »Sie waren unter den ersten, die meine Theorie über die Ätiologie der Neurosen lächerlich gemacht haben. Sie hatten nur Verachtung übrig für meine Ansicht, sie hätten einen sexuellen Ursprung.«

»War das so? Habe ich das? Nun, lassen wir das jetzt beiseite. Wie geht es dem Mann?«

»Es geht nicht. Ich komme nicht an ihn heran. Er will nicht reden. Er ist nicht bereit, Wortassoziationen mitzuteilen. Wenn ich etwas Geschlechtliches erwähne, droht er mich zu schlagen. Ich breche die Behandlung ab. Ich nehme an, Ihr Ziel war allein, die Sinnlosigkeit meiner Methoden zu demonstrieren.«

»Durchaus nicht. Machen Sie weiter. Guten Tag.«

Und er begann wieder mit ostentativer Konzentration zu schreiben. Freud setzte seinen Zylinder auf und ging, staunend.

»Was haben Sie zum Beispiel letzte Nacht geträumt?«

Der Patient lag verbissen auf der Couch. »Ich träume nie. Träume sind ein Haufen Unsinn.«

Freud seufzte und erhob sich. Er stellte sich vor die geballte Trotzigkeit, vor die auf dem Bauch gefalteten mürrischen fleischigen Hände. »Herr Feldschuh«, sagte er, »es tut mir leid. Ich habe mein Bestes getan, aber anscheinend ist es nicht gut genug. Es gibt nur einen Arzt, der ohne Mitwirkung des Patienten behandeln kann, und das ist der Veterinär. Stehen Sie auf und gehen Sie. Ich will Sie nicht mehr sehen.«

Die Wirkung war dramatisch. Der Mann wurde bleich. »Nein, nein«, sagte er angstvoll, »bitte sagen Sie das nicht. Ich habe mich zu sehr geschämt, um zu reden. Ich habe schlimme Sachen gemacht als junger Mann – sexuelle Sachen. Ich werde jetzt reden. Ich will geheilt werden. Bitte.«

Freud nickte grimmig. »Können wir jetzt anfangen?«

»Ja, Herr Doktor, bitte. Herr Doktor.«

Freud saß allein an einem Kaffeehaustisch. Er war gewöhnlich allein. Er las die Abendzeitung, trank nebenher von seinem Kaffee, seinem Glas Wasser. Professor Nothnagel kam her und setzte sich unaufgefordert. Er sagte:

»Er war bei mir.«

»Wer? Ah ja. Und?«

»Ich wußte, daß es eine Neurose war. Setzen Sie Ihre Behandlung fort. Unsinn natürlich. Wenn Sie glauben, Sie haben mich bekehrt, dann irren Sie sich gewaltig. Ich halte Ihre sogenannte Psychoanalyse für einen Haufen Schwindel. Ich halte diese Sache mit der sexuellen Ätiologie der Neurosen für Lug und Trug, und zwar schmutzigen Lug und Trug. Ich halte Sie für einen Schwindler, Dr. Freud. Tut mir leid.«

»Und doch habe ich einen Patienten geheilt, den sonst keiner heilen konnte.«

»Oh, ich habe schon gesehen, wie Warzen weggingen, wenn man mit einer rohen Kartoffel darüberfuhr. Ich habe im Leben schon viele Täuschungen gesehen. Daß Sie eine Heilung herbeiführen, heißt noch nicht, daß das etwas mit medizinischer Wissenschaft zu tun hat. Aber machen Sie weiter.« Und er stand auf. »Geben Sie mir dreißig Jahre«, sagte er. »Dreißig Jahre, die ich nicht mehr habe. Geben Sie der Welt insgesamt hundert. Dann mag aus Ihrem Schwindel medizinische Wissenschaft geworden sein. Inzwischen – viel Glück mit Ihrem Traumbuch.«

»Woher wußten Sie, daß ich ein Buch über Träume veröffentlicht habe?«

»Es spricht sich herum. Es wird Ihnen nichts nützen. Grüß Gott.«

Da lagen sie – ein Stapel Exemplare der *Traumdeutung* von Sigmund Freud auf dem Tisch der Buchhandlung. Freud sagte zu dem Besitzer des Geschäfts: »Wie verkauft es sich?«

»Eigentlich bin ich überrascht.« Er sah wie ein Wiesel aus; ein schwacher Geruch nach mittäglichem Sauerkohl ging von ihm aus. »Gewöhnlich gibt es einen guten Markt für so etwas, besonders vor Weihnachten. ›Napoleons Schicksalsweiser‹, ›Das Egyptische Traumbuch‹. Ihr Buch scheint, wenn ich das sagen darf, ein wenig schwierig zu sein.«

Freud nickte voll Scham.

»Schade. Mein erster Fehlschlag in dieser Hinsicht. Ich hab sonst immer viele Traumbücher abgesetzt.«

»Sie haben es sicher gelesen?«

»Oh, ich lese keine Bücher. Ich bin Buchhändler.«

»Wenn Sie meinen. Grüß Gott.« Er ging hinaus auf die kalte Straße.

Auf der kalten Straße drunten sieht Trotzki etwas, was ihm nun als Ansatzpunkt dienen mag: Er beginnt zu diktieren. »Wie ich heute morgen aus meinem Fenster in Manhattan schaute, sah ich einen alten Mann, zerlumpt und krank, der in einer Mülltonne nach etwas suchte. Der Wind war eiskalt, das Wetter sibirisch, seine zerrissenen Stiefel ließen bloße halberfrorene Zehen sehen. Schließlich fand er, was er suchte: ein trockenes, ranziges Stück Brot.«

»Es ist nicht möglich«, sagte Olga und sah von ihrem Stenoblock auf, »daß etwas gleichzeitig trocken und ranzig ist.«

»Willst du *mir* diktieren?«

»Und im übrigen wüßte ich gerne – Verzeihung.« Sie steht auf und schaut aus dem Fenster. Trotzkis Rechte läßt sich kaum davon abhalten, sich um ihre reizende Taille zu schmiegen, doch er weist die Versuchung streng von sich. »Ja, da steht er tatsächlich.« Und sie geht zu ihrem Stuhl zurück und sitzt wieder da, Bleistift gezückt.

»Glaubst du, ich lüge?«

»Fahr fort, Genosse.«

»Inmitten«, knurrt Trotzki, »des Wohlstandes die entsetzlichste Armut. Hier haben wir ein Land, das sich anschickt, Millionen Dollar für einen sinnlosen Krieg zu verschleudern, und es kategorisch ablehnt, seine all ihrer Mittel beraubten Einwohner vor –vor, vor–«

Sascha macht die Tür auf und sagt: »Ein paar sozialistische Gentlemen möchten Mr. Trotzki sprechen.«

»So ein Fabeltier wie einen *sozialistischen Gentleman* gibt es nicht–« Und da kommen sie herein, gutgekleidet, soigniert, begleitet von einem Bischof der Episkopalkirche. Der Sprecher ist Mr. Krumpacker. Mr. Krumpacker sagt:

»Mr. Trotzki! Wir bitten Sie – sagen Sie nichts über Ihre Freude, Ihre Genugtuung, daß Sie jetzt nach den Entbehrungen, Mühsalen, Kerkerstrafen des Landes Ihrer Geburt hier sein können. Diese Genugtuung, diese Freude dürfen wir wohl einfach voraussetzen. Die größte Freude jedoch, die tiefste Genugtuung empfinden *wir.* Willkommen in der größten Stadt der Welt. Darf ich zuvörderst Seine Eminenz, Bischof Smith vorstellen–«

»Ein Bischof? Auch das noch!«

»Ein *sozialistischer* Bischof, Mr. Trotzki.« Mit großer Salbung. Trotzki ist zornig. »Ein heuchlerischer Magnat mit einer Knute unter der Stola–«

»Bitte«, streng, »verwechseln Sie doch nicht den amerikanischen Episkopat mit Ihren eigenen blutbeschmierten Kirchenfürsten, die fett sind vom Blut der Muschiks, gold- und silberbeladen, Ihren gottlosen Zaren und seine Zarina umbuckeln, eine Schmach und Schande für das, was einst das Heilige Rußland war.«

»Was«, noch zorniger, »wissen denn Sie von Rußland, heilig oder unheilig, Sie Hausierer mit abergläubischem Quark?«

Der Bischof schlägt eine Stimmgabel an. Die sozialistischen Gentlemen singen getragen:

Hilf, Gott, dem Proletaaar-
ier auf dieser Erden.
Laß Du die Teufelsschar
der Chefs zuschanden werden.

»Gott. Gott! Sie singen von Gott. Ach, um Gotteswillen.«

Herr Christ, Du Arbeiter,
Du hast das Kreuz getragen.
Zwischen zwei Arbeitern
wardst Du ans Kreuz geschlagen.

»Wer hat euch hierhergebeten, ihr blasphemisches Kapitalistengesindel? Hört mit diesem Gemaunze auf! Versteht ihr mich? Hinaus! Hinaus! Hinaus!«

Vater, Sohn und Heiliger Geist,
dreimal Einigkeit macht dreist.
Herr, erheb uns aus der Tiefe
knauseriger Lohntarife.

Während dieses Gesanges tobt Trotzki: »Von den Schwaden der Fleischtöpfe Amerikas benebelt, in Limousinen herumkutschiert, das Gold in euren Zähnen blinken und blitzen lassend – habt ihr vergessen, was Gott ist? Gott ist eine Schöpfung der herrschenden Klasse, der Feudalherren und ihrer Nachfolger, der Kapitalisten. Gott ist nichts als eine Beruhigungspille, welche die blutsaugenden Parasiten des Kapitalismus den leidenden Arbeitern verschreiben, damit sie still sind. Die freie Gesellschaft freier Produzenten braucht dieses Gottesgespenst nicht, sie verachtet Gott, sie spuckt auf Gott. Nieder mit Gott, fort mit Gott, tötet Gott! Weg mit ihm!«

Und an diesem Punkt singen die sozialistischen Gentlemen AAmen. Doch es erhebt sich eine Stimme unter ihnen, im Hintergrund, und sagt:

»Das hast du nicht in Janowka gesagt.«

Trotzki steht wie versteinert. Er kennt diese Stimme. »Wer ist das? Wer spricht da? Wer weiß hier etwas von Janowka?«

»Ich.« Ein Rabbi, graubärtig, in sich zusammengefallen. »Rabbi Jehonda. Denkst du noch an die Schul in der Holzbaracke bei Janowka? Sie erinnert sich noch deiner.«

»Was tut Ihr hier? Wer hat Euch gesagt, Ihr sollt hierher kommen? Hab ich die Neue Welt aufgesucht, nur damit mir wieder die Alte ins Gesicht starrt? Das ist vorbei – Janowka. Janowka existiert nicht mehr. Geht fort, Rabbi Jehonda! Ihr seid nicht hier. Ihr seid ein Spuk, den meine Verwirrung heraufbeschworen hat–« »Verwirrung? Freut mich, von deiner Verwirrung zu erfahren. Ein menschlicher Zustand, kein politischer. Janowka hat existiert. Das kleine Gut deines Vaters. Die Alte Welt war keine schlechte, Lew Dawidowitsch. Die Arbeitswoche und dann der Friede des Sabbats. Gott hat Janowka gesegnet.«

Dunkelheit und dann verworrene Farben. Grün und die Endlosigkeit der Steppe. Eine Tanne im Wind. Es ist die innere Stimme Lew Dawidowitschs, die nun singt:

Janowka, Janowka . . .
Wo der Samowar sang,
wo die Steppe sich dehnt,

nach der mein Auge sich sehnt.
Wo der Lerchenruf klang.
Janowka, Janowka . . .
Warme Eier im Nest,
jeder Morgen ein Fest
Abends die warme Glut –
Der Strohwisch stiebt Funken –
Die Brüder und ich
ins Spiel versunken.
Das Licht, das im Sommer den weiten See splittert,
die Wolke, die schwebend am Himmel zittert –
das Zucken am Himmel,
das Zucken im Feuer –
Die Hitze, die Weite –
ungeheuer.
Janowka, Janowka . . .
Von ferne das Jagdhorn,
ein Flügelschlag,
das goldene Getreide
hoch wie der Tag.

Und nun Pauken, Trompeten, Agitato der Streicher –

Nein! Nein!
Es war nicht idyllisch.
Denk an den Ukas in kyrillisch-
en Lettern:
Jetzt müssen die Bauern für den Zaren in den
Schützengraben klettern!
Und wer desertierte vor dem Schlachtfeldgrab,
den fing man ein.
Wir sahen, wie man den Bauern die Peitsche gab.
Nein! Nein!
Oft ließ sich unser Weizen gar nicht mehr absetzen –
Importe zu Tiefstpreisen drängten herein –
Die Glocken läuteten fromme Weisen
und riefen die Hungernden, den Herrn zu preisen,
der da wachet über den Marktgesetzen.
Nein! Nein!
Die unbarmherzige Steppenweite
fegte jeden Wunsch nach Gerechtigkeit

in unserer Zeit
zur Seite.
Nichts gab es, zu stillen
meinen hungrigen Willen,
nichts, was mich befreite.
Marx war streng verboten,
die Gesetze drohten
verstaubt und brutal:
Nein! Nein!
Die Steppe ein düsteres Jammertal –
ein Meer voller Haie, ein Reich im Dunkeln!
Man sah Gottes böse Augen in der Finsternis funkeln!
Albtraum! Albtraum!
Traum . . .

Und der Lärm wird leiser, das Tempo weicher –

Janowka, Janowka . . .
Wo mir Sonne lieb war und Schatten,
wo wir nichts vermißten und alles hatten.
Wo alles schön war, immer wieder.
Ich lernte die Lieder –
Janowka, Janowka . . .
Dort gab Mutter mir Brot.
Abendkühl, morgenrot . . .
Nein! Nein!
Schluß mit der Vergangenheit!
Du hast ihren Wein
nun geleert. Die Zukunft ist mein!
Die neue Zeit!
Schluß mit der Nostalgie!
Janowka gab es nie,
denn es konnte nie sein.

Verstört schaut er sich um. Er ist völlig allein, nur Olga sitzt geduldig da, mit Block und Bleistift.

»Wo sind sie alle?« fragt er. »Was ist hier eigentlich los?«

»Es sah so aus, als hingest du deinen eigenen Gedanken nach. Da gingen sie alle. Bist du nun so weit, daß du – diktieren willst?«

Er schlägt sich gegen die Stirn, um Grün, Blau, Wein, Erinnerung, Traum aus seinem Hirn zu rütteln. »Lies vor, was ich zuletzt gesagt habe.«

»›Inmitten des Wohlstandes die entsetzlichste Armut. Hier haben wir ein Land, das sich anschickt, Millionen Dollar für einen Krieg auszugeben, und es kategorisch ablehnt–‹«

»Das habe ich nicht gesagt! Ich sagte: ›für einen *sinnlosen* Krieg zu *verschleudern.*‹ Deine Aufgabe, Genossin, besteht nicht darin, zu redigieren, sondern mitzuschreiben.«

»Ich kann aber nicht mitschreiben, was ich nicht glaube.«

»Was du glaubst oder nicht glaubst, ist irrelevant. Du bist in diesem Augenblick nur ein Werkzeug meiner Gedanken.«

»Eine ziemlich großzügige Auffassung, Genosse, meinst du nicht? Arbeitgeber/Arbeitnehmer, Herr und Knecht.«

»Keineswegs.« Mit Nachdruck. »Genossen, Genossin! Kollegen, Genossin! Arbeiter und Mitarbeiterin, Genossin!«

»Laß mich mitarbeiten, indem ich dir sage, daß es töricht ist, was du sagst. Woher willst du wissen, daß das Verschwendung ist? Woher, daß es sinnlos ist?«

»*Töricht*?« Fassungslos. »Du wagst es, *töricht* zu sagen?«

»Wagen? Warum sollte ich es nicht wagen? Du hast es gewagt, eine Unmenge von Dingen töricht zu nennen. Christentum, Idealismus, repräsentative Demokratie. Ich sage bloß, Trotzki ist töricht.«

Er atmete tief durch, dann geht er auf und ab. Er sagt: »Hör zu, Genossin! Jeder Krieg ist eine Verschwendung, ist sinnlos, ist böse, wenn wir vom Klassenkampf absehen. Alle anderen Kämpfe sind Kämpfe zwischen rivalisierenden kapitalistischen Staaten. In solchen Kriegen wird das Proletariat zu kapitalistischen Zwecken mißbraucht. Das Proletariat muß es kategorisch ablehnen, sich daran zu beteiligen. Ist das klar?«

»Genosse«, sagte Olga, »fahr fort!«

Jimmy Skilling, der jüngere Sohn des verwitweten Präsidenten des Commonwealth der demokratischen Amerikas, schloß wie geplant die Ehe mit Flavia Rowley, einer sozialpädagogischen Beraterin an der Militärakademie West Point, wo Jimmy vor einigen Jahren mit Auszeichnung sein Studium beendet hatte. Die Hochzeit fand im Weißen Haus in Washington statt, am 28. Dezember, dem Fest der unschuldigen Kindlein. Professor Hubert Frame war, wie er vorhergesagt hatte, kraft der Verwandtschaft seiner Frau mit der präsidialen Familie unter den Hochzeitsgästen. Da er an Stephani wieder ein graues Lungenpartikel hervorgehustet hatte, war ihm nicht danach, jetzt besonders viel zu husten. Trotzdem hatte er sich – in Anbetracht des Ernstes der Unterhaltung, welche er mit dem Präsidenten zu führen beabsichtigte – zwei besondere Injektionen geben lassen, eine, welche den Hustenreflex hemmen sollte, die andere mit einem Nikotinsurrogat, damit sein des Tabaks beraubter Körper nicht nervös zu zappeln begann. So saß er Jack Skilling im Allerheiligsten zigarettenlos gegenüber, im Hause des Oberhaupts der Exekutive. Der Präsident neigte den Kopf in lauschender Haltung, die Hände gefaltet; hinter ihm stand die zusammengerollte Flagge des Commonwealth.

Jack Skilling war der erste Kanadier, welcher der höchsten Ehre teilhaftig wurde, die Amerika – oder die Demokratischen Amerikas – einem Bürger bieten konnten. Die Aufnahme der kanadischen Provinzen, zusammen mit der Provinz Mexiko, in den Verband der bisher dreiundfünfzig Staaten war bereits 1985 als unerläßlich erkannt worden und begann als defensiver Zusammenschluß gegen die wachsende Drohung, welche die Sowjetunion und ihre Satelliten in der dritten Welt darstellten – eine zentrale militärische Oberhoheit führte zu einer Zentralregierung in Washington. Das britische Commonwealth war in Konkurs gegangen, mit Ausnahme weniger Flecken, die noch dem alten sentimentalen Ideal anhingen – im wesentlichen Gibraltar, die südliche Insel Neuseelands und die Falkland-Inseln. Jack Skilling war als Bürger dieses Commonwealth, in Toronto geboren worden, war aber bald nach New York gegangen, wo er dreimal hintereinander als unabhängiger Kandidat zum Bürgermeister gewählt wurde. Seine Präsidentschaftskandidatur war automatisch von der Mehrheit der englischsprachigen Kanadier unterstützt worden, und viele Bürger der alten Union hatten sich Hoffnungen gemacht, daß die kanadische Tradition relativer Unbestechlichkeit das politische Leben im Weißen Haus regenerieren könnte. Dies trotz Skillings keineswegs makelloser Karriere im Rathaus, aber man sah ein, daß New York auch jemanden korrumpieren konnte, der unkorrumpierbar war. Das allgemeine Vertrauen zu Skilling war, wie die letzten vier Jahre gezeigt hatten, tatsächlich nicht unberechtigt gewesen. Als erstem Kanadier, der es bis zum Bürgermeister von New York und bis zum Präsidenten gebracht hatte, war es ihm auch bestimmt, der letzte zu sein. Aber man hätte wahrscheinlich niemand gefunden, der bei der endgültigen Auflösung des Landes besser geeignet gewesen wäre, dem Exitus vorzustehen.

»Lynx«, sagte Frame. Sogleich nahm Skilling von einem Beistelltischchen ein Exemplar der *Prawda* von diesem Morgen. Er zeigte wortlos auf die Schlagzeile:

»Tatsächlich«, sagte Frame. »Wir hätten es uns denken können. Das böse amerikanische Tier am Himmel. Die Russen denken immer nur an das Eine, man muß es ihnen lassen. Wie sieht's bei den Chinesen aus?«

»Es paßt gut«, sagte Skilling, »zum Jahr der Katze. Sie scheinen darin bloß den Anlaß für ein noch aufwendigeres Neujahrsfeuerwerk zu sehen. Was den obersten Sowjet betrifft, so hat er bereits die entsprechenden Maßnahmen ergriffen, welche sich aus den, ahem, astronomischen Daten ergeben, und trifft seine protektiven Vorbereitungen.«

»Was für Vorbereitungen? Was für eine Protektion?«

»Ein Raumschiff.«

»Aha!« Frame nickte. »Sie wissen also bereits, worüber ich mit Ihnen reden möchte.«

»Über zwei Sachen, oder? Über die Notwendigkeit, eine die ganze Nation umfassende Evakuierung zur Mitte der amerikanischen Kontinentalmasse hin zu planen, und darüber, unsere eigene Rettung ins All vorzubereiten. Oder ist dieses zweite Projekt verfrüht?«

»Die Lage ist die«, sagte Frame, »daß Lynx nach seiner verheerenden Annäherung an die Erde–«

»Wie verheerend?«

Frame, den seine eigene Handlung etwas überraschte, der sich aber darüber klar war, wie unzulänglich hier alle Worte waren, nahm sich, ohne zu überlegen, das Papiermesser des Präsidenten und ging die eineinhalb Meter zu dem großen Erdglobus hinüber, der mit seinen vielen Lichtern – Hauptstädte, strategische Zonen – im Nachmittagsdämmer wie ein Christbaum leuchtete. Frame biß die Zähne zusammen und führte einen Schnitt über die ganze Länge des afrikanischen Kontinents; das Plastik gab sofort nach. Er hieb und hackte auf die Küsten der Welt ein, dann hielt er außer Atem inne. »Erdbeben«, sagte er, »Seebeben, wieder erwachende Vulkane. Das ist die Anziehungskraft. Tut mir übrigens leid – ich werde Ihnen morgen einen neuen Globus schicken lassen.«

»Nein«, sagte der Präsident. »Es ist das beste, wenn man sich gleich ein richtiges Bild machen kann. Wie ich sehe, haben Sie einige Lichter ausgelöscht – London, Paris. Da verlischt New York. Washington.«

»Lynx«, sagte Frame, »wird sich nach diesem verheerenden Prolog wieder davonmachen. Er wird die Sonne umkreisen und sich diesem Planetensystem anschließen. Dann kommt er zurück, nachdem er auf der anderen Sonnenseite zu einem komplizierten Entschluß gekommen sein wird, wie das nun mit der Anziehung durch die Sonne und seiner eigenen Rotationsenergie aussieht. Alle unsere Berechnungen deuten darauf hin, daß er mit der Erde zusammenstoßen wird. Ob er sie nun streift, frontal trifft oder nur einen unwiderstehlichen Zug ausübt, ist noch nicht geklärt. Seine Masse ist, wie Sie wohl wissen, nicht unbeträchtlich.«

»Danke«, sagte Skilling. »Ich habe das alles natürlich schon gehört. Ich werde mich nicht bemühen, mir bei irgendeiner anderen Stelle eine Widerlegung oder Bestätigung zu besorgen; Ihr Wort genügt mir. Also–« sagte er, »der jüngste Tag. Der Tag der großen Katze, die letzte, endgültige Katastrophe. Alles ist für die– Der Zusammenbruch. Da Politik die Kunst des Möglichen ist– alle Möglichkeiten, die ich sehe, beziehen sich darauf, das Ende hinauszuzögern. Massenevakuationen der Küstenzonen. Das Mögliche . . . Wieviel von der endgültigen Wahrheit kann man – möglicherweise – dem Volk sagen?«

»Für die großen totalitären Kollektive ist es einfacher«, sagte Frame mürrisch. »Dort setzt man voraus, daß niemand die Wahrheit erfahren darf. Ich bin kein Politiker, aber ich sehe nicht, wie wir darum herumkommen könnten, die halbe Wahrheit zu sagen.«

Skilling lächelte traurig. »Die Menschheit hält nicht viel Wirklichkeit aus. Das hat der Selige Thomas Eliot gesagt. Der Job einer Regierung besteht darin, nach Kräften dafür zu sorgen, daß das Leben erträglich bleibt. Die Halbwahrheit, welche man den Leuten sagen wird, lautet: eine *zeitweilige* Räumung der gefährdeten Zonen wird notwendig sein. Und danach–«

»Zeitweilig? Die gefährdeten Zonen werden, genau gesagt, nicht mehr existieren. Totale Zerstörung der großen Hafenstädte. Was die kleinen insularen Nationen angeht – keine Hoffnung am Tag der Katze. Meine Familie«, sagte Frame, »kam wie die ihre aus England. Kein England mehr.«

»Und dann kommen wir an den Punkt, wo die Kunst des Möglichen versagt. Die Stimme des Präsidenten spricht beruhigende Worte über den Rest des Kommunikationssystems. Und der Oberste Sowjet winkt uns aus dem Weltraum zu.«

»Ich habe die Forderung, die Bitte, den Vorschlag«, sagte Frame knapp, »daß Amerika etwas Besseres retten darf als bloß seine Regierung.« Der Präsident grinste säuerlich: »Sie meinen: bloß seine Wissenschaftler?«

»Nein, nein!« Frame war ungeduldig. Er sehnte sich nach einer Zigarette; die Injektion ließ nach und er hatte keine. Der Präsident war Nichtraucher. »Es gibt Menschen, darunter Politiker, die die Vorstellung eines endlosen Schwebens im Raum mit Gleichmut akzeptieren würden – oder eine endlose Umkreisung der Sonne, eines neuen Planetoiden oder eines der kleineren Jupitermonde. Wie eine immerwährende Ferien-Kreuzfahrt, Geschlechtsverkehr und alte Filme im Fernsehen inbegriffen. Eine Arche, aber kein Ararat am Ende der Fahrt. Mein Vorschlag wird keinen Politiker ansprechen, auch nicht den sogenannten Mann auf der Straße. Ich will unsere Zivilisation erhalten sehen. Ich stelle mir ein Raumschiff vor, das jahrhundertelang, wenn nötig jahrtausendelang seine Fahrt fortsetzt, mit unseren Errungenschaften als Fracht: Bücher auf Mikrofilm, stereoskopische Dokumentationen unserer Städte und ihrer Architektur, unserer Musik, Technologie, Metaphysik. Ich stelle es mir bemannt vor mit bedeutenden Gehirnen in schönen Körpern, denen eine neue Generation entspringen wird, welche sie alles lehren werden – und dieser Prozeß mag sich dann immer wiederholen, Tausende von Jahren. Und eines Tages: Land. Eine ferne Galaxis, ein bewohnbarer Planet. Ein neuer Anfang für die Menschheit, aber nicht beim Nullpunkt. Dies ist, wenn ich das hinzufügen darf, nicht nur ein leerer Traum. Meine Tochter und ich haben schon lange an der theoretischen Logistik des Projekts gearbeitet–«

»Schon seit Sie wissen, daß Lynx kommt?«

»Schon lange vorher, lange vorher! Sie verstehen, wie komplex das Ganze ist, wie große Probleme die Koordination der verschiedenen Spezialwissenschaften mit sich bringt. Ein Schiff, das völlig autark ist, eine unbegrenzte Zeit, ewig – das seine eigene Nahrung erzeugt, seine eigenen Werkzeuge produziert – eine Stadt, ein Staat en miniature, eine ganze Zivilisation als Mikrokosmos–« Er hustete verlegen, als ihm bewußt wurde, welch rhetorisches Pathos in ihm anschwoll. Der Präsident holte ihn auf den Boden der Tatsachen zurück.

»Was wollen Sie von mir?«

»Ich will«, sagte Frame und verzog nervös das Gesicht, »einen unbegrenzten Regierungskredit. Geld wird bald keine große Rolle mehr spielen. Ich denke, man könnte sagen – was ich wirklich von Ihnen will, sind die Ressourcen, die Sie einer Armee zur Verfügung stellen würden. Ich will eine abgezäunte Quadratmeile in Kansas – man könnte das Ganze dann vielleicht Komitee für Angewandte

Technologie der Zukunft nennen. KATZ.« Er grinste freudlos und wartete auf die unvermeidliche Frage. »Warum in Kansas?«

»Ein Gebiet, das den Gutachten der Seismologen zufolge in geringerem Maße als irgendeine andere Zone des Commonwealth von Erderschütterungen bedroht ist.«

»Die nächstliegende Wahl also für ein Regierungszentrum.«

»Halten Sie die Regierung draußen«, warnte Frame. »Wir brauchen möglichst große Isolation. Unser Projekt wird unpopulär sein, wird völlig mißverstanden werden. Man wird darin einen privilegierten Selbstrettungsversuch sehen, nicht, was es wirklich ist –«

»Und doch«, sagte Skilling, »ist es genau das. Einige wenige Glückliche, die überleben werden, die nicht dem allgemeinen Untergang geweiht sind. Sie, Ihre Tochter, Ihre Freunde aus der Wissenschaft –«

»Meine Tochter, ja. Ich nicht. Ich habe kein Jahr mehr zu leben. Und die anderen – eine kybernetisch gesteuerte Wahl. Überlassen wir das den blinden Computern. Wir wissen, welche Spezialisten gebraucht werden. Wir bestimmen die idealen Parameter. Die gleiche Zahl von Männern und Frauen, aus offensichtlichen Gründen. Aber keine Ehepaare. Die Vollkommenheit tritt nicht paarweise auf, nicht in einer der Unvollkommenheit verfallenen Welt. Paarung im Raum, die Erschaffung eines neuen Volkes, das die Erde nie gekannt hat.«

»Volk im Raum«, sagte der Präsident, »naja, Platz haben sie genug. Ihre Tochter ist verheiratet, oder? Mit diesem Science Fiction-Typ – sehr beliebt bei meiner armen Frau übrigens. Eine Ablenkung während ihrer letzten– nun ja.« Es war erst ein Jahr her.

Frame unterbrach ihn böse. »Sie muß sich scheiden lassen. Oder irgendwas. Da liegt ein Problem, aber das kann gelöst werden. Wir können uns nicht den Ballast verfetteter Phantasten aufhalsen. Fünfzig. Ich hatte an fünfzig gedacht. Und Raum für die Verdoppelung dieser Bevölkerungszahl. Dann rigide Kontrolle und Nullwachstum.«

»Und was werden die bevölkern?«

»Tallis«, sagte Frame prompt. »Den noch kahlen Rumpf der *Tallis*. Das KATZ-Team, wenn ich so sagen darf, wird die *Tallis* im Rahmen meiner Spezifizierungen ausrüsten.«

»KATZ im Rahmen«, sagte der Präsident, der ein Ohr für Slogans hatte. »Wer hat Ihnen eigentlich gesagt, daß Sie kein Jahr mehr vor sich haben?«

»Gleichgültig«, sagte Frame. »Es stimmt. Können wir die *Tallis* haben?«

»*Tallis*«, sagte der Präsident nachdenklich. *Tallis* war das neueste Mondlinienschiff, sehr groß, die Triebwerke schon installiert, noch sechs Monate bis zur geplanten Fertigstellung. »Sie gehen von einem einzigen Unternehmen aus«, sagte er langsam. »Könnte es nicht auch andere geben?«

»Natürlich könnte es andere geben. Es wird sie geben. Und, wenn ich mir eine kleine Prophezeiung gestatten darf, man wird bald sehr viele leise – oder vielleicht auch nicht so leise – Stimmen von der Rettung der nationalen Kulturen reden hören. Rußland und seine Satelliten sind immer so aufgetreten, als seien sie nur die jeweiligen provinziellen Aspekte einer einzigen ideologischen Einheit. Aber jetzt, sagen Sie, denkt der russische Oberste Sowjet nur daran, die eigene Haut zu retten, nicht die schwarze und braune der afrikanischen und südamerikanischen Genossen. Die Teutophonen und die Frankophonen – warum zum Teufel können die nicht heißen wie eh und je? – die Deutschen werden eine deutsche Raumkolonie wollen und die Franzosen–« Er grinste. »Was wird man in Kanada denn für ein Gefühl haben?«

»Niemand wird überhaupt irgendein Gefühl in bezug auf irgendetwas haben«, sagte der Kanadier, »weil niemand offiziell erfahren wird, was er fühlen soll. Es wird keine Volksabstimmungen geben, keine Pressekampagnen, es werden keine Fahnen geschwenkt werden. Eine große Zahl *Mayflowers* und *Speedwells* und *Santa Marias* werden ausgerüstet werden, aber nicht von Staaten, sondern von sich frei zusammenschließenden Experten. Ist es nicht das, was Sie und Ihre Kollegen – und ich meine nicht nur die amerikanischen Kollegen – vorhaben?«

»Es ist schon ein Widerspruch dabei. Freie Zusammenschlüsse, ja, aber der Staat muß das zur Verfügung stellen, was nur er zur Verfügung stellen kann – die Ressourcen einer Armee. Was ist nun mit *Tallis*?«

»Es trifft sich in gewisser Weise gut«, sagte Skilling, »daß der russische Block uns zur Ausrufung eines Ausnahmezustandes zwingt. Ich sehe kein Problem mit einem Ausnahmeetat, der der Regierung carte blanche gibt. Ja, Sie sollen *Tallis* haben. Was wird übrigens mit Lunamerika?«

»Danke für Tallis«, sagte Frame. »Was unseren Mondstaat betrifft – ist Ihnen klar, daß Lynx sich vielleicht auf unsere Kosten einen Satelliten verschaffen wird? Daß der Mond dem schweren Lynx folgen und die arme kleine Erde verlassen könnte? Ich meine, natürlich, Masse und nicht Größe. Luna ist eine Frau.«

»Was machen wir mit unseren Lunamerikanern? Und mit den anderen amerikanischen Raumstaatlern?«

»Laßt sie alle, wo sie sind. Sie werden ihre Probleme haben, aber die werden geringer sein als unsere.«

»Ausnahmezustand«, sagte der Präsident vor sich hin. »Der Kongreß wird auf Gerede von kommunistischer Bedrohung eher reagieren als auf etwas viel – Konkreteres. Ich kann es kaum glauben. Das Ende unserer alten Städte. Ende des Amerikas der Gründerväter. Und trotzdem empfinde ich keine besondere Niedergeschlagenheit. Viele Probleme werden sich so lösen.«

»Zum Beispiel?«

»Eine übervölkerte und unterernährte Welt. Lynx rettet die Welt zumindest vor ihrem Armageddon. Und am Ende von allem gibt es keine Gerechtigkeit. Die Überfressenen retten die Zivilisation.«

»Versuchen, sie zu retten. Versuchen es.«

»Wohin wird *Tallis* fliegen?«

»Richtung Jupiter«, erwiderte Frame sofort. »Und gleich hinter Jupiter nach links in den äußeren Weltraum. Ich glaube übrigens, wir sollten die *Tallis* umbenennen. Der arme alte Tom Tallis hätte wohl nichts dagegen. Das Raumschiff *Amerika. Amerika I.* Kein Grund, warum es nicht noch andere Rettungsprogramme geben sollte – *Amerika II, III, IV*. Je mehr, desto besser. Für Europa, fürchte ich, liegt die einzige Hoffnung in einem Raumschiff *Europa*, aber statt dessen wird es gescheiterte Versuche geben, eine *France,* eine *Deutschland,* eine *Italia* zu bauen. An den Rest der Welt denken wir besser nicht.«

»Eine andere Frage«, sagte Skilling. »Wieviel wissen Sie über die materielle Zusammensetzung von Lynx?«

»Ich weiß, woran Sie denken«, sagte Frame. »Zerstört Gott die Welt, um an ihre Stelle eine hübsche, neue, saubere Welt zu setzen? Wird Lynx die neue Erde? Nein. Lynx hat keine Atmosphäre. Gefrorener Wasserstoff, der schmilzt und verdampft, wenn er der Sonnenhitze nahe genug kommt. Nein, machen Sie sich da keine Hoffnungen, Herr Präsident, und den anderen auch nicht. Wir stehen vor dem Ende der Welt.«

VOX, das kybernetische Monstrum, der Stolz der Westchester University, war nicht schlau genug, zu wissen, daß das Ende der Welt gekommen war, aber nachdem man ihm die nötigen Data eingespeist hatte, war es ihm ein Leichtes, in etwa einer Mikrosekunde fünfzig erlesene Namen auszuspeien. Wenn die Aufnahme des Namens Vanessa Brodie – zu Vanessa Mary Frame entehelicht –

vorherbestimmt war, so konnte man dies nicht auf nepotistische Begünstigung zurückführen. Eine weibliche Spezialistin für Uranologie, speziell von Professor Hubert Frame ausgebildet, gesund und von tadellosen genetischen Voraussetzungen, wurde gebraucht, und es gab nur eine Kandidatin, da die arme Muriel Pollock zu alt und krankhaft fett war. Aber sicherlich, Jungs und Mädels, meine Damen und Herren, wenn der ledige Status zu den Voraussetzungen für die Zugehörigkeit zur endgültigen Elite zählte – dann war doch hier ein klarer Fall von Durchstecherei zu vermerken? War denn Vanessa nicht, trotz der onomastischen Fiktion, die wir gerade erwähnt haben, immer noch mit Valentine Brodie verheiratet, früher Dozent für Science Fiction, jetzt aber auf dringenden eigenen Wunsch an die theaterwissenschaftliche Fakultät versetzt? Die Antwort muß lauten: Ja und nein.

Während eines Abendessens Anfang März, beim Hauptgang, verschluckte sich Val an einem Bissen Huhn Marengo, als seine Frau, ohne irgendwelche einleitenden Bemerkungen, sagte:

»Ab morgen früh heiße ich nicht mehr Mrs. Brodie und greife wieder auf meinen *nom de jeune fille* zurück, wie die Frankophonen es so reizend ausdrücken.«

Val verbrachte sechs Sekunden damit, einen kleinen Knochen aus seiner Kehle zu entfernen. Keuchend sagte er schließlich: »Das kommt sehr plötzlich.«

»Ach komm, du weißt doch, daß es nur eine Formalität ist. Keine Verheirateten im KATZ-Team. Also sind wir jetzt beide voll qualifiziert.«

Val starrte sie mit aufgerissenen Augen an. Sie hatte ihm zwei unglaubliche Informationen auf einmal, zusammen mit dem Huhn, vorgesetzt. Er wußte nicht, was er zuerst sagen sollte. Er sagte: »Aber– ist das– ich meine– ist es *gesetzlich* möglich?«

»Den Antrag auf eine Scheidung zu stellen, ist gesetzlich gesehen das Äquivalent der Wiederannahme des unverheirateten Status. Der Antrag wird morgen früh gestellt werden. Ich gehe davon aus, daß du ihm nicht widersprechen wirst.«

»Wie lautet die Begründung?« keuchte er.

Sie lächelte sanft und säbelte säuberlich an einem Spiegelei herum, das auf einem goldenen Crouton ruhte. »Die Moslems kennen ein praktisches, kurzes Wort: Nusus. Es bedeutet, daß einer der beiden Partner nicht willens ist, sich mit dem anderen geschlechtlich zu verbinden.«

Val wußte nichts zu sagen, bemerkte aber zu seinem Erstaunen, daß sein Penis sich regte. Pervers, wie pervers waren die menschlichen Triebe. Er sagte: »Du hast gesagt, wir sind qualifiziert, *wir.* Soll das heißen, daß ich in den Computer eingegeben worden bin? Auf welcher Basis ist es erdenklich, daß ich–«

»Du bist Nummer einundfünfzig. Die Zusatzzahl. Archivar, Historiker, Protokollant, Diurnist. Hältst du dich für nicht qualifiziert?«

»Aber das hört sich an wie Betrug, Bevorzugung. Es muß Hunderte, Tausende geben– Ich meine, wie hast du das gemacht?«

»Völlig den Wünschen meines Vaters zuwider, kann ich wohl sagen. Und ich habe das nicht *gemacht,* in dem Sinne, in dem du meinst. Bedenke bitte die zur Diskussion stehenden Qualifikationen. Schriftsteller – zu unspezifisch. Schriftsteller mit von den Kritikern positiv eingeschätztem Stil – das Feld verengt sich dramatisch. Schriftsteller mit rudimentären naturwissenschaftlichen Kenntnissen. Schriftsteller unter Vierzig. Schriftsteller bei guter Gesundheit und–«

»So gesund bin ich gar nicht.«

»– Schriftsteller mit keltischem Blut. Wir müssen auf die rassische Streuung achten. Deine Familie kommt aus Dundee in Schottland.«

»Für mich hört sich das nach Betrug an.« Er saß mißgelaunt da, in sich versunken. Brodie, brodelnd.

»Schriftsteller, der mit wichtigen Aspekten der Frameschen Uranologie vertraut ist.«

»Betrug, Betrug!« Er schob seinen Teller weg. »Ich geh nicht mit, ist dir das klar? Es wäre nicht fair.«

»Und schließlich: Schriftsteller, der alle Formen von Elitismus ablehnt. Du gehst mit, mein Junge. Du hast keine Wahl. Du wirst unter militärischer Disziplin stehen, so gut wie.«

»Und wenn ich den Gehorsam verweigere?« Er grinste. »Ein Todesurteil?«

»Ich glaube nicht, daß die Möglichkeit, irgendjemand könnte nicht gehorchen, schon in Betracht gezogen worden ist«, sagte sie in ihrer ein wenig affektierten Art. »Ich nehme an, du würdest der Arbeitskolonne zugeteilt.«

»Welcher Arbeitskolonne?«

»Der Arbeitskolonne des KATZ-Projekts. Den Leuten mit Hammer und Schweißgerät. Denen, die gerade das Camp errichten.«

»Werden sie wissen, was sie da bauen?« Er nahm einen schon halb kalten, mit Sauce bedeckten Hühnerknochen zwischen Daumen und Zeigefinger und fing an zu nagen.

»Nein«, sagte sie und legte Messer und Gabel säuberlich auf ihrem schon leeren Teller aneinander. »Genau werden sie's nicht wissen. Es heißt, *Tallis* sei der letzte Schrei in Weltraumlaboratorien.«

»Tallis?«

»Das neue Mondlinienschiff. Von KATZ übernommen und in *Amerika* umbenannt. Der Selenologe Tallis kommt zu höchsten Ehren.«

»Ein unwissender Haufen«, sagte Val, »dem nicht klar ist, daß sie sich den Arsch abschuften, damit fünfzig Erwählte gerettet werden. Ich würde ganz gern da mitarbeiten. Ich würde den Aufstand predigen.«

Sie sah ihn lange an, die Ellenbogen auf den Tisch gestützt, die Hände grazil ineinander verwoben. »Ja, das würde dir gefallen, nicht wahr? Dieses – demokratische Bewußtsein, das war auch vom Programm gefordert. Anti-elitär, volksverbunden. Aber du darfst es nicht übertreiben, man würde dich wahrscheinlich erschießen. Und sag mir jetzt nicht, daß alle ohnehin sterben werden – fast alle. Es liegt noch kostbare Zeit vor uns, kostbarer, als Zeit je gewesen ist. Das Leben kann schön sein. Und es wird auf keinen Fall langweilig sein. Du solltest dich wirklich nicht erschießen lassen.«

Ihre Kaltblütigkeit machte ihn frieren. Als die Kaffeemaschine hereingewalzt kam, schenkte sie ein Getränk aus, das ihm heißer als gewöhnlich schien. Er wärmte seine Hände an der Tasse.

»Bedenke«, sagte sie, »was das Projekt bedeutet. Es geht nicht um die Rettung von ein paar privilegierten Personen. Es geht um die Rettung einer Zivilisation.«

Er schmeckte die Worte mit seinem Kaffee ab. »Woher stammt diese Idee eigentlich? Welches Komitee hat das ausgearbeitet? Es klingt nicht nach deinem Vater, Gott hab ihn – wenn ich hier vorgreifen darf – selig mit seiner erschöpften Lunge . . . Er hat immer mit Vorliebe darüber hergezogen, was der Mensch aus dieser Welt gemacht hat. Stammt das von dir? Was, wenn die Frage gestattet ist, weißt du über Zivilisation?«

»Wenn du mit Zivilisation die verlausten alten Franzosen und Florentiner und Briten meinst, die irgendwelche Gedichte hingeschmiert haben oder zynisches Liebesgemaunze produziert oder übergroße marmorne Hochzeitskuchen zur Ehre ihres sogenannten Gottes – ja, da hast du recht, das interessiert mich nicht sehr. Aber ich glaube an die Wissenschaft und die Weitergabe von Wissen und an den Traum, dieses Wissen einmal wieder nutzbar zu machen – eines Tages, irgendwo.«

»Gibt es ein Irgendwo?«

Sie schaute auf ihre Hände hinab und dann auf, sah Val an, mit leidenschaftlichem Blick. »Ja«, sagte sie. »Ja. Ja.«

Eben dasselbe Wort hauchte Edwina Duffy, die im gleichen Moment nackt in den nackten Armen des jungen Professors Nat Goya lag, im zerwühlten Bett seines Apartments. Es war ein Ansporn für ihn, ganz in sie einzudringen und den Samen zu verströmen, der – wie sie betend hoffte – sie schwängern würde. Daß sie sich heute abend liebten, war für beide kein beiläufiges Stillen einer Lust, die die Korrekturen von Seminararbeiten unterbrach. Es war die Vorwegnahme einer sakramentalen Erfüllung. Sie wußten nun, daß sie einander liebten, und morgen würden sie sich von einem Standesbeamten in Trenton, New Jersey, trauen lassen. Insgeheim. Ein Geheimnis. Ihr Geheimnis. Zunächst einmal jedenfalls. Edwinas Eltern in Hawaii schätzten Nat Goya nicht. Dieser war eigentlich noch offiziell mit einem Mädchen in Charlottesville, Virginia, verlobt. Solchen Verwicklungen ging man am besten aus dem Weg. Man würde dann, hatten sie beschlossen, in den Osterferien hinfahren und den glücklichen Entschluß verkünden. Alle Zeit der Welt. Nat lächelte nun, küßte Edwina und ging nackt in die Küche, um Instant-Kaffee aufzubrühen.

»Nein. Nein. Nein.«

Dieses Wort wurde nun in sehr scharfem Ton von Vanessa Brodie ausgesprochen, Vanessa Frame, wie sie morgen wieder heißen würde. Der Kaffee – nicht Instant – den die so hübsche wie moderne Maschine serviert hatte, diente hier als Vor- und nicht als Nachspiel eines amourösen Impulses. Welcher sich nicht erfüllte – es blieb beim Versuch. Val war von sich selbst überrascht. Der Kognak, den er mit seiner zweiten und dritten Tasse zusammen getrunken hatte, mochte etwas damit zu tun haben. Aber seine bevorstehende Befreiung von den Banden der Ehe, die Wiederherstellung dessen, was man einst, Kinder, existentielle Freiheit genannt hatte – das hatte vielleicht seine Drüsen noch wirksamer entflammt als der Alkohol. Er war, ja, überrascht und auch wieder nicht. Er war sozusagen ein Romancier, er hatte ein großes empirisches Interesse an den Äußerungen menschlicher Natur, er neigte zur Introspektion und Beobachtung. Und trotzdem war er zutiefst verblüfft über sich selbst, als er versuchte, sein immer-noch-ihm-angetrautes Weib in die Arme zu ziehen. Er war geil (geil? Weil von Liebe, oder zumindest einem echten, gewöhnlichen menschlichen Gefühl der Zuneigung keine Rede war?) und eigentlich nicht überrascht, als sie ihn mit ihrem dreifachen Nein zurückwies.

»Unsere letzte Nacht als verheiratetes Paar.« Die Hände nun schlaff am Körper herabhängend. »Es schien mir angemessen–«

»Du bist gemein. Aber du wirst es noch lernen. Zeit genug wirst du haben, alle Zeit der Welt.«

»Ja«, sagte Val. »Nein.« Und er verließ das Haus, um mit dem Schwebzug zu seinem dicken Freund in Manhattan zu fahren.

»Ja. Ja. Ja.«

Das Wort kam als farblose klinische Bestätigung aus dem Munde von Dr. Emile Fouilhoux, Karzinologe, persönlicher Freund von Professor Hubert Frame. Er teilte jedem Röntgenbild von Frames Pulmonarsystem ein »Ja« zu, als die beiden – lange nach dem Ende der Sprechzeit – in Fouilhoux' Praxis saßen.

»Also«, sagte Frame. »Wie lange hab ich noch?«

»Genaugenommen«, sagte Fouilhoux, »müßtest du dich längst verabschiedet haben. Warum hast du dir das angetan?«

»Ich habe immer gern Zigaretten geraucht«, sagte Frame, »vielleicht weil meine beiden Eltern militante Nichtraucher waren. Sind übrigens beide an Lungenkrebs gestorben.«

»Vor einem halben Jahr«, sagte Fouilhoux, »wäre Pneumometaphyeusis noch möglich gewesen – du verstehst, eine Lungentransplantation. Nun kann ich nur noch vorschlagen, daß du ins Bodenheimhospital gehst. Man muß nach dir schauen.«

»Ich habe zu arbeiten«, sagte Frame.

»Du wirst nichts mehr arbeiten.«

»Ich muß. Es geschehen wichtige Dinge.«

»Du arbeitest im Augenblick mit einer winzigen Fläche deiner Lungen. Ich kann dir einen Vorrat DCT3 geben. Viel wird es nicht helfen, fürchte ich. Du solltest an ein Pneumosurrogat angeschlossen werden. Das heißt: ins Bodenheim.«

»Ich brauche sechs Monate. Nur ein halbes Jahr, nicht mehr.« »Da hättest du großes Glück«, sagte Fouilhoux ernst. »Sehr großes Glück.«

Inzwischen kamen Val und sein beleibter Freund Courtland Willett aus einer Bar in der Nähe des Broadway und machten sich zu einer anderen auf. Am Himmel stand ein helles Licht, nicht der Mond, der war noch nicht aufgegangen. An diesem Abend war die Sicht bemerkenswert klar. »Schau«, rief Willett, »die Venus!«

»Nein«, sagte Val leise.

»Venus«, beharrte Willett, »der Planet der Liebe. Mein Gott, du kannst es heute nacht förmlich um dich spüren, wie es schnüffelt und wächst – die Liebe, das grüne neue Leben, der Frühling.« Er begann mit lauter Stimme und ausholenden, runden Gesten zu deklamieren:

Morgen wird Liebe sein für die Ungeliebten, und Liebe dem
  Liebsten.
Die Hochzeit wie im Anbeginn, Kopulation
der nicht mehr teilbaren Atome, der Tag, als Venus
in voller Rüstung aus dem hochzeitlichen Blütenschmuck,
dem Schaumkranz grünen Meeres, sprang, und Flügelrosse
um sie ihr Wiehern tönen ließen, als die Riesenmuschelhörner
in unerträglichem Frohlocken brüllten!

Leute auf der Straße blieben stehen, mit offenen Mündern oder ironischen Bemerkungen. Ein Polizist sagte: »Okay, okay, Schluß jetzt da!«

»Liebe«, rief Willett und ignorierte den Polizisten. »Der nächste Venusdurchgang war erst 2004 fällig, habe ich gelesen oder dachte zumindest es gelesen zu haben, aber die Sache muß sich irgendwie beschleunigt haben. Wieviel Geld hast du?«

»Etwa fünfunddreißig Dollars. Und meine Kreditkarten.«

»Gut. Wir gehen zu Madame Aphrodite. Wie sich's heute gehört. Das ist Venus da droben«, sagte er zu einem jungen flott gekleideten Schwarzen.

Madame Aphrodite hatte ein Freudenhaus in der East 44th Street – der Name war jedoch ebenso mythisch wie die Göttin selbst, und das Haus wurde von einer gewissen Mrs. Simona de Lancey geführt, einer fünfzig Jahre alten schwarzen Dame von erstaunlicher Schönheit. »Kein Radau«, sagte sie zu Willett. »Ich will keinen Radau heute Nacht, und keine Gedichte.«

»Liebe«, sagte Willett mit so weit ausholender Geste, daß er von einem Blumentischchen im Vestibül die Gipsstatuette der Liebesgöttin (in Waffen) herunterfegte. »Wir kommen um der Liebe willen.«

»Kannst du haben, Baby.«

Val war überrascht und auch wieder nicht, als er sich aus dem Repertoire im Empfangszimmer ein Mädchen von schlanker und kühler blauäugiger Schönheit aussuchte, die er dann in ihrem patchouliduftenden Kämmerchen schluchzend liebte. Keine dunkle starkriechende Kreatur aus Sumpf und Dschungel heut nacht. »Das hast du wohl gebraucht, Baby«, sagte sie hinterher. Sie lagen beide da, rauchten und tranken Whisky und lauschten Willett, der in einem anderen Liebesgemach deklamierte:

Die Leute auf den Straßen tanzen und küssen einander,
die Katzen schrein in melodischen Harmonien auf den Dächern,
Hündinnen werden plötzlich auf wundersame Weise läufig.
Im Zoo in der Bronx muß ein erotisches Pandämonium herrschen,
Rüssel winden sich wollüstig, Leoparden und Panthern
sträubt sich das Fell in pelzigen Erektionen. Selbst die Schildkröte
marschiert zielstrebig-behaglich los auf ihr Ziel,
und die Luft ist voll eines berauschenden Destillats,
sie klirrt wie wilde Glöckchen. Es ist wie ein
plötzliches Weihnachten, ein antipodisches Weihnachten–

»Spinner«, sagte Vals Freundin, die Stella hieß. »Der spinnt.« »Ein antipodisches Weihnachten«, murmelte Val. »Da hat die Welt begonnen sich zu ändern.«

»Was brummelst du da, Honey?«

»Laß nur«, sagte Val. »Mein Freund Courtland Willett ist kein Spinner. Ganz und gar nicht.«

Er war tatsächlich keiner. Wenn er auch mit seiner Identifikation des hellstrahlenden Planeten im Irrtum war, so irrte er sich doch nicht in der Annahme, daß sein Schwerefeld bestimmte hormonale und psychische Veränderungen bewirken würde. Noch drei Wochen, und viele Menschen würden sich zu impulsiven Handlungen veranlaßt sehen, die ihnen zuerst noch als ganz uncharakteristisch erscheinen würden. Liebe, ja, aber auch Eifersucht, Zorn, der ohne klaren Grund ausbrach, religiöser Wahnsinn, verschiedene andere Formen des Wahns. In einem anderen Zimmer wurde nun das Radio lauter gedreht, um Willetts Rhapsodie zu übertönen. Doch er war schon zu Ende und hörbar mit einer anderen Kunst befaßt, ekstatisch, aber ohne poetische Disziplinierung. Das Radio sang:

Auf der ganzen Welt stinkt's,
ob rechts oder links,
drum erlöse uns, Lynx!
Was lächelt die Sphinx?
Nur ein Katzensprung, Lynx,
heut nacht

Sommer in Wien, und die Bourgeoisie bricht auf an die See oder ins Gebirge. Freud und seine Schwägerin Minna saßen wartend auf einem Bahnsteig. Minna beklagte sich:

»Aber *warum* zwei Stunden früher? Ich dachte, diese Neurose hättest du überwunden.«

»Das habe ich in der Tat. Aber ich komme gerne früher hierher.«

Sie schüttelte den Kopf und studierte die Landkarte. »Hier ist also unsere Reiseroute. Turin, Mailand – Siena – Rom.«

»Nicht *Rom.*«

»Aber ich dachte, wir wären übereingekommen–«

»Rom ist zu heiß. Es herrscht ein entsetzlicher sengender Wind. Fahr du nach Rom. Ich bleibe am See.«

»An welchem See?«

»Trasimeno.«

Der Trasimeno herrlich im Sonnenlicht. Sie spazierten dahin, beide in Weiß, Freud mit einem adretten Panamahut, zur Abwechslung eine schlanke Panatella rauchend. Minna hatte einen Reiseführer aufgeschlagen. Sie sagte:

»In den Zeitungen steht, es sei ungewöhnlich kühl in Rom.«

»Ich glaube es nicht. Es ist ein gefährliches Klima.«

»Willst du den wahren Grund wissen, warum du nicht nach Rom fahren willst?«

»*Wahren* Grund?« Er verschluckte sich einahe an seinem Rauch. »Es gibt eine ganze Anzahl *wahrer* Gründe, und du kennst sie alle.«

Minna sprach rasch: »Es gab eine Prophezeiung – das Orakel sagte den Tarquiniern voraus, der Erste, der seine Mutter küssen würde, würde Rom erobern.«

»Ja, Mutter Erde, das ist bekannt, ja – und?«

»Widerspricht das nicht deiner Ödipustheorie? Küß zuerst deine Mutter und besiege dann deinen Feind. Und der Feind ist die große Vater-Stadt. Dem Ödipusmythos zufolge tötet man erst den Vater, dann küßt man die Mutter.«

»Aber Rom ist die große Mutter. Roma. Rom ist kein gefährlicher, riesenhafter, kastrierender Vater–«

»Bist du da sicher? Setzen Sie sich auf diese Bank, Dr. Freud, machen Sie es sich bequem und hören Sie zu, was der Reiseführer zu sagen hat.«

Sie setzten sich hin. Freud betrachtete unruhig einen Oleanderbusch. »Nun?«

»Welche Gestalt der alten Geschichte bewunderst du am meisten?«

»Hannibal.«

»Er war ein Mann semitischer Abstammung, heißt es hier, der den

Römern ewigen Haß geschworen hatte. Er schwor seinem Vater Hamilkar, daß er Rom besiegen würde–«

Freud fühlte sich beim Aufgehen einer neuen Einsicht erzittern. »Mein Gott, es war hier – am Trasimenischen See –, wo er die römischen Heere besiegt hat.«

»Aber er kam nie nach Rom. Fünfzehn Jahre lang blieben die Armeen Karthagos unter Hannibal in Italien, verwüsteten Italien, aber Hannibal näherte sich Rom nie weiter als bis auf fünf Meilen. Du bist fünfzig Meilen von Rom. Du bist ein wenig vorsichtiger als Hannibal. Nun, Herr Doktor, sehen Sie den Zusammenhang?«

Er sah ihn wohl. Er beschrieb ihn; eine flüssig vorgetragene Interpretation: »Rom – das Symbol meiner Wünsche und Pläne. Ich bin wie Hannibal ein Semit. Mein Vater mußte sich den Hut vom Kopf schlagen lassen. Von einem Christen, einem Katholiken, einem Sohn Roms. Hannibal versuchte seinen Vater zu rächen. Es ist ihm nicht gelungen. Es ist *mir* nicht gelungen. Nein. Noch nicht. Minna, ich muß Rom erobern.«

Sie lächelte. »Das heißt, daß wir jetzt packen und Fahrkarten kaufen. Die karthaginische Armee brauchst du nicht. Und ich glaube, du wirst sehen, Rom wird *dich* erobern–«

Nun, ja, eine ästhetische Eroberung. Alle diese barocken Muskulaturen, die in Brunnen gemilderte Sonne. Brunnen. Er beendete gerade den Vorgang des Urinierens in der Herrentoilette des Hotels. Der Mann, der neben ihm auf den Fliesen stand, sah ihn mit einer gewissen Neugier an. Gutaussehend, bärtig, wohl ein Engländer oder Amerikaner. In der Hotelhalle rief der Portier hinter ihm her.

»Dottore, scusi – i biglietti – Dottor Freud–«

»Ah, bene, tante grazie.« Opernkarten. Bellini. Der bärtige Angelsachse aus der Toilette hatte seinen Namen gehört. Er kam herüber und sagte:

»Dr. Sigmund Freud? Aus Wien?«

»Der bin ich. Servitore.«

»Mein Name ist Havelock Ellis.« Sein Deutsch war schlecht. »Sie mögen vielleicht erinnern, daß ich Ihr Buch über die Ätiologie der Neurosen besprochen habe.«

»Of course.« Freud sprach Englisch. »Wien hat mich beschimpft, aber England hat seine Stimme für mich erhoben. Wie kann ich Ihnen je genug danken?«

»Nicht Englands Stimme – nur die meine.« Er sprach seine eigene Sprache mit einer gewissen Erleichterung. »Und die habe ich ohne Erfolg erhoben. Ich habe neben Aufsätzen auch Bücher veröffentlicht. Sie kennen vielleicht meine *Studies in the Psychology of Sex*–«

»Ich fürchte –«

»Nein, nein, Sie können sie ja auch nicht kennen. Nach einem kurzen, aber lautstarken Skandal sind sie verboten worden. Sie und ich, Dr. Freud, wir sind unserer Zeit voraus.«

»Würden Sie etwas mit mir trinken?«

»Trinken wir etwas.«

Sie saßen vor dem Trescalini, in der Piazza Navona, dem Bernini-Brunnen gegenüber – sich windende Nacktheit, ein Monument der Libido. Sie teilten sich einen *fiasco* Frascati. »Wann und wie hat es begonnen«, fragte Ellis rhetorisch, »diese Angst vor der größten Freude, welche die Menschen kennen? Die Bildhauer der Renaissance hatten keine Angst davor.«

»Die Freude, die junge Liebende zusammen finden«, sagte Freud traurig. Ein junges Mädchen, ein Junge umarmten sich unbekümmert vor Berninis Giganten. »Ein Affront gegen die Alten, die Väter der Kirche und des Staates. Ein Affront gegen ihre senile Impotenz. Sie suchen nach einer Macht, die ihnen die verlorene sexuelle Kraft ersetzen soll. Die Macht der Unterdrückung, die Strenge des Gesetzes.«

»Ödipus begegnete einem alten Mann«, sagte Ellis. »Er hätte ihn nicht getötet, wenn der alte Mann nicht versucht hätte, ihn mit einem Knüttel aus dem Weg zu schlagen. Ist nicht die Feindschaft zwischen Jung und Alt mehr als bloß eine Frage des – Begehrens nach der Liebe der Mutter?«

Freud schüttelte den Kopf, als nähme er den dogmatischen Starrsinn eines alten Mannes vorweg. »Nein. Nein. Es ist, wie ich es beschrieben habe. Sehen Sie–«

Sie schauten beide einem kleinen Jungen zu, den gröbere Jungen in Lumpen, voll Verachtung für seinen Matrosenanzug, umhergestoßen hatten. Er lief weinend zu seiner Mutter, die ihn in beredtem römischem Dialekt tröstete und ihn an die Brust drückte. Weinend klammerte er sich an sie, als wolle er nie mehr loslassen.

»Das liegt allem zugrunde. Sehen Sie–«

Der Vater des Jungen war aufgetaucht, ein Römer mit dichtem langem Schnurrbart. Er versuchte, seinen weinenden Sohn zu überreden, sich von der Mutter loszumachen und den jungen Rüpeln entgegenzutreten, sich mit ihnen zu hauen sogar, einer gegen vier. Die Mutter protestierte. Der Vater versuchte, ihn aus der Umarmung zu lösen, aber der Sohn schlug nach dem Vater, kühn in seiner Aufregung.

»Wie ich es geschrieben habe. Alle meine Fälle bestätigen es. Der Ödipuskomplex ist die tiefste Wurzel unsrer Triebe, unserer Träume, ja unserer ganzen Gesellschaft.«

»Hüten Sie sich«, sagte Ellis, »wenn ich das sagen darf, vor einem allzu feierlichen Ton. Sie glauben, nach langem Mühen das letzte Geheimnis erreicht zu haben. Hinter dem Geheimnis mögen andere Geheimnisse liegen, und andere hinter diesen, und dann wieder andere. Das Unbewußte ist unerschöpflich. Das menschliche Bewußtsein wird nie zur Gänze erforscht werden.«

»Nein. Nein.« Freud blieb fest. »Wir haben den Schlüssel.«

Das Mittagsgeläut dröhnte von den Kirchtürmen Roms. Ellis mußte die Stimme heben. »Auch die Kirche glaubt, sie habe die Schlüsselgewalt. Wie heißen Ihre Söhne?«

»Oliver und Martin.«

»Oliver Cromwell? Martin Luther? Ob es stimmt oder nicht, die Assoziationen sind hier hilfreich. Diese Männer waren Rebellen. Geben Sie die Bedeutung der Rebellion zu, Dr. Freud. Rebellion sogar gegen sich selbst. Machen Sie sich nicht selbst zum Papst.«

Freud sagte nichts. Er versuchte, nicht die Stirn zu runzeln. Er trank aus. Er legte Geld auf den Tisch. »Ich muß gehen.«

»Und ich glaube, ich weiß, wohin Sie gehen.«

Freud zuckte die Achseln. Er schüttelte Ellis hastig die Hand und ging ohne ein weiteres Wort. Ellis lächelte und schüttelte kurz den Kopf.

Der Petersdom. Freud und Minna sahen zu der gehörnten Statue empor, die wie gefrorene Musik stand. »Er hat die Gesetzestafeln in die Wildnis herabgebracht«, sagte Freud. »Sein Volk hat sich gegen ihn gewandt, um ein goldenes Kalb anzubeten. Sie werden sich immer wieder gegen ihn wenden. Und doch kann er, und nur er, sie in das Gelobte Land der Verheißung führen.«

»Wirst du«, spottete Minna liebevoll, »je das Land der Verheißung betreten? Wirst du das, Herr Doktor Moses Freud?«

Freud dachte nach und schüttelte dann fest den Kopf.

»Jeder Angehörige der Arbeiterklasse«, sagte Trotzki, »der sich in einem kapitalistischen Krieg abschlachten läßt, beweist seine Unwissenheit, Unwissenheit über seine Rechte als Arbeiter, Unwissenheit über den Geschichtsprozeß–«

Olga sagt bitter: »Alle Toten sind unwissend, nicht wahr?«

Trotzki bemerkt die Bitterkeit ihrer Stimme. Er mildert seinen

Ton. »Ich meine, daß ein Mann ein Narr ist, der sich für einen kapitalistischen Kampf unter Rivalen anwerben läßt. Würdest du diese Formulierung nicht akzeptieren, Genossin?« »Ja«, sagte sie, »so einfach ist es! Kapitalistische Staaten gegeneinander, einer namens X, einer namens Y, einer so schlimm wie der andere. Willst du versuchen, Pierre aus dem Grab zurückzurufen und ihm das zu erklären? Er wäre sicher interessiert.«

»Pierre?« Trotzki spricht mit freundlicher Stimme. »Ich dachte mir, ich spürte in deinen Bemerkungen eine, wie soll ich sagen, persönliche, eine persönliche Betroffenheit.«

»Sehr persönlich. Wir wollten heiraten.«

»Ah ja.« Er wartet. Er weiß immer, wann man warten muß.

»Er hieß Pierre Godard. In Montreal in Kanada geboren. Hat hier in New York gearbeitet, weil es dort droben nicht viel Arbeit gab. Er hatte keine besondere Ausbildung. Er hatte manches gelesen – französische Schriftsteller – Flaubert, Balzac, Verlaine. Er liebte die Weine seiner französischen Vorfahren. Er liebte mich, glaube ich. Ich weiß jedenfalls, daß ich ihn liebte. Dann kam das Jahr 1914. Europas Krieg, sagten die Amerikaner. Die Kanadier waren sich nicht so sicher. Pierre war sich ganz sicher, was er tun wollte.« Sie singt:

Er wollte kämpfen
für Frankreichs Boden,
den er nicht kannte.
Für die grünen, roten
blühenden Felder,
die im Feuer lohten.
Grün war der Schlamm,
blutrot lagen die Toten,
als er dorthin kam.
Französisch war seiner Väter Sprache,
französisch das alte Land, französisch die Sache.
Und sie ließen ihn kämpfen,
den Idioten.
Er sah Frankreichs Felder,
einen Tag älter
lag er bei den Toten.
Im Sturmschritt gefallen,
liegt er bei allen
unter dem Boden,
ein armer Geprellter.

»Sentimental?« fragt sie. »Töricht? Er hätte warten sollen, bis Leo Trotzki vorbeikommt und ihn aufklärt. Aber er hätte vielleicht nicht hingehört. Siehst du – für manche ist die Arbeiterklasse nur etwas Abstraktes. Es bedeutet nicht Tom mit der Warze und Dick, der das rechte Auge größer hat als das linke, und Harry mit dem Holzbein. Nur eine Art formlos graue, marschierende Geisterschar.«

»Und Frankreich und Kanada und Amerika sind nicht nur Farbflecken auf der Landkarte, willst du das sagen?« sagt Trotzki. »Kämpft für Frankreich, für Rußland, für Deutschland – was bedeutet das? Kämpft für *mich*, das soll es heißen! Und wer ist *ich*? Ich, der Mann mit dem goldenen Imperium, das immer weiter wachsen will und immer goldner werden soll, und wenn ein paar Millionen irregeleiteter Männer im Schlamm fallen und in ihrem eigenen Blut verröcheln, was macht es schon? Es gibt immer noch mehr.«

»Nein«, sagt Olga. »Frankreich, das ist Racine und Voltaire und Debussy und frisches Weißbrot und schwarzer Kaffee. So wie Amerika – aber weshalb mach ich mir die Mühe? Amerika ist dir völlig egal – abgesehen von seinen Exportzahlen und der Stärke seiner Gewerkschaften. Menschen sind dir ganz und gar egal.«

»Ich verstehe«, sagte Trotzki, »daß du so redest, Olga, aber–«

»Ah, *Olga*! Ich bin nicht länger eine von den grauen Abstraktionen, nicht mehr nur eine namenlose Genossin. Wer hat dir eigentlich meinen Namen gesagt? Ich nicht. Wir sind einander nicht vorgestellt worden.«

»Ich weiß deinen Namen. Ich weiß von einem hübschen Mädchen, die war – Schon gut. Ich sage dir: ich verstehe, wie dir zumute ist. Du hast darunter gelitten und du leidest immer noch darunter. Liebe – die Attraktion, die eine Reihe von Atomen auf eine andere Reihe von Atomen ausübt. Spirituell – was immer das bedeuten mag, wie Gott. Du hast geliebt, nun ist die Liebe vorbei. Sag, wann hast du dich der Bewegung angeschlossen?«

»Was tut das zur Sache? Wenn du es unbedingt wissen willst, etwa drei Monate nach seinem Tod.«

»Ich verstehe. Dein Leben war leer, und du hast nach etwas gesucht, um diese Leere zu füllen. So hast du dir den Sozialismus ausgesucht, als Ersatz für die Liebe. Für den Sozialismus nicht sehr schmeichelhaft – ein bloßer Ersatz für etwas anderes.«

»Ein sehr unzureichender Ersatz.«

»So muß es dir wohl vorkommen. So unzureichend, daß du dich der Sache nicht mit deinem ganzen Wesen anheimgeben kannst, daß du nicht mit ganzer Überzeugung rufen kannst: es lebe die Revolution. Sentimentaler Pseudosozialismus. Liebe! Deine Motive, Genossin, sind keine reinen Motive.«

Olga spricht mit gefährlicher Sanftheit. »Und *deine* Motive, Genosse?«

»Ich kenne meine Motive und habe sie immer gekannt. Unpersönlich. Sich dem Gang der Geschichte unterwerfen. Ein selbstloses Interesse am Aufbau einer gerechten Gesellschaft. Selbstlos, jawohl. Als Person bin ich nichts. Eine leicht zu ergänzende Zelle im Organismus der Partei, welche, rascher als man es sich vorstellt, die Welt umfassen, mit der Welt identisch werden wird. Mag die Bewegung mich ausstoßen, wenn sie will. Ich bin bereit. Wenn ich tot von größerem Nutzen bin als lebendig – so sei es. Ich gehorche. Ich habe mich nicht als Ersatz für gescheitertes Talent oder enttäuschte Liebe – was immer Liebe sein mag! – zu einer Säule der sozialistischen Bewegung gemacht. Ich tat es aus dem reinen Motiv, der Sache dienen zu wollen, an die ich glaube, und an die alle Menschen – rascher als man es sich vorstellt – glauben werden.« Er atmet schwer.

»Stimmt nicht«, sagt Olga. »Du hast die Vision, daß eines Tages der Name Trotzki in der legendären Hierarchie der Partei strahlen wird. Trotzki, Trotzki, Trotzki – einer der größten Namen, wenn nicht der größte überhaupt. Lenin, Stalin, Trotzki, der größte aber unter ihnen ist Trotzki. Trotzki in unvergänglichen Stein gemeißelt. Du hast ja sogar den Namen Trotzki gewählt, wie Lenin sich Lenin gewählt hat und Stalin sich Stalin. Bronstein war nicht gut genug, nicht wahr? Klingt zu sehr wie der Name eines jüdischen Schneiders auf der Second Avenue. Bronstein in Marmor gehauen, nein, das bringt's nicht. Aber Trotzki – das ist etwas anderes. Ein Held, der sich seinen eigenen heroischen Namen aussucht. Motiv, du hast von deinem Motiv geredet. Du hast nicht die geringste Ahnung, was dein Motiv ist. Soll ich dir sagen, was es ist und sein wird, Genosse? Macht. Nicht Tugend, nicht Wissen, sondern Macht. Genau wie der Zar und Rasputin und J. Pierpont Morgan und John D. Rockefeller. Ja, wir wissen alle, daß sich das Proletariat eines Tages selbst regieren wird, aber bis dahin hat es noch gute Weile. Inzwischen muß das Proletariat geführt werden, und wer soll der Führer sein? Trotzki vielleicht – warum nicht? Und gewisse Parteimitglieder werden von der Generallinie der Partei abweichen, und dann muß man ihnen ihren Irrtum klarmachen. Wie? Nun, der Staatsapparat existiert ja noch, die Polizei eingeschlossen. Bestrafung, Genosse, o wie leid es mir tut, es bricht mir das Herz, sieh, wie ich weine. Aber man muß dich einfach bestrafen, das siehst du doch ein? Leider haben wir nur stinkende kapitalistische Gefängnisse im Augenblick, aber wir werden schöne gesunde sozialistische Bestrafungsmethoden ausarbeiten, alles zu seiner Zeit. Nicht nur Strafe, auch Umerziehung, Genosse. Nicht nur die Peitsche, sondern auch das brennende Feuer der Umerziehung in deinem Kopf. Erst wenn ein Führer Strafen verhängen kann, Genosse, spürt er die wahre Ekstase der Macht. Macht – was für eine entzückende Aussicht. Und heute abend, da genießt du als kleinen Vorgeschmack, als Hors d'oeuvre der Macht, das Gefühl, die gutmütigen amerikanischen Arbeiter bei der Versammlung zu beeindrucken, die dich bereits kennen als einen Namen der Macht. Wir sollten deine Rede vorbereiten, nicht wahr? Bereite sie selbst vor. Ich gehe. Und ich werde heute abend nicht kommen. *Do swidanja, towarischtsch.*« Und sie hebt die geballte Faust, die mehr nach einer Drohung als nach einem kameradschaftlichen Gruß aussieht. Dann haut sie die Tür hinter sich zu und ist fort. Trotzki, verblüfft, voll Bewunderung, empört, geht schnaubend und knurrend im Büro auf und ab. Dann setzt er sich an die Schreibmaschine und versucht, seine Rede niederzuschreiben. Er stellt sich sehr unbeholfen an und reißt das Blatt Papier mit leisen Flüchen wieder heraus. Er steht auf und trägt, *parlando,* folgenden Monolog vor:

Die ganze Geschichte durch hinterdrein
hinkt das Bewußtsein hinter dem Sein.
Und was ist das Sein? Da, vor deiner Nase, konkret,
das was ist. Physikalische Kausalität.
Das Leben ist einfach. Verzweifelt simpel.
Und nur ein Tölpel, ein Blödmann, ein Gimpel
macht sich's komplex.
Zum Beispiel Sex!
Überschätzter Spaß.
Der Trieb, sich zu vermehren,
daß Zellen andere Zellen begehren –
Ach was!
Du kannst dich zu dem einen Satz Körperzellen
so gut wie zu einem andren gesellen.
Ist euch das klar? Alles nickt brav,
und dann das tödliche kleine Wörtchen: Liebe,
amore,
ljubow,
love.

Die ganze Geschichte durch hinterdrein
hinkt das Bewußtsein hinter dem Sein.
Und was ist das Bewußtsein? Elektrizität,
Synapsen im Hirn, funkender Strom
das gebiert dieses Romanzenphantom:
Liebe! Davon steht nichts bei Marx.
Aber Shakespeare und Puschkin sind voll dieses Quarks.
Ob süß oder bitter, zart oder zotig,
all diese Dichter haben's mit der Erotik.
Und klar ist, wenn einer nicht materialistisch denkt,
daß der an diesem Schmus und Geturtel hängt.
Unaufgeklärt erliegt er dieser Konfusion!
Wir aber wissen: Bloß Illusion.

Dieses Mädchen jetzt, Olga, Genossin Olga? Olga, lassen wir die Genossin. Sie sagt, sie war verliebt. Intelligent genug, irrige Meinungen, das könnten wir jedoch rasch bereinigen. Aber sie sagt, sie war verliebt. Soll heißen, daß sie einen Sexualpartner für passender hielt als einen anderen. Ein verbreiteter Irrtum. Bin ich ihm je erlegen? Natürlich nicht. Natalja – eine begabte Tänzerin, Vertreterin einer bourgeoisen Kunstform, welche die Revolution nicht mehr benötigen wird. Eine gute Parteiaktivistin. Paßt zu mir, ja. Paßt sie besser als andere? Ich hab nicht alle anderen gekannt. Ehe? Bourgeois, selbstverständlich, aber die Kinder müssen versorgt sein. Kindesliebe? Natürlich, biologisch bedingt, die Spezies muß sich fortpflanzen. Ich kann, glaube ich, mit aller Aufrichtigkeit sagen, daß ich niemals – nachts wachgelegen habe. Aus Liebe. Schlechte Gedichte gemacht habe. Aus Liebe. Nichts essen konnte. Aus Liebe. Gut. Liebe – eine Einbildung des Bewußtseins, und das existiert ja kaum. Wir sind Nerven, Muskeln, Sehnen, Atome, eine Bühne für die Vollstreckung des dialektischen Prozesses. Materielles Material. Das Bewußtsein? ›Der Kopf‹? Insubstantiell, ein Schemen. Und wenn ich nun sage – ich fürchte, mir geht ständig dieses Mädchen Olga durch den Kopf?

Die ganze Geschichte durch hinterdrein
hinkt das Bewußtsein hinter dem Sein.
Und was ist das, das Sein, die Realität?
Was auf zwei soliden Beinen steht!
Kein Geheimnis! Nur Kausalität.
Atome, Zellen, Hirn und Knochen – reicht das nicht?
Der Gedanke an einen Kuß – ein Mädchengesicht –

Irrelevant!Unerträglich banal!
Die Liebe findet keine Erwähnung im *Kapital*.
Warum ich nur immer bei einem Gedanken bleibe:
Weg von mir, Mädchen, bleib mir vom Leibe...

Dies, der Vollständigkeit halber, waren die Namen und speziellen Arbeitsgebiete der von VOX Ausgespieenen. Es sind Namen, die ihr kennt, Namen, die noch unter euch leben. Einige davon.

Abramovitz, David T., Bibliothekologe
Adams, Maude Quincy, Uranoklinikerin
Audelan, Vincent, Hydroponiker
Belluschi, Robert F., Mikrobiologe
Bogardus, Sara, Ingenieurin
Boudinot, Louise, Ingenieurin
Cézanne, Miguel S., Elektronologe
Christian, Katherine, Heliergonomistin
Cornwallis, Douglas C., Physiker
Da Verranzano, Gianna, Mikrobibliothekologin
DeWitt, Felicia, Biochemikerin
Durante, John R., Ingenieur
Eastman, K. O., Diastemoploionologin
Eidlitz, Mackenzie, Energiologe
Ewing, Georges Auguste, Diastemikonograph
Farragut, Minnie, Physikerin
Forster, Sylvia, Hypologistik-Ingenieurin
Frame, Vanessa Mary, Uranologin (Koordination)
Fried, Sophie Haas, Uranoklinikerin
Goya, Nathan, Mikroagronom
Greeley, William, Diastemopsychologe
Harrison, Belle, Kybernetologin
Hazard, Ebenezer, Materialbeschaffungskoordinator
Herodotus, Alger, Physiker
Irving, Guinevere, Atmosphärologin
Jumel, Lilian, Ingenieurin
Kopple, Grayson, Mellonologe
La Farge, Gertrude, Maieutikerin/Sekretariat
Lopez, Fred K., Ingenieur
Markelius, Sven Maximilian Josiah, Ökodomikologe
Moshowitz, Israel, Morphotizist

McGregor, Herman A., Ploiarch I
McEntegart, Angus, Ploiarch II
Nesbit, Florence, Mageiristin
O'Farrell, Terence, Raptikologe
O'Grady, Lee Harvey, Astunomikologe
Opisso, Rosalba, Diätologin
Parkhurst, Ethel Armand, Ingenieurin
Piccirilli, Attilla, Elektronologe
Prometeo, Susanna, Anakoinotische Ingenieurin
Reiser, Deborah, Physikerin
Roelantsen, Julius C. C., Elektroingenieur
Sennacherib, Betsy, Morphotizistin
Skidmore, Owings Merrill, Domestoszediastiker
Thackeray, Jessica Laura, Biochemikerin
Untermeyer, Fernando S., Uranokliniker
Velasquez, Wouter van Twiller, Diastemograph
Wolheim, Fernando Alexander, Petrologe
Yamasaki, Minoru, Botanischer Ingenieur.

Man beachte die erbärmliche Lücke bei den mexikanischen Namen, das ganz leichte Übergewicht der Männer, das Fehlen des Namens Valentine Brodie, der erst nach der oben wiedergegebenen Liste kam, und die Tatsache, daß – soweit ich mich auf meine Zählung verlassen kann – nur neunundvierzig Namen dastehen anstatt der fünfzig geforderten. Der fünfzigste Name oder der vierte, wenn wir alphabetisch vorgehen, war Paul Maxwell Bartlett, dessen offizieller Titel sich griechischen Prätentionen entzog und einfach Projektleiter lautete – oder, wie es sich schließlich bei KATZ einbürgerte, Oberkatz. Seine Bedeutung erfordert es, daß wir uns ihn etwas genauer ansehen als dies bei den anderen möglich ist – diejenigen natürlich ausgenommen, die sich im menschlich-allzu-menschlichen Vordergrund unserer Geschichte finden. *Who's Who in the Universe* (1999) enthält den folgenden Eintrag:

Bartlett, Paul Maxwell; Zentralkoordinator der gemeinsamen Raumforschungsprogramme der Universitäten Columbia, Princeton, Pennsylvania und des MIT; Bronze Star 1989, Legion of Merit 1990, Ehrengabe des Präsidenten 1991; DAM 1992 (Sonderkommando der US-Marine mit zeitweiligem Rang eines Konteradmirals); Dr. phil. (Harvard), Dr. rer. nat. (Cambridge), Ehrendoktorate der Universitäten von Toronto, California, Washington State usw. Geb. 17. 12. 1958, Eltern: Dr. theol. Maxwell Everard Bartlett und Dorothy Aline Goodhew; unverheiratet. Ausb.: Choate School; Harvard; Trinity College, Cambridge; Sorbonne. Professur für Astrophysik, University of Delaware, 1985–86; Mitglied der US Federal Satellite Commission, 1986–87; Berater des Achilles-Projekts des amerikanischen Verteidigungsministeriums, 1987; Kommandant des Unternehmens Philoktet, 1988–92; Professur für Uranologie am MIT 1992–95; Delegierter bei der Globalen Diastemischen Organisation 1995–96; Gastprofessur an der University of Manchester 1996–98. Veröff.: *In den Weltraum hinaus,* 1998; *Eine Untersuchung der bisherigen Theorien über die Antimaterie* (mit L. B. Moran), 1990; *Die Zukunft im Raum,* 1992; *Kritik der Hopkinsschen Theorie des Strahlungsgürtels,* 1993; *Was wir noch lernen müssen,* 1995; *Überlegungen zur Projektdisziplin – Szenarios,* 1998. Hobbies: Leichtathletik, biographische Forschung, politische Philosophie. Adresse: 10 A, 336 West End Avenue, New York City. Tel. (212) 6894-4400.

Ein knapper Aufriß, nicht mehr, die Logarithmen einer Begabung. Niemand konnte sich auch bei einer nur flüchtigen Begegnung über die Intelligenz dieses Mannes im unklaren bleiben, über seinen wissenschaftlichen Hunger, die Dynamik seiner intuitiven Einsichten, die große Führungsbegabung. Näheres Hinsehen hätte gezeigt, daß sein Leben und seine Persönlichkeit von allen Lastern völlig frei waren – er aß wenig, trank nur gelegentlich bei gesellschaftlichen Anlässen etwas Alkohol und hatte kein erkennbares Sexualleben –, und daß sein Körper und sein Geist von einer ausgewogenen Gesundheit waren, wie man sie außerhalb des heroischen Epos selten antrifft.

Groß, gutaussehend, vital, stark wie ein Stier, von stählerner Elastizität, war er ein Blitz auf dem Tennisplatz, ein Fisch im Swimmingpool, eine prasselnde Gefahr im Boxring. Aber bei Tagungen war er urban, beredt und klar in seinen Darlegungen, und er schrieb sogar gut. Diejenigen von seinen Büchern, die ein »populäres« pseudophilosophisches Thema hatten – im Gegensatz zu den kompromißlos fachlichen Werken, die seinen Ruf im inneren Kreise der Wissenschaft und der Strategie begründet hatten – ließen erkennen, daß er viel über den Ort des Menschen im Universum nachgedacht hatte. Er war außerhalb seines eigenen Interessengebietes durchaus belesen, und seine *Zukunft im Raum* zum Beispiel starrte von Fußnoten mit Zitaten von Heidegger, Reich, Jung und Teilhard de Chardin.

Der größte Teil seiner nicht-wissenschaftlichen Lektüre hatte – wie der Eintrag in *Who's Who in the Universe* andeutete – das Leben großer Männer zum Gegenstand, und die großen Männer, die ihn in erster Linie interessierten, ließen sich unter dem vagen Begriff des von der »Vorsehung« Bestimmten zusammenfassen. Er glaubte, daß manche Menschen besser oder auf jeden Fall klüger waren als andere, und daß diese dazu bestimmt waren, die anderen zu führen. Die Lieblingsgegenstände seiner Studien waren Metternich, Napoleon, Cromwell, Winston Churchill und – bedauerlicherweise – Adolf Hitler. Alle diese Männer waren aufgestiegen zur Macht und waren wieder gestürzt. Er beschäftigte sich mit der Konstruktion der Parabel des Lebenslaufes in jedem dieser Fälle, suchte nach den Schwachstellen, analysierte aber gleichzeitig die Stärken. Sein Interesse an politischer Philosophie war enger, als es einem amerikanischen Demokraten eigentlich angestanden hätte. Er las wieder und wieder Platons *Staat,* den *Leviathan, Il Principe* und Prauschnitz' *Doktrin der Elite.* Aus seiner Aristoteleslektüre erinnerte er sich daran, daß der Begriff »Demokratie« eine der pervertierten Formen idealer Regierung bezeichnete, nicht ein gesundes Ideal, das man unter Nationen verbreiten sollte, die seine Schönheit unglücklicher- oder dummerweise nicht selbst entdeckt hatten. *Demos* bedeutete schließlich nichts anderes als »der Mob«.

Eines seiner Hobbies muß ihm allzu trivial erschienen sein, als daß er es der Erwähnung gewürdigt hätte. Als zeitweiliger hoher Offizier der amerikanischen Marine hatte er sich nicht nur durch ausgeprägte körperliche Tapferkeit und durch die Fähigkeit ausgezeichnet, außergewöhnlich gut mit Vorgesetzten wie Untergebenen auszukommen, sondern auch durch ein rabiates Temperament, das Wunder wirkte, wenn rasche Entschlüsse durchgesetzt werden mußten. Er war – wie man allgemein stillschweigend anerkannte – eine geborene Führernatur. Seine militärischen Kollegen in der Marine waren froh, ihn ins Zivilleben zurückkehren zu sehen. Er selbst kehrte voll Ungeduld zu seiner Forschung zurück, die nicht länger auf Belange der nationalen Sicherheit Rücksicht nehmen mußte, aber die simplen Freuden des Kommandierens vergaß er nicht. Oft zog er in seiner Wohnung hinter verschlossenen Türen seine Marineuniform an, die er sauber und frischgebügelt aufbewahrte, und spielte sich selbst ganz allein einen Augenblick höchster Spannung auf der Brücke vor, wobei er ein Vokabular einsetzte, das alten Filmen entlehnt war wie der *Meuterei auf der Bounty.* Anachronismen störten ihn nicht, und oft gab er den Befehl zum Kielholen oder schlug sogar gelegentlich auf das Mobiliar mit einer neunschwänzigen Katze ein, die er normalerweise in seinem Dokumentensafe aufbewahrte. All das stellte eine harmlose Ablenkung dar, die für einen Mann in seiner Stellung den angenehmsten kathartischen Effekt hatte.

Als der Brief eintraf, der ihm die größte Machtbefugnis seiner Karriere übertrug, wollte Paul Bartlett, in Zivilkleidung, gerade zur wöchentlichen interuniversitären Konferenz in der Dalrymple Hall auf dem Campus von Columbia aufbrechen – von seiner Wohnung aus zu Fuß zu erreichen. Der Briefkopf zeigte das Siegel des Präsidenten, eine Notiz wies darauf hin, daß das chemisch behandelte Papier sich eine Stunde nach Öffnen des Briefs von selbst zersetzen würde, der Brief selbst teilte ihm mit, daß er zum Leiter eines höchst geheimen Unternehmens ernannt worden war und daß er sich um 0400 h am 2. April am Lindsay Airport, Halle D, Grüne Lounge, einfinden sollte. Ein zweiter Brief lud ihn für den morgigen Abend zum Essen bei Professor Vanessa Frame ein, und er solle bitte peepophonieren, wenn er nicht kommen könnte. Bartlett lächelte vor sich hin: er glaubte zu wissen, was all dies zu bedeuten hatte.

Am nächsten Abend bemerkte er, als er in seinen Wagen stieg, um nach Westchester zu fahren, daß Lynx schon weit über dem Horizont stand und nun etwa halb so groß war wie der Mond (beide gerade in ihr erstes Viertel eingetreten). Die Bewohner von Manhattan, schwer durch irgendetwas aus ihrer lakonischen Gleichgültigkeit zu reißen, waren von Lynx fasziniert. Manche standen in den Straßen und glotzten hinauf zum Himmel, andere, die russische Bezichtigung im Kopf, schworen, es sei im Gegenteil eine russische Konstruktion zur Beobachtung amerikanischer Raketeninstallationen, andere hatten religiöse Gefühle in sich entdeckt und redeten vom jüngsten Tag, wieder andere – vor allem die müßiggehende Jugend – hatten um Lynx einen Kult aufgebaut und schlugen die Trommeln, ließen die Flöten schrillen und schwenkten jede Nacht für ihn den Arsch und die Hüften. In einigen stark beeinflußbaren Psychen rief Lynx eine Destabilisierung hervor, die sich in verschiedenen bizarren Verhaltensformen äußerte – plötzliche schlechte Laune, oft bis zu mörderischer Wut gesteigert, in gewöhnlich ruhigen Temperamenten; Gelassenheit in den gewöhnlich Gewalttätigen; Schübe poetischer Inspiration unter gesetzten Bankmanagern und Versicherungskaufleuten; Satyriasis; Sadismus; ein Verlangen, wie bei einer Schwangerschaft, nach seltsamen Speisen. Bartlett wußte von einem Medizinerkollegen, daß der Menstruationszyklus vor allem bei Mädchen unter zwanzig in Verwirrung geriet. Er selbst hatte an sich beginnende Phasen von merkwürdigem Leichtsinn beobachten können. Vor ein paar Tagen hatte er sich beim Verlassen seines Büros in der Dalrymple Hall plötzlich veranlaßt gesehen, eine nicht besonders hübsche Sekretärin seiner Abteilung zu umarmen. Schockiert über sich selbst hatte er es mit einem Lachen überspielt. »Ein kleiner Lynx-Stich, Sybil, Pardon!« Valium schien ein wenig zu helfen.

Im Hause von Professor Vanessa Frame traf er seine Gastgeberin wunderschön in schwarzer Seide an, außerdem einen schon leicht betrunkenen Science Fiction-Autor namens Brodie und Professor Hubert Frame in erschreckendem Zustand. Er stak von der Hüfte bis zu den Schultern in einem geräuschvollen Atmungsgerät, das durch ein Kabel mit einer Steckdose an der Wand verbunden, aber auch mit Batterien ausgerüstet war, die eine Reise zwischen zwei Steckdosen, zwischen einer Wand und anderswo erlaubten. Bartlett hatte Frame seit der Akawiss-Konferenz nicht mehr gesehen, wo er viel geraucht und gehustet hatte, sonst aber munter genug gewirkt hatte. Nun war er sichtlich ein Sterbender. Vanessa hatte er einmal bei irgendeinem großen wissenschaftlichen Kongreß kennengelernt, den Science Fiction-Typ kannte er gar nicht. Sein Genre verachtete Bartlett ohnehin als etwas, was mit »Science« aber schon gar nichts zu tun hatte. Er fragte sich, was der grinsende Saufkopf hier verloren hatte.

Das Essen war eine von Vanessas erlesensten Schöpfungen – Kressesuppe mit Croutons, Ente mit Orangen und Schmorsellerie, englisches Sherry Trifle. Aber Bartlett war an komplexen sinnlichen Reizen nicht interessiert, Frame war zu krank, um viel zu essen, und Brodie zu schnapsbenebelt. Vanessa sagte etwas davon (wie um sich für eine Mahlzeit zu entschuldigen, von der sie schon vorher gewußt hatte, daß niemand sie essen würde), daß die Tage der Haute Cuisine gezählt seien. »Wir rücken ein«, sagte sie.

»Zu Ihrer Armee«, sagte Frame zu Bartlett. Bartlett runzelte leicht die Stirn. Es klang, als sei er ein Protégé der Frames, ein Marionettengeneral. Die Frames sprachen zu offen über das Projekt in Gegenwart dieses SF-Schluckspechts. Bartlett fragte ihn ohne Umschweife:

»Was haben Sie mit all dem zu tun?«

»Eines Tages«, sagte Brodie grinsend, »werden die Schulkinder auf einem noch unbekannten Planeten in einer unvorstellbar weit entfernten Galaxis ein Buch lesen mit einem Titel wie *Annalen der Großen Flucht* oder *Wie die Zivilisation gerettet wurde*. Das wird dann von mir verfaßt sein.« Bartlett brummte abfällig. Er sagte zu Frame:

»Wo ist es?«

»Die Information ist geheim«, keuchte Frame. »Wir werden's wissen, wenn wir dort sind.«

»Aber jemand weiß es schon jetzt.«

»Der Präsident. Und ich.«

»Aber ich darf es nicht erfahren. Interessant.«

»Wir müssen die Sicherheitsvorschriften streng einhalten«, zischte Frame, und sein Atmungsgerät zischte mit ihm.

»Wir? Wer ist ›wir‹?«

»Das Projekt«, sagte Vanessa, »mußte irgendwo beginnen. Es hat bei meinem Vater begonnen.«

»Und anscheinend auch bei Ihnen?«

»Nun – ja. Mein Vater hat mich ausgebildet.«

»Noch einmal zu diesem ›wir‹«, sagte Bartlett zu Frame. »Sie gehen selbst mit zur Station X oder Y oder wie immer?« Frame keuchte ein Ja. »In welcher Funktion?«

»Als Berater. Berater für was? Für die Verwirklichung des Projekts.«

»Hören Sie«, sagte Bartlett. »Inwieweit bin ich wirklich verantwortlich?«

»Oh, uneingeschränkt«, sagte Vanessa. »Sobald Sie wissen, wofür Sie die Verantwortung tragen. Haben Sie ein Dechiffriergerät der Klasse Z daheim?«

»Natürlich.«

»Also, dann–« Und als hole sie das Dessert von der Anrichte, ging sie zur Anrichte und holte ein dickes, gebundenes Typoskript, auf dessen flammerifarbenem Einband »RPT(3a)« gedruckt stand. Sie gab es Bartlett. Brodie grinste vor sich hin und Bartlett sah es. Er schaute den Grinser an, während er zu den beiden anderen sagte:

»Ich bin nicht unbedingt sicher, daß ich Beratung wünschen werde.«

»Sie bekommen sie so oder so«, sagte Frame.

»Sie machen keinen besonders gesunden Eindruck.«

»Das ist mein Problem.«

»Es ist ein Problem des Projekts. Reisen wir am zweiten April zusammen? Ich setze voraus, daß Sie über alles informiert sind.«

»Sie müssen ein Baulager einrichten«, keuchte Frame. »Der Bautrupp wird schon aufgebrochen sein, um die wichtigsten Wohn- und Arbeitsräume hinzustellen. Die Armee macht das natürlich. Sie waren selbst beim Militär, Sie wissen, welche Disziplin wir voraussetzen müssen.«

»Ich war bei der Marine.«

»Ich weiß. Die Armee versteht mehr von der Errichtung von Anlagen zu Lande. So ist es nun einmal. Das Projektpersonal wird in einzelnen kleinen Gruppen anreisen. Zeitlich gestaffelt. Sicherheitsgründe auch hier. Meine Tochter und ich werden am 12. April bei KATZ eintreffen.«

»Und dieser, äh, Herr hier?«

»Dr. Brodie«, sagte Vanessa, »muß von Anfang an dabei sein.«

Der Kaffee war gekommen, Val holte den Kognak von der Bar. Er ging in leichtem Zickzack.

Er sagte zu Bartlett: »Sie haben Ihren Wein nicht angerührt. Ist mir aufgefallen. Vielleicht sind Sie wie ich einer, der lieber harte Sachen trinkt – auf die Rettung der Zivilisation.«

»Ich trinke überhaupt nicht«, sagte Bartlett.

»Keiner von uns wird mehr trinken«, sagte Val, plötzlich umdüstert. »Das Ende des Trinkens. Aber was für eine Zivilisation wird das sein ohne Alkohol? Oder«, er grinste Frame an, »ohne Tabak?« Frame knurrte. Bartlett schwenkte grimmig das Typoskript. Er sagte:

»Ich fange besser gleich an, das hier zu lesen. Wenn Sie mich also entschuldigen wollen–«

»Ganz recht«, sagte Val. »Fangen Sie gleich an.«

»Haben Sie gedient?« fragte ihn Bartlett, sich erhebend.

»Bedauerlicherweise nein. Immer ein freier Zivilist.« Bartlett nickte, wie um auszudrücken, daß all das sich ändern würde. Dann ging er, ohne seiner Gastgeberin für das Abendessen zu danken. »Charmantes Arschloch«, sagte Val.

»So einer wird hier gebraucht«, brachte Frame zischend hervor.

»Nicht von mir.« Val schüttelte sich.

»*Du* wirst nicht gebraucht.«

»Fangen wir nicht wieder damit an«, rief Vanessa. »Soll ich dich zu Bett bringen, Vater?« Denn nun waren drei Schlafzimmer in Gebrauch in der Brodie-Frameschen Wohnung.

»Hören wir uns noch den Präsidenten an. Zehn Uhr.«

Sie bekamen noch das Ende der Nachrichtensendung von 9.30 mit. Katastrophe in Portugal, gewaltige Flutwellen überrollen Aveiro, Odemiro und Comporta. Das war weit weg. Der Schuldige erschien in schirmfüllender Großaufnahme: Lynx, erhitzt, mit kräftiger Gesichtsfarbe. Der Präsident des CDA war nun zu sehen, gelassen, lächelnd, ohne Nervosität. Seine Worte, sagte er, richteten sich an das gesamte Commonwealth. Er würde zuerst englisch, dann spanisch und dann französisch reden. Was er mitzuteilen hatte, war eine einfache Sache, ein grundlegender physikalischer Tatbestand, eine Frage der Schwerkraft – diese seltsame Einrichtung, von der sie alle in der Schule gehört haben würden: Newtons Apfel und so weiter. Alle wußten, daß der Mond mit seinem Sog die Gezeiten verursachte, so wie die Erde Äpfel an sich zog. Nun, dem Mond, unserem alten Freund und Nachbarn, gesellte sich jetzt für einen gewissen Zeitraum der Planet Lynx zu, nicht gerade ein Freund, aber als zeitweiliger Untermieter noch erträglich, und zusammen würden sie eine Anziehungskraft auf die Fluten des Meeres ausüben, wie man sie noch kaum in der Menschheitsgeschichte erlebt hatte. *Kaum:* das war eine Politikerlüge. Küstenbewohner würden sich in einer gewissen Gefahr befinden. Dementsprechend würde die Regierung des Commonwealth in enger Zusammenarbeit mit den Provinzregierungen bestimmte Notstandsmaßnahmen treffen, die während des Zeitraumes größter Gefährdung folgenden Ablauf ermöglichen würden: Zunächst seien allen Bewohnern der Küstenregionen, welche a) über ein eigenes Transportmittel verfügten und b) Freunde oder Verwandte in Nebraska, Ohio, den Dakotas, Oklahoma oder anderen zentral gelegenen Staaten hatten, Vorkehrungen für eine zeitweilige – lediglich zeitweilige – Evakuierung innerhalb der nächsten drei Wochen anzuraten. Bewohner der Küstenregion ohne den einen oder anderen dieser Vorteile würden umsonst transportiert werden, soweit notwendig, zu besonderen Notlagern oder Notherbergen, soweit notwendig, in den als sicher ausgewiesenen Zonen. Es gab, sagte der Präsident, keinen Grund zur Beunruhigung. Die Kommunisten kamen nicht mit Bomben und Gasen. Die Natur, die neutrale Natur, niemandes Feind, machte uns gewisse Schwierigkeiten, weiter nichts. In einem Monat oder so, wenn Lynx' Bahn ihn von der Erde wegführen würde, wäre alles wie zuvor, wenn auch vielleicht ein wenig nasser. Er lächelte, wünschte allen eine gute Nacht, und begann dann auf Toronto-Spanisch. Der typische Auftritt eines Politikers. Als er fertig war, brachte der regionale Sender noch so eine Show, diesmal mit dem Bürgermeister von New York, einem jovialen Schwarzen mit Dauerwellen, der von Treffpunkten, Abfahrtszeiten und von der Notwendigkeit sprach, cool zu bleiben. Die Sache würde wieder ihren alten Gang gehen – nach einem kurzen aufregenden Zwischenspiel, während dessen die Zentralregierung die Verantwortung für die Grundvoraussetzungen eines zivilisierten Lebens übernehmen würde. Er wiederholte das auf Spanisch und Kuo-Yü.

Als Hubert Frame zu Bett gebracht worden war, entpuppte sich

Val als nüchtern genug. Die Nummer als kaum zurechnungsfähiger Künstler war hauptsächlich für den herrisch-kalten Gast inszeniert worden. Er legte seine Arme sanft um den kühlen Körper Vanessas und küßte sie sanft auf ihren kühlen Mund. »Sollen wir«, schlug er sanft vor, »eine Handlung begehen, die juristisch gesehen Unzucht ist? Eine Handlung, die, fürchte ich, nicht den offiziellen Segen finden wird, wenn das große Werk beginnt?«

Sie lächelte, und dort auf dem Teppichboden beteiligte sie sich an der Overtüre dieser Handlung, mit den verschiedenen Einleitungsmotiven: dem Entblößen der Arme und Schultern und Brüste, einer Zartheit der Liebkosung, die immer hitziger wurde, und bald lagen die beiden nackt zusammen, und seine Zärtlichkeit verwandelte sich in ein Feuer, und dann:

»Nicht so«, schalt sie. »So doch nicht! Ich werde dir zeigen–«

»O mein Gott!« stöhnte er.

»Du kennst es doch. Es ist Tafel Nr. 4 im *Hamsun.* Ich hab dir's gezeigt, du konntest es doch.«

»Lieber Herr Jesus!« Er war auf den Beinen, tanzte zappelnd in seine Hosen, erschlafft.

»Du liebst mich nicht«, rief sie vom Teppich hoch. »Das ist es nämlich, du weißt überhaupt nicht, was Liebe bedeutet–«

»Muß alles verwissenschaftlicht werden? Alles? Jede gottverdammte Nummer? Ich weiß jetzt, daß ich deine Form der Zivilisation nicht gerettet sehen möchte. Gibt es keinen Platz für Unbeholfenheit, für Menschlichkeit und Unvollkommenheit und Besoffenheit und und–«

»Und Huren«, schluchzte sie. »Dreckige Huren. Hunde. Geiß' und Affen!«

Er grinste bitter. *»Othello«,* sagte er. »Es gibt für dich noch Hoffnung, wie ich sehe. Der arme unwissenschaftliche Shakespeare.« Und dann lief er türenknallend hinaus, um sich im lynxsüchtigen Manhattan einen anzusaufen.

»Manchmal frage ich mich–«

Die nächtlichen Felder Frankreichs. Martha gähnte. »Was, Sigmund?«

»Habe ich entschieden genug für die Juden gekämpft?«

Anna ließ ihr Buch sinken. »Du hattest gegen genug zu kämpfen. Und für genug.«

»Und doch – ich habe den Antisemitismus in Wien einfach vorausgesetzt, als eine Tatsache. Und in Deutschland. Wie eine Naturtatsache. Nicht eine heilbare Neurose.«

»Sie ist unheilbar«, sagte Anna.

»Sie muß geheilt werden. Es wird noch schlimmer werden, ehe es gut werden kann ... Wie der Verlauf einer schweren Krankheit. Habe ich den richtigen Gebrauch von dem gemacht, was mir als– Begabung– beschieden war?«

»Vater. Laß – bitte–«

Aber denk an den Abend der Versammlung im B'nai B'rith-Verein, wo Bernstein ihn bezichtigte, ihn, Freud, der auf Einladung der Vereinigung über die unterhaltsameren Aspekte der Tiefenpsychologie einen kleinen Vortrag gehalten hatte – ihn der Frivolität bezichtigte, der Verspieltheit, des Mangels an erforderlichem Ernst. »Ich finde die Originalität von Dr. Freud bewundernswert«, rief Bernstein durch den Zigarrenrauch, »seinen weiten intellektuellen Horizont, seine Beredsamkeit. Aber ich möchte doch das Folgende sagen. Mit dem zu spielen, was er als Komplexe bezeichnet, Trivialitäten zu erklären wie alltägliche Versprecher, diese, wie er sagt, Psychopathologie des Alltagslebens – das ist nicht die Aufgabe, die ein Angehöriger der jüdischen Intelligenz sich in dieser Zeit stellen sollte–«

Es hatte doch sicher vereinzeltes Murmeln der Zustimmung mitgeklungen durch den lauteren Protest, dies sei nun unangebracht, alles hätte seinen Ort und seine Zeit, Dr. Freud extra eingeladen ...

»Dr. Freud sollte sich lieber mit dem Versuch befassen, die Wurzeln des Antisemitismus zu erklären, der in unserer Gesellschaft sichtlich auf dem Vormarsch ist, er sollte den irregeleiteten Gojim dieser Stadt den Ursprung der Seuche darlegen, die sie befallen hat – denn es *ist* eine Seuche, wer wollte das bezweifeln? Haben wir es hier, Dr. Freud, nicht mit *der* endemischen Krankheit zu tun, mit deren Heilung und Ausrottung ein jüdischer Mann des Geistes, insbesondere ein jüdischer Seelenarzt, sich befassen sollte?«

Und er selber stand dann auf, nahm einen Mundvoll Rauch, sprach hindurch: »Ich bin kein Politiker, Herr Bernstein, kein Demagoge. Ich befasse mich mit den Leiden, die mir Patienten bringen. Hier, im B'nai B'rith, nutze ich die Gelegenheit, daß Sie mir freundlicherweise erlauben, von Dingen zu reden, die meine nichtjüdischen Kollegen als abstoßend und revolutionär betrachten – und in der Tat auch viele meiner jüdischen Kollegen. Doch meine Aufmerksamkeit gilt den Leiden des Individuums, nicht den Mißständen der Gesellschaft–«

»Dann, Dr. Freud«, rief Bernstein, »sind Sie nicht der Mann, für den ich Sie gehalten habe. Wie kann unser Volk hoffen, ohne die Hilfe seiner Intellektuellen in seinem langen österreichischen Exil seine Würde zu erringen, dem gesellschaftlichen Ostrazimus zu entkommen, die uns angetanen Demütigungen zu rächen? Täglich kommt mir der Vers von Vergil in den Sinn: *Exoriare nostris ex ossibus ultor–*«

»Ja, ja – möge aus unseren Gebeinen ein Rächer erstehen. Ihre Lateinkenntnisse sind beeindruckend – noch mehr aber beeindruckt mich das kleine Detail, daß Sie ein Wort in diesem Vers vergessen haben: *aliquis.*«

»Wieder so ein frivoles, banales Detail. Ja, *aliquis* – ich habe es vergessen, aber es bedeutet nur ›einer‹, *aliquis ultor–*«

»Darf ich mein frivoles Interesse befriedigen und erklären, weshalb sie dieses unwichtige Wort ausgelassen haben?«

»Banalitäten, irrelevantes–« Aber Bernsteins Stimme ging in den zustimmenden Rufen der anderen unter. »Nun, wenn ihr wollt«, sagte er ärgerlich, »ich kann euch selbst die Erklärung geben. Aus irgendeinem Grund erschien mir das Wort, wie mir jetzt einfällt, aus zwei Wörtern zusammengesetzt – *a-liquis* – und das hatte für mich mit der Idee der Rache dann nichts mehr zu tun.«

»Gut. *Liquis* – flüssig – Flüssigkeit – Reliquien – Bringt Sie das irgendwie weiter?«

»Nun – es ist wohl doch nicht ganz irrelevant. Reliquien – Heilige – ich habe ein Buch gelesen über– warten Sie! Es stand etwas in den Zeitungen über Juden und Blutopfer, der übliche Unsinn, den eine neue Welle Antisemitismus nach oben spült– das Buch. Was war es? Ja, dieses stupide Machwerk von Kleinpaul, die Opfer jüdischer Ritualmorde sind Inkarnationen Christi. Heilige – ja, ich sehe den Zusammenhang, Heilige und Reliquien.«

»Heilige – Blut – Flüssigkeit– Wie geht es weiter?«

»Neapel.« Bernstein hatte seine eigene Ablehnung vergessen, das Spiel hielt ihn gefangen. »In Neapel bewahrt man das Blut des Heiligen Januarius in einer Phiole auf. An seinem Namenstag geschieht das Blutwunder: es verflüssigt sich in der Phiole. Lächerlicher Aberglaube. Wenn die Verflüssigung sich verspätet, sind die dummen Neapolitaner sehr aufgeregt–«

»Wenn«, wiederholte Freud, »das Blut mit Verspätung fließt.« Bernstein war entsetzt. »O mein Gott!«

»Lassen Sie uns folgende Hypothese formulieren. Ein Mann könnte das Wort *aliquis* aus einem bekannten Vergilzitat auslassen, da er befürchtet, das Blut könne nicht fließen. Das Blut einer italienischen Dame, die er in Neapel kennengelernt hat, beispielsweise. Nur als Hypothese.« Alles sah interessiert Bernstein an. Bernstein rief:

»Sie verschwenden Ihre Begabung, Dr. Freud. Befassen Sie sich mit den großen Übeln unserer Gesellschaft! Die Verbrechen an den Juden. All dies Herumgemache mit kleinen Fehlern, privater Deliquiszenz, will sagen Delinquenz, Versproch–« Er stolperte hinaus.

Aber Bernstein war im Grunde gesund genug, das war offensichtlich. Nicht wie der junge Mann, der erschöpft auf der Couch lag, inmitten der wachsenden Sammlung von Jujus und Götzen.

»Sie sind in einem Zustand starker Selbstmordgefährdung zu mir gekommen. Erotischer Handlungsweisen bezichtigt, die als höchst verwerflich gelten, haben Sie sich von der Welt ganz zurückgezogen. Sie leiden an Herzrhythmusstörungen, nervösem Zittern, geheimnisvollen Körperschmerzen. Wegen Ihrer Homosexualität. Anstatt Ihre Mutter zu lieben, wollten Sie Ihre Mutter *sein.* Sie glaubten, die Kinder kämen durch den After zur Welt. Sie wünschten sich die anale Penetration – eine phantasierte Form der Befruchtung. Sie wollten Ihren Vater nicht ersetzen, Sie wollten ihn dafür bestrafen, daß er ein Schwächling war, unter der Dominanz Ihrer starken und aggressiven Mutter. Ist das eine angemessene Zusammenfassung?«

Die Erschöpfung des jungen Mannes schien nun ein günstiges Symptom, die Ankündigung eines Schlafbedürfnisses nach langer neurotischer Schlaflosigkeit. »Ach, das tut jetzt nichts mehr zur Sache, oder?« sagte er. »Die Hauptsache ist, daß ich mich selbst akzeptieren kann. Ich bin homosexuell. Ich muß mich nicht nach einer Frau umsehen, sondern nach einem Mann – eine Art Gatten, verschieden, völlig verschieden von meiner Mutter. Und nun muß die Gesellschaft mich auch akzeptieren–«

»Die Gesellschaft wird es lernen – wenn auch sehr langsam. Eine geistig gesunde Gesellschaft konnte die Homosexualität bei Sokrates akzeptieren, bei Michelangelo, sogar bei Shakespeare. Sie und ich erleben eine solche langsame Gesundung vielleicht nicht mehr. Im Augenblick ist die Gesellschaft krank. Aber Sie sind geheilt.«

»Ja«, sagte der Patient mit listigem Gesichtsausdruck, »aber war es die Heilung, die Sie gewollt haben?«

Zweifellos nicht die, welche sein Vater gewollt hatte. Dieser starknasige Aristokrat stellte Freud in seinem Arbeitszimmer zur Rede. Platz nehmen wollte er nicht. Er tobte, schrie auf Freud ein, der ungerührt zwischen seinen Büchern, Bildern und Reisetrophäen saß und paffte. »Was haben Sie mit meinem Sohn gemacht?« schrie er. »Er läuft singend durchs Haus, freut sich seiner Verderbtheit, ruft, wie froh er ist, homosexuell zu sein. Und Sie, mein Herr, sitzen selbstgefällig da mit Ihrer Zigarre – nennen Sie das eine erfolgreiche Behandlung? Sie haben ihm nur die Rechtfertigung für sein verbrecherisches Verhalten gegeben. Am liebsten würde ich Sie der Polizei– Ich hätte nie– ich kann ja nicht–«

»Er hat mit Selbstmord gedroht, oder nicht?«

»Ja. Es wäre besser gewesen, wenn er seine Drohung wahrgemacht hätte.«

»Besser, er läge tot zu Ihren Füßen«, sagte Freud mit melodramatischem Pathos, »als daß er homosexuell ist? Das hab ich schon öfter gehört, Herr Baron. Ich habe noch anderes gehört. Ich habe Eltern über den tatsächlich erfolgten Selbstmord eines Kindes weinen hören, nicht bloßer Drohungen wegen.«

»Sie, mein Herr, können die Empfindungen des Oberhaupts einer alten Familie der österreichischen Aristokratie nicht nachvollziehen.« Freud grinste ein wenig: auch das war Melodrama. Er sagte:

»Ich bin kein Aristokrat, wenn Sie das meinen. Ich bin ein Jude aus dem Mittelstand. Ich bin nicht für die Würde der Wenigen, sondern für das Glück der Vielen verantwortlich. Das neuentdeckte Glücksgefühl Ihres Sohnes empört Sie. Lieber soll er tot sein. Sie drücken sich sehr eindeutig aus, Herr Baron.« Der Baron, der eigentlich nichts mehr zu sagen hatte, außer dem, was sich eher in unartikulierten Lauten hätte ausdrücken lassen oder gar in einer brachialen Attacke auf einige der exotischen Objekte auf dem Schreibtisch dieses Judendoktors, wurde durch die Ankunft seiner Frau erlöst. Die Baronin klopfte an und trat sogleich ein. Eine Frau von großer, distinguierter Schönheit; Kleid und Parfum aus Paris. Freud erhob sich. Sie sagte:

»Ich habe deine Stimme draußen gehört, Franz. Ihre auch, Herr Doktor. Ich hatte das Gefühl – das Gefühl, daß eine Mutter das Recht hat, auch etwas zu sagen, wenn es darum geht, was für Ihren Sohn richtig ist. Und was nicht richtig ist, das ist die Qual, das Elend, die Schuldgefühle, die Schreie, am besten sei der Tod.« »Ich kann nicht–« fing der Baron an. Und dann: »Ich warte draußen.«

»Gut, Franz, warte draußen. Dr. Freud und ich werden nicht lange brauchen.« Der Baron ging mit ein wenig unsicheren Schritten hinaus; die Baronin nahm anmutig Platz und sagte: »Mein Sohn hat mit mir gesprochen. Über das, was Sie gesagt haben. Unglücklicherweise hat er auch mit seinem Vater darüber gesprochen.« »Unglücklicherweise? Ich kann kein Unglück darin erkennen, daß jemand die Wahrheit ausspricht.«

»Vielleicht können sich Frauen eher mit Ihrer Art der Wahrheit abfinden als Männer, Herr Doktor Freud. Wenn die Homosexualität zu den Tatsachen des menschlichen Lebens gehört – gut! Die Welt hat es lange genug ausgehalten. Männer wollen – unglücklicherweise – in ihren Söhnen eine Art Denkmal ihrer selbst sehen.«

»Oder dessen, was sie gerne in sich selbst sähen.«

»Auch das ist eine unglückliche Wahrheit. Männer tragen wie eine Fahne ein Bild von sich selbst vor sich her. Sie sehen im Spiegel nur, was sie sehen wollen. Frauen sind realistischer. Ich bin zufrieden damit, Herr Doktor Freud, meinen Sohn zufrieden zu sehen. In Wien homosexuell zu sein, ist vielleicht auch nicht schlimmer – Verzeihen Sie–«

Er hatte es kommen sehen. »Als Jude zu sein. Das Entscheidende ist, Frau Baronin, herauszufinden, was man ist, und das zu akzeptieren.«

»Was, wenn ich das sagen darf, Sie selbst ja getan haben – gegen großen Widerstand. Ich meine, Sie haben Ihre Mission erkannt und sind vor den Folgen nicht zurückgeschrocken. Sie sehen, ich kenne Sie, Herr Doktor Freud. Ich habe von Ihnen gehört – warum hätte ich sonst meinen Sohn überredet, zu Ihnen zu gehen? – ich habe Sie sogar gelesen: *Die Traumdeutung, Zur Psychopathologie des Alltagslebens*. Ich habe Sie mit Genuß gelesen und war überrascht; man sollte psychologische Abhandlungen nicht mit dem Genuß lesen, mit dem man einen Roman liest.«

»Meine Lesbarkeit – wenn ich es so sagen darf – ist auch einer meiner Fehler, hört man meine Kollegen. Gestatten Sie, daß ich mir wieder eine Zigarre anzünde?«

»Bitte sehr. Es mag anmaßend erscheinen, wenn ich als völliger Laie so frage – wie lange wird dieses Totschweigen noch dauern?«

»Kaum ein Totschweigen, Frau Baronin. Jeder Tag bringt einen neuen Angriff.«

»Ihre Leistung wird in Ihrer Heimatstadt mit Geringschätzung behandelt. An Ihrer eigenen Universität. In New York habe ich Ihren Namen mit vorsichtiger Achtung nennen hören.«

»In der Tat? In New York? Das wußte ich nicht.«

»Hier bekommen, wie ich sehe, geringere Gelehrte ihren Lehrstuhl. Sie bleiben der einfache Dr. Freud. Wenn Sie gestatten, muß ich etwas tun, um das zu ändern. Ich muß mit dem Unterrichtsminister reden. Er schuldet mir einen großen Gefallen–«

»Frau Baronin sind zu gütig.«

»Zu gütig? Wo Sie das für meinen Sohn getan haben?«

»Nicht einmal der Rang, die Schönheit und Distinktion der Frau Baronin werden etwas gegen den Wiener Antisemitismus auszurichten vermögen. Dr. Freud ist ein Schwein, Frau Baronin, und noch dazu ein jüdisches Schwein.«

»Ich höre da wohl eine gewisse Bitterkeit heraus. Sie haben zu lange gewartet. Ihr Leben soll ein wenig versüßt werden, Herr Doktor.«

Sie stand auf, und Freud mit ihr. Sie lief leichtfüßig zur Tür und öffnete sie, »Franz!« hinausrufend.

Der Baron kam etwas beschämt und nachdenklich wieder herein. Er sagte: »Vielleicht habe ich auch unrecht. Unsere Familie ist sicherlich bedeutend genug, sich über die Konventionen der breiten Masse hinwegzusetzen. Und – wie Sie sagen – Sokrates, Michelangelo. Ich glaube, ich stehe in Ihrer Schuld.«

»Ich glaube nicht, Herr Baron. Ich hoffe es nicht.«

Er und die Baronin lächelten einander zu. Er begleitete die beiden hinaus und verbeugte sich.

Am Stammtisch begrüßte man ihn. »Guten Abend, Herr Professor, Sie schauen gut aus, Exzellenz, was wünscht der Herr Professor?« Selbst der Kellner verbeugte sich. Er nahm Platz und sagte ironisch:

»Vielen Dank, meine Herren. Seine kaiserliche Hoheit hat offiziell die Bedeutung der Sexualität anerkannt. Der Ministerrat hat die Prinzipien der Traumdeutung ratifiziert. Das Parlament hat mit einer Mehrheit von neunzig Prozent die Notwendigkeit der psychoanalytischen Neurosenbehandlung verabschiedet. Ich bin zutiefst von Gefühlen des Dankes erfüllt. Ich glaube, ich kann mir einen *großen* Kaffee leisten. Schwarz natürlich, bitte.«

Der Kellner verneigte sich und verschwand. Ein Mann vom Nebentisch kam herüber; dicklich, redselig, gewinnend. Er sah aus wie Courtland Willett in jungen Jahren. Er sagte:

»Exzellenz, wie ich Sie eigentlich anreden sollte – Herr Professor, wie ich Sie anreden *werde* – Sie kennen mich nicht, Sie wissen nichts von mir. Mein Name ist Alfred Adler, ich bin praktischer Arzt. Ich habe – gegen große Widerstände, darf ich hinzufügen – Ihre Methoden angewandt. Erlauben Sie, daß ich mich zu Ihnen setzte?«

»Ist mir ein Vergnügen.«

Adler sprach in vertraulichem Tonfall und zog Freud weg von der Stammtischfraternität. Er pflanzte seinen Stuhl zwischen die Tische.

Freud mußte den seinen näherschrammen, um ihn verstehen zu können. Er sagte:

»Die Technik der freien Assoziation – Regression – hervorragend! Ich kann die alles überragende Rolle, welche Sie der Sexualität zuschreiben, nicht ganz akzeptieren. Ich meine, es gibt tieferliegende Ursachen, die sich eher mit Bezug auf die Gesellschaft als auf die Familie erklären lassen.«

Freud war sichtbar betroffen. »Tiefer? Tiefer als die Sexualität? Mein lieber Herr Doktor, Sie haben anscheinend dilettiert. Sie nehmen offenbar aus meinen Büchern die Bissen heraus, die einem sehr begrenzten Geschmack munden, das ganze Festmahl, wenn ich es so bezeichnen darf, weisen Sie aber von sich–«

»Zu dem Sie uns einladen? Sie schreiben Bücher, und die sind nicht erhältlich. Sie halten keine Vorlesungen. Sollten Sie nicht lehren?«

»Sie kennen unseren Satz – *tres faciunt collegium*. Ich habe bei früheren Versuchen, die psychoanalytische Theorie als ein Ganzes zu lehren, immer nur maximal zwei Einschreibungen gehabt. Nein. Keine Lehrveranstaltungen.«

»Ich kann Ihnen ein Minimum von vier Hörern garantieren – alles Ärzte mit eigener Praxis. Und noch einen weiteren, einen jungen Mann mit künstlerischen Neigungen, er versucht, ästhetische Theorien auf der Basis dessen zu formulieren, was er von Ihnen gelesen hat. Er verirrt sich dabei. Ich glaube, Sie haben die Pflicht, hier Verschiedenes richtigzustellen.«

»Pflicht! Also habe ich jetzt die Pflicht, eine Lehre zu verbreiten. Nun – es hat sich wirklich einiges geändert.«

Aber als er eines Tages an der Universität ankam, fand er eine Gruppe lärmender junger Männer mit Transparenten. KEIN VERBINDLICHES DEUTSCH, stand da, WIR VERWEIGERN DEUTSCH und ähnliches. »Eine Demonstration, wie Sie sehen«, sagte Adler, der zu ihm trat. »Sie protestieren gegen die Einführung des Deutschen an sämtlichen Lehranstalten der Monarchie. Darf ich Ihnen Ihre Schüler vorstellen – Dr. Stekel, Dr. Reitler, Dr. Kahane. Und das ist Otto Rank.«

»Endlich«, stammelte Rank unbeholfen, sich verhaspelnd, »Sie sind es wirklich.« Die Doktoren lächelten nachsichtig. Es waren im Gegensatz zu Rank breite, gestandene Männer. Freud sagte: »Sehr erfreut, meine Herren. Vielleicht ist diese erzwungene Aussperrung eine glückliche Fügung. Eine gewisse Informalität wird uns nahegelegt. Ich schlage vor, Sie kommen mit in meine Wohnung. Nennen wir es ein Seminar – der Hörsaal hat etwas allzu Dogmatisches,

Herrscherliches, Moses mit den Gesetzestafeln. Vielleicht ist es gut, daß wir ihm entronnen sind. Kommen Sie, es ist nicht weit.« So ließen sie den Lärm der Demonstration hinter sich. Freud ging rasch voran. Rasch atmend holte Otto Rank ihn ein. Freud sagte:

»Sie sind kein Mediziner, Herr, äh–«

»Rank, Rank. Nein, Exzellenz. Mich hat die Möglichkeit fasziniert, Ihre Entdeckungen auf die Kunst anzuwenden – auf Literatur, Musik–«

»Aber meine Entdeckungen sind wesentlich therapeutischer Natur. Ich bin nicht hier, um neue Schulen der Kunst- oder Literaturkritik zu begründen, Herr, äh–«

»Rank, Rank, Otto Rank. Aber es lassen sich nun Sachen erklären, die vorher nicht erklärlich waren, Exzellenz. *Hamlet* zum Beispiel–«

»*Hamlet* – was ist mit dem *Hamlet*? Nein, sagen Sie nichts – nicht jetzt. Erzählen Sie mir lieber, wovon Sie leben.«

»Von nichts, ich habe keinen Beruf – ich lebe von trockenem Brot. Es sind Ratten in der Dachstube. Aber es wird besser werden – sowie die Welt anfängt, Ihre Philosophie anzunehmen.« Er strahlte verehrungsvoll. Freud gefiel das gar nicht.

»Philosophie?! Ich bin Arzt, kein Philosoph. Ein Arzt, der andere Ärzte unterrichtet.« Er sah sich zur Bestätigung um. Zu seinem Erstaunen–

Der alte Mann im Eisenbahnabteil schaute angestrengt vor sich hin. »Wieweit können wir dem Gedächtnis trauen? War es wirklich so?«

»Was, Sigmund, was gibt es?«

»Nichts, Martha, nichts. Schlaf weiter!«

Zu seinem Erstaunen waren aus den Vieren acht geworden und es wurden immer noch mehr. Eine Folge der Streikdemonstration wohl, bei manchen Vorlesungen mochten die Dozenten ausgesperrt geblieben sein. Er wartete, bis sie sich um ihn versammelt hatten. »Ich habe nicht genügend Raum in meiner Wohnung«, sagte er, »aber ich glaube, ich weiß, wo wir ausreichend Platz finden.« Es war im Park – welchem Park? – bei schönem, klarem Wetter, die Frühlingssonne schien ihm angenehm wärmend auf den Nacken. Etwa zwanzig schon ältere Zuhörer saßen auf dem Rasen. Einzelne, teilweise seltsame Spaziergänger hielten an und sahen amüsiert oder verwundert zu. »– eine Hypothese«, sagte er, »welche uns das zutiefst materialistische Jahrhundert (nun, Gott sei Dank! endlich vorüber) als Wahrheit aufgezwungen hat. Keine Krankheit ohne physische Ursache. Keine! Und so mußten die verschiedenen Varianten des Wahns auf ihre postmortale Klassifikation durch den Pathologen warten, der in dem toten Nervengewebe nach der Krankheitsursache suchte und sie natürlich nicht fand. Die tiefgreifendsten geistigen Störungen nannte man Hysterie, und diese war nicht klassifizierbar – es war ein Frauenleiden, das man behandelte, indem man der Gebärmutter, der *hystera,* eine Dosis Baldrian verabreichte, da die Gebärmutter bekanntlich den Baldrian verabscheut. Oder man sprach von Einbildung, Phantasie, vorgetäuschter Krankheit. Meine eigenen Forschungen brachten mich zu der Vermutung, daß das Bewußtsein ebenso in der Lage ist, den Körper zu beeinflussen, wie der Körper Wirkungen auf das Bewußtsein ausüben kann–«

Ein Kind lutschte am Rand der Gruppe an einem Karamelbonbon.

Drinnen, später. Hörsaal, medizinische Fakultät. Die Gruppe war gewachsen, wenn auch nicht sehr stark.

»– ich bin nicht absichtlich, aus der unanständigen und lüsternen Veranlagung, welcher ich öffentlich bezichtigt worden bin, zu dem Ergebnis gelangt, daß die Ursache der meisten Neurosen eine sexuelle ist. Die Technik der freien Assoziation, die den Patienten reden läßt, die ihn in seine oder ihre vergessene Vergangenheit vordringen läßt, brachte ständig sexuelle Frustrationen an die Oberfläche. Schließlich war mir klar, daß die Ätiologie weit zurücklag, in der frühen Kindheit, und jedesmal sexueller Natur war–«

Während Freud dozierte, hob einer der Ärzte die Hand. Freud ignorierte das Signal, so lange es ging. »Ja?«

»Ist es gestattet, eine Frage zu stellen?«

»Wenn Sie warten könnten, bis ich mit meinem Vortrag zu Ende bin–« »Aber es ist dann nie Zeit. Wir brauchen auch nicht nur Antwort auf bestimmte Fragen, sondern die Möglichkeit zur Diskussion. Warum können wir nicht diskutieren?« Ein Raunen der Zustimmung. Freud sagte, wenn auch mit stirnrunzelndem Zögern:

»Wir bräuchten eine andere Art der Zusammenkunft – weniger förmlich.«

»Wir brauchen eine Art Klub«, sagte Adler.

»Der Wiener Psychoanalytikerklub – eine bizarre Vorstellung. Sie stellt die Wissenschaft auf dieselbe Stufe wie Schach, Billard und Briefmarkensammeln. Nun gut. Aber lassen Sie mich jetzt zu meinem Thema zurückkehren.« Er war von seiner ungewohnten Reizbarkeit überrascht. »Wo war ich? Was habe ich eben gesagt?« »Die sexuelle Ätiologie der Neurosen«, sagte Stekel.

»Ich hasse es«, und sein Zorn erstaunte ihn, »wenn man mich unterbricht. Ich hasse die Unterbrechung meines Gedankenganges. Es ist schmerzhaft – geradezu traumatisch. Also. Ein Ereignis in der frühen Kindheit. Sexueller Natur, schockierend, hastig in den dunklen Keller des Unbewußten verbannt, mußte – so entdeckte ich – dem Patienten wieder ins Bewußtsein zurückgerufen werden, ein stets schmerzlicher, stets mühevoller Prozeß–«

Moses mit den Gesetzestafeln. Adler und Stekel sahen einander von der Seite her an und lächelten leise.

Otto Rank. Er aß gierig. Martha, die nichts aß, Freud, der nur Kaffee trank, sahen freundlich-nachsichtig zu. »Noch Kartoffeln, Martha«, sagte Freud.

»Neinneinnein, Frau Professor – Exzellenz. Ich bin schon– Sie sind zu gütig, zu–«

»Essen Sie, essen Sie, Kind«, sagte Martha.

»Sie haben die Güte, mich so sehr als zur Familie gehörig–« »Ja, interessant«, sagte Freud. »Was sind Sie? Sohn? Bruder? Söhne erheben sich gegen den Vater. So jung Sie sind, glaube ich, Sie müssen ein Bruder sein, ein jüngerer Bruder–« Aber wurde nicht Rank selbst, und vielleicht Martha auch, in diesem Augenblick, wo das Kalbfleisch mit Kräutern den Raum durchduftete, von einem winzigen, prophetischen Geruchseindruck berührt, Brandgeruch einer Rebellion? Ein winziger Riß im Gips der Zimmerdecke?

»War Ihr Monatsgehalt angemessen?« fragte Freud.

»Sie sollten wirklich– Es wäre mir eine Ehre, auch ohne Bezahlung– als Ihr Sekretär, das ist wirklich–«

»Nehmen Sie es, solange es kommt, Otto. Ich sehe für unsere Wissenschaft keine große Zukunft in nächster Zeit. Keiner von uns wird reich werden. Im Augenblick spüren wir den Effekt eines zeitweiligen Erfolges. Mit fünfzig wollte ich mich wirklich niedergelassen haben, wollte es bequem haben–«

»Haben wir es nicht bequem, Sigmund?«

»Dank deiner Anstrengungen, meine Liebe, sehr. Aber niedergelassen ... Eine übelbeleumundete Bewegung mit wenigen Anhängern, in einer Stadt, die sich für eine Säule der westlichen Zivilisation hält, aber in Wahrheit nur aus einer Horde boshafter, ignoranter, klatschsüchtiger sabbernder Spießer besteht.«

»Das sagst du nach fünfzig Jahren? Diese Stadt ist dir zur Mutter geworden, Sigmund.«

»Nein, nein, zu meinem Vater. Einem Vater, den ich liebend gerne – Nun ja.«

»Auf welchen Tag«, fragte nach der Sättigung Rank, »fällt Ihr Geburtstag, Exzellenz?«

»Samstag.«

»Ah, ich war mir nicht ganz sicher. Die anderen Mitglieder dachten – nun, an demjenigen unserer Treffen, das Ihrem Geburtstag am nächsten – Man hat mich gebeten, Ihnen vor dem Treffen dies zu geben.« Freud hatte sich schon gefragt, was das kleine Päckchen sein mochte, das Rank vorher unter seinen Stuhl gelegt hatte. Nun griff er es sich und reichte es Freud. Gerührt, beunruhigt öffnete Freud es. Er stellte sich zu der Stehlampe, um besser erkennen zu können, was es war. Es war ein mit dem Bild des Ödipus graviertes Medaillon. Eine griechische Inschrift. Er übersetzte laut: »Er, der das Rätsel der Sphinx löste...« Er schluckte. »Und ein Mann war von großer Macht.« Seine Augen füllten sich mit Tränen. »Erinnerst du dich?« fragte er Martha.

»Ich erinnere mich, daß du als junger Mann–«

»Ich habe es geträumt. In dieser Form. Das ist – Ich muß mich setzen, glaube ich. Die Würdigung–« Er saß; er hatte ein schwaches Gefühl eines wie traumatischen Erlebens. »Eine Größe, die zu erreichen ich keine Hoffnung hatte. Ich bin – überwältigt.«

»Dr. Adler dachte, Sie würden es wohl sein«, strahlte Rank ihn an.

Ach, das hatte Adler gedacht, ja? »Die Uhrzeit?« fragte Freud.

»Acht Uhr zwanzig.«

»Zehn Minuten, um mich zu sammeln. Um einige ruhige Worte des Dankes zu finden. Um nicht so – überwältigt auszuschauen.«

Zehn im Sprechzimmer um den großen ovalen Tisch. Kahane, Adler, Stekel, Reitler, Federn, Hitschmann, Meisl, Frey, Rank als Sekretär, Ödipus selbst. Adler sprach mit Nachdruck:

»– so daß es logisch erscheint, die Familie lediglich als den Mikrokosmos der größeren Gruppe aufzufassen, die wir Gesellschaft nennen, und zu überlegen, inwieweit die psychoanalytische Methode auf deren Probleme Anwendung finden kann. Die Neurosen der Gesellschaft scheinen, wie wir sehen, mehr dem Kampf um die Macht zu entspringen als der sexuellen Repression. Die Zeit ist vielleicht noch nicht gekommen, unsere Ansicht bezüglich der ursprünglichen Ursache aller menschlichen Neurosen – ob sie sich nun auf der Couch des Analytikers oder auf dem Schlachtfeld des Klassenkampfes manifestieren – zu ändern, doch der Verdacht wird immer dringlicher, daß hinter dem Sexus die Macht liegt, daß der Kampf um den Besitz der Mutter eine kleine Facette des Machtkampfs in der Gesellschaft ist.

Wir benötigen noch mehr Belegmaterial. Mit mehr Material ließe sich zweifellos eine entsprechende Theorie formulieren.«

Freud gefiel dies gar nicht. Die heiser-geräusperte Lautstärke seiner Antwort erstaunte ihn selbst. Er hörte sich streitsüchtig an. »Ich habe den Eindruck, Dr. Adler, daß sie eine so radikale Änderung vorschlagen, daß die Grundlagen der ganzen Wissenschaft damit in Frage gestellt werden–«

»Kann man schon von einer Wissenschaft reden?«

»Insofern es sich um ein in sich stimmiges Gebäude von Erfahrungswissen handelt, in dem nachweisbare Gesetze von Ursache und Wirkung herrschen – aber das ist eine rein terminologische Frage. Was unumstößlich feststeht, ist das ödipale Element.« Ödipus, Mann von großer Macht, glänzte von einem Tischchen herüber.

»Nichts«, sagte Adler, »ist unumstößlich. Ich beanspruche, wie Sie es einst taten, das Recht, tiefer zu schürfen. Mein Instinkt sagt mir, daß im Manne und in der Frau die beiden Geschlechter koexistieren und einander bekämpfen. Es ist möglich, ich sage: möglich, daß einige unserer Neurosen aus der Überentwicklung des weiblichen Elements bei beiden Geschlechtern sich ergeben, bei *beiden* – während das maskuline Element es dem Individuum ermöglicht, sich in der Gesellschaft zu behaupten.«

»Sie sind übertrieben interessiert an der Gesellschaft, Dr. Adler. Unsere primäre Verpflichtung als Therapeuten gilt dem Individuum–«

»Und Sie sind an der Gesellschaft nicht hinreichend interessiert, Dr. Freud. Sie geben Ihrer Ungeduld Ausdruck, wenn ich die politischen Bewegungen der Zeit erwähne. Sie lehnen es ab, Engels zu lesen, Marx–«

»Dr. Adler, ich kann mich nicht im Klassenkampf engagieren. Ich werde mein Leben lang brauchen, um den Sexualkampf zu gewinnen.«

»Ich kann«, begann Stekel, »mich Dr. Adler nicht auf der ganzen Linie anschließen–«

»Natürlich nicht. Er hat keine Linie. Er irrt durch den Wald und wähnt sich auf der breiten Straße.«

»– trotzdem muß ich sagen, daß außerhalb unserer Sprechzimmer, wo wir einen Blick in den engen Bezirk des individuellen menschlichen Bewußtseins zu tun versuchen–«

»Eng? Sie nennen es eng?«

»– daß außerhalb, wie gesagt, eine große Welt liegt, die wir uns peinlich zu ignorieren bemühen. Wir sind doch sicherlich mit einer

Technik ausgerüstet, die uns erlaubt, die Schwächen und Krankheiten der Gesellschaft zu analysieren. Bei unseren wöchentlichen Sitzungen fühle ich mich nachgerade– wie soll ich sagen, bedrückt vom Gefühl einer gewissen Enge.«

»Wieder dieses Wort. Sie benutzen es in obsessiver Weise.«

»Wir sind bürgerliche Wiener Juden«, sagte Stekel, »mit bürgerlichen Wiener Eltern–«

»Ich«, sagte Reitler, »bin ein bürgerlicher Wiener Katholik.« »Der einzige«, sagte Stekel. »Der einzige unter uns, der seine Patienten unter den Arbeitern sucht, ist Alfred Adler–« »Wenn ich Dr. Stekels Begriff ›eng‹ aufgreifen darf«, sagte Kahane, »ich glaube, daß die eigentliche Enge unserer Bewegung in der Tatsache liegt, daß ihr die Kraft, die Überzeugungskraft zu fehlen scheint, die Grenzen zu überschreiten. Sie hat etwas Inzestuöses – unvermeidlicherweise vielleicht, da sie sich auf den Inzest gründet. Sie ist von einem Juden ins Leben gerufen worden, ihre Angehörigen sind Juden–«

»Bürgerliche Wiener Juden«, sagte Stekel.

»Und ein bürgerlicher Wiener Katholik.«

»Sie braucht«, sagte Kahane, »den starken Wind der Welt dort draußen, der sie durchwehen sollte–« Freud sagte nichts, spürte jedoch eine beunruhigende Leibesempfindung, als stießen Wellen von Gasen in seinem Magen zusammen. »Moses war nicht nur darauf aus, den zwölf Stämmen Israels das Wort zu predigen. Er war voller Freude, als die Lehre von dem einen Gott zu Balaam gelangte, einem ungläubigen Zauberer, zu dem Gott durch eine Eselin sprach–«

»Und welches Esels«, fragte Freud, »wird sich Gott bedienen, um die Wahrheit über unsere *Wissenschaft* der großen Welt des starken Windes zu verkünden? Sie haben die Worte eines großen Mannes dieser Außenwelt gehört – Professor Aschaffenburg hat auf dem Kongreß in Baden-Baden gesagt – was hat er gesagt, Otto?« Ehe Rank den Zeitungsausschnitt finden konnte, zitierte Adler wörtlich (mit Genuß, wie es Freud schien): »›Freuds Methode ist in den meisten Fällen falsch, in vielen widerwärtig, und in allen überflüssig.‹«

Freud starrte ihn böse an und sagte: »Sie sehen, daß die Weite der Welt dort draußen, ihr nicht-jüdischer, nicht-wienerischer Charakter sie nicht dazu disponiert, etwas Vernünftiges oder auch nur Höfliches zu sagen. Die Esel schreien weiter. Sie werden nicht das Wort des Herrn übermitteln. Noch lange, lange nicht. Es ist besser, wenn wir in die Tiefe gehen – und sei es an noch so enger Stelle, Dr. Stekel.«

Es klopfte an der Tür des Sprechzimmers. Im Gegensatz zu den anderen schien Reitler nicht überrascht. Rank stand auf und öffnete: ein junger Mann trat ein. »Sie werden sich erinnern«, sagte Reitler, »daß wir übereingekommen sind, daß Dr. Eitingon –« Ein gutaussehender junger Mann, weltmännisch, recht verschieden von – »Mein Freund, Dr. Max Eitingon, aus Zürich.«

Eitingon hatte die Miene eines Mannes, der glaubt, vor dem großen Ödipus gleich auf die Knie sinken zu müssen. »Sie müssen verzzzzz – Mein Z-zug hatte Verspätung. Endlich, endlich habe ich die–« Es gelang ihm nicht, das Wort »Ehre« zu bilden, doch man konnte es aus der Arbeit seiner Halsmuskeln schließen. »Ich bin Ihren Mmmmethoden schon seit längerem gefolgt, in Zzzzz–«

»In Zürich?« sagte Freud lächelnd. »In der weiten winddurchwehten Welt der schweizerischen Medizin? Seien Sie herzlich willkommen, Dr. Eitingon. Nehmen Sie Platz!« Und das Lächeln, mit einem kleinen Zug Bosheit, wandte sich den anderen zu. »Es hat den Anschein, meine Herren, als seien wir endlich eine internationale Vereinigung.«

»Ich habe Ihnen Gggrüße auszurichten von Dr. Jjjj–«

»Von wem?«

Mit großer Anstrengung: »Jung.«

»Ich muß gestehen, daß ich noch nie von ihm gehört habe.«

»Oh, Sie werden es, Dr. Ffff, Sie werden es.«

Die Arbeit ging weiter. Der dicke Patient auf der Couch sprach vom Tode. »Eine Erlösung, Herr Doktor. Wenn ich nur nicht so feige wäre–«

»Sie wollen nicht sterben. Sie haben keinen Grund, sterben zu wollen. Der Todestrieb ist die verhüllte Form von etwas anderem und Tieferem.«

»Ich will sterben.«

»Ich möchte mit Ihnen in eine Zeit zurückgehen, als Sie noch ganz klein waren. Haben Sie keine Angst, darüber zu reden. Etwas, was mit Ihrer Mutter zu tun hat. Sie waren sehr jung. Sie waren vielleicht im Bett bei Ihrer Mutter.«

Der Patient war sehr erregt. »Ich weiß, ich hätte nicht – die Hand nicht – nicht die Hand dorthin. Es waren nur die Finger – ein Finger–«

Freud sagte mitleidlos: »Sie drangen dort ein, wo Sie herausgekommen waren. Verstehen Sie mich?«

»O Gott, es war – ich war schlimm. Ich verdiene–«

»Woher hätten Sie wissen sollen, daß das etwas Schlimmes war? Sie waren bloß ein kleines Kind. Nun lassen Sie mich auf einen Ihrer Träume zurückkommen – den, der sich immer wiederholt – in dem

Sie ein fremdes neues Haus betreten, aber Sie sind sicher, schon einmal da gewesen zu sein–«

»O mein Gott – es ist nicht möglich–«

»Es *ist* möglich. Ich glaube, die Bedeutung ist Ihnen nun aufgegangen. Sie träumen, daß Sie in ein Haus eintreten, das Sie eigentlich gar nicht kennen sollten, das Sie aber kennen! Und nach dem, was Sie mir erzählt haben, möchten Sie das neue Haus nie wieder verlassen. Und es ist gar kein neues Haus.«

»Es kann nicht–«

»Es ist so. Der Schoß Ihrer Mutter. Dorthin möchten Sie zurückkehren. Dunkelheit, Lautlosigkeit, Bewußtlosigkeit, Aufgabe der Identität. Der vorgeburtliche Zustand. Der Zustand nach dem Tode. Sie wollen nicht sterben, Sie wollen in Ihre Mutter zurück. Sie brauchen einen Muttersatz – eine Ehefrau. Das wird Ihnen den Gedanken an den Tod vertreiben.«

»Sie–« Er schluckte/stöhnte. »Sind Sie sicher?«

»Sie haben dann vielleicht den Wunsch, zu töten. Das hängt von der Frau ab, die Sie sich aussuchen. Oder die sich Sie aussucht. Aber sterben werden Sie nicht wollen.« Dann zündete Freud sich eine Zigarre an. Er rauchte sie immer noch, als er zum Essen hinüberging. Auch schwenkte er einen Brief, der mit der Mittagspost gekommen war. Er rief:

»Ein seltsamer Zufall, Martha. Dieser Mann, den der andere Mann neulich erwähnt hat – hatte noch nie von ihm gehört – er schickt mir jetzt hier diesen Zeitungsausschnitt, und einen Brief dazu–«

»Ja, Schatz. Mach deine Zigarre aus. Setz dich. Iß!«

Er legte die Zigarre auf einen Teller. Martha lief seufzend mit dem Teller in die Küche. Er las den Kindern, die nicht zuhörten und ohnehin nichts begriffen hätten, mit erhobener Stimme den Ausschnitt vor.

»–ich muß Herrn Professor Doktor Freud auf seinem Gebiet die größte Originalität und eine einzigartige Leistung attestieren. Ich fordere Professor Aschaffenburg auf, sich offen über das Ausmaß seiner Kenntnis des Freudschen Schaffens zu äußern. Ich glaube, es handelt sich um völlige Nicht-Kenntnis. Sein dreister Angriff auf dem Neurologisch-Psychiatrischen Kongreß in Baden-Baden–«

Martha kam mit einer dampfenden Platte herein – Kalbsschnitzel, Nudeln. Sie füllte die Teller.

»Und ein überaus herzlicher Brief. Er will mich besuchen. Nun – so haben die Heiden das Wort des Herrn doch vernommen. Carl Jung. Ein guter, starker Name. Nichts Halbherziges–«

»Iß, Sigmund!«

»Wird vorbeikommen, schreibt er. Sein Glück versuchen. Hereinwehen wie ein Windstoß der Bewunderung und, wenn er so sagen darf, der Zuneigung. Martha, ich bin gar nicht hungrig.« »Iß, Sigmund. Hörst Du? Iß!«

Die Kinder fielen dankbar mit ein. Iß iß iß! Demütig gehorchte er. »Iß!« sagte Anna.

»Ich esse ja. Aber es gibt Wichtigeres als das Essen.« Niemand achtete darauf. Er aß.

Die Vorlesung, die er kurz darauf über die Psychologie des Humors hielt, brachte eine Anzahl brüllender Lacher wie im Variété. Ein ernsthafter Seelenarzt, der ohne Vorwarnung den Hörsaal betreten hätte, hätte die scheinbare Frivolität der Veranstaltung beklagen müssen. Wenn zum Beispiel dieser Carl Jung aus dem strengen Zürich gekommen wäre.

»Noch ein Beispiel. Die Juden werden so oft als Kinder Israel bezeichnet, daß eines Tages ein kleiner Junge zum Rabbi sagte: ›Haben die Erwachsenen eigentlich nie was getan?‹ Hier ist der Schock der, mit dem man eine Wahrheit erkennt: die Wahrheit, daß die eigentliche Bedeutung eines Wortes in Vergessenheit geraten ist und die abgeleitete Bedeutung ihre metaphorische Kraft verloren hat. In Geschichten über das traditionell als Narrenstadt bekannte Chelm – etwa vierzig Meilen östlich von Lublin – liegt der Schock in der Erleichterung, daß es Menschen gibt, die törichter sind als wir selbst. Zum Beispiel die folgende Geschichte: Der Rabbi von Chelm besucht ein Gefängnis, und dort hört er, wie alle Gefangenen bis auf einen ihre Unschuld beteuern. Er kommt zurück, ruft den Rat der Weisen zusammen und rät, daß man in Zukunft in Chelm zwei Gefängnisse einrichten solle – eins für die Schuldigen und eins für die Unschuldigen. Oder: Die Weisen von Chelm stritten sich, was für die Welt wichtiger sei – der Mond oder die Sonne. Nach hitziger Diskussion entscheidet der Weiseste unter ihnen: Der Mond ist wichtiger, denn ohne sein Licht könnte man in der Nacht überhaupt nichts sehen. Die Sonne aber scheint am Tage, wo es ohnehin hell ist. Oder: Ein Bauer, der mit seinem Pferdekarren heimfährt, nimmt einen Trödler mit einer schweren Last auf dem Rücken mit. Der Trödler sitzt vorne neben dem Bauern, behält aber seine Last auf der Schulter. ›Warum legst du dein Bündel nicht hinten in den Karren?‹ fragt der Bauer. ›Dein Pferd ist schon so gut, mich mitzuziehen‹, sagt der Trödler, ›da brauch ich nicht noch mein Bündel dazulegen.‹«

Ein ungewöhnlich großer Mann von soldatischer Haltung hatte

hinten den Hörsaal betreten. Er hörte die jüdischen Witze und verzog den Mund zu einem Lächeln. Freud wußte, wer es war. Er beschloß seine Vorlesung:

»Sie können sehen, wie solche Witze während der langen Leidenszeit der Juden Gefühlen des Hasses und der Aggressivität eine reinigende Abfuhr ermöglichten. Das Gelächter ist hier das beste Lösungsmittel. Lachen gibt uns das Gefühl eines philosophischen Ausgleichs. Das Lachen ist ein Schock, aber ein heilsamer Schock. Ich danke Ihnen.« Sie applaudierten. Auch das war nicht richtig, es könnte einen völlig falschen Eindruck auf–

»Exzellenz – Herr Professor Doktor Sigmund Freud?«

»Endlich also, Herr Doktor Jung.« Freuds warme Hand umschloß die kühle des Schweizers. »Also. Nun. Gehen Sie zu Fuß–?«

»O ja, ich gehe gerne zu Fuß.«

»Gehen wir also.«

Sie gingen.

Der große Saal, den man für die Arbeiterversammlung gemietet hat, hängt noch voller Weihnachtsdekorationen. Bucha, Tschud und Wol – wie sie sich bereits in ihrem Liedchen vorgestellt haben – haben die verlegen geröteten Gesichter in Krüge voll Milwaukee-Bier gesenkt. Die Arbeiter, Männer und Frauen, tanzen und singen:

Willkommen auf unserer Party,
vergnügt euch mit der Partei.
Wir sind die Socialist Party
und sind heute abend so frei
uns ein wenig zu amüsieren –
ein Tänzchen, ein Witz, ein Spiel –
unser politisches Ziel
braucht hier nicht zu interessieren.
Damit unsre Party hervorragend läuft
und sich alles einträchtig mit Anstand besäuft,
damit alles im Tanze sich dreht,
braucht's kein Dekret
von der Partei.
Da ist nichts dabei –
ein Scherz, ein Gelächter:
Sollen wir das Leben vergeuden?
Wir sind keine Verächter

der einfachen Freuden.
Orchester, Tombola,
gießt euch noch was ein!
Bist du ein armes Schwein,
ein reicher Bock,
ein Coca-Cola
bleibt immer ein Coke,
und einerlei!
Das faheiert heut ahabend die Paaaar-tei.

Wo haben die einfachen Arbeiter diese akrobatischen Fähigkeiten her? Einige sind, wie wir sehen, in ihrer Nationaltracht erschienen. Dies scheint im Widerspruch zur Doktrin proletarischer Uniformität zu stehen. Sie sollten eigentlich alle dasselbe Einheitsgrau tragen. Tun sie aber nicht.

Wir brauchen nicht Lenin, nicht Stalin,
um uns prächtig zu verstehn,
und uns im ganzen Saal in
fröhlicher Runde zu drehn.
Alle sind wir dabei
auf der wundervollen Party
der Party der wuhundervollen Paaaar-tei.

Und hier kommt Trotzki! Er steigt aufs Podium, wo die Kapelle spielt. Auf Buchas Signal hin setzt das Orchester aus. Bucha erhebt die Arme.

»Genossen! Aus seinem Heimatland ins Exil verstoßen, an der gastlichen Küste dieses monströsesten aller kapitalistischen Monster gelandet – Genosse Trotzki ist heute unter uns!« Beifall und Jubelrufe. Trotzki schickt sich an, zu reden, doch seine Worte gehen sogleich in einem Song zu seinen Ehren unter:

Trotzki in New York!
Hell erstrahlt sein Name
wie die Leuchtreklame
am Broadway.
Trotzki in New York
redet zu Millionen
lauter als Kanonen
der US-Armee.

Schüttet seiner Weisheit Füll-
horn überreich
aus,
Fegt reaktionären Müll
mit einem Streich
raus.
Wilder als ein Hurrikan
geht Trotzki ran!
Alles auf die Straße!
Stolz dahermarschiert!
Trotzki eine Gasse,
der uns nun führt!
Denn Trotzki
Trotzki
Trotzki
ist
in
New York.

»Genossen«, ruft Trotzki, »es bleibt nicht viel Zeit–« Jedoch: »Die Finnen!« rufen die Finnen, und die Finnen tanzen mit lautem Stampfen daher.

»Genossen, wie gesagt, die Zeit ist kurz–«

»Die Russen!« Und die Russen hämmern mit wilden Steppenschreien auf den Tanzboden ein. Trotzki setzt sich gereizt hin. Der Tanz endet und er steht wieder auf.

»Genossen, liebe Genossen, laßt uns nicht noch mehr Zeit–«

»Die Türken!« Und die Türken wirbeln wie Derwische umher, mit klirrenden Schellenbäumen. Müde erhebt sich Trotzki am Ende noch einmal, doch der Song zu seinen Ehren wird nochmals angestimmt. Alles auf die Straße GENOSSEN stolz dahermarschiert UNSERE ZEIT IST KNAPP Trotzki eine Gasse ALSO LASST UNS JETZT der uns nun führt WIRKLICH KEINE ZEIT MEHR VERLIEREN denn Trotzki Trotzki Trotzki ist in New York!

Und nun ist die Menge bereit, Trotzki anzuhören, aber Trotzki ist sich nicht mehr sicher. Trotzdem, er versucht es noch einmal.

»Genossen–«

Aber ein einsamer Mexikaner tritt auf, in schäbigem Hemd, zerrissenen Hosen, mottenzerfressenem Sombrero, mit einer alten zerkratzten Gitarre. Er singt:

Mexiko, Mexiko,
komm doch nach Mexiko,
dort ist gut sterben.
Am harten blauen Himmel
ein fernes Gewimmel
von Kondorschwingen.
Mexiko, Mexiko,
ein schweres Leben –
Peitsche und Messer
vor allen Dingen.
Besser
dort sterben.
Du wirst schon sehn,
es wird geschehn,
unter Kakteen.
Laß dir vom Tequila
die Kehle gerben.
Die Cucarachas
wird's immer geben.
Alles bleibt stehn
hier in Mexiko.
Hier ist gut sterben.

Trotzki ist aus einem ihm unbegreiflichen Grund von diesem Lied wie festgebannt. Doch niemand sonst scheint es gehört zu haben, und der Sänger ist mit dem letzten Akkord seiner schlecht gestimmten Gitarre zerronnen. Tschud sagt:

»Sie warten alle, Genosse.«

»Du hast gesagt, die Zeit ist knapp«, sagt Wol. »Warum sie jetzt verschwenden?«

»Ich habe gewartet, bis er zu Ende gesungen hat.«

»Wer?«

»Der Mexikaner.«

»Wir haben keine Mexikaner hier.«

»Bist du verrückt?« sagt Trotzki.

»Nun rede, Mann!« So steht er auf, verwirrt und verstört, und versucht es noch einmal.

»Genossen–«

»Geh doch zurück nach Moskau!« ruft ein Störer

»Ich würde es tun, wenn ich könnte, und es kommt der Tag, wo ich zurückgehe. Ich bin ein unfreiwilliger Exilant aus meiner Heimat.«

»Das sind wir alle.« Wieder ein Zwischenrufer. »Was ist an dir so Besonderes?«

»Genossen, dies ist nicht die Zeit für Witze. Amerika steht am Rande einer entsetzlichen Katastrophe. Eure unvernünftigen Führer wollen euch in einen Krieg der Verschwendung stürzen, wo das Blut der Arbeitermassen zum größeren Ruhme des amerikanischen Dollars vergossen werden soll. 1917 – ein Jahr infamer Pläne kann zu einem Jahr des proletarischen Sieges werden, wenn die amerikanischen Arbeiter fest stehen und rufen: ›Kein Krieg!‹« Und er unterstreicht diese Worte mit einem krachenden Doppelschlag auf das Rednerpult mit dem Exemplar des *Kapital,* das dort wie eine Bibel liegt.

»Kein Krieg!« rufen viele.

»Krieg!« rufen viele.

»Ihr, die ihr gerade ›Krieg‹ gebrüllt habt – wißt ihr, was das Wort bedeutet?«

»Klar«, ruft wieder einer, »Blut und Tod! Pengpengpeng!« »Ihr verschließt absichtlich eure Augen vor der wahren Natur des Krieges, wie ihn die kapitalistischen Nationen führen. Sie zeigen auf einen Feind, der keiner ist. Sie selbst sind der Feind, wo immer sie sind – in New York, London, Berlin, Paris. Sie bitten euch, sie flehen euch an, am Ende zwingen sie euch, eure Brüder zu töten. Deutsche Arbeiter, amerikanische Arbeiter, französische, österreichische, englische Arbeiter – was macht es, daß sie verschiedene Sprachen sprechen? Haben sie nicht alle eine gemeinsame Sprache in der Erfahrung der Unterdrückung? Die deutschen Arbeiter sind eure Brüder. Wollt ihr sie töten?«

»Nahein!«

»Jaaa! Dohoooch! Nieder mit den Krauts!«

»Friede. Friede. Friede! Ich, Leo Trotzki, verlange von euch Arbeitern im Namen der internationalen proletarischen Solidarität, daß ihr Arbeiter den Frieden verlangt.«

»Friede!«

»Krieg!«

Eine Frau von eindrucksvoller Statur steht von ihrem Platz auf und winkt den Arbeiterinnen, auch aufzustehen. Die Kriegstreiber in der Menge pfeifen und höhnen. Sie bringt sie mit einem einzigen knappen Drohruf zum Schweigen. Dann führt sie den Chor der reinen, holden Frauenstimmen an, der *a capella* bittet:

Friede, nur Friede!
Laßt die Jungs zu Haus,
schickt sie nicht hinaus
in den Krieg.
Wen die Trommel ruft,
führt sie in die Gruft,
daheim ist der Sieg.
Schlagt eure Flügel wie silberne Täubchen
und sihihihingt von der Liebe –
Friede, nur Friede!
Ruft die Arbeiterklasse.
Krieg? Was habt ihr davon!
Wir wollen Frieden!
Keine Invaliden,
und einen soliden
Wochenlohn!
Dann stimmt die Kasse.

Aber Trotzki unterbricht sie im letzten Akkord und schreit: »Nein! Nicht einen solchen Frieden, Genossen. Den Frieden, der die Sabotage der amerikanischen Kriegspläne bedeutet, ja, den Frieden, der die Weigerung bedeutet, in einem kapitalistischen Krieg zu kämpfen – ja! Aber der Klassenkampf muß weitergehen, muß verschärft werden, jener Kampf, der keine nationalen Grenzen kennt, der nicht auf fremden Schlachtfeldern gekämpft wird, sondern hier. Hier. HIER! Amerika – was ist das als ein Wort, ein Laut, eine Abstraktion! Es gibt nur zwei Nationen, die Nation Arbeit und die Nation Kapital. Bereitet euch vor auf den ersten und letzten Krieg zwischen beiden. Aber zuerst einmal – haltet euch raus aus dem kapitalistischen Krieg!«

Die größere Zahl der Arbeiter jubelt ihm zu, aber ein großer, stämmiger Gewerkschaftsführer steht auf und spricht: »Brüder, ihr kennt mich – ich bin Chuck Brown. Ich grüße in Bruder Trotzki einen aufrichtigen und tatkräftigen Arbeiter für unsere Sache. Aber er weiß nichts von dem, was die amerikanischen Arbeiter brauchen.«

»Die Arbeiterklasse«, wirft Trotzki dazwischen, »ist international. Die ›amerikanischen Arbeiter‹ sind – so gesehen – ein Widerspruch in sich.«

»Die amerikanischen Arbeiter, sagte ich. Die amerikanische Arbeiterklasse ist nicht bereit, sich ausländische Aggressionen gefallen zu lassen.« Beifallschreie und Gegenrufe, »Krieg!« gegen »Friede!« »Ich und meine Kollegen in den Munitionsfabriken der Vereinigten Staaten wissen, wo unsere Pflicht liegt–«

»Wo euer Brotkorb hängt, meinst du wohl.« Eine dünne, harte, durchdringende Stimme.

»Werft den Mann hinaus! Pflicht, ich sage es noch einmal. Pflicht. Unsere Pflicht ist es, die Ausrüstungen und Waffen für die Blüte der amerikanischen Jugend herzustellen, welche sie dann im Felde gegen die deutschen Aggressoren einsetzen wird!«

Rufe hin und her, »Krieg« gegen »Frieden«. »Die deutschen Aggressoren, Freunde! Die deutschen Arbeiter stehen fest hinter ihrem blutbeschmierten Kaiser und seinem blutbeschmierten Generalstab–«

»Das ist nicht wahr!« ruft Trotzki. »Die Arbeiterrevolution gärt bereits in Deutschland–«

Ein wieselartiges Männchen kommt atemlos in den Saal geflitzt. Es hat ein Blatt Papier dabei, gibt es Brown. Brown liest es mit gutgespieltem Entsetzen.

»Brüder«, ruft er, »ich habe gerade eine wirklich furchtbare Nachricht bekommen. Die U-Boote der Kaiserlich Deutschen Kriegsmarine haben mit Torpedos einer neuen und diabolisch schlauen Konstruktion im Nordatlantik das amerikanische Handelsschiff *John Hancock* versenkt. Mit Mann und Maus, Kameraden! Unsere Brüder in der Tiefe versunken. Millionen Dollar von amerikanischen Waren auf dem Grund des Atlantik. Wollen wir das hinnehmen, Freunde? Amerikanische Arbeiter?«

Verzweifelt zerschneidet Trotzki mit seiner Stimme die laute Empörung. »Ich habe dieses Blatt Papier gesehen, es steht gar nichts drauf! Ich habe in der New York Public Library die Tonnagelisten der Handelsmarine studiert. Es gibt kein Schiff na–«

»Schlagt bei der deutschen Botschaft die Fenster ein!«

»Hängt den Konsul auf!«

Aber ein anderer Arbeiter geht zu Brown hin und sagt laut und deutlich: »Dich kennen wir, Freund. Von den Bossen bezahlt. Provokateur–«

»Wie heißt du denn, Freund?« fragt Brown.

»Ernst Schnitzler.«

»Wo bist du geboren?«

»Trenton, New Jersey.«

»Und dein Vater?«

»Das ist dem seine Sache.«

»Wo ist der geboren?«
»In Frankfurt.«
»In Deutschland?«
»Ja.«

Auf Browns wilde Zurufe greifen die Arbeiter, die für den Krieg geschrien haben – und viele, die vor drei Minuten noch »Friede!« gebrüllt haben – Schnitzler an. Brown schickt drei Schlägertypen hinüber, damit sie sich um Trotzki und seine Kollegen kümmern. Diese drei brauchen Bucha, Wol und Tschud nur böse anzustarren, damit diese sich würdevoll zurückziehen. Trotzki ist da anders; Trotzki bleibt und schaut grimmig drein. Die Arbeiter ziehen unter brutal schallendem Gesang ab, Schnitzler wegschleppend, als wollten sie ihn hängen, während die pazifistischen Damen mit ihren kleinen oder weniger kleinen Fäusten auf sie einschlagen.

MÄNNER:
Wir wollen keinen *rechten*
Krieg,
wir wollen den *gerechten*
Krieg.
Zeigt's den Deutschen,
Besorgt's den Deutschen,
Schlagt sie, so ist es recht!
Im gerechten Krieg,
da geht's auf Bieg-
en und Brechen, und das ist
gerecht,
Zeigt's ihnen bis zum Sieg,
jetzt ziehn wir in den Krieg,
den gerechten Krieg!
Ja und was heißt Gerechtigkeit?
Das führt jetzt zu weit.
Hauptsache wir ziehn recht
schnell in den Krieg,
bis zum Sieg,
das ist gerecht!
In den gerechten Krieg,
rechten Krieg,
rechten Krieg,
Krieg

FRAUEN:
Friede, nur Friede!
Laßt die Jungs zu Haus
schickt sie nicht hinaus
in den Krieg.
Wer die Trommel ruft,
führt sie in die Gruft.
Daheim ist der Sieg.
Schlagt eure Flügel wie silberne
Täubchen
und sihihihingt von der Liebe –
Friede, nur Friede!
Ruft die Arbeiterklasse.
Krieg? Was habt ihr davon!
Wir wollen Frieden!
Keine Invaliden,
und einen soliden
Wochenlohn!
Dann stimmt die Kasse.
Schlagt eure Flügel wie silberne
Täubchen
und sihihihingt von der Liebe –
Friede, nur Friede!
Dann stimmt die Kasse,
ruft die Arbeiterklasse.

Die ersten Flutwellen hinterließen keinen so besonders fürchterlichen Eindruck. Am dritten April – einen Tag nach Paul Bartletts Abreise mit unbekanntem Ziel – schäumten Wasserfluten über die Bowery, der Hudson brüllte und hieb gegen die Kais, der East River führte klatschende Schläge gegen das Gebäude der Vereinten Freien Nationen und brach das Emblem an der Uferseite ab (ein schwangeres Bronzeweib, das die Hände einem solaren Füllhorn entgegenstreckte). Rasch traten die Wasser im normalen Gezeitenrhythmus wieder zurück und hinterließen Straßen, die nicht schmutziger waren als gewöhnlich, aber die furchtsameren Einwohner begannen die Stadt zu verlassen. Am elften April wurde der Bedford-Stuyvesant-Bezirk in Brooklyn, wo man Kummer gewöhnt war, von Erdstößen erschüttert. Auf der Fifth Avenue stand das Wasser hüfthoch, vergurgelte aber geschwind in den Gullys. Im Ausland geschah Schlimmeres, wovon aber nur weniges, das die öffentliche Ruhe in Amerika hätte gefährden können, über die normalen Informationskanäle bekanntgegeben wurde. Immerhin sickerten Berichte über die völlige Vernichtung von Auckland (Neuseeland) ein wie auch über den Tod einiger Küstenstädte des malaiischen Archipels. In San Francisco, bereits völlig evakuiert, gab es noch keinerlei Meldungen ungewöhnlicher seismischer Aktivität. Dies erschien vielen eher bedrohlich als beruhigend: Die Natur schien spielerisch zu zögern, sich gähnend Zeit zu lassen. Um elf Uhr am Abend des zwölften April hatten Vanessa und Val und Professor Frame gepackt und waren bereit. Das Flugzeug ging erst um vier Uhr morgens, doch Vanessa, die kühle, die sorgliche, ließ nie gern etwas bis zum letzten Augenblick warten. Außerdem mußten Frames Batterien noch für die Fahrt zum Lindsay Airport aufgeladen werden. An Bord des Flugzeugs konnte er sich dann an eine der Küchensteckdosen hängen; bei KATZ würde er permanent in seinem Schlaf-/Arbeitszimmer installiert sein. Permanent? Er gab sich noch vier Monate. Die Maschine, die an seinen Leib geschnallt hing, war eine ingeniöse Vorrichtung. Mit Hilfe des Katalysators DCT3 verwandelte sie Oxide in Oxygen, das rhythmisch durch seinen Blutkreislauf flutete, ermöglichte es ihm aber andererseits, die Abfallprodukte auf oralem Wege auszuscheiden, so daß er über einen normalen Vorrat an Ausatmungsgasen verfügte, um sprechen zu können. Doch sein Herz – er wußte es – würde nicht mehr lange mitmachen. Er sprach gerade übers Peepophon mit Muriel Pollock, deren dickes Gesicht, als er sich verabschiedete, auf dem Peeposchirm deutlich erkennbar von Tränen gezeichnet war. Val kaute derweil an seinen Nägeln. »Wann fahren wir hier ab?« fragte er.

»Gegen halb drei«, sagte Vanessa. »Warum?«

»Ich glaube, ich geh noch in die Stadt. Schau mich ein letztes Mal um. Ein letzter Drink mit, du weißt schon, mit meinen Freunden.«

»Das wirst du schön bleiben lassen!«

»Laß ihn«, sagte Frame mit bösem Blick; er legte den Sprechset weg und schaltete automatisch das Bild der armen Muriel ab. »Laß ihn. Soll er sich verspäten. Wir werden nicht warten, wir haben unsere Befehle.«

»Ich werde mich nicht verspäten.« Val starrte böse zurück. »Du altes Schwein.«

»Vater«, rief Vanessa gequält, »Val! Ach, warum könnt ihr denn nicht–«

Val stampfte hinaus. Frame sagte: »Da das Wort Schwein nun schon gefallen ist, möchte ich es noch einmal verwenden. Warum, sagst du, liebst du dieses Schwein?«

»Ich weiß es nicht. Liebe ist nicht etwas, was man analysieren könnte.«

»Ich werde dir sagen warum. Du liebst ihn als einen Klumpen Rohmaterial, den du gerne formen möchtest. Die Umkehrung der Geschichte von Pygmalion und Galatea.«

»Wer? Nie gehört. Ach, ich weiß auch nicht – ich glaube, weil er– weil er so chaotisch ist–«

»Genau. Du willst mit diesem Chaos etwas anfangen.«

»Nein, nein, so nicht – es ist etwas in mir, das auf dieses Chaos anspricht. Auf Phantasie, Disziplinlosigkeit, nenn es wie du willst. Oder vielleicht auf eine andere Ordnungsform, als die Wissenschaft sie bieten kann. Du weißt, was ich meine.«

»Dichtung. Verbale Narkotika.«

»Es ist nicht ganz fair«, sagte sie steif, »wenn du dich höhnisch über Narkotika äußerst.«

»Hoffentlich ertrinkt er.«

»Die Gezeiten sind ganz ruhig heute nacht. Wegen der herrschenden Winde oder irgendsowas.«

»Dann sollen sie ihn von mir aus verprügeln. Oder erstechen.«

»Du *bist* ein altes Schwein«, sagte Vanessa. Das Wort klang furchtbar auf ihrer kühlen Zunge. »Du magst ihn im Grunde. Ihr seid euch ähnlicher, als du zugeben willst.«

»Es hat nur einen richtigen Mann für dich gegeben.«

»Den hab ich nie gemocht.«

»Schon gut. Schon gut.« Frame schloß die Augen vor großer Müdigkeit. »Ich schlafe ein wenig.«

Also beendete Vanessa – in einem Teil ihres Bewußtseins von großer Unruhe erfüllt, aber im anderen kühl und durchorganisiert – ihre Reisevorbereitungen. Das Handgepäck. Ein Buch für unterwegs, ein Buch, das mit dem Projekt gar nichts zu tun hatte, ein Buch, chaotisch oder einem Ordnungsprinzip folgend, wie es die Wissenschaft nicht zu bieten hatte? Sie stand vor den Hunderten von Büchern, die sie zurückließen. Sie zog eines heraus – einen Gedichtband von Val, seine erste Veröffentlichung, ein Privatdruck, Iowa City, gedruckt von der Windhover Press der Staatsuniversität. Das kleine Bändchen hieß *Hautschurf.* »Nicht mein Fleisch«, hatte er zu ihr gesagt, »nicht einmal meine Haut. Die Abschuppungen der Haut. Ich habe die Kleinigkeiten abgestreift, als Vorbereitung für Größeres.« Das aber war nie geschrieben worden – nur kümmerliche Phantastereien, auf wissenschaftlich unhaltbare Hypothesen aufgesetzt. Sie las ein wahllos aufgeschlagenes Gedicht:

Warum gabst du dich nicht
wie das Feld an den Pflug
wie die Blätter dem Wind
wie dem Webstuhl die Seide
wie die Schale dem Häuten
die Glocke dem Läuten
Läuten, Läuten,
daß unser Leben zerfliegt?

Sie weinte ein wenig. Tränen kamen ihr nie leicht, aber sie weinte ein wenig. Und sie packte das kleine Buch in ihre kleine Tasche.

Lynx schien hell und blutig heut nacht, es war, als stünde er als Ornament auf der obersten Spitze des Outride Building, wo er – wenn man aus einer bestimmten Perspektive hinaufsah – wie eine Blutorange auf einer Fingerspitze balanciert schwebte. Val blieb einen Augenblick auf der Fifth Avenue stehen und schaute. Eine Schar von Mönchen in gelben Roben und mit kahlgeschorenen Schädeln brachte dem Himmelskörper exotischen Singsang dar, zum Klang kleiner Trommeln und klirrender alter Zimbeln. In der Sankt-Patricks-Kathedrale, interkonfessionell oder ökumenisch seit das Vierte Vatikanische Konzil die römisch-katholische Kirche in ihrer bisherigen Form zugunsten eines mehr oder weniger hookerianischen Glaubens aufgelöst hatte (Hooker? 1553[?]–1600, *The Laws of Ecclesiastical Polity*. Nie von ihm gehört, Kinder? Nun, das führt jetzt zu weit), der dem drohenden und erdölreichen Islam gegenüber alle christlichen Sekten zusammenschließen sollte, fand ein bis zu den Kirchentoren gefüllter Nachtgottesdienst statt. Val, für den Religion keine Verführungskraft besaß, ging zu Jack's Tavern in der West 46th Street, wo er seinen Freund Willett in voller Falstaffischer Suada traf. Willett, der kürzlich ein kleines Engagement für das ABC-Fernsehen beendet hatte (er hatte in einer Dramatisierung – etwas unvorsichtig, bedachte man die Notwendigkeit, alle Panik-Informationen zu unterdrücken – der alten Episode von dem als Nachrichtensendung inszenierten Hörspiel über eine Invasion vom Mars, das im Oktober 1938 eine so verheerende Wirkung auf ein Amerika gehabt hatte, welches soviel naiver war als das jetzige – er hatte da den Orson Welles gespielt) war nun flüssig, trank entsprechend und donnerte gegen eine soeben übertragene Calvin-Gropius-Versammlung:

»Affenarschgesicht, belämmerter Schlappkopf, Kackpinsel, lahmschweiniger Stinkschwanz, Rotzlaberer.« Aber viele der anderen Gäste bedeuteten ihm zu schweigen, Schnauze, ruhig, mein Freund, Klappe halten da hinten, es interessierte sie. Das Interesse bezog sich auf die Unruhe in Gropius' Publikum, das zurückschrie, das die Sklaverei der Bibel und seine Versuche, diese Sklaverei einzuführen, nicht dulden wollte. Val erschienen die Worte Gropius', die noch durch den Lärm drangen, nicht unvernünftig, seine theologische Grundposition einmal vorausgesetzt:

»Es gibt Zeiten, da uns Gott warnt – und wenn ihr nicht anerkennen wollt, daß Gott selbst uns diese Wunderzeichen am Firmament und auf der Erde schickt, dann gebt wenigstens zu, daß eine Zeit der Angst für uns angebrochen ist – da er uns warnt, sage ich, jeden einzelnen von uns, uns warnt, unser Leben ehrlich zu prüfen, unsere Fehler zu erkennen, zu überlegen, daß nun die Menschheit einem Gericht entgegengeht–« Er schlug schallend auf seine Bibel und versuchte, aus der Offenbarung zu zitieren, aber seine Stimme wurde vom kollektiven Geschrei einer großen gegnerischen Gruppe übertönt, die sich gut gedrillt erhoben hatte und nun Parolen rief und Fahnen schwenkte. LIVEDOG, stand auf den Fahnen, LIVEDOG LIVEDOG, und die Rufe nahmen den Slogan nun auf: »Lebt für ihn, tötet für ihn – Live for Livedog, kill for Livedog.« Val erkannte, daß der Name aus »God« und »Devil« zusammengezogen war, rückwärts gelesen. Er nickte vor sich hin – eine SF-Situation. Evil? Das Böse? Das war wohl nicht gemeint. Der neue Gott war jenseits moralischer Unterscheidungen, das absolut Übernatürliche, das es zu besänftigen galt. Lynx ist mein Leib.

»Wo ist das?« fragte er den Bartender.

»Sacramento.«

Kalifornien, Paradies der Freaks und Sekten. Er starrte aufmerksam auf den Schirm, und sogar Willett – trotz gelegentlicher geknurrter Bemerkungen über kalbsköpfige Hirnwichser – sah nun interessiert hinüber. Die Versammlung wurde durch die LIVEDOG-Gruppe unterbrochen, aber es hatte sich nun auch ein ganz areligiöses Element in die Veranstaltung gemengt: junge Männer und Frauen, die sich nackt auszogen und sich nun in bacchanalischen Handlungen ergingen – sich aneinander rieben, Sodomie (tatsächlich oder mimisch dargestellt), Fellatio, alles zur Melodie von »Erlöse uns, Lynx«. Die Szene wurde rasch unterbrochen und Werbung folgte, Kaufmännisch-Vernünftiges – Autos, Autoboote, Bootsautos, Wohnwagen, Grundstücksmakler, die kaufen und nicht verkaufen wollten. »Raus hier«, sagte Willett.

»Weißt du, daß ich heut nacht verschwinde?« fragte Val.

»Verschwinden? Wohin?« Val sah Lynx zweifach in Willetts großen blutunterlaufenen Augen.

»Zu KATZ. Komitee für Angewandte Technologie der Zukunft. Wo das ist, weiß ich nicht. Streng geheim.«

»Also verschwinden?« Willett nickte. Sie gingen in Richtung Sixth Avenue, die einst Avenue of the Americas geheißen hatte. »Der Wind«, sagte er, »der Wind schlägt um. Es kommt etwas, es wird vielen noch leid tun. Der Mensch ist zum Leid geboren, ja, ja, ja. In meinen fünfundfünfzig Jahren hab ich so viel davon erlebt wie nur einer. Ich rieche etwas in diesem Wind. Lynx, die große Katz, für die alles ist. Wird alles Leid sein Ende finden?«

»Ich weiß nicht«, log Val aus Loyalität zu – was? Zu Vanessa? »Man nimmt mich als eine Art literarischen Chronisten auf dieses Mondprojekt mit.«

»Wie war das? Eine Flucht auf den Mond?«

»Nicht eigentlich eine Flucht. Der Mond könnte, soweit ich es verstehe, seine Bahn um die Erde verlassen und zu einem Satelliten von Lynx werden. Bedenke, was dies für die Wissenschaft bedeutet. Und für die Science Fiction natürlich. Lynx schnufft davon, der Mond immer mit, die Wissenschaftler machen hektisch alle möglichen Beobachtungen. Ich dabei.«

»Du solltest voll gespannter Erwartung sein.«

»Ach Gott ja, ich will eigentlich gar nicht! Ich bin ein Erdenmensch wie du.«

Willett brummte. »Gehen wir was essen. Etwas Schweres, Fettes,

Nahrhaftes. Gänsebraten und Würste und Kutteln und Reisbrei. Große zischende Kartoffeln, in der Schale geröstet. Bier quartweise.«

»Quart?«

»Ja, von den alten Maßen weißt du nichts mehr. Zu jung.« Er zitierte mit lauter Stimme ins Gedränge der Straße:

In Ludlow bin ich eingekehrt,
und hab dort Bier um Bier geleert,
und gab den ganzen Weg nach Haus
ein Quart Bier nach dem andern aus.

Ein junger Teutprot verhöhnte ihn mit einem furzenden Schnalzen seiner Lippen. »Hurentropf«, sagte Willett gelassen. »Affenkopf. Rotzpiepe, Kackstumpen. Schau mal da«, sagte er zu Val, »das gefällt mir überhaupt nicht.«

»Jesus«, sagte Val, »ich kenne die.« Eine schmale Nebenstraße, die zwischen zwei Häusern der West 46th Street ins Dunkel führte, voll umgeworfener Mülltonnen, zerfetzter Müllsäcke, Müll, der im anschwellenden Wind herumfuhr und raschelte, war auch voll sich verprügelnder Jugendlicher, Mädchen wie Jungen. Eines der Mädchen war Tamsen Disney, die knappen Kleidungsstücke beinahe vom Leib gerissen, wobei sie nicht die einzige war. »Ich will nicht«, kreischte sie, »ich will nicht.« Einer der Jungen, ein breit grinsender Teutprot, trug einen Pullover mit der Aufschrift LIVEDOG. Wer zum Teufel stellte die her, fragte sich Val unwillkürlich irgendwo in seinem Kopf. Stand denn der Profit hinter allem, selbst hinter dem Ende der Welt? Es waren ein, zwei gegnerische Hemden zu sehen, die LYNX riefen und von Schwarzen getragen wurden. »Ein Opfer«, keuchte und grinste ein Livedogger, »ein Opfer, Baby. Der Herr in seiner Liebe will es.« Willett hob eine herumrollende Henkelflasche an ihrem einen Ohr auf. »Hier ist nichts zu machen«, sagte Val angsterfüllt. Willett sagte nichts, er stapfte in die Menge, schlug zu. »Falsche Seite!« keuchte Val, als Willett auf einen Schwarzen einschlug. Tamsen schien auf der schwarzen Seite zu stehen. »Hier ist jede Seite gut«, brüllte Willett. Es kam ein Punkt in dem Kampf, wo sich die Sprache auf einzelne Silben der Wut oder des Schmerzes reduziert hatte, und Tamsen ganz nackt von Vals Armen umklammert wurde, während andere Finger nach ihr grabschten und zerrten. Tamsen schien ihren zeitweiligen Erretter nicht zu erkennen, denn sie hieb mit kleinen Fäusten auf ihn ein. »Ich bin's, du Idiotin«, stammelte Val mit letztem Atem, »Val Brodie.« Sie schrie aus irgendeinem Grund noch lauter. Willett war gut in Form, brüllte Shakespeare oder irgendwen. Dann schrillten Pfiffe, wie das Aufzucken von Zahnschmerzen. »Jesus Lynx«, brachte jemand einen mühsamen Schrei hervor, »diese Milizvotzen kommen.«

Graue Uniformen neben den blauen. Die Miliz, die Einsatztruppe, das Sonderkommando, irgend so ein Scheiß. Val und Willett wurden rasch kassiert, Willett, der seine Flasche hoch in der Luft schwang, bekam Au Aua eins mit dem Knüppel vors Schienbein. Dasselbe für Val–: Er wehrte mit verzweifelten Armen ab und rief: »Wir wollten's verhindern. Schaun Sie uns doch an. Mein Gott, wir sind doch. Keine. Von den Kindern.« Die Halbwüchsigen rannten davon, zerfetzt und hinkend; die Polizei schoß offen auf sie, Revolver erhoben, Augen geschlossen. »O Gott, laß sie leben«, stöhnte Val. Ein schwarzes Polizeiauto hielt. Tamsen, nackt, ausführlich von Polizistenhänden begrabscht, flog als erste hinein. »Rein, rein mit euch, verdammt noch mal, rein, ihr Schweine!« Val folgte Willett, der auf einem Bein hüpfte und nun mit schwacher Stimme von rotzbullenverfickten Arschgesichtern oder so was schrie.

Es war schwarzdunkel im Wagen, voller Geräusche, unter anderem ein gelegentlicher Schrei von (vermutlich) Tamsen: »Hände weg, verdammtes Schwein!« und so weiter. Dann war es, als hätte sie – oder ein anderes Mädchen – einen Anfall bekommen: nichts als zuckende Beine und gefährliche Fingernägel. Einer der Jungen heulte mit hohen Tönen wie eine Frau. »O Dunkel, Dunkel, Dunkel«, zitierte Willett. »Wir alle gehn ins Dunkel.« Jemand gegenüber antwortete urban: »Die leeren interstellaren Räume, die Leere in die Leere.« Andere schrien die Zitierer erbost an, sie sollten die Schnauze halten. »Du säest nicht«, sagte Willett aus irgendeinem Grund. »Nur wenig andre solcher Größe gehn zurück. Wurf gruf. Nein, es geht nicht. Notlim. Nein. Man muß es doch versuchen. Geistesnahrung für unsere lange Fahrt.« Er machte einen verrückten, delirierenden Eindruck, aber ruhig dabei. Es blieb ihnen zunächst unklar, ob sie in die untere Stadt fuhren oder rauf.

Unten, schön weit unten, wußten sie, als der Wagen hielt und die Tür aufgerissen wurde. Gegend um City Hall, Ort der Gerichte und Gefängnisse. »Raus, raus, ihr kleinen Süßen«, höhnte ein einäugiger rothaariger Sergeant, die Mütze zu einem schwarzen Heiligenschein ins Genick geschoben. Val fühlte plötzlich Panik. Er sollte nicht hiersein, er mußte ein Flugzeug erreichen, es war alles ein Irrtum. »Schauen Sie, Sergeant–« sagte er verzweifelt. »Was gibt's denn zu sehn, Herzblatt?« sagte der und trat mit einem schwarzen Stiefel auf Vals Ästhetensandale. Aufheulend hinkte Val hinein. Innen fand er sich in einem türlosen Lastenaufzug, der sich quietschend hob.

»Die Flut kommt«, sagte Willett und nickte seltsam zufrieden, auf den East River hinausschauend. Das Wasser stieg, vom Wind hochgewühlt. »Die Flut, die bekanntlich auf keinen wartet.« Tamsen erschauerte. Val zog seine Jacke aus und legte sie ihr um. »He«, sagte sie, »das ist ja Professor Brodie. Er hat mir eine Eins Plus gegeben«, teilte sie den anderen mit. Niemand war interessiert. Der Aufzug hielt im dritten Stock, wo helles Licht herrschte. »Raus«, befahl der Begleitsergeant. »Schauen Sie–«, sagte Val, »ich verlange den Lieutenant zu sehen. Den Captain. Es ist eine sehr dringende Angelegenheit. Ich muß ein Flugzeug erreichen. Ich habe einen Brief mit dem Siegel des Präsidenten. Hier irgendwo.« Er langte nach der Innenseite seiner Jacke, konkret: nach Tamsens rechter Brust. »Schon gut, mein Junge«, sagte der Sergeant. »Wir peepen den Präsidenten sofort an.« Dann fiel es Val ein, daß Vanessa, die makellos effiziente Vanessa, ihre beiden Legitimationsbriefe in ihrer ledernen Aktenmappe hatte. »Lassen Sie mich wenigstens–« Und dann ließ er's, die Arme sanken herab, sein Körper sank in sich zusammen. Meine Frau peepen. Meine Frau? Die kluge Dr. Frame.

Eine formelle Beschuldigung wurde nicht erhoben. Das, erklärte man ihnen, käme morgen früh. Man schob sie zu zehnt in eine Zelle, weiße Wände, offene (verstopfte) Toilette, festsitzender Zoogeruch, die Männer zusammen, Tamsen irgendwo anders mit seiner Jacke und seinem Päckchen fünf billiger Zigarren. Willett zog einen langen Silbertorpedo hervor und befreite daraus eine Zigarre, die, durchaus nicht billig, von aromatischer Gänseschißfarbe, hervorglitt. Ferner holte er eine Nagelfeile heraus und sägte das Monstrum entzwei. Er gab Val die Hälfte mit dem runden Ende. Er riß sich ein Patentstreichholz am Hintern an. Sie rauchten. Ihre acht Genossen fauchten oder stöhnten, Schwarz oder Teut, LIVEDOG und LYNX. »Livedog«, sagte Willett, »dreh dich um – go, devil!« Dann, lachend, »Säest–«

»Was soll ich bloß tun?« Val war dem Schluchzen nahe. »Was zur Hölle soll ich tun? Sie fliegen ohne mich.«

»Und ohne mich, was das betrifft«, sagte Willett gleichmütig. »Keine Sorge. Es gibt noch viel Interessantes *auf* der Welt. Ich geh schon nicht ohne dich.«

Bald schliefen sie. Später zeigte Vanessa hoch oben in der Luft Bewegungsablauf und Geräusche des Weinens, es kamen aber wenig

Tränen. Leere Tränenkanäle, ein Mangel, kein Platz für Tränen in ihrem Beruf, aber ihr Kummer war aufrichtig. Ihr Vater in seinem zum Bett umgerüsteten Sitz – das Atemgerät in leisem Rhythmus keuchend – legte eine trockene altersfleckige Hand auf ihre lilienweiße und sagte vorsichtig:

»Es war nichts mehr zu machen. Er hat schwerste Verletzungen abbekommen. Bewußtlos nach der Schlägerei. Sie haben ihm nur noch eine Stunde gegeben.« Er sah nach der Uhr über den Kabinenvorhängen. »Jetzt ist er tot. Seine Seele, so wie sie eben war, ruhe in Frieden.«

»Du bist. So. Herzlos!«

»Du hast ihm doch immer gesagt, er soll nicht immer weggehen und sich vollaufen lassen.« In seiner Stimme lag ein wenig zuviel Genugtuung. Sie sah ihn an, ohne Tränen, aber voll reinstem Kummer, und sagte:

»Woher weiß ich, daß du mir die Wahrheit sagst?«

Eine gute Frage, dachte er. »Ich bin dein Vater. Du hast mich mit dem Polizeipräsidenten sprechen hören.«

»Du hast den Peeposchirm nicht angehabt. Woher soll ich wissen, mit wem du wirklich. Geredet. Hast.«

»Er hatte seinen Ausweis dabei. Kein Zweifel bezüglich der Identität. Irgendein Lokal in Greenwich Village. Das Minetta oder so ein Name.« Gar nicht so schlecht in der Fiktions-Kunst oder, sagen wir, dem Handwerk des Lügens, sagte sich Frame. Gar – nicht – schlecht. »Glaub mir, Liebes, es ist alles zum Besten. In der heutigen Zeit. Die Zeit gerät ganz aus der Norm, wie mein armer Großvater zu sagen pflegte.« Seltsam, sogar den hatte er gerade erfunden.

»Ich. Liebte.«

»Für dich gab es nur einen Mann.«

»Wie kannst du. So.«

Ein Glockenspiel-Surrogat tönte in einem hohen A aus einem Speaker und eine synthetische Stimme gab Nachrichten preis. »Starke Rückenwinde werden möglicherweise unsere Flugzeit verringern, so daß die Ankunft sich bedeutend verfrüht. Die höchsten Fluten, die bis jetzt während der gegenwärtigen Gezeitenphase gemessen wurden, verwüsten die Ostküste. Die Evakuierungspläne ins Landesinnere sind im vollen Gange.« Der künstliche, standardisiert näselnde Yankeetonfall brach ab.

»Besser so für ihn«, sagte Frame. »Tot, meine ich. Wenn ein schwerverletzter Mann in all dieser Panik weiterleben sollte. New York City. Sehr unordentliches Pflaster.«

»Du bist so.«

»Ja, ja, ja doch. Du wirst darüber hinwegkommen, denk an die Zukunft, an deine Arbeit.«

»Ich will nicht. Leben ohne ihn.«

»An die Pflicht. Denk an deine Pflicht.«

Wenige in der Kabine schienen an ihre Pflicht zu denken. Da die Fenster verdunkelt waren, wußte niemand, wohin die vollautomatisch gesteuerte Maschine flog, obwohl alle eine recht genaue Vorstellung von der groben Richtung hatten. Nach Westen, aber nicht allzusehr. Wie bei einem Urlaubsausflug mit unbekanntem Ziel herrschte eine Stimmung gebändigter Heiterkeit, die sich verstärkte, als von fröhlich-lauten Männern wie dem Szediasten Skidmore oder dem Astunomikologen O'Grady Flaschen herumgereicht wurden. Deborah Reiser, die Physikerin, fing an zu kichern, ebenso wie Florence Nesbit, die Mageiristin, und Gertie La Farge, die Maieutikerin (Sekretariat). Nat Goya war nicht zum Spaßen zumute. Er saß in düstere Gedanken versunken. Er war verliebt, verheiratet, seine Frau war schwanger. Er dankte Gott, daß sie Westchester bereits verlassen hatte – genau gesagt vor vier Tagen, kaum rechtzeitig – und daß sie, an eben diesem Abend, während er noch dabei war zu packen, vom Haus ihrer Tante in Fort Worth, Texas, angerufen hatte, wo sie schon sicher untergebracht war. Sie hatte ihren Eltern am Telephon von der Heirat erzählt, früher als beabsichtigt wohl, aber die Zeitläufte legten rasche, verfrühte Handlungen nahe. Sie waren anscheinend gar nicht unglücklich. Er hatte sich danach gesehnt, zu ihrer lieben Stimme auch ihr liebes Gesicht zu sehen, aber die altmodische Tante lehnte das Peepophon strikt ab, neumodischer Unsinn, der die Leute nur dreist und frech machte und sie sich durch ihr Mienenspiel verraten ließ. Sobald sie dort eingetroffen sein würden – wo auch immer – würde er gleich Edwina anrufen. Er würde sie zu jeder Tagesstunde anrufen, bis sich ein Quartier für ein Ehepaar gefunden hätte oder bis zu seinem ersten Urlaub. Es war schließlich im Grunde wie damals während seiner Dienstzeit, nur schien es diesmal, als sei er – obwohl noch Zivilist – irgendwie ein hoher Offizier. Unterbringung eines verheirateten Offiziers, standesgemäß ... Ein koreanischer Boy in weißem Jackett. Außerdem würde das Projekt nicht ewig dauern. Die Bezahlung war offenbar nicht schlecht. Sie brauchten Geld, um sich ein Heim aufzubauen. Die Grundstückspreise waren in Westchester County zwangsläufig dramatisch gefallen, aber wenn das schlechte Wetter vorüber war, würden sie wieder steigen. Wenn er nur schon eine Anzahlung hätte leisten können. Er hörte den alten Frame zu seiner Tochter sagen: »... Denk an deine Pflicht.« Er hatte nur eine einzige Pflicht, gegenüber dem besten Mädel auf der Welt, seiner lieben, süßen, scharfen Edwina.

Pflicht. Im Gefängnis unten in Manhattan erwachte Val aus unruhigem Schlaf und hörte Willetts Stimme etwas von der Pflicht singen. »Alle die tapferen Kapitäne, die Matrosen«, trällerte er, »und die versanken in das Meeeer, wie's ihre Pflicht.« Er schloß einige Takte la-LA-la an und fiedelte eifrig durch die leere Luft. »Walt Whitmans Text, Musik: Vaughan Williams. Nicht ganz, aber beinah. Das hört sich an wie eine ganze große Meeressymphonie da draußen. Jesus! Kakophonie, sagen wir mal.« Val erwachte nun ganz und hörte Sausen und Röhren, das krachende Herabbrechen einer Last, die sich wie eine Tonne Backsteine anhörte, nicht weit entfernt, hörte ihre eigene Zelle erzittern wie ein Schiff auf hoher See. Ihre Genossen erwachten wie eine langsame Tonleiter, *accel. molto* gegen Ende, für jeden eine Note des Erstaunens, immer höher ansteigend. »Jesus, Jesus«, betete ein Schwarzer, »ich wollte nie was Schlechtes, Mann, es gibt ja nur dich.« Einer fuhr zusammen wie von einem straffen Lederriemen getroffen – eine Wasserpeitsche hatte ihm einen Hieb versetzt. Menschenskind, das war der dritte Stock hier! Willett, auf Zehenspitzen, spähte durch die Gitterstäbe. »Wir sind auf See«, sagte er. Val, der nun auch hinausschaute, sah einen nächtlichen Meereshimmel, sah bittere Wasserwogen, eine hohe Mauer von kränklichem Gelb, von flackernden Scheinwerfern zitronengeschminkt, sah, wie die Mauer unter dem Schlag einer Welle fiel, wie sich der Mond und Lynx durch dick verknäuelte Wolken angrinsten: Kuckuck!

»Ein Matrosenleben aus dem 18. Jahrhundert«, sagte Willett. »Eine Gefängnisstrafe mit dem zusätzlichen Risiko des Ertrinkens. Wir verschwinden hier am besten.« Dies schien die Ansicht vieler zu sein, dem Lärm nach zu schließen auch in den benachbarten Zellen. Willett schritt zur Gittertür in den Flur und brüllte lauter als die meisten. Der religiös veranlagte Schwarze mit der Aufschrift LYNX auf dem Pullover rief Jesus an. Ein eilig-verwirrter Polizist erschien, in Ölzeug und glänzenden hohen Gummistiefeln. Er hatte einen Schlüsselbund. »Wollen wir jetzt doch mal sehn, wie gut ihr schwimmen könnt«, erklärte er. »Kein Platz in unsern Hubschraubern.« Metall knirschte, er schenkte Freiheit. Seine Kollegen hatten sich an den anderen Zellentüren großzügig gezeigt: der Korridor war voller panischer Befreiter. Die Befreier, für das Wasser gekleidet, aber für die Lüfte bestimmt, bestiegen den Aufzug. Einige der Befreiten versuchten sich anzuschließen, doch Revolver zielten auf sie. Der rothaarige Sergeant vom Empfangskomitee – vor all diesen Stunden – hielt eine schwere schwarze Fünfundsechziger Politian im Anschlag und sagte: »Hoher Seegang. Ganz schön hoch. Schön schwimmen!« Der Aufzug fuhr nach oben.

»Dieses Gefährt«, sagte Willett, »dürfte nicht mehr zurückkommen.« Einige ihrer Genossen, unter dem Zwang eines alten Reflexes, wollten die Treppen hinunterlaufen, aber ein magerer Slawe rief: »Wasser! Die gottverdammte See ist da. Da!« Er stieß einen bebenden Zeigefinger vor. Eine prüfende naßgrüne Zunge schleckte aus dem Treppenhaus herauf, eine schmutzig aufblühende Schaumkrone tragend und wie ein albernes Geschenk eine leere Gelasem-Packung mit sich bringend. Dann kam ein helleuchtender Blitz, der einen Augenblick lang alles blau werden ließ, dann – eine Sekunde oder zwei danach – unbeholfen trampelnder, polternder, Musketen abfeuernder Donner. »Gefällt mir nicht, Mann«, sagte der Schwarze, der für Jesus (nach außen hin: Lynx) war, »gefällt mir ganz und gar nicht.« Ein Weißer, dessen Auge durch einen Schlag zugeschwollen war, höhnte: »Das hat dein Lynx gemacht, dieser Arsch.« Willett sagte: »Wir müssen nach oben, meine Herren, und die Kugeln riskieren.«

Es war ein langer Weg nach oben – noch sieben Stockwerke. Mit dem Atem, der ihm noch blieb, stieß Willett gargantueske Flüche aus. Vals Kopf spähte als erster durch die freundlicherweise offenstehende Falltür zum Dach. Er sah Hubschrauber, die in mörderische Böen hinein abhoben und sich davonmachten. Aus einem drang das tonlose Brüllen angstvoller Polizisten, die befürchteten, durch das Schwanken und Rütteln ihrer Maschine ins Meer geschleudert zu werden. Die Wellen, mit soliden Schaumkämmen, kamen aus der Weite des Atlantiks herein, der Regen zischte diarrhöisch prasselnd, Mond und Lynx zwinkerten kokett, Bogenlampen flackerten und flickerten und erloschen. Die gesamte Straßenbeleuchtung von Manhattan erlosch. Ein infernalisches rotes Glühen schien von irgendwo in New Jersey herüber. Val kam wieder herein und schloß mit Hilfe von drei breitschultrigen Kerlen die Tür gegen das Chaos. Der Blitz gab eine rasche blaue Nachricht durch; der Donner bestätigte sie ausführlich. »Hilft nichts!« schrie Val. »Wir müssen warten, bis die Ebbe kommt.«

»Es kommt hier hoch, Scheiße noch mal«, fluchte ängstlich ein mickriger Teutprot, einer von Livedogs Leuten, und zeigte mit ausgestrecktem Finger. Wasser – nicht viel langsamer, als sie selbst heraufgekommen waren – tanzte Stufe um Stufe empor, die leere Gelasem-Packung immer noch als rührende Gabe voran, einem vollen Sechserpack Forgier fiel der Aufstieg schwerer. Ein cooler Schwarzer schwappte hinab, griff sich eine Dose aus dem aufgeweichten Papprahmen, ließ sie aufknacken und trank. »Durst«, keuchte er. »Hättst auch warten können«, sagte der magere Slawe. »Die werden frei Haus geliefert, verdammte Scheiße.« Zehn, ein Dutzend drängten sich fluchend an Val und Willett vorbei, besser an der hurenverdammten frischen Luft ertrinken! Und Willett nickte ernst zu ihrem Entschluß, denn man sah die Flut geschwind, Stufe um Stufe, heransteigen. Auf dem Dach fanden sich Annehmlichkeiten, die sie zuvor nicht bemerkt hatten – eine Art Autobuswartehäuschen aus festem Metall, wohl für die Wachen auf dem Dach, wenn's so was gegeben hatte, für Leute, zu spät jetzt für solche Überlegungen, bei nassem Wetter; ein zwanzig Fuß hoher Radiomast. Einige der Männer drängten sich in dem einen, andere überlegten sich den Rettungswert des andern, der im Wind entsetzlich schwankte, aber fest mit Stahltrossen vertäut war. Mond und Lynx beschienen hilfreich das Dach, sporadisch von Blitzen unterstützt. Sie schienen auch auf Willett, der über die Brüstung mit ernstem Interesse etwas betrachtete – eine breite, aus abgerissenem Holz und Metall bestehende Plakatwand, die nun wie ein Floß gegen die Ecke der Brüstung stieß, pochend, als warte sie ungeduldig auf einen Fahrgast. Die Lichter des Himmels zeigten in krasser perspektivischer Verkürzung ein nacktes Mädchen, das seiner Begeisterung über PIPPET freien Lauf ließ, was immer das war, etwas Tröstendes und Begehrenswertes, etwas Stärkendes, etwas. »An Bord!« schrie Willett zu Val hinüber. »Unmög«, schüttelte Val den Kopf. »An Bord«, stieß Willett und knuffte ihn an Bord.

Das Floß trug sie ein Stückchen in die Stadt hinauf. Sie lagen schaudernd da, durchnäßt, grell von Blitzen beschienen. Mit verrückter Zielstrebigkeit fuhr das Floß – sich schon in Planken und Latten auflösend – auf ein Gebäude zu, das noch mit zwanzig oder mehr Geschossen über die Wasseroberfläche aufragte. Sein Name leuchtete einen Moment in ägyptischen Kursivbuchstaben auf – THOTHMES. Ein Hotel? Schön blöder Name für ein Hotel. Das Floß stieß, ungeschickt, aber wohlwollend, gerade unter einem Fenstersims gegen die Fassade und zersetzte sich dann noch mehr. Willett ergriff hastig eine metallene Strebe der Plakatwand, ehe sie in die Tigerrachen der Wasser sprang, und schlug damit gegen das Fenster. Wind und

Wogen zogen ihn fort und stießen ihn wieder zurück. Er schlug und schlug, unhörbar, aber das Fenster zeigte Wirkung. Willett stieg mit einem Geschick, das für einen Mann seiner Leibesfülle ungewöhnlich war, auf den Sims, dann stürzte er hinein, das Glas gab nach. Val wurde weggeschwemmt und schrie. Es schwemmte ihn zurück, und etwas hielt ihn, griff, griff und hielt ihn. Willett zog ihn hinein, ins herrlich Trockene. Es war ein Hotel, ein Schlafzimmer, verlassen, die Blitze zeigten brutal zuckend ein ungemachtes Bett. Gemacht oder nicht; Val wollte sich hinlegen. »Auf!« befahl Willett, seine Stimme drang durch den Donner.

Zu ihrer Überraschung war der Flur von einer schwachen Beleuchtung erhellt – offenbar ein hauseigener Generator, der bequem über dem Wasserstand wohnte. Die Fahrstühle schienen jedoch von tieferwurzelnder Kraft versorgt worden zu sein; sie gingen nicht. Die beiden gingen zur Hintertreppe und klapperten nach oben, wobei sie sich diesmal Zeit ließen. Val schaute – lächerlicherweise – auf seine Uhr, die immer noch vernünftig weitertickte: die Stund' und Zeit durchläuft die rauhste Nacht. Vier Uhr zwölf an einem nassen Morgen. Das Flugzeug hatte er versäumt. Um sicher zu gehen, stiegen sie fünf Stockwerke nach oben. Sicher? Das Gebäude zitterte. Trotzdem würde es wahrscheinlich stehenbleiben, bis sich die Flut wieder zurückzog, wenn sie sich je zurückziehen würde. Explosionen dröhnten überall in der Stadt. Durch ein Fenster auf einem Treppenabsatz sahen sie die größeren Türme Manhattans blitzumzuckt, doch noch aufrecht. »Das«, keuchte Willett, »Langt. Jetzt.«

Sie traten auf den schwach beleuchteten, tiefpurpurnen Korridorteppich hinaus. Viele Türen waren verschlossen, eine jedoch – Ramses-Suite stand in metallener Kursivschrift neben ihr an der Wand – stand gastfreundlich offen. Eine hastige Evakuierung hatte hier stattgefunden: das Bett ein Laokoonknäuel von Laken; durch eine offene Schranktür sah man sogar säuberlich aufgehängte Anzüge. Im Bad unbenutzte flauschige Handtücher, Toilettenartikel (männlich) auf dem marmornen Waschtisch. Wohnzimmer mit Bar. Noch ein Schlafzimmer, das Bett gemacht oder vielleicht gar nicht benutzt. Die Lichter brannten schwach, die Notbeleuchtung offensichtlich, doch zu ihrer Freude kam heißes Wasser aus den Hähnen. Val, der nackt an der Bar Gin pur trank, ließ zuerst Willett seinen gewaltigen Leib im heißen Wasser weichen. Mit gravitätischer Albernheit wählte er die 4: Zimmerservice. Eine mechanische Stimme informierte ihn, daß der Zimmerservice zeitweilig unterbrochen sei. Der Teleschirm gab nichts von sich. Das Radio lieferte dringliche offizielle Worte, unverständlich hinter den Nebengeräuschen der Statik. In dem immer noch summenden Eisschrank fand sich nichts außer Limonaden und Fruchtjoghurt – Papaya, Boysenbeere, Karamel und Bitterorange. Gesunde Kost, aber nichts für Willett dabei.

Also gingen sie. Freud war sich neben dem ungewöhnlich hochgewachsenen Jung seiner bloßen einssiebzig bewußt. Jung verfügte auch über mehr Energie: Freud, der große Spaziergänger, wurde langsam müde. Jung redete geläufig:

»Es ist natürlich möglich, daß meinen Vorbehalten gegen Ihre umwälzenden Ideen einfach der Mangel an konkreter Erfahrung zugrundeliegt. Aber glauben Sie nicht, daß eine ganze Anzahl von Grenzzuständen angemessener als verursacht durch den anderen grundlegenden Trieb gesehen werden könnten – den Hunger? Nicht Lust, sondern Hunger. Saugen ist Hunger. Küssen ist Sexualität. Das Kind verwechselt beides. Beides amalgamiert sich psychisch – das eine enthält die unter einer bestimmten Konjunktion zusammengetretenen Aspekte des anderen.« »Vielleicht«, keuchte Freud vorsichtig. Und dann: »Da wir vom Hunger reden – haben Sie schon zu Abend gegessen?«

»Abendessen? *Abendessen?*« Jungs Gelächter hallte in der leeren nächtlichen Wiener Straße wider. Eine Katze rannte vorbei. Freud fragte sich, ob das Wort möglicherweise eine besondere obszöne Bedeutung im Zürcherdeutsch hatte. Er mochte den Tonfall dieser Region nicht. Er hatte etwas überheblich Aufwieherndes. »Abendessen, haha! Lassen Sie uns nicht vom Abendessen reden. Hören Sie zu, mein verehrter Herr Professor, lassen Sie mich Ihnen von einem meiner schwierigen Fälle der letzten Zeit erzählen – einen, den ich, wie sich zu sagen erübrigt, mit Ihrer Methode geheilt habe. Eine zwanzigjährige Russin, seit sechs Jahren krank. Als sie drei Jahre alt war, sah sie ihren Vater den Bruder auf den bloßen Arsch hauen – verzeihen Sie, aufs Gesäß. Dies hinterließ einen starken Eindruck. Sie hatte die Empfindung, daß sie auf die Hand ihres Vaters defäziert hätte. Vom vierten bis zum siebten Lebensjahr versuchte sie, auf die eigenen Füße zu koten – oder genauer gesagt, preßte eine Ferse gegen den After, wobei sie auf dem Boden saß, natürlich, und versuchte so gleichzeitig zu defäzieren und die Defäktion zu verhindern. Sie verhielt den Kot oft zwei ganze Wochen. Es gab ihr ein seliges, wonniges Gefühl, sagte sie. Später ging sie natürlich zu Masturbation über. Was halten Sie davon, verehrter Herr Professor?«

»Eine hübsche Geschichte. Der Anblick, wie ihr Bruder verhauen wurde, führte sie in ihr zweites Jahr zurück. Ihr eigener After – vielleicht reale Defäkation auf die Hand des Vaters – warum nicht? Es ist nicht ungewöhnlich. Die Liebkosungen ihres Vaters in früher Kindheit. Analerotik. Übertragung auf Sie natürlich.«

»O ja, sehr nachhaltig. Ein hübsches Mädchen. Eine Studentin.« Sie saßen in einem beinahe leeren Café. Die Stühle standen umgekehrt auf den Tischen, damit morgen früh ausgekehrt werden könnte. Jung rührte seinen kaltgewordenen Kaffee nicht an.

»Nicht nur durch freies verbales Assoziieren. Ich begrenze die Freiheit. Ich gebrauche eine Stoppuhr. Ich stoppe die Zeit zwischen dem Stichwort und der Reaktion. Ich habe stets eine Stoppuhr dabei. Hier ist sie.«

»Schweizer Fabrikat?«

»O natürlich, Schweizer Fabrikat. Sollen wir es versuchen?«

»Sie haben Ihren Kaffee ja nicht einmal probiert. Hätten Sie gerne etwas Stärkeres?«

»Alkohol? Rühre ich nie an.«

»Ihre kalvinistische Erziehung? Der reinliche Glaube ans Erwähltsein, der eine nüchterne Lebensführung lehrt? Das paßt mit Uhren gut zusammen, nicht wahr?«

»Sie scherzen. Aber ich entdecke einen leicht abschätzigen Tonfall in Ihrer Stimme. Unterschätzen Sie nie die Verbote der Religion oder das Geheimnis der Religion. Wir sind von ozeanischen Mysterien umgeben. Und der Alkohol – der benebelt den Verstand. Das wissen Sie. Ohr und Auge gespannt und klar, der Finger in sensitiver Berührung des Auslösers an der Stoppuhr. Natürlich haben Sie jetzt gerade versucht, meine Demonstration zu verhindern. Diese Frage nach Alkohol und Kalvinismus. Sie wollen Ihren Kopf nicht in meinen Händen wissen.«

»Ich habe bereits«, und er zündete sich seine Zigarre an, »meine Selbstanalyse beendet.«

»Geben Sie dieses Kraut auf. Es hat auch eine benebelnde Funktion. Nehmen wir das nun einfach als ein informelles Gesellschaftsspiel, ja? Sind Sie soweit?«

»Wenn Sie wünschen.« Kalt sah er zu, wie Jung das Ding auslöste.

»Schwein.«

»Verzeihung?«

»Schwein.«

»Verboten.«

»Gras.«

»Nicht betreten.«
»Mutter.«
»Inhibition.«
»Schwester.«
»Exhibition.«

Jung seufzte, schaltete die Uhr aus und steckte sie ein. »Also, verehrter Herr Professor – ich sehe Widerstände.«

»Ach, lieber Kollege«, sagte Freud freundlich, »ich muß Widerstand leisten, oder? Ich muß die Freuden der Autorität in vollen Zügen auskosten.« Und dann, in einer Art parodistischen Furors, als wütender Moses zu dem gutmütig dreinschauenden Josua: »Ich habe das Unbewußte entdeckt, als Sie noch in Ihrem Urin herumspielten.« Dann als liebender Moses. »Aber Sie sind bemerkenswert. Brillant, wie ich glaube. Ich glaube, nun ist unsere Sache sicher. Ich weiß es. Der große Wind wird von Zürich her wehen. Wien – ach!« Er spuckte ein braunes Klümpchen Speichel auf den schmutzigen Fußboden. Jung schaute mit undurchdringlicher Miene beiseite. Ein polizeiwidriges Vergehen in Zürich.

Glocken, Glocken und ein herrlicher Sonntagmorgen. Sie gingen die Ringstraße entlang, an den großen barocken Fassaden vorüber, und Jung war laut über den Lärm der Glocken hinweg zu vernehmen.

»Ich beschwöre Sie, mein lieber verehrter Herr Professor, sehen Sie über Ihr Sprechzimmer hinaus! Und damit meine ich nicht nach Zürich in unsere Klinik, nicht nach Budapest, wo Ferenczi arbeitet, nicht nach Berlin, wo Abraham jetzt angefangen hat. Nein – über die Medizin hinaus, auf das Ganze der Zivilisation. Sie heißen uns die dunklen geheimnisvollen Kräfte des Unbewußten begreifen, aber nur, um sie als Dämonen austreiben zu können. Wir verstehen nun – oder werden es bald verstehen –, wie die schöpferischen Impulse zustande kommen, die Musik, Dichtung, diese herrliche Architektur hier um uns erschaffen, welche mir gerade wie eine wundersame Verfestigung des verworrenen und doch geordneten Wohlklangs der Glocken erscheint ... Wir verstehen, daß Kunst eine Form der Neurose ist, doch lehnen wir deshalb ihre Schönheit ab? Keinesfalls. Und Religion – wir verstehen. Religion kann therapeutisch sein. Ich habe eine alte Dame von ihrer Hysterie geheilt, indem ich mit ihr die Bibel las. Die Bibel verliert ihre Autorität nicht, weil wir nun wissen, daß sie auf dunklen ödipalen Trieben ruht. Die Religionen der Welt – sie weisen hin auf die Wahrheit eines kollektiven Unbewußten, der Weltenform, auf Gott in vielen Gestalten und mit vielen Zungen–« Er hielt inne, um Atem zu schöpfen. Freud sagte abrupt:

»Die Religion ist die Unterdrückerin. Wohl hat sie uns Kunst, Musik, Architektur von unübertrefflicher Schönheit gegeben, aber das hindert sie nicht daran, das Dach über den Köpfen der erschauernden Menschen zu sein, die sich scheuen, der großen zugigen Schwärze draußen entgegenzutreten. Der Mensch hat sich Gott erfunden, weil er es nicht besser wußte – den großen unberechenbaren Vater, zärtlich oder zornig, liebevoll oder rachsüchtig. Aber Gott hatte keine wirkliche, unabhängige Existenz. Außerhalb des Menschen ist nichts. *Nichts*.«

Doch die Glocken klangen, schrien, heulten, hoben brüllend ihre Kehlen gen Himmel und übertönten Freud. Und Jung lächelte zum Himmel, und nickte, als erwidere er den Gruß eines alten Bekannten.

Essen im Kreise der Familie, und die Kinder schauten aufmerksam zu. Es war schade, daß Minna nicht mehr bei ihnen war, daß sie gerade im tiefsten Europa in eigenen Angelegenheiten herumreiste. Sie hätte ein sardonisch dunkles Auge aufleuchten lassen, als nun der große, sich soldatisch geradehaltende Schweizer – die aufblitzenden Brillengläser das Licht trinkend, sein Kalbfleisch vor ihm auf dem Teller vergessen – von dem langen dunklen Weg sprach, der zum Lichtschein Freuds führte.

»Ein immer wiederkehrender Traum, Frau Doktor, und darin ein Sturmwind. Ich kämpfte gegen den Wind an, und in meiner Hand war – dies–« Er nahm Freuds Streichholzschachtel, die für die Verdauungszigarre bereitlag, entzündete ein Hölzchen und schloß schützend seine großen Hände um die kleine Lunte. »Hinter mir folgte der Schatten eines großen schwarzen Riesen – aber ich mußte weitergehen und das kleine helle Licht in meinen Händen vor dem Verlöschen bewahren. Ich erwachte nach der hundertsten Wiederholung dieses Traumes, und siehe – die Bedeutung enthüllte sich mir. Die Gestalt, der große schwarze Riese, war mein eigener Schatten auf der ziehenden Nebelwand, hervorgerufen von dem Licht, das ich in Händen trug. Das kleine Licht war mein Unbewußtes. Ich hatte begonnen, das Wesen des Menschen zu begreifen. Und wie ging das zu? Weil ich die Werke meines verehrten Lehrers und Führers hier gelesen hatte. Mein Traum hatte sich abgemüht, mir die Wahrheit zu sagen, doch er vermochte es nicht – nicht, bis der verehrte Herr Professor Freud mir den Schlüssel zu meinen Träumen gab.« Er blies das Streichholz aus und gab dem verehrten Herrn Professor das abgebrannte Stückchen, der es ernst auf einen Brotteller niederlegte.

Eine gute Geschichte, doch er hätte sie nicht Wort für Wort im

Hause von Freuds Mutter wiederholen sollen, welche er unbedingt sehen wollte. Große Männer und ihre Mütter, irgend so etwas. Freuds Mutter sagte:

»Exzellenz?«

»Das«, sagte Freud, »gehört zum Professorentitel, Mama, aber du brauchst es nicht benutzen.«

»Ach, für mich«, sagte sie zu Jung, »ist er immer noch der kleine Junge, der im Schmutz spielt.«

Jung lächelte strahlend die, wenn auch nur zeitweilig, verkleinerte Vaterfigur an, und sagte strahlend: »Und was wäre reiner als Schmutz? Ich bin nicht wie Ihr Großstadtmenschen. Ich bin auf dem Lande großgeworden, unter Kühen und Stieren, Hähnen und Hennen und zwischen den schmutzigen Äckern. Schmutz, hieß es immer, wenn ich dem Stier mit der Kuh zusah, dem Hengst mit der Stute, dem Hahn mit der Henne – den Hennen, besser gesagt – aber selbst damals hatte ich das Gefühl, daß ›Schmutz‹ nur ein schmutziges Wort für die Erde ist, die der Regen befruchtet, für den lebenspendenden Schlamm, dem die ganze ägyptische Zivilisation ihren Ursprung verdankt. Sie müssen alle einmal in die Schweiz kommen, in mein Haus am See, mit mir in meinem Boot segeln, Fische im Freien braten, Holz fällen, Holz schnitzen–«

»Würde dir gut tun, Sigi«, sagte Freuds Mutter, »da würde dein Kreuz gerade und der Rauch ginge raus aus deiner Brust. Er raucht viel zu viel, Dr. Jung, ich sage ihm immer, es ist eine unsaubere Angewohnheit.«

»Ah!« Jung strahlte und sah freundlich auf Freud, der einen tiefen, saugenden Zug an seiner Zigarre tat, die nicht ziehen wollte, »reine, liebende Ergebenheit, das ist alles, was das zu bedeuten hat. Ihnen ergeben, Ihnen, Ihnen, gnädige Frau.«

Sie gingen zum Bahnhof, nicht ganz zwei Stunden zu früh. Als der Zug herandampfte, sagte Jung: »Und Sie werden es sich überlegen?«

»Mehr noch«, sagte Freud enthusiastisch. »Ich werde ja sagen und wiederum ja und davon ausgehen, daß die Angelegenheit bereits in Ihren Händen ruht.«

»Ein Riese«, nickte Jung und betrachtete die ein Meter siebzig große Gestalt vor sich wie ein maßnehmender Schneider. »Sie sind durchaus und völlig bemerkenswert. Und doch – es gibt da Tiefen, in die ich nicht hinabreiche, wo seltsame Fische sich verbergen – ich kann noch nicht ganz erkennen–«

»Sie werden es.« Jung bestieg das Trittbrett, betrat den Wagen und wurde bald strahlend an einem Fenster sichtbar. »Einander nahe und immer näher, mein lieber Carl. Wir sind zusammen bei diesem großen Abenteuer.« Es schien irgendwie leichter, dies ein paar Sekunden vor der Abfahrt zu sagen, bevor Jung von ihm fort nach Zürich gezogen wurde. Sie winkten sich zu, und als der Zug verschwunden war, zog Freud eine Zigarre hervor, schnitt das Ende ab, entzündete sie und sog und saugte daran. Zur Hölle mit der tieferen Bedeutung dieses Saugens. Man konnte es auch übertreiben. Dann ging er mit großen Schritten davon, seinen Kampf mit dem schmutzigen Wien fortzusetzen.

Da waren sie wieder, versammelt zum Mittwochsseminar. Otto, der treue kleine Otto, hatte seine Bleistifte angespitzt vor sich liegen. »Meine Herren«, sagte Freud, »endlich treten wir aus dem Schatten der Mißachtung hervor. Ich glaube, es steht uns nun an, unsere Gruppe durch einen würdigeren Namen zu bezeichnen. Ich schlage vor: Wiener psychoanalytische Vereinigung.«

Adler sagte sofort: »Wiener Freudsche Vereinigung.«

»Ich bin gerührt«, sagte Freud, »und danke Dr. Adler dafür, daß er meinen bescheidenen Namen solcherart ehren will. Aber die Bewegung darf nicht mit bloß einer Person in Verbindung gebracht werden. Sie ist nicht die Schöpfung von Sigmund Freud, lediglich seine Entdeckung. Sollen wir darüber abstimmen – falls es keine anderen Vorschläge gibt, natürlich?«

»Wäre es nicht möglich«, sagte Adler, »daß andere Schulen der Psychoanalyse sich entwickeln könnten? Ich meine damit – andere Vereinigungen?«

»Andere Schulen?« fragte Freud ein wenig erstaunt. »Ich verstehe nicht. Es gibt nur eine mögliche Schule–«

»Im Augenblick«, sagte Adler, »die Freudsche Schule. Daher mein Vorschlag für den Namen unserer Organisation. Wir müssen jedoch auch an die Zukunft denken. Sie sagen, daß bereits jetzt dieser Jung in der Schweiz von neuen Entwicklungen redet–«

»Aber dort werde ich, was mich etwas verlegen macht, in dem Namen geehrt, den sie ihrer Gruppe gegeben haben. Lassen Sie uns in Wien solchen Unsinn vermeiden.«

»Es ist keine Rede«, fragte Adler, »von einer Jungschen Schule, einer Jungschen Gesellschaft?«

Freud war etwas ungehalten. »Natürlich nicht. Er ist ein junger Mann. Er hat einen Anfang gemacht. Aber er hat noch viel zu lernen. Wir müssen ihm dabei helfen. Wien ist immer noch die Mutter der Psychoanalyse, wenn auch eine schlimme Mutter–«

»Ich dachte«, sagte Stekel, »Sie hätten Wien als Vater bezeichnet.«

»Es kann vorkommen, daß ich gelegentlich verschiedene Metaphern benütze.«

»Ich verstehe.«

»Was verstehen Sie, Dr. Stekel?«

»Die Wiener Freudsche Vereinigung«, sagte Adler. »Ich schlage vor, daß wir darüber abstimmen.«

»Nun gut«, sagte Freud ein wenig gereizt. Adler, Stekel und Otto Rank hoben die Hände. Freud blickte erstaunt den treuen Otto an. Otto ließ schuldbewußt die Hand sinken und vermerkte die Stimmen. »Die Wiener psychoanalytische Vereinigung?« Alle außer Adler und Stekel hoben die Hände. »Gut. Nächster Punkt. Der erste internationale Kongreß für Psychoanalyse.« Er lächelte vorsichtig. Ein Summen ging um den Tisch, Gerede. Er hob seine Stimme darüber. »Der Ort – Salzburg. Die Zeit noch festzulegen. Die Vorbereitungen liegen in den Händen von Dr. Jung.« Ein oder zwei gerunzelte Stirnen, lange Gesichter, Gemurmel. »Sie werden begreifen, meine Herren, daß es nicht möglich war, die Angelegenheit mit Ihnen zu besprechen. Jung hat mir nur einen kurzen Besuch abgestattet. Ich konnte das Seminar nicht einberufen. Abgesehen davon war die Idee eines internationalen Kongresses Jungs eigener Vorschlag.«

»Ah«, sagte Adler.

»Was soll das heißen? Ah?«

»Nun, nur– Ah.«

»Hätte ich«, sagte Freud nicht ohne Erregung, »dieses Angebot, uns zu helfen, ablehnen sollen –uns mehr als zu helfen? Er hat dort eine sehr starke Stellung. Die Freudsche– die Methode wird in seiner Klinik verwendet. Die Klinik selbst ist vielleicht das psychiatrische Krankenhaus mit dem besten Ruf in ganz Europa. Er besitzt große Autorität. Und Energie. Und, mehr noch, er hat seine Bereitwilligkeit zur Zusammenarbeit betont. Sie haben so oft darüber geklagt, manche von Ihnen, Sie wissen, wen ich meine, daß unsere Bewegung ihre Ghettomauern nicht überschreitet – nun scheint es einigen von Ihnen nicht zu gefallen, daß unser Name endlich in der Welt bekannt wird.«

»Ihr Name«, sagte Adler, »wird in der Welt bekannt.«

Freud war nun wütend. »Ist es mein Fehler, daß ich zuerst darauf gestoßen bin? Waren Sie durch irgend etwas gehindert, die Psychoanalyse zu entdecken?«

»Nur«, sagte Stekel beruhigend, »durch unsere mangelnde Begabung, lieber Sigmund.«

»Wie haben Sie mich genannt?«

»Sigmund. Das ist Ihr Vorname. Sigmund Freud. Sigmund.«

Sigmund oder auch Freud brummte etwas unschlüssig; er wußte nicht genau, wie er reagieren sollte. Rank schrieb, und Freud sah hinüber, was er da schrieb.

»Streichen Sie das«, sagte er. »Dr. Stekels Vertraulichkeit, zu welcher ich ihm keinen Anlaß gegeben habe, gehört nicht zum offiziellen Ablauf unseres Seminars.« Dann strahlte er – Jung sehr ähnlich – die Gruppe an. »Salzburg, meine Herren. Eine hübsche Stadt. Besonders verbunden mit einem bestimmten Komponisten, ich erinnere mich gerade nicht, mit welchem.«

»Wolfgang«, sagte Stekel. »Wolfgang Amadeus Mozart.«

Auf dem Platz vor dem Hotel mit seiner Rokokoarchitektur spielte ein Brunnen, spielte man *Eine kleine Nachtmusik.* Freud und zwei andere Herren traten – hinkten, besser gesagt – in das Hotel. Ein Gang durch die Stadt, die Sehenswürdigkeiten, die harten Pflastersteine. In der Hotelhalle kam Dr. Carl Jung strahlend auf sie zu und zermalmte Freuds Hand in seiner großen Schweizer Pfote. Neben ihm:

»Dr. Jones aus London«, sagte Freud. »Dr. Brill aus New York. Dr. Jung. Dr.–«

»Das«, sagte Jung, »ist Professor Bleuler, der verehrte Leiter unseres Krankenhauses.« Ein grauer Mann, graues Gebaren, nicht viel Blut in den Adern.

»Ich bin«, sagte Freud, »überwältigt, Herr Professor. Darf ich hoffen, glauben zu dürfen–«

»Bekehrt?« Bleuler warf es rasch ein. »Ich, bekehrt? Sie dürfen nicht hoffen, das zu glauben, Herr Professor, ich bin ausschließlich als Beobachter hier.«

Jones sagte: »Sie werden bekehrt werden, Sir.«

»Wenn, dann wird es völlig gegen meinen Willen geschehen.«

»Wie mit all den bedeutendsten Bekehrungen«, sagte Brill in näselndem Deutsch. »Der heilige Paulus zum Beispiel.«

»Ein unangemessener Vergleich«, sagte Bleuler.

»Wenn ich als Angehöriger eines der zehn verlorenen Stämme Israels hier etwas sagen darf, könnten wir–«

»Ich dachte«, unterbrach ihn Bleuler, »Sie seien Engländer, Dr. äh–äh–«

»Jones. Ich bin Waliser. Jones ist ein sehr häufiger walisischer Name. Wir nennen uns gelegentlich einen von den verlorenen Stämmen–«

»Ich dachte«, sagte Bleuler, »die Waliser seien Christen.«

»Spielen mir meine Sinnesorgane einen Streich?« fragte Brill mit amerikanischer Direktheit. »Ist es denkbar, daß ich das aufgeregte Gesumm religiöser Differenzen höre? Die Psychoanalyse ist doch sicherlich international, transkulturell, über den Religionen stehend–«

»Wir Schweizer«, sagte Bleuler, »sind, was wir nun einmal sind, mein Herr. Calvin hat uns unseren Glauben vor langer Zeit eingehämmert.«

»Dies, Herr Professor«, sagte Freud, »stimmt mich verlegen.«

»Sie sind in einem Irrtum begriffen, meine Herren«, sagte Bleuler, »wenn Sie annehmen, ich lehnte die Psychoanalyse aus theologischen Gründen ab. Kulturelle Gründe, möglicherweise, ja. Das jüdische Verhältnis zur Familie ist, Sie werden es mir zugeben, ein anderes als das nichtjüdische.«

»Der ganze Ansatz«, sagte Freud mit einer Stimme, die seine ungeklärten Gefühle hohler klingen ließen, als er gewünscht hätte, »steht oder fällt mit der Grundannahme, daß alle menschlichen Wesen einander mehr oder weniger recht ähnlich sind. Ich hoffe, Sie davon zu überzeugen, Herr Professor. Dr. Jung, meinen innigsten Dank für Ihre tüchtige Vorbereitung, welche–«

»Ja, ja doch, eine Kleinigkeit.« Er betrachtete stirnrunzelnd einen rundlich-energischen, puppenhaften kleinen Mann, der, sich mit einer Verbeugung um Professor Bleuler herum nähernd, beinahe den sich mit einer Verbeugung entfernenden Bleuler zum Stolpern gebracht hätte. Der kleine Mann näherte sich Freud mit ausholenden Gesten der Ehrfurcht und sagte:

»Sandor Ferenczi aus Budapest. Der Apostel der Ungarn. Endlich treffe ich den Retter der geistigen Gesundheit der ganzen Menschheit. Lassen Sie mich Ihre Schreibhand küssen.« Freud steckte sie in die Tasche. »Welche Freude! Ergebenster Diener, Dr. Jung. Ich habe Ihre Technik der verbalen Assoziation mit großem Erfolg benutzt. In Budapest bin ich bekannt als der wahnsinnige Doktor mit der Stoppuhr. Meine Herren–« und er verbeugte sich vor Jones, verbeugte sich vor Brill, »–endlich schließen wir uns zusammen, um vor der ganzen lieblosen Welt die neue Philosophie der Liebe zu vertreten–«

»Der Liebe?« Freud zögerte.

»Natürlich. Der Liebe. Wir töten die Irrationalität des Hasses. Wir zerstören die Sexualneurose. Wir heben die Schrecken und Wirren des Bettes auf. Wir bringen den Patienten zur Liebe seiner selbst und zur Liebe für die anderen zurück. Worüber, mein lieber, lieber

Herr Professor, werden Sie uns einen Vortrag halten, wozu, worüber?«

Freud sagte betont und langsam: »Über einen klinischen Fall meiner jüngsten Praxis. Den Fall des Rattenmannes.«

»Des–?«

»Rattenmannes. Ein Mann, dessen Zwangsvorstellungen um Ratten kreisen.«

»Ratten!« Ferenczis Augen wurden groß, er begann zu zittern. »Ich kann Ratten nicht ertragen. Es ist eine irrationale, eine völlig unvernünftige, ich weiß es, eine instinktmäßige, ich kann sie nicht unter Kontrolle bringen, eine Aversion, Ratten– ich–« Er sah nun Ratten aus nichtexistenten Löchern in den makellosen altweißen Wänden der Hotelhalle hervorkommen. Kletterte nicht eine Ratte dort die rote Samtdraperie hinauf? Jones sagte:

»Etwas zu trinken, schlage ich vor. Einen Schnaps?«

»Ja«, sagte Freud. »Trinken wir etwas.«

Jung sagte: »Ich trinke nicht. Und mein Vorgesetzter, Professor Bleuler, ebenfalls nicht. Der sicherste Weg zu seinem Herzen führt über die Abstinenz.«

»Trinken wir etwas, würde ich trotzdem meinen«, sagte Brill. Sie gingen etwas trinken, Jung schaute undurchdringlich drein, Ferenczi erbebte vor imaginären Ratten.

»Wie du siehst, biste hier unerwünscht, mein Junge«, sagt der erste Schläger zu Trotzki. »Hier läuft nichts.«

»Ich sehe, wie sehr ich erwünscht bin«, sagte Trotzki, »genau hier.«

»Wir wolln keine Ausländer«, sagt der zweite.

»Kommen hierher und erzähln uns, wie wirs machen sollen«, sagte der dritte.

»Verschwindeste schön ruhig und unauffällig und machst keine Schwierigkeiten?« fragte der erste.

»Genossen«, sagt Trotzki ruhig, »droht mir nicht. Mein ganzes Leben lang hat man mir immer gedroht. Manche der Drohungen wurden auch wahr. Manche nicht. Aber noch nie bin ich von meinen eigenen Genossen, von Sozialisten bedroht worden.«

»Unser Sozialismus ist nicht so wie deiner«, sagte der zweite. »Genosse!«

»Gehste jetzt schön in aller Ruhe?« sagte der dritte.

»Nennen wir ihn Lertzing, nicht sein wirklicher Name. Dreißig, ein Advokat, sehr gebildet, hochintelligent. Nicht intelligent genug jedoch, um seiner Selbstmordwünsche Herr zu werden – das ständige Bedürfnis etwa, sich beim Rasieren die Kehle durchzuschneiden. Die Selbstmordimpulse hängen mit der Angst zusammen, es könne den beiden Menschen, die ihm im Leben am wichtigsten sind, großes Leid geschehen: seinem Vater; der jungen Frau, die er seit zehn Jahren geliebt hat. Sexualleben? Masturbation zwischen sechzehn und siebzehn, Verkehr mit sechsundzwanzig, frustriert durch den Mangel an sexueller Gelegenheit, physischer Ekel beim bloßen Gedanken an Prostituierte: Ich führte ihn zurück bis ins Alter von vier Jahren, als die Sexualerfahrungen mit einer Gouvernante begannen. Fräulein Peter, ein Männername, beachten Sie es bitte, mir fiel es auf. Gestattete ihm, unter ihren Rock zu kriechen und mit ihren Genitalien zu spielen. Fräulein Peter, sehr mitfühlende Gouvernante, erlaubte ihm, sie auszukleiden, sie zu liebkosen. Begann, nicht unnatürlicherweise, Erektionen zu haben, die er weinend zu seiner Mutter trug, verängstigt, über Schmerzen klagend. Überzeugt davon, seine Eltern wüßten alles, was in seinem Kopf vorging. Begann zu glauben, er spräche alle seine Gedanken laut aus, er sei der einzige, der sie nicht hören könne. Verharrte während der Behandlung in der Angst, sein Vater könne sterben. Dann entdeckte ich, daß sein Vater schon vor vielen Jahren gestorben war.«

»Ich bin auf einem Bauerngut geboren«, sagt Trotzki. »Ich habe in der russischen Steppe Hengste zugeritten. Ich habe gearbeitet, gelitten, gehungert. Für Menschen wie euch. Ich habe kein Gramm zuviel am Leib, Genossen, aber schaut nur euch an – aufgeschwemmt von Bier, Eis, Popcorn. Was meint ihr nun?«

»Das da«, und der erste Schläger schickt sich an, Trotzki in die Kischkas zu hauen. Trotzki springt zur Seite. Er ergreift einen Stuhl an den Hinterbeinen. Er schlägt einen der Angreifer zu Boden und prügelt den zweiten davon, daß er schreiend wegläuft. Aber der dritte, der noch bleibt, hat Mumm. Er geht mit einem größeren, schwereren Stuhl auf Trotzki los. Kämpfende Hirsche mit geometrisch geformten Geweihen. Olga kommt herein, wegen der Kälte in ein billiges Pelzmäntelchen gehüllt. Auf dem Rednerpult sieht sie Marxens *Kapital* liegen. Sie zieht damit dem Schläger eins über den Hinterkopf. Er dreht sich verblüfft um. Trotzki nimmt seine Chance wahr und läßt die Stuhlsitzkante auf sein Haupt niedersausen. Der

Schläger läßt seinen Stuhl fallen und heult. Trotzki sagt leidenschaftlich:

»Liebe süße hübsche anbetenswerte kleine Genossin! Was ist das für ein Buch? Ah ja. Marx hat zu jedem Problem etwas zu sagen.«

»Ich glaube, Genosse«, sagt Olga, »du könntest einen Drink vertragen.« Trotzki nickt mit nachdenklichem Ernst und dann lächelt er. Er bietet ihr den Arm.

»Der pathologische Zustand erreichte einen kritischen Punkt, als Lertzing – wie so viele von uns – während seiner Pflichtdienstzeit beim Militär an Manövern teilnehmen mußte. Er verlor seinen Zwikker. Er wußte, er könnte ihn wiederfinden, wenn er den Marsch seiner Einheit aufhielte, aber er entschied sich dagegen. Als er sich während einer Ruhepause in Gegenwart seines Kompanieführers befand, eines Hauptmanns von sadistischem Charakter, geriet Lertzing in einen Zustand tiefer Beunruhigung und Schwäche, als der Hauptmann von einer brutalen Bestrafung sprach, welche Soldaten traf, die Dienstvorschriften übertreten hatten. Der Patient war überaus verstört, als er mir von dieser Strafe berichtete. Er konnte sich nicht zusammenhängend ausdrücken. Ich entnahm seiner stockenden Beschreibung, daß der Delinquent gefesselt wurde, daß man einen umgestülpten Kübel auf seinen Hintern stellte, daß sich in dem Kübel Ratten befanden, die man dann sich in den After des Unglücklichen hineinbohren ließ.«

Ferenczi wurde ohnmächtig.

Eine kleine Bar in Manhattan, West 55th Street, »Kokolka« steht über der Tür. Olga und Trotzki sitzen an einem Tisch. Ein Mann in russischer Bauerntracht spielt leise auf einer Balalaika. Der Kellner bringt Wodka. Olga sagt *spassibo*. Trotzki sagt: »Eine abgekartete Sache. *A put-up job.* Den Ausdruck muß ich mir merken.«

»In Amerika«, sagt Olga sanft, wie zu einem Kinde, »ist der Sozialismus der Weg zum Kapitalismus. Niemand will eine klassenlose Gesellschaft. Ich hab's dir doch gesagt: wir hatten unsere Revolution schon 1776.«

»Du sagst ›wir‹, sagst ›unsere‹. Aber du bist eine Russin.«

»Ich bin Amerikanerin. Du redest immer vom Internationalismus. Dies ist die einzige wirklich internationale Gesellschaft der Welt.«

»Hier muß es geschehen. Es muß. Marx hat es gesagt, die Revolution wird zuerst in den am höchsten industrialisierten Ländern ausbrechen. England. Amerika.«

»Nun, da hat Marx sich wohl geirrt, ja? Sozialismus ist etwas für die armen Länder und ihre Bauern. Rußland. China.«

»China? Unsinn.«

»Ja, Genosse. Du weißt es ja besser, Genosse.«

»Es fiel Lertzing nun ein, daß dieses Sich-Hineinbohren der Ratten in den Anus tatsächlich sowohl seinem Vater geschah – tot, wie Sie sich erinnern werden – wie auch seiner durchaus lebendigen Verlobten. Die Vorstellung der nagenden, bohrenden Ratten war eine Obsession, aber er konnte sie nur bekämpfen, indem er kräftig den Kopf schüttelte und zu sich selbst sagte: ›Was fällt dir ein, was fällt dir ein?‹ Nun bekam er noch während des Manövers einen neuen Zwikker geschickt, der zum Militärpostamt gesandt wurde. Der Hauptmann brachte das Päckchen mit dem neuen Zwicker und sagte: ›Du mußt dem Leutnant Nahl drei Kronen achtzig zurückgeben, die er hierfür als Nachnahme ausgelegt hat.‹ Nun wurde in Lertzing diese Aufforderung, zu bezahlen, zu einem Befehl seines Vaters – seines toten Vaters. Er wollte die Schuld bezahlen und doch zur selben Zeit auch wieder nicht, weil sonst seine Zwangsvorstellungen mit den Ratten sich sowohl an seinem Vater wie an seiner Verlobten erfüllen würde. Seine Schuldgefühle wurden übermächtig. Er glaubte, sein Vater habe vor dem Tode seinen Namen gerufen, habe gesagt, er solle kommen und Abschied nehmen, aber er hätte dieser Forderung des Vaters nicht gehorcht. Seine Schuldgefühle hinderten ihn an der Fortführung seiner juristischen Praxis und an weiteren Studien.«

Ferenczi war wieder zu sich gekommen, Bleuler schüttelte immer wieder den Kopf.

»Genossin. Süße hübsche kleine angebetete– Entschuldige! Es ist eine dumme Gewohnheit.«

»Ich weiß, daß es eine Gewohnheit ist, eine Leerformel. Ich habe nichts gegen die Worte einzuwenden, nur gegen ihre Bedeutungslosigkeit.«

»Ich gebrauche nie bedeutungslose Worte. Oder doch, ja, ich tue es. Kapitalistische Blutsauger. Lakaien und Tellerlecker. Anmaßung der Amtsinhaber. Ich bin etwas zu glatt.«

»Sagen wir, rhetorisch begabt.«
»Du glaubst«, sagte Trotzki, »ich sei dumm.«
»Nicht dumm. Naiv.«
»Nun – es gibt schlimmere Laster als die Unschuld. Da, das ist Unschuld, übrigens–«
»Was?«
»Das Lied, das er singt. Puschkin, oder?«

»Ich drang tiefer vor und erfuhr mehr. Lertzing begann offen darüber zu reden, wie oft er den Tod seines Vaters gewünscht hatte. In jenen letzten Jahren hatte er auch einen guten Grund, ganz fühllos gesagt, diesen Wunsch zu hegen: er würde eine bedeutende Summe erben. Er würde dann die Frau heiraten können, die er liebte – ein armes Mädchen ohne Mitgift. Er erzählte mir, wie er als Kind einmal jemand gebissen hatte, und wie sein Vater ihn dafür mit einer sehr strengen Tracht Prügel – ja, Sie werden es erraten haben, auf das Gesäß bestrafte. Die Motive, meine Herren, beginnen, sich zusammenzuschließen. Lertzing fing an, Verbindungen zu sehen. ›Beißen‹, sagte er. ›Ihn beißen. Das tun die Ratten – beißen.‹«
Ferenczi wurde wieder von einer Ohnmacht überwältigt.

Der Sänger singt zum Spiel seiner Balalaika:

Ja was ljubil; ljubow jeschtscho, byt moschet,
w dusche mojej ugasla nje sowsem.
No pust ona was bolsche nje trewoschit;
ja nje chotschu petschalit was nitschem.
Ja was ljubil bjesmolwno, bjesnadjeschno,
to radostju, to revnostju tomim.
Ja was ljubil tak iskrenno, tak njeschno,
kak daj wam bog ljubimoj byt drugim.

Und Trotzki, der entdeckt, daß er seinen Puschkin noch besser im Gedächtnis hat, als er es nach all den Jahren für möglich gehalten hätte, spricht die Worte leise mit:
»Ich liebte dich. Und die Liebe zu dir ist in meiner Seele noch nicht erloschen. Doch laß dich nicht mehr rühren durch meine Liebe. Ich will dir keinen Schmerz bereiten. Ich liebte dich stumm, ohne

Hoffnung, manchmal voll Freude, manchmal voll Eifersucht. Ich liebte dich so aufrichtig, so zärtlich. Ach, gebe Gott, daß dich ein anderer so liebe–«

Olga fängt still zu weinen an.

»Ich brauchte Monate, um die auslösende Ursache für seine Erkrankung herauszufinden. Sie lag sechs Jahre zurück. Seine Mutter teilte ihm mit, er müsse seine Liebe zu diesem armen mitgiftlosen Mädchen vergessen. Er müsse die Tochter eines reichen Vetters heiraten und so selbst reich und erfolgreich werden. Aber diese Tochter liebte er nicht. Er liebte die andere, die er aus Mangel an Geld nicht heiraten konnte, da sein Vater unfreundlicherweise nicht sterben und ihn in den Besitz seines Erbes gelangen lassen wollte. Trotzdem führte ihn der Vorschlag seiner Mutter in Versuchung. Er wich einer Entscheidung aus, indem er erkrankte – ein, wie wir wissen, nicht ungewöhnliches Vorgehen, meine Herren. Seine Krankheit war charakterisiert durch die von mir geschilderten Phantasien und Zwangsvorstellungen.«

Ferenczi war wieder erwacht.

Trotzki legt behutsam den Arm um sie, aber das will sie nicht. Sie sagt, sich grob freimachend: »Ich muß mir eine andere Stelle suchen.«

»Liebe hübsche Olga! Liebling! Nein, nicht glatt gesagt. Ich dachte, wir wollten zusammenarbeiten. Ich dachte, du könntest vielleicht mit mir zusammen nach Rußland zurückgehen, daß wir auch dort gemeinsam arbeiten könnten.«

»Ich komme morgen nicht mehr ins Büro. Ich muß mich nach etwas anderem umsehen. Wir können nicht zusammenarbeiten.«

»Wir können es. Wir werden es.«

»Nun setzte die langerwartete Übertragung ein. Er machte aus mir, dem Analytiker, den reichen Vetter mit der heiratsfähigen Tochter. Er bildete sich ein, ein junges Mädchen, das er zufällig vor meiner Wohnung gesehen hatte, sei meine Tochter, und daß ich ihn zwingen wollte, dieses Mädchen zu heiraten. Er tobte, schlug mich – wenn ich nicht rasch genug ausweichen konnte – dafür, daß ich von ihm forderte, er solle seine einzig wahre Liebe aufgeben und für Geld und

Karriere heiraten. Dann wurde ich sein Vater, der ihm Schläge auf den Hintern gab. Dann war ich der sadistische Hauptmann. Dann war ich Fräulein Peter, die Gouvernante. Ich wurde zum Gegenstand seiner Liebe, Verachtung, Wut. Im Bewußtsein des Patienten begann ein Klärungsprozeß. Ich glaube, daß hier Dr. Ferenczi, um sich weiteres Unwohlsein zu ersparen, hinausgehen sollte.«

So erhob sich Ferenczi unter vielen Gesten des Bedauerns und der Beschämtheit, legte die Hand aufs Herz, küßte seine Fingerspitzen, ging. Bleuler schien auch mit dem Gedanken zu spielen, doch Jungs starke Hand hielt ihn zurück.

»Nein. Wir streiten uns immer. Ich werde zornig.«

»Es macht mir nichts, wenn du zornig wirst.«

»Ich weiß. Und mir macht es nichts aus, wenn du zornig mit mir bist. Das ist das Problem. Ich will mich da nicht einlassen.«

»Mit der sozialistischen Bewegung?«

»Nein, Dummkopf!«

Er seufzt. Er singt, *parlando,* Variationen auf den Text, den er vorher, *parlando,* schon einmal gesungen hat, da allerdings allein. Sie schaut ihn verwundert an.

Die ganze Geschichte durch hinterdrein
hinkt das Bewußtsein hinter dem Sein.
Und was ist das? Etwas, das keiner so recht versteht...
Was nicht aufgeht in der Kausalität.
In den einfachen Antworten, die uns äffen...
Ein Wunsch, die Form eines Gesichts,
ein Traum, eine Umarmung, ein Nichts...
Unverschämte Banalitäten,
völlig irrelevante, und total entbehrliche Trivialitäten.
Schon gut, Schluß jetzt mit dem Krähen und Kläffen,
tatsächlich könnte ja sein, daß menschlichen Leiden
  und Freuden etwas zugrunde liegt,
das jeden guten Marxisten schockierte, begriffe er,
  daß hier seine Wunde liegt!
Das Sein, das wäre vielleicht
          vielleicht
          vielleicht

»Ratten, meine Herren. Ratten und die Analerotik des Patienten. Er hatte, wie ich herausfand, als Kind an einer nahezu permanenten Irritation des Darmtrakts gelitten. Würmer. Seine Eltern hatten seinen Penis einen Wurm genannt. Anstatt der häufigeren Identifikation der Exkremente mit Geld assoziierte er Geld mit Ratten. Einmal sagte er zu mir beim Bezahlen: ›Soviel Gulden soviel Ratten.‹ Sein Vater hatte während seiner Militärzeit soviel Geld verspielt, daß er als *Spielratte* bekannt gewesen war. Seine eigene Abneigung gegen den sadistischen Hauptmann stellte sich als mit einer starken Anziehung vermischt heraus. Er hatte versucht, sich dafür zu bestrafen. Nach elf Monaten täglicher Sitzungen war er in der Lage, die Elemente seines Phantasierens ins Auge zu fassen, die solange in seinem Unbewußten eingeschlossen gewesen waren. Er erkannte, daß er keinen Anlaß hatte, sich seinem Vater gegenüber schuldig zu fühlen. Nachdem einmal die Zwangsvorstellung von den Ratten aufgelöst war, konnte ich ihn für geheilt erklären. Er betreibt jetzt seine juristische Praxis mit Energie und Erfolg. Auch ist er glücklich verheiratet. Ich glaube, wir können nun eine Kaffeepause einlegen und uns in zwanzig Minuten wieder treffen, um Dr. Jung zu einigen Aspekten der *dementia praecox* zu hören.«

Die Versammlung applaudierte und zerstreute sich dann. Jung und Bleuler schauten sich an. Bleuler nickte, nicht unbeeindruckt. Ferenczi, der den Beifall hörte, sah herein, schob sich in den Raum. Freud sagte:

»Wir haben die Ratten getötet, Dr. Ferenczi.«

»Nein, nein, nein – *bitte* erwähnen Sie sie nicht–«

»Du hast einen harten Tag hinter dir«, sagt Olga. »Noch drei Blocks rüber zur Untergrundbahn und dann bist du gleich daheim.«

»Und du?«

»Elf Blocks. Downtown. In die Stadt hinunter.«

»Zu deinem einsamen Bett. Ich zu meinem einsamen Bett.«

»So wird's wohl sein. Unsere einsamen Betten, Genosse.«

Aber sie verabschieden sich mit einem freundlichen Händedruck. Kaffeepause.

Das Orchester spielte Johann Strauß. Jungs und Bleulers Gläser mit Wasser paßten nicht in einen Biergarten, aber Freud, Jones, Brill und Ferenczi hielten schaumgekrönte Maßkrüge in den Händen. Sie unterhielten sich angeregt, laut wegen des Orchesters. Die Wiener Delegierten saßen an einem anderen Tisch, sofern sie noch nicht zu Bett gegangen waren. Es war schon spät, nach Mitternacht. Dr. Freud, immer noch taufrisch, im Kreise dieser Ausländer. Adler und Stekel nickten sich ihren Unmut zu, tranken aus und gingen. Eine nicht ganz korrekte Angelegenheit. Am nächsten Morgen–

»Nein«, sagte Otto Rank ungläubig. »Nein. Nein!« Freud mahnte ihn leise zur Ruhe. Jones teilte seinem Publikum etwas über den »Hamlet« mit. Er sagte:

»Hat Shakespeare selbst begriffen, warum Hamlet zögern und zögern mußte, ehe er seinen Onkel, den Mörder und Usurpator, tötet? Wir wissen es nicht. Doch was wir vermuten dürfen, ist, daß Shakespeare von einer ödipalen Situation in seinem eigenen Leben unbewußt getrieben wurde, eine ödipale Situation im Leben des melancholischen Dänenprinzen darzustellen. Hamlets Onkel hatte Hamlets Vater ermordet. Konnte Hamlet wirklich hierfür Rache nehmen wollen, wenn er selbst den Wunsch empfunden hatte, seinen Vater zu töten? Hier liefert uns die Psychoanalyse die Antwort auf ein Problem, das die Literaturkritik seit mindestens zwei Jahrhunderten beschäftigt.« Jones stieg von der kleinen Rednerbühne herunter, während ihm die Versammlung der Delegierten Beifall klatschte. Otto Rank wandte sich wütend zu Freud und sagte:

»Das war meine Idee. Ich habe Ihnen von dieser Idee erzählt. Haben Sie mit Dr. Jones darüber gesprochen?«

»Ich mag sie in einem Brief erwähnt haben. Spielt es eine Rolle? Der Idee konnte sich jeder bedienen.«

»Es war meine Idee«, sehr hitzig, »meine!« Er stand trotzig auf und ging hinaus.

»Kommen Sie wieder zurück, Otto! Ach, du junger Dummkopf.«

Aus irgendeinem Grund lief es nicht gut. Der menschliche Faktor – mehr noch, der nationale, rassische. Als Freud nach den Referaten des Tages zielstrebig, auf dem Weg zu Jungs Hotelzimmer, an seinen Wiener Kollegen vorbeiging, sahen sie ihn kühl an. Er lächelte und verbeugte sich. Sie verbeugten sich ebenfalls, ohne zu lächeln. Idioten! Am Fuß der Haupttreppe fand er Jones, Brill und Ferenczi wartend. Sie würden zusammen hinaufgehen. Sie stiegen hinan.

Freud klopfte und hörte ein »Herein.« Öffnete die Tür, trat ein. Jung und Bleuler saßen da, Bleuler auf Jungs Bett, Jung auf Jungs Stuhl. Sie erhoben sich. Jung sagte:

»Es macht einen etwas konspirativen Eindruck, nicht wahr? Setzen Sie sich, wo immer Sie noch Platz finden, meine Herren. Ein

Bett scheint irgendwie angemessen.« Vorsichtig setzten sie sich, Freud und Brill aufs Bett, Jones auf das Fensterbrett. Bleuler blieb stehen, Bleuler sagte grimmig: »Sie haben Ihren Konvertiten.«

Aufstehen von diesem Bett, Händeschütteln, die Erleichterung, die Befriedigung. Bleuler schien sich nicht berühren lassen zu wollen. Grimmig sagte er:

»Ich habe einige bemerkenswerte Dinge gehört. Es war eine bemerkenswerte Zusammenkunft. Ich hoffe doch, daß der Kongreß jedes Jahr stattfinden wird.«

»Bei Ihrem Kollegen Carl Jung«, sagte Freud, »müssen wir uns zum größten Teil bedanken. Und, Herr Professor, nun da die Rede auf jährliche Ereignisse gekommen ist–«

»Sie meinen das Jahrbuch«, sagte Bleuler.

»Das–?« erkundigte sich Jones.

»Das Jahrbuch«, sagte Jung mit deutlicher Aussprache. »*Yearbook*. Professor Freud und ich haben uns bereits über die Notwendigkeit verständigt, daß es eine jährlich erscheinende internationale Veröffentlichung gibt, welche der Psychoanalyse gewidmet ist.«

»Mit Zürcher Schirmherrschaft«, sagte Freud. »Genauer gesagt, der des Burghölzli in Zürich, dessen Ruf als Nervenklinik bis nach New York reicht – habe ich nicht recht, Dr. Brill?«

»Lassen Sie mich sagen, wie sehr ich mich freue, wir uns freuen, daß Professor Bleuler«, sagte Brill. »Die– ich– vielleicht bin ich zu voreilig–«

»Es wäre mir eine Ehre«, und nun lächelte Bleuler, »die Leitung zu übernehmen – zusammen mit Dr. Sigmund Freud.«

»Die Ehre«, sagte Freud, »ist durchaus auf unserer Seite, auf meiner Seite. Wie könnte ich meiner Dankbarkeit, meiner Zufriedenheit Ausdruck– Ich glaube, meine Herren, wir sind uns einig, daß für den Posten des Herausgebers nur einer in Frage kommt–«

Jung schaute bescheiden drein.

»Das Problem, lieber, lieber Herr Professor, liegt darin«, sagte Ferenczi, »daß ich zwar Deutsch gut genug spreche, das Jahrbuch aber, obwohl es natürlich internationalen Charakter haben wird, doch auf Deutsch erscheinen soll, und mein geschriebenes Deutsch viel zu wünschen–«

»Ich habe nicht Sie gemeint«, sagte Freud barsch.

»Bin sehr geehrt, sehr geehrt«, murmelte Jung. Ferenczi sank in sich zusammen.

»So!« sagte Freud. »Was weiter kann ich – können wir – nun noch tun, außer vielleicht eine Flasche– äh– kommen lassen?« Bleuler sagte streng: »Sie haben mich zur Theorie des sexuellen Ursprungs der Neurosen bekehrt, Dr. Freud, niemals aber werden Sie mich zum Alkohol bekehren. Niemals!«

»Mineralwasser meinte ich«, log Freud.

»Das Jahrbuch«, rief Ferenczi, »muß ein Werk der Schönheit, eine Arbeit der Liebe sein. Liebe, es muß Liebe ausstrahlen.« Man hustete. Jung unterbrach: »Ich glaube, der Photograph wartet. Es sieht aus, als wolle es regnen. Sollen wir nicht gehen?«

Sie gingen, überaus höflich in Fragen des Vortritts. Freud ließ, sich verbeugend, Bleuler zuerst gehen. Unten wartete auf dem Kiesweg hinter dem Hotel in der Tat der Photograph, ein eifriger junger Mann mit schlechten Zähnen und einem hohen angeschmutzten Kragen, die eine Schulter ein wenig niedriger als die andere. Er strahlte. Sie stehen hier und Sie bitte hier und Sie, mein Herr – Freud und Jung in der Mitte. Jung sehr groß, Freud furchtbar geschrumpft. Freud zog die Stirne kraus; Jung sah es. Ein paar leere Bierkästen standen drüben bei den Regenrinnen und dem Wasserfaß und ein paar mutlosen Schlingpflanzen. Jung winkte fingerschnippend einen im Hintergrund herumstehenden Hausdiener mit gestreifter Weste heran, deutete. Der Diener verstand. Bald sah er, wieder entfernt stehend, diesen kleinen Bärtigen mit der Zigarre auf einem Bierkasten stehen, höher als alle anderen. Der Photograph bat um ein Lächeln. Jung lächelte undurchdringlich, Freud heiter. Die anderen Wiener lächelten überhaupt nicht. Ein Magnesiumblitz, das Klicken des Verschlusses, und das Bild war in die Zukunft eingegangen.

Natürlich zwei Stunden zu früh am Bahnhof. Stekel und die anderen kamen nicht ganz so früh. Ein vorbeigehender Gepäckträger sah, wie eine Gruppe gesetzter besserer Herren mit erhobener Stimme aufeinander einredete. Bald sagte Stekel:

»Wir stimmen, um es abschließend zu sagen, darin überein, daß Sie eigenmächtig, unhöflich, undankbar gehandelt haben und sowohl einen gewissen Lokalpatriotismus wie die übliche Rücksichtnahme unter Freunden haben vermissen lassen.«

»Rücksichtnahme unter Freunden!« sagte Freud. »Dr. Stekel, Sie erheben im Grunde gegen mich den Vorwurf, ich hätte neue Freundschaften geschlossen und die alten dafür vernachlässigt.«

Adler sagte: »Sie haben die Wiener Delegierten insgesamt wie arme Verwandte behandelt. Unserer waren Sie sich ohnehin sicher. Wir, die Knochen, das Blut der Bewegung–«

»Die Bewegung hört sich bei Ihnen an wie ein Schlachthaus.«

»Machen Sie jetzt keine törichten kleinen Witze«, sagte Stekel. »Wir haben genug von Ihnen in der Rolle des komischen jüdischen Raconteurs, der den Amerikaner und den Ungarn und den Engländer und die Schweizer unterhält.«

»Nun kommen wir doch endlich zu der eigentlich gravierenden Anschuldigung«, sagte Kahane.

»Stehe ich vor Gericht?« fragte Freud.

»Das könnte man so sagen«, sagte Kahane. »Sie halten ein geheimes Treffen ab, um die Gründung eines Jahrbuchs für Psychoanalyse zu besprechen, und wer nimmt an diesem Treffen teil? Das will ich Ihnen sagen. Ein Engländer, ein Ungar, ein Amerikaner und zwei Herren aus Zürich. Niemand aus Wien.«

»Ich war dabei«, sagte Freud.

»Hören Sie auf!« rief Kahane. »Sie verkaufen unsere Bewegung an eine Horde Ausländer.«

»Oh, gehen wir doch noch einen Schritt weiter«, sagte Freud. »Ich verkaufe die Bewegung nicht einfach an Ausländer, sondern an Nichtjuden. Ist das nicht die Crux des Ganzen? Wir müssen jüdisch bleiben, gemütlich und inzestuös. Idioten! Ich muß das Licht weiterverbreiten. Ich muß die noch nicht Bekehrten umarmen und abküssen und umschmeicheln. Das größte Kompliment, was ich Ihnen machen konnte, das war, Sie zu ignorieren, mich Ihrer sicher zu fühlen. Sie kennen die Geschichte von dem Rabbi, der einen Mann beschimpft, der während seiner Rede einschläft. Der Mann sagt: ›Nun, würde ich schlafen, wenn ich nicht volles Vertrauen zu Euch hätte?‹«

»Da geht's schon wieder los«, sagte Stekel. »Gut, ich werde es Ihnen jetzt sagen, da Sie die Rede auf das Jüdische gebracht haben. Dieser Jung – das ist ein Antisemit.«

»Hat er Ihnen das gesagt?«

»Alle Schweizer sind Antisemiten«, sagte Adler. »Das liegt denen im Blut.«

»Es gibt Schweizer Juden. Ich hatte einen Patienten, der war–«

»Es gibt nasses Feuer, es gibt heißes Eis«, sagte Adler. »Hören Sie. Dieser Jung – Sie glauben, das ist der große loyale Jünger, der Mann, der die Fackel durch ganz Europa tragen wird. Keine Rede. Ich habe ihn beobachtet, habe seine Augen beobachtet. Er wird Sie verraten, wird uns alle verraten. Sie machen ihn zum Herausgeber, Sie legen ihm das Werkzeug in die Hände, mit dem er unsere Wissenschaft zu einer schweizerisch-christlichen Parodie machen wird. Sie haben zu viel Vertrauen, und Sie vertrauen den Falschen. Sie sind Moses, und

Jung soll Ihr Josua sein, aber Sie irren sich. Sie verachten die loyalen Anhänger und gehen den zukünftigen Verrätern um den Bart. Es widert mich an.«

Freud sah ihn durchdringend an. »Werfen Sie gelegentlich einen Blick in die eigene Seele, Dr. Adler. Nur vor Jung muß ich mich in acht nehmen, ja? Nur Jung kann der Verräter sein. Die Wiener Juden sind zu heilig und treu und gut, um vom Abfall zu träumen. Denken Sie an meine Worte, Dr. Adler. Wir werden sehen.« Adler schnaubte zornig etwas hervor und drehte sich weg. »Wir werden es noch sehen, nicht wahr, Dr. Adler?«

Der Zug fuhr ein. Freud ließ sie in ihrer Hast einsteigen. Er wartete verachtungsvoll, bis die Signalpfeife ertönte, und dann suchte er sich ein eigenes Abteil.

Der Voraustrupp hatte schon gute und rasche Arbeit für KATZ geleistet. Ein unter Strom stehender Metallzaun umriß eine Quadratmeile flacher Erde, auf der wenig wuchs. Ein elektromagnetisches Dach schwebte unsichtbar darüber, um Eindringlinge aus der Luft abzuwehren. Mitten auf dem Feld, Ende März angeliefert, lag der Riesenrumpf des Mondlinienschiffs *Tallis*, der alte Name bereits gelöscht, der neue Name *Amerika* aber erst in Umrissen aufgesprüht. Ihn umringten – in respektvoller Distanz – Fertigbaracken von großer Stabilität, für die Arbeit, den Schlaf, minimale Erholung. Die Baracken der Peripherie beherbergten Armeesoldaten. Die Fünfzigerelite wohnte in größerem Komfort und privaterer Umgebung näher an dem untersetzten Schiffsleib, in Baracken mit je vier großen Wohnräumen, von denen jeder zwei Männer oder zwei Frauen aufnahm, nie jedoch eine Frau und einen Mann. Es gab eine kleine Versammlungs- oder Veranstaltungshalle mit einem Filmvorführapparat. Hier hatte am Morgen ihrer Ankunft – an dem wahren, hellen Morgen, nicht der schwarzen Travestie – Professor Frame vorgeschlagen (in einem beinahe letzten Augenblick legendären Glanzes), er wolle dem KATZ-Team nun das Projekt erläutern. Paul Maxwell Bartlett hatte brutal, jedoch vernünftigerweise darauf hingewiesen, daß es nicht anging, daß ein Sterbender auf die notwendige *inspirierende* Weise (ein Wort, das er grausam hervorhob) über ein Projekt redete, das mit Errettung, mit, ja, Leben zu tun hatte. Als Projektleiter hatte er darauf bestanden, selbst die einführende Ansprache zu halten. Es gab eine kurze Auseinandersetzung, an welcher sich Vanessa beteiligte, aber es gab keinen Zweifel, wer obsiegen würde.

Bartlett trug schwarzes Lederimitat und wunderbar geschnittene schwarze Stiefel. Er stand auf der kleinen Rednertribüne und überblickte sein murmelndes Publikum ohne Unruhe, eher mit einer gewissen theatralischen Verachtung. Vanessa war das Herz schwer, schwerer noch, als er begann: »Wir sollten hier einundfünfzig Personen sein, wir sind jedoch nur fünfzig. Dr. Valentine Brodie, durch kybernetische Auswahl zu unserem offiziellen Chronisten oder Archivar ernannt, erlitt letzte Nacht in New York City einen unglücklichen, ja in der Tat tödlichen Unfall. Wir werden, wie ich meine, ohne Schwierigkeiten einen Ersatz für ihn aus unseren eigenen Reihen finden können. Die Aufzeichnung von Ereignissen läßt sich kaum als Wissenschaft einstufen; sie setzt keine besonderen Fertigkeiten voraus.« Vanessa schluchzte trocken und die ihr zunächst Sitzenden warfen ihr einen kurzen neugierigen Blick zu (Felicia DeWitt, Mackenzie Eidlitz). Dann konzentrierten sie sich wieder auf Bartlett. Er hatte noch eine weitere Grausamkeit auszuteilen, ehe er zur Sache kam. Er sagte: »Der Begründer des Projekts, das wir als KATZ bezeichnen, Professor Hubert Frame, ist, wie Sie ja wissen, hier bei uns, wenn auch in durchaus marginaler Funktion. Er ist krank und muß sich in seinem Quartier aufhalten. Er gehört nicht dem Team an, obwohl unser Team ohne seine brillante Arbeit und die seiner Tochter – glücklicherweise selbstverständlich zu uns gehörig – wohl kaum ins Leben gerufen hätte werden können.«

Er schwieg, wandte sich ein, zwei Schritte auf der kleinen Bühne weg und fuhr dann abrupt herum, um sie alle anzustarren. »Professor Frame«, verkündete er, »wird sterben, wir aber werden leben. Die gesamte Bevölkerung des Commonwealth of Democratic Americas wird sterben, aber wir werden leben. Es ist unsere Pflicht, das Wissen der Menschheit vor der Katastrophe der Menschheit zu retten. Der Katastrophentag oder Katztag, wie man scherzhaft sagen könnte, rückt heran, und die Identität des Weltenzerstörers ist Ihnen allen geläufig. Es ist Lynx, die tückischste aller Katzen, die jetzt schon ihre Krallen in Erdbeben, Seebeben, Mondbeben, Flutwellen zeigt. Bald zieht Lynx davon, aber nur um die Sonne in einem Jahr zu umkreisen, das weit kürzer als das unsrige ist. Dann dreht er um und kommt direkt auf unseren hilflosen Planeten zu. Vor diesem Tag – vor dem KATZ-Tag wird unsere vorbereitende Arbeit abgeschlossen sein, und unser Schiff, beladen mit der Ernte der wissenschaftlichen Forschung des Menschengeschlechts, wird auf dem Weg zum Jupiter sein, der ersten Station unserer langen Reise zu einer anderen Welt. Diese Welt werden wir vielleicht nie erreichen, aber unsere Suche wird nie aufgegeben werden. Wir werden neue Generationen von Raumfahrern und Raumfahrerinnen zeugen, und diese wieder neue. Wir sind nicht wir selbst, wir sind die Menschheit. Die Menschheit muß überleben, und wir armseligen, unzulänglichen Kreaturen sind die erwählten Werkzeuge dieses Überlebens.«

Er entspannte sich, soweit ihm dies sein Naturell überhaupt gestattete, und lächelte grimmig, als wolle er den rhetorischen Tonfall ironisieren, den zu verwenden er sich im Hinblick auf den phantastischen Charakter des Unternehmens veranlaßt gesehen hatte. Er sagte: »Sie sind alle Spezialisten in verschiedenen Disziplinen, die im Umfang dieses Vorhabens von Bedeutung sind. Wie die Philosophie einst als Aufsichtsinstanz oder interpretative Klammer aller verschiedenen Wissenschaften galt, so können wir in der Uranologie die Disziplin sehen, welche die verschiedenen Spezialwissenschaften zusammenhält, die zur Schaffung eines Mikrokosmos im Raume erforderlich sind. Dr. Vanessa Frame, unsere koordinierende Uranologin, ist sozusagen im Besitz der Blaupause für den absoluten Körper–« Man lächelte und warf Vanessa grinsende Blicke zu, der Geschlechtstrieb reckte selbst hier sein verfluchtes, sein gesegnetes Haupt empor, nur Bartlett schien sich keiner Zweideutigkeit bewußt. »Sie, die Ingenieure, Kliniker, Physiker, selbst Bibliothekare sind sozusagen die einzelnen Organe des Körpers. Meine Funktion? Die besteht ganz einfach darin, zu kontrollieren, die Disziplin aufrechtzuerhalten, die letzte Verantwortung zu tragen. Wem verantwortlich, könnten Sie mich fragen. Ich antworte: dem Geist der zukünftigen Menschheit, dem Erfolg – wenn man hier ein so alltäglich klingendes Wort anwenden darf, des ganzen herrlichen und furchterregenden Unternehmens.«

Professor K. O. Eastman, eine schlanke savannenblonde Diastemoploionologin, streckte zögernd einen Finger hoch, um eine Frage anzumelden. Bartlett machte eine abweisende Geste, wie einen Karatehieb. »Warten Sie bitte. Fragen dann später. Oder besser gesagt, ich hoffe alle erdenklichen Fragen bereits beantwortet zu haben, ehe ich zum Ende komme. Sie wissen alle, wo Sie sind – im Staate Kansas, zwischen Hays und Hill City, an einem Punkt, der wegen seiner zentralen Lage und deshalb seiner Immunität gegen Schäden durch Flutwellen ausgewählt wurde, dazu wegen seiner seismisch rein negativen Vergangenheit, dazu wegen seiner relativen Isolation. Sie wissen, wo Sie sich befinden, aber, das muß ich nun sagen, Sie werden nie in der Lage sein, unseren Aufenthaltsort irgendjemandem in der Außenwelt mitzuteilen. Die Sicherheitsvorkehrungen müssen und werden von absoluter Totalität sein. Die zum Untergang verurteilte Menschheit würde, erführe sie von uns, Neid empfinden und in den letzten Phasen apokalyptischer Panik nur zu gern auch uns und die Hoffnungen der ganzen Rasse zerstören. Sie, und ich mit Ihnen, sind Gefangene des Projekts. Sie sind nicht allein wegen Ihrer überlegenen Kenntnisse und Fähigkeiten ausgesucht worden, nicht einmal allein wegen der Verbindung jener mit Spitzenwerten persönlicher und bei ihren Vorfahren auszumachender Gesundheit. Sie wurden auch deshalb ausgewählt, weil Sie keine Familienbeziehungen haben. Sie lassen Freunde zurück, sicherlich, vielleicht sogar Mütter und Väter, doch Sie sind nicht mit der Verantwortung des Gedankens an Frau, Ehemann, Kind belastet. Die Zeit für eine geschlechtliche Verbindung und die Pflicht der Zeugung der ersten Raumgeneration wird kommen, doch das muß warten. Unsere erste Pflicht gilt der Arbeit.«

Nat Goya hob die Hand mit fahriger Bewegung und stotterte ein Wort, das wie »aber« klang, doch Bartlett winkte die beabsichtigte Unterbrechung streng beiseite. »Um uns bei unserer Arbeit zu helfen, haben wir hier eine militärische Truppe von Ingenieuren, Technikern, Pionieren, männlich und weiblich. Die Beschränkungen, die uns betreffen, gelten auch für sie. Auch sie haben keine verwandtschaftlichen Bindungen, bekommen keinen Urlaub, aber sie verfügen über verschiedene Vergünstigungen und sind über die großen Vorteile unterrichtet, welche die Zugehörigkeit zu dem Projekt mit sich bringt. Die wahre Natur des Projekts kennen sie natürlich nicht genau und dürfen sie auch nicht kennen. Doch selbst, wenn sie davon wüßten, wären sie es zufrieden, hier bis zum Ende zu bleiben, da man ihnen klargemacht hat – durch televisuelle und andere Formen der Indoktrination – welche Greuel sich in der Welt draußen abspielen oder in Kürze abspielen werden. Sie sind hervorragend diszipliniert und stehen unter ausgezeichneten Offizieren. Sie sind unbewaffnet.« Ein kühler Hauch, ein Frieren ging durch den Raum, als er sagte: »Waffen gibt es in diesem Lager, aber unter meiner persönlichen Kontrolle, sicher verschlossen in einem Depot, dessen Ort nur ich allein kenne. Sie werden nie für den Gebrauch des Militärs freigegeben werden.«

»Aber«, stammelte Nat Goya, »da muß ein–«

»Ruhe!« rief Bartlett. »Seien Sie so gut und warten Sie. Sie werden nun«, erklärte er seinen Hörern, »über unsere Vorräte und Ressourcen informiert werden wollen. Was die Verproviantierung angeht, sind wir bereits bemerkenswert gut versorgt. Was die für Ihre

Arbeit erforderlichen Materialien betrifft, werden bereits die Grundvoraussetzungen geschaffen, die in der Projektskizze von Professor Frame vorgegeben sind. Weiteres Material, von hydraulischen Kränen bis zu Mikrofiches, fordern Sie über Dr. Hazard an.« Er nickte zu einem untersetzten Schwarzen von erlesener Muskulatur hinüber, der sich leicht vom Platz hob, sich leicht verbeugte, schwer die Stirn runzelte. »Ich kann Ihnen versichern, daß unsere Sicherheitsbestimmungen durch die notwendigen Außenkontakte, die bei der Materialbeschaffung entstehen mögen, in keiner Weise tangiert werden.« Er starrte einen Moment lang seine Zuhörer böse an, als wüßte er, wie stark ihr kollektives Begehren sei, die Sicherheitsbestimmungen zu unterlaufen und wie rein selbstsüchtig und verspielt die Materialanforderungen sein würden. »Drei Zentren – Kazan, Barnum und Wollcott – stehen dem Projekt zur Verfügung. Das Verladen geschieht automatisiert, nachdem die Bestellungen per Telecomputer durchgegeben worden sind. Automatisch gesteuerte Fahrzeuge werden das Material abholen. Noch ein letzter, vielleicht weniger gewichtiger Punkt. Um die wesentliche Einheit all ihrer verschiedenen Tätigkeiten zu unterstreichen, um ein Gefühl quasi militärischer Disziplin zu fördern, werden Sie alle Uniform tragen. Es wird die Uniform sein, welche ich bereits trage; sie ist, wie Sie sehen können, praktisch und sieht gut aus. Der Quartiermeister, Lieutenant Wetmore, wird Ihnen den ganzen Tag im Depot zur Verfügung stehen. Die Lokalisierung des Depots entnehmen Sie bitte dem Lageplan vor dem Versammlungsraum ebenso wie die anderer Einrichtungen. Wenn es Fragen gibt, die Sie mit mir zu besprechen wünschen, dann seien Sie bitte so gut, mit meiner Sekretärin, Miss La Farge, einen Termin zu vereinbaren. Und nun wird Dr. Frame Verteilungsfragen mit Ihnen besprechen.«

Er schritt rasch hinaus; Vanessa kam nach vorn. Sie begann, indem sie das Herablassen einer Filmleinwand und die Projektion von Bildern aus dem Inneren des Raumschiffes organisierte, und dann setzte sie dazu an, die Zuteilung bestimmter Zonen an die einzelnen spezialisierten Aktivitäten darzulegen. Nat Goya aber rannte hinter Bartlett her und erwischte ihn eben, als er das Gebäude verließ und nun zielbewußt auf das Hauptquartier und sein Büro zusteuern wollte. »Dr. Bartlett«, keuchte er, »da muß ein Irrtum vorliegen.«

»Irrtum?« Bartlett blickte so düster-drohend drein wie der Himmel über Kansas.

»Ich bin verheiratet.«

»Sie sind–«

»Verheiratet. Meine Frau erwartet ein Kind.«

Bartlett überlegte fünf Sekunden und sagte dann: »Unmöglich.«

»Aber es stimmt. Ich kann Ihnen die–«

»Unsinn. Computer lügen nicht.«

»Doch, wenn man sie falsch programmiert. Die Informationen über mich waren veraltet.«

Bartlett durchbohrte ihn mit einem napoleonischen Blick. »Sie können davon ausgehen, daß Ihre Eheschließung annulliert ist. Ich sehe hierzu keine Alternative. Wie wir alle, sind Sie mit diesem Projekt verheiratet.«

»Das ist absurd. Ich bin mit einer Frau verheiratet, die ich liebe. Ich will sie hier haben.«

»*Das* ist absurd.«

»Oder ich will das Projekt hier verlassen. Wenn es bedeutet, daß ich da draußen sterbe, dann will ich es lieber so haben. Mit ihr. Mit dem Kind.«

»Nein.« Bartlett schüttelte den Kopf mit großer Strenge. »O nein. Es gibt bei diesem Projekt kein überflüssiges Fett – von diesem Brodie abgesehen, der ohnehin nicht hier ist. Sie sind der einzige Mikroagronom, den wir haben.«

»Belluschi ist noch da. Und Audelan.«

»Nein«, sagte Bartlett. »Sie brauchen eine Prioritätsregulierung. In gewisser Weise sind Sie ein Geschenk des Himmels. Wir können die Methode gleich an Ihnen testen. Melden Sie sich bei Dr. Adams nach Dr. Frames Einführungsvortrag. Ein Vortrag, bei dem Sie übrigens anwesend sein sollten.«

»Dr. Adams? Dr. Maude Adams?«

»Sofort nach dem Vortrag. Das ist ein Befehl.«

»Sie meinen, ich soll mich einer Gehirnwäsche unterziehen? Damit ich meine Frau vergesse und mich in KATZ verliebe? Nein, Bartlett, ich mach's nicht.«

»Es täte mir leid, wenn ich schon so zeitig zu disziplinarischen Maßnahmen greifen müßte«, sagte Bartlett mit winzigem Muskelzucken. »Nun machen Sie zu. Tun Sie, was ich sage!«

»Ich mache zu, das können Sie mir glauben. Ich gehe jetzt direkt durch dieses gottverdammte Tor und ich–«

Bartlett hatte ein Stabmikrofon aus seiner Brusttasche gezogen und rief eine Frequenz ab. »Profos? Seien Sie so gut und schicken Sie einen Sergeanten und zwei Mann nach Zone A. Sofort. Danke.«

»Jesus«, sagte Nat Goya. »Polizeistaatmethoden!« Er zuckte die

Achseln. »Gut, ich gehe. Aber wir sind noch nicht fer–« »Mit einer Eskorte. Bis Sie Vernunft annehmen und sich verhalten wie ein zivilisierter Mensch.«

»Wie ein zivilisierter Mensch. O Jesus!«

Derselbe Ausruf, Kinder, wurde in diesem Moment als Sprachgeste des Entsetzens, aber auch als aufrichtig frommer Ausruf von einem anderen Manne gebraucht. Dr. Calvin Gropius fuhr mit seiner Frau Maria und seinem ältesten Sohn James im Auto in Richtung Dallas, Texas. Sie waren von Sacramento in Kalifornien nach Oklahoma City geflogen, nach der katastrophalen Versammlung, deren Übertragung vor den Augen von Val Brodie, Willett und den anderen fernsehenden Gästen jener nun in schmutzigen Wasserfluten ertrunkenen Bar in New York unterbrochen worden war. In Oklahoma City hatte James Gropius gewohnt, bis das Erdbeben sein Haus zerstörte, wobei aber – wofür sie alle Gott wahrhaft dankbar waren – seine Frau Jennifer und die Tochter Jessica verschont blieben. Diese beiden, denen im Traum eine Warnung zuteil geworden war, waren zu John Gropius (dem zweiten Sohn) nach Dallas gezogen, wo sie immer noch, wie ein Peepophonanruf bestätigte, in Sicherheit waren. Calvin Gropius, der noch in Sacramento von furchtbaren Geschehnissen an der kalifornischen Küste erfahren hatte, hatte auch von Erschütterungen im Landesinneren gehört. Er hatte James' Nummer in Oklahoma City angerufen, aber eine automatische Ansage der Zentrale hatte schnarrend verkündet, daß alle Privatanschlüsse augenblicklich gestört seien und daß der Anrufer sich mit 4055534-2349 in Verbindung setzen solle. Dies stellte sich als eine Nummer heraus, die in Betrieb war, in Hochbetrieb: die eines Auffanglagers am Rande der Stadt, und schließlich war Calvin Gropius durchgekommen und hatte seinen Sohn erreicht. Die Zeiten ließen ein Familientreffen angemessen erscheinen. Der Will Rogers Airport war noch in Betrieb, obwohl die Autoverleihfirmen Thaw, Whitehead und Toscanini allesamt gleich desorganisiert waren. Schließlich war's darauf hinausgelaufen, einen Durango 99 zu stehlen, der mit laufendem Motor vor dem Terminal wartete, während der Fahrer sich drinnen nach einem Flug erkundigte – jedenfalls nahm das James an. James stahl den Wagen, erklärte jedoch seinem Vater, er habe Glück gehabt und ihn mieten können. Er fuhr ihn nun Richtung Dallas; gerade hatten sie auf einer sehr massiven und unerschütterlichen Brücke den tobenden Red River überquert.

»Jesus, Jesus, hilf, vergib uns allen!«

Die Nachrichten sickerten leise aus dem Autoradio. Die Bürger von New York unvorbereitet überrascht; die schreckliche Überflutung Washingtons durch den Potomac und die Evakuierung der Regierung des Commonwealth an einen noch ungenannten Ort; das Ende Londons und der gesamten französischen Nordküste; eine Erdspalte den ganzen großen afrikanischen Kontinent hinunter; Rußlands Anklage an die dekadente Welt des schmutzigen Monopolkapitals wegen der Vernichtung Leningrads. Wieviel davon stimmte, wieviel einfach improvisierte Rhapsodien des Sprechers waren, war schwer zu entscheiden – der Ansager stotterte und unterbrach seine endlose Meldungsliste immer wieder (wie, um Zeit für die Erfindung neuer Enormitäten zu gewinnen) mit einem Tonband eines Mormonenchors, der Sir Arthur Sullivans *The Lost Chord* zu Gehör brachte. *»Seated one day at the organ I was weary and ill at ease…«* »Was wird nun werden, Calvin? Was wird nun werden?« Maria Gropius wiederholte ihre hoffnungslose Litanei. Sie war eine reife Schönheit, noch nicht fünfzig Jahre alt, metallisch schick, bibelfest und nicht sehr intelligent.

»Ich weiß es nicht, ich weiß einfach nicht.«

»Du solltest es wissen. Du müßtest es eigentlich wissen.«

»Ruhig, Liebling, sei still! Oder bete. Ja, bete!«

»Was nun werden wird, Mom«, sagte James, »ist, daß wir alle zusammen sein werden. Dallas ist ein sicherer Ort, in Dallas passiert nie viel. John wird da sein und Rufa und die Kinder, und Dashiel kommt von Fort Worth herüber. Und J und J werden auf uns warten, hübsch und lieb und in Sicherheit.« Er meinte Jennifer und Jessica, Frau und Tochter.

»Aber was soll aus uns allen werden?«

»Mir hat einer erzählt«, sagte James und bog in eine Tankstelle ein, »daß das alles nur ein paar Wochen dauern wird. Lynx kommt näher und verschwindet dann wieder. Dann wird eine große Stille kommen, ein tiefer Frieden, und wir werden bald alle glauben, es sei nie geschehen.«

»Aber unsere Wohnung und Rachel und Judith.« Rachel war die Katze, Judith das Teutprot-Hausmädchen.

»Die ist hochgelegen, Mom, wirklich ganz hoch. Sicher wie ein Haus aus Stein.« Er dachte einen Moment über diese Metapher und ihre groteske Unangemessenheit nach und knurrte dann: »Meine Briefmarkensammlung, meine ganzen gottverdammten– Entschuldigung, Dad, Mom.«

»Schon gut, mein Sohn, du bist übermüdet, Gott wird dir verzeihen.« »Ich hab mich irgendwie vergessen.« Er gab jetzt nur noch Knurrlaute von sich.

An der Tankstelle bediente sie ein zäher, dünner alter Mann, der seine Bibel besser kannte als Dr. oder Mrs. Gropius. Zumindest die italienische Version. *»E vidi«,* rezitierte er, während er ihnen den Tank mit Sharpas Super füllte, *»Ed ecco una nube bianca, e sopra la nube uno seduto simile a un figlio d'uomo, avente sopra la sua testa una corona d'oro.* Alles steht da drin«, sagte er, *»in Bibbia.* Enda der Welt.« Er war ein italienischer Protestant, aus der Florio-Gemeinde des Mittleren Westens. Er gab ihnen ihr Wechselgeld genau heraus und wischte die Windschutzscheibe sauber, wobei er sie auf italienisch ermahnte, ihre Sünden zu bereuen. Sie nickten müde. Er ging zu seinem Stuhl zurück und hob ein Pornogramm in leuchtenden Farben auf, in dem er schon wieder genüßlich las, als die Familie Gropius ihre Reise nach Dallas fortsetzte.

»Jesus, hilf uns, Jesus, vergib ihnen!«

Es wurde nun langsam dunkel, und Lynx ging auf, rot und geädert wie ein blutunterlaufenes Auge. Der Mond sah kleiner aus. Mrs. Gropius erschauerte und begann wieder ihre Litanei:

»Was wird werden, was wird aus uns werden, Calvin?«

»O hör jetzt um Gotteswillen auf und sei still! Liebling. Vertrau auf den Herrn.« Er war sehr müde.

»Ja, das sollten wir wohl tun, schätze ich«, sagte James fröhlich. »Auf den Herrn vertrauen, wie du sagst.« Er hatte sich seinen Unterhalt als Vertreter für sanitäre Installationen in Presbyterien, Pfarrhäusern und anderen geweihten Gebäuden verdient. Was ein weniger marginales Interesse an der Religion anging, nun, das alles überließ er seinem Vater. Ein Heiliger war in der Familie genug.

»Familie genug?« sagte Dr. Adams, eine sehr schlank-gelenkige dunkelhaarige Frau von dreißig Jahren, zu Nat Goya. »Das hat er gesagt? Das Projekt ist Familie genug?« Sie lehnte an der Wand der medizinischen Praxis, Arme verschränkt, Beine übereinandergeschlagen, und schaute Nat Goya an, der in einer Art Zahnarztstuhl saß. »Also gut«, sagte sie zu Sergeant Tiziano und seinen zwei Männern. »Sie können gehen.«

»Wir haben unsere Befehle, meine Dame.«

»Die Anrede«, sagte sie kalt, »lautet ›Doktor‹. Ich habe das Recht, meinen Patienten allein zu sprechen. *Sergeant!*«

«Er hat uns gesagt, wir sollen hierbleiben, Frau Doktor.«

»Wer?«

»Oberkatz, so sagen wir.«

»Oberkatz«, grinste sie. »Gut. Ich werde selbst zu Oberkatz gehen, Sergeant, und ihm meine Verantwortlichkeit und all so was erklären. Also gut, gehen Sie schon!«

»Wenn Sie meinen, Frau Doktor. Oder heißt's vielleicht Frau Doktorin?«

»Das meine ich.« Und sie gingen. Dann, bei geschlossener Tür, suchte sie die herrlich eingerichtete Arztpraxis nach Mikrophonen ab, vielleicht gab es sogar Telekameras. Sie fand ein winziges Mikro, nicht größer als die Münze, die man damals einen *dime* nannte, sehr klein, in der Wandsteckdose der Untersuchungslampe, und sie zog es heraus. »So«, sagte sie. Rasch schrieb sie auf einen Rezeptblock: *Diese diktat. Methoden gefallen mir gar nicht. Du bist ein fr. Mann. Werde Wasser injiz. Vielleicht noch andere Mikros.* Sie zeigte Nat den Zettel und stopfte ihn dann in die Tasche ihrer weißen Jacke. Sie füllte eine Spritze mit Wasser und wässerte Nat unter seiner Epidermis. Dann klebte sie ein Pflaster über den Einstich. »Kommen Sie morgen um dieselbe Zeit wieder«, sagte sie, »und ich schau mir an, wie es Ihnen geht.«

»Danke, Doc Adams.«

»Keine Ursache, Doc– äh– Goya.«

»Ich komme langsam drauf, daß er recht hat. Dieses Projekt ist Familie genug.«

»Morgen früh, wenn Sie aufwachen, werden Sie es noch klarer sehen.«

Er grinste und ging. Nachdem er gegangen war, grinste er nicht mehr. Sergeant Tiziano und seine zwei Hundsköpfe standen im Korridor. »Haben unsre Befehle«, sagte der Sergeant. »Spritze, hat sie?« Sie sahen, daß sie hatte. Nat Goya ging davon. Die Eskorte blieb zurück: Die Medizin hatte ihre eigenen eingebauten Eskorten.

Nat wurde indirekt über Vanessas Vortrag unterrichtet, durch Dr. Belluschi und Dr. Audelan. »Morgen um 0800«, sagte Dr. Audelan. »Hier sind die Essenszonen, schauen Sie, in Abschnitt 3A, 3B, 3C.« Er hatte einen Plan des Schiffs dabei. Nat Goya hörte kaum hin. Er dachte nur an Fort Worth.

Und in Fort Worth, Kinder, waren nun tatsächlich zwei Männer eingetroffen – waren den ganzen Weg von New York hergekommen mit kaum einem Halt unterwegs. Damals gab es böse Menschen, und dies waren zwei davon. Es war nicht ihr primäres Ziel, böse zu sein, sondern sie wollten rasch und leicht viel Geld machen, und dazu mußten sie leider böse sein. Sie hatten einen schönen alten sizilianischen Namen, Tagliaferro, und sie waren die Söhne des berühmten

Don Tagliaferro, der sie Gianni und Salvatore getauft hatte. Ihr Vater und der Rest der großen Familie Tagliaferro (was, wie man weiß, Eisenschneider bedeutet) hatten das Kommen von Lynx als eine kaum zu bekämpfende und daher am besten zu ignorierende Unverschämtheit aufgefaßt. Sie saßen in Princeton, einer eindrucksvollen alten Universitätsstadt, nun voller guter alter sizilianischer Namen. Gianni und Salvatore hatten laut und lange mit ihrem Vater diskutiert, etwas, was vorher noch nie vorgekommen war, und hatten gesagt, dieser himmlische Besucher bedeute das Ende von New York und möglicherweise auch von New Jersey. Gianni hatte ein Buch gelesen, eine Broschüre eigentlich, voller Prophezeiungen von einem alten Typ, der sich »Jack der Seher« nannte, und dieses Buch stellte für das Leben in diesem Jahr eine sehr unfreundliche Prognose, von Mariä Verkündigung angefangen. Überschwemmungen, Erdbeben und andere Katastrophen. Schlecht fürs Geschäft. Sie hatten mit einem Typ in einer Bar geredet, und der hatte ihnen geraten: Gehen Sie nach Westen, junger Mann! So waren sie nach dem Westen gekommen, um einige Aspekte des Familiengeschäftes in Fort Worth, Texas, zu überprüfen.

Das Hotel Fiorentino hatte als Fassadenmann einen Vetter dritten Grades gehabt, einen Paolo oder Paulie Praz (ein verdächtig norditalienisch klingender Nachname). Paulie war für gewisse Unregelmäßigkeiten verantwortlich gewesen, massive Abzweigung ins eigene Nest eingeschlossen, und war auf Anweisung von New Jersey auf eine kleine Reise zum Lake Arlington mitgenommen worden, wo bleierne Schuhe einen raschen Exitus herbeiführen halfen. Die Jungs, die diesen Job übernommen hatten, waren treue Todesengel der Tagliaferro-Familie gewesen und hatten als Belohnung einen kleinen Urlaub im Hotel da Rimini (Miami, Florida) bekommen.

Die Einsetzung eines Nicht-Sizilianers, sogar eines Nicht-Italieners als Ersatz für Paulie galt in diesen Tagen als gar nicht so abwegig. Einem Protestanten, das war bekannt, konnte man eher als einem Katholiken vertrauen, vor allem, wenn man selbst katholisch war. Kunden sahen gerne einen hübschen, anständig aussehenden amerikanischen College Boy-Typ an der Spitze eines Spielkasinos. Sie fühlten sich wohler, es beruhigte sie. Sizilianer hatten aus irgend einem Grund keinen guten Ruf. Dieser Dashiel Gropius war gut – er war der Sohn eines bekannten protestantischen Predigers, den man ständig im Fernsehen sah, insofern eine wandelnde Garantie für Sauberkeit und Fairness. Es gab keine dunklen Punkte in seinem Image und keine in seiner Buchführung. Keine Weibergeschichten, kein Alkohol. Las in seiner Freizeit große dicke Bücher. Er sorgte gern dafür, daß alles gut lief. Die Küche des Hotels war gut, wenn auch ein wenig arg französisch. Die Brüder zogen gern eine Weile in ein paar nette Zimmerfluchten im Hotel ihrer Familie, um dort in Ruhe die Ausweitung ihrer Geschäfte in der Gegend um Fort Worth zu planen. Ihre Angehörigen hatten sie in ein anderes Familienhotel in Peoria, Illinois, geschickt; die konnten sie hier gerade nicht brauchen. Sie wollten mal die ortsansässigen Mäuschen testen. Außerdem könnten die unvermeidlichen Schwierigkeiten mit der Maranzana-Familie, die sich bei der Ausweitung der hiesigen Geschäfte einstellen würden, vielleicht ihre Frauen und Kinder gefährden. Später würden sie sie vielleicht nachkommen lassen.

Gianni aber machte sich Sorgen. Er sprach – besorgt – im Trapani-Dialekt des sizilianischen Westens zu seinem sorglosen Bruder. Er sagte: »Wenn es nun aber geschieht? In der Schule haben die Nonnen uns davon erzählt. Das Ende der Welt. Was können wir tun?«

»Nichts können wir tun, *ragazz*. Kurz ist das Leben, aber dafür lustig.«

»Du glaubst, es ist möglich?«

»Möglich ist alles.«

Gianni war eine Weile still, immer noch in Sorgen. Dann sagte er: »Die Hölle. Glaubst du, es gibt wirklich eine Hölle?«

»Die Priester sagen, es gibt eine.«

»Wenn nun das Ende der Welt kommt, dann kommen wir dorthin? Wir haben Böses getan. Dafür werden wir dann in die Hölle kommen?«

»Babbo hat schlimmere Sachen getan, schlimmer als Töten.« Er bezog sich hier auf ihren Vater, Don Tagliaferro, der unter anderem einmal eigenhändig einem Feind den Penis abgeschnitten und ihn dann gezwungen hatte, das Glied aufzuessen – soviel er davon herunterbekam. »Hölle, natürlich, sie haben uns gelehrt, daß es die gibt. Das Wichtigste ist, daß man nicht so schnell stirbt. Natürlich kommt Babbo vielleicht auch nicht dorthin, bei all den Messen, die er lesen läßt. Wir sollten besser mal die *puttane* in Illinois ein paar Messen für uns kaufen lassen, die haben sonst doch nichts zu tun.«

»Aber vielleicht können wir es nicht mehr hinausschieben, das mit dem Sterben. Es kommt, *fratello*. Ich spür's in den Eiern. Was sollen wir machen?«

»Jetzt? Was trinken. Immer gut, einen Drink dabei zu haben, wenn dich die kalte Faust in den Nacken schlägt. *Un whisky liscio.*«

Einen Whisky pur hatte auch Val Brodie in der Hand, als er sich – in weißem Seidenhemd, babyblauem Taxis-Wollanzug und weichen grauen Gucci-Schuhen – zu einer Mahlzeit vor Morgengrauen niedersetzte, zusammen mit Willett, dessen Körperumfang es ihm erschwerte, etwas Frisches zum Anziehen aufzutreiben. Doch war er unerwarteter-, bizarrerweise in der Ptolemaios-Suite auf einen schottischen Abendanzug gestoßen und trug nun Kilt, Sporran und Strümpfe, komplett mit traditionellem Dolch, dazu eine übergroße Pyjamajacke voller Flecken und einen klobigen ledernen Jagdmantel mit Taschen für Hasen und Kaninchen, vielleicht sogar Frettchen. In einer dieser Taschen hatte er ein paar kostbare *Trouvailles* verstaut. Mini-Videokassetten, die er in einer Art Bibliothek im Büro des Geschäftsführers im obersten Stock gefunden hatte. Der Tartan gehörte, wie Val wußte, dem Clan Mackenzie.

Sie aßen als einzige Gäste im Restaurant im obersten Stock (»Kleopatra«), obwohl sie sich nicht sicher waren, ob sie im gesamten Hotel allein waren. Sie hörten seltsame Regungen, wie von einem großen Magen mit allerlei Beschwerden – Türen schlugen, Füße trappelten, doch mochten das auch die Wirkungen des Gezeitenansturmes sein, der jetzt allerdings nachließ. Das Restaurant hatte seine eigene Energieversorgung, wie so viele in jenen Tagen der häufig bestreikten öffentlichen Einrichtungen und der vergleichsweise billigen Atomstromanlagen. Sie machten sich über Literflaschen Fruchtsäfte aus dem Kühlschrank her, über Steaks, Spiegeleier, Würstchen, Schweinerippchen, kalte Balmoral-Pastete mit Senfpickles, Eis mit Erdbeerpüree, Champagner (1984er Ballart), Kognak (Zacatecas, V.f.N.w.g.), viel starken Kaffee.

»Zur Wolkenpiste«, schlug Val vor.

»Könnten uns hier eine Weile einrichten«, sagte Willett. »Nichts auszusetzen an der Szenerie hier droben.«

»Meiner Ansicht nach«, sagte Val, »wird die Flut heute nacht noch höher steigen. Morgen nacht wiederum höher. Was wir brauchen, ist das höchste Hotel in Manhattan.«

»Das Neogothic?«

»So ist es, das New Gotham. Vom Dach aus hier sollte eine Wolkenpiste abgehen. Wir schaun's uns nach dem Frühstück an. Kein Grund zu allzugroßer Eile. Noch ein Kognak?«

Wolkenpisten, Jungs und Mädels, waren damals ein charakteristischer Zug der Silhouette von Manhattan, meine Damen und Herren. Es gab einen regen Hubschrauberverkehr, viele Helikopter-Landeplätze, manche davon als Teil des Hotelservices. Man konnte aus dem Chopper steigen, auf der Wolkenpiste zum Empfang in einem der oberen Stockwerke des Innenstadthotels seiner Wahl gehen, und dann sich zu seinem Zimmer hinunterbringen lassen. Die obere Zone der Stadt nannte man Alto, die untere Basso. Nachdem sie ihre Flasche Zacatecas geleert hatten, kühlten sie sich mit Champagner ab, feuerten mit noch mehr Kaffee wieder nach und zündeten dann lange Solschenizyn-Panatelas an, welche das Zigarrensortiment des Restaurants bereitgehalten hatte. Dann gingen Val und Willett nach oben, einem Schild ZUM GARTEN DES THOTH folgend, und gelangten zu einem Areal zerfetzten Grüns auf dem Dach. Sie sahen, daß hier tatsächlich eine überdachte Wolkenpiste mündete, vom Sturm etwas vernarbt, doch immer noch intakt. Die Wolkenkratzer standen zu ihrer Erleichterung immer noch stolz und trotzig und hatten auch die Wolkenpisten vor der Wut von Meer und Sturm geschützt. Val und Willett sahen hinab, wo in der Tiefe das Wasser sank, während die Sonne aufging. Wenn es sich ganz verlaufen haben würde, würden sie, wie sie wußten, eine Straße sehen, auf der Tausende von Ertrunkenen lagen.

»Diese New Yorker!« paffte Willett traurig an seiner Zigarre. »Lassen sich nichts sagen. Alles wird auf den letzten Augenblick aufgeschoben. Öffentliche Anweisungen ignoriert. Öffentliche Anweisungen werden schlecht formuliert und verbreitet und kaum durchgesetzt. Zuviel Individualismus. Zuviel Ungläubigkeit. Die New Yorker haben alles schon gesehen und leben in einem Zustand permanenter Besorgnis. Es gibt nichts Neues, vor dem sie eine neue Angst empfinden könnten. Millionen von Toten, ohne Zweifel. Die Untergrundbahn mit Toten verstopft. Wieviel werden wohl durch den Tunnel nach New Jersey entkommen sein?« Er schüttelte den Kopf und stieß Rauchwolken aus. »Dieser Wolkensteg oder Himmelstrott, oder wie immer sich das Zeug schreibt, führt uns über sanft ansteigende Treppen und Korridore zum Dach des Witherspoon-Hotels. Von dort wiederum sanft ins Valentino. Dann zum Neogothic.«

»Das New Gotham.«

Sie gingen weiter und spähten durch das zähe Durovit hinaus auf die Skyline Manhattans. Die Brooklyn-Brücke schwankte im Wind. Sie glaubten den Sockel erkennen zu können, wo vorher die Freiheitsstatue gestanden hatte. Bald standen sie auf dem Hubschrauberdach unter dem riesigen Stahlsignet des New Gotham. Doch A und M waren verschwunden, von dem wilden Sturm zerbrochen oder von Blitzen erschlagen, und das Hotel sprach nun von dem, was nun nie mehr geschehen würde, was aber oft prophezeit worden war: NEW GOTH, die Invasion eines neuen barbarischen Eindringlings, vor dem die westliche Zivilisation versinken würde wie Rom vor den Gotenzügen. Ein Morgenwind blies plötzlich mit barbarischer, gotischer Wildheit, direkt aus dem Sonnenaufgang. »Um Gotteswillen–« schrie Willett verspätet. Das riesige stählerne G, das offenbar nur noch an einer einzigen Niete gehangen hatte, stürzte auf Val herunter und eine Serife schlug ihm scharf auf die Schläfe. Dann klang, klapperte, krachte die Riesenletter auf dem Dach hin und her, bis sie schließlich stillag. Auch Val lag still. Er war mit schwerem Aufschlag hingefallen. »G«, sagte Willett vor sich hin, »aus der falschen Richtung. Val, Val!« Val war bewußtlos und blutete stark. Seine Zähne krampften sich verrückt um eine noch rauchende Panatela. »Val!« Und dann: »Jesus gottverdammtallmächtiger Christus!« Willett warf die beiden Panatelas weg und zerrte Val fort, ihn unter den Achselhöhlen packend. Es war beschwerlich. »G!«, bitter. Keuchend, einer Ohnmacht nahe, wand er sich schließlich Val wie ein Sousaphon um den Leib und trug ihn im Rettungsgriff weg.

Val erwachte im Dämmerlicht und fragte sich, was um alles in der. »Gottseidank«, sagte Willett, »hier, trink das rasch, beides da!« Er gab ihm ein starkes, bereits in Wasser aufgelöstes Analgetikum, dann heißen starken Tee, gesüßt und mit Rum, aus einer großen Thermoskanne. »Ein gemeiner Kopfschmerz, würde ich annehmen«, sagte Willett, »aber der Schnitt sitzt nicht tief. Ich hab mir's angeschaut, hab's verarztet, verbunden. Aber langsam bin ich nervös geworden. Du warst so lange weggetreten.«

»Wie lange?« Val berührte den Verband, spürte den Schmerz in seinem Kopf rappeln wie einen Stein in einer Kürbisrassel. »G ist dir gestern früh auf den Kopf gefallen.«

»Gestern fr–«

»Du hattest recht mit dem Ansteigen der Flut. Sie hat wohl dieses pseudoägyptische Etablissement überrollt, wo wir zuerst waren. Hier scheint es sicher genug. Wir sind in der Penthouse-Suite, aus unerfindlichen Gründen nach einem gewissen Ezra Winter benannt.« Val nahm mit trübem, entsetzlich schmerzendem Blick um sich her Luxus wahr – laubgrüne Wände, olivenfarbene Vorhänge, klobiges rehbraunes Mobiliar, eine Cocktailbar in Form einer stilisierten goldenen Galleone. Er lag nicht im Bett, sondern auf einer bettgroßen Couch. »Wir sind nicht allein«, fuhr Willett fort. »Es sind noch andere hier mit demselben Plan – den Sturm durchzustehen, das Zurücktreten der Flut abzuwarten und dann – und was dann?« fragte er. »Oder macht das Reden deine Schmerzen schlimmer?«

»Ich schlafe am besten.«

»Aber du hast nichts andres getan als zu schlafen. Nein, das ist nicht ganz fair – es war kein Schlaf. Willst du etwas essen? Nein. Hör zu, ich laß dich jetzt ein, zwei Stunden in Ruhe. Ich habe Tanzunterricht zu erteilen.«

»Tanzunt–« Doch Willett war schon fort. Nun ganz wachgerüttelt und beinahe schmerzfrei dank der Enthüllung, daß hier frivolerweise getanzt wurde (ganz ernsthaft dazu: Unterricht – es war nicht zu glauben), während New York ertrank und dabei wie eine Ratte im Maul eines Terriers hin- und hergeschüttelt wurde, empfand Val plötzlich eine tiefere, sozusagen ehrfürchtigere Zuneigung zu Willett als bisher. Willett hatte ihn also mit größter Anstrengung hierhergezerrt, nachdem ihn G – was immer das war – bewußtlos geschlagen hatte, und hatte ihn gepflegt. Wäre er allein gewesen, hätte ihn das Bacchanal von Meer und Himmel letzte Nacht erledigt. (So lange bewußtlos. Menschenskind!) Er schlief lächelnd, hörte den Wind anschwellen, fühlte sich beschützt. Er erwachte in einer Dunkelheit, welche ein ungeheuerliches Licht durchschien, und schrie wie ein Kind. Dann fiel es ihm ein: Lynx. Der Planet der Zerstörung, der Eindringling. Aber Lynx hatte doch gewiß ganz anders ausgesehen – ein rotgeädertes, trübes Auge? Nun hing eine silberne Scheibe mit rotgerändertem Umriß wie angeklebt unterhalb des planetaren Mittelpunktes an Lynx. Der Mond und Lynx, Lehnsherr und Vasall, vereinigten sich in dieser Nacht zu gemeinsamem Zug. Dann regten sich seine Sinne, vor dieser Vision wie abgestumpft, plötzlich von neuem und fühlten die Angst, die letzte Erfüllung aller Dinge stünde nun bevor. Sein Zimmer schwankte wie der Mastkorb eines Segelschiffs, das ganze schlanke starke Hotel unter ihm stöhnte und knarrte wie der Toppmast, Hagel und Regen peitschten gegen das Fenster, Feuerblitze rissen am Himmel und der Donner grollte mit offenem Mund, pünktlich eine Sekunde später. Der Schmerz in seinem Schädel war momentan wie weggeschlagen, und er stolperte zum Fenster hinüber, um hinabzusehen. Fassungslos sah er die Schaumkronen der Wellendrachen drei Stockwerke unter sich gischten. Dies mußte doch gewiß der Höchststand der Flut sein. In Panik betrat er einen benachbarten Raum, ein anderes Schlafzimmer – nein, er erblickte nur eisige Badezimmerapparaturen, ein Weiß, das von den Feuerbällen am Himmel silbern und blutig getönt wurde. »Willett!« rief er, nun wieder im Wohnzimmer, wo er erst zu einer,

dann zu einer anderen Tür ging. Kein schlafender Willett, nur je ein säuberlich gemachtes Bett. Er zitterte sich in den Korridor hinaus und fand dort schwaches blaues Licht, wie in jenem anderen Hotel vor langer Zeit, ein tapfer seinen Posten verteidigendes Notaggregat. Er hörte schwache Musik. Er folgte den Klängen und kam zu einer dick teppichbelegten Treppe, die sich breit zum sogenannten Jacob-Riis-Ballsaal emporschwang. Er stieg hinauf und stieß eine massige Tür auf, bläulich vergoldet in dem schwachen Licht. Was er sah, erstaunte ihn mehr als der Wahnsinn der Flut draußen, als die roten und silbernen Flammenkugeln.

Kerzen, Kerzen, Kerzen! Ein Stereoplattenspieler donnerte der elementaren Wut, die draußen an dem Gebäude krallte und rüttelte, urbanen Protest entgegen: der Donauwalzer hallte von Wand zu Wand zu Wand, und Männer und Frauen, Jungen und Mädchen drehten sich im Kreis; Willett, ein wilder Zeremonienmeister, schlug den Takt auf dem Parkett, einen Besenstiel als Tanzmeisterstab in der Faust, und rief: »Würde, Anmut, Rhythmus, verdammt noch mal!« Gesichter schwitzten im Kerzenlicht, Körper schwangen, kehrten, wiegten sich. Das, dachte Val traurig, das: das werdet ihr nie in einem Raumschiff erleben. Er setzte sich auf einen Stuhl an der Tür, getröstet vom Licht, den Leuten, der Harmonie, der Zivilisation. Nie werdet ihr das in einem Scheißraumschiff erleben. Er beschloß, mit *diesem* Schiff unterzugehen, solange Willett der Kapitän war. Das Raumschiff Erde, das so viele Stürme erlebt hatte, in dessen Eingeweiden der Staub großer Männer und Frauen bewahrt lag. Zur Hölle mit dem kalten Zukunftskonstrukt in den Himmeln, dem Raumschiffhorror. Und dann sah er im Vorführraum seines Bewußtseins einen kleinen Film mit Vanessa: kühl, ungerührt, Ausschläge von Meßinstrumenten beobachtend, Ergebnisse ablesend. Eine Frau, die er kannte, eine Frau, die seine Frau gewesen war. Die Himmel gehörten ihr: er würde mit dem Dreck der Erde zu nichts zerkrümeln. Sein Körper entspannte sich in heroischer Resignation. Nur die Toten waren groß. Er verließ die Tänzer, kehrte in die Ezra-Winter-Suite zurück, fiel auf eines der Betten, hob mit schwächlicher Bewegung wie eine ausgestopfte Beethovenpuppe die Faust gegen den Sturm in den Himmeln, dann sank er wie ein Kind in den Schlaf.

Der Krebs und die Prothese schmerzten, Freud konnte nicht einschlafen. Französischer Champagner im Mondlicht der Sommernacht brachte keine Linderung. Anna legte wieder ihren billigen englischen Roman beiseite. Es war ihr etwas eingefallen – ihre Aktenmappe. »Post«, sagte sie. »Ich hatte es ganz vergessen.«

»Last post«, sagte Freud auf englisch. »Rückzugsgefecht.«

»In London wird unsere Post auf uns warten. Nachgeschickt. Falls die Nazis sie nicht konfiszieren.«

»Hier etwas Interessantes dabei?«

»Ein seltsamer Brief aus Amerika«, sagte Anna. »Von einem gewissen Samuel Goldwyn.«

»Ein Arzt? Professor, Doktor?«

»Er macht Filme für das Kino. In Hollywood. Meine Güte – er will dir hunderttausend Dollar bezahlen–«

»Soll ich ihn analysieren?«

»Nein. Du sollst die Herstellung einer Reihe von Filmen beaufsichtigen. Über die großen Liebenden der Geschichte.«

Martha lächelte breit, von ihrem Mann und ihrer Tochter unbemerkt.

»Mit diesem Angebot kommt er zu spät«, sagte Freud. »Der richtige Mann dafür wäre ohnehin der gute Ferenczi gewesen. Immer hat er von Liebe geschwärmt. Und vom Kino war er auch begeistert. Ich konnte ihn in New York kaum aus den Filmtheatern herauszerren. Welches Jahr war das, Martha?«

»Amerika? Ach, irgendwann vor dem Krieg. Ich weiß nicht mehr. Eingeschifft hast du dich in– nicht einmal das weiß ich mehr.« »In Bremen«, sagte Freud, als verkünde er eine große Wahrheit. Der Bremer Hafen im Sonnenlicht, mit Schiffen und Sirenen. Kreisende und niederstoßende Möwen. Ferenczi am Fenster des Restaurants mit Hafenblick, schwärmend.

»Ich kann unser Schiff sehen – da ist sie – es gehen schon Leute an Bord – sollten wir nicht auch?«

Hier handelte es sich nicht um einen Zug. Freud und Jung saßen gelassen zusammen an einem Tisch, wie erfahrene Seereisende. Der Kellner nahm die Bestellung auf. Freud sagte ruhig: »Wenn Sie dann Ihr Beefsteak in Ruhe gegessen haben, Ferenczi. Das wollten Sie doch bestellen?«

»Wiener Schnitzel«, sagte Ferenczi, der vom Fenster zurückkam.

»In Bremen?«

»Wo immer Sie sind, mein verehrter Herr Professor, ist für mich Wien. Wiener Schnitzel. Mit Nudeln.«

»Und«, sagte Freud, »eine Flasche Silvaner, glaube ich, gut gekühlt.« Der Kellner ging. Zu Jung sagte Freud: »Was zahlt Ihnen die Fordham-Universität?«

»Nicht ganz so viel, wie die Clark-Universität *Ihnen* bezahlt. Ich habe vergessen, ein Mineralwasser zu bestellen. Nun gut. Die Differenz der Honorare ist angemessen. Wo wir von Mineralwasser reden – ich habe einen Brief von Bleuler bekommen. Dummerweise ist er jetzt in meinem Koffer. Aber Sie können ihn an Bord lesen.«

Freud kaute Brot. »Dasselbe ewige Thema, nehme ich an?«

»So ist es. Er hat ihn mir vorgelesen, ehe er den Umschlag verschlossen hat. Er meinte, es sei vielleicht – nun, impertinent. Er kann das Wort ›Sexualität‹ immer noch nicht verkraften. Es geht nicht in der Schweiz, sagt er. Der Begriff ›sexuell‹ wird noch dazu führen, daß man ihn auf dem Scheiterhaufen verbrennt. Sie natürlich auch.«

»Nur in effigie«, brummte Freud. »Was schlägt er denn vor – Infibulation? Will er Panergie sagen? Korporealität?«

»Liebe?« schlug Ferenczi vor.

»Sexualität ist Sexualität«, sagte Freud ungehalten. »Wenn man den Begriff umgeht, läßt man eine neurotische Hemmung erkennen. Sexus. Sexualität. Sexuell. Was ist dagegen zu sagen?«

»Sie müssen zugeben, Herr Professor«, sagte Jung milde, »daß nicht alle die Dinge mit Ihren Augen sehen. Vielleicht besteht bei Ihnen eine gewisse Neigung–«

»Unsinn!«

»Wenn ich es zurückhaltender ausdrücken darf, vielleicht mag das Studium der Sexualität ein– ein Surrogat sein? Ich will nicht mehr sagen. Ich will Ihr Privatleben nicht ausforschen. Obwohl wir an Bord vielleicht unsere Träume austauschen könnten.«

»Mein Gehirn wieder in Ihre Hände legen?«

»Und ich meines in die Ihren.«

»Ihres liegt schon dort. Ah!« Der Wein kam. Der Kellner schenkte ein. Er setzte dazu an, auch Jung einzugießen, aber Jung hielt seine große, maskuline Hand über das Glas. Ferenczi sagte: »Kommen Sie, zur Feier des Tages. Wir werden die Botschaft in die Neue Welt tragen.«

»Mineralwasser bitte«, sagte Jung zu dem Kellner. Der war ein alter Mann, eine Art Museumsstück mit grauem Backenbart und einem Frack, den kleine Proben längst servierter Gerichte besäten. Er nickte; er schenkte ehrerbietig ein. Freud sagte: »Es wird Ihnen nichts schaden. Hat nicht Ihr Paulus gesagt: In vino veritas? Oder ist es die Veritas, die Ihnen Sorgen macht?«

»Nun denn, nur einen Schluck!«

»Bravo!« rief Ferenczi.

»Gießen Sie dem Herrn voll ein«, sagte Freud.

So stießen sie feierlich miteinander an. Das Essen kam. Freud und Ferenczi aßen mit gutem, seeluftmäßigem Appetit; Jung stocherte an seinem Fisch. Er sagte:

»Ich habe im Zug von Zürich hierher über die Moorleichen gelesen, die man in Nordeuropa gefunden hat. Ein Zeitungsaufsatz, aber von einiger Länge, recht wissenschaftlich. Sie wissen doch – die Huminsäure des Moorwassers gerbt die Haut und konserviert sie mitsamt den Haaren. Natürliche Mumifizierung. Man kann sehen, wie die Männer und Frauen vor Tausenden von Jahren ausgesehen haben. Aber natürlich – hier ist ja die Stadt, wo man sie sehen kann – die Moorleichen von Bremen. Schade, daß wir keine Zeit haben.«

»Nicht unbedingt«, sagte Freud, »ein besonders angemessenes Thema bei Tisch. Sie wissen, daß der arme Ferenczi einen schwachen Magen hat. Gleich fangen Sie noch von Ratten an–«

»Neinneinnein. *Bitte!*«

»Außerdem«, fuhr Freud fort, »irren Sie sich bezüglich des Ortes der Aufbewahrung. Sie werden diese Leichname in Bremen nicht finden. Sie sind weiter nördlich – in Dänemark, Schweden–«

»Natürlich!« Jung lächelte. Das Meeressonnenlicht glänzte in seinen Brillengläsern. »Das war mir eigentlich die ganze Zeit geläufig. Was ließ mich nur darauf verfallen, sie hier in Bremen finden zu wollen? Was würde da Ihre *Psychopathologie des Alltagslebens* dazu sagen? Niemand macht ohne Ursache einen Fehler–«

Die beiden anderen sahen überrascht, wie Freud erzitterte, wie sein Blick glasig wurde. Seine Gabel fiel, dann sein Messer. Stumm begann sein Körper vom Stuhl zu rutschen. Ohnmächtig. »Rasch«, befahl Jung, »nehmen Sie die Füße.« Der starke Schweizer hatte ihn fest um den Leib gefaßt. Gott sei Dank war das Restaurant fast leer. »Wohin?« fragte Jung den erstaunten Kellner. Der Kellner führte sie zum–

Freud kam im Büro des Geschäftsführers wieder zu sich, auf einer Couch. »Gottseidank«, rief Ferenczi. »Lieber Herr Professor – trinken Sie das!« Er streckte ihm ein Glas von Jungs Mineralwasser hin.

»Es geht mir schon wieder gut«, sagte Freud und setzte sich auf. »Ich leide wohl mehr unter Überarbeitung, als ich dachte. Oder etwas, was ich in München gegessen habe. Sehr eigenartig. Ich neige nicht zu Ohnmachten, zu Zusammenbrüchen. Das war das erste Mal.«

Die Schiffssirene heulte dringlich.

Herrliches Augustwetter auf See. Freud und Ferenczi spazierten auf Deck. »Wo steckt er?« fragte Freud.

»Er ist unermüdlich«, sagte Ferenczi. »Er erforscht das Bewußtsein der Angelsachsen. Ein recht intelligenter Steward, der angeblich etwas von Dr. Jones gelesen hat.«

Trotzdem sah sich Freud nun vorsichtig nach den Treppenschächten um, als könne Jung mit athletischem Schritt heraufgesprungen kommen und hören, was Freud nun wollte. »Ferenczi, gehen Sie von Ihrer Kenntnis der Psychoanalyse aus und versuchen Sie, eine Diagnose zu stellen. Woher kam mein Kollaps? In Bremen.«

»Ach das! Ich würde es an Ihrer Stelle einfach vergessen.«

»Sehr loyal, Ferenczi. Sagen Sie schon!«

»Etwas rein Somatisches, lieber Herr Professor. Müdigkeit, Verdauungsbeschwerden, Übererregung.«

»Nein!« rief Freud, mit solcher Betonung, daß ein vorbeispazierendes altes Paar ihn anstarrte. »Es war ein Schock, Ferenczi. Es war das Ausweichen vor einer furchtbaren Wahrheit. Jung wollte mich töten.«

»Was?«

»Oh, nicht bewußt! Nicht mit einem Messer oder Revolver. Er will an die Spitze der Bewegung treten, und wie kann ihm das gelingen, solange ich lebe? Er will mich tot sehen. Er hat diese Leichen von Skandinavien nach Bremen versetzt. Meine darunter.«

»Ich glaube«, sagte Ferenczi sanft, »zuweilen – bitte, bitte mißverstehen Sie mich nicht – treibt es Sie zu sehr, lieber Herr Professor, die Welt in den Farben einer griechischen Tragödie zu sehen. Der Prinz tötet den König–«

»Der Kronprinz, so sieht er sich–«

»Aber das Leben ist auch eine ganz normale, langweilige, harmlose Angelegenheit – hier eine kleine Neurose, dort eine kleine Neurose. Nichts Dramatisches. Carl Jung empfindet große Zuneigung zu Ihnen.«

»Und großen Ehrgeiz für sich selbst, meinen Sie nicht auch?«

»Für unsere Sache, lieber Herr Professor. Er platzt vor Verlangen, die Botschaft weiter zu verbreiten. Er hat seine Jugend, er hat Energie, Selbstvertrauen, eine gewisse Ausstrahlung.«

»Und ich werde alt. Aber noch nicht zu alt! Gar nicht alt, bei Gott. Ich zeige–«

Er schaute zum Horizont, wo immer noch nur das Meer zu sehen war. Der Wind fuhr ihm durch den Bart. Er nahm den Hut ab, um die kühlen Finger des Windes wie die einer Mutter durch sein Haar streifen zu fühlen. Die Sonne fing eine sich aufrichtende Strähne seines Haars – Ferenczi sah sie, ein goldenes Horn.

Jung hatte in der Kabine seine Stoppuhr hervorgeholt. Der Steward wechselte die Bettwäsche in müßigem Tempo; warum sollte er das Spiel des großen, soldatisch ausschauenden Arztes nicht ein wenig mitspielen? Jung sagte:

»Gott.«

»Vater.«

»Mutter.«

»Kuchen. Sie hat immer guten Kuchen gebacken.«

»Grün.«

»Blut. Als Kind bin ich mal im Gras hingefallen. Hab mir den Kopf aufgeschlagen, an einem Stein.«

»Schauen Sie«, sagte Jung in seinem leicht vom Schweizer Akzent geprägten, ansonsten aber vorzüglichen Englisch. »All diese Informationen brauche ich gar nicht. Antworten Sie einfach, ein Wort für jedes Wort.«

»Aber«, sagte der Steward, ein drahtiger Mann mit starken, bartstoppelblauen Kieferknochen, »wenn Sie nicht wüßten, warum ich an Blut gedacht habe, als Sie ›grün‹ gesagt haben, dann würden Sie jetzt hingehen und Dr. Freud erzählen, ich sei verrückt, oder? Wenn ich Ihnen einen Rat geben darf, Herr Doktor. Machen Sie nicht zuviel mit dem Gehirn der Leute herum. Eine ganz feine und zerbrechliche Maschinerie. Wie eine Uhr. Sie sollten sich doch mit Uhren auskennen, da, wo Sie herkommen.«

»Versuchen wir es noch einmal. Messer.«

»Vater.«

»Schwester.«

»Bett. Ich war mit meiner Schwester im Bett, als mein Vater hereinkam. Er kam mit geballten Fäusen auf mich zu, da hab ich ihn mit meinem Messer abgewehrt. Dann bin ich fortgelaufen und zur See gegangen. Haben Sie alles, was Sie brauchen?«

Er hatte geschickt das Bettenbauen beendet. Jung seufzte und schob die Stoppuhr ein.

»Und«, sagte der Steward, »ich habe überhaupt keine Neurosen.«

Sie standen zu dritt an der Reling und sahen zum ersten Mal die Wolkenkratzer von Manhattan. »Das Selbstvertrauen des Sohnes, der den Vater überwunden hat«, sagte Ferenczi. »Sehen Sie sich diese Phalloi an. Da sieht man keine Neurosen.«

»Jungfräulicher Boden«, sagte Freud, »dem Tausende von Analysecouchen entspringen sollen.«

»Ich muß gestehen«, gestand Jung, »daß mich ein Gefühl der Überwältigung jetzt schon ergreift. Ich fürchte, mich hier zu verlieren, absorbiert zu werden–«

»Ah«, sagte Freud ziemlich phlegmatisch, die Zigarre zwischen seinen starken Zähnen, die aussahen, als seien sie bereit, den ganzen Kontinent aufzubeißen. »Warten Sie, bis die Leute hören, was wir ihnen zu sagen haben.«

»Sie hören sich an«, Jung schien Bewunderung zu verspüren, »als gehöre es alles schon Ihnen. Ehrgeiz. Eine schöne Eigenschaft, glaube ich.«

»Es gibt nur einen Ehrgeiz, der sich lohnt, Carl. Der erste zu sein. Nachdem ich mir den erfüllt habe, habe ich alles. Diese Stadt eingeschlossen.«

Die sich nun kokett näherschob, der Hafen wimmelnd von Schiffen, die Turmspitzen herrlich im Sonnenlicht.

Herrlich auch in der Nacht, gegen die Sterne schlagend. Die Luft war wie Wein. Sie weckte verschiedene Appetite, den animalisch-physischen eingeschlossen. Freud kaute genußvoll an einem Steak; am Tisch des Restaurants saßen neben ihm Ferenczi, Jung und Brill, der sie willkommen geheißen hatte. Auf Jones hatte man nicht gewartet; demokratische Umgangsformen. Iß, wenn du Hunger hast! Sie waren schon bei Erdbeerkuchen und Kaffee, als Jones mit stolzem Schritt hereinschritt und durch die lebhafte Unterhaltung an den anderen Tischen hindurch auf sie zusteuerte. Man begrüßte sich. Freud sagte:

»Wie geht es den Neurosen von Toronto?« Das kleine Orchester begann, wie Freud zu Ehren, den Donauwalzer zu spielen. Jones antwortete:

»Sehr aktiv. Sie kämpfen ihren frommen Kampf gegen die Freudschen Teufel. Aber wir werden gewinnen.« Ein Kellner kam. »Ein Steak«, bestellte Jones, »recht blutig.« Und zu Freud: »Wir müssen bedenken, daß Nordamerika eine Rückkehr in den Garten Eden darstellt.«

»Ehe die Schlange sich im Gebüsch versteckt hat?«

»Ich habe vor kurzem einen Vortrag gehalten – in Winnipeg. Eine Dame sagte anschließend, daß Europäer vielleicht im Traum mit ihren Müttern schlafen mochten, Kanadier aber wären da völlig anders. Kanadier sagte sie, respektieren ihre Mutter sogar, wenn sie schlafen.«

»Sie werden sich Widerständen gegenüber sehen«, sagte Brill und goß Freud Kaffee nach. Er war nicht so gut wie der Kaffee in Wien.

»Ich bin immer auf Widerstände gestoßen.«

»Sie müssen werben«, sagte Brill, »nicht angreifen. Verführen, nicht schockieren.«

»Lassen Sie die Sexualität aus dem Spiel«, sagte Jung.

»Auf Schweizer Art«, sagte Freud unfreundlich. »Mit anderen Worten: Lügen Sie.«

»Nein, Herr Professor. Aber kommen Sie langsam zur Wahrheit. Tanzen Sie den Tanz der sieben Schleier.«

»Lüsternheit wecken also. Das ist obszön. An der Nacktheit ist nichts Obszönes. Machen Sie sich keine Sorgen, meine Herren, ich werde akademisch und langweilig sein. Ich werde zusehen, daß Inzest sich wie Algebra anhört.«

Nach dem Essen verabschiedete sich Brill, er müsse nach Hause. Seine Frau hatte in letzter Zeit verschiedene Anspielungen auf seine langen Abende gemacht, die, wie sie glaubte, vielleicht nicht ausschließlich der akademischen Arbeit gewidmet waren, der Aufklärung über die sexuelle Ätiologie der Neurosen. Freud, Jung, Jones und Ferenczi gingen ins Kino. Freud ließ sich reich verzweigende Zigarrenwolken in den Lichtstrahl des Projektors aufsteigen und sah still-amüsiert zu, wie ein Reiter in einer kalifornischen Landschaft großer, kahler Trockenheit einen Eisenbahnzug verfolgte. Ferenczi war so wortreich erregt, daß andere Besucher warnend zischten.

»Erstaunlich! Unglaublich! Die Kunstform der Zukunft! Das einzige künstlerische Medium, das den Charakter des Traumes zu vermitteln vermag!«

Freud schaute sich um: Hinter ihnen in der letzten Reihe saßen verstohlen sich bewegende Liebespaare. Weniger laut als Ferenczi sagte er:

»*Dazu* ist das Kino da. Ein Zehner für Liebesdunkel.« Auch ihm zischte man Schweigen. Nach dem Verlassen des Saales standen sie noch ein Weilchen im Foyer, wo Freud freundlich rauchend zusah, wie die Pärchen aus dem Kinodunkel herauskamen. Jones improvisierte einen Limerick:

Im Kino das junge Gemüse
ahnt nichts von der Analyse.
Wen im Dunkeln nichts reut,
der schafft's ohne Herrn Freud!
Oder haben wir Hemmungen, Süße?

Jung war peinlich berührt. Sie gingen hinaus, und ihre Blicke wurden von den Spitzen der Wolkenkratzer angezogen, die reuelos phallisch aufragten. Sie sahen eine Würstchenbude.

»Sowas nehmen wir«, sagte Freud. Hot dogs, triefend vor Soße, wurden in geschlitzte Brötchen geschoben. Sie kauten genüßlich, genossen die Schärfe, alle außer Jung, der wohlanständig an einer Coca-Cola nippte. »Fellatio«, sagte Freud.

»Sexualität«, sagte Jung vorwurfsvoll. »Denken Sie denn nie an etwas anderes?«

»Nie«, sagte Freud zufrieden kauend.

Nicht so zufrieden war er bei jenem Vortrag, wo war das noch gleich? Zur Psychopathologie des Alltagslebens ... Jedenfalls ein zahlreiches Publikum. Ferenczi, Brill und Jones auf dem Podium. Freud sagte:

»Die Entdeckung des sexuellen Ursprungs – mehr noch, des infantilen sexuellen Ursprungs – der Neurose war keine Entdekkung, zu der es mich hinzog. Ich konnte massive Opposition der ärztlichen Kollegenschaft in Wien vorhersehen, doch die Wirklichkeit übertraf meine Erwartung noch bei weitem. Ich wurde mit Kot überschüttet, mit Haß beworfen. Ich dachte an die Worte des großen Oliver Cromwell, des britischen Helden, nach welchem einer meiner Söhne seinen Namen hat: ›Ich bitte euch inständig, bei den Eingeweiden des Herrn, bedenkt, ob ihr euch nicht irren könntet.‹ Doch das Meer der Verleumdung ging immer wieder über mich hinweg. Das das–« Es war ihm sehr peinlich. Hilflos schaute er zu Brill und Jones hinüber. Jones hatte die Symbolik entschlüsselt. Er stand auf, bereit, voranzugehen. Freud sagte verlegen zu seinen Zuhörern: »Verzeihen Sie. Ein natürliches Bedürfnis. Ich bin sogleich zurück.« Das Auditorium summte erregt. »Natürliches Bedürfnis«, ein obszöner Ausdruck. Der Herr Professor war sich ganz offensichtlich über gewisse Bedeutungsnuancen der Sprache, die er sonst so gut beherrschte, nicht im klaren. Freud und Jones eilten davon. Sie liefen durch einen Gang des Kellergeschosses und versuchten an jeder Tür, ob sie sich nicht öffnen ließ. Freud war der Verzweiflung nahe. Endlich hörten sie das Geräusch fließenden Wassers. »Gottseidank.« Jones wartete geduldig vor der verschlossenen Zellentür. Freuds Stimme drang klagend heraus, zwischen weniger artikulierten Geräuschen.

»Diese verdammten heißen Hunde, wie man das Zeug nennt! Mit Senf und Ketchup und allem.«

»Sagen Sie nichts davon zu Jung. Er würde antworten: Ich hab's Ihnen ja gesagt.«

»Warum sind diese verdammten Örtchen in Amerika so schwer zu finden?«

»Puritanismus. Man muß so tun, als existierten die natürlichen Bedürfnisse nicht. Alles wird versteckt.«

Das Geräusch der Wasserspülung.

Keine Probleme an diesem anderen Ort – Boston, Massachusetts. Einen Triumph hätte man es nennen können.

»Ich weiß, daß in dieser Stadt, in Boston im Commonwealth of Massachusetts, der Puritanismus als für die frühen amerikanischen Kolonien verbindliche Religion festgelegt wurde. Ich fühle mich vom Puritanismus angezogen. In ihm sehe ich eine gewaltige intellektuelle Strenge, eine asketische Hingabe an die Tugenden der harten Arbeit, eine Würde, eine Abneigung gegen schale Vergnügungen – Qualitäten, welche die Person von Johannes Calvin auszeichnen, der auch den schweizerischen Nationalcharakter geprägt hat. Was mich jedoch nicht anzieht am Puritanismus ist sein Verstummen vor der Sexualität, seine Kultivierung sexueller Repression als einer Tugend, sein traditionelles Sichversteifen auf die Ansicht, daß das Geschlecht die Schlange im Garten Eden sei. In Boston erkenne ich die Synthese, in der sich der bessere Teil des Puritanismus mit dem besseren Teil des amerikanischen Liberalismus vereinigt. Ich bin stolz darauf, daß es Boston ist, wo der Wissenschaft der Psychoanalyse ein so machtvolles und befriedigendes Willkommen zuteilgeworden ist. Diese Stadt des englischen Calvinismus und des irischen Katholizismus hat eine Seele, groß genug, einen jüdischen Ketzer aus Wien willkommen zu heißen. Doch wir sind alle zusammen dabei, der gegensätzlichen Impulse gegensätzlicher Theologien ungeachtet, ein neues Amerika zu suchen, ein neues Land der Verheißung, wo die Seele des Menschen frei sein und das Leben der Menschen in Würde und Glück verlaufen wird.«

Immenser, lärmender Applaus. Manche Zuhörer standen auf, um zu applaudieren. Aber zwei irische Polizisten, am Hinterausgang postiert, schauten sich kurz und trocken an. Und war es damals gewesen, daß er, im Talar eines Doktors der Rechte, Brills Verlesung der Verleihungsurkunde mit töricht-zufriedenem Lächeln lauschte?

»Sigmund Freud von der Universität Wien, dem Begründer einer pädagogischen und therapeutischen Schule, welche bereits jetzt in reichem Maße neue Methoden und Leistungen aufzuweisen hat, dem führenden Vertreter der Sexualpsychologie und der neuen Wissenschaft der Psychoanalyse, wird hiermit–«

Überwältigender Applaus. Und anschließend ein Empfang. Er stieß mit Jones an. »Sie erobern Kanada. Ich habe in Neuengland einen Anfang gemacht. Und Jung verbreitet die Botschaft in New York. Die Kindheit der Psychoanalyse ist vorbei.«

Ein Ausdruck, den er schon früher verwendet hatte, vielleicht verfrüht, und den Dr. Carl Jung sich angeeignet hatte, der eben, ein Glas Wasser in der Hand, mit einem gintrinkenden Akademiker der Fordham University anstieß.

»Die Kindheit der Psychoanalyse ist vorbei. Eine hervorragende Rede, Dr. Jung.«

»Ich hätte auch noch sagen können, daß die Psychoanalyse der Kindheit nun vorbei ist. Ich danke Ihnen.«

»Es war uns eine Erleichterung, zu erfahren, daß diese– Grabungen in der menschlichen Seele nicht ein wesentlicher Bestandteil der Theorie sind. Eine Erleichterung, zu wissen, daß– nun, daß der Sexus–«

»Bitte«, unterbrach ihn Jung, »fassen Sie meine Rede nicht als eine Ablehnung der von Freud vertretenen Position auf. Es ist einfach eine Frage des– Fortschreitens. Wir halten die Leistungen unserer Pioniere in Ehren, aber wir würden sie nicht ehren, wenn wir uns weigerten, auf ihren Grundlagen weiterzubauen. Wir können in gewisser Weise sagen, daß die Generation Freuds bereits der Vergangenheit angehört.«

Ein zappliger Professor, abgezehrt und ständig mit den Augen zwinkernd, den Jung eigentlich als reif für die Couch einschätzte, sagte: »Die Pioniere müssen zunächst übertreiben, denke ich. Müssen bestimmte Sachen überbetonen, um die Aufmerksamkeit zu erregen. Also – müssen wir uns jetzt nicht mehr wegen des Inzests Sorgen machen.«

»Inzest?« sang Jung. »Ein phantasiertes Symbol für etwas anderes. Eine mißglückte Anpassung. Die ganze Betonung der sexuellen Komponente von Neurosen muß nun modifiziert werden. Sie war verblüffend und vielleicht heilsam, zunächst einmal, sie hat die ganze Aufmerksamkeit unseres großen Pioniers, meines Lehrers und Freundes, beansprucht, aber sie war nur ein Aspekt unter vielen–«

»Werden Sie«, flötete ein Priester, »etwas über Psychoanalyse und Religion veröffentlichen, Dr. Jung? Einige Andeutungen in Ihrem Vortrag waren geradezu faszinierend.«

»Ich fürchte, daß mein geschätzter Lehrer, der den Glauben seiner Väter verworfen hat, davon ausging, daß auch der Glaube anderer so leicht zu verwerfen wäre. Die Religion stellt sich mehr und mehr heraus als die Befriedigung einer sich auf das Numinose richtenden Leidenschaft in uns allen – sie ist nicht nur eine Projektion in vergrößertem Maßstab (wie auf einer Filmleinwand, wenn ich so sagen darf) der Mutter, Königin des sexuellen Himmels, und des Vaters, des schrecklichen Herrschers einer Strafhölle.«

»Ich glaube«, sagte der zapplige Akademiker, »viele von uns werden nach Ihrem Vortrag ruhiger schlafen, Dr. Jung. Wir hatten uns den Psychoanalytiker doch so vorgestellt, daß– nun–«

»Daß er als Ungeheuer mit langen Fingernägeln«, sagte Jung rasch, »sich in den Abfall verschütteter Erinnerungen hineingräbt? Ach nein. Kommen Sie nach Zürich und Sie werden sehen, daß wir nicht furchteinflößender sind als Zahnärzte und daß es bei uns viel weniger wehtut. Schließlich müssen wir unseren Patienten ja auch noch auf gesellschaftlicher Ebene begegnen können. Wir wollen doch nicht, daß dann die Analerotik über den Eßzimmerteppich kriecht.« Ein wenig ungeschickt, dachte er, als er einen Schluck von seinem Wasser nahm. Aber sie lachten alle wie befreit.

Es war ein naßkalter Tag in Wien. Freud hatte aus irgendeinem Grund seinen Regenmantel ins Gepäck eingesargt. Er mußte irgendwann darüber nachdenken, warum. Für den Augenblick konnte man es als Zeichen einer neuen Furchtlosigkeit interpretieren, wo doch der Speichelregen seiner Wiener Feinde nun in einen harmlosen Sommerschauer verwandelt war, infolge Gewöhnung an das Sonnenlicht der amerikanischen Wertschätzung. Aber der Regen in der Berggasse wurde stärker, und er versuchte sich mit seinem roten Doktortalar zu schützen, den er aus irgendeinem Grund ziemlich weit oben in seiner Toilettentasche verpackt hatte. Er hörte donnernden Applaus, aber es war nur wirklicher Donner. Ein kalter Hund schaute ihn an und hob die Schnauze von einer Wursthaut in der Gosse. Freud schaute zurück. Der Hund gähnte. Freud schleppte müde sein Gepäck zur Nr. 19.

Die Sonne sinkt immer später. Trotzki – die Haare müßte er sich mal schneiden lassen, die Krawatte ist zerknittert und verschoben, das Hemd schmutzig – geht, die Hände in den Taschen seines dünnen Überziehers, vor dem starken Wind davon, der aus den Toren der Sonne hervorzufegen scheint. Er befindet sich im Central Park. Er macht einen abgemagerten Eindruck. Er singt:

Vom Wind getrieben, getrieben,
wie Blätter zerstieben –
fürchterlich,
wenn einer wie ich,
der so lange gekämpft hat und so viel geschrieben,
dasteht wie ein Kind.
Ich wollte das Rechte,
bekämpfte das Schlechte ...
Dann blies der Wind,
hin war meine Ruh,
der Wind von Westen, der Wind bist du.
Nichts ist mir geblieben
an Sicherheiten,
vom Wind getrieben
in alle Weiten,
Ein Spielzeugschiffchen im Meeresbraus,
so seh ich jetzt aus ...

Das Mädchen dort, das nach Norden geht – ist das sie? Nein, sie ist es nicht. Sie ist fort, sie hat sich in dieser riesigen Stadt verloren. »Liebe, Liebe«, sagte er zu den immer noch kahlen Bäumen. Der Wind fährt ihm fühllos scherzend durchs Haar.

Val wachte auf; es war taghell und beinahe wieder ruhig. Willett, halb Schotte, halb amerikanischer Jäger, sah auf ihn herunter.

»Wie fühlst du dich?«

»Besser. Das war vielleicht eine Nacht!«

»Ja, mir tut alles weh. Den anderen auch, nehme ich an. Oh, du meinst die Flut. Ich glaube, das Schlimmste ist jetzt vorbei. Die Stund' und Zeit durchläuft den rauhsten Tag – vielleicht hast du dies Zitat von mir schon einmal gehört. Shakespeare. Ich habe den Macbeth in Minneapolis gespielt, im alten Guthrie. Soll ich dir das Frühstück bringen, oder meinst du, du könntest zum sogenannten Pickwick Coffee Shop gehen? Eine Mrs. Williams und ihre Tochter betreiben ihn, macht ihnen auch Spaß. Nichts geht über eine Beschäftigung. Es ist im Stockwerk unter uns.«

»Wenn du mir einfach etwas Orangensaft und Kaffee –«

»Du mußt doch *ausgehungert* sein.«

»Ja, eigentlich stimmt das wohl.«

»Ham and eggs. Lendensteaks. Pfannkuchen. Corned beef mit verlorenen Eiern.«

»Ich wasch mich besser erst mal.«

Und so frühstückten sie in Gesellschaft, gutgelaunt genug. Es schien sich die Ansicht allgemein verbreitet zu haben, daß New York – die ganze Welt, davon abgesehen – nun das Schlimmste hinter sich hatte. Ein gewisser Mr. Weill beklagte sich bitter über entgangenen Umsatz, ruinierte Bestände, die Schwierigkeiten bei der Wiedereröffnung eines Geschäfts für Herrenoberbekleidung. Eine Mrs. Wolheim versuchte ihn zu trösten, indem sie erzählte, was sie – dünn und von fern – in einer Radioansprache aus dem nun sogenannten Commonwealth-Hauptquartier, also wohl dem neuen Washington, gehört hatte: es würde nicht an Regierungsmitteln fehlen, um alles wieder auf die Beine zu bringen, man brauchte nur zu den neuen CBF-Büros gehen (Commonwealth Bureau of Finance), und da bekäme jeder erst mal hundert Dollar pro Tag. In den Städten im Landesinneren, hieß das. Nicht in New York. Mr. Terhune sagte, daß nach all dem am Ende ein Riesenaufschwung kommen müßte, besonders im Baugewerbe. Und für die Leichenbestatter, sagte ein Mr. Steinweg düster. Alle die Leichen, die aufgesammelt, identifiziert, bestattet oder verbrannt werden müßten. Er stellte sich später selber als Leichenbestatter heraus: die düstere Miene war seine Berufsmaske. Val schwieg dazu. Nach dem Frühstück würde er mit Willett reden.

Er redete mit Willett oben im Wohnzimmer über einer Flasche Presidio-Kognak (V.f.N.w.g.). Es gab bestimmte Dinge, die Willett sicher erraten hatte; nun sollte ihm eine mehr oder weniger direkte Bestätigung durch einen Spezialisten zuteil werden, die verläßlichste Auskunft, die er sich erhoffen konnte. »Du weißt«, sagte Val, »oder ich glaube es zumindest–«

»Ja?«

»Daß alles bald aus ist.«

Willett nickte energisch, sogar mit einer gewissen Befriedigung. Die Befriedigung dessen, der nun die Party nicht zu verlassen braucht, ehe sie vorbei ist? Alle sagen gemeinsam Gutenacht? »Ich habe nie begriffen«, sagte er, »warum da so ein Stottern und Räuspern losging. Warum konnten die Oberchefs nicht damit rausrücken? Ich dachte immer, den Wissenschaftlern sei es um die Verbreitung der Wahrheit zu tun.«

»Die Wahrheit ist ziemlich starker Tobak. Panik. Mord. Warte ab, bis die Menschen die Wahrheit erfahren. Nicht von den Lippen anderer, sondern durch den eigenen qualvollen Augenschein.«

»Was genau wird geschehen?«

»Es folgt eine kurze Periode der Ruhe. Optimistische Aufräumungsarbeiten, nehme ich an, und viel Geld überall. Viele Waren zu verbrauchen. Die Vernünftigen werden das Schlimmste an der Tatsache allgemeiner Prosperität abzulesen wissen. Keine Zukunft mehr, für die man sparen könnte, keine Tugend, kein Vorteil in der Zügelung der eigenen Ausgaben. Kein Geld wird mehr für Krieg, Verteidigung, die Nahrung der verhungernden Menschheitshälfte ausgegeben.«

»Was ist mit dem Mond?« fragte Willett.

»Dem Mond?« Es erschien zunächst als im Grunde frivole Frage. »Der Mond wird, glaube ich, bereits jetzt in das Schwerefeld von Lynx gezogen. Lynx' Masse ist ungleich größer als die der Erde. Wir werden den Mond während unserer kurzen Ruhepause vermissen. Keine zerstörerischen Fluten mehr, aber auch keine Gedichte. Keine Schlagertexte. Ein großer Teil der Literatur wird bedeutungslos werden.«

»Nicht bedeutungslos«, sagte Willett. »Nur traurig. Mein Sohn ist auf dem Mond. Früher habe ich Briefe von ihm bekommen. Es werden wohl keine mehr folgen.«

»Ich wußte nicht, daß du Familie hast«, sagte Val überrascht.

»Aber ja. Meine dritte Frau hat mich vor sechs Monaten verlassen. Ich habe eine Tochter in Beckley, West Virginia, eine in Philadelphia, zwei Söhne, Zwillinge, unzertrennlich, in Springfield, Illinois. Von denen allen höre ich nie was, aber von George hab ich regelmäßig Post bekommen. George auf dem Mond. Er ist ganz schön auf dem Mond herumgekommen, mein George. Maupertius, Clausius, Cassini, sogar Hell. War etwas los auf dem Mond?«

»Mondbeben? Zweifellos. Und nun wird der Mond von der Erde fortgezogen. Aber er kommt wieder.«

»Mit Lynx zusammen?«

»Mit Lynx.« Val zeichnete mit einem kognaknassen Finger Ellipsen und Kreise auf den Eßtisch. »Lynx tritt in sein erstes Jahr als Mitglied dieses Planetensystems ein. Es wird ein kurzes Jahr sein – nicht viel mehr als zweihundert Tage. Es scheint ein altes und unerklärliches Gesetz zu bestehen, das die Entfernungen zwischen den Planeten betrifft. Man hat es mir erklärt, aber ich war hinterher nicht viel schlauer. Denk immer daran, ich bin nur ein Science

Fiction-Autor, kein Wissenschaftler. Bin«, wiederholte er bitter. »Warum sag ich immer ›bin‹?«

»Sprich weiter. Über Lynx.«

»Wie du weißt, dreht sich die Erde selbst um die Sonne. Im Augenblick ist unsere Position ironischerweise günstig für uns. Wir hätten auch viel näher an Lynx stehen können. Aber im Herbst werden die beiden Bahnen um die Sonne sich sehr, sehr nahe kommen. Die Anziehungskraft von Lynx, die wir schon jetzt verspüren, wird dann unwiderstehlich sein.«

»Also wird die Erde den Zusammenstoß ausführen?«

»Wir werden uns kaum wie die Angreifer dabei vorkommen«, sagte Val. »Selbst die Spezialisten gebrauchen immer ptolemäische Begriffe, keine kopernikanischen. Wir denken plötzlich geozentrisch. Wir haben es ja eigentlich immer getan. Wir werden es bis zum Ende tun. Lynx wird aufgehen, umschlichen von unserem Mond. Lynx wird aufschlagen. Aber jedes Teilchen unserer weichen und wabbligen Geologie wird sich nach der harten, männlichen Masse von Lynx sehnen. Wir bieten uns selbst dar, Kinder der Erde, für den Rachen des Tieres. Tut mir leid«, grinste er, »da kommt der Schriftsteller durch. Der schlechte Schriftsteller«, setzte er angewidert hinzu.

»Ich nehme an«, sagte Willett, »daß dieser Ort, wo du hin solltest, nicht das war, was du sagtest.«

»Nein. Ein Raumschiff, das mit einer mikrokosmischen Zivilisation in die Dunkelheit fliegt und nach einem neuen Licht sucht, einem frischen, bewohnbaren Planeten. Genaugenommen sollte ich mich jetzt mitten auf dem nordamerikanischen Kontinent bemühen, wieder den Anschluß an meine Einheit zu finden. Entfernung von der Truppe.«

»Aber du weißt nicht, wo es ist?«

»Nein, und es ist mir auch egal. Du und ich, wir bleiben zusammen.«

Willett sog mehrere Liter staubiger Luft ein und entließ sie wieder. Geräuschvoll. »Dein Platz«, sagte er, »ist nicht nur dort, wohin dich die Pflicht ruft, die zu erfüllen du ausgewählt wurdest, sondern auch an der Seite deiner geliebten Gattin.«

»Ich bin dieser Pflicht enthoben, weil ich nicht weiß, wo das ist. Das befreit mich auch von meiner Frau. Obwohl sie nach dem Gesetz schon nicht mehr die meine ist. Ich glaube ohnehin nicht, daß ich sie liebe. Vielleicht bin ich nicht dazu in der Lage, eine Frau zu lieben. Ins Bett gehen mit ihr, ja, eine flüchtige vergängliche Zärtlichkeit empfinden. Aber mich mit dem Bewußtsein, mit der Psyche einer Frau auseinanderzusetzen oder einzulassen – nein! Vielleicht bin ich deshalb als Schriftsteller gescheitert.«

»Du bist als Schriftsteller nicht gescheitert«, erklärte Willett. »Ich habe eines deiner Bücher gelesen – als Serie im Radio vorgelesen –«

»Also«, sagte Val lächelnd, »warst du das. In deiner Stimme lag immer irgendetwas, was mein Gedächtnis irritiert hat –«

»Ja, ich war das, ich. *Bei den Sibyllen.* Das war es doch?«

»In der Tat.«

»Darin kam ein Abschnitt vor, der sich mir eingeprägt hat. Laß mich mal schauen, ob ich–« Er lehnte sich zurück, schloß die Augen fest, räusperte sich dann, als wolle er den Abschnitt aus seinem Hals heraufreißen. »Jemand sagt etwa folgendes: ›Die Zukunft ist noch nicht da, und die Gegenwart ist noch um eine Haaresbreite dünner als das dünnste vorstellbare Haar. Es gibt nur die Vergangenheit. Und das Schöne an der Vergangenheit ist nicht ihre Ordnung, denn Ordnung ist eine Abstraktion, die erst jenes nicht-existente Ding, die Gegenwart, allem überstülpt. Das Schöne an der Vergangenheit ist das Chaos, die Fülle, der Wirrwarr der Blüten. Aber es gibt noch etwas anderes. Die Vergangenheit hat die Kräfte der Zerstörung besiegt: die Möglichkeit ist zu einer Tatsache geworden, und die Tatsache kann nun willentlich nie mehr abgeschafft werden, nicht einmal von Gott. Laßt uns nicht von der Zukunft träumen, die nicht existiert und nur existieren kann, indem sie gegenwärtig wird. Laßt uns nicht davon träumen, in der Gegenwart zu leben, da die Gegenwart keine Existenz besitzt. Laßt uns allen Stolz darein setzen, der Vergangenheit mehr und mehr hinzuzufügen, das Dröhnen ihrer Musik lauter und ihre chaotische Blütenpracht üppiger zu machen.‹« Willett hustete bescheiden und nahm einen Schluck Kognak. »So etwa«, sagte er.

»Es hört sich gut an, aus deinem Munde. Du bringst es beinahe soweit, daß ich es selbst glaube.«

»Das hab ich immer gut beherrscht«, sagte Willett recht selbstzufrieden. »Schöne Worte, Wohlklang. Sie brauchen natürlich nicht viel zu bedeuten. Trotzdem, laß mich nichts mehr von deinem Scheitern als Schriftsteller hören.« Er schaute auf die Wanduhr, deren Zifferblatt eine große Sonne war. »Ich habe wieder zu unterrichten«, sagte er. »Diesmal die Mazurka.« Er ging. Val sah seinem breiten Rücken nach, der – zusammen mit dem Rest seines mächtigen Leibes – zurück an seine Pflicht ging. Er lächelte in trauriger Zuneigung.

Diese Nacht war die schrecklichste der ganzen schrecklichen

Flutphase. Val und Willett erwachten kognakschwer beim Splittern von Fenstern, bei unerwünscht reichlichem rotem und silbrigem Licht, bei Blitzen wie riesenhaften, suchenden Schlingpflanzen. Meer und Donner wetteiferten im reinen Schrecken betäubenden Chaoslärms, und das silbern-rote Medaillon der beiden Partner der himmlischen Abbruchfirma zuckte durch die gequälten Wolken. Val spürte, wie sein Haar sich zu einem Klumpen Stachelschweinborsten aufrichtete, als er mit trockenem Mund zu sagen versuchte: »Gott, schau, das Wasser – es ist bis– bis–« Es klatschte in krachenden Schlägen, schmutzigen, grau-grün-weißen schlappenden Peitschenhieben an den Fenstersims. Willett sagte nichts, sondern ergriff Vals Arm mit väterlicher Grobheit und zog ihn aus dem Bett, zu raschem Anziehen, aus dem Zimmer. Der Korridor füllte sich schon mit Panik. Willett schrie:

»Die ganze verdammte Welt tanzt Mazurka. Wir müssen uns zum höchsten Gebäude in Manhattan durchschlagen. Zum Partington Complex. Wenn das auch nicht reicht – wir haben jedenfalls zusammen Spaß gehabt. Vorwärts!« rief er barsch. Und er lief voran zur Wolkenpisten-Rezeption, die sich schon mit durstigem Wasser zu füllen begann. Auf dem Hubschrauberdach bildeten sie – etwa dreißig waren sie – aus Angst, der Hurrikan könne sie hinab in das Meer zerren, das die Straßen durchströmte, Gruppen von acht oder zehn, engumklammert, die sich in ein einziges Tier verwandelten, das mit vielen Armen und Beinen dahertorkelte und trunken der nächsten überdachten Wolkenpiste entgegentaumelte. Sie schwankte mit wütender Gereiztheit, als sie zu zweit oder dritt hinüberstolperten. Jemand, Mrs. Stoke oder sonstwer, kreischte, sie stürze gleich ab, aber Willetts Stimme donnerte: »Verdammter Unsinn!« Sie traten auf dem Dach des Newman Tower wieder in das furchtbare Freie, gepeitscht und wild gestoßen und geschoben, bis zur Atemlosigkeit mit Regen überschüttet, von den ungeheuerlichen Lichtern am Himmel, die unregelmäßig aus den Wolken schienen, verhöhnt. Als ein einziges Tier mit sechzig Beinen wanderten sie langsam zur nächsten Wolkenpiste. Val, der ein zerbrechliches Mädchen namens May Roth umklammert hielt, spürte sie wegrutschen, empfand die Vibration, wenn auch nicht den Laut verzweifelten Schreiens. Ein gewaltig daherströmender Windstoß zog sie aus dem gemeinsamen Griff erlahmender Arme, und man sah sie, entsetzlich, wie in einem Tanz sich rückwärts bewegen, bis zum Rand des Daches. Sie stürzte hinunter, die Arme wie um Applaus bittend ausgebreitet. Der

Donner erhörte sie. »Weiter, weiter« – Willetts großer tonloser Mund mußte schreien.

Sie kämpften sich die letzte Strecke durch zum Riesendach des Partington Complex, das an allen Seiten des schmalen, starken Mittelturms weit vorsprang, wie eine Spielkarte, die auf einer Füllfederspitze balanciert. Val und Willett waren unter denen, die den verzweifelt errungenen, halbwegs Sicherheit versprechenden Schutz des Daches erreicht hatten, als die wilden Stimmen der Lüfte den schwankenden Tunnel der Wolkenpiste, die über einer Unendlichkeit von schwarzem Atlantik hing, umschrieen und verlachten, und sie sahen die flehend gereckten Arme der anderen, ihre unnütz schreienden Münder, als die Wolkenpiste sich unter einem olympischen Schlag des Windes zusammenknickend zu einem umgekehrten V verformte, als einige gleich in den Mahlstrom stürzten, andere versuchten, sich an der Spitze des umgedrehten Decks festzuklammern, wo die blutenden Hände im Blut abrutschten; und dann, anmutig, gelassen, wurde der Steg zu einem Pfeil, der auf Lynx zeigte, wie anklagend; dann schoß er sich in den Ozean drunten und tauchte unter.

Der Zugang über das Dach in den Partington Complex führte durch einen stark mitgenommenen Pavillon, dessen schmiedeeisernes Gittertor von den Elementen zu einem Schlangennest verbogen worden war. Dieses Tor, am Schloß aufgebrochen und mit gewaltigen, wenn auch lautlosen Schwüngen hin- und herschlagend, bot ihrem keuchenden, kriechenden Eindringen wenig Widerstand. Val, Willett und etwa zehn andere, alles Männer, befanden sich nun verletzt, blutig, atemlos und mit zerrissenen Kleidern in einer großen leeren Halle, deren Sessel und Tische und Zeitschriftenständer mit dem Erschauern und Schwanken des ganzen Gebäudes wie betrunken von einer Wand zur anderen tanzten. Betten brauchte man in diesem nur der Abwicklung von Geschäften gewidmeten Turm nicht zu suchen. Unter dem bedrohlichen Klicken der Notbeleuchtung in diesem unbehaglichen Raum war es fürs erste genug, dazuliegen und unter Schmerzen die trockenen Lungen zu füllen, zu hoffen, daß der Morgen bald grauen würde, eine schwache, grimmige Befriedigung in dem Gedanken zu finden, daß sie – wenn Mond und Lynx sie nun vernichten sollten – ihr Äußerstes getan und ihren höchsten Berg bestiegen hatten.

Die Gruppe war in Freuds Sprechzimmer versammelt und rauchte gewaltig. Anna kam herein, um das Kaffeetablett abzutragen. Sie lächelte ihrem Vater scheu zu und ging. Stekel sagte:

»Wächst heran.«

»Wie meinen Sie bitte?«

»Ihre Tochter. Wächst heran.«

»Und?«

»Ich habe lediglich bemerkt, daß Ihre Tochter heranwächst.«

»Ich verstehe.«

»Herangereift.«

»Wie meinen Sie bitte?«

»Sie ist herangereift. Heiratsfähig. Ihre Tochter.«

»Ich bin mir durchaus darüber im klaren, daß meine Tochter herangereift ist, was auch bedeutet, daß sie – wie Sie mich freundlicherweise aufklären – heiratsfähig ist.«

»Na also.«

»Ach, machen wir doch weiter, ja?« sagte Kahane gereizt. Er meinte die genaue Überprüfung und Besprechung des Inhalts und Tenors des Jahrbuchs der Psychoanalyse, von dem sie alle ein Exemplar vor sich liegen hatten. »Dieser Dr. Hans W. Maier«, sagte Kahane, »sollte öffentlich ausgepeitscht werden. Ein verdammter Verräter. Ich sagte Ihnen, daß genau das passieren würde. Ich habe immer gesagt, wenn man einmal zuläßt, daß diese Zürcher Quacksalber diese Veröffentlichung in die Hand bekommen, dann gibt es Probleme.«

Freud versuchte, seine Unruhe zu verbergen. »Er ist Mitglied der Schweizerischen Psychoanalytischen Gesellschaft. Er hat eine wichtige Stelle am Burghölzli. Seien Sie vorsichtig, Kahane.« »Aber verdammt noch mal«, rief Kahane, »Sie haben es doch sonst immer mit der Reinheit der Freudschen Theorie. Wieviel ist davon in diesem verdammten Hundert-Seiten-Aufsatz zu finden? Es geht fast ausschließlich um diesen elenden Bleuler, den, von dem Sie behauptet haben, er sei überzeugt. Der Aufsatz sagt praktisch, daß das Unbewußte nicht existiert. Daß die Sexualität etwas für Rüden und läufige Hündinnen ist, nicht für reine Schweizerbürger. Sehen Sie es doch so – das Jahrbuch geht um die Welt. Was wird man sagen, wenn man dieses Zeug liest? Freuds Hausveröffentlichung, ja? Also, Freud glaubt nicht mehr an seine eigenen Theorien. Er läßt diesen Mann da sagen, daß es alles Quark und Schwindel und Kopulation auf der Couch ist.« Und er deutete auf Freuds eigene keusche Couch, vollgepfropft mit Cretonne-bezogenen Kissen. Lautes beifälliges

Gemurmel. Rank sagte: »Aus der Vereinigung ausschließen, schlage ich vor. Dafür sorgen, daß er den nächsten Jahresbeitrag nicht bezahlt – ein Brief geht verloren, etwas in dieser Art.«

»Warten Sie«, sagte Freud, »ich bitte Sie! Überlegen Sie doch. Wir müssen politisch denken.«

»Wir sind keine Politiker«, knurrte Adler. »Wir sind Psychoanalytiker. Wenigstens einige unter uns.«

»Was soll das denn heißen?« sagte Stekel.

»Ja, ja«, rief Freud. »Psychoanalytiker, deren wichtigstes Anliegen im Augenblick sein muß, ihre Wissenschaft am Leben zu erhalten. Bedenken Sie doch unsere Lage. In Wien haben wir nicht den Rückhalt einer Universität oder eines Krankenhauses. In Zürich verwendet man unsere Methoden an der Burghölzli-Klinik. Zürich bringt unser Jahrbuch heraus–«

»Es ist nicht unser Jahrbuch«, sagte Stekel, »es ist ihres. Die machen damit, was sie wollen. Sie veröffentlichen lange Aufsätze, die genau dem die Bedeutung absprechen, das sie eigentlich propagieren und fördern müßten. Und Ihr Freund Jung ist nicht mehr am Burghölzli. Er hat sich mit seinem Chef verkracht. Bleuler und Jung spucken sich jetzt an, wenn sie sich auf der Straße begegnen.«

»Das ist nicht gestattet«, scherzte Kahane. »Nicht in der Schweiz.«

»Unsinn!« rief Freud Stekel zu. »Bleuler ist immer noch Mitglied der Schweizerischen Psychoana–«

»Das hat nichts zu sagen«, sagte Adler. »Wie dieser Aufsatz hier zeigt. Das ist nun eine allgemeine Bezeichnung geworden, nicht mehr das Markenzeichen des Freudianismus. Ein Begriff, der so dehnbar ist, daß er aber auch alles einschließt, was denen in den Sinn kommen mag. Antipsychoanalyse eingeschlossen. Ich beantrage, daß dieser Maier rausgeworfen wird–«

»Das können Sie nicht beantragen«, sagte Freud. »Der schweizerische Zweig der Gesellschaft untersteht nicht unserer Jurisdiktion. Alles, was ich tun kann, ist, an Jung zu schreiben.«

»Das«, sagt Kahane, »wird großen Wert haben.«

Zornig sagte Freud: »Ich sage Ihnen das Eine, Sie Idioten – die einzige Hoffnung, daß wir uns in Europa durchsetzen, liegt bei Jung und nirgendwo anders. Wir haben hier in Wien gar keine, ohne die Unterstützung der Universität. Die Zukunft muß sich in Zürich formen.«

Kahane sagte traurig: »Ich hätte nie gedacht, daß es dazu kommt. Sich auf eine Bande antisemitischer Schweizer verlassen zu müssen. Die trinken nicht einmal Alkohol. Unnatürlich. Und«, mit ein wenig theatralischer Empörung, »ich muß es ablehnen, mich als Idiot bezeichnen zu lassen, Herr Professor.«

»O schon gut, kein Idiot also! Ich bin der einzige Idiot hier. Ich war zu naiv. Ich habe geglaubt, daß Männer der Wissenschaft sich wie vernunftbegabte Wesen verhalten können – sich auseinandersetzen, Kritik und Opposition akzeptieren, Meinungsverschiedenheiten freundschaftlich austragen–«

»Das werden Sie nie von den Schweizern erleben«, sagte Adler. »Irgendwie liegt es am Klima, ihr Blut ist dünn. Die haben Kuckucksuhren.«

»Ich sehe nun wirklich nicht«, sagte Freud, »was Kuckucksuhren damit zu tun haben.«

»Ach, darüber könnte ich einen ganzen Aufsatz schreiben«, sagte Stekel. »Nicht, daß die Schweizer mir erlauben würden, ihn zu veröffentlichen. Die Sexualsymbolik der Kuckucksuhr. Der Penis, gezähmt und in einem kleinen Häuschen eingesperrt.«

»Warten Sie bis zum Kongreß in Nürnberg«, seufzte Freud. »Wir können dann alles in Nürnberg zur Sprache bringen. Vielleicht wird das Nürnberger Bier helfen, eine, sagen wir, träge Vernünftigkeit zu induzieren.«

»Die trinken nicht, Herr Professor«, sagte Otto Rank.

»Die Stadt ist ein Emblem der Einigkeit«, sagte Freud hilflos. »Die Stadt der Zünfte, Hans Sachs, die Meistersinger, so was. Wir werden sehen.«

Ein starker Abendwind weht den jungen Frauen und Männern die Röcke hoch beziehungsweise die Hüte weg. Sie kommen von der Arbeit nach Hause, steigen aus Untergrundbahnen, aus Bussen und Straßenbahnen. Ihre Bewegungen gehen in Tanzschritte über. Sie singen:

1917 –
schon vor acht Wochen
hat Trotzki zuerst
zu den Genossen gesprochen.
Noch ist alles beim alten,
in Europa herrscht Krieg,
die Schlachtengewalten
umkrallen den Sieg.
Brotmarken, Leichen,

Schrapnells, Dynamit –
wir stehn vor dem gleichen
Problem: machen wir mit?
Keiner weiß, ob und wie,
doch jeden Moment
knackt es im Radio:
Der Präsident!
Paß auf, New York! 1917–
wo gehen wir hin? Wie wird es gehn?
Wenn schon der Saft
in die Bäume schießt,
der Schnee schmilzt, voll Kraft
der Hudson fließt –
mittun? Vorbei?
Bald werden wir's sehn,
noch vorm 1. Mai
1917.

Sie tanzen nach Hause. Im Büro des *Nowij Mir* betrachten Bucharin, Wolodarski und Tschudnowski mißmutig den weinenden Sascha. Fast alles außer ein paar Stühlen ist schon aus dem großen Zimmer hinausgeräumt, und ein klappriges Klavier ist neu hinzugekommen.

»Das ganze ist ein einziger Unsinn«, sagt Bucha.

»Es gehört zur großen russischen Tradition«, sagte Tschud.

»Zur imperialistischen Tradition.«

»Was für eine andere Tradition haben wir denn«, fragt Tschud, »bis jetzt?«

»Der revolutionäre Prozeß«, sagt Wol, »kann sich sogar bourgeoiser Methoden bedienen, wenn es notwendig ist. Das steht irgendwo.«

»Aber Ballett«, sagte Bucha. »Frauenbeine. Und was versteht eigentlich Natalja Trotzkaja davon?«

»Es war immer ihr Ehrgeiz«, sagte Wol, »in den alten Tagen. Außerdem–«

»Sie hat natürlich recht«, sagte Tschud. »Wenn die Revolution ein internationaler Prozeß ist, braucht sie eine internationale Sprache.«

»Wir haben bereits eine internationale Sprache«, sagt Bucha, »das Russische.«

»Die Anzahl der Amerikaner«, sagt Tschud, »die sich weigern, Russisch zu lernen, ist erstaunlich. Russen übrigens eingeschlossen; der da, zum Beispiel.« Er meint Sascha, der immer noch weint.

»Wir werden sehen«, sagt Bucha. »Eines ist auf jeden Fall klar. Der bringt die Botschaft nicht rüber. Lew Dawidowitsch, mein' ich. Jetzt nicht mehr.«

»Hast du ihn gestern abend gehört?« fragt Wol.

»Hab ich«, sagt Bucha.

»Wir haben ihn beide gehört«, sagt Tschud.

»Gut besucht?«

»Gerammelt voll. In Philadelphia.«

»Was hat er gesagt?« fragt Wol.

Sie singen.

BUCHA: Anstatt Kapital
Und Klassenkampf,
Gab's irgend 'nen Krampf
à la Seelenqual.
TSCHUD: Der volle Saal
war ständig am Gähnen,
und schließlich halbleer.
Nein, mit den Zähnen
knirscht Trotzki nicht mehr.
WOL: So macht man doch keine Revolution!
So gibt das doch keine Agitation!
Das spricht unsrer Sache Hohn!
TSCHUD: Da blitzt nichts auf
Von Sichel und Hammer,
Nur so moralischer
Katzenjammer.
BUCHA: Kein kühner Plan,
Nur ein Gelaber
wie Baldrian
mit wenn und aber.
WOL: So macht man doch keine Revolution!
BUCHA: So gibt das klar keine Agitation,
Das spricht unsrer Sache Hohn!
TSCHUD: Was hat das zu bedeuten?
Man könnte meinen,
er sei übergetreten
zu jenen Schweinen,
die Glocken läuten
und singen und beten.

Wol: Zu den Parasiten, welche dem Volke
das Opium liefern, mit Weihrauchwolke.
Bucha: So gibt das doch nie eine Revolution!
Tschud: Nennt sich das vielleicht noch Agitation?
Wol: Das spricht unserer ganzen Sache Hohn!
Das ist doch klar!
Alle drei: Und wir wollen, um das zu betonen
(und hinter uns stehen bekanntlich Millionen)
eine Revolution
noch in diesem Jahahahahar!

»Er weiß nicht, wo sie ist?« sagt Wol. »Bist du sicher?«

»Sicher«, sagt Bucha. »Wo er sie nie und nimmer suchen würde.«

»Er sieht die Berichte«, sagt Wol.

»Sie unterzeichnet nicht«, antwortet Tschud. »Genossen, sie macht ihre Sache gut. Eine nette, harmlose amerikanisch-russische Sekretärin im Kaiserlich Russischen Konsulat. Und sie ist eine–«

Bucha schiebt seine Faust auf Tschuds Lippen und deutet auf den Rücken Saschas, der das Zimmer ausfegt.

»Er kann kein Russisch«, sagt Wol.

»Er darf sie nicht sehen«, sagt Tschud. »Wenn er sie nicht mehr sieht, kommt er darüber hinweg.«

»Zwei Monate«, sagte Tschud, »sind gar nichts, gemessen an den Erdzeitaltern.«

»Ahnt Natalja etwas?« fragt Wol.

»Natalja hat ihr Ballett. Pssssst!«

Denn nun kommt

Arbeiter waren dabei, Amerika auf den Schiffsrumpf zu malen, wobei sie eine Farbmischung auf Uriconbasis verwendeten, die unter Garantie dem schleifenden, kratzenden Schmutz des Weltraums unbegrenzt standhalten würde. Silber auf Schwarz – einfach und elegant. Man hatte sich noch nicht entschieden, ob nach dem Namen noch ein Zahlzeichen folgen sollte. Es befanden sich, wie man nun definitiv wußte, noch andere Raumschiffe in Vorbereitung, die alle, einer feierlichen Anordnung des Präsidenten entsprechend, nach dem Land ihrer Schöpfung benannt werden sollten – II, III, IV: die Linie würde bis, buchstäblich, zum Jüngsten Tag sich fortsetzen. Dieses Ur-Modell anders als schlicht und einfach Amerika zu nennen, hieße, die mit ihm verbundene Leistung irgendwie zu schmälern, würde es primitiv, unausgereift und in gewissem Sinne passé wirken lassen.

Das große Schiff ruhte auf einem künstlichen Meer aus synthetischem Schaum und bei starkem Wind oder bei Erderschütterungen schwankte es darin leicht hin und her: sein Gravitationssystem war ihm ganz zu eigen und eingebaut. Es verfügte über ein scheinbares Übermaß an Raum, das für seine Funktion entscheidend war: nicht nur ein Fahrzeug, sondern eine ganze in sich ruhende Welt. Die Räume für die Ploiarchie oder Navigation waren verglichen mit den Wohn- und Arbeitszonen von geringem Umfang. Der nukleare Antrieb war von unbedeutender Größe, ebenso wie auch die Energiegeneratoren oder Solarapparate. Die ganze Struktur war in drei Stockwerke gegliedert. Man ging nach oben, um zu schlafen – fünfzig Doppelkabinen, zehn Badezimmer/Toiletten, eine geräumige automatische Wäscherei. Das mittlere Deck beherbergte die Küche, unter der Kontrolle von Dr. Rosalba Opisso, der ambulante Roboter assistierten, die Kantine, den Freizeitbereich (Kino, Spielzimmer, Bibliothek, Mikrofilm-Kabinen). Das unterste oder erste Deck gehörte der Arbeit. Es war eine Universität *en miniature* mit Mikroarchiven, Vortragsräumen, Laboratorien, Computern. Ein steriler Bereich von beträchtlicher Größe im Heck des Schiffes diente der lebenswichtigen Aufgabe, Nahrung zu erzeugen – Proteinsurrogate, pflanzliche Stoffe, komplexe Vitaminkonstrukte. In der Nähe befand sich eine Maschinerie, welche die Ausscheidungsprodukte des Körpers in Nahrung zurückverwandelte. Unter diesem Deck lag die komplizierte elektronische Systematik des ganzen Organismus, darunter das gravitationelle Magnetotechnasma, eine brillante neue Konstruktion. Dr. Guinevere Irving hatte die Kontrolle über die Atmosphäre des Schiffes, den Kreislauf der sorgsam kontrollierten Mischung, durch den sich das Expirat immerfort wieder in das Inspirat verwandelte. Eine Krankenstation war in einen Seitentrakt mit eingeschoben, der reich an Fahrstühlen war, welche die ganze Höhe des Schiffes befuhren. Und noch viel, viel mehr. Kinder würden hier geboren werden, würden aufwachsen, erzogen werden und würden heranwachsen und altern und sterben, einer Bevölkerungsentwicklung entsprechend, welche die maximalen Hundert nie überschreiten würde, für die AMERIKAS Ökonomie entworfen worden war. Die gelegentlich zu erwartenden Leichen würden ohne Verschwendung verwendet werden – in Brennstoff und Nahrung umgesetzt.

Um das ganze Schiff herum lief in Höhe des mittleren Decks ein

Gang von mehr als anderthalb Kilometer Länge, aber keine Bullaugen oder Fenster sahen in die entmutigende Öde des Raumes hinaus. Stattdessen würde es laut Owings Merrill Skidmore regelmäßig ausgetauschte stereoskopische Ansichten von Landschaft, Meer oder Stadtpanorama geben, oder von Kunstwerken, oder kaleidoskopische Phantasien, die Illusion eines immer wieder neu maskierten Raumes, nicht die wahre Nacktheit draußen.

Nat Goya, Mikroagronom, hatte sich geschworen, daß er – noch vor dem Beginn irgendwelcher Arbeiten in seiner Abteilung – das Konzentrationslager schon verlassen haben würde, in dessen Mitte die *Amerika* ruhte. Er hatte dem Oberkatz Bartlett, den er von Herzen verabscheute (wobei er nicht der einzige war), die Miene eines Mannes vorgespiegelt, den medizinische Raffinesse zu fanatischem Engagement für seine Arbeit gebracht hat. Nicht länger war er, wie sein leichtes Lächeln zu sagen schien, ein ergebener Gatte und künftiger Vater. Aber hier würde er sich auf jeden Fall dringlichst verpissen.

Er war um das Lager gewandert, an dem elektrischen Zaun entlang, auf der Suche nach einem unkontrollierten Tor, doch die Wachen waren allgegenwärtig, wurden alle sechs Stunden auf die Sekunde genau abgelöst, und wenn sie auch keine Feuerwaffen hatten, so waren sie doch mit Totschlägern, Knüppeln, Walkietalkies und Megaphonen ausgerüstet. Es war nicht notwendig, den Zaun mit Scheinwerfern anzustrahlen, da der ganze Himmel über Kansas ein nächtlicher Tag war – hellrot schien Lynx, silbern der Mond. Sich unter dem Draht hindurchzugraben war ein Traum, der alten zerkratzten Filmen über Kriegsgefangenenlager im, was immer es war, Ersten, Zweiten, Dritten Weltkrieg entsprang. Um Nats Chancen noch zu verringern, hatte ein unzufriedener Corporal namens Stanford Everard Whiteboy, während er auf Wache war, versucht wegzulaufen. Nachdem man ihn eingefangen hatte, war er brutal und öffentlich bestraft worden, auf Befehl des Militärkommandanten, Colonel Fernando Jefferson. Damit sollte die Dringlichkeit des KATZ-Projekts hervorgehoben werden.

Seine beste Möglichkeit, zu entkommen, lag – so schien es Nat – bei einem der fahrerlosen Vehikel, die von Captain Trusloves Transportabteilung ferngesteuert wurden. Er war in dieser Gegend des Lagers schon etwas herumgelaufen, unter dem Vorwand, er suche Dr. Ebenezer Hazard, den Materialkoordinator. Der sollte sich gerade dort aufhalten, um sich nach einer bestimmten Massenbestellung aus dem Depot in Kazan und der Anzahl der dafür benötigten

Fahrzeuge zu erkundigen. Nat hatte kurz Gelegenheit, sich den Aufbau eines Speight-Transporters anzusehen. Er konnte sogar unter den Wagen blicken und die Schlichtheit der Konstruktion betrachten – die Achsen, eine Art Haken, wohl für irgendwelche Zuglasten, und ein langer seitlich angeordneter Metallstab, der wahrscheinlich dazu diente, irgendeine Klappe zu öffnen, durch die man den Motor von einer Perspektive aus besehen konnte, welche das Öffnen der Kühlerhaube nicht bot. Nat, dessen Wahlheimat New York war, verstand wenig von Automobilen, ob nun mit Benzin oder mit Atomenergie betrieben. Von dieser Art Autoautomobil verstand er überhaupt nichts. Aber es schien ihm, als könne er sich möglicherweise eine kurze Zeit unter solch einem Vehikel anklammern – mit den Händen diesen Haken umspannend oder vielleicht ein kleines Stück Seil, das daran zu befestigen wäre, die Füße, was allerdings anstrengend wäre, auf der seitlichen Metallstange. Das Fahrzeug würde das Lager verlassen, und er könnte sich nach einer anständigen Entfernung auf die Straße fallen lassen, entspannt, flach wie ein Leichnam, und dann wäre er frei.

Zur Tarnung seines Fluchtvorhabens arbeitete er sehr angestrengt in seinem Bereich, beaufsichtigte die Installation der Auzesis-Schalen und schleppte sogar einige selbst. Er bat mit skrupulöser Disziplin um eine weitere Dosis der magischen Substanz von Dr. Adams, da er, wie er dem Oberkatz mitteilte, einen beunruhigenden Traum von seiner weinenden Frau gehabt habe und keine solchen Nachtmahre mehr wünsche. Dr. Adams, die nun ihrer Abneigung gegen Bartlett beinahe unverblümt Ausdruck gab, war nur zu gern bereit, ihm destilliertes Wasser zu injizieren.

Als der Mond schon ganz offen zum Satelliten von Lynx geworden war und Lynx sich zurückzuziehen schien, ging Nat zu Dr. Hazard mit einer dringenden Bestellung für Helioscheiben und fragte sogar, wann er die denn erwarten könne.

»Morgen geht ein Auftrag nach Kazan raus«, sagte Dr. Hazard arglos, »da kann ich diesen Zusatz noch mitgehen lassen übers Tele. Zwei Speight-Transporter fahren um 0800 ab.«

»Da wäre ich dankbar. Zwanzig Stück, HD/369 Gamma, wie ich es hier spezifiziert habe.«

»Als Fünfer? Gut. Kein Problem.«

Am folgenden Morgen konnte jedermann nur davon angetan sein von dem Anblick, wie Nat Goya im Trainingsanzug um das Camp joggte, jung, athletisch, schädliche Körpersäfte und sexuelle Störfaktoren ausschwitzend. An einem bestimmten Punkt in der Nähe der

Transitbahnen bekam er Seitenstechen und auch einen Krampf in der Wade, so daß er keuchend daherhinkte und sich nach einem Ruheplatz umsah. Er glaubte nicht, daß jemand beobachtete, wie er, auf den Erdboden gepreßt, sich Zoll um Zoll unter den Speight-Transporter schob. Er nahm aus der Tasche des Trainingsanzugs ein kurzes Stück dickes Hanfseil, befestigte es an dem Zughaken und knotete sich einen Handgriff. Unter Schwierigkeiten – wie in einem zu kurzen Bett – gelang es ihm schließlich, seine Füße mit den weichen Schuhen auf den Stab zu drücken. Seine Uhr hatte ihm vor kurzem die Zeit angegeben: 0751. Lange würde er nicht warten müssen. Wenn, hieß das, er sich den richtigen Wagen ausgesucht hatte. Die Stellung war beschissen schmerzhaft. Aber nicht mehr lang zu warten jetzt.

Um 0800 heulte die erste der Sirenen des Camps an einem neuen langen Tag melancholisch auf, als stünde ein Luftangriff bevor. Prompt begannen Fahrzeuge, eins nach dem anderen, sich in Bewegung zu setzen und eine flache Rampe hinabzufahren. Zu seiner freudigen Erleichterung entdeckte Nat Goya, daß sein Wagen dazugehörte. Unmittelbar hinter ihm fuhr noch einer, wie er am Lärm und am Ausbleiben des Lichtes merkte, und das könnte dann ein Problem werden, wenn es Zeit für ihn sein würde, sich fallen zu lassen; er hatte nicht vor, sich von unaufhaltsamen Rädern zerquetschen zu lassen. Er nahm wahr, wie sich ein Tor automatisch öffnete. Er hörte das Gähnen einer Wache, und wie ein zweiter Posten die Müdigkeit oder Langeweile mit »Da hast jetzt du wieder recht« kommentierte. Dann war er auf der Straße. Seine Stellung war verzweifelt schmerzhaft, und er würde sie, dachte er, noch einige Kilometer aushalten müssen. Er wußte nicht, was für Elektronenaugen um das Lager spähen mochten. Er durfte kein Risiko eingehen.

Nach geschätzten zwanzig Minuten der Qual bei hoher Geschwindigkeit, mit brennenden Händen und tauben Füßen, geschah etwas, was er eigentlich hätte erwarten sollen, woran er aber nie gedacht hatte. Der Wagen kam plötzlich zum Stehen, der dahinter auch. Sie mußten einer Verkehrsampel gehorchen, und die automatische Steuerung gehorchte automatisch. Das bedeutete, daß sie nun in einer Stadt oder einem Dorf oder an einem Ortsrand angekommen waren.

Er ließ sich fallen, Jungs und Mädels, Damen und Herren, steif vor Schmerzen, halbtot, aber unverletzt. Er ließ sich fallen, kroch rasch hervor, richtete sich unter Schmerzen in eine stehende Haltung auf, sah einen Gehsteig und hinkte hin, sah sich dann vorsichtig um. Die

Ampel wurde grün und die Wagen fuhren weiter. Er war in einem Ort, der nur aus einer Straße bestand, und seine Ankunft war offenbar unbemerkt geblieben. Es gab nur wenige Leute, und die wenigen sahen ohne große Neugier einen jungen Mann im Trainingsanzug, keuchend, steif, war wahrscheinlich zuviel gelaufen vor dem Frühstück und wollte jetzt wahrscheinlich sein Frühstück haben. Es gab, wie er sah, einen Imbiß, wo er frühstücken konnte – Jack, Joe & Curly – sowie ein Haushaltswarengeschäft der Untermeyer-Kette, einen Stokes-Modesalon, eine Bellow-Mailer-Metallwarenhandlung und ein grimmiges Gebäude, das sich die Kapelle der Blumen von Beulah nannte. Er ging zu Jack, Joe & Curly, aber nicht zum Frühstück. Er wollte telephonieren. Münzen hatte er dabei, dessen hatte er sich vorher noch einmal versichert. Er wußte die Nummer. Er nickte einem alten Mann zu, der Kaffee schlürfte, und einem unrasierten jungen Mann hinter der Theke. Jack oder Joe mußte das sein, nicht Curly, denn er hatte eine Glatze. Oder vielleicht hieß er auch bei allen Curly, gerade weil er kahl war. Er ging zu dem Telephonapparat an der Wand, sein Herz klopfte furchtbar. Er kannte die Nummer auswendig. Er wurde beinahe ohnmächtig, als er ihre Stimme hörte.

»Liebling, Engel, Liebste, ich bin es.«

»Wer?«

»Ich, Nat, dein Mann, erinnerst du dich?«

»O Gott sei Dank, o Nat, ich liebe dich, ich liebe dich. Ich – Wo bist du, Nat? Hier?«

»Nein, Liebling, noch nicht, ich bin –« Der Name der kleinen Stadt stand dort drüben auf einer polizeilichen Bekanntmachung mit Bezug auf einen gewissen entflohenen und gefährlichen Geoff Grigson. »Ich bin in einem Ort namens Sloansville. Ich bin geflohen.«

»Geflohen?«

»Ach, eine lange Geschichte, sie haben eigentlich nur unverheiratete Leute hier und sie wußten nicht, daß ich verheiratet war und ich hab's dann gesagt und das sollte gar keinen Unterschied machen und nun bin ich auf dem–«

»O Liebster, o mein geliebter–«

Eine Hand auf seiner Schulter und eine zweite, die ihm vorsichtig den Hörer aus der Hand nahm und. Es war ein Mann mit einem dicklichen, gewittrigen irischen Gesicht, bisher Nat nur aus der Ferne bekannt. Sein Name Lee Harvey O'Grady, sein Beruf Astunomikologe. Nat hatte sich nicht nach der Bedeutung dieser

Bezeichnung erkundigt, nun aber schien es ihm, als solle er Näheres erfahren. O'Grady sagte:

»Hat der Lauf Spaß gemacht?«

Das Wort löste etwas aus: Nat wollte weglaufen. Aber draußen warteten zwei Militärpolizisten, die überaus freundlich lächelten. Dort stand auch ein Wagen mit einem Fahrer in Polizeiuniform, der etwas kaute und Nat interessiert ansah.

»Wir gehen jetzt zurück«, sagte O'Grady, »hübsch ruhig und ohne Widerworte. Können doch nicht die Sicherheitsvorkehrungen gefährden, oder? Sie hätten beinahe die Sicherheit auf übelste Weise tangiert, wenn ich Sie nicht rechtzeitig geschnappt hätte.« Während der Rückfahrt herrschte Schweigen, nur O'Grady summte eine kleine Melodie vor sich hin und betrachtete seine Fingernägel. »Danke, Leute«, sagte er, als der Wagen auf dem Parkplatz hielt. »Sie und ich«, sagte er zu Nat, »wir gehen jetzt zum Oberkatz.«

Bartlett saß in seinem strengen, aber geräumigen Büro. Er sagte zu Nat, der vor ihm stand – hinter sich hatte er O'Grady, dessen gewittriges irisches Gesicht schwach-dicklich lächelte –: »Es war natürlich höchst töricht. Was mir Sorgen macht, ist die Tatsache, daß Sie das Ausmaß Ihrer Torheit nicht erkannt haben. Das läßt auf mangelnde Intelligenz schließen. Manchmal stelle ich mir die Frage nach der Gültigkeit einer kybernetischen Selektion. Sehen Sie, Sie waren im Lager um 0800 nirgendwo zu finden. Deshalb mußten Sie außerhalb des Lagers sein. Es gab nur eine Möglichkeit für Sie, das Lager zu verlassen. Alles höchst töricht. Die Frage ist: was machen wir mit Ihnen?«

»Werfen Sie mich doch raus«, murmelte Nat. »Ich tauge nicht für dieses Projekt.«

»Sie taugen nicht für dieses Projekt«, pflichtete Bartlett ihm bei. »Was das Rauswerfen angeht – mit Werfen dürfte es etwas zu tun haben, stimmen Sie mir zu, O'Grady?«

»Er hat die Sicherheit nicht gefährdet«, sagte O'Grady.

»Werfen ja, aber nicht raus.« Bartlett wandte sich voll um und schaute O'Grady ins Gesicht, der brummte und gleichzeitig störrisch lächelte. Bartlett drehte sich wieder zu Nat um und informierte ihn: »Ein gewisser Dr. Damon Scribner wird soeben hierherbestellt. Sie kennen ihn?«

»Ja. Ein Fachkollege von der Mid-Western University. Verfasser von *Trophimonistik des Weltraums.*«

»Richtig, richtig. Werfen, aber wohin? Kennen Sie Ihre Bibel?

Daniel und die Löwen. Nathaniel und die Löwen.«

»Mein Name ist Nathan.«

»Eine unbedeutende Einzelheit. Ein Name wird sich kaum noch lohnen für das, was Sie in Kürze sein werden.«

»Was werden Sie tun?« Nat konnte kaum glauben, daß er für eine so geringfügige und noch dazu mißglückte Regelverletzung bestraft werden sollte. Das war ja schließlich nicht die Mafia. Er war in einer liberalen Tradition erzogen worden. »Was genau–«

»Dr. O'Grady hier wird Sie unter Bewachung abliefern. Wir delegieren Bestrafungen an das Militär. Dort hat man Erfahrung mit solchen Angelegenheiten.«

Die disziplinarischen Folgemaßnahmen für Dr. Adams waren weniger drastisch und wurden von Bartlett selbst in der Öffentlichkeit vorgenommen. Sie kam vor ein Gericht, dessen Richter und Geschworene alle aus ein und demselben Mann bestanden. Dem gesamten KATZ-Team wurde Anwesenheit befohlen. Es war 0600 am folgenden Tag, ein rezessiver Lynx ging mit seinem Mond zusammen lässig unter. Ort: der Versammlungsraum. Bartlett saß an dem kleinen Tisch auf dem Podium. Dr. Adams, dunkelhaarig, geschmeidig, adrett in ihrer schwarzen Uniform, unterhalb des Podiums stehend. Bartlett sagte:

»Dies ist ein Gerichtshof. Unsere Gesetze sind Notstandsgesetze, und unser Vorgehen unterliegt den Regeln des Notstandes. Dr. Maude Quincey Adams, Sie sind der Verletzung eines Befehls angeklagt. Sie wurden instruiert, Dr. Nathan Goya ein bestimmtes Medikament zu injizieren, das zu seinem eigenen physischen und psychischen Wohlbefinden und zum Besten des Projekts beitragen sollte. Sie haben diese Instruktion nicht befolgt. Geben Sie das zu?«

»O ja, das gebe ich zu.«

»Haben Sie noch etwas zu sagen?«

»Ja. Zunächst eine Frage. Was ist mit meinem – Patienten geschehen?«

»Sie stellen hier keine Fragen. Sie dürfen, wenn Sie wünschen, eine Erklärung abgeben.«

»Nun gut, ich erkläre folgendes. Daß der Zweck dieser Mission, wie ich ihn sehe, die Rettung der menschlichen Zivilisation ist–«

»Eine Tautologie. Zivilisation ist notwendigerweise menschlich.«

»Nein. Ihre Auffassung von Zivilisation ist eine unmenschliche. Wenn es sich bei der Zivilisation, zu deren Rettung wir uns in diesem Lager versammelt haben, lediglich um intellektuelles und technologisches Wissen handelt, dann ist sie nicht wert, gerettet zu werden. Gerechtigkeit, Mitgefühl, Fairness, Humor – selbst ein gewisses Ausmaß an anständiger menschlicher Ineffizienz – wo ist das? Es ist nicht nur meine Meinung, daß die von Ihnen gebrauchten diktatorischen Methoden das Projekt ruinieren werden. Sie waren bei der Marine. Sie kennen wahrscheinlich den Ausdruck *a happy ship*. Sie kommandieren im Moment ein äußerst unglückliches.«

Bartlett seufzte und schüttelte den Kopf. »Die Zeit wird kommen für das, was Sie Mitgefühl nennen. Ebenso für Fairness, Humor, wenn auch nie, niemals unter meinem Kommando, Ineffizienz. Aber diese Zeit ist noch nicht da. Dies ist das kühnste Projekt, das die Welt je gesehen hat. Es darf nicht scheitern. Wir müssen uns in fühllose Mechanismen verwandeln, bis wir uns des Erfolgs sicher sind. Dann werden die Tugenden, von denen Sie sprechen, zur Blüte kommen. Nicht vorher.«

»Was«, fragte Dr. Adams wieder, »ist mit Dr. Goya geschehen?«

»Dr. Goya«, sagte Bartlett, »ist unglücklicherweise nicht mehr unter uns. ›Unglücklicherweise‹ – eine konventionelle Floskel, für deren Verwendung ich mich entschuldigen sollte. Dr. Goya hätte von vornherein nie ausgewählt werden dürfen. Sein Ersatzmann trifft morgen ein.«

»Was«, wiederholte Dr. Adams zornig, »ist mit Dr. Goya geschehen?«

»Dr. Goya«, sagte Bartlett geduldig, »gehört unserem Projekt nicht mehr an.«

»Er ist tot, nicht wahr?«

»Dr. Adams«, sagte Bartlett streng, »wir sind hier im Augenblick mit Ihrem – äh – Vergehen befaßt. Sie sagen, daß Sie geständig sind, dies, äh, begangen zu haben. Wir müssen nun hier an eine angemessene disziplinarische Reaktion denken.« *»Wir«,* spottete die Angeklagte. »*Wir* dürfen hier überhaupt nicht denken.«

»Ich denn«, sagte Bartlett. »Ich beabsichtige nicht, Sie aus dem Projekt zu entlassen–«

»Sie meinen, mich zu liquidieren«, sagte Dr. Adams.

»Aber ich verfüge hiermit, daß Sie eine rehabilitatorische Behandlung von Dr. Fried und Dr. O'Grady erhalten. Ich verfüge hiermit, daß die beiden genannten Offiziere mit dieser Behandlung heute beginnen. Und ich werde veranlassen, daß Sie von einer Militäreskorte bei Ihren regulären Arbeitspflichten begleitet werden, Dr. Adams, bis zu einem Zeitpunkt, wo ich mich zu meiner Zufriedenheit davon überzeugt haben werde, daß die Rehabilitation als abgeschlossen betrachtet werden kann. Das Gericht schließt die Sitzung.«

Die Verbrennung des zerschundenen Körpers von Dr. Nathan Goya fand im Lagerkrematorium um 0300 statt. Es gab keinerlei Feierlichkeiten.

Alt-Nürnberg und seine Sehenswürdigkeiten. Die Ouvertüre zu den *Meistersingern*. Freud und Ferenczi gingen in eifrigem Gespräch dahin. Etwas Erstaunliches geschah. Ein Mann kam um eine Ecke, eine Zigarre rauchend – der Bart ergrauend, die Augen stählern, das Gesicht das von Dr. Sigmund Freud. Er ging weiter, die stählernen Augen auf einen unsichtbaren Punkt seines Inneren gerichtet, auf ein Empyreum hohen Gedankenflugs oder aber auch auf das Problem, wie er eine Rechnung bezahlen oder sich einer nun lästigen Mätresse entledigen sollte. Freud wäre beinahe umgefallen. Ferenczi stützte ihn besorgt und hielt ihn aufrecht.

»O mein Gott«, keuchte Freud. »Mein Doppelgänger. Sie wissen, was das bedeutet, Ferenczi – den Tod, den nahen Tod. Das ist das zweite Mal, daß ich ihn sehe. Das andere Mal in Neapel–«

»Wie lang ist das her?«

»Etwa zehn Jahre.«

»Und Sie leben noch.«

»Das war die Vorahnung der Vorahnung. Dies ist die echte Warnung–«

»Unsinn, Herr Professor! Kommen Sie und trinken Sie ein Bier. Sie hören sich schon an wie Jung – all dieser Aberglaube und diese Mystik–«

So saßen sie in einem ruhigen Gastraum am Tisch und bestellten das dunkle Bier der Gegend. »Sagen wir, es war eine Warnung«, sagte Freud, »meine Angelegenheiten zu ordnen. Deshalb habe ich Sie gebeten, einen Tag früher zu kommen. Wir kennen nicht Tag noch Stunde.«

»Was wünschen Sie, das ich tun soll?«

»Wenn die Referate gehalten und die Diskussionen abgeschlossen sind – dann möchte ich, daß Sie die Leitung einer Versammlung übernehmen, die unsere grundsätzliche Politik betrifft – mehr noch, wo unser Wesen als permanente Organisation umrissen werden soll.«

»Ich, die Leitung? Ich fühle mich geehrt.« Ein Flöckchen Bierschaum hing in seinem Lächeln.

»Sie kommen hier am ehesten in Frage. Sie sind nicht aus Wien, nicht aus Zürich. In Budapest haben Sie Wunder gewirkt, und wie? Durch Ihr einnehmendes Wesen, indem Sie die Sache heiter und mit Diskretion angegangen sind. Sie werden als Diskussionsleiter ideal sein.«

»Wiederum geehrt, ich bin überwältigt. Aber ich fürchte Ihre Wiener Kollegen. Es wird Ihnen nicht gefallen.«

»Ich bin meiner Wiener Kollegen überdrüssig. Streitigkeiten, Uneinigkeiten, kleinliches Benehmen. Adler und Stekel sarkastisch, murmeln in Ecken von Sozialismus, behandeln mich als alten Trottel. Nein, Sie müssen es sein, Ferenczi.«

»Sie sagten etwas von einer permanenten Organisation–«

»Wir müssen eine Internationale Psychoanalytische Vereinigung bilden, mit Sektionen in Österreich, Deutschland, Amerika, Ungarn, England – in allen Ländern, die so weit sind. Ich möchte, daß Carl Jung zum Präsidenten dieser Internationalen Vereinigung gewählt wird. Auf Lebenszeit.«

»Sind Sie sicher? Sind Sie wirklich sicher?«

»Ja, ich bin sicher. Wien kann nie unser Zentrum sein und London ebensowenig. Zürich stand unserer Wissenschaft von Anfang an aufgeschlossen gegenüber – trotz abweichender Meinungen, die man als Indiz für ein gesundes Eigenleben nehmen kann. Etwas anderes kommt hinzu – das Jahrbuch, unser Organ, unsere Stimme. Wir müssen uns davor hüten, daß in seine Seiten sich irgendwelche Dummheiten einschleichen.«

»Wie Maiers Aufsatz?«

»Genau. Carl Jung muß das Recht haben, jeden eingereichten Aufsatz zu überprüfen und zu entscheiden, ob er veröffentlicht werden soll oder nicht.«

»Ich kann darin nichts Widriges sehen«, sagte Ferenczi zögernd, »unter der Voraussetzung, daß Sie selbst dem Herausgeberkollegium angehören.«

»Sie meinen, die Bewegung könnte mich verlieren? Durch eine Revolution? Durch den Tod? Denken Sie nicht an so etwas, Ferenczi. Nur so kann man leben – indem man nicht an die unangenehmen Möglichkeiten denkt.«

»Oder Gewißheiten.«

»Wie meinen Sie das?«

»Sie waren es, der den Tod erwähnte, nicht ich, lieber Herr Professor.«

»Und wenn ich tot bin, wer kann dann die Organisation leiten? Sie, von Budapest aus? Jones aus London? Brill aus New York? Wir müssen der Wahrheit ins Auge sehen, daß nur Carl Jung als mein Nachfolger qualifiziert ist. Qualifiziert hinsichtlich seiner geistigen Originalität, seines starken Charakters–«

»Eben diese Qualitäten werden ihn weiter und weiter von Ihren Lehren entfernen, von der reinen Milch der Freudschen–«

»Nein, nein. Er ist mein natürlicher Nachfolger. Mein Freund, mein Sohn.«

»Und natürlich ist er in Zürich. Das ist der Punkt, auf den es hier hauptsächlich ankommt.«

»Ja, ja, mein lieber Ferenczi« – er sah feuchte Augen, sah Lippen, deren Winkel (noch etwas schaumig) sich nach unten kehrten – »Auch Sie sind originell. Auch Sie sind stark. Aber Sie sind nicht in Zürich. Auch Sie sind mein Sohn, vergessen Sie es nie. Bestellen Sie uns noch ein Bier.«

Und so übernahm Ferenczi, ganz Charme, den Vorsitz im Salon des Hotels und wandte sich an die versammelten Delegierten:

»Meine Herren, ich glaube, ich gebe dem allgemeinen Empfinden des Kongresses Ausdruck, wenn ich sage, daß wir insgesamt bewundernswerte Referate und Diskussionen von immenser Lebendigkeit gehört haben. Ich darf Dr. Adlers Aufsatz über psychischen Hermaphroditismus und den von Professor Abraham über Fetischismus hervorheben, ebenso wie selbstverständlich den Beitrag unseres Führers und Begründers zur Zukunft der psychoanalytischen Technik.«

Beifall prasselte auf für den Führer und Begründer, der mit einer dankenden Handbewegung die Zigarrenasche auf den Teppich schnippte.

»Wir kommen nun«, sagte Ferenczi, »zu dem, was man die geschäftliche Seite unseres Kongresses nennen kann. Es liegt der Vorschlag vor, eine Internationale Psychoanalytische Vereinigung zu gründen, die Zweige in allen Ländern haben wird, wo die Voraussetzungen bestehen. Ich gehe davon aus, daß es zu diesem Vorschlag keine Gegenstimmen gibt.«

Keine, dafür starker Beifall. Freud sog an seiner Zigarre und ließ sie rot aufglühen: sein Beitrag zu dem zustimmenden Lärm.

»Der Hauptsitz der Internationalen Psychoanalytischen Vereinigung wird Zürich sein«, fuhr Ferenczi fort. »Dr. Riklin hier hat sich bereit erklärt, als Sekretär zur Verfügung zu stehen. Er wird die

Beiträge kontrollieren, die Veröffentlichungen überwachen, neuen Sektionen die offizielle Anerkenntnis aussprechen, sobald diese sich konstituieren in Berlin, Budapest, London, New York–«

Eine immense Kälte breitete sich unter den Delegierten aus Wien aus.

»Es liegt der Antrag vor«, sagte Ferenczi, »daß als Präsident auf Lebenszeit Dr. Carl Jung der Vereinigung vorstehen soll.« Von der Kälte zu lautem Gemurmel. »Als Präsident auf Lebenszeit«, fuhr Ferenczi fort, »wird er verantwortlich sein für die Stimme, das Organ der Vereinigung, das *Jahrbuch der Psychoanalyse*. Alles, was dort veröffentlicht werden soll, wird von nun an zuerst die Zustimmung des Präsidenten finden müssen. Nur durch eine solche zentrale Kontrolle kann unsere Wissenschaft eine Wissenschaft bleiben, unbefleckt von Beiträgen, die ihrer Würde und Wahrheitsliebe Abbruch tun–« Stekel stand auf und rief: »Diktatur! Tyrannei!«

Adler stand auf und rief: »Wir haben das Zürcher Diktat satt. Wir Wiener sind die Gründer der Psychoanalyse. Wir werden nicht zulassen, daß sie in die Hände von Ausländern fällt.«

Wütend stand Freud auf und rief: »Ich, mein Herr, bin der Gründer der Psychoanalyse.« Ferenczi stillte den Lärm mit seinem Hammer. Eine einzige Stimme, die von Kahane, rief noch:

»Warum wird Wien stets hinter Zürich zurückgesetzt?«

»Ich will es Ihnen sagen«, sagte Ferenczi mit ungewöhnlicher Härte und Knappheit. »Weil in Zürich alle Psychiater mit Universitätsausbildung sind, und Sie nicht. Weil man Euch Wiener in Eurer eigenen Stadt nicht anerkennt. Keine Universität unterstützt Sie, keine Klinik, nicht einmal irgendein Provinzkrankenhaus. Weil Ihr Ansatz unwissenschaftlich ist. Sie, Dr. Stekel, haben gelegentlich schon psychoanalytische Fälle erfunden. Sie, Dr. Adler, haben die Psychoanalyse auf das dubiose Terrain der Politik zu verlagern versucht. Das Verhalten der Wiener, die von rechtswegen die loyalsten Helfer des großen Wieners sein sollten, welcher unsere Bewegung gegründet hat, ist unwissenschaftlich und ungehörig. Deshalb muß sich die Internationale Psychoanalytische Vereinigung Zürich zum Sitz wählen.«

Die Reaktion auf diese Ausführungen war beschämend. Wiener und Zürcher gerieten in ein unbeholfenes Handgemenge. Stekel und Adler drangen auf Ferenczi ein, der ungarische Protestworte schrie. Dr. Jung schritt zum Tisch des Versammlungsleiters und ergriff den Hammer. Er schlug und hämmerte, wenn auch auf Holz, nicht auf Knochen, und rief:

»Die Sitzung ist unterbrochen. Die Sitzung ist–«

Zu diesem Zeitpunkt war ein zutiefst betrübter Freud schon auf dem Weg hinaus. Er stieg müde in den ersten Stock zu seinem Zimmer, wo er als erstes eine kleine Flasche Kognak aus dem Nachtkästchen holte und einen großen Schuß in ein Zahnglas glukkern ließ. Er legte sich mit dem Glas aufs Bett, nippte, fühlte sich hoffnungslos. Als es klopfte, rief er leise: Herein. Es war Otto Rank. Er sagte: »Herr Professor, Sie kommen am besten mit auf Stekels Zimmer. Die Wiener Delegierten sind alle dort. Sie sind sehr zornig. Sie drohen, den Kongreß vorzeitig zu verlassen.«

»O mein Gott«, stöhnte Freud. »Alles meine Schuld! Ich dachte, ich könne es Ferenczi zutrauen. Ich habe ihm zu viel gesagt, ich war indiskret–«

»Sie haben sich menschlich verhalten, Herr Professor, nicht mehr. Nun versuchen Sie, dazu auch die andern zu überreden.«

Freud konnte das wütende Stimmengewirr schon hören, ehe er, gesammelt und aufrecht, Rank hinter sich, an die Tür klopfte. Verrat auf schlimmste Weise, Verrat, den die Unschuld begeht aus Naivität, ich nenne das nicht Naivität, für mich, für mich ist das einfach eine brutale pseudopatriarchale Haltung, nun er hat uns ja immer gesagt, wir sollen unseren Vaterfiguren nicht vertrauen. Er ging hinein, und da wurden sie still. Sie sahen ihn nur mürrisch an. Er sagte:

»Ich habe Sie enttäuscht, nicht wahr?«

»Warum«, sagte Adler, »hat Ferenczi uns angegriffen?«

»Er hat eine Rolle gespielt«, sagte Freud müde. »Er dachte, es sei mein Wunsch, daß Sie angegriffen werden sollten, er hat meine–meine Mißfallensäußerungen falsch gedeutet.«

»Und nun«, sagte Stekel, »glaubt die ganze Welt, ich erfinde alle meine Fälle. Ich hätte Lust, ihn wegen Verleumdung zu verklagen.«

»Ich habe Ferenczi bestimmt, für mich zu reden, weil ich dachte, ich kenne Ferenczi. Ich entschuldige mich für meine Dummheit und für die von Ferenczi ausgesprochenen Indiskretionen. Ich bitte Sie in meiner schmerzlichen Verwirrung in aller Demut, zu vergessen, was eben geschehen ist.« Niemand hatte sich bei seinem Eintritt erhoben. Er hatte gestanden, aber nun bot ihm Kahane seinen Stuhl an. Freud wollte sich erst setzen, dann schüttelte er den Kopf. Adler sagte:

»Man vergißt nichts. Das ist die ganze Basis der Freudschen Analyse.«

Stekel sagte:

»Wir waren acht Jahre lang loyal. Wir sind mit der Bundeslade durch die Wildnis gestolpert. Wir haben die Angriffe unserer Feinde, *Ihrer* Feinde ertragen. Die Zürcher gehen ihren eigenen Weg und nehmen sich aus Ihren, aus unseren Lehren, was sie gerade brauchen, und den Rest werfen sie weg, wie es ihnen beliebt.«

»Jung«, sagte Kahane. »Der Mann, den Sie als Präsident auf Lebenszeit wollen – er gibt nur vor, zu glauben. Er hat hier auf dem Kongreß den sexuellen Ursprung der Neurosen in Zweifel gezogen. Er redet von Gespenstern und Poltergeistern–«

»Er glaubt an die Psychoanalyse«, sagte Freud störrisch.

»Er glaubt an Jung«, sagte Adler, »den allmächtigen Zürcher, Schöpfer Himmels und der Erden. Einen wirklichen Himmel, mit einem jungähnlichen Gott, eine reine schweizerische Erde, unbefleckt vom Sexus. Das ist Ihr Präsident. Das ist«, sagte er, »Ihr Nachfolger.«

»Wir brauchen die Schweizer«, sagte Freud scharf. »Eine neue medizinische Wissenschaft läßt sich ohne die Unterstützung einer medizinischen Hochschule nicht verankern. Jungs Klinik – darin liegt unsere einzige Hoffnung. Lassen Sie mich noch etwas sagen. Nur durch Jung sind wir davor bewahrt worden, als eine rein jüdische Bewegung angesehen zu werden. Unsere Feinde sind zumeist Antisemiten. Wir brauchten die breite Basis der Neutralität. Die meisten von uns mögen Juden sein, aber unsere Wissenschaft ist universal.«

»Schämen Sie sich dessen«, fragte Adler, »daß Sie Jude sind?«

»Zumindest«, rief Freud, »habe ich nicht der Religion meiner Väter den Rücken gekehrt, um dann Protestant zu werden wie Sie, Adler. Jude, wenn es Ihnen paßt, Christ, wenn der Wind sich dreht. Es tut mir leid. Verzeihen Sie ... Gott weiß, es gibt genügend Streit außerhalb unserer Gesellschaft, als daß wir ihn nun auch noch hier schüren sollten. Feinde – ich habe das Hohngrinsen meiner Feinde satt, die Anschuldigungen der Unmoral – Freud, der Libertin von Wien, der seine Patientinnen auf der Couch verführt. Freud, mit dem sich die Polizei einmal befassen sollte – das sagen die Deutschen. Und Jones in England wird tatsächlich von den Gerichten verfolgt, aus zwei Kliniken hinausgeworfen, die Polizei in Boston durchsucht das Haus von Brill, fahndet nach schmutzigen Büchern. Feinde, Feinde – die Arbeit, die ich getan habe, das Gebäude der Wahrheit, das ich über zwanzig Jahre hinweg zu errichten versucht habe – ich will es nicht zerstört sehen. Ich will, daß der Tempel an einem grünen Ort zwischen Bergen steht. Ich will, daß eine kranke Welt sich reinigt und gesundet. Und ich höre nur Hohn und Angriffe – ein Angriff folgt dem anderen – Feinde, Feinde – sie wollen mich verhungern sehen, sie würden mir den Rock vom Leibe reißen–« Und nun saß er auf seinem Stuhl und begann, in seine Hände zu schluchzen. Man hörte nichts außer seinem Weinen. Schließlich brach Kahane leise das Schweigen.

»Ich glaube, ich spreche für uns alle, wenn ich sage, daß – wir Zürich als Sitz der Vereinigung akzeptieren. Wir nehmen auch Jungs Präsidentschaft an. Aber nicht auf Lebenszeit. Nur für zwei Jahre. Dann – eine freie Wahl.«

Freud wischte sich die Augen mit einem zerknitterten blaugepunkteten Taschentuch. »Ich nehme an«, sagte er.

»Wir weisen zurück«, sagte Kahane, »Jungs Entscheidungsgewalt über die Veröffentlichung unserer Schriften. Wir weisen die Zensur zurück. Wir geben unserer Befürchtung Ausdruck, daß Jung bei totaler Kontrolle die Freudsche Psychoanalyse auf einen anderen, seinen eigenen Weg zerren könnte.«

»Ich wollte«, sagte Freud mit leiser Stimme, »nur einen Schutz vor schlechten Arbeiten, negativen Arbeiten – wie diesem schrecklichen Aufsatz von Maier. Ich werde vorschlagen, daß wir eine gemeinsame Herausgeberschaft, gleich verteilt zwischen Zürich und Wien, festlegen.« Die Gespanntheit ließ nach. »Ich will weitergehen. Ich möchte von meinem Amt als Präsident der Wiener Psychoanalytischen Vereinigung zurücktreten. Ich erkenne in Dr. Adler meinen natürlichen Nachfolger. Ich will noch weiter gehen. Ich schlage eine eigene Zeitschrift für Wien vor. Als gemeinsame Herausgeber möchte ich Dr. Adler und Dr. Stekel nominieren.«

»Ich nehme dankend an«, sagte Stekel.

»Ich nehme an«, sagte Adler. »Wenn es der Wunsch der Gruppe ist, daß ich das Amt des Präsidenten übernehme, dann schlage ich hier und jetzt vor, daß wir unsere häuslich-gemütlichen Zusammenkünfte aufgeben–«

»Mein Haus«, sagte Freud, »oder besser: mein Sprechzimmer steht Ihnen immer offen. Aber es ist mir klar, daß es eine – Art von Paternalismus impliziert, der nicht länger vorauszusetzen ist.«

»Öffentliche Treffen«, sagte Adler. »Einmal wöchentlich, wie bisher, aber mit offenen Türen für Besucher. Vorträge.«

»Also weniger freie Diskussion«, sagte Freud. »Weniger Informalität.«

»Können wir uns Informalität leisten?« antwortete Adler. »Wir dürfen nicht in unserer Wachsamkeit nachlassen, noch nicht. Vielleicht nie. Wir müssen der Welt bewaffnet gegenübertreten, mit Taktik und Strategie. Wir sind eine Armee, kein Kaffeekränzchen.«

»Es bestand bei mir zu Hause nie ein zwingender Grund«, seufzte Freud, »den Kaffee meiner Frau zu trinken. Nun also – wollen wir uns die Hand darauf geben? Und dann zum Essen hinuntergehen?«

Adler wischte seine Rechte am Hosenboden ab und streckte sie dann Freud hin. So auch die anderen, aber ohne das Abwischen.

Trotzki. Ruhiger, nicht mehr so übersprudelnd, in einem flotten New Yorker Straßenanzug, mit blaugepunkteter Schleife. Er sagt auf Englisch: »Hi, Leute!« Seine drei Kollegen schauen sich traurig an. Wol sagt:

»Hast du schon die amerikanische Staatsbürgerschaft beantragt?« Tschud sagt:

»Schon in die Episkopalkirche eingetreten?« Bucha sagt:

»Wie geht's dem Genossen John D.?«

»Genossen, lästert nicht«, sagt Trotzki. »Ihr seht in mir ein atmendes und wandelndes Modell des dialektischen Prozesses. Die These namens Trotzki trifft auf die Antithese namens New York. Sie stoßen zusammen, sie bekämpfen sich, sie versuchen sich auszusöhnen. Die Synthese, was immer sie sein mag, wird etwas bis jetzt noch ganz Unbekanntes darstellen. Auf jeden Fall wird es nicht der alte Lew Dawidowitsch sein.«

»Aber was die Bewegung braucht«, sagt Bucha, »ist der alte Lew Dawidowitsch. Weißt du nicht mehr, was Lew oder Leon oder Leo bedeutet?« Er brüllt theatralisch und nähert sich Trotzki.

Trotzki weicht zurück, was seinen Kollegen den Beweis für eine ungewohnte Schwäche gibt. Aber er sagt fest genug:

»Genossen, ich bin nicht der König der Tiere. Ich will keine Macht. Begreift das in seiner ganzen Klarheit: ich will keine Macht. Ein bescheidener Diener der Menschheit, der seine Mitgeschöpfe liebt, ein namenloser Arbeiter für die Sache – mehr will ich nicht sein. Ein Liebender, Genossen, Bei keinem der Klassiker des Sozialismus ist menschliche Zuneigung ausdrücklich untersagt. Wer weiß? Wenn die Arbeiter einander tatsächlich *mögen*, trägt das vielleicht ein wenig zur politischen Solidarität bei.«

»Gehört«, fragt Wol, »menschliche Zuneigung zum Überbau oder zur Basis?«

»Das muß man noch theoretisch aufarbeiten«, sagt Trotzki. »Genosse Stalin kann so was so gut.«

Tschud sagt: »Ich fürchte, Lew Dawidowitsch, ich fürchte–«

»Fürchtest Genosse Stalin? Welch ein Unsinn!«

»Ich fürchte, daß du von dieser Stadt und ihrer dekadenten Kultur verschlungen werden wirst. Was sollen wir den Leuten in Rußland erzählen? Daß Trotzki, Genossen, ein New Yorker geworden ist?«

»Nein, nein, nein!« sagt Trotzki. »In mir ist ein dynamischer Widerspruch, ganz gesund. Es ist, als würde man eine schwere Mahlzeit verdauen. Ich bin mit mir selbst nicht einig, aber nur zeitweilig. Laßt es mich so ausdrücken–« Er singt.

Mir gefällt's nicht.
BUCHA: Was?
TROTZKI: Mir gefällt's.
Mir gefällt's nicht.
WOL: Was?
TSCHUD: Was?
TROTZKI: Daß mir's gefällt.
Mir gefällt diese Stadt, diese willigen Sklaven.
Die Rasiercremeplakate, Kinematographen.
Ihr Gefühl, sie seien die Besten der Welt.
Ich mag, was ihnen alles gefällt und mißfällt.
BUCHA: Mir gefällt's nicht!
TROTZKI: Was?
BUCHA: Daß dir's gefällt.
TROTZKI: Mir gefällt's nicht.
WOL: Was?
TSCHUD: Was?
TROTZKI: Daß
dir's nicht gefällt, daß es mir gefällt.
BUCHA: Die New Yorker Barbaren,
wie die schon reden!
Perverser Akzent, wie Quetschtrompeten.
WOL: Und ihre Küche, was soll man da sagen?
Der bloße Anblick verdirbt den Magen.
TROTZKI: Hier in Manhattan
setzt man sich nicht zum Mahl,
komponiert kein Menü,
man ißt funktional!
TSCHUD: Und was gibt's zu trinken?
Merkwürdiges Land.
Die Kultur des Trunkes
Ist unbekannt.
WOL: Highballs. Manhattans.

BUCHA: Man knallt dir wurstig
mal rasch einen Drink hin.
WOL: Ich werd schon ganz durstig.
TROTZKI: Jedenfalls: mir gefällt's.
TSCHUD: Ach, du Laus im Pelz
von New York! Und deine Pflicht?
Mir gefällt's nicht.
TROTZKI: Ja, mir gefällt's.
Am Ende gefällt's mir noch, daß sie mir gefällt,
diese Neue Welt!
Nur eins macht mir Sorgen –
WOL: Ja?
TROTZKI: Daß vielleicht
das Gefallen am Ende das Ausmaß der LIEBE erreicht ...
BUCHA: Mir gefällt's nicht.
TROTZKI: Wieso denn bloß?
Hier ist's wie daheim, hier ist auch nichts anderes
los.
Die Tapeten sind schäbig, das Tischtuch voll
Flecken,
der Fahrstuhl bleibt behäbig stecken.
Die Arbeiter schlapp, die Frauen toll –
die Frauen von New York, Genossen, sind wun-
der-
voll.

(Er spricht:)

Um zu verallgemeinern, Genossen. Ich sehe in den Frauen von New York eine Art allgemeine These ... Ich weiß, ihr glaubt, ich denke an eine bestimmte. Sie war nur die Vorläuferin von allen zusammen. Ich bin nun in Sicherheit, ich versichere euch: Sie ist weg. Fort. Ich werde sie nie mehr sehen. Nie. Ich komme drüber weg. Glaube ich. Ich bin sicher.

(Sie singen wieder.)

WOL: Mir gefällt's nicht.
TROTZKI: Was?
TSCHUD: Mir gefällt's nicht,
daß einer wie du, Genosse, von wundervollen
Frauen spricht.

TROTZKI: Was habt ihr denn gegen den Times Square und das Broadwaygehupe?
Was ist denn so gefährlich an einer Imbißstube?
Die Luft, die Leute, der Orkan des Geschreis,
die neunundvierzig Flavors 1A Speiseeis...
BUCHA: Wie kannst du diese Sklaven dieses Molochs schätzen,
die blöden, die braven, die ans Fließband hetzen,
die selig-süß schlafen, ohne die Messer zu wetzen?
Die träumen nicht von der neuen Zeit,
die träumen nur von der Gelegenheit,
sich selbst in den Sessel des Chefs zu setzen.
TROTZKI: Ich kenn ihre Fehler, die Ignoranz,
ich kenne ihr Phlegma und bin da ganz
eurer Meinung. Es fehlt die Galle!
Aber, aber, ich kann doch nicht alle
persönlich hassen.
Ich mag diese Massen.
BUCHA: Ketzerei.
WOL: Höchst gefährlich.
TSCHUD: Du kannst den Gedanken
nicht vom Denker trennen. Da kommt alles ins Schwanken.
BUCHA: Lieben und Hassen zu gleicher Zeit?
TROTZKI: Ja eben! Und das ist die Schwierigkeit!
Mir gefällt's. Mir gefällt's nicht.
Wie eins immer gegen das andre spricht –
und gestern im Traum, als ich vor diesem Dilemma verzagte,
da sah ich mich hoch auf dem Empire State Building stehn
und spürte einen gewaltigen Wind in den Haaren wehn –
da warf ich die ganze Chose (im Traum) fort und fragte:
Was ist denn nun! Liebe? Haß? Oder wie?
Und der Wind warf's mir wieder zurück ins Gesicht und schrie:
Paß nur auf, mein Junge, daß dir's gefällt!
Denn so ist in Liebe und Haß und so weiter die ganze beschissene Welt!
BUCHA: Mir gefällt's nicht.
TROTZKI: Ach, Schnauze!

Der Gesang ist zu Ende, die Uhr schlägt sieben. »Sie kommt zu spät«, sagt Trotzki. »Die Uhr geht vor«, sagt Tschud, »aber wir sind zu spät dran.«

»Wo müßt ihr hin, Genossen?« fragt Trotzki.

»Ein Essen«, sagt Wol, »bei der Kesselschmiedegewerkschaft.«

»Ich dachte«, sagt Tschud, »bei der Vereinigung der Weichensteller?«

»Heißt das«, fragt Trotzki, »ihr wollt Nataljas Ballett nicht sehen?«

»Wir kommen dann alle«, sagt Bucha skeptisch, »zur Premiere. Oder vielleicht zur zweiten Aufführung. Es hängt viel von der *eigentlichen* Arbeit ab. Jetzt, Genosse, wären wir nur im Weg.«

Und nun kommt

Freud hatte einen Chow-Chow namens T'ang. Er rannte in der schwachen Oktobersonne im Park herum, hob das Bein, schnüffelte, hechelte, sah gelegentlich zu seinem Herrn zurück, der mit Otto Rank daherkam. Rank sagte:

»Warum nicht?«

»Weil Sie nicht medizinisch qualifiziert sind.«

»Ich habe einen Doktorgrad der philosophischen Fakultät. Endlich, dank Ihnen. Und lassen Sie mich jetzt sagen, nachdem ich nun so weit gekommen bin – ich werde das nie vergessen. Mein ganzes Leben lang werde ich vor Dankbarkeit, ach, glühen, wenn ich daran denke, was Sie für mich getan haben – die Zeit, Liebe, Geld–«

»Keine Dankbarkeit mehr«, sagte Freud. »Vor allem nicht wegen des Geldes. Geld ist ebenso notwendig wie das Ausscheiden des Kotes aus dem Organismus, aber ebenso negativ. Hören Sie: Die Psychoanalyse ist immer noch ein Zweig der Medizin, wenn Sie sie auch als eine Kunstform zu betrachten scheinen.«

»Sie haben selbst gesagt, es sei eine Kunst, Herr Professor. Und dann – Hanns Sachs ist auch kein Arzt, aber er übt die Psychoanalyse aus. Und zwar mit Ihrer Billigung.«

»Ich billige es nicht, ich toleriere es. Er ist Jurist, und das Recht ist wie die Medizin eine ernsthafte Disziplin. Außerdem ist er älter. Sie aber – nun, Sie kennen die Vorurteile. Ein junger Mann ohne medizinischen Doktorgrad sagt einer Frau, sie solle sich auf die Couch legen. Spricht mit ihr über Orgasmen und Masturbation. Nein. Wir müssen respektabel erscheinen. Ein medizinischer Titel entschuldigt alles.«

Rank sah zu, wie T'ang einen langen Kotstrang auf den Rasen gleiten ließ. »Sie können es mir im Grunde nicht *verbieten*«, sagte er.

»Nein, Otto. Ich bin nicht Ihr Vater und Sie sind ohnehin kein Kind mehr. Ich bin nur Ihr sehr viel älterer Bruder. Ich kann nur einen sehr ernsten Rat geben. Oder eine Warnung aussprechen.«

»Was für eine Verschwendung! Ich habe soviel gelernt in den letzten acht Jahren. Und nun sagen Sie, ich dürfe das Gelernte nicht anwenden.«

»Schreiben Sie! Aufsätze, Bücher.«

»Wenn ich eine Idee entwickele – wie die über Hamlets Zögern, seinen Onkel zu töten – kommt jemand anders und stiehlt sie mir. Wie Dr. Jones. Und weil Dr. Jones ein Arzt ist, hört man ihn an. Seine Theorie über Hamlet muß von Bedeutung sein, denn er ist ja Mediziner. Ich bin ja nur ein Amateur–« Freud sagte schuldbewußt:

»Ich hätte das nicht mit Jones erörtern sollen. Aber es *war* eine bemerkenswerte Idee. Der ödipale Hamlet. Ich konnte nicht widerstehen, darüber zu reden.«

»Also gehe ich jetzt in meine Dachkammer zurück und friere. Versuche Aufsätze zu schreiben, die niemand wird lesen wollen.«

Freud schaute überrascht drein. »Dachkammer? Was soll das heißen? Sie sind der bezahlte Sekretär der Wiener Psychoanalytischen–«

»Das war ich, als Sie die Leitung hatten.«

Freud war bestürzt. »Sie meinen – Adler hat sich jemand anderen geholt?«

»Adler hat größere Änderungen vorgenommen als nur einen Wechsel im Sekretariat. Ich habe von der neuen Adlerschen Psychologie gehört. Ich habe ja Zeit, mich umzuhören, als Arbeitsloser.«

Freud sah ihn fassungslos an. Dann rief er nach T'ang. T'ang kam nur zögernd.

Hinsichtlich der pädagogischen Begabung Adlers gab es keinen Zweifel. Er hatte eine sehr wohltönende, Willettsche Stimme, und war von großer Überzeugungskraft. »Ich bitte Sie nun«, sagte er zu seinen Zuhörern, »jene beiden Begriffe der Nach-Freudianischen Psychologie zu bedenken, welche in ihrem Arsenal die wichtigsten sind. Der erste: der Minderwertigkeitskomplex. Der zweite: der männliche Protest. Betrachten wir nun, wie diese Begriffe im Rahmen der Beobachtung einer Neurose funktionieren. Die Ätiologie einer Neurose kann nicht ausschließlich mit sexuellen Kategorien begriffen werden – hier hat sich die Freudsche Lehre als naiv herausgestellt. Der Neurotiker sieht sich gezwungen, die Sexualität als Werkzeug des Protests zu gebrauchen – männlicher Protest, um ein Minderwertigkeitsgefühl zu überwinden. Masturbation zum Beispiel deutet nicht auf eine Sexualneurose hin, sondern auf eine mißlungene Sexualanpassung. Der Neurotiker masturbiert in Auflehnung gegen das feminine Prinzip, den Dämon, der seine Männlichkeit bedroht. Er will die Liebe vermeiden, die als Hingabe an den Dämon aufgefaßt werden könnte. Die Grundlage der Freudschen Lehre ist, wie Sie alle nur zu gut wissen, der Ödipuskomplex. Hier wird eine infantile Fixierung auf die Mutter als Quelle einer Befriedigung gesehen, welche für die Freudianer völlig sexueller Natur ist – wobei andere als lustvoll erlebte Elemente wie Wärme, Nahrung, körperliches Behagen und tiefere Elemente wie das Bedürfnis, vor der bedrohlichen Außenwelt in Sicherheit zu sein, ignoriert werden. Die infantile Mutterfixierung findet im Vater, laut Freud, ein Objekt der Feindschaft, den mächtigen und rachsüchtigen Gott, der das Kind dafür bestrafen wird, daß es gewagt hat, die Mutter zu lieben, bestrafen durch Kastration. Dramatisch, tragisch aufgefaßt, in der Tat, aber eine Lehre von rein ästhetischem Reiz, weit entfernt von klinisch beobachtbarer Realität. Was Freud als den Ödipuskomplex bezeichnet, ist ein maskuliner Protest – ein Wunsch, die Mutter zu besitzen, der dem Machtstreben entstammt. Wir akzeptieren als grundlegend das Prinzip des psychischen Hermaphroditismus, das besagt, daß es in uns allen ein männliches und ein weibliches Element gibt. Aber ich sage, daß es zu einer Neurose kommt, wenn das männliche Element von seinem Widerpart bedroht wird, und daß der sich dann ergebende Minderwertigkeitskomplex der Feind ist, den der Analytiker zu vernichten suchen muß. Der sogenannte Ödipuskomplex ist ein geringer Anteil der gesamten Dynamik, eine Phase des männlichen Protestes – weiter nichts.«

Freud stand sofort auf, kalt einen Zorn in sich zügelnd, der sich eigentlich nicht zügeln lassen wollte. Er sagte:

»Ich habe mit gespannter Aufmerksamkeit und wachsender Beunruhigung Dr. Adlers Ausführungen gelauscht. Ich bin bestürzt über den reaktionären Tenor seiner angeblichen Neuerungen. Er hat das Unbewußte abgeschafft, er bestreitet die infantile Sexualität–«

Adler sagte streitlustig: »Ich bestreite sie *nicht.* Ich bestreite lediglich ihren Primat, welcher der wacklige Eckstein Ihres gesamten Lehrgebäudes ist. Eine Neurose entsteht, wenn der Mensch sich nicht darüber im klaren ist, ob er männlich oder weiblich ist–«

»Das ist nichts Neues. Ich habe selbst das Prinzip der Bisexualität entwickelt, das Sie nun in prätentiöser Weise mit Ihrem – Ihrem psychischen Hermaphroditismus–«

»Lassen Sie mich eines klarstellen, Herr Professor«, sagte Adler in einer Art spöttisch-schmeichelndem Tonfall. »Mein ganzer Vortrag eben, meine ganze Theorie, wären ohne Ihre Lehre unmöglich gewesen. Was ich versuche, ist eine Harmonie zwischen dem Alten und dem Neuen–«

»Dem Neuen?« rief Freud. »Sie meinen: Dem Reaktionären und Rückwärtsgewandten. Lassen Sie *mich* eines klarstellen, Dr. Adler. Sie sind kein Psychoanalytiker. Sie sind ein Biologe, der seine häretische Meinung über psychische Minderwertigkeitsgefühle auf organische Minderwertigkeit zurückführen möchte. Sie sind ein Soziologe, der sich mit der Erfüllung befaßt, die der Mensch in der Gesellschaft finden soll. Ich bezweifle den Wert Ihrer Theorien nicht. Was ich in Zweifel ziehe, ist, daß sie als Grundlage einer gültigen psychoanalytischen Lehre dienen können.«

Stekel stand auf. Stekel sagte laut:

»Lassen Sie nun mich etwas sagen, Dr. Freud. Sie haben das Wort ›Häresie‹ verwendet. Das habe ich schon seit langer Zeit von Ihnen zu hören erwartet. Ketzerei. Da haben wir endlich aus Ihrem Munde das offene Eingeständnis, daß Sie sich nicht nur als Schöpfer einer Lehre betrachten, sondern als ihr alleiniger Besitzer, ihr Richter, ihr Hohepriester. Wir haben Ihre diktatorische Anmaßung satt. Wir verkünden hiermit eine Reformation.«

Das Auditorium lag im Dunkeln, das Licht war auf Adler konzentriert, hochaufgerichtet auf dem Podium. Freud konnte nicht sehen, woher das Gemurmel und die deutlicheren Zeichen der Zustimmung kamen. Er lauschte nach Unterstützung für seinen Standpunkt, hörte auch etwas. Er sagte mit scharfem Sarkasmus:

»Ihre schillernde Rhetorik verrät Ihre Journalistenseele, Dr. Stekel. Ich habe Ihnen und Ihrem *häretischen* Kollegen vorgeschlagen, zusammen eine neue Wiener Zeitschrift für Psychoanalyse herauszugeben. Kein Verleger will die Zeitschrift haben, wenn Sie Mitherausgeber sind. Das spricht wohl für sich selbst.«

»Sie fliehen nun aus Ihrem hohepriesterlichen Weihrauch in Banalitäten.«

»Ich warne lediglich Dr. Adler, den ich respektiere, trotz seiner von mir zutiefst bedauerten Abweichungen von der Wahrheit, daß er sich am besten seiner wahren Freunde versichern und nicht sich auf die ihn umgebenden Opportunisten verlassen sollte.«

»Das ist eine Verleumdung, gegen die ich vorgehen werde!«

»Tun Sie das. Ich sage Dr. Adler, daß seine Beobachtungen über den Minderwertigkeitskomplex und all das weitere als ein soziologisches Addendum, als Ergänzung und Anhang, hier durchaus ein Willkommen finden könnten – *hier* –, aber daß er es bisher vorgezogen hat, sich von der Unzufriedenheit, von den theatralischen Aufrührergesten eines glatten und opportunistischen Schreiberlings und Dilettanten ins Abseits führen zu lassen.«

»Das lasse ich nicht zu«, rief Stekel, und im selben Augenblick donnerte Adler:

»Ich lasse mich nicht auf diese Weise herabsetzen. Ich werde von niemandem geführt. Ich führe. Die Wahrheit führt. Es ist offensichtlich, daß für mich in dieser Vereinigung kein Platz mehr ist. Ich trete dementsprechend als Präsident zurück. Ich trete ebenfalls von der Mitherausgeberschaft der Wiener Zeitschrift für Psychoanalyse zurück. Ich erkläre hiermit die Gründung einer neuen Organisation, der Gesellschaft für Freie Psychoanalyse.«

Freud stöhnte vor Schmerz auf, als Adlers Anhänger applaudierten. Er sagte: »Dies ist ein unerträglicher Augenblick, ein verzweifelter. Zum ersten Mal in beinahe zehn Jahren habe ich einen Schüler verloren.«

»Ich war in diesem Sinne nie ein Schüler«, sagte Adler stolz. »Eher ein Kollege. Und nicht ich gehe der Bewegung verloren, Dr. Freud. Sie selbst sind es. Sie haben eine Revolution in Gang gesetzt. Und Sie haben sich geweigert, ihrem weiteren Verlauf zu folgen. Sie haben Ihre Revolution einzufrieren versucht. Sie wollten Starre, wollten Fleisch zu Stein werden lassen. Das ist unwissenschaftlich. Sie haben den Geist der Wissenschaft verraten, ihre Dynamik. Und Sie, mein Herr, haben die Stirn, von Häresie zu reden!«

Er verließ das Podium unter Beifall und einigen Buh-rufen. Freud schickte sich an, zu gehen, er fühlte sich wie vernichtet. Man ging ihm aus dem Weg, selbst Otto Rank mied ihn. Draußen auf den Stufen des Gebäudes hatten sich zwei murmelnde Gruppen gebildet, doch Freuds Gruppe schien gegen ihren eigenen Führer zu murmeln. Müde ging Freud zu Adler hinüber und sagte:

»Ich habe die Fehler stets eingestanden, die ich begangen habe. Ich habe die Entdeckungen der anderen in das wachsende Wissen über die menschliche Seele integriert. Ich bin nicht stehengeblieben. Ich bin nicht, wie Sie mich darstellen. Es muß doch– Sie müssen da doch– Was, Adler, ist der wahre Grund dieses Bruches?«

»Warum sollte ich ewig«, zischte Adler, »in Ihrem Schatten leben müssen?« Und er stolzierte ins Dunkel davon. Stekel folgte ihm, nachdem er seinen früheren Herrn mit drohendem Zähneblecken angesehn hatte.

Der Sommer kam, man leckte seine Wunden. Allzuhoch hatte sich die Flut erhoben, nun hatten Flut und Ebbe überhaupt aufgehört. Der Mond hatte den Himmel verlassen, hatte aber noch, wenn auch äußerst schwach, Verbindung mit den Selenostationen der Erde. Dünne Botschaften kamen von Vitruvius, Zagut und Schneckenberg her. Ein Abschiedsgruß aus Sheepshanks. Der Mond war stark mitgenommen, und nun war er der Sonne näher und es herrschte große Hitze, außer bei Nacht, wo es nach wie vor sehr kalt war. Er war seinem neuen Mutterplaneten ganz nah, dessen leblose Oberfläche genau kartographiert und untersucht worden war. Viel Hydrogen verdampfte da, Narben alter Schlachten im Raum waren erkennbar, man entdeckte eine interessante axiale Unregelmäßigkeit. Aus den Raumstationen, die die Erde umkreisten, kam keine Nachricht: es war dort etwas geschehen, doch niemand auf der Erde hatte eine Ahnung, was.

Die Regierung des Commonwealth of the Democratic Americas war, wie nun bekanntgegeben wurde, nach der katastrophalen Potomacüberflutung und dem Erdbeben, welches das Weiße Haus zerstört hatte, nach Dallas in Texas umgezogen. Hier war der Trinityfluß zwar über die Ufer getreten und hatte den Rochester-Park zu einem See gemacht, aber der Highland-Park war unberührt geblieben und der Dallas Country Club, mit seinem eindrucksvollen Portal in der Mockingbird Lane und der herrlichen Anfahrt, die zu dem imposanten Gebäude mit Blick über den Turtle Creek führte, war nun der Amtssitz des Präsidenten. Von erneuter Einberufung des Kongresses war keine Rede. Es herrschte immer noch der Notstand, die Staatsmacht war nicht zwischen den drei Gewalten aufgeteilt, der Präsident war eine Art Oberkatz – wie Bartlett, aber milder und intelligenter.

Im frühen Juli, gleich nach dem unbegangenen Unabhängigkeitstag, unterhielt er sich mit seinen Beratern Bidu Saarinen und Florenz Zenger, beide aus New York. Sie gingen durch den Park des Neuen Weißen Hauses, wie der Dallas Country Club jetzt hieß. Der weiße Anstrich wurde an diesem schönen Tag voller Schmetterlinge und Vogelrufe gerade erneuert. Für ein Weißes Haus brauchte man nur zweierlei: einen Präsidenten und einen Eimer Farbe. Jack Skilling, sichtlich gealtert seit seinem Weihnachtstreffen mit Hubert

Frame, ging gebeugt, das rechte Bein schmerzte und ließ ihn leicht hinken, das Haar war lichter und grauer.

»Na, Flo«, sagte er, »was werden Sie im Weltraum treiben?«

»Toynbee lesen. Mein Schachspiel verbessern.«

»Ja«, sagte der Präsident. »Ich werde die Gesammelten Werke von Henry James lesen. Und spielen auch. Die Spiele werden überleben, da bin ich überzeugt, aber James und Toynbee werden's nicht. Es wird nichts mehr da sein, wovon sie reden. Was die Menschheit aus ihrer langen Geschichte retten wird, sind ein paar Regeln, ein paar Strukturen im Vakuum. Lohnt sich der Einsatz all dieser Metallwaren im Wert von fünfzig Milliarden Dollar, damit eine Handvoll Spieler in strenger Muße weiterexistiert? Was meinst du, Bid?«

Saarinen zuckte die Achseln und wischte sich mit einem schneeweißen Taschentuch die schwitzende blauschwarze Stirn. »Das Leben ist merkwürdig schön«, sagte er. »Wenn wir keine realen Schmetterlinge mehr haben, können wir doch zumindest über sie lesen oder sie auf einem Bildschirm aufblitzen sehen. Ich bin dankbar für die Gelegenheit, mein Leben bis zum Ende zu leben – selbst im toten Weltraum.«

»Keine Schuldgefühle?«

»Keine, Sir.«

»Kein Gefühl, daß wir unsere privilegierte Position ausnützen?«

»Warum sollten wir allzu bescheiden sein, Sir?« sagte Zenger. »Wir haben bestimmte Fähigkeiten, wir haben Wissen. Wenn wir eine neue Erde erreichen, oder unsere Kinder, werden wir wissen, wie wir eine Gemeinschaft aufbauen müssen.«

»Nein«, sagte Skilling. »Das ist es nicht. Wir sind einfach froh, unsere Haut zu retten. Aber ich will offen mit Ihnen reden, meine Herren – ich hoffe, vorher einem Unfall zu erliegen. In meinem Boot oder auf der Jagd. Ich habe kein Recht, älter zu werden als einer der besten Präsidenten, den dieses Land je gehabt hat, dieser hübsche clevere Halunke von einem Schürzenjäger.« Die anderen wußten, wen er meinte – einen Mann, der in seinen Vierzigern in eben dieser Stadt hier ermordet worden war.

»Wollen Sie ein Statement vorbereiten?« fragte Saarinen.

»Über das Ende aller Dinge und die Errettung der Mitarbeiter des Präsidenten? Nein, wohl nicht. Ich glaube, wir müssen so tun, als sei der Schrecken zu Ende. Die Rückkehr des Lebens an die Küsten, der Wiederaufbau der vernichteten Städte – warum nicht? Wir müssen uns, Gott sei Dank! keine Sorgen um die Staatsfinanzen machen.«

»Es scheint alles eine so sinnlose Verschwendung«, sagte Zenger.

»Haben Sie vor, das Weiße Haus wiedererrichten zu lassen?«

»Warum nicht? Das Weiße Haus, das ursprüngliche, muß selbstverständlich von neuem erstehen. In der Zwischenzeit bleibt der Präsident in Dallas.«

»Und der Kongreß?«

»Ich glaube, mit der Einberufung des Kongresses lassen wir uns besser möglichst viel Zeit. Wer weiß, wie viele noch übrig sind. Wer weiß, wie viel von Amerika noch übrig ist. Und die Außenwelt – ich weigere mich, darüber nachzudenken. Ich möchte heute zu Mittag essen.«

Bereits beim Mittagessen saß in einem schönen Haus in der Fitzhugh Avenue (südöstlich, Kinder, vom State Fair Park in der schon erwähnten Stadt Dallas) fast die gesamte Familie Gropius. Dies war das Haus von John Gropius, dem zweiten Sohn von Calvin und Vizepräsident der Newbold Construction Company. Seine Gattin, eine hübsche Frau mit Namen Rufa (nach ihrem Vater Rufus – ein dummer Name, dachte man allgemein, hündisch, knurrend, völlig unangemessen für eine Frau, die so weich, sanft und ohne alle Bissigkeit war) fütterte den Jüngsten, Sam, mit dem Löffel und schalt sanft das mittlere Kind, Joe, der die Älteste, Wilhelmina, mit Wackelpudding bespritzte. James, Calvins ältester Sohn, freute sich immer noch seines Widersehens mit J und J, Jennifer und Jessica. Immer neue, unzählige Berichte von Verlusten trafen ein, teils grotesk, teils herzzerreißend. Der Traum: Jennifer wurde nicht müde, ihren Traum zu erzählen. Es war ein sehr einfacher Traum, durchaus biblisch, von einem Engel, der sie vor dem Feuer warnte, das über die Stadt kommen würde, und in archaischer Diktion mit dem Befehl schloß: »Machet euch denn auf und gehet nach Dallas im Schutze des Herrn!« Und, bei Gott, dachte James, da saßen sie nun, im Schutze des Herrn. Obwohl er jetzt allmählich auch gerne wieder etwas weniger von unserem Herrn gehört hätte, nun, wo alles vorüber war und die Regierungskredite strömten und jedermann es sich eigentlich echt gut gehen lassen konnte. Nur der Alte Herr machte immer noch grimmig weiter mit seinen Reden vom Herrgott.

Es fehlte nur ein Mitglied der Familie Gropius am Tisch. Das war Dashiel Gropius, der jüngste Sohn, dessen Arbeit ihn in Fort Worth festhielt. Er war dort Manager eines Hotels, des Fiorentino, in Arlington Heights. Im Augenblick machte das Hotel Rekordumsätze mit dem Zustrom von Flüchtlingen aus dem Küstengebiet in die Stadt, den großzügigen Geldzuweisungen der Regierung (in bar), der Muße, die sich so leicht mit Kabarett und Glücksspiel füllen ließ.

Denn das Fiorentino, das hier manches große Hotel in Las Vegas nachahmte (einstmals eine berühmte Stadt des Glücksspiels, Kinder), bot nicht nur Kost und Logis, sondern auch Tanz und Unterhaltung und die verschiedensten Arten von Glücksspielen – Roulette, Blackjack, Würfel wie auch Spielautomaten, die man einarmige Banditen zu nennen pflegte. Calvin Gropius war nicht glücklich in dem Gedanken, daß sein Sohn einen solch profanen Beruf hatte, aber er akzeptierte mit philosophischem Gleichmut die Erwägung, daß mindestens einer seiner Söhne sich gegen den Vater auflehnen mußte, und daß *ein* großer Glaube wohl genug war für jede Familie. Und doch wäre er glücklicher gewesen, wenn. Nun gut. Er wandte sich an seine Familie – abzüglich Dashiel – beim Nachtisch und Kaffee, mit ernster Stimme.

»Ihr täuscht euch, wie fast das ganze Land und vielleicht die ganze Welt, soweit sie noch übriggeblieben ist, in dem Gedanken, daß wir die Katastrophe hinter uns haben und nun so weiterleben können wie zuvor.«

»Keine solche Predigt, Calv«, sagte seine Frau Maria. »Nicht zu uns jetzt hier!«

»Weiterleben können wie zuvor«, wiederholte Gropius, »abgesehen davon, daß wir keinen Mond mehr haben.«

»Das ist wirklich ein Jammer«, sagte Rufa, Tränen in den Augen. »Der kleine Sam hier wird nie wissen, wie das war, mit dem Mond, meine ich.«

»Oh, er wird wiederkommen«, sagte Gropius finster, »und niemand wird sich dann über den Anblick freuen.«

»Der Mond!« James Gropius wedelte mit einer Hand den Mond beiseite, wie einen Blinddarm oder ein anderes überflüssiges Organ. »Wir kommen auch ohne den Mond zurecht.« War ohnehin nix dran zu verdienen gewesen, schien er sagen zu wollen.

»Der Planet wird zurückkehren und unseren Mond mit sich schleifen. Ich habe mit Leuten an der Universität in Arlington gesprochen. Sie sagen, die Bevölkerung insgesamt ist in Unkenntnis gelassen worden, um eine Panik zu vermeiden. Sie billigen das, wie ich es auch billige. Die Politik der Regierung, sofern man von einer solchen reden kann, besteht darin, die Bevölkerung ihr früheres Leben wieder aufnehmen und ohne besondere Vorbereitung ihrem unabwendbaren Ende entgegengehen zu lassen.«

»Geistliche Vorbereitung, meinst du?« fragte Jennifer.

»Nein«, sagte ihr Schwiegervater. »Diese wäre nicht Sache der Regierung. Obwohl es eine Zeit gegeben hat, als geistliche Belange eine Regierungsangelegenheit waren, in Genf in der Schweiz unter dem Manne, dessen Name mir bei der Taufe gegeben wurde. Und in Neuengland vor vielen Jahrhunderten. Nein. Ich meine, daß die endgültige Katastrophe das Land völlig unvorbereitet, im Sinne von unorganisiert, treffen wird. Denn wozu könnte auch ein Versuch der Organisation führen? Zur Errettung auch nur eines Teils der Menschen? Nicht diesmal, ach nein! Chaos, und die Regierung ist machtlos.«

»Ist noch lange hin, Dad«, sagte James, der an einer Paranuß kaute.

»Wir werden nie mehr Weihnachten feiern«, sagte sein Vater. »Stellt euch bitte das vor! Wir werden kein Osterfest mehr erleben. Es sei denn, es sei denn–« Er seufzte, schloß die Augen, öffnete sie wieder. »Warum sollte der Gerechte zusammen mit dem Sünder vernichtet werden, o Herr?« Er sah auf zu einem mittlerweile getrockneten feuchten Fleck an der Decke. Nun sah er mit konzentriertem Blick in die Familienrunde, den sabbelnden kleinen Sam nicht ausschließend, und sagte: »Erinnert ihr euch, was im sechsten Kapitel des Ersten Buches Mosis steht?« Ach du liebe Zeit, dachte James und nickte strahlend. »Höret die Worte des Herrn«, sagte Calvin Gropius und verkündete dann die Worte, die er auswendig konnte: »Als nun der HErr sah, daß die Schlechtigkeit der Menschen groß war auf der Erde, und alles Dichten und Trachten ihres Herzens immerfort nur böse war, da gereute es Ihn, die Menschen auf der Erde geschaffen zu haben, und Er war in seinem Herzen tief betrübt. Und der HErr sprach, Ich will die Menschen, die ich geschaffen habe, vom Angesicht der Erde vertilgen, die Menschen und die Tiere und das Gewürm und die Vögel des Himmels, denn es gereuet mich, daß ich sie geschaffen habe.«

»Das kam mir immer irgendwie unfair vor«, sagte James. »Ich meine, die Tiere hatten ja nichts getan.«

Calvin Gropius ignorierte ihn und richtete seinen durchdringenden Blick auf seine Schwiegertochter Jennifer. »Was kommt als nächstes, Jennifer?« fragte er. Jennifer sagte:

»Noah aber hatte Gnade beim HErrn gefunden. Dies sind die Geschlechter Noahs. Noah war ein frommer und gerechter Mann in seinen Geschlechtern, und Noah wandelte mit Gott. Und Noah zeugte drei Söhne–«

»Ja, ja«, sagte ihr Schwiegervater ungeduldig. »Wo ist die Arche für die Familie des Gerechten?« Sie sahen ihn alle an. Dann sagte John:

»Du meinst, wir sollten es sein?« Sein Vater sagte:

»Wenn Gott nur sprechen würde. Ein Engel hat zu Jennifer hier gesprochen und sie aus dem Feuer und der Asche von Oklahoma City gerettet. Der Herr sprach zu Noah.«

»Es war ein Traum«, sagte Jennifer heiter. »Wenn du willst, träume ich wieder einen Traum und Er kann durch mich zu dir sprechen.« Sie lächelte. »Ich bin gut im Träumen«, sagte sie einfach. Calvin Gropius las weiter aus dem Heiligen Buch, das in sein Gehirn gedruckt war:

»Und Gott sprach zu Noah: Das Ende allen Fleisches ist vor mir beschlossen, denn die Erde ist durch sie voll der Gewalttat, und siehe, ich will sie mit der Erde vertilgen. Baue dir eine Arche aus Fichtenstämmen–«

John, dessen Beruf es war, Bauten zu organisieren, wie Gott selbst, sagte: »Es war damals einfacher. Heutzutage müßte Noah ein Raumschiff bauen. Wenn du mit der Vertilgung der Erde meinst, was die Professoren gesagt haben. Es wird nicht passieren, Dad. Aber man kann da sehen, wo die Bibel sich irrt. Ich meine, das ist für heutzutage keine gute Hilfe mehr. Wenn Gott die Erde vertilgen würde, dann müßten Noah und seine Söhne in ein Raumschiff gehen. Und das könnten sie nicht, oder? Da bräuchten sie jemand, der es ihnen baut, und einen Regierungskredit von fünfzig Milliarden oder so.« John hatte einen Instinkt für Kostenvoranschläge.

»Hör zu«, sagte Calvin Gropius mit solch konzentrierter Wildheit, daß seine Frau sich fragte, ob es nicht etwas mit dieser Lynx-Krankheit zu tun hatte, von der man hörte, daß Männer wegen der Schwerkraft oder wie nicht mehr ganz richtig im Kopf waren. »Hör mir zu! Wenn irgendjemand gerettet werden wird, dann wir. Wir sind die Gerechten. Ich habe das Wort Gottes dieser ganzen Nation verkündet und anderen Nationen auch – also jedenfalls in Großbritannien und Südafrika, diese Frankreichreise war ein Flop wegen des Sprachproblems – und wenn irgend jemand das Recht hat, sich als den Patriarchen der Nation zu bezeichnen, bin ich es. Und wenn ich Noah bin, seid ihr Noahs Familie.«

»Sind dann da auch Tiere?« fragte die zwölfjährige Jessica. »Reine und unreine Tiere, wie es da steht?«

»Ist eine nette Idee, Dad«, sagte John und stand vom Tisch auf, von seinem Tisch, dies war sein Haus. »Wenn es nur um eine Arche aus, ja, Fichtenholz und Erdharz und dem ganzen Scheiß ginge, entschuldige, Mom, das könnte ich dir morgen hinstellen. Würde dich etwa eine Million kosten, wenn man's richtig macht. Na ja, morgen vielleicht nicht. Nächsten Monat, sagen wir. Es geht jetzt um eine Menge neuer Kontrakte. Die Küste, klar. Ich muß mich jetzt beeilen. Ich seh euch dann alle beim Abendessen.« Er gab seiner Frau einen Kuß und den Kindern und ging summend hinaus: »Der alte Noah, der hat's gewußt...«

»Wenn irgend jemand errettet werden soll«, sagte Calvin Gropius, »dann wir. Und jetzt – das Dankgebet nach dem Essen.« Er faltete die Hände und schloß die Augen. »James«, sagte er, sie wieder öffnend, »hör auf zu kauen. John hätte nicht so weglaufen sollen. Schon gut.« Er schloß die Augen wieder und begann, den Dank für die Lammkoteletts und den Wackelpudding auszusprechen.

Inzwischen hockten Val Brodie und Willett (endlich wieder als Nicht-Schotte gekleidet) – das Leben war nach New York zurückgekehrt – in der Penthouse-Suite des Peter-Minuit-Hotels, mit Blick über die Park Avenue. Sie hatten zusammen schlimme Zeiten durchgemacht, aber in dieser Flaute nun, wo Recht und Ordnung wieder auferstanden, mitsamt den Polizisten und den unbezahlten Rechnungen, da erschien ihnen die Erinnerung an die großen Wogen und zerrenden Stürme fast nostalgisch verklärt. Gelegentlich traten sie bei diesem schönen gezeitenlosen Sommerwetter auf den Balkon hinaus und schauten auf die rasch erfolgende Rekonstruktion des alten Stadtmusters hinunter. Die knochentrockenen Straßen waren von den Leichen und anderen Abfällen durch eine Art Zwangsmiliz gereinigt worden, unter viehischen Befehlshabern mit Revolvern und einem großen Repertoire an Schimpfworten und Obszönitäten. Val und Willett wollten natürlich dieser improvisierten Aushebung so lange wie möglich aus dem Wege gehen, aber sie sahen ein, daß es eines nur zu erzwingenden massiven Arbeitseinsatzes bedurfte, um das zu trocknen, zu säubern, und zu polieren, was man einst, Kinder, The Big Apple genannt hatte. New York. The Big Apple, Apfel, eine Art Frucht, Kinder. Vielleicht haben welche von euch schon einmal ein Bild von einem Apfel gesehen.

Sie nährten sich von verschiedenen Konserven, nicht allzu wohlschmeckend, die sie aus verschiedenen Lagerräumen von Hotels hier und da über die Wolkenpisten herangeschleppt hatten. Aber nicht allzu viele Wolkenpisten hatten die letzte große Flut überdauert. In den Kleiderschränken ihrer beiden Schlafzimmer bewahrten sie die ganze Palette der Hiss-Suppen auf, Seths würzige Eintopfgerichte, Menschs Frühstücksfleisch, Piccirillis Nudel-Hamhamm und Moschowitzs koschere Pasteten. Sie hatten kistenweise (furchtbare Plage, das abzuschleppen) harte Sachen und Marquis de Lafayette Good

American Wines (V.f.N.w.g.), wie auch ein paar genuine oinologische Reliquien aus dem toten Frankreich, Spanien und Italien. Sie hatten Instant-Kaffee und einen Wasserkessel. Das Wasser in den Sammeltanks auf dem Dach war ziemlich faulig und mußte gründlich gekocht werden, also tranken sie meist aus den gesunden berauschenden Flaschen. Die Frage, die bei letzteren ausführlich debattiert wurde, war: was sollten sie tun?

Val hatte die ganze Problematik des bevorstehenden Zusammenstoßes von Erde und Lynx vor allem mit Hilfe zweier Paperbacks durchstudiert, die er aus einem Taschenbuchkarussell im Tabakkiosk der Wolkenpisten-Rezeption des Rutherford-Hotels geborgen hatte. Die Bücher waren, wie alles andere, völlig durchnäßt gewesen, waren aber mit Buckeln und Wellen und trüben Zeilen verschwommenen Druckes getrocknet. Sie hießen *Das Weltall, Leute!* und *Astronomie macht Spaß*. Am frühen Abend, nach einer Mahlzeit aus Hiss, Seth, Moschowitz und gutem Baton Rouge-Kognak (V.f.N.w.g.), versuchte Val seinem Freund zu erklären, wie die Lage seiner Ansicht nach aussah. Willett saß in einer Art weißem Safarianzug da.

Sie rauchten jeder eine lange Joe Papps, von denen sie ebenso wie von Wegwerffeuerzeugen einen schönen Vorrat hatten.

»So sieht es aus, schau mal«, sagte Val und zeigte Willett ein welliges Diagramm. »Da ist die Sonne, ein Mordsapparat, und da halten die Planeten ihren Abstand, eine Art ritueller Kreistanz. Zuinnerst Merkur, dann kommt Venus, die Erde, dann Mars, dann kommen die richtigen Männer – Jupiter, Saturn, die dicken Brocken – dann Uranus und Neptun und dann der kleine Pluto, hier ganz am Rand, gelegentlich als Arschloch des Sonnensystems bezeichnet. Was ich nun nicht begreife, ist, warum Lynx nicht gegen den Merkur oder die Venus donnert oder, von mir aus, sich einfach in den Tanz einreiht, sagen wir zwischen der Venus und uns, und fröhlich im Kreise sich weiterdreht und uns in Ruhe läßt. Ich meine, warum hier? Warum wir?«

»Und warum mußte es, wenn wir schon dabei sind, ausgerechnet unser Mond sein, mit dem armen George drauf?«

»Woran ich gar nicht denken will«, sagte Val, »das sind diese Erklärungsversuche mit irgendeinem vorherbestimmten Plan, Gott sieht alles voraus, erschafft den Menschen und weiß schon vorher, daß das ein Schuft erster Güte wird, und deshalb konstruiert er diesen kleinen Katastrophenmechanismus, um ihn wieder loszuwerden.« Er starrte mürrisch auf das vor ihm liegende Diagramm; die

Buchseite ein Relief kleiner Hügel, die grellen Farben in den (strafenden?) Wassern ineinandergeronnen.

»Vielleicht passiert es gar nicht«, sagte Willett. »Allgemein geht man davon aus, daß nichts passiert.«

»Die Wissenschaftler haben sich schon öfter geirrt«, sagte Val. »Ich meine, die Prognosen wegen der ersten Flutwelle haben alle ganz fatal daneben gelegen. Trotzdem, hätte ich bloß besser aufgepaßt, als Vanessa und ihr alter Arsch von einem Vater darüber geredet haben!« Düster zog er auf dem Diagramm mit seinem abgenagten Bleistift die Bahnen von Erde und Lynx um die Sonne nach und konnte und konnte dabei nicht erkennen, wieso eine Kollision unvermeidlich sein sollte. »Wenn«, sagte er, »es *nicht* eintreten sollte, dann wird's Zeit, daß wir uns überlegen, was wir mit unserem Leben anfangen.«

»Fernsehen wird es noch lange keins geben. Nichts zu tun für mich. Kein Theater. Ich habe natürlich Geld.« Und er schlug sich auf die rechte Brust, wo ein Bündel Hunderter von komfortabler Dicke steckte. Sie hatten einen Raub begangen, beide. Sie waren in der Chemical Bank, Wolkenpiste 30, auf ein bemerkenswertes Phänomen gestoßen – einen vom Blitz aufgeschlagenen Safe. Und hier und da hatten sie Kassenschubladen und Geldkassetten gefunden, voller knisternder oder feucht-lappiger Scheine. »Aber, mein Gott, das Leben ist ja nicht nur Geld. Du wirst, nehme ich an, wieder unterrichten.«

»Ich hatte meine Befehle«, sagte Val, »ich sollte mich drum kümmern, irgendwo mich melden . . . Aber wo? Und außerdem«, sagte er mit Nachdruck, »sollten wir zusammenbleiben. Du und ich, wir bilden eine Gestalt.«

»Eine was?«

»Im speziellen Sinn. Eine Verbindung mehrerer Personen, die eine Art höheren Organismus ergibt.«

Willett brummte, nicht unfreundlich, und sagte: »Ich glaube, wir könnten einen Spaziergang durch die Stadt riskieren. Ob wohl jemand wieder angefangen hat, dieses Hotel zu betreiben? Jemand, der sich für Rechnungen und sowas interessiert?«

»Es gibt keinen Zimmerservice. Die Fahrstühle gehen nicht.« Ihre Zimmer waren jetzt trocken genug, wenn auch schlampig, alles zerklumpt oder geknittert. Sie hatten die Laken und Matratzen draußen auf der Terrasse in der heißen Sonne liegen lassen. Die Sessel hatten ihre Feuchte in demselben heiligen Feuer verdampft.

Trotzdem hingen die Zimmer voll schäbigem Mief, irgendwie stank es nach Gräben, Morast und faulenden Äpfeln.

»Das Schlimmste daran, hier oben zu wohnen«, sagte Willett, »ist nicht das Runtergehen, sondern das Wiederraufkommen. Ob sich wohl dort drunten eigentlich was tut? Bars, Kneipen, Madame Aphrodite, all sowas.« Er ging zum Balkon, um hinunterzuschauen. Leute, keine Autos. »Mensch«, sagte er, »es gehn Lichter an.« Val kam heraus. Tatsächlich – Lampen, ein oder zwei flackernde Leuchtreklamen hoch an den Fassaden – OLMSTEAD, VOORHEES, ISIDOR STRAUS.

»Wir gehen runter«, sagte Val.

»Und wie kommen wir zurück?«

»Wir steigen die Treppen wieder hoch.«

»Bist du verrückt?«

»Es sind nur fünfzig Stockwerke.«

»Du *bist* verrückt.«

Als sie etwas verstohlen auf den Korridor traten und die Tür mit der Schlüsselkarte verschlossen, die freundlich auf dem Vestibültischchen auf sie gewartet hatte, als sie zuerst hereinkamen (die Tür war weit offengestanden, Kleider lagen verstreut herum, offenbar waren die Vormieter hastig verschwunden), war es dann vielleicht gar keine Überraschung mehr, zu entdecken, daß der Fahrstuhl wieder fuhr. Dies stimmte Willett jedoch nicht heiterer; daß die Tage der Anarchie zu Ende waren, kam ihm doch recht ungelegen. Am Empfang unten fanden sie jedoch niemand. Die Laune einer Zeitschaltung irgendwo hatte Licht und Energie wieder in das Hotel gebracht. Vorsichtig gingen sie auf den Gehsteig hinaus. Sie gingen südlich des üppiggrünen, wenn auch baumlosen Central Park entlang und sahen Leute – nicht viele – die ihre Hunde ausführten. »Wahnsinn, Wahnsinn«, murmelte Willett unruhig, »es ist, als sei es nie gewesen.« Sie sahen Anzeichen von Wiederaufbauarbeiten – Arbeiter, die an Lampen bastelten, Flutlichtmasten, die bereits wieder fluteten. In der West 57th Street betraten sie Jerry Towle's Bar und Grill, ein Lokal, das früher gesehen zu haben sie sich nicht erinnerten. Es roch wie ein sehr feuchtes Grab, aber es waren Gäste da und ein fröhlicher Bartender.

»Scotch«, sagte Val. »Einen ganz großen.«

»Sehr teuer«, sagte der Bartender. »Es wird keinen Scotch mehr geben, wenn wir den Vorrat hier geschafft haben, mein Freund, Freunde. Bonny Scotland gibt's nicht mehr.«

»Jesus«, sagte Willett ehrfürchtig, »Fernsehen!«

Die anderen Gäste hatten einen leeren, zischenden Teleschirm angestarrt und gewartet. In sehr groben und fleckigen Farben flatterten nun die Stars and Stripes zu den Klängen einer undeutlichen Marschkapelle, die den alten Song zu Ehren dieser Fahne spielte. Dann das heitere Gesicht des Präsidenten. »Mein Gott, ist der alt geworden!« flüsterte Val. Der Präsident sagte:

»Meine Freunde, ich spreche zu Ihnen aus dem Weißen Haus in Dallas, Texas, dem gegenwärtigen Sitz der Regierung, bis zu dem Zeitpunkt, da ein gewisses anderes Weißes Haus in einer gewissen Stadt im District of Columbia wieder aufgebaut und seinem alten Glanz zurückgegeben sein wird. Wir haben, um es milde auszudrükken, schwere Zeiten hinter uns. Nun zählen wir unsere Toten in Ergebung in den Willen des Himmels und fangen an, dem Gesetz des Lebens gehorchend, unser zerstörtes Land wieder aufzubauen. Sie werden Gerüchte hören, ausgestreut von subversiven Kräften, die damit ihre eigenen Pläne verfolgen, daß das Schlimmste noch nicht vorüber ist, daß der zerstörerische Planet Lynx wieder an unserem nun, leider! mondlosen Himmel auftauchen wird und in noch größerem Umfang sein Vernichtungswerk fortsetzen wird. Dieses Gerücht ist schändlich und falsch.«

Willett und Val sahen sich über ihre Gläser hinweg an. Einem Politiker glaubte man nie etwas. Oder doch? Einige der trinkenden Zuschauer glaubten ihm.

»Die Welt hat schon viele Katastrophen hinter sich. Aber die Menschheit ist immer wieder davongekommen. Ich bitte Sie alle, auch daran zu denken, daß die Katastrophe, die diese ganze Welt überfallen hat, mit den Vereinigten Staaten, welche das amerikanische Commonwealth bilden, noch gnädig gewesen ist – wofür wir dankbar sein müssen. Unsere Küsten sind verheert und die tobenden Ozeane haben die Verheerung bis weit ins Landesinnere getragen, und wo dies nicht geschah, hat sich die Erde selbst mit ihren eigenen zerstörerischen Kräften geregt. Aber unsere wichtigsten Mittel zum Wiederaufbau sind noch intakt – unsere Kenntnisse, das Material, die Ausrüstungen und Maschinen, von denen im Gesamtmaßstab der Nation nur ein Bruchteil verlorengegangen ist. Arbeiten und Bauen! Gehorchen Sie in dieser schwierigen Zeit den städtischen und bundesstaatlichen Behörden. Möge das Leben von neuem beginnen! Gott segne Sie alle und Gute Nacht.«

Das war das Ende des Abendprogramms bis auf fünf Minuten Werbefernsehen – Ihr Baugestein wird handlich klein durch

Charlies Robustor – Warren & Wetmore Wetmix, der Zement, den jeder kennt – Primus Planierhämmer, einfach prima – und so weiter. Und dann noch ein alter Film von einem reichen Mädchen, das vom Pferd fällt und sich eine Hirnverletzung zuzieht. Der Film verflatterte, nachdem der Arzt seine Prognose gestellt hatte, und das Gerät schaltete knisternd ab. Ein alter Mann ohne Zähne saß neben Willett und sagte:

»Tut schon gut, wieder da zu sein. Warn bei die Schwiegereltern in Oshkosh, Wisconsin, bis die Seen übergelaufen sind. Dann in Indiana. Schon ganz schön flach, Indiana. Meine Tochter wohnt da mit so 'nem Jungen. Ich sag immer, warum heiratet ihr nicht wie anständige Leute, aber was will man machen bei die Kinder heut?«

Wärme, Wärme, menschliche Wärme flutete herein. Scotch zu fünfzehn Dollar pro Glas wärmte. Bald ließ sich Willett über infantile Kalbsnasen aus, Kackschnecken und gescherte Blödkübel, wobei er sich vor allem auf eine Gruppe von schlafflippigen Jugendlichen bezog, die, Gott segne die Unschuld, Lynx-Hemden trugen.

»Hat schon einen, wie sagt man, einen echten Wortschatz, Ihr Freund.« Mädchen kamen herein, und Willett hatte mit ausgehungerter Geschwindigkeit auch schon den Arm um eine Kichererbse mit Kaninchenzähnchen. »Honigschnuckel«, sagte er zu ihr, »Krabbelherzchen, süßes Milchbettkaninchen«, und so weiter. Sie kicherte. Dann kamen zwei Uniformierte herein, einer mit einem Clipboard, der andere mit einer Pistole in grünspanigem Halfter. Die Uniform war von einem verwaschenen Blau, was wohl bedeutete, daß das Wasser in irgendwelche Lagerhäuser eingedrungen war. An Stelle von Marken oder Abzeichen auf der Brust trugen sie Armbinden mit der Aufschrift nyc/räumarbeiten. Sie gingen zuerst zu den schlafflippigen Jungen.

»Arbeitsausweis?«

»Wafürn Scheißn Arbeitsausweis?«

»Ich glaube«, sagte Willett, »es wäre angezeigt, das Lokal zu verlassen.« Er ließ sein Krabbelherzchen los. »Ein andermal«, erklärte er ihr. »Es geht um einen dringenden Termin.« Vor der Bar wartete ein weiterer NYC-Räumungsmann, bewaffnet. »Ihr wartet schön«, sagte er, »bis man da drin mit euch fertig ist, klar?«

»Ach Himmelhagel«, sagte Willett.

»Arbeitsausweis?« fragte der Mann mit dem Clipboard, Tintenstift gezückt. Er war der autoritäre Typus, der nie Bescheidenheit lernt, nicht einmal nach einer kosmischen Katastrophe.

»Noch nie von Arbeitsausweisen gehört«, sagte Willett. »Hört sich nach einer ungesunden Neuerung an. Ich bin Schauspieler, freischaffender Künstler. Ich arbeite, wenn ich dazu in der Lage bin. Mein Freund hier ist Universitätsprofessor.«

»Arbeitsausweis?«

»Worum geht es denn hier überhaupt?« fragte Val.

»Wenn Sie keinen Arbeitsausweis haben, werden Sie auf Zeit zum Räumungstrupp der Stadt eingezogen. Dreißig Dollar am Tag und Verpflegung.«

»Aber ich kann beweisen«, sagte Val, »daß ich zum Projekt–« Aber er konnte natürlich gar nichts beweisen. »Was müssen wir tun?« fragte er resigniert.

»Warten Sie da draußen mit Wachtmeister Grogan, bis wir zehn zusammen haben. Dann Abmarsch.«

»Wohin marschiern wir?« fragte ein kleiner kaugummikauender Mann, den sie schon kassiert hatten.

»Siehst's dann schon, mein Freund.«

Draußen schaute Val zum Himmel und sagte zu Willett: »Siehst du, was ich sehe?«

»Was siehst du denn? Oh. Oh ja. Siehstsdannschonmeinfreund, das kann man allerdings sagen.«

»Lohnt sich kaum, groß aufzuräumen«, sagte Val.

Martha Freud und Emma Jung saßen zusammen bei einer Jause mit Kaffee und Kuchen. Die Sonne strömte in das Wohnzimmer der Berggasse 19 und ließ Marthas südländische Dunkelheit aufleuchten, bleichte die schweizerische Hübschheit von Frau Jung. »Es hat ihn sehr mitgenommen«, sagte Martha gerade. »Er hat Kopfschmerzen. Ich sage immer, er soll ein Mittel dagegen nehmen, aber er will nicht. Er sagt, es seien psychisch bedingte Kopfschmerzen oder so etwas. Aber ich sage, es ist ein physischer Schmerz, und er kann es nicht bestreiten. Aber nehmen will er nichts. Er ist gegen Drogen, wie er es nennt. Das ist wegen der alten Kokaingeschichte.«

»Er glaubt, die Kokainsucht ist ganz seine Schuld?« Emma sprach gepreßt-zwitschernd, vogelartig.

»Nun, er war ja der erste, der allen vom Kokain erzählt hat. Wie wunderbar die Wirkung sei und so weiter. Oft träumt er davon, daß er Leuten eine Spritze gibt. Er sagt, eine Injektionsspritze ist ein Symbol der Schuld. Männer nehmen alles immer so ernst. Noch Kaffee, meine Liebe?«

»Nein, aber ich darf mir noch eins von diesen reizenden Sahnetörtchen nehmen. So etwas bekommt man nicht in Zürich.«

»Sie müssen dann ein paar mitnehmen.«

»Ach, Carl ist gegen alle Wiener Genußsucht, wie er sagt. Aber ich mag Wien. Städte sind für Frauen da, denke ich mir oft. Männer sind lieber im Freien und hacken irgend etwas entzwei.«

»Aber Sie haben doch ein schönes Haus am See dort.«

»Sie würden es bald leid werden. Wie ich. Nicht viel Gesellschaft, wissen Sie. Nur Erscheinungen, Poltergeister.«

»Das ist doch nicht Ihr Ernst.«

»Oh, Carl sieht immerzu etwas. Das Okkulte, wie er es nennt.«

»Ach Gott!«

»Ja, ich weiß, was Sie meinen. Ihr Mann ist sehr skeptisch, nicht wahr?«

»Das muß er sein, meine Liebe. Es wird jetzt so viel Unsinn erzählt. Dieser Adler mit seinen Minderwertigkeitskomplexen und all dies. Adler, der macht ihm viel Kopfzerbrechen. Kopfschmerzen. Nimm doch etwas, sage ich – aber nein. Männer können schon sehr starrsinnig sein.«

Emma nickte mitfühlend und biß in ihren Kuchen. Sie war eine so gesund aussehende junge Frau, daß die Sahne um ihren Mund wie Zahnpasta wirkte. »Mmmmmmmm! Herrlich!«

Und bei diesem wunderbaren Sommerwetter kamen Freud und Jung den Berg herauf zum Haus gegangen und unterhielten sich über sie.

»Sie ist charmant, Carl. Sie sind ein glücklicher Mann.«

»Ja, das bin ich. Charmant und großzügig.«

»Inwiefern?«

»Der Maßstab einer guten Ehe ist die Länge der Leine. Oder die Tatsache, daß es gar keine Leine gibt.«

Freud war schockiert und konnte es nicht verbergen. »Sie meinen«, sagte er, »Untreue?«

»Nun hören Sie sich an wie mein Vater. Ein Mann braucht eine gewisse – Weite der sexuellen Erfahrung, stimmen Sie mir nicht zu?«

»Ich bin immer treu gewesen. Ich war nie mit einer anderen Frau zusammen. Martha und ich – wir waren einander treu. Ich muß gestehen – einst in Rom – ich fand mich plötzlich auf das Bordellviertel zugehen. Ganz unbewußt.«

»Und dann gingen Sie wieder weg? Hm. Ich habe es schon einmal erwähnt – die Hypothese des Surrogats. Glauben Sie nicht, daß Sie –

bei größerer sexueller Erfahrung vielleicht weniger zu einer so intensiven Beschäftigung mit der Sexualität neigen würden, einer solchen Befangenheit durch das Geschlechtliche?«

»Ich war nie, wie Sie es ausdrücken, durch das Geschlechtliche befangen. Das überlasse ich meinen Patienten.«

»Es ist ein Punkt, der das Nachdenken verlohnt, meinen Sie nicht?«

»Ist nun dies«, sagte Freud und beobachtete, wie die Sonne sich für eine Zeit hinter einer Wolke wie der Silhouette von Kaiser Franz Joseph verbarg, »die Einleitung zu Ihrer Abkehr von der Theorie der infantilen Sexualität? Wir wollen schließlich nicht einen zweiten Adler in der Schweiz auftreten sehen.«

»Wir müssen leben, überleben. Es gibt eine so starke Stimmung gegen alles Sexuelle. Wir müssen sehr vorsichtig vorgehen. Rücktritt? Das ist ein schlimmes Wort. Nein, nein, nie. Jung ist ein guter Freudianer.« Sie traten ein.

Sie gingen in Freuds Arbeitszimmer. Jungs Augen äußerten sich nicht, als sie kühl die mittlerweile angesammelte Menge von Fetischen und Götzen und Statuetten musterten. Er räusperte sich und sagte: »Die Tatsächlichkeit okkulter Geschehnisse.«

Freud sah verblüfft vom Anzünden einer Zigarre auf. »Was?« Und dann, paffend, »ich hoffe doch inständig, daß das nicht der Titel eines Aufsatzes ist, den Sie schreiben wollen.«

»Nein. Die Tatsächlichkeit – mir gefällt dieser Ausdruck. Wenn man etwas in Worte faßt, selbst wenn die Idee einem zuvor unmöglich erschien – die Worte geben ihr ein gewisses Gewicht.«

»Die Spiritualität der Bratwürste.«

»Sie machen sich über mich lustig. Oder vielleicht nicht. Das geht dann aber, glaube ich, zu weit. Aber okkulte Vorgänge – sie geschehen. Es muß in jeder Theorie des Bewußtseins auch einen Ort für diese Phänomene geben.«

»Mir geschehen sie nicht«, sagte Freud mürrisch.

»Sie meinen, Ihnen geschehen Dinge, für die es keine Erklärung gibt. Weil sie unerklärlich sind, lehnen Sie sie ab; Sie tun, als hätten sie sich nie ereignet. Aber was halten Sie nun von dieser Erweiterung Ihres Modells des Unbewußten? Zwei Teile, einer persönlich, individuell, der, den wir auf der Couch erforschen können, der andere – sagen wir, kollektiv, der ererbten Gehirnstruktur analog, welche die allgemeinste Form darstellt, der ganzen Menschheit gemeinsam. Dieses kollektive Unbewußte befaßt sich mit Dingen, welche dem individuellen Bewußtsein unerklärlich bleiben – psychische Phänomene, Gott, die Mythen. Das kollektive Unbewußte – das erklärt vieles, was Sie auslassen.«

»Sie werden mystisch, Carl«, knurrte Freud. »Ich mag das nicht. Es macht mir Kopfschmerzen.«

»Je mehr wir erklären können – Kunst, Religion, parapsychische Phänomene, Telepathie, Psychokinese, Prophezeiungen – desto mehr nähert sich unsere Wissenschaft einer umfassenden Form.«

»Lauter Hokuspokus, Carl. Bin strikt dagegen.«

Jung schrie plötzlich vor Schmerzen auf. Er preßte die Hände gegen seinen Bauch. »Au! Glühendheiß, wie Feuer.« Und dann ertönte vom Bücherregal herüber ein lautes, knackendes Krachen wie ein Pistolenschuß. Beide standen auf: Fiel das Regal um? Hatte sich eine Geheimtür hinter künstlichen Bücherrücken geöffnet und drangen bewaffnete Anarchisten ins Zimmer? Es war nichts verändert. Triumphierend, sich noch immer den Bauch haltend, rief Jung:

»Sehen Sie – die Tatsächlichkeit des Okkulten! Ein katalytisches Exteriorisationsphänomen.«

»Unsinn.«

»Unsinn? Es ist geschehen. Und es wird wieder geschehen.«

So war es. Ein lautes Pistolenknallen. Freud versuchte, nicht beunruhigt auszuschauen. Jung stand mit großen Augen da. »Sehen Sie!« rief er.

»Poltergeister, was? Dämonen.« Freud setzte sich grimmig nikkend. »Sie haben das arrangiert. Es ist ein Trick. Sie versuchen, mich in den Glauben an Séancen und Trancen und den ganzen Blödsinn hineinzuzwingen.«

»Und der plötzliche glühende Schmerz, den ich hier unten gespürt habe – wie erklären Sie das?«

»Sie leiden an einer Verdauungsstörung.«

»Nie. Spotten Sie nicht!«

»Nun gut. Hat das jenes krachende Geräusch ausgelöst, oder wurde es dadurch verursacht?«

»Nun lachen Sie mich aus – oder versuchen es doch. Sie wissen, daß es nicht zum Lachen ist. Und Sie wissen, daß dies geschehen ist. Ich kann es erklären, Sie nicht. Poltergeister – Elementargeister.«

»Nein«, sagte Freud. »Grünes Holz. Neue grüne Bretter für die Regalfächer, vor einigen Tagen angebracht. Sie trocknen noch.« Ein erneutes Krachen bestätigte oder bestritt dies. »Da bitte! Trocknendes Holz, Sie Idiot. All dieser Unsinn über Poltergeister. Geben Sie acht, Carl! Wir werden schon als Sexualverbrecher betrachtet. Es wäre erheblich schlimmer, wenn wir mit den Tischrückern und Wahrsagern in einen Topf geworfen würden. Bleiben wir doch vernünftig.«

Es geschah wieder. »Poltergeister«, rief der triumphierende Jung.

»Gut!« rief Freud zornig. »Also von mir aus Poltergeister. Ein anderes Wort für das Trocknen des grünen Holzes. Idiot!« Jung griff sich wieder an den Bauch, als ein neuer Blitz von Gluthitze aufzuckte. Freud beantwortete dies, indem er sich an den Kopf griff. »Verdammter Idiot! Gott, dieses Kopfweh.«

»Vielleicht«, sagte Jones, als sie durch München gingen, »macht Jung Ihnen Kopfschmerzen.«

»Nein. Es sind Adler und Stekel und die anderen Ketzer. Ich stoße sie aus«, sagte er grimmig, sie gingen gerade an einer barocken Fassade vorüber, hinter der Orgelmusik ertönte, Brahms oder jemand, »aus dem Schoß der Mutter Kirche.«

»Und sie haben sich in Form eines Kopfwehs wieder eingeschlichen? Nein. Es ist Jung.«

»Nein. Nein. Nein!«

»Geben Sie acht, Pferdeäpfel.« Sie gingen über die Straße. »Schauen Sie«, sagte Jones auf der andern Seite. »Ich muß Ihnen etwas Eigenartiges erzählen. Ich wäre beinahe nicht nach München gekommen. Jung hat die Einladung zum Kongreß an einen anderen Ernest Jones geschickt – meinen Vater in Wales. Und er hat das morgige Datum statt des heutigen angegeben. Ein unbewußtes Versehen, aber wir wissen alle, was das bedeutet.«

»Ein Gentleman würde bestimmte Dinge nicht einmal unbewußt tun, aber trotzdem–«

»Ein Gentleman würde Ihnen nicht diese Kopfschmerzen verursachen.«

»Nein. Nein.« Ein Schuhputzer vor einem Wirtshaus schaute von den Schuhen eines Herrn auf, die er gerade mit Schuhwichse einrieb. »Doch, doch!« sagte er pfiffig-dumm. Freud sagte: »Carl ist in Ordnung. Carl ist gut. Carl ist Euer zukünftiger Führer–«

Jones beruhigte ihn. »Ja, Herr Professor. Es wird alles gut gehen.«

Freud versuchte, die Kopfschmerzen wegzuschlafen, ohne Erfolg. Er kam zu spät zum Essen. Jung hantierte mit Messer und Gabel und sprach. Freud verbarg sich hinter einer Säule, um zu lauschen.

»Inzest?« sagte Jung gerade. »Ich glaube, wir dürfen das nicht zu buchstäblich interpretieren. Ein Symbol, nicht mehr. Ein geistiges Symbol. Es hat eine profunde religiöse Bedeutung – wir finden es in allen Mythologien.« Ohne sich umzuwenden sagte er: »Setzen Sie sich doch zu uns, Herr Professor. Der Rostbraten ist ausgezeichnet.« Übernatürliche Wahrnehmungsgabe, welche Freud hinter einer Säule entdeckte. Freud kam verlegen hervor und setzte sich. Sogleich kam ein Kellner. »Der Weg gabelt sich, lieber Herr Professor«, sagte Jung fröhlich, ein schönes halbrohes Stück Fleisch auf den erhobenen Gabelzinken haltend, »es ist unvermeidlich, mehr noch, wünschenswert, aber es bedeutet nicht, daß der Weg der Freundschaft und Zuneigung sich in verschiedene Richtungen gabelt, oder?« Er führte die Gabel zum Mund.

»Gabeln? Oder das Messer?« Freud war verwirrt. »Verzeihen Sie, das war töricht. Nein, mein lieber Carl. Ich lerne etwas über den Wert der Abzweigung. Abweichung.« Sein Rostbraten kam. Er aß, nahm etwas von Jungs Fröhlichkeit an. Dann fing er an, sich unwohl zu fühlen.

»Wie«, fragte Jung, »geht es Ihrem Kopfweh?«

»Sagen Sie mir«, sagte Freud, »mein lieber Carl, woher es kommt, daß in Ihren Vorträgen, Ihren Veröffentlichungen, wieso es dort–« Der Bissen Rindfleisch wollte sich nicht schlucken lassen. »Wieso Sie dort nicht länger den Namen von– von Sigmund Freud erwähnen.«

»Warum sollte ich?« sagte Jung glatt, freundlich. »Diese Zeiten sind vorbei. Jedermann weiß, daß Sigmund Freud der Vater der Psychoanalyse ist. Es besteht keine Notwendigkeit mehr, Ihren Namen zu erwähnen. Das sollte Sie freuen. Mich jedenfalls freut es.«

Der Bissen rutschte hinab. Dann fiel Freud in Ohnmacht. Es war wie in Bremen. Jung nahm ihn, wie damals, wie ein Kind in die Arme und trug ihn weg.

Freud kam zu sich, ohne Kragen und Krawatte, ohne Schuhe und Jackett, auf seinem Bett im Hotelzimmer. Jones sah besorgt auf ihn herab. Freud sagte schwach:

»Wo sind sie alle?«

»Die Sitzung hat begonnen. Abraham hält seinen Vortrag. Wie geht es Ihnen jetzt?«

»Er hat sich verraten«, sagte Freud träge. »Er will loyal sein. Aber er will die Krone. Jetzt. Er kann nicht warten. Er will meinen Tod. Er will, daß ich nie existiert haben soll.« Er schloß ermattet die Augen. Jones konnte die nächsten Worte kaum verstehen. »Es muß süß sein«, sagte Freud, »zu sterben.«

Wieder sehr lebendig, mit Krawatte und Kragen, beschuht, mit Jackett, mit brennender Zigarre, ging er mit Jones in den von Kristallüstern erleuchteten Salon. Es ging geräuschvoll zu. Jung sagte eben:

»Ich möchte zu Dr. Abrahams Vortrag folgendes sagen. Hier wird wieder die uralte Interpretation der Inzestsituation als einer buchstäblich wahren wiederholt. Die Lehre vom Ödipuskomplex ist seit ihrer ersten Formulierung keinen Zentimeter vorwärtsgerückt. Abraham besteht auf der strikten Observanz von schon längst überholten Geboten: Du sollst an die sexuelle Ätiologie der Neurosen glauben, du sollst glauben, du habest als Kind deine Mutter begehrt, du sollst keinen anderen Gott haben als deinen rächenden Vater, der da kommet, dir die Hoden abzuschneiden. Wir sind doch nun sicherlich auf der großen Straße der Psychoanalyse schon Meilen weiter, aber von dem Vortrag her, den wir eben gehört haben, sollte man es nicht glauben. Obwohl Dr. Abraham einen einsamen Außenposten in Berlin besetzt hält, hungert es ihn immer noch nach der abgestandenen Schlagsahne von Wien.« Protest, Protest, Ferenczi aufgesprungen und gestikulierend, die Wiener fauchend, Jung schlägt mit dem Präsidentenhammer auf den Tisch ein. »Keine weitere Diskussion. Wir kommen nun zum nächsten Vortrag. Dr. Ferenczi wird über drei Fälle von Homosexualität aus seiner jüngsten Praxis berichten. Da wir sehr knapp mit der Zeit sind, Dr. Ferenczi, müssen wir das, fürchte ich, auf zwei Fallberichte einschränken. Kommen Sie, fangen Sie bitte an. Die Zeit ist kostbar–«

Freud war vor Bestürzung die Zigarre erloschen.

Wut und das Gefühl der Demütigung in seinem Zimmer. Ferenczi, der auf dem Bett des Meisters saß, hüpfte ein wenig auf und ab, als er rief:

»Seine Präsidentschaft darf nicht verlängert werden. Wir müssen alle leere Stimmzettel abgeben–«

»Er hat eine Mehrheit«, sagte Freud voller Müdigkeit. »Er wird wiedergewählt. Leere Zettel – eine sinnlose Übung in–«

»Warum unterstützen Sie ihn weiter, Herr Professor?« fragte Rank. »Warum, wenn er, wie es scheint, mit Eifer alles zerstören will, wofür Sie stehen?«

»Er ist nicht sein eigener Herr«, sagte Freud müde und langsam. »Er ist in einem Zwiespalt. Zwischen Treue und Ehrgeiz – und was ist am Ehrgeiz so Schlimmes? Die medizinischen Autoritäten in der Schweiz bekämpfen ihn – die Kirche, die Presse. Kann man es ihm verübeln, wenn er glauben will, daß die Sexualität kaum beim Erwachsenen existiert, geschweige denn in der Kindheit? Denken Sie daran, daß er für uns gekämpft hat, als wir im Belagerungszustand waren. In seinen Händen brennt die Flamme des Streichholzes. Eine bedrohte Flamme. Nur er kann sie in die Zukunft tragen.«

»Es ist nicht Ihre Flamme«, rief Rank. »Es ist seine.«

Es war Rank, der die abgegebenen Stimmen zählte. Er verkündete: »Zweiundfünfzig Stimmen für die Wiederwahl von Dr. Jung zum Präsidenten der Internationalen Psychoanalytischen Vereinigung. Zweiundzwanzig Stimmzettel sind leer. Dr. Carl Jung ist hiermit als Präsident wiedergewählt.«

Die Schweizer applaudierten laut, ebenso einige andere. Jung ignorierte den Beifall und ging mit langen Schritten zu Jones, der, ohne Beifall zu klatschen, im Hintergrund des Salons stand. Jung zeigte ungewohnte Zeichen einer unterdrückten Wut. Er sagte zu Jones:

»Sie – Sie haben Ihren Stimmzettel leer gelassen, oder?«

»Es tut mir leid, Jung.«

Jung sagte, ein fauchender Kater: »Ich dachte, Sie sind *Christ.*« Er ging. Jones lief hinter ihm her und rief:

»Was wollen Sie damit sagen? Rieche ich den Gestank des Antisemitismus? Lassen Sie Freud im Stich, weil er Jude ist? Antworten–« Aber Jung hatte den Raum verlassen. Ebenso wie Wol und Bucha und Tschud.

Natalja ins Zimmer. Sie ähnelt durchaus nicht der historischen Ehefrau von Leo Trotzki, da sie groß, schmal, geschmeidig ist und den Tanz liebt. Sie tritt auf in schwarzem Ballettkostüm, darüber ein Pelzmantel. Wo hat sie den her? Trotzki kann sich nicht erinnern, ihn schon einmal gesehen zu haben. Was ist es? Zobel? Bisam? Gefärbtes Kaninchen? Mit ihr tritt eine Truppe junger New Yorker aus einer Tanzschule im Süden Manhattans auf. Natalja sagt zu Trotzki:

»Also, mein kleiner Liebling, nun werden wir dich überzeugen. Der historische Prozeß in einfacher, bewegender, unterhaltender Form dargestellt, und es fällt dabei kein einziges Wort. Wir brauchen keine Worte, nicht wahr, meine süßen kleinen Genossinnen und Genossen?« Als er diese Zärtlichkeitsfloskel hört, schaudert es Trotzki ein wenig. »Und wo«, ruft Natalja, »ist unser kleiner Petruschka?«

»Pete, Ma'am«, antwortet ein junger knochiger Mann mit sehr langen Fingern. Er kämpft sich aus seinem Mantel und setzt sich dann ans Klavier.

»Nicht Ma'am«, sagte Natalja. »Das ist bourgeois und steht für Madame, was wiederum ›meine Dame‹ bedeutet.«

»Ja, Genossin Natalja.« Und er ordnet die Noten, die er mitgebracht hat. Die Ballettschüler legen ihre Überkleider ab und stehen in schwarzen Trikots da. Sie ziehen Ballettschuhe an und beginnen zu singen, während Pete sie begleitet:

Wörter sind nur Gekritzel,
wo ein Chaos von Zeichen sich dreht,
eine verrückte Schnitzel-
jagd, die niemals gut ausgeht.
Viele verschiedene Sprachen,
keiner versteht einen Laut,
und die gemeinsamen Sachen
sind zugebaut.
Fragt man den fremden Passanten:
Keinerlei Resonanz.
Ein Ausweg ist vorhanden:
Jeder versteht den Tanz.

Es lohnt sich kaum,
eine Sprache zu meistern,
und damit ein wenig
Distanz zu verkleistern.
Nur eines hilft ganz:
Jeder versteht den Tanz.

Wir erinnern uns eines
alten Stolpersteines
jeder Utopie:
(Wenn Sie gestatten,
aus dem Zitaten-
schatz der Bourgeoisie:)
Denkt des Verwirrungssturmes,
beim Bau des Turmes
von Babel,
der Tanz nur glättet
das Chaos und rettet
Kain und Abel.
Vergeßt doch ganz
all das Blah Blah Blah!
Sagt es im Tanz
mit einem Entrechat!

(Sie setzen mit Tanzschritten ihre Ausrufungszeichen.)

Der Griff nach den Sternen,
neue Sprachen zu lernen,
mein Gott, wie blöd!
Werft die Grammatik weg
Das hat für den nur Zweck,
der den Tanz nicht versteht.
O dieser Schulzimmermief,
Imperfekt, Konjunktiv –
klingt das nicht obszön?
Laßt nur das Reden sein,
schwingt und bewegt das Bein
und klimpert die Zehen.
Laßt die Sprachen verstummen!
Mit Klugen, mit Dummen
die neue Allianz:
Die Sprache der Beine
ist deine, ist meine,
jeder versteht den Tanz.

Nun sind sie bereit für das Ballett. Ein großer Stuhl, wie ein Thron, steht vorn auf der Bühne. Trotzki fläzt sich auf einen einfachen Bürostuhl und schaut zu. Das Telephon auf seinem kleinen Tischchen klingelt.

»Wir gehen besser ran«, sagt Trotzki reglos.

»Legt mal den Hörer beiseite, einer von euch da!« ruft Natalja. »Wir können jetzt keine Störungen gebrauchen. Also, towarischtschi! wir fangen an.«

So stürzt sich nun Pete, das Telephonklingeln einstweilen, solange niemand abnimmt, als Toneffekt einbauend, in seine Musik, die düster ist, aber dynamische Kniffe vom *Sacre du Printemps* gelernt hat, der nun auch schon vier Jahre alt ist. Das Ballett ist einfach. Das corps de ballet, Arbeiter darstellend, macht müde und aufsässig mechanische Bewegungen. Ein Monstrum im Uncle-Sam-Kostüm ermuntert sie hohngrinsend durch Schläge mit einem Stock, den ein dickes Dollarzeichen krönt. Uncle Sam hat eine Leibwache, die aus zwei Gangstertypen mit Gewehren besteht. Da es ihn ermüdet, auf die Arbeiter einzuschlagen, fläzt er sich in den Thronsessel, zieht eine Whiskyflasche aus der Hüfttasche und nimmt einen tiefen Zug. Dann fallen ihm die Augen zu. Sein Schnarchen geht in den Rhythmus der Musik ein. Der Anführer der Tänzer, ein energischer Mann mit beachtlichen Nüssen, appelliert an die Wachen, auf die Seite der Arbeiter zu treten, den Boss zu erschießen, die Revolution mitzuerkämpfen, aber sie lehnen ab. Die Ballerina bringt eine alte grauhaarige Frau nach vorn, in der die Gangster ihre Mutter erkennen. Sie werfen ihre Waffen weg. Sie ziehen ihre vulgär-modischen Anzüge aus, unter denen Overalls zum Vorschein kommen. Die Arbeiter wecken den Boss durch Stöße mit seinem Dollarknüppel, dann treten sie ihn unter die Füße. Hinkend und fluchend verläßt er die Bühne. Der Anführer der Arbeiter biegt das Dollarzeichen zu Hammer und Sichel um. Allgemeiner Tanz des Triumphes, in dem der Stab, Symbol der Macht, von Hand zu Hand geht und am Ende von allen hochgehalten wird. Krachende C-Dur-Akkorde vom Klavier.

Natalja applaudiert und ruft: »Gut. Schön. Sehr beredt! Es gibt noch ein, zwei Kleinigkeiten, die wir ändern müssen. Nun schaut her, wie ich–« Sie nimmt mit Schlangengrazie eine Tanzhaltung ein. Doch der Tänzer, der den Anführer der Arbeiter gespielt hat, sagt:

»Wir sind noch nicht fertig.«

»Nicht fertig? Natürlich seid ihr fertig. Was gibt es noch zu sagen?«

»Das hier.«

Die Arbeiter arbeiten, der Anführer unter ihnen. Dann löst er sich aus der Gruppe, um sie zu beaufsichtigen. Einige der Tänzer halten nicht Schritt, tanzen nach eigenem Rhythmus. Der Führer versucht sie freundlich zu belehren. Sie wollen nicht hören. Bald macht jeder, was er will. Der Anführer wird ärgerlich. Er ruft die beiden ehemaligen Wachen und stellt sie wieder an. Er biegt Hammer und Sichel zurück in das Dollarzeichen, setzt den Uncle-Sam-Hut auf, den der ehemalige Besitzer hat fallen lassen, und bringt die Arbeiter mit Schlägen wieder auf Vordermann. Doch während dieser letzten Szene geht die Tür auf und Olga erscheint, außer Atem, dringlich fuchtelnd, beschwörend, sehr aufgeregt, mit Gesten zeigend, daß sie Trotzki etwas Wichtiges zu sagen hat. Trotzki steht ebenso dringlich auf und will zu ihr hinübergehen, bleibt aber zwischen den Tänzern stecken. Er fällt und man tritt auf ihn, jedoch ohne daß er verletzt würde. Natalja, für die sich ein bestimmter Verdacht bestätigt, ruft den Tänzern zu:

»Alle raus! Macht Pause, schnappt frische Luft! Wir besprechen nachher, was ihr falsch gemacht habt.« Also nehmen die Tänzer ihre Mäntel und Straßenschuhe und gehen, wenn auch widerwillig. Jetzt gibt es eine russische Szene, die hätten sie gerne miterlebt.

»Also«, sagt Natalja, »das ist die Amerikanskaja, von der man mir erzählt–«

»Wer hat dir erzählt?« schreit Trotzki. »Was von ihr erzählt?«

»Bitte, bitte«, fleht Olga, »das ist wichtig – du bist in ernster Gefahr–«

»Das kann man wohl sagen, daß er in ernster Gefahr ist«, sagt Natalja. »Ich habe alles schon gehört, du schamloses, dekadentes New Yorker Flittchen–«

»Von wem hast du was gehört?« schreit Trotzki.

»Es ist der Zar, die Regierung«, keucht Olga. »Im Konsulat ist eine Nachricht eingetroffen–«

»Also gut, Natalja Iwanowna«, sagt Trotzki, »du wirst jetzt die reine Wahrheit erfahren, nicht was die Klatschmäuler sagen mögen. Ich bin nie ein Lügner gewesen und will auch jetzt keiner werden. Und wenn du nun von Schuld und Sünde und dem ganzen anderen bourgeoisen Unsinn anfangen willst, dann bedenke, daß keiner frei ist, daß jeder von der Geschichte getrieben wird, vom Schicksal, nenn es, wie du willst–«

»Du mußt fort!« ruft Olga. »Fort aus New York, nach Süden über die Grenze nach Mexiko. Sie wollen dich verhaften–«

»Also die Wahrheit werden wir nun endlich erfahren?« tobt Natalja. »Jetzt kommt es offen zutag und nicht mehr nur Ich hab keinen Hunger, und im Schlaf rufen–«

»Man wird getrieben–« wiederholt Trotzki. Er singt. Sie singen alle drei zugleich:

NATALJA:
Schöne Worte,
die hatte er immer,
die richtige Sorte,
für Frauenzimmer.
Lügen, Lügen!
Kampf dem Kapital?
Ist dir doch egal.
Du kannst nur betrügen.
Du falscher Hund,
der anderswo streunt,
du Menschenfreund,
du Vagabund!
Du lügst immerfort,
ich glaub dir kein Wort.

TROTZKI:
Vom Wind getrieben, getrieben
wie Blätter zerstieben –
fürchterlich
wenn einer wie ich
der so lange gekämpft hat
und so viel geschrieben,
dasteht wie ein Kind.
Nichts ist mir geblieben
an Sicherheiten,
vom Wind getrieben
in alle Weiten,
ein Spielzeugschiffchen
im Meeresbraus,
so seh ich jetzt aus...

OLGA:
Du mußt nun fort,
Du mußt nun gehn –
ich hab die Nachricht
ja selbst gesehen:
Der Apparat
meldet aus Petrograd:
Der Sozialismus
hat den Aufstand entfacht.
Und dir, du Hetzer,
wird der Prozeß gemacht.
Sie wollen dich hängen!
Man will dich vernichten!
Also nun geh schon,
mach keine Geschichten!

Ihr habt euch sicher schon gefragt, Jungs und Mädels, wie es denn Professor Hubert Frame in diesem ereignisreichen Frühjahr und Sommer ergangen sein mag. Still in einem kleinen weißen Zimmer des KATZ-Hospitals liegend, an das Atemgerät angeschlossen (das Camp hatte natürlich seinen eigenen Generator), oft unter Beruhigungsmitteln dahindämmernd, das Herz stetig, wenn auch schwach, durch Dr. Sophie Haas Frieds regelmäßige Verabreichung des Medikaments Diergeticon 5 – so wurde er immer wieder von seiner Tochter Vanessa über den Fortgang des großen Werkes informiert, die ihm auch offen erzählte (es war ihr ziemlich gleichgültig, ob in der Nähe ein Mikrophon versteckt war), welch unglückliche Stimmung unter der Besatzung herrschte und wie die starke, angstvolle Abneigung gegen den Oberkatz Bartlett ständig wuchs.

»Auch Mißtrauen?«

»Oh, er ist die Effizienz in Person, wenn Person hier der richtige Ausdruck ist. Das ist es eben. Effizienz, durch Tyrannei garantiert. Nur ein Leben voll harter Arbeit und Hingabe an die Sache. An ihn, im Grunde. Er redet immer häufiger von Loyalität ihm gegenüber.«

»Ich habe einige Geschichten über unglaubliche Härten gehört. Ich würde gerne wissen, was in Wahrheit mit dem armen jungen Goya geschehen ist.«

»Bartlett sagt, da sei das Militär zu weit gegangen. Aber nun ist O'Grady bereit, die neusten astunomikologischen Techniken an den Dissidenten auszuprobieren. Maude Adams ist zu einem Hochleistungsautomaten gemacht worden. Ich habe nie begriffen, warum ein Astunomikologe für das Team nötig war.«

»Hm«, machte Frame mit seiner schwachen Stimme, die beinahe nur noch Atem war, mit sehr wenig Glottis. »Das Wort kommt vom Griechischen für ›Polizist‹. Das Akawiss-Kommittee hat sich, wenn du dich erinnerst, Gedanken gemacht über Raumhysterie, hysterische Dissidenz, die Notwendigkeit eines Experten für Pazifizierung. Man kann nie wissen. Polizist hört sich natürlich schauderhaft an. O'Grady ist umfassend in allen Techniken der Pazifizierung ausgebildet.«

»Auch das hört sich schauderhaft an.«

»Ja. Meinst du, O'Grady müßte weg?«

»Ich meine, Bartlett müßte weg.«

Frame konnte im Fensterrahmen den großen drohenden Körper von Lynx sehen, blutrot, einen kleinen Mond neben sich, eben aufgegangen und bereit, wieder abends die Küsten in Schrecken zu versetzen. »Wir leiten das Projekt nicht, Vanessa. Wir haben es erfunden–«

»Du hast es erfunden.«

»– Aber wir haben es nicht in der Hand. Wir sagen niemand, er muß jetzt weg. Bartlett könnte dich vermutlich seinen mörderischen Schändern überantworten und mir einfach den Stöpsel herausziehen. Ich glaube aber trotzdem, ich sollte mir Bartlett einmal kommen lassen.«

»Du wirst ihn nicht *kommen lassen*, Vater. Er ist kein Schuljunge, du kein Schuldirektor. Eines Tages läßt *er* sich vielleicht *herab*, vorbeizuschauen.«

»Ich meine, ich habe gewisse Rechte. Vielleicht, wenn ich ihm sagte, daß ich sterbe. Stimmt natürlich auch.«

»Ich werde ihn fragen. Bitten. Mich demütig verneigen und ihn ersuchen.«

»Ich sollte mit ihm reden. Sein Dossier – es gibt einem einfach keine richtige Idee von ihm. Tut das irgendeine Personalakte? Ich habe noch an jemand anderen denken müssen – mit einer wertlosen Akte. Val, meine ich. Ehe ich– gehe–«

»Sag nichts vom Gehen. Red nicht von dem armen Val.« Sie hielt ein Schniefen zurück.

»Woher wissen wir, daß er der– arme Val ist?«

»Was soll das heißen?«

»Ach, laß nur ... Er hätte es keine fünf Minuten gegen Bartlett ausgehalten, nach all dem, was du mir von Bartlett erzählst. Oder – verrückt, nicht wahr? – Bartlett hätte es vielleicht keine fünf Minuten gegen ihn ausgehalten.«

»Wie seltsam, daß du so etwas sagst. Du hast Val nie leiden können. Du hast ihn verachtet.«

»Ich hab wohl in ihm das verachtet, was ich an mir selbst verachte – vor allem das Genüßliche, die Bereitschaft, den eigenen Wünschen nachzugeben. Meine Süchte – Tabak, das Projekt. Seine? Alkohol, Herumhuren, Science Fiction. Vielleicht hätte ich auch mehr herumhuren und weniger rauchen sollen. Val hatte immerhin den Anstand, seine Science Fiction zwischen Buchdeckeln zu lassen. Du hast mir aus Versehen dieses Bändchen gegeben. Ich habe ein paar von seinen Gedichten gelesen.« Er deutete mit dem Kinn auf das zerlesene Buch auf dem Tisch neben dem Bett. »Es steckte zwischen den Geschichtsphilosophien von Toynbee und Coneybeare. Blödsinn, Geschichte zu lesen, wenn sie gerade an ihr Ende kommt. Val hat da ein Gedicht über das Ende. Ich kann es auswendig:

Die letzte Scheiterglut
Im Feuer glimmen die Bände
Noch einmal in Aschenflut
Schlag in alten Dichtern nach:
So geht die Welt zu Ende:
Nicht winselnd, mit lautem KRACH.«

Die kleine Explosion war zuviel für ihn. Er brauchte einige Zeit, um wieder soweit zu Atem zu kommen, daß er sagen konnte: »Sag doch Bartlett, er soll kommen, ich will mit ihm sprechen. Ich muß bald schlafen.«

Bartlett rüffelte in seinem Büro gerade Dr. Louise Bodinot und Dr. Georges Auguste Ewing, während O'Grady stumm hinter ihm saß. Ewing unterbrach die Vorhaltungen:

»Mein Gott, Bartlett, das ist doch nun wirklich selbst für Sie wohl das Letzte! Wenn ein Mann und eine Frau nicht mehr– Mein Gott, wir haben *nichts* getan, und selbst, wenn–«

»Die Zeit«, sagte Bartlett geduldig, »für Geschlechtsverkehr wird kommen, aber sie ist noch nicht da.«

»Sie nennen das Geschlechts–«, stieß Louise hervor. »Ein Kuß, und das nennen Sie–«

»Es ist jetzt keine Zeit für die Befriedigung sinnlicher Bedürfnisse«, verkündete Bartlett. »Es gab einen Meßfehler, 0.05, eine gravierende Abweichung, bei der Instrumenteneinstellung, die Dr. Irving und Dr. Herodotus zusammen vornehmen sollten. Und sie haben sich nur befummelt.«

»Händchen gehalten«, sagte Ewing.

»Was schlagen Sie vor, O'Grady?« fragte Bartlett.

»Nichts. Für diesmal. Allgemeine Ermahnung. Das nächste Mal eine Dosis Eireneutis 6a.«

»Mein Gott!« sagte Ewing.

»Den Gammaphasenbericht für morgen«, befahl Bartlett.

»Ich brauche mindestens noch zwei Tage«, sagte Ewing mit einem leichten Schweißausbruch. »Ich muß zweimal hintereinander die Nacht durcharbeiten. Seien Sie vernünftig!«

»Dr. Adams wird Ihnen gerne helfen«, sagte Bartlett. »Mit Freuden.«

»Mein Gott!«

Als Vanessa hereingelassen wurde, fand sie Bartlett – nun allein – in liebenswürdiger Stimmung. »Etwas zu trinken?« fragte er und ging zu seiner Bar mit Frucht- und Gemüsesäften hinüber. Sie schüttelte den Kopf und teilte ihm die Bitte ihres Vaters mit. »Ja«, sagte er nachdenklich. »Er hat in gewisser Weise Anspruch auf einen Teil meiner Zeit. Obwohl er ja die Berichte über den Fortgang des Projekts gelesen haben muß.«

»Das Lesen fällt ihm zusehends schwerer.«

»Ich gehe jetzt gleich hin. Sie brauchen nicht mitzukommen. Vielleicht wären Sie so gut, zu kontrollieren, ob Dr. Ewing seinen Gammaphasenbericht tatsächlich schon begonnen hat. Ich traue Ewing nicht. Ewing braucht eine Behandlung.« Er ließ Vanessa keine Zeit, dies zu bestätigen oder zu bestreiten, sondern marschierte hinaus. Als er zu Frames Hospitalzimmer kam, in der Baracke neben dem Hauptquartier, trat er ohne anzuklopfen in den Raum.

»Schön, daß Sie kommen, Bartlett. Setzen Sie sich doch.« Bartlett blieb stehen. Er sagte:

»Gibt es irgendetwas Bestimmtes, was Sie von mir wünschen?«

»Wann werden Sie fertig sein?«

»In genau sechs Wochen, auf den Tag, nach meinen Berechnungen. Es geht alles nach Plan, abgesehen von einiger zusätzlicher Arbeit, die bei der Berechnung der Gravitationsparameter notwendig geworden ist. Es scheint darauf hinauszulaufen, daß wir in den Anfangsstadien den natürlichen Zug aufnehmen und dann tangential davon abweichen, unter Ausnützung von Jumels Megaproagon.«

»Ich habe nicht den geringsten Zweifel«, seufzte Frame, »daß Sie jeglichen technischen Aspekt des Unternehmens unter eiserner Kontrolle haben. Haben Sie sich jedoch je gefragt, wozu das Unternehmen eigentlich dient?«

Bartlett lächelte schmal. »Der Rettung der westlichen Zivilisation in nuce. Ihre Formulierung, glaube ich.«

»Lächerlich, nicht wahr, Bartlett?« Bartlett lächelte noch immer, wenn auch angestrengter. »Wieviel von diesem Zivilisationsnonsens glauben Sie? Als ich mit dem Präsidenten gesprochen habe, vor Monaten, vor Äonen, da sprach ich von den Leistungen der Menschheit in Wissenschaft, Kunst, Architektur, Musik, Philosophie. Falsche politische Rhetorik. Was liegt mir an diesen Dingen? Was liegt Ihnen daran?« Bartlett behielt sein Lächeln, doch die Anstrengung verging daraus wie ein langsames Ausatmen. »Das Projekt war zum Ruhme von Hubert Frame entwickelt worden, dem Wissenschaftler und Kettenraucher. Aber wer wird ihn rühmen?«

»Wenn unsere *Amerika* auf America Nova angekommen sein wird, erhält die erste dort errichtete Siedlung den Namen Frame.

Das ist bereits im Programm festgelegt.«

»Ich frage nochmals: Was liegt Ihnen daran? Was haben Sie davon, Bartlett?«

»Ich bin ausgewählt worden. Ich tue meine Pflicht.«

»Sie tun Ihre Pflicht«, wiederholte Frame mit allem Sarkasmus, dessen seine zerfallende Stimme noch mächtig war. »Aber welcher Wirklichkeit dienen sie? Schönheit? Liebe? Wahrheit?«

»Macht«, sagte Bartlett ohne zu zögern. »Macht ist die Wirklichkeit. Auf so vielen Ebenen manifestiert sie sich – die Macht eines Himmelskörpers über den anderen, eines Mannes über viele–«

»Über fünfzig Männer und Frauen«, sagte Frame, ohne Überraschung bei Bartletts Erklärung zu zeigen. »Nicht viele, über die Macht auszuüben ist.«

»Sie irren sich. Eine von mir geformte Rasse wird America Nova kolonisieren, wo immer das sein wird. Ich habe keinen Zweifel, daß der Mensch überleben wird, der von mir gebildete Mensch. Ich werde auf der langen Reise die Parameter für immer festlegen. Ich habe schon viel über das– wünschenswerte Menschenbild nachgedacht. Ich werde eine neue Rasse schaffen.«

»Ihre Mitreisenden werden es also nicht leicht haben. Sie werden sich recht unglücklich fühlen. Zumindest erzählen Sie mir nicht den Quatsch, den Sie ihnen vorsetzen, wie ich von meiner Tochter höre – eine Zeitspanne totalitärer Disziplin, gefolgt von einer endlosen Ära glücklicher Freiheit. Das hat noch nie funktioniert, oder? Der Zweck heiligt die Mittel, aber die Mittel bestimmen das Wesen des Endzwecks.«

»Unglücklich«, sagte Bartlett, der dieses eine Wort aus Frames schweratmendem Flüstern herausgelöst und den Rest ignoriert hatte. »Menschliche Emotionen sind überaus lästig. Ich habe hervorragende Gehirne und hervorragende Körper, die für mich arbeiten, für das Projekt, meine ich, aber ihre Emotionen sind überaus lästig, eine widerliche, gefährliche Quelle letztendlicher Sabotage. Bald wird es genügend Zeit geben, die Emotionen zu eliminieren – Liebe, Haß, all die Hindernisse, all den Unsinn. Was wir mit uns in den Weltraum nehmen, ist nicht das Gesamt der menschlichen Erfahrungen – nur ein Teil davon, der nützliche Teil. Keine Literatur, keine Musik, keine Kunst. Die sind subversiv, führen zur Disruption. Der Mensch wird eine neue Chance haben. Eine Chance, das Wesen der Macht zu begreifen.«

»Gott steh ihnen bei! Gott steh mir bei! Ich war nicht groß genug, ein solches Projekt zu entwerfen. Ich hätte mehr auf meinen Schwiegersohn hören sollen. Ich kann Ihnen meinen Segen nicht geben, Bartlett. Vielleicht kann ich in der Hölle oder im Fegefeuer vor mich hin lachen über den homo Bartlettianus, wie er in Bartlettland auf Bartlett, einem bewohnbaren Planeten der Bartlettgalaxis, das Wesen der Macht zu begreifen beginnt. Aber es fliegen auch noch andere Schiffe in den Weltraum, Bartlett, andere *Amerikas*. Denken Sie daran.«

»Der Weltraum ist sehr groß«, sagte Bartlett. »Er hat noch Platz für andere außer dem homo Bartlettianus. Nun, ich gehe dann ohne Ihren Segen. Haben Sie noch etwas zu sagen?«

»Kein Verkehr mehr zwischen uns, Bartlett.«

»Sie stehen wahrscheinlich unmittelbar vor dem Tode«, sagte Bartlett mit kalter Ruhe. »Soll ich – Sie abschalten? Ein Werk der körperlichen Barmherzigkeit, wie die Christen sagen. Abschalten, fünf Minuten warten, wieder anschalten. Professor Frame ist tot. Großes Begräbnis mit Zapfenstreich. Wenn Sie ein wirklich eindrucksvolles Begräbnis wünschen, müssen Sie es auf den morgigen Tag legen. Übermorgen ziehen die Truppen ab. Sie haben ihre Arbeit getan.«

»Ich würde gern«, sagte Frame ebenso kalt und ruhig, »das große Schiff noch sehen. Sehen, was vielleicht besser ein Traum geblieben wäre – ein dummes Stück Science Fiction. Werden Sie mir das lassen?«

»Gerne. Irgendwann dann nächsten Monat?«

»Wenn ich noch lebe.«

»Oh, das läßt sich machen. Kein Problem. Leute am Leben zu erhalten ist ein Aspekt der Macht.« Und ohne ein weiteres Wort ging er.

Am übernächsten Tag fuhren die Truppen in ihren Transportern ab zu ihren Standorten in Kansas, Indiana, Illinois, weit in den Süden bis Kentucky und Tennessee, und nur ein Kader aus einem Zug mit Korporal, Sergeant und Leutnant blieb für die restlichen Aufgaben zurück. Bartlett bestand auf einer Art Abmarschparade. Er trug bei diesem Anlaß seine Marineuniform. Genaue Beobachter bemerkten, daß er sich zum Admiral befördert hatte. Er war von furchterregender penibler Strammheit, jeder Zoll ein Offizier. Als die Truppen abgezogen waren, präsidierte er, immer noch in Admiralsuniform, einem Festessen in der Kantine, wo es ausnahmsweise alkoholische Getränke gab. Er hielt eine kleine Rede:

»Nun, meine Damen und Herren, treten wir in die Schlußphase unserer Operation ein. Die äh harte Arbeit ist getan. Nun ist alles eine Frage des scharfen Blicks, des scharfen Verstands und der totalen und uneingeschränkten Hingabe an die Fertigstellung von *Bartlett.*«

Gemurmel, hie und da alkoholisiertes Gelächter.

»Sie entschuldigen. *Amerika*, wie wir es ein wenig zu pompös nennen. Ein Versprecher.« Es war keiner. Alle waren sich verdammt sicher, daß es kein Versprecher war. Und dann zitierte Bartlett: »We few, we happy few, we band of brothers.« Eine neue, noch ungekannte Kälte zog durch den Raum: Niemand hatte Bartlett je einen Vers zitieren hören. Dr. Abramovitz und Dr. Da Verranzano grinsten wie Zombies über ihrem Orangensaft, da sie nicht zu denen gehörten, denen Alkohol gestattet war. Die Zeile kam ihnen ganz unbekannt vor. Nach mehreren Sitzungen mit Dr. O'Grady war der Umfang ihrer bibliothekologischen Kenntnisse drastisch begrenzt. *Heinrich V.? Tom Sawyer? Moby Dick?* Nie gehört.

Zu dieser Zeit war Edwina Goya immer noch bei ihrer Tante Melanie in Fort Worth, Texas. Tante Melanie war eine Witwe, deren Witwenschaft schon aus der Zeit vor Lynx datierte, recht wohlhabend, für den Tag lebend, Bridge spielend, eine starke Skeptikerin, die dieses große Licht am Himmel, von *unserem* Mond umkreist, einen schändlichen Unfug nannte. »Dieb«, sagte sie zuweilen, »du *arger* Dieb! So zu stehlen, und kommt dann zurück und schaut höhnisch herunter. Verspottet uns ständig vom Himmel herab.« Sie war durchaus in der Lage, ihm mit der Faust zu drohen und hinaufzuschreien, er solle verschwinden. Er verschwand nicht.

Ihr Haus stand in Haltom City, südwestlich von Richland Hills, ein anständiges, solides Steinhaus an der Conklin Avenue, gleich beim Volksfriedhof. Es war geräumig genug, daß die beiden Frauen einander nicht im Wege waren, aber Tante Melanie sah auch so wenig von Edwina. Edwina blieb im Bett und pflegte ihre Schwangerschaft (alles geht ganz ausgezeichnet, kleine Lady, sagte Dr. McBean), las religiöse Lyrik und dachte verworren an Nat und daran, was aus ihm wohl geworden sein mochte, wobei sie daran verzweifelte, ihn je wieder zu sehen. Immer wieder sagte sie sich den Namen der Stadt vor, die Nat am Telephon genannt hatte. Sloansville. Es hatte wenig zu bedeuten, da es in den Vereinigten Staaten etwa fünfzig Sloansvilles gab. Und wenn sie je diesen Ort fand, in der Nähe des fünfzigsten Sloansville, dann würden die sie natürlich willkommen heißen und sagen: Komm herein, geh zu deinem lieben Mann und lenk ihn von der Arbeit ab. Das Schlimme war, daß in dem Maße, in dem das Kind in ihrem Leibe wuchs, ihre Erinnerung an Nat immer schwächer wurde. Die Liebe wiederaufleben lassen, Nat und sie, für die kurze Zeit, die sie noch hatten? Weniger wichtig als das Überleben des Kindes zu sichern, das sie trug. Sonst – welch entsetzliche, diabolische Verschwendung! Ein Kind, zermalmt unter den Ruinen der letzten Katastrophe. Was sagte Gott dazu? Ihre Bände mit religiöser Lyrik gaben hierauf keine Antwort.

Manchmal las sie die Bibel – es stand wenig für sie darin, oder für die Welt, über der Lynx sich zum Sprung anschickte – wegen der Diktion, der Satzrhythmen vor allem, die unauflöslich in ihrem Gedächtnis mit einer Stimme und deren Eigenart verwoben waren. Die Stimme war die von Calvin Gropius, einem Mann, der für sie die Lebensenergie verkörperte und zum Ausdruck brachte, die in allen alltäglichen Einzelheiten des Lebens schlummerte und sie transzendierte. In gewissem Sinn war Gropius der Vater des Kindes, das in ihrem Leib strampelte. Sie hatte sich, als sie mit Nat zusammenlag, nur sein Bild und den Klang seiner Stimme vorstellen müssen und eine Gewalt, eine Kraft unerträglicher, vitaler Freude war durch sie geflossen. Und wenn sie Nat liebte, so doch nur – sie mußte es sich ehrlicherweise gestehen – als den Katalysator der sie zerreißenden Ekstase. Ihr Kind, Gropius – die beiden Vorstellungen tanzten in einem Rhythmus, den sie nun entziffern konnte. Er lautete: *Überleben.* Gropius – wo war er nun? Vielleicht tot, von einem Erdbeben zerschmettert oder von den Tigern des Meeres verschlungen. Aber in anderem Sinne konnte er nie sterben. Wenn irgendeiner auf dieser dem Untergang bestimmten Erde eigentlich überleben sollte – Die beiden, sie sah die beiden zusammen. Ihr Kind und die Inkarnation göttlicher Energie.

»Edwina«, sagte Tante Melanie eines Morgens, als sie fürsorglich das Frühstückstablett brachte (Kaffee, Toast, Papayasaft), »Edwina, Jonathan kommt nach Hause.«

»Jonathan?«

»Ach komm, mein Kind, *mein* Jonathan, dein Vetter Jonathan. Er kommt auf Urlaub. Gefreiter Jonathan Putnam, mein Sohn. Jetzt wirst du jemand haben, mit dem du dich unterhalten kannst, jemand in deinem Alter. Mein Jonathan! Macht's dir was aus, in ein anderes Zimmer zu ziehen, Liebes? Das war immer Jonathans Zimmer.«

»Jonathan. Ich habe Jonathan nicht mehr gesehen seit – er hat uns in Hawaii besucht, nicht? Hawaii–« Ihr Mund verzog sich eckig zum Weinen. Die Tante beugte solchem Unsinn vor, sie sagte:

»Nun hör auf damit, Kind! Keine Nachricht – gute Nachricht.«

»Vati und Mutti, o mein Gott! Hawaii ist wie ein Stein versunken.

Alles. Wie lauter Steine.«

»Sei jetzt ein wenig fröhlich! Nimm, was kommt, mein Kind! Deine Mutter war meine Schwester, wie du weißt. Ach, ich könnte diesen großen, wüsten, dicken Dieb am Himmel umbringen.«

Jonathan war nicht in Edwinas Alter, er war etwas jünger und brachte das mit Akne und ungelenken Bewegungen zum Ausdruck. Edwina kam aus ihrem Zimmer herunter zu dem schönen Abendessen, das Tante Melanie zu seiner Heimkehr gekocht hatte. Jonathan aß mit gutem Appetit von dem Truthahn mit Fülle und Preiselbeersoße, Bratkartoffeln, Kartoffelbrei, geschmorter Sellerie, hinterher Erdbeerkuchen. Edwina knabberte ein wenig Käse und einen Brotstengel.

»Komm doch, Kind, iß!« sagte Tante Melanie. »Denk daran, du mußt für zwei essen.«

Jonathan brauchte eine gewisse Zeit, bis er die Bedeutung dieser Worte begriffen hatte – er war erst Gefreiter bei den Pionieren. Aber dann strahlte er freundlich. »Junge, das ist aber eine gute Nachricht«, sagte er. »Und wann kriegen wird deinen Mann mal zu Gesicht, Eddie?«

»Gar nie, nach allem, was ich weiß«, sagte Edwina mit unterdrücktem Schluchzen. »Gar nie. Entschuldigt, ich gehe jetzt wohl zu Bett.« Sie stand vom Tisch auf, der halbgegessene Brotstengel klapperte auf ihren Teller.

»Ach, komm, mein Kind!« sagte die Tante. Aber man hörte Edwina nach oben laufen.

»Was ist mit ihm passiert?« fragte Jonathan, der sich mit dem Serviettenzipfel Truthahnsoße von seiner Uniformjacke wischte. »War er an der Küste, als die Flut kam?«

»Nein, er war bei irgendetwas, bei Katz oder was, und die wollten ihn nicht wieder gehen lassen. Sie hat nichts mehr von ihm gehört. Natürlich könnte er auch, wie ich ihr immer wieder sage, Jonathan, wohlauf sein und bald, wie du auch, Urlaub bekommen.« Jonathans Mund stand weit offen. »Laß nicht sehn, was du ißt, Junge, es schickt sich nicht!«

»Katz, sagst du? KATZ? Das Mondschiffprojekt? Aber Mom, da war ich ja auch.«

»Aber ich dachte, du hättest gesagt, du arbeitest an Elektrogeneratoren in Kansas?«

»Ja, ich weiß, Mom – ich hab nicht mehr gesagt, weil es immer noch, du weißt schon, Top Secret sein soll, TS, wie sie sagen. Wir sollten auch auf Urlaub nichts darüber sagen. Aber da war ich dabei,

bei dem Mondprojekt. Unsere Arbeit war zu Ende, Abmarsch. Da also. Schon eine kleine Welt. Da war der also. Wie heißt er denn?«

»Ein spanischer Name. Nicht jüdisch, das weiß ich, gerade das Gegenteil... Es war noch etwas mit einem großen Maler, erzählt mir Edwina. Goya. Ich hab dir schon einmal gesagt, Jonathan, sperr den Mund nicht so auf.«

»Aber von dem hab ich gehört. Doc Goya. Er ist abgehauen.«

»Das hat Edwina gesagt. Er ist abgehauen und hat hier bei uns angerufen. Dann, scheint es, haben sie ihn wieder zurückgeholt.«

»Ja, das haben sie aber wirklich. Und dann war ich bei der Einäscherung dabei. Er ist tot, Mom. Ach, schrecklich! Eddies Mann. Da gab es viel Gerede damals. Der Mann, der da das Kommando hatte, Oberkatz nannten sie ihn, Mensch, der war vielleicht furchtbar.«

Jonathans Mutter dachte nach. Sie holte mit dem Erdbeerkuchen zusammen eine gurgelnde Kaffeemaschine herein, stellte beides ab, dachte nach. »Die Frage ist, Jonathan, ob wir dem armen Mädchen seine Hoffnung lassen sollen. Oder heraus damit? Unsere Familie hat sich immer an die Wahrheit gehalten.«

»Das ist eine schreckliche Wahrheit, die wir ihr sagen müßten.«

»Ich glaube, sie sollte es wissen, Jonathan. Du bist derjenige, der die Wahrheit weiß. Du solltest es ihr sagen.«

»Das ist so eine Sache«, sagte Jonathan, alterfahren in den Heeressitten, »die man einem Typ nur erzählt, wenn er betrunken ist. Ich meine, wir hatten so einen Typ in unserem Haufen, als wir noch in Camp Pollock waren, in Dayton. Und sein Kumpel, sein bester Freund, also der ist von einem dieser Exkavatoren da, diesen Riesengeräten, völlig zerquetscht worden. Sie haben ihn dann ganz betrunken gemacht, und dann haben sie's ihm erzählt. Es hat den Schock gemildert, hat der Sanitätsoffizier nachher gesagt. Instinktiv korrekt, wie er es nannte. Er war dann okay, als er seinen Kater los war.«

»Du wirst mir Edwina nicht betrunken machen«, sagte seine Mutter.

»Aber wenn ich sie ausführe, Mom? Bißchen mit ihr in die Stadt gehen? Nur ein paar Drinks. Dann in aller Ruhe erzählen.«

»Nun«, sagte seine Mutter und nahm nachdenklich einen Schluck Kaffee, »irgendwie muß man es ihr sagen, Jonathan. Armes Mädel. Armer Junge übrigens auch.«

Erst zwei Tage später erklärte Edwina sich bereit, mit Jonathan in seinem Poe Speebird wegzufahren, seinem Edgar Allan, wie er ihn nannte und wie's andere Poe-Besitzer mit den ihren auch taten. Wenn auch nur ein einfacher Gefreiter, hatte er keine schlechte Technik für das anfängliche Verschweigen von schlechten Nachrichten entwickelt. Er ging mit ihr ins Malinda oben in Sagamore Hill, dann ins Comanche bei der Lancaster Avenue, in Meadowbrook. Lynx und der gestohlene Mond standen groß am Himmel, und ringsumher tönte laute, trunkene Erregung. Sie trank zwei Martinis und er redete von seinen Kumpels, von Offizieren, von seinen zwei Tagen Landurlaub in Hawaii auf der Fahrt nach Fidschi, wo sie, wie er sich zu erinnern glaubte, miteinander schwimmen gegangen waren. Samtiges Wasser, hoch droben der Diamond Head. Als er Hawaii erwähnte, war ihr zum Weinen zumute. Rasch begann er von einem Film zu erzählen, den er neulich im Camp gesehen hatte, *Baa Lamb's Ass*, sollte einen irgendwie scharf machen, war aber nichts. Er hatte da eine Freundin gehabt in der Mannschaftskantine, eine Kellnerin, sozusagen. Ein wirklich nettes Mädel, Zucker, Cindy Wadsworth hieß sie. Sie sagte:

»Gehen wir ins Fiorentino. Arlington Heights.«

»Aber das ist so ein großes Hotel mit Glücksspiel und so, Eddie. Da willst du sicher nicht hin.«

»Glücksspiel. Ein Abbild des Lebens. Bring mich hin!« Er verstand's zwar nicht, aber er bezahlte die Drinks (nur Coke für ihn, mußte ja noch fahren) und sie gingen. Das Fiorentino war ein massives grellbuntes Gebäude, durchaus nicht florentinisch. Mit Italien hatte es Verbindungen, aber nicht mit seinem Norden. Es gehörte nämlich den Gebrüdern Tagliaferro, und die waren sehr, sehr südlich. »Gefällt mir hier«, sagte Edwina, die sich etwas aufheiterte, als sie an der langen, lederbezogenen Bartheke im großen Spielsaal saß. Die Leute verspielten Hunderterscheine wie Vierteldollars. Ein gutaussehender, breitschultriger, gepflegter Mittdreißiger, weltallnachtblauer Smoking, weiße Zähne, üppiges schwarzes Haar, ein Mann mit einer souveränen, gebieterischen Vitalität, die sie irgendwie beunruhigend vertraut fand, kam an die Bar und sagte zu einem der Bartender: »Ab neun Uhr dreißig gilt der neue Preisplan, Jack. Alle Sorten.«

»Geht klar, Mr. Gropius.«

»Alles in Ordnung, Jack?«

»Alles schön durstig, Mr. Gropius.«

Der Mann lachte und wandte sich zum Gehen. Edwina streckte eine Hand aus und berührte ihn. Er drehte sich höflich lächelnd zu ihr um.

»Ihr Name«, sagte sie, »ist Gropius?«

»Das ist richtig, Miss, Madam – Dashiel Gropius, zu Ihren Diensten. Ist alles zur Zufriedenheit?«

»Sind Sie«, sie brachte kaum die Worte hervor, »verwandt mit?«

»Die Frage wird mir immer gestellt«, sagte Dashiel Gropius. »Die Antwort ist ja. Mein Vater ist tatsächlich, ob ich das nun verdiene oder nicht, der große Calvin Gropius. Beantwortet das Ihre Frage und beruhigt es Ihr Herz, Miss oder Madam?«

»Ich muß ihn sehen«, stieß Edwina hervor. »Ich *muß* ihn sehen. Eine sehr wichtige Nachricht. Ist er hier?«

»Er hier? Das ist gut! Nein, er kommt nie an die Stätten des Lasters, nicht einmal um zu predigen. Er ist in Dallas. Er würde es mir wahrscheinlich nicht danken, wenn ich seine augenblickliche, äh, Einsiedelei preisgebe, aber dort ist er. Nummer 57, Fitzhugh Avenue. Südöstlich vom State Fair Park. Gehen Sie hin und besuchen Sie ihn. Gehen Sie und beten Sie mit ihm.« Und mit sardonischem, aber freundlichem Lächeln trat er wieder in den rauchgeschwängerten, elektrisch glühenden Kreis um die Spieltische.

»Gottseidank!« sagte Edwina. Zu Jonathans Überraschung küßte sie ihn, rasch und zart, auf den Mund. »Du bist ein Engel, Jonathan. Wenn du nicht gewesen wärst – trinken wir noch eins.«

Jonathan bestellte gerne noch eins. Er sagte:

»Eddie, es gibt da noch was, was ich dir sagen muß. Aber nicht hier. Drüben an dem Tisch da. Schau, der Mann da geht gerade.«

»Sehr geheimnisvoll. Warum kannst du es mir nicht hier sagen?«

»Du bist vielleicht lieber irgendwo, na ja, wo's ruhig und dunkel ist. Es ist eine schlechte Nachricht, Eddie. Sagt dir KATZ irgendwas? KATZ, Komitee für Angewandte– ich war dort, weißt du? Meine Einheit war da, hat die Dreckarbeit gemacht. Wir sollten ja eigentlich nicht wissen, wo, aber es war Hays Hill, Kansas. Es geht um, also du hast es wohl schon erraten, um wen es geht, Eddie.«

»Er ist tot, wie?«

»Doc Goya hat man immer gesagt. Ein guter Mann, intelligent und, du weißt schon, jung. Na ja, das weißt du ja alles. Es tut mir sehr leid, Eddie.«

Sie verriet keine Bewegung, weder Trauer noch eine andere, sondern trank nur durstig ihren Martini. »Noch einen, bitte«, sagte sie. Und dann: »Ich hab's mir eigentlich schon gedacht. Gott schenke ihm die ewige Ruh, wie es in meiner sakralen Lyrik heißen würde. Danke, Jonathan.«

»Nichts zu danken, Eddie. Ich dachte nur, na ja, Mom dachte–«

»Nein, danke, daß du mich hierhergebracht hast. Alles kommt jetzt in Ordnung, glaube ich. Alles.«

Der Zug fuhr weiter, Paris entgegen. Sie konnten über sich Flugzeuge hören. Die flogen tief, das Geräusch war manchmal ohrenbetäubend. »Krieg in der Luft«, sagte Freud. »Aber kein neuer Krieg. Derselbe Krieg. Was ist Deutschlands Krankheit?«

»Adler hätte man da fragen müssen«, sagte Anna. »Nicht uns. Nicht Jung.«

Freud dachte darüber nach. »Minderwertigkeitskomplex, würde er sagen. Protest des männlichen Elements. Aber Hitler – der ist im Grunde eine Frau. Und Adler war ein Verräter.«

»Versuch doch zu schlafen, Sigmund«, sagte Martha.

»Anna wird das Ende erleben. Nicht du, Martha, ich ebensowenig. Nun, ich stehe jetzt auf einer anderen Seite. Wie töricht es war–« Machte damals tatsächlich den Fehler, patriotisch zu empfinden, dachte er, als er in einen Tunnelschacht der Vergangenheit nach dem anderen schaute. Deutschland als den großen schützenden Vater zu betrachten. Er, der jüdische Ödipus. Er konnte sich nicht mehr erinnern, wo das gewesen war, der Anblick dieser körnigen Kriegswochenschauen, zusammen mit Ferenczi. Ferenczi, ungarischer Sohn der dem Untergang geweihten österreichisch-ungarischen Doppelmonarchie, dem das Kino nur herrliche Träume versprochen hatte. Hier marschierten Männer zu rasch durch einen stummen Hagelsturm. Der Kaiser mit dem verkümmerten Arm und einer Spitze, die vom Himmel fallenden Spatzen aufzuspießen, auf dem Helm, der Schnurrbart zu scharf und dünn. Und Freud selbst, die Hymne parodierend: »Alles, alles über Deutschland, gegen uns die ganze Welt...« Ansichtspostkarten aus dem neutralen Zürich, die neutralen Alpen zeigend. Jung, zu beschäftigt, um lange Briefe zu schreiben, nur kurze Berichte, die wie »Mir geht es gut«-Kürzel aus der Urlaubssonne waren. Jung, dem es gut ging in Zürich.

In Zürich, im Restaurant zum Roten Kreuz, stand ein Klavier. Hier spielte Wolf-Ferrari, klein und mit großem Haarbusch, und versuchte sich am Intermezzo für seine Oper *Il gioielli della madonna*. In einer schmummrigen Ecke, bei einem Glas Enzian, saßen Lenin und ein Zwischenträger mit unruhigen Augen. Der Zug? Sieben siebzehn. Zum Finnländischen Bahnhof, Genosse. Es geht los, es geht los. Ist Trotzki noch in New York? Wir hören gar nichts von Trotzki, Genosse. An einem größeren Tisch saß James

Joyce, ein Exil-Ire, der versuchte, ein dickes Buch über die Vorkriegszeit zu schreiben. Bei ihm war die Frau, mit der er zusammenlebte, eine mit tiefer Stimme und bäurischem Akzent. Auch zwei Kinder, ein Junge und ein Mädchen, das Mädchen schielte recht charmant. Der Sohn trug eine Brille wie der Vater. Jung saß bei ihnen am Tisch. Er war ins Lokal gekommen, als sie gerade ihr Essen beendeten. Joyce bestellte Absinth, Jung einen Kaffee. Er sagte:

»Ich verstehe Ihren Einwand nicht, Herr Joyce. Es wird nur um ein paar Sitzungen gehen, wo sie frei assoziieren, Erinnerungen, eine vorsichtige Untersuchung Ihrer Kindheit.«

»Ich schätze *Bedingungen* nicht, Herr Doktor.«

»Mrs. McCormack macht Ihnen ein sehr großzügiges Angebot. Schauen Sie sich Wolf-Ferrari dort drüben an, hören Sie hin, meine ich. Er komponiert wieder.«

»Er komponiert nicht sehr gut.«

»Das kommt wieder. Ich habe ihm nach seinem langen Schweigen den Kopf wieder aufgetaut.«

»Mein Kopf braucht nicht aufgetaut zu werden. Der Fluß fließt ganz zufriedenstellend dahin, vielen Dank. Hätte ich nur mehr Zeit!«

»Du verbringst zu viel Zeit hier drin, Jim«, sagt die Mutter seiner Kinder.

»Nun«, sagt Jung, »es wäre eine Chance für Sie gewesen, Mrs. McCormack ist sehr reich.«

»Ich habe nichts gegen reiche Gönnerinnen. Aber ich habe etwas dagegen, wenn sie als Bedingung ihrer Gunst voraussetzen, daß ich mich von Ihnen untersuchen lasse. Psychoanalyse! Schriftsteller wissen mehr über das menschliche Bewußtsein, als ihr Burschen je hoffen dürft, herauszubekommen. Ha! My Krafft is ebbing. I am yung and easily freudened ... Eines Tages werde ich euch allen mal zeigen, was es mit dem Unbewußten wirklich auf sich hat. Ich brauche euch nicht. In gewisser Weise *bin* ich Freud.«

Jung sah bei diesem Namen mürrisch, wie schuldbewußt auf. »Ja?«

»Was heißt ›Freud‹ auf Englisch?«

»Joy.«

»Joy und Joyce. Nur ein kleiner Unterschied. Nur, daß ich noch C und E für Creative Energie hinzusetze. Euch mach ich alle naß.«

»Nun laß das, Jim!«

»Ich *enthalte* euch alle, ich umfasse euch.«

Lenin und sein Komplize verließen das Lokal unauffällig; der andere trug Lenins abgewetzten Koffer.

»Auch so einer, der glaubt, er hat alles intus. Der Genosse Lenin.

Bricht auf, um eine Revolution anzufangen. *Bloody revolution!*«

»Hör doch auf zu fluchen, Jim.«

Blutig genug. Freud und Ferenczi sahen andere Filme voll Schneegeriesel, die das Ende des alten russischen Régimes zeigten. »Volksrepubliken«, sagte Freud. »Wir werden hier auch eine bekommen. Keine Vaterfiguren mehr.«

»Keine Neurosen mehr?«

»O doch. Wenn dieser Krieg vorbei ist, sind wir wieder im Geschäft.«

Der Krieg ließ sich so leicht nicht beenden. Freud saß mit skeptischen Offizieren zusammen in einem kahlen Büro voller Stühle. Major Waldheim sagte:

»Ich verstehe Ihren Einwand nicht, Herr Doktor. Die Elektroschocktherapie funktioniert einwandfrei. Die Heereskrankenhäuser entlassen Patienten mit unglaublicher Geschwindigkeit. Die Männer sind *geheilt*.«

»Das behaupten sie gerne, um den Elektroschocks entrinnen zu können. Aber sie leiden immer noch genauso unter den Folgen des ursprünglichen psychischen Kollapses an der Front.«

»Die Sache ist so«, sagte Oberst Rosenstrauss. »Ich sehe die Elektroschocks als Ersatz für den Tritt vors Schienbein, den diese Drückeberger brauchen. Reine gottverdammte Hysterie. Nur ein anderes Wort für Simulation.« Freud sagte:

»Ich fühle mich bei Ihren Worten vierzig Jahre zurückversetzt, Herr Oberst. Hysterie ist nur ein anderes Wort für Neurose. Eine Neurose ist eine echte Erkrankung. Man kann sie nicht mit ein paar Volt kurieren.«

»Ich glaube«, sagte Hauptmann Heller, »das ist alles Zivilistenunsinn. Manche sind eben feige und manche nicht.«

»Warum?« fragte Freud.

»Manche Menschen sind rothaarig, manche dunkel, manche haben eine Glatze. Manche sind Juden, manche nicht. Der Mensch ist das, was in ihm steckt. Was ihr Wissenschaftler die Vererbung nennt.«

»Das wissen Sie genau?« sagte Freud. »Dafür haben Sie wissenschaftliche Beweise?«

»Das liegt einfach auf der Hand. Warum hier die Wissenschaft bemühen?«

»Was tun Sie also«, fragte Freud, »mit Ihren sogenannten Feiglingen?«

»Erschießen«, sagte Major Waldheim.

»Ich dachte«, sagte Freud, »das wäre Sache des Feindes.«

Ein Offizier, der bisher nichts gesagt hatte, Major Schilling, meinte nun, sachlich: »Ich glaube, der Herr Professor möchte uns im Grunde sagen, daß es keine wirklichen Feiglinge in der k.u.k. Armee gibt. Stimmt das?«

»Es gibt keine k.u.k. Armee mehr«, sagte der Oberst ärgerlich. »Es gibt kein Österreich-Ungarn mehr. Wir sind jetzt eine Republik, Gott steh uns bei! All diese Erörterungen über die Vorbereitung für die Armee der Zukunft und die Schocks in den Schützengräben der Zukunft, das ist bloß – wie heißt das blöde Wort denn?«

»Spekulation?« schlug Hauptmann Heller vor.

»Von mir aus. Spekulatius.«

»Da irren Sie sich«, sagte Freud. »Es wird immer Armeen geben. Und immer werden stupiderweise Männer von ihren stupiden Offizieren wegen sogenannter Feigheit erschossen werden. Solche Männer sind *krank*. Und ihre Krankheit geht sehr weit zurück. Die große Belastung der Frontsituation ist nur der auslösende Vorwand. Der wahre Grund ist in der Kindheit zu suchen–«

»Sie werden es unterlassen, Dr. Freud«, sagte der Oberst, »Offiziere der österreichischen Armee als stupid zu bezeichnen. Da Sie das Wort nun schon gebraucht haben – es ist eine Bezeichnung, die ich schon mit Bezug auf Ihre Theorien gehört habe, ganz abgesehen von noch weniger schmeichelhaften Ausdrücken–«

»Ich glaube«, sagte Major Waldheim, »daß diese Diskussion nichts mehr–«

»Ich glaube«, sagte Major Schilling, »diese Untersuchungskommission sollte wissen, daß Dr. Freud unzählige Fälle von neurotischen Erkrankungen geheilt hat. Daß sein Ruf weltweit ist – wenn auch die Welt nicht die Stadt Wien einzuschließen scheint. Daß er der einzige Mediziner Wiens war, den der amerikanische Ausschuß für die Verwaltung der Gelder des Präsidentenfonds zum Nutzen der hungernden österreichischen Kinder bestimmt hat.«

»Sie glauben also«, sagte der Oberst, »daß so ein Frontkoller eine Krankheit ist? Eine Neurose? Etwas, was Sie und Ihre Leute heilen könnten?«

»Ich sage folgendes«, sagte Freud. »Wenn ein Mann unter feindlichem Beschuß hysterische Reaktionen zeigt, dann liegt dem etwas Verdrängtes zugrunde, wobei die Ursache wahrscheinlich eine sexuelle ist–«

»O Gott steh uns bei«, stöhnte der Oberst. »O Herrgott im Himmel!«

»Hören Sie, Herr Oberst«, sagte Freud stirnrunzelnd. »Ich übe meinen Beruf als Psychoanalytiker schon sehr lange aus. Länger, glaube ich, als Sie Ihren Beruf des Tötens.«

»Wir wollen doch hier nicht beleidigend werden, ja?«

»Richten Sie eine Abteilung für Militärpsychiatrie ein. Lassen Sie Ihre Fronthysteriker sich auf die Couch legen. Graben Sie den wahren Grund ihrer sogenannten Feigheit aus.«

»Ein wenig spät sind wir dran«, sagte der Oberst. »Der Krieg ist vorbei.«

»Der Krieg ist nie vorbei«, sagte Freud. »Es wird immer Krieg geben. Aber Menschenleben sind trotzdem kostbar. Selbst das Leben gemeiner Soldaten. Wollen Sie einen schriftlichen Bericht – eine Empfehlung?«

»Ich glaube kaum«, sagte der Oberst. »Wir fahren mit der Elektroschockbehandlung fort. Um offen zu sein, Dr. Freud, Ihr Name– nun–«

»Ist in ganz Wien berüchtigt?«

»Ich würde es nicht ganz so brutal formulieren.«

»Überall sonst in der Welt ist er berühmt«, sagte Major Schilling. »Das erzählt man mir zumindest.«

»Nicht in der Schweiz«, sagte Freud.

»Wenn Sie auf dem Weg hinaus an der Kasse vorbeigehen«, sagte der Hauptmann, »wird man Ihnen dort das vereinbarte Beratungshonorar geben. Ich hoffe, Sie haben– ah ja, Sie haben etwas dabei. Vielen Dank für Ihre, äh, Bemühungen. Guten Tag.«

Freud verbeugte sich knapp und ging mit seinem kleinen Koffer. Die Offiziere schauten sich an.

»Er ist ein großer Mann«, sagte Major Schilling.

»Er ist ein verdammter Zivilist«, sagte Major Waldheim. »Sollen wir jetzt Mittagessen gehen?«

»Was denn für ein Mittagessen?« knurrte der Oberst.

An der Kasse wurde Freuds Koffer mit Inflationsbanknoten vollgestopft. »Zehn Millionen«, sagte der Kassierer.

»Was kann ich mir dafür kaufen? Einen Kohlkopf?«

»Wenn Sie einen auftreiben. Unterschreiben Sie hier.«

In der kalten Küche war Martha Freud, älter, dünner, mit dem Versuch beschäftigt, aus einer Handvoll Trockenbohnen ein Gericht zuzubereiten. Freud sagte: »Schau – ein großer Schatz. Eine Zigarette. Sie hat mich fünf Millionen gekostet. Ich gäbe meine Seele für eine Zigarre.«

»Eine kranke Seele sitzt im Wartezimmer«, sagte Martha. »Es ist wirklich wieder Frieden. Die Leute haben wieder angefangen, Neurosen zu haben.«

»Ein Patient?« rief Freud verdattert. »Ach Gott–« Und er rannte hinüber, um nachzusehen.

»Anton von Freund«, sagte er und schrieb es auf. Der Mann auf der anderen Seite des Schreibtisches war, was seinem Namen entsprach, von freundlichem Äußerem, er lächelte.

Er sagte:

»Man nennt mich Toni. Sandor Ferenczi nennt mich Toni.«

»Ferenczi?«

»Wir sind schon lange befreundet. Ich war auch bei ihm in Behandlung. Er sagte – nun, wenn der Meister nicht nach Budapest kommen kann, dann gehst du nach Wien, Toni, sagte er.«

»Ferenczi hat Ihnen also schon etwas von meiner Methode gezeigt? Sie kennen die Grundelemente?«

»Ja, aber ich bin immer noch ungeheilt.«

»Erzählen Sie mir Ihre Geschichte.«

»Ich hatte Hodenkrebs. Natürlich bin ich operiert worden. Ein ziemlich drastischer Eingriff, fürchte ich – einer wurde entfernt. Meine Ärzte sagen, die Möglichkeit einer erneuten Erkrankung sei – nun, recht unwahrscheinlich. Sie sagen auch, es bestehe kein Grund, warum ich nicht wieder ein normales Geschlechtsleben führen sollte. Ich – nun, meine Frau ist jung und attraktiv – es gibt kein physisches Hindernis – und kein psychologisches, das ich entdecken könnte, oder auch mein Freund Ferenczi – aber – ich kann nicht. Ich kann nicht, Herr Professor. Mein Sexualleben scheint an seinem Ende angelangt. Warum?«

»Ein so kleines Wörtchen. Warum. Es freut mich sehr, Ihre Bekanntschaft zu machen, Herr von Freund. Zwei Namen in günstiger Konjunktion – Freud, Freund.«

»Meine Freunde nennen mich Toni.«

»Toni. Sollen wir anfangen?«

Freud litt ohne Zigarre, als er, verborgen vor dem Blick des Beichtenden, am Kopfende der Couch saß. »Die Masturbation setzte sich fort«, sagte Toni, »trotz der Warnungen meines Vaters. Aber meine Schuldgefühle wurden immer schlimmer. Der Penis wurde tot – ein totes Ding–«

»Als hätte Ihr Vater ihn schon abgeschnitten?«

»Genau.«

»Ich glaube, daß wir hier – mit Glück – eine der raschesten Heilungen erzielen können, die bisher bekannt sind. Die operative

Entfernung eines Hoden hat sich mit den Kindheitsängsten vor der Kastration amalgamiert. Es ist jetzt alles in Ordnung mit Ihren Genitalien – das bestätigen uns Ihre Ärzte, Sie haben eine Angst mit einer anderen vermengt. Die Kastrationsphantasie – wir haben sie alle erlebt. Sie müssen Ihre Libido daraus lösen. Es wird ein wenig Zeit brauchen. Aber ich sehe keine große Schwierigkeit.«

»Wann komme ich wieder?«

»Morgen. Wann immer Sie wünschen. Ich habe leider zuviel Zeit.«

Toni stand von der Couch auf. Er stand da, auf Freud hinabsehend, und sagte: »Sie haben mir einiges enthüllt. Nun muß ich Ihnen noch einiges sagen. Seit ich durch Ferenczi von Ihnen gehört habe, seit ich Ihre Bücher gelesen, von Ihren Heilerfolgen erfahren habe – hatte ich eine unbestimmte Vorstellung, ich könnte etwas für Sie tun, Ihren Ruf fördern, Ihre Bücher leichter zugänglich machen, die Publikation neuer Bücher ermöglichen – ohne den Widerstand und die Inkompetenz eines kommerziellen Verlages–«

»Ja, das ist mein Traum. Wir haben alle unsere Träume.«

»Dieser wird sich erfüllen. Sie wissen, was ich von Beruf bin?«

»Ich frage nie danach. Vielleicht sollte ich es tun, manchmal ist es relevant.«

»Ich bin Bäcker. Ich verkaufe Brot. Aber in ziemlich großem Maßstab. Die Welt weiß nicht, daß sie die Psychoanalyse braucht, aber daß sie Brot braucht, das weiß sie. Ich bin reich, Herr Professor. Ich schlage vor, daß ich Ihnen eine Million Kronen überweise.«

»Aber das ist–« Freud stotterte und schluckte. »Ich kann es nicht–«

»Ich meine eine Million alter Kronen, Kronen vor der Inflation. Lassen Sie es mich in eine stabile Währung übersetzen: eine Viertelmillion amerikanische Dollars.«

Freud saß zitternd an seinem Schreibtisch. Automatisch öffnete er seinen Zigarrenkasten. Der war natürlich leer. »Unseren eigenen Verlag, das meinen Sie? Den psychoanalytischen Verlag–«

»Genau. Um Ihre Werke – in allen Sprachen – in gültigen Ausgaben zu veröffentlichen. Die Welt hat den Schock eines furchtbaren Krieges hinter sich. Sie läßt sich nicht mehr durch einen bloßen– nun, Weg zur geistigen Gesundheit schocken.«

»Was kann ich sagen–«

»Sie brauchen, glaube ich, eine Zigarre. Ferenczi hat mir von dieser liebenswürdigen Schwäche erzählt. Ich habe hier etwas für Sie.« Er hob seine Aktentasche, die neben dem Schreibtisch auf dem Boden gestanden hatte, zu sich hoch und holte ein Kistchen Romeo y Julietas hervor. Freud bebte, als er mit den Nägeln die Banderole aufriß, den Deckel hob, tief einatmete, ein dunkelbraunes Stäbchen herauszog, das Ende mit dem Taschenmesser abschnitt, sich Streichhölzer suchte, die Zigarre anzündete, den Rauch einsog und ihn mit einer Art Ekstase wieder ausatmete, die eher beim Anhören einer Beethovensymphonie angemessen gewesen wäre. Die Zigarette, die fünf Millionen gekostet hatte, warf er in den Papierkorb. Er lächelte Toni an und sagte:

»Ich weiß immer noch nicht, was ich sagen soll.«

Toni lächelte zurück.

Es brauchte noch einige Zeit, bis sich die äußeren Lebensumstände wieder normalisiert hatten. Freud und Martha saßen eines Abends im Restaurant und spürten die Normalität in der wieder in Gang gesetzten Heizung, hörten sie im Streichorchester, das im Hintergrund spielte, rochen sie im Gulasch und den aufgetürmten Desserts. Ihre Schnitzel kamen.

»Fleisch!« sagte Freud undeutlich mit vollem Mund, geschäftig mit Messer und Gabel. »Es ist, als äße man eine Legende.«

»Ich mache mir Sorgen, Sigmund.«

»Mach dir beim Essen keine Sorgen. Es ist nicht gut für die Verdauung.«

»Es ist schrecklich viel Geld.«

»Den Bankkredit meinst du? Es geht nur darum, zu warten, bis von Freunds Überweisung da ist. Ich habe doch gestern einen Brief von ihm bekommen. Es braucht noch ein wenig Zeit, sagt er, bis Gelder für den Export freigegeben werden. Martha, schlag dir um Gottes willen die Idee aus dem Kopf, das sei ein Mann, der nicht zu seinen Versprechen steht.« Und er schaufelte sich Bratkartoffeln auf den Teller.

»Das meine ich auch nicht. Es geht darum, ob er seine Versprechen erfüllen *kann*. Regierungen sind heutzutage so komisch mit Geldern. Sigmund, du hast so viel Schulden gemacht–«

»Wir mußten uns die Räumlichkeiten sichern. Warte nur, bis du sie siehst. Wir gehen nach dem Essen hin.«

»Ich mache mir Sorgen, Sigmund.«

Sie hatte recht, sich Sorgen zu machen. Ein paar Tage später saß Freud verstört im Wohnzimmer, das »Wiener Tageblatt« in den Händen.

»Admiral Horthy. Hast du je schon von ihm gehört?«

»Früher nicht.«

»Dies ist ein Zeitalter der Revolutionen und Gegenrevolutionen.

Das hier nennt sich eine Konterrevolution. Das heißt: ein Diktator, unvermeidlich ein Antisemit. Das ist Horthy. Und alle Bankguthaben eingefroren – unvermeidlich. Das ist das Ende unseres Verlages. Falls es nicht zu einer Konterkonterrevolution kommt.«

»Aber all das Geld, das du aufgenommen hast–« Sie war den Tränen nahe.

»Die Bank muß eben warten. Wir werden auf dem Kongreß in Berlin um die Mittel bitten. Es ist der arme Ferenczi, an den ich denken muß. Konterrevolutionäre mögen keine Psychoanalytiker. Sie fürchten die Wahrheit. Mach dir keine Sorgen, Martha, es kommt alles ins Reine. Aber – armer Ferenczi! Ich hatte davon geträumt, daß Budapest ein großes psychoanalytisches Zentrum wird . . . Diese verdammten Politiker! Die sind der wahre Feind.«

Eine Militärkapelle schrillte, paukte und klingelte den Kurfürstendamm hinunter. Der klirrende Schellenbaum war aus Ungarn importiert. Ferenczi sah alt und gebrochen aus, stöhnend sagte er über seiner Kaffeetasse in dem kleinen Café:

»Wohin? *Wohin?*«

»Es wird nicht dauern«, sagte Freud.

»Nicht gebeten – *gezwungen*, zurückzutreten. Und sie haben sogar die Klinik zur Behandlung von Kriegsneurosen geschlossen. Wohin kann ich nun gehen?«

»Zurück nach Budapest. Kämpfen Sie!«

»Ich bin kein Kämpfer. Außerdem habe ich dort keinen Status mehr – meine Patienten verlassen mich – weil ich nicht mehr Mitglied der Ungarischen Medizinischen Gesellschaft bin, nicht mehr an der Universität–«

»*Kämpfen* Sie!«

»Sie haben Freunde«, sagte Jones. »Mitkämpfer. Was ist mit Anton von Freund?«

»Er stirbt. Krebs. Es hat sich aufwärts ausgebreitet – zur Leber, zur Lunge. Sagen Sie, was Sie wollen, Krebs läßt sich nicht aufhalten. Er wächst. Er tötet.«

Freud spürte plötzlich und zu seiner Überraschung einen säuerlichen Geschmack in seiner Zigarre. Er nahm sie aus dem Mund, betrachtete sie prüfend, schüttelte den Kopf, steckte sie zurück.

»Es gibt Arbeit für Sie im Verlag«, sagte Jones.

»Er war ein guter Mann«, sagte Freud nachdrücklich. »Aber ich glaubte, an ihm – nun – den Geruch des Todes zu spüren . . . Er stirbt nicht an einem kranken Geist – immerhin etwas. Ja, der Verlag, Ferenczi. Sein Denkmal. Wenn auch nicht, leider nicht, sein Geld.«

»Das Geld von allen«, sagte Jones. »Wir hätten schon lange darauf kommen können. Er gehört *uns*.«

»Wird es denn nie enden?« stöhnte Ferenczi. »Diese elende Verfolgung.«

»Nein«, sagte Freud, »nie. Aber Sie müssen dagegen kämpfen. *Kämpfen!*«

Es befanden sich zweihundertneununddreißig Delegierte im Ballsaal des Hotels. Freud hielt auf dem knarrenden Podium seine Ansprache.

»Wir haben ein Ziel erreicht, meine Damen und Herren. Die Psychoanalyse ist endlich ein anerkannter Teil der modernen Welt geworden. Sie wird immer noch verfolgt, verspottet, verleumdet werden, aber sie läßt sich nicht von ihrem Platz verrücken. Vielleicht ist dieser Ausdruck, der an einen Felsen, einen Monolithen denken läßt, nicht sehr glücklich. Die Psychoanalyse ist eher ein Strom mit vielen Zuflüssen. Er ergießt sich in das Meer der Wahrheit. Er läßt sich in seinem Lauf nicht aufhalten. Als ein Beispiel für die sich immer verändernde und doch wesentlich unveränderliche Eigenart der Psychoanalyse möchte ich Ihnen heute eine neue Sicht des Bewußtseins oder besser eine neue Terminologie des Bewußtseins vorschlagen. Ich glaube, wir müssen uns von den unbestimmten Begriffen wie »bewußt«, »unbewußt« lösen. Wir sollten uns statt dessen die menschliche Seele so vorstellen, daß sie eine unerschlossene Wesenheit enthält, welche ich das Es nennen möchte – einen schäumenden Kessel, ein stürmisches Meer des Instinkts, geladen mit ursprünglicher Energie, somatischen Impulsen offen. Dann gibt es das Ich, das für die bloße form- und gestaltlose Wunscherfüllung, welche das Es anstrebt, Wirklichkeit zu setzen strebt. Schließlich das Über-Ich – Repräsentant der Gesellschaft in der Psyche, der Wächter der Moral, Wächter des Ich, wie dieses über das Es wacht–«

Als er auf seine Vertragsnotizen auf dem Pult schaute, im Begriff, umzublättern, erblickte er, leicht überrascht, ein Blutfleckchen auf der Hand, die gerade die Seite umwenden wollte. Er ignorierte es und fuhr fort:

»Die Psychoanalyse ist jene Disziplin, jenes Werkzeug, welches das Ich in die Lage versetzt, das Es zu kontrollieren–«

Ein gar nicht so kleiner Fleck. Und wieder einer, daheim in Wien, als er in das Waschbecken spie. Er untersuchte seinen Mund im Spiegel. Martha kam im Nachthemd herein.

»Was ist, Sigmund?«

Er ging vom Waschbecken weg, zuckte die Achseln. »Ein wenig

Blut. Entzündetes Zahnfleisch, glaube ich.« Er fuhr prüfend mit der Zunge über die Stelle. »Ein wenig rauh. Nichts.« Er ging zum Frühstück.

Martha brachte frischen Kaffee. Freud biß in ein Stück Brot und betrachtete es. Ein Blutfleck auf der weißen Schnittfläche. Martha sah es.

»Nichts«, sagte Freud und verbarg seine Beunruhigung.

Val und Willett wurden dem einigermaßen grausigen Geschäft der Räumung des Ghersom-Tunnels zugeteilt, der unter dem Hudson hindurchlief und zusammen mit andern Tunneln und halbzerstörten Brücken, die es nun instandzusetzen galt, Manhattan mit New Jersey verband. Grausig, weil der Tunnel durch Autos voller Leichen sowie durch Leichen ohne Autos blockiert war. Val und Willett fuhren einen Lastwagen, auf den Kadaver gehäuft wurden; sie brachten sie zur Halde 4; sie kippten ihre Fracht in das große Loch, wo am Ende des Tagwerks – Lynx als schmale Sichel und der zunehmende Mond gingen auf – ein riesiges Feuer entfacht wurde. Es gab einen inoffiziellen Trupp, der den Leichen alles abnahm, was nicht verdorben und noch von Nutzen war – Ringe, Uhren, Gebisse, Geld, Kreditkarten und dergleichen. Das war das Grausigste. Nein, nicht ganz – es lief ein sabbernder wahnwitziger Nekrophiler herum, den man vom toten Fleisch zurückhalten mußte. Schließlich erschoß ihn Murphy, der Aufseher von Halde 4.

Es war Murphy, der eines Tages in der Mittagspause zu Val und Willett rüberkam, die mit Brot, Käse und Bier dasaßen (die Rationen wurden im Dorothy-Draper-Museum ausgegeben, im Augenblick ein Arbeiterwohnheim, wo die Trupps am frühen Morgen aufbrachen). Er hatte ein kleines Buch in der Hand und sagte zu Val:

»Bisdu das?« Er hielt Val das Buch, ein wasserwelliges krummes Paperback, unter die Nase: Val sah sein eigenes Bild auf dem hinteren Umschlag.

»Gotteswillen«, sagte er. »Ich hab schon beinahe vergessen, daß es das gibt.« Der Titel war *Manche freilich.* Der Werbetext sagte: »Dieser brillante Erstling eines Mannes, der höchste Erwartungen weckt und zu einem großen Namen der SF werden dürfte . . .«

»Ich hab mal reingeschaut«, sagte Murphy. »Nix Scharfes drin.« Dies klang wie ein Vorwurf. Ein anderer, Käse kauender Mann sagte:

»Scharfes? N scharfes Buch?«

»*Nich* scharf, Milligan«, knurrte Murphy. »Wennde was Scharfes sehn willst, nehm ich dich mit zu *Baa Lamb's Ass* im Truman Capote.« Die Arbeiter schauten zu Val hinüber, der das Buch mit Zärtlichkeit durchblätterte, mit Überraschung, Widerwillen – schauten ihn mit der Mischung aus Ehrfurcht und Verachtung an, die Arbeiter immer für den Schriftsteller haben, der ihnen zufällig begegnet. Dassn Autor. Wieso soll dern Auto sein? Kein Auto, Blödmann, der schreibt Bücher. Scharfe Bücher?

»Lies mal was vor«, sagte Milligan. »Was mit Sex.«

Willett entriß Val das Buch, klappte es auf und begann parodistisch zu improvisieren: »Keuchend vor Begierde klammerte sie sich an ihn und sagte: ›Jetzt. Jetzt. Ich kann nicht warten.‹ Er stieß sie verächtlich beiseite, ohne einen Blick auf das üppig wogende halbnackte Fleisch, das sie ihm darbot. Sie rief...« Seine Stimme wurde leiser und verstummte. Er schaute Val mit strengem Stirnrunzeln an. »Wann hast du das geschrieben?« »Das Datum muß gegenüber der Titelseite stehen. 1990. 1986. Verdammt lang her.«

»Erinnerst du dich noch an den Inhalt?«

»Der Klappentext erklärt das doch sicher, oder? Ein Himmelskörper, glaube ich, der auf die Erde zurast. Falscher Alarm. Aber allerhand Erdbeben. Stimmt das?«

»Hör zu«, sagte Willett. »Hör genau zu. Es spricht hier eine Figur namens Dr. Bodley. Klingelt's bei diesem Namen irgendwo im Labyrinth deines schöpferischen Hirns? Dieser Dr. Bodley sagt folgendes: ›Wenn ich einen Ort benennen sollte, der vor seismischen Erschütterungen relativ sicher ist, wie stark auch immer sie den Rest des amerikanischen Terrains ergreifen sollten, dann würde ich mich für ein kleines Städtchen namens Fordtown entscheiden, im Staate Kansas, auf halbem Weg zwischen Hays Hill und Hill City.‹ Wo hast du diese Information her? Geraten? Einfach erfunden?«

»Und was soll da dran scharf sein?« sagte Milligan.

»Ich hab eigentlich immer viel Arbeit in den Hintergrund gesteckt«, sagte Val und verzog konzentriert das Gesicht. »Die Kritiker haben nur allzu gern einem Autor, der seine Hausaufgaben nicht gemacht hat, alles vorgerechnet. Ich würde meinen, das ist ein Stückchen exakte Information. Warum?«

»Idiot«, brüllte Willett. »Kalbsköpfiger Blödzipfel, kackdoofer Dummbeutel. Dein Katzendreck-Camp ist an so einem Ort. Haben sie denn nie über die Lokalisierung geredet? Deine Frau und ihr alter Herr?«

»Ein Ort«, überlegte Val, »der vor seismischen Erschütterungen relativ sicher ist.«

»Und da gehen wir hin«, sagte Willett und warf den Rest Brot und Käse einem gefleckten, langzüngig hechelnden Köter zu, der sich ihrem Trupp vor einigen Tagen angeschlossen hatte.

»Ihr geht mal schön«, sagte Murphy, der gespannt, aber verständnislos zugehört hatte, »annie Arbeit zurück.«

»Es gibt noch andere Stellen«, sagte Val. »Die United States, wie sie früher hießen, sind voller schöner erdbebenfreier Gebiete.«

»Irgendwo müssen wir hin«, sagte Willett, »und bald.«

»Ich hab dir doch erklärt, wie es aussieht«, sagte Val. »Ich bin jetzt von der Teamliste gestrichen, da gibt es keinen Zweifel. Wohl als tot entlassen. Und du warst nie drauf.«

»Diese Brücke werden wir überschreiten«, sagte Willett, »wenn wir sie erreichen. Diesen Tunnel werden wir durchqueren«, fiel ihm als Variante ein.

»Annie Arbeit«, befahl Murphy und blies auf der Trillerpfeife.

»Bis wann?« fragte ein höflicher, gebildeter dunkelhäutiger Mann, der erzählte, er hätte an der Columbia University Arabistik unterrichtet. »Wann fangen die Flutwellen wieder an? Wir müssen unsere Vorbereitungen treffen.«

»Weiß ich nix von, Meister«, sagte Murphy. »Wir machen weiter, bis der Bürgermeister stop sagt.«

»Scheiß auf den Bürgermeister«, sagte der dunkelhäutige Mann gelassen und ohne Ärger.

»Das würd ich nich sagen, Freundchen. Dassowas wie sie's immer innen alten Filmen bringen. Hochverrat, heißt's da dann immer. Paß auf, was du sagst, mein Kleiner!«

Halde 4 war auf der New Jersey-Seite des Tunnels. Um drei am Nachmittag zerrte Val zum letzten Mal an dem Hebel und kippte seine letzte Leichenfracht in das große qualmende Loch. Die Plünderer huschten umher wie Ratten, öffneten tote Münder, zerrten an toten Fingern. »Okay!« rief Val. Willett legte den Gang ein. Sie fuhren davon. Stimmen schrieen hinter ihnen her. Es war ihnen, als hörten sie Schüsse. In einer Dreiviertelstunde, elend durchgeschüttelt nach einer Fahrt über beschädigte Straßen, waren sie am Rande von Newark. Ihr Lastwagen fuhr mit Benzin. Sie füllten den Tank aus einer Self-Service-Zapfsäule, der sie Dollars ins Maul stopften. Dickflüssiges Benzin gluckte. Val bemerkte gegenüber einen Laden, über dem ein provisorisches Schild verkündete: WHITEHEAD SCHUSSWAFFEN.

»Waffen?« sagte Willett. »Man kann tatsächlich Waffen kaufen?«

»Das unveräußerliche Recht aller Amerikaner. Von der Verfassung garantiert: Streben nach Glück und außerdem hinter deinen Feinden und harmlosen nichteßbaren Tieren her. Komm schon, wir brauchen Schutz.«

Ein alter Mann, der an einem Nachmittagssnack herumschmatzte, bediente sie gerne. »Das Blei«, sagte er, »das schützt. Hab sie alle in Blei festverschlossen drunten im Keller gehabt. Als ich von meiner Schwester Ethel in Macon, Georgia, zurückgekommen bin, war alles weg. Bis auf den Keller.« Er lachte gackernd. »Aber auf den Keller kommt's an. Wein, Gewehre, Geld. Geht nichts über'n Keller.« Er verkaufte ihnen eine Hamster Hipfirer und zwei fünfundvierziger Schultz-Pistolen, zusammen mit ein paar gelben Schachteln Munition. Sie zahlten ein paar hundert Dollar.

Bei Reading in Pennsylvania aßen sie Schinken und Ei und dann Käsekuchen in einem Imbiß und deckten sich in einem Hypermarkt mit Konserven, in einem Schnapsladen mit Schnaps ein. Lynx' Sichel war eine grotesk-obszöne Parodie des ihn begleitenden jungen Mondes. Reading hatte das letzte Mal nicht viel abbekommen und erwartete diesmal auch nicht mehr. Aber vor Harrisburg trafen sie auf eine Menschenansammlung, die unter dem Gelächter der vorbeikommenden Autofahrer hysterische Parolen schrie: Das Ende der Welt naht, bereuet eure Sünden. In einem Motel vor Pittsburgh übernachteten sie. Es war eine lange Fahrt gewesen, aber der Lastwagen war schnell. Morgen würden sie etwas Schnelleres und auch Bequemeres brauchen. Ihre Diebesaugen hatten einen Tallahassee Zweitausend entdeckt, der, offensichtlich verlassen, vor dem leeren und offenen Bungalow 9A geparkt war. Sie lagen auf dem Ehebett des Zimmers, das sie teilten und rauchten lange, kackfarbene Columbus-Panatelas.

»Hoffnungslos«, sagte Val wieder.

»Mußt du in Prozenten sehen«, sagte Willett. »Das eine ist nicht ganz so hoffnungslos wie das andere. In New York zu bleiben, das wären hundert Prozent Hoffnungslosigkeit. Einen Tag länger leben, das ist schon etwas. Und in Kansas zu sein bedeutet so etwas wie nur dreißig Prozent Hoffnungslosigkeit. Außerdem«, er stieß eine blaue Rauchwolke aus, »würde ich mich gar nicht ungern gerettet sehen.«

»Warum?«

»Ein Bonus. Ein Geschenk. Ich kann natürlich nicht darauf bestehen. Wer auf etwas besteht, macht sich nur lächerlich. Ich würde schon ganz gern«, sagte er unschuldig, »an Bord eines Raumschiffs gehn. Ein Kindertraum ginge in Erfüllung.« Regen brach plötzlich aus einer Million gleichzeitig aufgestochener Ballons hoch am Himmel Pennsylvaniens. Als er – wie ein brillant gesetzter Eröffnungseffekt zischender Streicher – ein paar Takte moderato gespielt hatte, traten die Blitze in zuckenden Sprüngen am Horizont an, den man durch das breite gardinenlose Fenster sah, und Hunderte von Trommlern ließen den Donner grollen. Dann hörte man – wie von weiteren, in den Kulissen verborgenen Orchestern – tieferes Grollen und Rumpeln von ferne. Die Cocaflaschen auf dem mittleren Tablett des Nachttischs klirrten gegeneinander; der Inhalt tanzte und spritzte ein wenig. »Ein Erdbeben«, erriet Willett. »Nördlich von Pittsburgh. Wir sind gerade noch rechtzeitig raus aus New York. Die Flut wird wieder losgehen.«

Sie waren entschlossen, auf dieser Reise auszuschlafen. Val hatte eine Flasche mit fünfhundert Aupnia-Tabletten. Sie nahmen jeder drei, spülten sie mit dem schaumigen Coke hinunter und legten sich hin. Der Schlaf ließ auf sich warten, aber er kam. Der Digitur-Wecker, den sie im Hypermarkt einem anderen nach Westen reisenden Flüchtling aus der Reisetasche gestohlen hatten, als er (und eine Frau bei ihm) an der Kasse seine schlangenlange Rechnung bezahlte, weckte sie um sechs. Die Lynx- und die Mondsichel gingen unter, der Regen ließ nach, die fernen grollenden Beben waren immer noch hörbar. Am Horizont zuckten Lichter. Sie standen müde und steifbeinig auf. Bungalow 9A hatte noch immer keine Bewohner, und seine Tür schwang hin und her. Der Tallahassee Zweitausend wollte sich Willetts Omniclef nicht ergeben. »Scheiß drauf«, sagte er mit betont sorgfältiger Bühnenaussprache. »Nehmen wir doch den hier.« Er meinte einen Abaco-Kombi, auberginefarben und hochglanzpoliert. Er sprang traumhaft an. Sie waren wieder unterwegs, Konserven und Pistolen klapperten hinten auf der Ladefläche.

Sie frühstückten in einer Imbißstube kurz hinter der Grenze von Ohio, fünf Meilen oder so vor Wheeling, und erreichten ohne Schwierigkeiten am Mittag Columbus. Wieder gähnte der Himmel, während sie mit vollen Bäuchen weiterrasten, und spuckte Graupelregen hervor, die Blitze hatten ihren Auftritt, der Donner schlich grummelnd und grollend hinterher. Unmittelbar hinter Dayton blieb der Wagen stehen. »Herr im Himmel, fick das Schwein in den Auspuff«, fluchte Willett. Der Tank war noch halbvoll, irgend etwas stimmte nicht mit dem Motor. Val begann delikate chirurgische Untersuchungen unter der Kühlerhaube; es nützte nichts. »Jesus verdamm ihn in die tiefste Gehenna! Hau ihm das Jüngste Gericht ins Kreuz!«

Der Name des Erlösers wurde weniger blasphemisch im Hause von Calvin Gropius angerufen, 57 Fitzhugh Avenue, Dallas. Und auch immer seltener. Gropius fand das Neue Testament kaum relevant für die Situation, die, wie er wußte, bevorstand. Die Johannesapokalypse war nicht schlecht für zwingende rhetorische Bilder, aber kaum eine konkrete Handlungsanweisung. Den heiligen Namen vernahm man weniger häufig aus seinem Munde als aus dem seiner Besucherin, Mrs. Edwina Goya, Witwe und werdende Mutter. Draußen strippte der Regen, und der feuchte Fleck an der Wohnzimmerdecke vergrößerte sich. »Halten Sie sich denn nicht«, fragte Edwina, »für den Stellvertreter Christi auf Erden?«

»So nennt man den Papst«, sagte Gropius. »Wenn es den noch gibt.« Er und seine Familie – seine Frau Maria, sein Sohn James, seine zwei Schwiegertöchter, seine Enkel (die anderen beiden Söhne waren bei der Arbeit), ein scheckiger Kater, der gestern vor dem Regen Schutz gesucht, dann die Familie adoptiert hatte und auf den Namen Joachim getauft worden war – sahen diese seltsame junge Frau mit dem gewölbten Bauch an, nicht allzu neugierig, keinesfalls ängstlich: die Menschen hier waren alle an seltsame Fanatiker gewöhnt, es war eines von Dads Berufsrisiken.

»Hören Sie mir zu«, sagte Edwina, zur Kante ihres Eßzimmerstuhls vorgerutscht, »ich kenne die Tatsachen, ich weiß, wovon ich spreche, ich rede jetzt nicht daher wie irgendein chiliastischer Fanatiker aus Kalifornien. Die Welt geht unter. Nicht so, daß der Herr in seiner Herrlichkeit kommt, von Erzengeln flankiert, sondern nur ein unglücklicher kosmischer Zufall. Etwas, das sich physikalisch erklären läßt, nicht theologisch. Verstehen Sie mich? Die Welt geht unter, und zwar bald. Und in Kansas bereitet man ein Raumschiff vor, um einen Haufen Wissenschaftler zu retten. Ist das recht? Ist das nicht dem Willen des Herrn direkt zuwider? Will nicht der Herr Jesus Christus, daß die Gerechten gerettet werden und nicht die Klugen?«

Gropius betrachtete sie vorsichtig. Er kannte solche Augen, groß, leuchtend, der Anbetung fähig. Er sagte:

»Ich muß gestehen, daß ich auf ein Zeichen gewartet habe – eine Botschaft – einen Traum vielleicht–«

Jennifer sagte wie ein aufgewecktes Kind: »Ich bin die, der es immer etwas träumt. Da war der Traum, ehe das Erdbeben nach Oklahoma City kam, und der Engel–«

»Ja, ja«, sagte Gropius überdrüssig, »das haben wir alles schon gehört. Was Sie mir sagen«, fuhr er zu Edwina gewandt fort, »ist leider nur allzu richtig. In den Tagen Noahs waren Gerechtigkeit und die Kunst der Holzverarbeitung genug. Christi eigenes Leben zeigt uns in gewisser Weise, wie diese beiden Attribute zusammenhängen. Heute befinden wir uns, Gott sei es geklagt, in einem Zeitalter vielfältiger und höchst komplizierter Spezialisierung. Gerechtsein ist eine Ganztagsbeschäftigung, Technologie eine andere.« Dieser letzte glatte Satz stammte tatsächlich von seinem Sohn John, der ihn gestern beim Abendessen geäußert hatte.

»Nun, die Arche befindet sich im Bau«, sagte Edwina, »und ich weiß wo. Es ist Ihre Pflicht in Jesu, denen dort entgegenzutreten, dem mörderischen Anführer entgegenzutreten, und Ihre Forderung im Namen des Herrn zu erheben.«

»Mörderisch?« sagte Gropius.

»Das Schwein hat meinen Mann umgebracht.«

»In diesem Hause wird nicht geflucht«, sagte Maria, »und Sie haben meinem Mann nicht zu sagen, was seine Pflicht ist.« Aber ihr Gatte unterbrach sie:

»Die werden mich auslachen. Die werden mir sagen: Verschwinde. Das Wort des Herrn bedeutet atheistischen Wissenschaftlern nichts.«

»Also«, sagte Edwina, »haben Sie so wenig Vertrauen in die Kraft Ihrer Worte? Worte eines Botschafters des Herrn? Diesen schwachen Glauben haben Sie nicht erkennen lassen, als Sie auf den großen Versammlungen gepredigt haben.«

»Es war damals anders«, murmelte Gropius.

»Anders, ja. Da drohte keine Gefahr. Religion ist also ein Spielzeug für die guten Tage, ja, nicht eine Waffe für die schlimmen Zeiten?«

»Wie reden Sie mit meinem–« begann Maria, aber ihr Mann sagte:

»Was soll ich tun?«

»Fordern. Und wenn fordern nicht genügt, dann drohen.« James Gropius lachte ganz kurz auf. »Die Gesandten des Herrn waren nie zu ängstlich, mit Riesen zu kämpfen. David tötete Goliath mit einer Schleuder. Josua befahl der Sonne, stillzustehen. Moses kämpfte. Kämpfen. Erst aber drohen. So machen es die Gesandten des Herrn.«

Gropius schaute sich im Kreis seiner Lieben um, sah selbst auf den Kater, der sorgfältig seine pelzige Keule schleckte. »Wenn es wahr wäre«, sagte er, »daß die Chance der Errettung für die Gerechten bestünde, nur eine geringe Chance, würdet ihr dann mit dem gehen, der den Pfad der Gerechtigkeit gegangen ist und das Wort der Gerechtigkeit vielen gepredigt hat?«

James rutschte in seinem Sessel hin und her. Seine Beziehung zur Religion hatte immer marginalen Charakter gehabt: Sohnesgehorsam, Psychohygiene. Er hörte die großen Worte und dachte: Jesses, wieder dieser Scheiß! Jennifer sagte:

»Ich würde wohl eher auf einen Traum warten wollen. Glaube ich. Ich meine, es war der Engel des Herrn in Oklahoma City, und da war es bloß ein Erdbeben. Beim Weltuntergang sollte ja wohl, sagen wir mal, ein Erzengel kommen. Obwohl«, fügte sie hinzu, »wir hier ja in Dallas sind. Vielleicht mögen die himmlischen Heerscharen nicht so gern nach Dallas kommen.«

»Sie sind auch nach Sodom gegangen«, sagte Edwina. »Es gibt noch andere Möglichkeiten als den Traum, wissen Sie. Zum Beispiel, daß eine unbekannte Frau im gelben Regenmantel plötzlich mit einem Mietwagen vor der Tür steht. Eine Botin des Herrn, wenn sie wollen.« Maria Gropius verzog verächtlich ihre rotgeschminkten Lippen. James sagte zu Edwina:

»Was ist für Sie dabei drin?« Der Satz enthielt keine Frechheit. Er hatte ihn oft und oft schon in seinem chromglänzenden Beruf gesagt, zu den Männern, die ihm Visionen großer Aufträge brachten – die Toiletten des neuen Sacrecinema in Ponca City zum Beispiel, das ganz dem frommen Film bestimmt sein sollte: *Quo Vadis, Ben Hur,* Zeffirellis *Jesus*, all so was. Er wartete auf Edwinas Antwort. Edwina sagte:

»Mir ist es gleich, ob ich lebe oder sterbe. Aber ich trage ein Kind in mir. Und der Vater dieses Kindes, der irdische Vater, ist von den atheistischen Wissenschaftlern ums Leben gebracht worden, die dieses atheistische Projekt betreiben, das erlöst werden muß durch die Berührung des Herrn. Ich will, daß dieses Kind lebt. Weil ich glaube, daß dieses Kind das Kind des Herrn ist.« Sie schaute Gropius fest an und Gropius zog seinen Hemdkragen ein wenig vom Hals weg. »Ohne meine Botschaft hättet ihr keine Hoffnung auf Errettung. Nun ist Hoffnung da, gute Hoffnung. Keine Gewißheit, aber Hoffnung. Das ist für mich dabei drin«, antwortete sie James.

James nickte. Es schien fair. »Sie möchten in die Arche Noah«, sagte er. Edwina sagte:

»Die Gewißheit kann nur durch die Kraft des Herrn kommen. Durch die Drohung des Herrn, und wenn diese Drohung nichts vermag, durch den Donner des Herrn.« Weit weg hörte es der Donner und brummte zustimmend.

»Waffen«, sagte Gropius, »Sie meinen Gewehre, Pistolen? Ich habe im ganzen Leben noch nie ein Gewehr in der Hand gehabt, nur bei der Entenjagd.« Er wandte sich zu seiner Frau und sagte: »Maria, Liebling. Würdest du kommen, gekleidet nur in die Hoffnung?«

James mußte grinsen, Mom splitternackt bis auf die Hoffnung. Sie würden sie vielleicht sogar reinlassen.

»Es wird nichts geschehen«, sagte Maria.

»Es wird geschehen, Scheiße noch mal!« zischte Edwina, den Hals vorgereckt, die Lippen breit auseinandergezogen. »Und sagen Sie nichts von wegen Fluchen in Ihrem Hause, denn nun ist die Zeit da, zu handeln und nicht länger zu plappern und hilflos herumzusitzen. Es ist nur noch wenig Zeit«, sagte sie zu Gropius. »Wenn wir gehen, sollten wir morgen aufbrechen.«

»Aber«, sagte Rufa, die ihr großäugiges Schweigen nun brach, »Sam hat Geburtstag übermorgen. Wir machen eine kleine Geburtstagsfeier.«

Edwina sagte nichts. Niemand sagte etwas. Dann zog Edwina den Gürtel ihres Regenmantels straffer um ihre verlorene Taille zusammen und sagte zu Gropius: »Ich komme heute abend wieder. Nicht nötig, mich zum Essen einzuladen«, fügte sie hinzu, als Maria unsicher zum Tisch in der Eßecke hinübersah, nicht genügend Gedecke, nicht genügend Roastbeef. »Es ist Ihre Pflicht in Christo. Gott möge Ihnen den Scheißtraum senden, wenn Sie das unbedingt wollen. Guten Tag zusammen!«

»Ein seltsames Mädchen«, sagte Jennifer, als sie den Wagen anspringen hörten. »Manchmal hört sie sich an wie ein frommer Mensch und dann wieder nicht.« Calvin Gropius empfand schmerzhafte Sehnsucht nach *echter* Religion: eine große, hellerleuchtete Versammlung in einem riesigen Stadion, die geschwungene Bibel, die Menschenmengen, die nach vorn kamen, um sich Jesus zu ergeben, anschließend ein kleines Abendessen, anbetende Blicke. Dann war ihm elend.

»Ich weiß nicht«, sagte er. »Ich weiß es nicht. Laßt uns niederknien und um Erleuchtung beten.«

»Ich muß mal aufs Klo«, sagte James.

Edwina fuhr mit grimmiger Entschlossenheit zum Hotel Fiorentino. Das schwache Magenknurren eines Erdstoßes; dann entleerte sich der Regen leidenschaftlich. Sie parkte vor dem Haupteingang des Hotels, wo bereits viele Autos standen. Innen gingen die

Spiele, das Trinken weiter, leidenschaftlich wie der Regen. Sie fragte jemanden, sowas wie einen Vizemanager, nach Mr. Gropius.

»Er ist gerade beschäftigt.«

»Es ist sehr wichtig«, sagte die ungestüme Edwina. »Es geht um seinen Vater.«

»Sein Dad? Warten Sie mal hier, Lady. Ich schau mal nach.« Edwina wartete, während er peepophonierte. Das Bild von Dashiel Gropius kam auf dem Minischirm in satten Farben hervor, er arbeitete in Hemdsärmeln an einem Schreibtisch. »Schick sie rauf«, sagte seine Stimme.

Sie fuhr mit dem Quasivizemanager in einem Fahrstuhl mit purpurnen Plüschwänden nach oben. Er klopfte an eine massive Tür aus messingbeschlagenem Teak. Ein Lichtsignal blinkte über dem Türrahmen. Edwina trat ein. Dashiel Gropius erhob sich höflich. »Guten Tag, Miss, Madam. Wir haben uns, glaube ich, schon einmal gesehen.«

»Hören Sie mir bitte zu«, sagte Edwina. »Hören Sie genau zu!«

»Setzen Sie sich doch bitte. Ein Drink?«

»Martini. Hören Sie. Es ist nicht mehr viel Zeit. Was immer man Ihnen auch erzählt, es kommt eine Katastrophe. So groß, daß es gar keinen Sinn hat, daß die Regierung irgendwelche Maßnahmen trifft. Wir müssen es allein aushalten.«

»Lynx?«

»Lynx. Es wird einen Zusammenstoß geben. Nein, sehen Sie mich nicht an, als ob ich verrückt wäre. Ich bin keine Wissenschaftlerin, aber mein Mann, der war Wissenschaftler. Er ist jetzt tot, aber er hat mir alles gesagt, ehe er starb. Die Regierung hat befohlen, ein Raumschiff zu bauen – vielleicht mehr als eins, ich weiß es nicht. Aber auf jeden Fall eines steht bereit in Kansas. Ich weiß wo, ich weiß genau, wo.«

»Wo?« Er gab ihr den Martini, den sie durstig trank.

»Lassen wir das jetzt mal beiseite. Ich habe versucht, Ihren Vater davon zu überzeugen, daß es seine Pflicht ist, seine Familie um sich zu versammeln und mit ihr dieses Raumschiff zu besteigen. Und mit mir auch. Ich muß mein Kind retten. Zum Teufel mit mir, aber dieses Kind muß leben. Drücke ich mich klar genug aus?«

»Fahren Sie fort.« Aber er zog nonchalant an einer langen Penhaligon mit Goldfilter und lächelte leicht.

»Mein Gott«, sagte sie, »wir haben alle zu viele Filme gesehen, zu viele Schundromane gelesen. Über den Weltuntergang, meine ich.

Das Ganze ist nur noch ein Streifen altmodische Folklore. Aber jetzt geschieht es tatsächlich. Wie kann ich Sie überzeugen?«

»Warum sind Sie eigentlich zu mir gekommen?«

Sie lächelte ebenso leicht wie er. »Sie sind ein Mann der Tat, nehme ich an. Ein Mann, der sich auskennt. Ich glaube, es wird nicht so ablaufen, daß der große Calvin Gropius sagt: ›Ihr kennt mich, ich bin Gottes Stimme. Laßt die Meinen in die Arche.‹ Ich glaube, es wird zu einem Kampf kommen.«

»Sehe ich aus wie ein Kämpfer?« Sein Lächeln wurde breiter.

»Ach, Scheiße«, sie verzog das Gesicht, »ich weiß Bescheid über das Glücksspielgeschäft. Eine schmutzige Sache und schmutzige Leute im Hintergrund. Menschen werden erstochen, erschossen. Wahrscheinlich haben Ihre Chefs Namen wie Leopardi und Tortarella und Bonicelli.«

»So ähnlich«, stimmte er ihr zu, »aber diese Namen sind zu nördlich. Die Brüder Tagliaferro, um es genau zu sagen. Nette Leute, aber leicht erregbar. Wenn Sie denen etwas vom Weltuntergang erzählen, würden sie Ihnen wahrscheinlich glauben und sich dabei ununterbrochen bekreuzigen. Erzählen Sie denen von einem Raumschiff, und die sagen, oder Gianni sagt: ›Sowas hab ich meinem Ältesten neulich gekauft.‹ Was das Kämpfen betrifft – kämpfen werden sie. Das sind sie gewöhnt. Maschinenpistolen in Geigenkästen, Frobishers, Siebener-Magnolias mit dreißig Zentimeter langen Schalldämpfern. Ob sie für eine protestantische Stimme Gottes kämpfen werden, ist eine andere Frage. Außerdem glaube ich nicht, daß Vater sie gerne in seiner Arche hätte. Nicht mal als Tiere.«

»Sie glauben es nicht«, sagte sie traurig. »Ich würde selbst gehen, allein, ja, aber darauf kommt es mir jetzt nicht an. Ihr Vater ist eine große Kraft, größer als er weiß, und ich glaube, es hat gar nichts damit zu tun, was er glaubt.«

»Ich muß sagen, daß ich Ihnen da zustimme. Das habe ich immer empfunden. Deshalb habe ich mich mit Vierzehn aus seiner Reichweite entfernt. Ich wollte eine eigene Kraft sein, nicht nur ein Satellit. Ich glaube, ich erkenne noch etwas anderes, auf das Sie hinauswollen. Er ist die Anti-Wissenschaft. Instinkt, Aberglaube, Mythos. Sie glauben, daß dies eine Kraft ist, die gerettet werden sollte.« Er grinste. »Um dann andere zu retten. Marsmenschen oder so.«

»Nicht Marsmenschen. Sie sind intelligent«, sagte sie. »Warum machen Sie das hier?«

»Weil ich intelligent bin.« Er ging zur Bar und brachte noch zwei

Martinis. Sie war wie ausgetrocknet und nahm das Glas dankbar entgegen. Er sagte: »Ich habe heute nachmittag eine Nachricht bekommen. Aus Ottawa, Illinois. Süd-Chicago liegt in Schutt und Asche. Ein Erdbeben.«

»Ist das Ihr Ernst?«

»Es ist mein Ernst. So war es das letzte Mal – Erdbeben, Flutwellen. Nun geschieht es wieder. Es kann nicht immer so weitergehen, nicht wahr? Irgendwann muß ein Ende kommen.«

»Sagen wir, das erste Mal war eine Warnung. Besteigt das Raumschiff, ehe es auch in Trümmern liegt! Dieses Raumschiff ist größer als Chicago. Es ist die Hoffnung der Menschheit.« Rhetorik, Rhetorik – wie zum Teufel kam man von der Rhetorik runter? »Ich wollte gerne glauben, wie alle, daß der Eindringling sich nur ein wenig umschauen wollte, und dann würde er weiterziehen. Oder sich einem Rhythmus anbequemen, kommen und gehen. Ich sehe jetzt ganz deutlich, wie klar die Sache ist, und ich wundere mich darüber, daß es niemand glaubt. Das letzte Mal stand die Erde an einem Schnittpunkt der zirkumsolaren Umlaufbahnen, jetzt an einem andern. Es wird geschehen. Was werden Sie tun?«

»Werden Sie meinen Vater wieder aufsuchen?«

»Heute abend, nach dem Essen.«

Er grinste. »Ich kann mir vorstellen, daß Sie nicht die Sorte Botin sind, die meine Mutter zum Abendessen einladen würde. Ich glaube, ich komme auch.«

»Eine Kleinigkeit noch, reine Neugier. Wie sind Sie einem heiligen Taufnamen entgangen? Ich meine, Dashiel ist ein wenig profan, oder?«

»Ich heiße George Dashiel. Mom hat auf dem Dashiel in der Mitte bestanden, weil es sich so vornehm anhört. Wie der Name eines französischen Generals. Ein Schriftsteller namens Hammett hat auch so geheißen. Vielleicht haben Sie mal einen alten Film gesehen, *Der Malteser Falke*–«

»Ich verlaß mich auf den Drachentöter.«

An diesem Abend waren die beiden Sicheln blutrot und, wie es schien, sehr viel näher. In Fort Worth erzitterte die Erde. Es kam zu einer kleinen Panik in den Spielsalons des Fiorentino, rasch durch eine Runde auf Kosten des Hauses in Vergessenheit gebracht. George Dashiel Gropius, der nun in seinen Wagen stieg, *glaubte* an das Ende.

»Getrieben«, ruft Trotzki, »von Drüsensekreten, getrieben vom Schicksal – was es auch sein mag, ich schäme mich nicht! Ich will dich, Olga. Ich bin durch die Straßen dieser Stadt gelaufen und habe nach dir gesucht. Und jetzt habe ich dich gefunden und lasse dich nicht mehr gehen. Natalja, hör mir zu. Du weißt, die Ehe ist eine bürgerliche Institution. Du weißt, Impulsen dieser Art kann man nicht widerstehen, Natalja–«

»Ja«, ruft Natalja, »genau das hat mir Dr. Goldstein in New Jersey gesagt. Er hat von Liebe geredet, aber nicht davon, daß die Ehe eine bürgerliche Institution ist. Er will mich in Sicherheit bringen, mich und die Kinder, aus der Verwicklung mit blutigen Revolutionen lösen. Er will mir ein wirkliches Zuhause schenken–«

»Was hast du mit Goldstein getrieben? Was hat sich da draußen abgespielt?« Olga schreit lauter als beide:

»Hört mir zu, um Gottes willen. Hört zu! Du bist in Gefahr, Trotzki. Sie wollen versuchen, dich an Bord der *Isaak Brodski* zu bringen, sie liegt schon am Pier 19. Sie wollen dich nach Rußland zurückschaffen. Dir dort den Prozeß machen. Unter der Anklage des Verrats, der Unruhestiftung, was weiß ich, was immer sie ausgraben können. Hör mir zu – geh nach Hause, pack deinen Koffer, setz dich in den Zug nach Süden. Geh nach Mexiko – in Mexiko wirst du sicher sein–«

Natalja hört ihr nicht zu, Trotzki auch nicht. Natalja ruft: »Er sagt, eine Frau wie ich muß mehr vom Leben haben als ständiges Exil, immer auf der Flucht, immer in Gefahr–«

»Die Ehe hat er dir angetragen, ja? Gut, laß dich scheiden. Aufgrund eines Ehebruchs, der nie geschehen ist. Ich steh dir nicht im Weg. Geh doch hin und heirate dieses bourgeoise Schwein–«

»Und die Kinder nehme ich auch mit.«

»Nimm sie. Sie gehören dir. Wie das Sprichwort sagt: die Mutterschaft ist immer gewiß, die–«

»Was soll das heißen? Was willst du damit andeuten?«

»O mein Gott«, ruft Olga, die an Trotzki zerrt, die von Natalja weggezerrt wird. »Hörst du denn nicht? Kannst du nicht hören, was ich sage? Sie sind hinter dir her, du mußt jetzt–« Aber Natalja gibt ihr eine haßerfüllte Ohrfeige und sagt:

»Du amerikanisches Flittchen!«

»Läßt du das bleiben!« ruft Trotzki und mischt sich mit schwachen Schlägen ein. »Laß du das Mädchen in Ruhe!« Und zu Olga: »Geh nun, warte auf mich, du weißt schon–«

»O mein Gott«, schluchzt Olga, »ein Irrenhaus ist das hier! Sie wollen dich holen, begreifst du denn nicht? Du mußt–« Natalja zieht sie nun an den Haaren. »Ich werde es meinem Stiefvater sagen, aber vielleicht ist es schon zu spät für die Polizei. Mach doch zu, geh, schnell!« Und sie geht selbst.

»Warte auf mich«, ruft Trotzki, »da, wo der damals dieses Puschkinlied gesungen hat!« Aber sie ist schon verschwunden.

»Puschkin, ja?« schreit Natalja. »Liebesliedchen für dich und dieses dreckige amerikanische Flittchen–«

»Also gut!« brüllt Trotzki zornig. »Du behauptest ja immer, daß Treue eine bürgerliche Vorstellung ist. Mutterschaft eine biologische Realität, die Vaterschaft eine juristische Fiktion. Und jetzt wissen wir ja, was an den langen Abenden geschehen ist, wenn ich bei Ausschußsitzungen war–«

»Juristische Fiktion! In deinem Fall einfach ganz und gar eine Fiktion. Was für ein Vater willst du denn sein, hast deine Söhne in Gefahr gebracht–«

»Wenn es überhaupt meine Söhne sind!«

»Die kamen erst lange nach deinem politischen Unsinn, lange danach, und ich auch, lange–«

»Ach geh doch zu Goldstein, der am Blut der Arbeiter fett geworden ist, mit seinen Automobilen und Chauffeuren und seinem erlogenen Sozialismus! Geh doch und reih dich bei den feinen amerikanischen Damen ein – du, du hast dich immer eine Tochter der Revolution genannt–«

»Ich werde gehen, verlaß dich drauf! Mich siehst du nicht wieder, du schmutziger Heuchler!«

»Heuchler, ja? Schmutzig, ja? Geh doch, wenn du willst, aber zuerst gehe ich–« Er sieht sich nach seinem Überzieher um und findet ihn zusammengeknüllt auf dem Klavierhocker.

»Gut so, geh zu deinem Puschkin und deiner verhurten Newyorkskaja – fahr doch mit ihr nach Mexiko, wie sie gesagt hat, du Heuchler und Lüstling!«

»Was ist das mit Mexiko? Hat sie etwas von Mexiko gesagt? Ich habe bei deinem Geschrei und Gekreisch und deinen vulgären Beleidigungen überhaupt nichts verstanden–«

»Ach!« faucht Natalja. »Du bourgeoiser Sentimentalist, du Lakai der bankrotten Romantik, du – *Trotzkist!*« Und sie verläßt den Raum und schlägt dem Aufwärter Sascha, der gerade eintreten will, die Tür vor der Nase zu. Sascha tritt ein, schaut Trotzki kalt an, schneidet ein nachdenkliches Gesicht. Er sieht den Telephonhörer neben dem Telephon liegen und legt ihn auf die Gabel. Dann sagt er zu Trotzki:

»Nje dobry maltschik, prawda?«

Trotzki starrt ihn mit offenem Mund an. »Du sprichst Russisch!« Und Sascha spricht weiter Russisch, mit aristokratischem Akzent. »O ja. Es hat mich eine gewisse Anstrengung gekostet, diesen äh, fingierten, diesen *phony* New Yorker Akzent durchzuhalten.« *Phony* scheint irgendwie gut ins Russische zu passen. Sascha zieht seinen Aufwärter-Schlüsselbund aus der Tasche seines Overalls und schließt die Tür fest hinter sich zu.

Trotzki starrt ihn immer noch verblüfft an. »Was soll denn das?« fragt er. »Wer bist du?« Und er geht zur Tür; er kann es kaum glauben, daß ein rotznäsiger Bürofeger ihn eingeschlossen hat. »Warum hast du abgeschlossen? Her mit dem Schlüssel.«

Sascha setzt sich. »Nein«, sagt er. »Sie bleiben hier bei mir. Sie können ja nirgendwo hingehen, oder?«

»Ah, ich verstehe. Einer vom Feind. Einer von den Verleumdern. Du hast meiner Frau diese Geschichten erzählt.«

»*Sie* sind der Feind, *gospodin*«, sagt Sascha. »Sie sind des Hochverrats schuldig. Sie haben die Ermordung seiner Majestät Zar Nikolaus' II. befürwortet, des Herrschers aller Russen, Gott segne ihn und beschütze ihn vor Lügnern, Dieben und Mördern wie Ihnen und Ihren Genossen! Sie haben den Umsturz der bestehenden Ordnung gepredigt. Sie gehen jetzt nach Rußland zurück, um dort vor Gericht gestellt zu werden.«

Trotzki stolpert auf ihn zu, die Arme krallend vorgestreckt. »Du bist verrückt!« sagt er. Aber Sascha zieht einen blank geölten Revolver aus seiner Overalltasche. Er sagt:

»Setzen Sie sich, Lew Dawidowitsch. Ihre Geliebte, Ihre *amerikanische* Geliebte, hat alles gewußt. Ich glaube, sie hat vorher versucht, anzurufen, aber das Gerät war durch den abgenommenen Hörer blockiert. Sie hat in unserem Konsulat hier in Manhattan gearbeitet und ist sich sehr schlau dabei vorgekommen, als sie verschiedene kleine Nachrichten an eure Zeitung geschickt hat – Nachrichten über den beklagenswerten Zustand unseres Vaterlandes. Wir haben sie nicht daran gehindert. Wir haben von der Wahrheit nichts zu befürchten. Die Wahrheit ist, daß Sie und Ihre umstürzlerischen Kumpane für das Blutvergießen und die Unruhen verantwortlich sind. Man wird an Ihnen ein Exempal statuieren, Lew Dawidowitsch.«

Es klopft an der Tür. Den Revolver auf Trotzki gerichtet, geht Sascha hin und macht auf. Zwei pompöse Herren treten ein, in makellosen Mänteln und Melonen. Letztere ziehen sie, anscheinend aus Respekt vor Sascha. Trotzki sehen sie mit kaltem Blick an. »Willkommen«, sagt Sascha. »Darf ich vorstellen: Alexander Gregorowitsch Kamarin und Iwan Pawlowitsch Doktorow, Konsul beziehungsweise Vizekonsul des kaiserlich russischen Konsulates hier in New York. Meine Herren, Sie wissen, wer dieser, äh, Genosse ist.«

Kamarin klopft sich die linke Brust und hebt an: »Ich habe hier einen Haftbefehl. Er kam auf der *Isaak Brodski* mit der Diplomatenpost. Die *Isaak Brodski* fährt in zwei Tagen nach Sankt Petersburg zurück. Sie werden sich hinter Schloß und Riegel an Bord befinden. Bereits heute nacht. Prinz Komisarjewski wird die notwendigen Vorbereitungen treffen.«

»Prinz Komis–« Trotzki begreift, daß hier von niemand anderem als dem schäbigen Aufwärter Sascha die Rede ist. Er holt tief Atem und sagt: »Der Zar und seine Hyänen haben in der langen, elenden Zeit unserer Unterdrückung schon viele ungesetzliche Handlungen begangen, aber dieser Rechtsbruch wird unmöglich sein. Das ist ein fremdes Land, ein freies Land–« »O wie interessant«, sagt Sascha. »Das Land der blutigen Dollardiktatur ist frei, ja? Faszinierend.«

»Ich rufe die Polizei!« brüllt Trotzki unverdrossen.

»Sie rufen niemanden«, sagt Sascha. »Unten wartet unser Auto. Gleich wird man Ihnen Wodka ins Gesicht gießen, Lew Dawidowitsch. Schauen Sie, Iwan Pawlowitsch hält die Flasche schon bereit. Sie werden als Betrunkener hinausgehen. Mit einem Revolver im Kreuz. New York wird sich im übrigen eher erleichtert fühlen, wenn Sie nicht mehr–«

Und nun klingelt das Telephon. Alle schauen sie hin, dann sehen sie einander an. Aber Sascha ist es, der den Hörer abnimmt. Er sagt auf Englisch:

»Hier Büro des *Nowij Mir.*« Und dann: *»Schto? Kto? Da. Da. Choroscho.«* Er legt den Hörer auf und sieht Trotzki ernst an. »Hier«, sagt er, »handelt es sich nicht um eine Sache der Politik, so daß ich Ihnen mein Bedauern aussprechen kann. Ihr Sohn ist von zuhause verschwunden. Einer Ihrer Söhne, Serjoscha anscheinend. Der andere Sohn war am Apparat.«

Trotzki will zornig auf die drei eindringen. »Wieder ein Akt zaristischer Brutalität! Was habt ihr mit ihm gemacht, wohin habt ihr ihn verschleppt? Eine Entführung! Und als Lösegeld ein von mir unterschriebenes Schuldbekenntnis, ein Widerruf, ja? Das kriegt ihr nicht von mir, ihr Schweine! Laßt mich ans Telephon – wenn ich nur zur Polizei–«

»Das hat nichts«, sagt Doktorow, »mit uns zu tun, *gospodin*. Ich darf mich Seiner Hoheit darin anschließen, Ihnen unser Bedauern auszudrücken. Zweifellos wird Ihr Sohn wieder gefunden werden. Hier wird es sich, fürchte ich, um eine Angelegenheit Ihrer Gemahlin handeln. Jetzt ist unser Auftrag zu erfüllen. Kommen Sie freiwillig mit oder in der Rolle eines schreienden, um sich schlagenden Betrunkenen?«

»Brutalität und Wahnsinn«, schreit Trotzki und rauft sich die Haare..»Nun zeigt ihr, was ihr seid. Ich komme mit, wenn ihr mich die Polizei anrufen laßt. Ich komme nur, wenn ich weiß, daß er in Sicherheit ist. Serjoscha, Serjoscha – was haben Sie mit dir gemacht?« Er will sich zum Telephon durchkämpfen. Sascha überlegt, ob er ihm den Griff des Revolvers auf den Schädel schlagen soll. Wieder klingelt das Telephon. Sascha hebt ab. Trotzki ruft: »Sie haben ihn gefunden! Haben sie ihn gefunden? Sagt es mir, ihr Schweine!«

Aber Sascha, der nun Englisch spricht, lauscht erstaunlichen Neuigkeiten. »Ja. Ja. Ich verstehe . . . Verblüffend. Einen Augenblick bitte.«

»Haben sie ihn gefunden?« kreischt Trotzki. »Laßt mich ans– gebt mir doch das–« Aber es ist Kamarin, dem Sascha nun den Hörer reicht. Sascha sagt: »Ich gehe. Mein Auftrag ist zunächst als gescheitert zu betrachten. Ich hoffe, Sie werden Ihren Sohn finden.« Und mit großer Geschwindigkeit, Revolver rasch in die Tasche geschoben, verläßt er den Raum. Unter der Tür deutet er eine Verbeugung an. Und dann kann man hören, wie seine Schritte sich klappernd die Treppe hinunter entfernen.

Freud saß in der Praxis von Dr. Hajek, einem Mann mit einem Strahlenkranz ergrauenden Haares und dicken Brillengläsern. Er sagte: »Es ist mir dann etwas aus den alten Tagen des Medizinstudiums eingefallen – ›Vorsicht bei schmerzloser Blutung.‹ Es ist offenbar irgendein Gewächs. Klein, aber es fühlt sich rauh an.«

»Lassen Sie mal sehen.« Und Hajek untersuchte den offenen Mund, den Hals von Freud mit einem metallenen Spatel und einem beweglichen Lämpchen. »Nicht viel zu sehen«, sagte er endlich. »Eine Leukoplakie. An der Gaumenschleimhaut.«

»Wird sie wieder weggehen?«

»Schwer zu sagen ... Das Beste wäre eine Exzision.«

»Ein drastischer Eingriff.«

»Wollen Sie noch eine zweite Meinung einholen?«

Dr. Deutsch, ein junger, für sein Alter ziemlich dicker Mann, untersuchte Freud in dessen eigenem Arbeitszimmer. »Hajeks Diagnose war ganz richtig«, sagte er. »Leukoplakie. Wird weiterwachsen. Am Besten wäre es, sie jetzt gleich zu entfernen. Damit meine ich: morgen.«

»Dr. Deutsch«, sagte Freud. Er zögerte. Dann sagte er: »Ich glaube, Sie wissen schon, was ich nun von Ihnen erfahren möchte.«

»Nein«, sagte Deutsch sogleich, »Sie werden nicht sterben. Es ist ein einfacher Eingriff. Ich rufe Hajek gleich an und treffe die Vorbereitungen für morgen früh. Ein Schnitt, Auskratzen, nichts fehlt Ihnen mehr.«

Aber Freud gefiel seine betonte Fröhlichkeit nicht.

Am nächsten Morgen saß er in einer Art Zahnarztstuhl, ohne Jackett und Kragen, einen Latz um Hals und Brust gelegt. Hajek besprühte die Mundhöhle seines Patienten mit einem örtlich wirkenden Betäubungsmittel. Freud erkannte Geschmack und Geruch. Er sagte, mit der Zunge leckend:

»Meine alte Liebe, das Kokain.«

»Ihre dubiose Entdeckung.« Hajeks Haarkranz strahlte im Sonnenlicht, das durch das eine Fenster des Raumes hereinschien.

»Nennen Sie mir eine Entdeckung, die nicht dubios ist. Amerika vielleicht?«

»Ich lege nun einen Holzkeil ein, damit der Mund geöffnet bleibt. Schwester«, sagte er. Die Schwester war eine hager-aufrechte, dunkelhaarige Schwäbin. Sie reichte ihm den kleinen Türklemmer. »Jetzt. Ich muß nun schneiden – ziemlich weit hinten.« Die Schwester hob das Messer aus seinem kochenden Bad. Hajek führte einen Schnitt. Blut spritzte auf. Freud hustete, würgte, spie den Holzkeil aus.

»Lassen Sie den Mund offen!« rief Hajek. »Schwester, halten Sie ihn auf.« Sie hielt den blutschlüpfrigen Mund auseinandergezogen, so daß Hajek rasch arbeiten konnte. Er stieß tief vor. Hajek verletzte eine Arterie. Blut sprang ihm in Mund und Augen. Blut strömte ungestillt. Hajek tat einen letzten verzweifelten Schnitt und Freud spuckte einen Tumor wie eine Himbeere aus. Auch Blut spuckte er, doch der Fluß des Blutes selbst ersparte ihm eigentlich die Mühe. Die Schwester brachte einen Gazeverband. Hajek placierte ihn. Er sagte:

»Ich hatte gedacht, es sei eine oberflächliche Läsion. Aber sie saß tief. So tief, daß ich offenbar ein größeres Blutgefäß verletzt habe. Aber es ist nun alles draußen. Wir müssen Sie noch im Stuhl behalten, bis die Blutung aufhört. Schwester, halten Sie dieses Gazepäckchen da fest. Haben Sie Ihrer Frau gesagt, daß Sie – wegen dieses Eingriffs hierhergekommen?«

Freud schüttelte unter großen Schmerzen den Kopf.

»Ich rufe an!« Er ging rasch hinaus. Die Schwester sprach in mitleidig glucksendem Schwäbisch auf ihn ein, während sie den Verband festdrückte. Überall war viel Blut.

Freud saß allein im Wartezimmer der Klinik und hielt ein neues Gazepäckchen im Mund. Martha und Anna kamen besorgt herein, Anna trug eine Tasche mit seinem Nachtzeug. »Warum hast du nichts gesagt?« klagte Martha. »Haben wir nicht das Recht, es zu erfahren?« Freud zuckte die Achseln: dachte nicht, daß es von Bedeutung wäre, hielt es für nebensächlich. Hajek kam herein, aus irgendeinem Grund ärgerlich. »Liebe Frau Professor – gnädiges Fräulein – es ist ein unerhört dummer Zufall – kein freies Bett im ganzen Krankenhaus.«

»Was ist es, Dr. Hajek?« fragte Anna.

»Was *war* es, müssen Sie fragen. Ein kleiner gutartiger Tumor. Er ist nun entfernt. Aber wir sind an ein Blutgefäß geraten. Er kann erst nach Hause, wenn wir die Blutung unter Kontrolle haben. Sie entschuldigen mich – ich muß noch einmal versuchen – ein Bett zu finden, meine ich–«

Er stöberte noch ein kleines dunkles Zimmer für Freud auf, mit zwei Betten. Eines war bereits mit einem imbezilen Zwerg belegt, der rastlos heraus- und wieder hineinkletterte und dessen gestreiftes Nachthemd von den Säften seiner letzten Mahlzeit befleckt war. Er versuchte, sich mit Freud zu unterhalten. Freud fiel es ebenso schwer wie ihm, klar zu artikulieren. Er drückte ein neues Verbandsstoffpäckchen, das sechste oder siebte, gegen die verletzte Arterie.

»Dann die Wurfen in Gegenbuchlichkeit so holen lassen wurden gugurgugrafholzenharfen duftenangekommen urg.«

»Achg.«

»In menschlichen Warfengegenschlichtigsauerdensogegengekommen.«

»Achg. Urchk.«

Es fing wieder zu bluten an. Er setzte sich röchelnd im Bett auf, lockerte den Verband. Die Blutung verstärkte sich. Der Zwerg gurgelte, sah ihn mit großen Augen an.

»Blutblutblut und Eisen. Ein Reich, ein Volk, ein Österreich.« Freud drückte auf die Klingel, aber es kam niemand. Das Blut schoß hervor. Klingelte und klingelte und klingelte. Nur Blut kam. Der Zwerg sprang mit akrobatischer Geschicklichkeit aus seinem Bett und lief gurgelnd in seinem fleckigen Nachthemd davon.

Hajek und Deutsch standen über Freud gebeugt, sahen ihn ernst an. Das Bluten hatte aufgehört. Der Zwerg stand auch da, sein Blick war noch ernster. Freud sagte schwach:

»Befund?«

»Negativ«, sagte Hajek.

»Sicher?«

»Eine gutartige Geschwulst. Kein Karzinom.«

Aber der Zwerg schüttelte den großen leeren Kopf und sagte: »Nein nein nein. Es gibt ein verfluchtegegegegengekommenen kark kark kark inomos. Dort. Dort dort und dort.«

Freud sah ihn an, als sei er der einzige Anwesende, der qualifiziert wäre, eine Prognose abzugeben.

Er saß in seinem Arbeitszimmer; helles Sonnenlicht fiel auf die Götzenbilder, die Fetische und Dr. Deutsch. Dr. Deutsch sagte: »Haben Sie schon mal von Professor Hans Pichler gehört?«

»Nein. Er schon von mir?«

»Nein. Er sollte von Rechts wegen von Ihnen hören, wenn er an einer Neurose erkrankt. Sie hören jetzt von ihm, weil er der beste Kieferchirurg im ganzen Land ist.«

»Ich verstehe. Also ist nicht alles vorüber.«

»Nein. Eine neue Wucherung. Ich habe mir erlaubt, einen Termin für Sie zu vereinbaren.«

»Schon bald?«

»Morgen.«

»Was immer er tun kann – was immer geschieht – dies ist das letzte Mal, daß ich als freier Mann spreche.«

»Das verstehe ich nicht. Sie werden immer ein freier Mann sein.«

»Ein kranker Körper ist so tyrannisch wie nur ein zur Macht aufgestiegener Diktator. Gestatten Sie mir eine Prognose – ich sehe eine lange Zeit des Verstummens voraus. Dr. Freud, der Mann mit den seltsamen Worten. Dr. Freud, der so langsam spricht.«

»Wie Moses.«

Freud nickte geheimnisvoll, nahm eine Zigarre aus dem Kasten, beroch sie, rollte sie zwischen den Handflächen, zündete sie an.

»Wieviel sind das am Tag?«

»Etwa zwanzig.«

»Ihr Mund hat stumm gelitten.«

»Stumm wohl kaum. Die Stummheit gehört, wie ich nun sehe, der Zukunft. So lassen Sie mich denn dem Himmel und den vier Winden und der rauchgeschwärzten Decke meines Arbeitszimmers meinen letzten lauten Fluch über die Generation der Verräter sagen – Alfred Adler, Carl Jung und all ihre elenden Epigonen.«

Deutsch stand auf, um zu gehen. »Es wird so schlimm nicht werden, ich verspreche es Ihnen.«

Freud paffte gierig und schüttelte grimmig den Kopf.

Professor Dr. Hans Pichler war ein recht junger, gutgekleideter, selbstsicherer Mann. Sein Sprechzimmer war größer als das von Dr. Hajek. Es glänzte von Stahl. An den Wänden hingen geschmackvoll gerahmte Diagramme der menschlichen Stimmorgane. Hajek, der zur Konsultation mitgekommen war, sah in einem aufblitzenden Sonnenstrahl, daß dieser Pichler einer neuen Welt angehörte (er sah aus wie ein Amerikaner), und daß er, Hajek, ein sterbendes Wien verkörperte. Pichler wusch sich die Hände und ließ sich von einer blonden Schwester, die wie aus Manhattan importiert wirkte, ein Handtuch reichen. Er sagte:

»Professor Freud – Sie sind Psychoanalytiker, aber auch Wissenschaftler.«

»Ich war nie der Ansicht«, erwiderte Freud mürrisch aus dem glänzend polierten Stuhl mit seinen Hebeln, Federn und Pedalen, »daß eines das andere ausschließt.«

»Verzeihen Sie bitte. Ich sollte sagen: aber auch Arzt. Ich meine: Sie können sich der Wahrheit stellen.«

»Mehr noch. Ich bestehe auf der Wahrheit.«

»Nun also – Sie haben Mundhöhlenkrebs. Ein, wie ich fürchte, ernster Befund. Ich muß natürlich operieren. Dadurch wird ein Loch im Gaumen entstehen–«

»Ich wußte es. Das Ende des Sprechens.«

»Nein, nein. Wir können das Loch mit einer Prothese verschließen.« Er deutete mit seiner frischgereinigten Linken auf eine der Schautafeln an der Wand. »Die Nasopharynx wird künstlich von der oralen Pharynx getrennt gehalten. Ihre Sprache wird nicht merklich nasalisiert. Sie werden üben müssen, um den weichen Gaumen beweglich zu halten. Aber – was die Operation angeht, so sind zwei Schritte nötig. Zuerst müssen die Zähne der rechten Mundhälfte entfernt werden. Dann schneide ich in den Hals – sehen Sie, hier. So erreiche ich die äußere Karotis und kann eine Ligatur ansetzen. Dann entferne ich die oberen Lymphknoten, um die Ausbreitung des Karzinoms auf andere Organe zu verhindern–«

»Bei Vollnarkose?«

»Unglücklicherweise verbietet sich das. Wir können Sie nicht am eigenen Blut ersticken lassen. Diese Geschwulst – die war ursprünglich auf den harten Gaumen beschränkt, aber nun hat sie auf den Kiefer und die Zunge und die Wange übergegriffen. Es muß viel Gewebe entfernt werden.«

»So nahm der Körper endlich seine Rache.«

»Ich verstehe nicht–«

»Lassen wir das.« Freud seufzte tief auf. »Es ist eine lange Geschichte, Herr Professor Pichler.«

Pichler war – im Operationsraum mit seinem harten, scharfen Licht und dem örtlich betäubten, auf dem Tisch ausgestreckten Patienten – bereit, mit Skalpell und Hammer an die Arbeit zu gehen. Freud hörte eine Stimme, auf die er gewartet hatte, die Stimme seines Krebses. Es war eine hohe Stimme, in der sich der Singsang eines Kretins mit salbungsvoll-pastoraler Eintönigkeit vereinte. Sie sprach durch seine Schädelknochen:

»Ich hänge an Ihrem harten Gaumen, Professor Freud, aber, wie der Arzt hier bald entdecken wird, auch an Ihrem sogenannten Gaumensegel oder weichen Gaumen. Sie werden die Schläge eines Hammers spüren. Der Knochen wird zerteilt werden. Sie werden das Knirschen einer kleinen Säge hören. Und dann wird man einen Teil von mir in die Abfalltonne werfen. Meinen Leichnam. Aber ich kann mir bald wieder einen lebenden Körper schaffen. Sie sind Arzt, Professor Freud – oder waren es doch. Sie können mich nicht töten, das wissen Sie ja.«

»Die Rache des Soma an der Psyche. Ich habe es immer herausgefordert.«

»Eine gefährliche Sache, Professor Freud – zu behaupten, daß gewisse Erkrankungen eine rein psychische Ursache haben. Aber es scheint, Sie haben den Beweis erbracht. Die Seele hat ihre eigene Existenz. Sie kann den Körper ignorieren. Und wie kann der durch diese erzwungene Scheidung beleidigte Körper seiner Empörung Ausdruck geben? Nur durch Erkrankung. Indem er sich als schweres Gewicht an die Seele hängt. Das ist meine Aufgabe, Professor Freud. Sie werden leiden.«

»Ich kann Leiden ertragen.«

»Seien Sie sich da nicht zu sicher. Professor Sigmund Freud mit der goldenen Zunge, Freudios Chrysostomos, voller Weisheit, und nun stammelt er wie ein Idiot. Diese Prothese, die man Ihnen in den Mund stecken wird – die wird nicht allzu gut funktionieren, wissen Sie. Sie wird auf das Gewebe drücken und es sich entzünden lassen. Ein nicht endenwollendes Leiden an fürchterlich schmerzhaften Geschwüren. Eine Prothese nach der anderen. Die neuesten Modelle aus Amerika, und keines wird etwas taugen. Jedes Wort, das Sie hervorbringen, eine Kreuzwegstation, wenn Sie mir dieses christliche Bild verstatten. Und die ganze Zeit wachse ich schweigend, unsichtbar weiter. Sie schneiden einen Teil von mir ab, und doch bin ich immer noch da. Und am Ende gibt es nur noch mich. Ah – da kommt der Hammer.«

Freud hörte seinen harten Gaumen unter schrecklichen Schlägen hallen wie störrischen Stein. Dann hörte er auf, sich zu widersetzen, und zerbrach.

In seinem Arbeitszimmer betrachtete er sich in dem kleinen blauen Spiegel, einem Andenken an Florenz. Fünfundsechzig Jahre alt, Bart und Schnurrbart nun voller, aber grauer. Dünner, mitgenommen. Augen voll Schmerz. Er legte den Spiegel beiseite und nahm eine Zigarre aus dem Kasten. Er wollte sie in den Mund stecken, aber die Lippen ließen sich nicht öffnen. Er versuchte, sie mit einer Wäscheklammer aufzusperren, die er aus einem Glas heraussuchte, wo verschiedene Büroklammern und Papierhefter unter Schreibfedern undsoweiter lagen. Er öffnete sich den Mund gewaltsam und griff in die feurigpochende innere Höhle. Er löste die Prothese und zog sie hervor, grunzend und stöhnend. Da lag sie, das ewig schmerzhafte Stückchen Bakelit und Metall, in einem kleinen Bad aus Schaum und Speichel auf dem Schreibtisch. Er schluchzte und stützte den Kopf in die Hände. Die Tür öffnete sich. Anna kam herein.

»Du hast sie herausgenommen.«

Er nickte, nickte, nickte.

»Das darfst du nicht machen. Das Gewebe wird sich zusammenziehen. Du mußt dich an die Prothese gewöhnen.«

»Gds Mgnonstrumg.«

»Das Monstrum, gut. Ich werde es dir jetzt wieder einsetzen. Und jeden Tag hole ich es heraus und reinige es und setze es wieder ein. Ja?«

Er nickte, nickte.

»Versuch mal, deinen Mund aufzumachen.« Sie hob die Prothese auf, wischte sie sauber und begann dann mit der mühevollen Arbeit, sie wieder an ihre Stelle zu bringen. »Keine Mitleidsbezeigungen von mir, von dir kein Selbstmitleid. Das ist unsere Abmachung.«

Er schlief jetzt allein. Nicht, daß er viel geschlafen hätte. Er saß in seinem einsamen Bett und versuchte, Montaigne im Original zu lesen, eine Wärmflasche gegen seinen schmerzzuckenden Kiefer gepreßt. Nein, das Bett war nicht einsam. Er hatte seinen Krebs zur Gesellschaft:

»Professor Freud, was sagt man zur Begrüßung um drei Uhr morgens? Grüß Gott, nehme ich an, wir sind ja in Wien. Ja, jetzt sind wir beide wach. Sie, weil ich Sie wachhalte. Ich, weil Schlaf nicht in meiner Natur liegt. All diese Prothesen, Monstra, wie Sie sie nennen, die das Loch verschließen sollen. Keine taugt etwas, ich hab es Ihnen doch gleich gesagt. Was für eine Verschwendung von hart verdientem Geld – sechstausend gute amerikanische Dollars für dieses neue Modell aus Chicago, und es ist schlimmer als alle anderen. Entzündetes Gewebe. Geschwüre. Zum Abendessen ein weiches Ei, und das meiste läuft wieder aus der Nase heraus. Würdelos. Nein, denken Sie nicht an Selbstmord. Montaigne, ein großer, skeptischer, toleranter Franzose – er sollte Ihnen helfen, zu einer Haltung stoischen Duldens, gewürzt mit Humor, zu gelangen. Ich will Sie lebend, Herr Professor. Ich brauche Ihren lebenden Körper. Machen Sie einfach weiter und nehmen Sie mich hin. Sie können noch Vieles tun. Bücher über die menschliche Seele schreiben. Die Seele. Oh, an die glaube ich. Manchmal wünschte ich, ich käme an sie heran. Das ganze Reich des Menschen zu erobern.« Freud stöhnte und versuchte, sich zum Schlaf zurechtzulegen. Es war ihm, als höre er seinen Krebs leise lachen.

Der beschädigte – tote – Abaco-Kombi bot Val und Willett wenigstens Schutz, während der Hagel aus dem schwarzen Himmel rasselte und das Knirschen der in offenen Spalten aufklaffenden Erde in verzweifeltem Grollen um den ganzen Horizont zu hören war. Sie saßen düster in dem vom Wetter attackierten, hin- und herschwankenden Abaco, den sie auf einen Rastplatz geschoben hatten, und sahen zu, wie gesunde Vehikel nach Westen vordrangen. Der Blitz versuchte sich an groben, zackigen Skizzen: die Zahl 58729, eine Karikatur einer schon längst verstorbenen jungfräulichen Tante von Willett, ein Panorama der Schlacht von Marengo, eine in sich zusammenbrechende Stadtsilhouette, ein Wort, das aussah wie »Bananas«. Der krasse Donner ahmte nichts nach als sich selbst, oder die Pauken eines Berlioz spielenden Symphonieorchesters, die den Donner nachahmten. Dann: »Herr im Himmel«, rief Willett. Er sah, wie der Blitz herunterfuhr und mit vielen Klingen weit vorn auf der Straße etwas aufspießte, aufschlitzte. Eine Explosion, dann ein riesiger Auffahrunfall. Kreischen verspäteter Bremsen, kreischende Verformung von Metall, durch den Hagel hindurch noch hörbar. Auto um Auto um Auto um Auto schob sich auf Auto um Auto um Auto um Auto, alles preßte sich zu einer langen, zerquetschten, zerfetzten Pythonschlange aus Metall zusammen. Der Donner röhrte tumben Triumph, der Abaco schwankte unter Val und Willett wie ein Boot. Sie mußten mit offenem Mund sitzenbleiben und das endlose Metall-Chaos anschauen, übersät, überzuckert, überschüttet mit Hagel. Bis der Hagel aufhörte. Dann stiegen sie aus, jeder eine Pistole im Gürtel, Willett mit der größeren Maschinenpistole über der Schulter, Val mit einem Patronengurt, beide die Taschen voll Munition. Mit quatschenden Schritten stapften sie durch das verhagelte Gras von der Fernstraße weg; Willett schaute sich einen Augenblick lang um, traurig über die Verschwendung – all die Konserven, der ganze Schnaps –, und dann marschierten sie mit ihren in der Nässe quietschenden schweren Arbeitsstiefeln auf einer verlassenen und schon lange nicht mehr benutzten Nebenstraße auf die Grenze zwischen Ohio und Indiana zu.

Schließlich gelangten sie zu einer Farm. Ein großes, ungelenk gemaltes Schild am Fenster des Hauses verkündete, überflüssigerweise: SIND WEG. Ein paar verlorene Hühner gackerten, auf einer umzäunten Wiese graste ein Pferd, zur Gesellschaft ein Esel daneben. Das benachbarte Feld war von einem großen rauchenden Graben aufgerissen. Schmutzig-fettige Wolken rollten üppig über die traurige Hoflandschaft hinweg. Es fiel Val und Willett nicht schwer, die Vordertür des Farmhauses aufzustemmen, die sich schon in ihrem Rahmen verzogen hatte. Drinnen fanden sie den tröstlichen Geruch, Kohl und Muff, eines schon lange bewohnten Hauses, das nie richtig gelüftet worden war (genug Luft da draußen, braucht nicht auch noch hier drin welche) und eine dicke schwarze Katze, die sich schreiend über ihre Vernachlässigung beklagte. Sie fanden ungekühlte, aber noch nicht sauer gewordene Milch, und gaben der Katze ein Schüsselchen voll. Sie machte durstig mmrrrrrrrrr. Sie fanden eine aufgehängte Seite Räucherspeck und einen Korb braune Eier. Weder der elektrische Strom noch das Gas funktionierten, so daß sie in dem altmodischen Küchenherd Feuer machten, mit den Küchenstühlen, und sich ein schönes frühes Abendessen brieten, das dann mit Dosenbier und Apfelschnaps hinuntergespült wurde.

Der Himmel hatte sich aufgeklart und strahlte von Lichtpunkten, aber Lynx und Mond, in Lunation und Lyngation stetig fortfahrend, waren riesengroß und kamen näher, und die halbe Scheibe Lunas rundete sich sichtbar – wenn man lange genug zusah – um sich hinter ihrem Herrn zu verstecken. Die beiden schauten vom großen Bett des Elternschlafzimmers aus zu. »Der Mond wird es sein«, sagte Willett nach einer Weile. »Der Mond trifft uns zuerst.«

»Der Mond wird es bereuen«, sagte Val. »Er wird in Stücke zersplittern.« Und dann: »Uns? Was soll das heißen – uns?«

»Wir sind die Erde«, sagte Willett einfach. »Wir sind nicht reines Bewußtsein, das durch den Raum fegt. Wir sind Baum und Gras und Kot und Wasser und Wurzel. Erde, Erde – das sind wir. Ach wie schade, wie gottverdammt jammerschade. Es muß einen Gott geben, es muß ein ewiges Sensorium existieren, nur um die Erinnerung an den Geruch von Tabak und gebratenem Speck zu bewahren, und daran, wie Primeln ausgesehen haben und die Morgendämmerung. Sonst – was für eine Verschwendung die ganze Schöpfung war!«

»Das Universum kann sich Verschwendung leisten.«

»Ein Arschloch von einem Universum, sage ich, das es sich leisten kann, einen Keats oder einen Shakespeare zu verschwenden, oder Charles Ives oder Vaughan Williams. Ein Arschloch.« Und dann schlief Willett, nachdem er vier starke Schlaftabletten genommen hatte, unter wütendem Schluchzen ein.

Sie verließen die namenlose Farm am nächsten Morgen, nach einer seltsam friedlichen Nacht, der schwere Willett hoch zu Roß, Val, der Leichtere, auf dem gelassenen Esel. Wenn sie eine raschere und weniger unbequeme Transportmöglichkeit gefunden hätten, würden sie die Tiere zum Abschied küssen und streicheln und sie im Grase Indianas weiden lassen. Nun zogen sie durch ein Labyrinth kleiner schlechter Straßen nach Indianapolis, eine verdammt, verdammt, verdammt lange Strecke. Sie aßen Speckbrote am Mittag, als viele wirbelnde Wolken die blutrote Sonne erstickten. Vor ihnen bis jetzt noch gar nichts. Sie wußten noch nicht, daß ein großer Teil des Staates Illinois von einem weiten und tiefen Riß aufgefetzt lag, von Chicago bis Decatur, und daß Chicago, The Windy City, in Trümmern lag, und der Wind sang über ihr.

Die Hufe tackten noch immer auf schlechter Straße, als sie am sinkenden Abend auf eine Orgie stießen. Es war eine Stadt – so hatte ein Wegweiser vermerkt – namens Carson, ein Flecken mit einer Straße im Nichts. Lynx und Mond beschienen eine Gruppe sinnlos betrunkener Tänzer. Die Läden waren offensichtlich geplündert worden, und nun trank man durstig glucksend scharfe Sachen, kotzte sie wieder hervor, taufte sich gegenseitig kichernd damit. Die gesamte kleine Bevölkerung tanzte im Kreis in langer Reihe, jeder sich am Arsch des Vordermannes festklammernd, zu den Klängen der Ziehharmonika eines betrunkenen alten Mannes (Durdreiklang, dann Dominantnonakkord, eins zwei eins zwei) und zum Schlag einer großen Trommel, auf die ein kleiner Junge einhieb. Val und Willett suchten unbemerkt hindurchzureiten, aber Val wurde von seinem Esel gezogen und Willett, unter größeren Schwierigkeiten und vielen neorabelaisianischen Bemerkungen, von seinem Klepper. Man bot ihnen Flaschen mit *Roma Rocket* an, was immer das sein mochte, und eine Flüssigkeit, die wie grober Calvados stank. Nackte Mädchen, alle häßlich, boten schweißnasse Leiber dar. Ein paar Männer stapelten Tische, Stühle, alles mögliche Brennbare, mitten auf der einzigen Straße zu einem Haufen. Val und Willett versuchten, ihre Gastgeber zurückzustoßen, die darauf zornig zu werden begannen, so daß sie nachgaben und vom Angebotenen tranken, wenn sie auch die dampfenden Bäuche weiter verschmähten. Die Sprache war meist unverständlicher, guttural verzerrter Dialekt, schien sich aber auf bestimmte Grundtatsachen zu beziehen: Saufen, Vögeln, alles Anzünden, Ende ist da.

Ein Mann, der nur ein zerrissenes Hemd trug und dem's unten lustig hervorbaumelte, klatschte aus einem Kanister eine Benzinlache auf den Holzhaufen. Eine nackte ältere Frau, mit lustig schwingenden Brüsten, warf einen flammenden Gaszünder. Das Feuer brach sofort in einem zinnoberroten Triumphgesang auf das Feuer empor, sprang weit in die Höhe. Seine Anbeter sprangen in großen Sätzen darum herum. »Weg hier«, sagte Val und sah sich nach einem Fluchtweg um.

»Den Burro!« schrie jemand. Zu einem Menschenopfer waren sie noch nicht bereit – ein Esel, Parodie menschlicher Knechtschaft und langer Geduld, ein langohriger Jesus, würde für den Augenblick genügen. Sie wollten das lebende Tier ergreifen und in die Flammen zerren. Val spürte, wie sich etwas in ihm zusammenkrampfte: er wußte, daß er nun zum ersten Mal in seinem Leben wirklich Gewalt anwenden mußte. Es ließ sich nicht vermeiden, das Ziehen der schon durchgeladenen Pistole, der Daumen, auf der Sicherung zitternd. Dann: Gottseidank, er brauchte nicht zu schießen. Willett kam ihm zuvor, knallte einen lauten Schuß lynxwärts, einen zweiten. Die Geste genügte. Sie stiegen auf, traten nach nackten schwitzenden Körpern, hieben mit den Pistolenkolben auf haarige Arme. Sie trieben ihre Reittiere mit klatschenden Schlägen auf den Nacken an und kamen in halbem Galopp davon, leicht angesengt.

Nach etwa zehn Meilen kamen sie zu einer ausgebrannten Farm, ringsumher halbverkohlte Leichen von Kühen und Hühnern, deren Beine pathetisch auf den Grund des Entsetzens hoch droben am Himmel zeigten. Sie suchten Schutz in der Scheune, und die Tiere neben ihnen kauten behaglich Heu. Licht gab es weiß Gott genug. Sie hatten Angst, im Dunkeln von herumwandernden Opfern des Lynx-Wahnes überfallen zu werden. Der Weg war noch weit. Hungrig nagten sie an einem halbrohen Hahn. Köstliches Wasser tropfte aus einer Pumpe im Hof. Sie schliefen schlecht. Als sie erwachten, hob und senkte sich der Boden, wenn auch nur leicht, wie die Bewegungen eines großen, noch schlafenden Leibes. Große Hagelkörner donnerten eine halbe Stunde lang herab. Der Morgen zog mit kränklicher Färbung herauf, Wolken rannten dünn und eilig über den Himmel. »Das ist kein Leben«, stöhnte Val, »wirklich gar kein Leben.« Sein Kopf schmerzte, seine Gliedmaßen knarrten und knackten, sein Hintern brannte vom Eselsritt. Ihre Tiere lagen auf den Flanken ausgestreckt, ihre Seiten hoben sich und senkten sich im Schlaf, gleichgültig gegen den Morgendämmer. Es wäre irgendwie schade gewesen, sie zu wecken. Sie brachen zu Fuß auf, um nach einem irgendwo zurückgelassenen Fahrzeug zu suchen.

Nachdem sie schweigend eine holprige Straße entlanggewandert waren, kamen sie zu einer verlassenen, allen Lebens baren Fernstraße, wo ein umgefallener Wegweiser nach Columbus zeigte. Columbus, Ohio? Nein, Ohio hatten sie hinter sich. Amerika war voller Columbusse. Zu ihrer Überraschung und – vorsichtigen – Freude sahen sie ein intaktes Howard Johnson-Motel, dessen Restaurant immer noch von seinem Kitsch-Türmchen überragt wurde. Autos waren geparkt oder verlassen stehengeblieben auf dem Parkplatz, den ein leichter Erdstoß grotesk gewellt hatte. Sie gingen in das Restaurant, leer aber sauber, die Stühle ordentlich auf einem abschüssigen Boden aufgereiht, dessen Neigungswinkel noch nicht ausreichte, um das leicht-funktionale Mobiliar umkippen zu lassen. Sie fanden saure Milch und schreckliche, trockene Rosinenbrötchen. Sie kauten darauf herum, dann füllten sie sich die Taschen mit Schokoriegeln. An einem Ende des Restaurants stand eine Displaytheke mit Videokassetten. Willett, kauend, ging neugierig hinüber und betrachtete sie. »Gotteswillen«, sagte er zweimal. »Da sind sie wieder. Die damals die Flut geholt hat.«

»Was? Warum?«

»Schon gut. Ah, eine Postbotentasche.« Tatsächlich lag eine da, voller Post, die nie mehr zugestellt werden würde. »Wir müssen nehmen, was wir kriegen können«, und schüttete die Post auf den Boden, um seine geklauten Kassetten, die Schokoladenriegel und ein paar verpackte trockene Brote in die Tasche zu stopfen. Sie gingen kauend hinaus, um sich die Autos anzusehen, und fanden einen Trussel 95, ein ehrwürdiges Newsmobile, einen glänzenden neuen Duffy. Der Duffy bedurfte nicht einmal der Behandlung mit dem Omniclef. Der Zündschlüssel steckte und mußte nur noch umgedreht werden. Dank dem Allmächtigen!

Als sie sich Vincennes näherten, auf einem Highway voller zerquetschter Autos und Leichen, wo die Straße selbst vor großen verschobenen und zerbrochenen Belagstücken starrte, sahen sie von fern schon den Wabash, der in furchtbar schäumenden Wogen daherraste. Sie fuhren an seinem schreckenerregenden schaumigen Spitzensaum entlang, bis sie eine namenlose Stahlbetonbrücke erblickten, die entsetzlich schwankte. »Das schaffen wir«, sagte Willett, der nicht am Steuer saß. Sie versuchten und schafften es auch, aber die Brücke reagierte auf ihre Geschwindigkeit wie ein toter Zahn in einem lebenden Mund, der bedrohlich wackelt, wenn sich die Zunge sprechend bewegt. Dann waren sie in Illinois.

Fünfundzwanzig Meilen weiter auf einem beinahe ganz in Trümmern liegenden Highway sahen sie den tiefen Riß, bei dessen Anblick, wie er in Nord-Süd-Richtung durch den ganzen Staat klaffte, einem der Atem stockte. Nach links und nach rechts erstreckte er sich, ohne sichtbares Ende. Sie stiegen aus, traten an seinen schlammigen Rand und blickten hinunter.

»Ist zu machen«, sagte Willett. Ein Abhang, eine Meile tief, hinunter zu einer Rinne tosenden Wassers, das trotz seiner Wut nicht tief zu sein schien, dann ein Abhang, eine Meile hoch, hinauf in die Ebene auf der andren Seite. Baumstämme lagen überall herum, die aufgewühlte Erde roch wie nach dem Frühjahrspflügen. Der Horizont ringsum forderte sie mit interessiertem Grollen heraus. Ein Schwarm schwarz-weißer Vögel flog von nirgendwoher auf, zwitschernd, schwatzend, dann waren sie plötzlich in einer asphaltdunklen Wolke verschwunden. »Alles klar?« fragte Willett. Ohne ein weiteres Wort fuhren sie in langsamem Zickzack hinunter, wichen Steinen, Baumstämmen, zu seltsamen Formen gehauenen Felsen aus. Der Wagen spritzte im wilden Schaum der Talrinne, die Räder drehten sich ohnmächtig, der Motor heulte. Dann, als wäre die zerstörerische Kraft auf ihrer Seite, hob sie ein unterirdisches Rülpsen, rasch gefolgt von einer hohen Welle, grau wie verdorbenes Fleisch, vorwärts. Sie segelten den Abhang hinauf, der Wagen in tapferer Agonie. Sie saßen in einem Gewirr von Eichenwurzeln fest. Ein Erdstoß befreite sie; einen Augenblick lang wurden sie durch die Luft getragen. Sie standen auf einem flachen, ruhigen Feld. Der Donner dröhnte höhnisch, aber wo war der Blitz? Es war kein Gewitter, es war die Erde, die sich spannte, kochte, brach.

»Und könnt' mich niederlegen wie ein müdes Kind«, zitierte Willett nicht sehr glaubwürdig, »und über all dies Leben nur noch weinen.« Dann hieb er seinem Gefährten kräftig auf die Schulter und rief: »Gefällt's dir? Das ist das Leben, Gott steh uns bei! Kannst du deinen Enkeln was erzählen.«

»Wenn ich auch«, sagte Val, »die ganze gottverdammte Besatzung umlegen muß, du und ich, wir besteigen dieses Schiff.«

Wutgeheul, in dem ebenfalls das Umlegen eine gewisse Rolle spielte, drang mittlerweile mit Nachdruck an Dashiel Gropius' Ohren in Fort Worth. Es war einer der Brüder Tagliaferro, wahrscheinlich Gianni, der zwecklos nach Rache schrie. Dashiels Suite lag der ihren im obersten Stock des Fiorentiono gegenüber – ein Stockwerk, das keinen Flur hatte, sondern nur einen zentralen, teppichbelegten Raum, wo die vier Zimmerfluchten zusammenkamen. Dashiel konnte sich denken, worauf das Geheul sich bezog – der Albergo in Peoria, Illinois, war nicht zu erreichen; aus Springfield, Illinois, kamen Erdbebennachrichten, ehe die Verbindung mit der Außenwelt abbrach. Dashiel packte eine Reisetasche und fragte sich, was er eigentlich einpacken sollte. Hemden, Socken, Schuhe, ein Anzug. Es schien kleinlich, unangemessen. Hier ging es nicht um einen Wochenendausflug nach Florida, sondern um eine Reise ans Ende des Weltraums. So hoffte man, so hoffte man. Er steckte eine Kiste Havana Hermositos in die Tasche und eine Literflasche weißen Rum. Er würde in Lederstiefeln auf die Reise gehen, Wildlederhosen aus einem Stück, schwere Jägerjacke. Die Erdstöße, die Fort Worth sanft vibrierend angetippt hatten, bissen nun auf einmal zu, feste. Er wurde beinahe umgeworfen. Er setzte sich und wartete verständig, bis die Schockwelle vorbei war, und rauchte eine von seinen Penhaligons mit Goldmundstück. Na ja, was auch immer am Ende der Reise auf ihn warten würde, hier war alles zu Ende. Im städtischen Kraftwerk war die Stromversorgung unterbrochen, und ein Notaggregat gab es keines – typische falsche Sparsamkeit à la Tagliaferro. Letzte Nacht hatten ein ganz sanftes Zittern und das Verlöschen der Lichter Gekreisch und Gefluche aufflackern lassen; ein Mann hatte sich das Bein gebrochen. Da war er gerade in Dallas mit dieser Edwina und seiner Familie zusammengesessen. Das Fiorentino war erledigt. Die Brüder mußten das auch wissen, aber eins nach dem andern. Ein leidenschaftlicher Gefühlsausbruch hinter verschlossenen Türen mußte sich erst entladen.

Als die Erde sich beruhigte, holte Dashiel aus einer Schublade die fünfundvierziger Beaufort, die zu benutzen er noch nie Gelegenheit gehabt hatte, zusammen mit der immer noch versiegelten gelben Schachtel Munition. Er lud die Pistole sorgfältig und steckte sie in den Gürtel, den weichen Ledergürtel, der der Wildlederhose eine Taille gab. Das Licht vom Fenster her war trotz des nun schon vorangeschrittenen Morgens schwach – nur kochende eisenfarbene Wolkenmassen, mit schmutzigem Messing durchsetzt. Er packte den Rest der Munition ein.

Das war schon eine, diese Edwina. John hatte am lautesten gespottet. Sie hatte ihn angeschrien und beschimpft, aber er hatte sich durchgesetzt, als Sprecher für sich selbst, seine Familie, James und J und J. Er hatte, sagte er, direkt unter dem Haus den besten Schutzkeller, den man sich vorstellen konnte, sicher selbst am Jüngsten Tage, hatte der Vertreter gesagt. Mit eigener Energiequelle, Heizung, Kühlung, alles. Dort lagerten genug Konserven für ein Jahr, selbst wenn zehn dort wohnten, und es gab eine unabhängige Wasserversorgung und einen Konverter für die Abfallstoffe. Verdammt noch eins, war er in der Baubranche oder nicht? Hatten sie nicht alle schon immer unter der Drohung des Atomkriegs gelebt? Nun konnte sich der Atombunker mal unter wesentlich weniger schlimmen Bedingungen auf die Probe stellen lassen. Die Schrecknisse würden vorübergehen, und dann würde *er*, und nicht sein Vater, wieder auf die Erde hinaustreten, wo es wieder etwas zu bauen geben würde, während *der* – ihr Vater – in den Weltraum hinaus fahren würde, dem sicheren Tod entgegen, und dabei ohnmächtige Bibeltexte schreien.

Das Mädchen Edwina, wunderschön in ihrer Schwangerschaft, hatte ihm gesagt: reden Sie nicht daher wie ein blödes Arschloch. Sie hatte auf die Wohnzimmerwand – schlichtes Altweiß und sehr für Skizzen mit einem dicken Filzschreiber geeignet – das unwiderlegliche, simple Diagramm gezeichnet, das den Untergang bedeutete. John war unbeeindruckt. Es hing im Grunde alles damit zusammen, daß er die biblische Sprache des Untergangs seit frühester Kindheit kannte. Das war so eine Geschichte von Dad, eine Bibel-Geschichte, hatte nichts mit den Möglichkeiten des realen Lebens zu tun. Dads Donnern hatte nichts genützt – eher hatte es die diagrammatische Realität plötzlich fern und mythisch erscheinen lassen. »Wir alle, Noahs Familie, suchen die Arche der Errettung auf, bewaffnet mit der Gerechtigkeit des Herrn«, und der ganze Quark. Die arme Mom hatte nicht mehr gewußt, woran sie sich halten sollte. Sie hatte gesagt:

»John hat recht, Calv, John ist so praktisch. Ich bleibe bei ihnen, bis sich alles geklärt hat. Ich meine, es ist ja nur, wie wenn du zum Predigen fortgehst, Liebling, nicht wahr, und ich krieg da immer Kopfschmerzen, diese Versammlung in Sacramento das letzte Mal war wirklich schlimm, und ich habe dir gleich gesagt, so was nie wieder.«

»Aber das ist nun anders, das ist das Ende, das ist der Jüngste Tag, das ist der Weltuntergang und das Gericht.«

»Ja, Liebling, das Gericht.« Ließ ihm seinen Willen, und schließlich war der Tag des Gerichts der Familie so vertraut wie der Osterhase oder das Erntedankfest.

»Deine Pflicht als Gattin, als das Weib des letzten lebenden Dieners des Herrn.« O Jesus, wieder dieser ganze Scheiß, sagte James' anhaltendes Grinsen.

»Ich bin auch Mutter, Calv, vergiß das nicht.«

Und dann hatte Dad in seiner göttlichen Dummheit gesagt: »Dieses Mädchen hier, diese tapfere Edwina, die kennt ihre Pflicht.« Worauf Moms Blick hart geworden war. Eine lange Quälerei widersprüchlicher Schübe und Söge, einander widersprechender Schwerkraftfelder: meine Jungen, meine Jungen, meine geliebten Enkelkinder; mein Mann, möglicherweise in den Krallen eines raffinierten Weibsbilds (mehr noch, mehr: von wem ist das Kind, das sie im Leibe trägt? Es wäre möglich, doch, es wäre schon möglich, Männer sind doch alle gleich, selbst die heiligsten, heilig, was soll um Gottes willen *heilig* schon heißen?). Dann viele Tränen und das Sichklammern an die starken Söhne und das Umschlingen der Enkel mit verzweifelten Großmutterarmen, aber zuletzt der tapfere tränenreiche Entschluß. Gut also, ihre Pflicht. Dad schloß seine starken Arme um sie. »Ehre sei Gott, der seiner Magd den rechten Weg gezeigt hat. Ehret ihn, rühmet ihn!« Er hätte um ein Haar einen gottverdammten Choral angeordnet, mit Jennifer am Klavier.

Dashiel war es nicht besonders wichtig, im unmittelbaren körperlichen Sinn, ob er gerettet würde oder nicht. Und die Seele war eine zweifelhafte Angelegenheit. Die Religion erwies sich vor dem Jüngsten Tage nun als reine Scheiße. Jetzt mußte man etwas tun – oder doch so tun, als täte man etwas. Diese Edwina war nicht blöd. Sie konnte die Bibel zitieren, wenn sie wollte, aber ihre Argumente waren hart und praktisch. Wenn irgendjemand sie alle zu diesem Rettungsschiff führen konnte, dann Calvin Gropius mit seinem Charisma. Mußte das Wort des Herrn untergehn mit der untergehenden Erde? Sie wollte ihr Kind retten, und sie hatte recht. Warum sollte das Wunder der Schwangerschaft in Zerstörung enden, warum sollte ein Kind geboren werden, nur um sofort den Tod zu finden? Aber für ihn selbst, Dashiel, kam es ganz einfach drauf an, sich zu rühren.

War das Kind wirklich von seinem Vater? War es möglich? War das der Grund, warum Edwina manchmal kurze Zeit mystisch und töricht wurde und etwas von der göttlich bestimmten Mission des Kindes faselte? Ein unehelicher Gropius-Messias als fünfte Kolonne Gottes? Die Welt war voller Überraschungen. Er grinste über die Banalität dieses Gedankens und hörte ein drohendes langes Rumoren am Horizont.

Also, nun der Abmarsch. Ganz leise, die Brüder ihrem Kummer überlassend. Es hatte wenig Sinn, noch zu bleiben und Erklärungen abzugeben, Lebewohl zu sagen. Er holte tief Atem, sah sich noch einmal mit halbgeschlossenen Augen in dem dunklen Zimmer um, als wolle er sich seine tröstenden Einzelheiten für die Zeit des Exils einprägen. Er war nicht im geringsten überrascht, als Salvatore Tagliaferro hereinkam, sich an die kleine Bar lehnte und Dashiel ansah, blaß, abgespannt, aber doch zu mehr bereit als zu hemmungslosen Schwimmzügen im Tränenmeer des Kummers. Salvatore hatte gewisse Instinkte.

»Ich dachte«, sagte er, »du verläßt uns vielleicht, Dash. Ich dachte schon, du sagst uns vielleicht, daß du uns verläßt.«

»Ich wollte«, sagte Dashiel vorsichtig, »euren Kummer nicht stören. Alles ist vorbei. Jeder muß seinen eigenen Weg gehen.«

»Kummer«, sagte Salvatore. »Das ist ein kleines Wörtchen für das, was Gianni gerade durchmacht. Für Kummer ist das Englische keine Sprache. Gianni will die ganze Welt umbringen. Ich – ich komme drüber weg. Niemand lebt ewig. Ich habe ihnen ein gutes Leben gegeben – Lucrezia und der kleinen Annamaria. Aber Gianni will die ganze Welt umbringen.«

»Vielleicht ein guter Grund für mich«, sagte Dashiel, »ihm nicht

Lebewohl zu sagen. Sonst bin ich womöglich für ihn das einzige gerade umbringbare Stück Welt.«

»Nee«, sagte Salvatore, »er liebt dich wie einen Bruder, wie er mich liebt. Aber jetzt hat er's mit der Hölle, und er kommt in die Hölle, und seine Frau Susanna und die Kinder, die er angebetet hat, die sind Engel, die herunterschauen, wo er im Feuer der Hölle brennt. Ich sage ihm: du warst immer ein guter Mensch, du hast nur drei getötet, und das waren bittere Feinde, und reden wir nicht von den andern Sachen, wo es keine Toten gegeben hat, und du kommst ins Fegefeuer. Aber dann schreit er, die Schmerzen im Fegefeuer sind auch nicht das, was er will. Es geht ihm ganz dreckig. Wo gehst du nun hin, Dash?«

»Ich gehe mit meinem Vater und meiner Mutter.«

»Da hast du Glück, daß du die noch hast, Dash. Ich und Gianni, wir haben nicht so viel Glück. Und wo gehst du hin mit Vater und Mutter, Dash?«

»Ich weiß es im Grund nicht, Salv. Sie wissen es auch nicht. Wir gehen mit jemand, der weiß, wo es hingeht.«

Salvatore dachte darüber nach. Dann sagte er: »Dein Dad, das ist ein großes Tier bei den Protestanten, stimmt doch? Er hat Beziehungen, nicht? Er holt dich und den Rest von seiner Familie weg vor dem, wie sagt man, Dash, dem Weltuntergang? Ja?«

»Da kommt niemand davon, Salv.«

»Warum dann noch wohingehen? Warum nicht dableiben und warten, bis das Dach runterkommt und das Elend ein Ende hat?« Er grinste zärtlich: »Oder, wie bei Gianni, erst anfängt.«

»Man muß in solchen Zeiten irgendwas machen. Man muß sich bewegen. Vielleicht bewegt man sich von etwas Schlechtem zu etwas noch Schlimmerem hin, aber Bewegung muß sein.«

Wieder kamen Schreie, Trauergeheul aus Giannis Zimmer. Salvatore schüttelte nachsichtig den Kopf, aber auch ein wenig traurig. »Wir müssen Gianni jetzt Zeit lassen, daß er Buße tun kann, Zerknirschung zeigen, ein paar Messen bezahlen, vielleicht mit einem Priester reden. Dein Dad ist so eine Art Priester?«

»Ein Protestant. Wohl nicht, was Gianni will.«

»Trotzdem, wir kommen mit, Dash, mein Junge. Setz dich. Trink einen, einen schönen steifen Drink, *liscio,* warte, bis wir fertig sind. Wo du hingehst, gehn wir auch hin. Vielleicht bekehrt sich Gianni sogar zum protestantischen Glauben. Hab viel gehört über deinen Dad, wollte ihn immer mal kennenlernen.«

Eine große Explosion erschütterte die Innenstadt von Fort Worth. Man konnte den Lake Arlington wie ein wütendes Meer rauschen hören.

»Hallo«, sagte Kamarin ins Telephon. »Ja, *Nowij Mir.* Wer? Welche Nachrichtenagentur? Von wo? London. Ich verstehe. Ich nehme an, es besteht kein Zweifel, daß – Nein. Authentisch. Ich verstehe, danke Ihnen.«

»Was zum Teufel geht hier vor?« tobt Trotzki wie ein wütendes Meer. »Haben sie ihn gefunden? Ist er tot? Mein Serjoscha – ich will meinen Sohn, ihr Schweine!«

Kamarin wendet sich ernst an Trotzki. »Lew Dawidowitsch Trotzki, das Telephon steht Ihnen ganz zur Verfügung. Ehe Sie es benutzen, müssen Sie sich jedoch noch als Augenzeuge einer bestimmten Einzelheit versichern.« Er zieht den Haftbefehl aus einer Innentasche und zerreißt ihn feierlich. »Die Autorität des Zaren ist liquidiert. Die Revolution hat begonnen. Genosse!« Er erschauert ein wenig bei diesem Wort. Tapfer fährt er fort. »Mein Kollege und ich werden, bis wir ersetzt oder liquidiert werden oder, was viel wahrscheinlicher ist, bis wir zurücktreten und abgerissene Russischlehrer hier in New York werden, eine Volksrepublik repräsentieren. Kommen Sie, wann es Ihnen paßt, aufs Konsulat, und wir werden Ihnen ein Visum ausstellen. Für Ihre Rückkehr nach Rußland, als freier Mann und, wie ich wohl annehme, als einer der Führer des Staates.«

Aber Trotzki kann dies nicht aufnehmen, noch nicht. Er ist am Telephon beschäftigt, während Kamarin seine kleine Ansprache an ihn richtet, und versucht, die Polizei zu erreichen. Was er dann am Telephon sagt, bleibt unhörbar wegen des folgenden Songs, den Kamarin und Doktorow nun anstimmen:

KAMARIN: Mein Gott, was ist jetzt los?
Das Bild des Zaren muß weg!
Was machen wir denn bloß?
Dieser historische Schreck!
DOKTOROW: Dies Amt wird mir zu Qual.
Ob ich je meine Rente seh?
Ach, jetzt bräuchten wir erst mal
zwei gespritzte Kaffee!

Beide: Ändern, ändern –
alles soll sich ändern!
Egal wie absurd und wie blind!
Doch warum läßt der liebe Gott
die Dinge nicht so, wie sie sind?
Kamarin: Mein Gott, man glaubt es kaum:
der Sieg der Massen!
Ist es ein böser Traum?
Ich kann's nicht fassen.
Doktorow: Haltung jetzt, Freund! Gefaßt!
Und umgezogen!
Jetzt heißt es aufgepaßt,
und neu gelogen.
Beide: Ändern, ändern –
alles soll sich ändern!
Egal wie absurd und wie blind!
Doch warum läßt der liebe Gott
die Dinge nicht so, wie sie sind?
Kamarin: Und Petersburg? Wie heißt das wohl morgen?
Doktorow: Mensch, deine Sorgen!
Kamarin: Marxgrad –
Doktorow: Engelsgrad –
Kamarin: Britishmuseumgrad?
Doktorow: Trotzkigrad?!
Beide: Auf jeden Fall haben wir den Salat.
Ändern, ändern –
alles soll sich ändern!
Egal wie absurd und wie blind!
Doch warum lassen der liebe Gott und der Sata-
n von Nowgorod bis nach Alma Ata
die Dinge nicht so, wie sie sind?

Trotzki legt düster den Hörer wieder auf. »Sie sagen, ich soll mich nicht vom Fleck rühren. Hierbleiben und warten. Sie tun, was sie können, sagen sie. Also *kann* ich nicht weg.«

»Wir verstehen, wie Ihnen zumute ist, Genosse«, sagt Kamarin. »Es eilt nicht mit dem Weggehen.«

»Was?« sagt der verblüffte und zerstreut-beunruhigte Trotzki. Das öffentliche Leben interessiert ihn momentan nicht.

»Kommen Sie aufs Konsulat, wann es Ihnen beliebt.«

»Zur Deportation? Zu meiner erzwungenen Repatriierung?« Kamarin erschauert. »So kann man es nennen.« Er und sein Kollege versuchen, mit erhobener Faust zu grüßen, aber die Arme scheinen ihnen den Dienst zu versagen. So fügen sie ihrem Song einen letzten Vers hinzu:

KAMARIN: Ach, in mir bebt es,
vom Kopf zu den Füßen,
mir widerstrebt es,
proletarisch zu grüßen.
DOKTOROW: Ach, ball die Faust doch
zu neuen Zielen!
Sonst sieht man noch:
Du hast keine Schwielen.
BEIDE: Ändern, ändern,
alles soll sich ändern!
Drum, Väterchen Zar, schieß in den Wind!
Doch warum läßt der liebe Gott
die Dinge nicht so, wie sie sind?
KAMARIN: Waren.
DOKTOROW: Waren, sind – hü oder hott.
BEIDE: Doch warum läßt du, Genosse Gott,
die Dinge nicht so, wie sie waren?

Wenden sie sich mit dieser Frage an Gott oder an Trotzki? Es tut nichts zur Sache; sie gehen jetzt. Trotzki hat die Nachricht vom Beginn der Revolution nicht in sich aufgenommen. Er denkt jetzt nur an seinen Sohn.

Otto Rank kam mit Gepäck in die Hotelhalle gerannt. Die Kongreßteilnehmer gingen bereits in den großen Saal, um dort einen Vortrag anzuhören. Jones erblickte Rank und sagte:

»Wo waren Sie denn? Ich habe Ihnen geschrieben und keine Antwort bekommen.«

»Nicht in Wien«, keuchte Rank. »In Amerika. Vortragsreise. Wie steht es?«

»Sie haben nichts gehört? Keine Briefe aus Wien?«

»Ich hatte meine Vorträge zu halten. Ich war immer unterwegs. Wieso – was ist geschehen?«

»Wir gehen besser hinein.«

Es waren etwa dreihundert Zuhörer. Auf dem Podium stand Anna Freud, die absurd jung aussah, aber ihnen mit fester Stimme, sicher und mit der Autorität ihres Vaters sagte:

»Die Situation der ›Realangst‹ unterscheidet sich von derjenigen der pathologischen Angst dadurch, daß die Natur der Gefahr bei ersterer offen zutage liegt, während sie in letzterem Fall verborgen ist. Bei krankhafter Angst mag die Gefahr aus der Furcht vor verdrängten Trieben im Es entspringen, aus Bedrohungen von Seiten des Über-Ich, oder der Furcht vor Bestrafung durch die Außenwelt. Bei Männern ist es jedoch wesentlich immer die Angst vor Kastration – bei Frauen ist die Angst, nicht geliebt zu werden, charakteristisch. Wir müssen lernen, zwischen dem vagen Gefühl von Gefahr und der Katastrophe selbst zu unterscheiden, welche wir als Trauma bezeichnen wollen ...«

Rank brauchte einige Zeit, bis ihm aufging, was das zu bedeuten hatte. Die Tochter sprach einführende Worte ...? Aber der Vater trat nicht in Erscheinung. Er wurde bleich und fühlte sich schwindlig. Mit zitternder Stimme sagte er zu Jones:

»Ist er tot?«

»Nein, nicht tot. Er hat nur Mundhöhlenkrebs.«

Ranks hysterisches Gelächter, das er nicht unter Kontrolle bringen konnte, war so laut und erschreckend, daß der Vortrag kurz unterbrochen werden mußte. Alles sah entsetzt herüber. Jones brachte ihn nach draußen, wobei er immer noch vor Lachen kreischte, und schob ihn in den Fahrstuhl. Im dritten Stock zog er Rank, der nun langsam ruhiger wurde, in sein eigenes Zimmer. Dort wurde er still. Jones holte eine Flasche Kognak aus dem Schrank, nahm zwei Gläser vom Waschtisch.

Gefaßter, mit kognakfeuchten Lippen, konnte Rank schließlich sagen:

»Es entspricht nicht der Geschäftsordnung.«

»Sie ist nur seine Stimme. Sie liest nur den Vortrag vor, den er verfaßt hat.«

»Es führt zu einem Autoritätsverlust. Sie ist nur ein Mädchen, ohne Qualifikation. Sie hat nicht einmal die höhere Schule abgeschlossen.«

»Sie ist seine Tochter. Ist das nicht Autorität genug?«

»Ich verstehe. Bleibt alles in der Familie.«

»Sie gehören auch zur Familie.«

»Ich weiß. Er hat mich seinen jüngeren Bruder genannt. Aber so habe ich mich nie gefühlt. Ich bin immer ein Sohn gewesen.«

Er sprach mit übertriebener, immer lauter werdender Intonation. Jones sagte:

»Ich glaube, ich fange an, diesen Ausbruch von Hysterie zu begreifen. Entdecke ich Anzeichen eines gewissen – Schuldgefühls?«

Rank murmelte jetzt leise, die Augen niedergeschlagen und auf das Kognakglas gerichtet. »Mir wurde verboten, selbst zu praktizieren. Aber schreiben sollte ich. Ich habe geschrieben. Ich habe nie etwas getan, was ich nicht hätte tun sollen. Es gibt nichts, dessen ich mich schuldig fühlen müßte.«

»Und trotzdem fühlen Sie sich schuldig. *Was* haben Sie geschrieben?«

»Ein Buch. Ich habe es veröffentlicht, in Deutschland.«

»Ohne es ihm zu zeigen? Ohne den Inhalt mit ihm zu diskutieren?«

»Er hätte darüber gelacht. Es abgelehnt. Ich mußte meinen eigenen Weg gehen.« Er sah mit einer gewissen Feindseligkeit zu Jones auf. »Und ich mußte es für mich behalten. Wenn ich es ihm gesagt hätte, hätte er mit Ihnen darüber gesprochen. Und dann hätten Sie einen Vortrag darüber gehalten. Der große Mann, Dr. Jones, ein *richtiger* Doktor. Rank ist kein Arzt, hört nicht auf Rank!«

»Ich verstehe Sie nicht.«

»O doch, Sie verstehen mich schon. Der Ödipuskomplex und Hamlet. Sie haben meinen Vortrag veröffentlicht. Alle sagten, er sei wundervoll. Aber es war meine Idee.«

»Ich wußte es nicht«, sagte Jones. »Es war nur so ein Einfall – etwas, was im Gespräch erwähnt wurde. Aber, ich meine, Ideen sind Gemeingut. Es kommt doch darauf an, was man aus den Ideen macht.«

»Meine Idee«, sagte Rank aggressiv. »Diese neue Idee ist ganz die meine. Und auch, was ich daraus gemacht habe, gehört mir. Und ich habe keinerlei Grund, Schuld zu empfinden.«

»Mit anderen Worten: Sie haben mit ihm gebrochen. Wie Adler. Wie Jung.«

»Ja.« Rank goß sich noch einen Kognak ein. »Wie diese beiden großen *Ärzte.* Warum sollte ich nicht mit ihm brechen? Söhne müssen ihre Väter früher oder später verlassen.«

»Sie sollten doch ein jüngerer Bruder sein, kein Sohn.«

»Ich war nicht gut genug für einen Bruder. Jetzt *bin* ich gut genug. Brüder mit gleicher Leistung, jeder auf seinem eigenen Weg. Mein Buch ist– epochal.«

»Das habe ich schon öfters gehört«, sagte Jones trocken.

Rank hatte sein Gepäck beim Portier gelassen, aber er hatte die Aktenmappe fest unter den Arm geklemmt behalten. Nun öffnete er sie. »Ferenczi«, sagte er, »hat das gesagt. Ferenczi hat gesagt, es würde den Ödipuskomplex in seiner Bedeutung ersetzen.«

Jones war beunruhigt. »Und Ferenczi hat auch nicht mit ihm darüber gesprochen.«

»Hat Angst gehabt, wie ich auch. Angst vor dem mosaischen Donner, Angst, daß er uns die Gesetzestafeln auf die Köpfe schmettert. Aber nun brauchen wir vor nichts mehr Angst zu haben.« Er zog das Buch heraus, ein sehr dickes. »Da ist es. Ich weiß, Ihr Deutsch ist ausreichend. Es ist gutes, einfaches Deutsch, ohne seine blumigen Metaphern.«

Jones nahm das Buch vorsichtig in die Hand, aber er schlug es nicht auf. Stattdessen sah er Rank an, direkt in die Augen.

»Was haben Sie gegen mich?« sagte er. »Es ist da etwas, ich kann es sehen. Erbittert Sie meine – Treue?«

»Hören Sie auf, immer von ihm zu reden. Schauen Sie sich das Buch an.«

»*Das Trauma der Geburt*... Schicken Sie ihm ein Exemplar?«

»Nein. Nein. Nein.« Rank fing wieder an zu lachen. Seine Hysterie war zwar unterdrückt, aber sie war noch da.

»*Das Trauma der Geburt*«, sagte Anna und nahm es vorsichtig in die Hand. »Soll ich es dir vorlesen?«

Freud rauchte kräftig, krank und alt, auf seinem Schreibtischstuhl zusammengesunken. Anna saß ihm gegenüber. Er sagte schmerzhaftnasal: »Faß den Inhalt zusammen.«

»Nun – er sagt folgendes. Neurosen haben ihren Ursprung nicht in der kindlichen Sexualität und den damit zusammenhängenden Erlebnissen. Neurosen kommen daher, daß man geboren wird. Einige leiden dabei mehr als andere. Es scheint sich dabei um eine Frage der körperlichen Konstitution zu handeln. Das Kind kommt aus einem warmen behaglichen Ort, dem Mutterschoß, hervor, es wird herausgezerrt, man versetzt ihm Schläge, zwingt es, Luft zu atmen. Es sieht sich der feindlichen Außenwelt – außerhalb der Mutter – gegenüber. Da kommt es nie drüber hinweg.«

»Unsinn.«

»Hör zu. ›Die Geburt ist sowohl die erste all der Gefahren, die dem Leben drohen, wie auch das Urbild aller späteren, die uns Angst empfinden lassen, und die Geburtserfahrung hat wahrscheinlich in uns den Gefühlseindruck hinterlassen, welchen wir als Angst bezeichnen. Macduff, in Shakespeares ›Macbeth‹, wurde nicht von der Mutter geboren, sondern vor der Zeit aus ihrem Leib genommen. Aus diesem Grunde kannte er die Angst nicht.‹«

»Was für ein verdammter Unsinn. Das habe ich ihm erzählt. Es war ein Scherz.«

»Nun ist es keiner. Mir scheint das folgendes zu bedeuten – die Mutter wird wichtig als Ort, als Form der Umwelt, als Ursprung des Lebens. Du siehst sie als Liebesobjekt. Etwas, worum man mit dem Vater kämpft. Er scheint etwas Neues geschaffen zu haben – eine präödipale Situation.«

»Nein. Nein.«

»Etwas ist dran.«

»Wendest du dich auch gegen mich, Anna? Gibt es niemanden mehr, der loyal bleibt? Verflucht sei dieser Otto Rank. Ich habe ihm alles gegeben. So vergilt er es mir.«

»Du legst dich besser hin, Vater.«

Freud drückte seine halbgerauchte Zigarre in dem Messingaschenbecher aus. Er erhob sich mit unsicheren Bewegungen und ging stolpernd hinüber ins Sprechzimmer. Unter großen Schmerzen legte er sich dort auf die Couch. Er wollte in den Schlaf entfliehen, aber das ließ der Krebs nicht zu:

»Untreue? Illoyalität? Und wie geht es Dr. Jung dieser Tage, Herr Professor? Er freundet sich nicht mit einem wie mir an. Ein sehr gesunder Mann, groß und stark, sein Körper unbefleckt und ungeschwächt von Alkohol oder Tabak. Natürlich hängt alles davon ab, was man unter Krebs versteht, nicht wahr? Schon gut. *Ich* werde Sie nie verlassen.«

»Der Jude«, sagte Jung, »der ein Nomade ist, ein Wanderer, hat noch nie eine eigene Zivilisation geschaffen. Er hat nie eine eigene Kultur begründet, und wird es auch nie tun. All seine Instinkte, all seine Talente brauchen eine mehr oder weniger zivilisierte Nation als Wirt für ihre Entwicklung. Das arische Unbewußte verfügt über ein größeres Potential als das jüdische. Meiner Meinung nach war es bisher ein gravierender Irrtum der medizinischen Psychologie, jüdische Kategorien wahllos auch auf deutsche und slawische Christen anzuwenden. Das kostbarste Geheimnis der germanischen Völker – die schöpferische und intuitive Seelentiefe – ist als Sumpf banaler Infantilismen erklärt worden, trotz der Warnungen, die unter anderen ich vorzubringen versucht habe. Meine Warnungen zogen das Mißtrauen von Sigmund Freud auf sich. Freud hat die Seele nicht begriffen. Hat das eindrucksvolle Phänomen des Nationalsozialismus

– auf das die ganze Welt mit erstaunten Augen blickt – ihn und seine Schüler eines besseren belehrt?«

Der Beifall war beträchtlich. Hakenkreuzbinden tanzten auf applaudierenden Funktionärsarmen. Die Berliner Sonne trat kurz hervor, um Jung anzulächeln. Jung lächelte und verneigte sich kurz.

Jung entlehnte eine gewisse Schneidigkeit von den gestiefelten Männern, welche ihn den mit Hakenkreuzfahnen behangenen Korridor entlang zum Büro von M. H. Göring begleiteten. M. H. Göring erhob sich dick hinter seinem Schreibtisch, als Jung eintrat.

»Freut mich sehr, Herr Dr. Jung. Ich war bei Ihrem Vortrag – sehr beeindruckend. Nein, das ist noch unangemessen – ich war überwältigt.«

»Danke sehr. Sind Sie zufällig ein Verwandter von –«

»Unserem geschätzten Feldmarschall und Befehlshaber der Luftwaffe? Man sagt, es gebe eine erkennbare Familienähnlichkeit. Mein Vetter. Wir nennen ihn den dicken Hermann, und das mag er nicht. Darf ich Ihnen etwas zu trinken–?«

»Vielen Dank, nein.«

»Nun, dann zum Geschäftlichen. Ich weiß, Ihre Zeit ist kostbar. Wir fassen es als großes Kompliment auf, daß Sie nach Berlin gekommen sind, um hier Vorträge zu halten und unsere Krankenhäuser zu besuchen. Ich habe Ihnen einen Vorschlag zu machen, dessen Annahme durch Sie für uns noch schmeichelhafter wäre, weil dies eine noch engere Verbindung mit unserer Stadt bedeuten würde. Und mit dem Dritten Reich selbst. Im letzten Jahr – im Juni 1933 – haben wir die Deutsche Gesellschaft für Psychotherapie reorganisiert.«

»Ich weiß.«

»Natürlich. Die Internationale Ärztliche Gesellschaft für Psychotherapie nennen wir sie jetzt.«

»Nicht die Nationalsozialistische etcetera?«

»Nun – nein. Wir sehen nach außen in die ganze Welt, sind nicht ausschließlich nach innen zur Partei gewandt. Obwohl natürlich–«

»Im Lauf der Zeit die beiden zusammenfallen werden, hoffen Sie?«

»Das ist die Hoffnung des Führers, Herr Dr. Jung.« Der Führer schaute aus einem Bild über dem Getränkeschrank herunter. »Was mich betrifft, so bin ich Arzt und versuche, mich aus der Politik herauszuhalten. Obwohl ich natürlich intellektuell und gefühlsmäßig und mit größter patriotischer Hingabe die Prinzipien akzeptiere, für welche die NSDAP steht. Deshalb war ich so entzückt, Ihre Ausführungen heute morgen zu hören. Wir haben unseren Präsidenten verloren, Herr Dr. Jung. Er ist zurückgetreten, als wir unseren Namen und unsere Haltung geändert haben.«

»Zurückgetreten?« lächelte Jung.

»Sagen wir ›zurückgetreten‹. Es gab natürlich einen gewissen Druck, von Seiten der Partei. Er gehörte der falschen Rasse an. Sie und ich nicht, Herr Dr. Jung. Wir stehen für eine arische Psychotherapie und nicht für die jüdischen Ketzereien eines Sigmund Freud. Ich darf Ihnen die Präsidentschaft unserer Organisation anbieten.«

»Aber – nun, ich fühle mich natürlich sehr geehrt– aber ich bin Schweizer.«

»Diese kleinlichen staatlichen Grenzziehungen, Herr Dr. Jung! Sie sind deutsch. Sie anerkennen den mythischen Begriff der deutschen Rasse. Dr. Jung – Präsident der Internationalen Ärztlichen Gesellschaft für Psychotherapie. Das klingt doch nicht schlecht! Es wird eine Zeitschrift geschaffen, die Sie herausgeben werden. Ich werde mich glücklich schätzen, Ihnen dabei zu assistieren.«

»Eine Ehre, es ist mir eine große Ehre. Arische Psychoanalyse.«

»Internationale Psychoanalyse. Ohne die Juden. Wollen Sie nun etwas trinken?«

»Nichts Alkoholisches.«

»Wie der Führer selbst.« Er öffnete den aufglänzenden Getränkeschrank und holte ein Fläschchen Apollinaris heraus.

»Und Dr. Ferenczi–« (tief in Freuds linkem Ohr) – »dieser Ihr liebenswerter ungarischer Schüler. Einer Ihrer Söhne. Sie haben ihn doch direkt ›Sohn‹ genannt, nicht wahr? Der Apostel der Liebe, Professor Freud. Wie geht es ihm denn?«

In Ferenczis Sprechzimmer lag eine junge Frau namens Ilse auf der Couch und schluchzte. Ferenczi saß dabei und hörte ihr zu, hielt ihre Hand.

»Und ich fühle mich abgewiesen. Verstoßen. Von allen.«

»Ungeliebt, Ilse?«

»Ungeliebt.« Sie brach in Tränen aus. Ferenczi küßte ihre Hand, dann ihren bloßen Arm. Er sagte:

»Wir müssen uns einander nahe fühlen, Ilse. Du mußt deine Gefühle auf mich übertragen – Haß, Vorwurf. Liebe – Du darfst nichts zurückbehalten. Nur so kannst du geheilt werden.«

Er nahm sie in die Arme, wobei er sich neben sie kniete, und überschüttete ihr nasses Gesicht mit Küssen. Sie antwortete ihm leidenschaftlich. Er löste sich von ihr.

»Augenblick.«

Er ging zur Tür, um sicher zu sein, daß sie fest verschlossen war. Sie war es. Dann kam er zu seiner Patientin zurück. Die Couch war breit.

»Fühlst du dich jetzt besser?«

»Viel besser.«

»Aber« (tief in seinem rechten Ohr) »Sie und ich, wir machen uns keine Sorgen um den Verrat, oder? Ich lebe. Sie leben. Ich wachse. Sie wachsen. Besuche von großen Männern. Einstein. H. G. Wells. Ihre Photographie in den Illustrierten. Medaillen, Ehrungen. Kein Nobelpreis natürlich. Dafür sind Sie immer noch nicht respektabel genug. Aber anderes. Vieles andere. Eine Ironie, nicht wahr? Sie würden alles weggeben, um mich los zu sein. Aber ich bleibe, Professor Freud. Ich bleibe bis zum Ende. Sie fühlen sich schläfrig? Gut. Schlafen Sie jetzt. Ich wache über Sie.«

Lynx und Mond standen, beide dreiviertelvoll, drohend über dem Staate Missouri. Zwischen St. Louis und Jefferson City wurde es Val und Willett zum ersten Mal klar, was der Ausdruck »lynkstatisch« bedeuten konnte. »Lynkstase«, murmelte Val, »lynkstatische Religionsformen.« Die gesamte Kleinstadt Wilcock war ein einziger lynkstatischer Gottesdienst. Die Gebäude lagen in Trümmern und die Kanalisation war zerstört; die Stadt stank nach Exkrementen wie ein Krankensaal voll inkontinenter Debiler. Die Menschen lagerten in den Ruinen, aßen rohes Fleisch und vergifteten sich mit verfaultem Wasser. Als Val und Willett versuchten, die einzige Straße des Orts zu durchfahren, waren Männer, geschmückt mit Hahnenfedern und mit Knütteln bewaffnet, gleich dabei, sie anzuhalten und zu fragen, was sie wollten. Ein starkgefiederter dicker junger Mann, der nach Sprit stank, fragte: »Seid ihr auf dem Weg zum Auslöschen des großen Lichtes?«

»Wenn«, sagte Willett, sorgfältig seine Worte wählend, »es das ist, was ihr befürwortet.«

Der dicke junge Mann drehte sich mit einem Zahnlückengrinsen zu seinen Kumpanen um. »Von Befürworten redet er!« sagte er, und sie lachten. Zu Val und Willett sagte er ärgerlich: »Laßt das nicht das große Licht hören. Ihr müßt warten auf den Aufgang des größeren Lichtes. Kommt jetzt raus zum Essen.«

»Wir haben schon gegessen«, sagte Val. »Habt vielen Dank.«

»Gegessen? Ihr unerleuchteten Schlapphähne! Ihr müßt von Smith essen, um den Untergang fernzuhalten.«

»Smith?« Die federbesteckte Gruppe deutete hin. Der zahnlose glatzköpfige Schädel eines alten Mannes grinste von einer verbogenen und zerkratzten Stehlampe. Man hatte ihn am Halse an die Lampe angebunden, und sein Bauch war mit ungenauen Schnitten aufgeschlitzt worden. Fingerglieder und Zehen waren verschwunden, und es war zu erkennen, daß dünne Scheiben Fleisch und Haut von den Gliedmaßen und dem Torso abgeschnitten worden waren. Seit Tagen tot, vielleicht seit Wochen: in der Bauchöffnung wimmelten die Maden. Val würgte es. Willett, mit seinem besseren Magen, war ungerührt. Er sagte: »Wir haben von Smiths Großvater gegessen. In einem fernen Ort vieler Wasser.« Und er trat und stieß Val. »Auf gehts!« knurrte er. Der Wagen knurrte, schob sich vorwärts, und die Gefiederten schlugen mit Stöcken auf ihn ein. Donner sprach vom westlichen Horizont. Die Leute drehten sich hin, wie um das laute DRAAAAAAA deuten zu wollen. Das Auto entkam; Val würgte es noch immer. Laute Schreie erklangen hinter ihnen, Männer schwenkten Knüttel und rannten auf schwachen Beinen hinterher.

»Elende Madenköpfe«, knurrte Willett wieder zu den gespenstischen Himmelslichtern hinauf. »Glotzende Wechselbalge. Wahnwitzige Dumpfeulen. Kreischendes Pack. O Jesus! Na, vielleicht ist's besser, im Wahn dahinzugehen.« Der Wagen hustete. Der Wagen bebte und hüpfte.

»Am Benzin fehlt es«, sagte Val. Die Anzeige wies auf beinahe gar nichts.

»Herr im gansköpfig eingemachten dummrotzbeschissenen Hurenhimmel!«

Sie mußten den Wagen stehenlassen und weiter, zu Fuß nach Jefferson City. Von fern, eine Seitenstraße hinunterblickend, sahen sie etwas wie die zerlumpten Überreste eines Bataillons auf dem Marsch. Die Soldaten husteten und husteten, wie nach dem Beschuß mit Senfgas an der Somme. »Schritt halten da drüben!« brüllte ein Sergeant. Was war ihr Auftrag, wohin marschierten sie? Würden sie wie hirnlose Automaten weitermarschieren, bis die Welt endete? Willett zitierte knurrend:

> »*Die* blieben, als der Himmel brach, die Erde
> im Tiefsten wankend keinen Halt mehr bot,
> Soldaten treu im Dienst, wie sich's gehörte,
> bezogen ihren Sold und sind nun tot.«

Nahe bei einer Stadt namens Houseman lag, halb in Trümmern, eine verlassene Fabrik, deren Schornstein noch schwärzlich im rot-silbernen Licht rauchte. Auf einem großen Parkplatz standen lange Reihen von Lastwagen, orange und violett gestrichen, mit dem Namen ILLIONS. Einfache Omniclef-Übung. Diesmal fuhr Willett. Die nächste Variante von Lynkstase sahen sie – und Val Brodie überlief es – in Brodie. Es war aber eine schon lang in Amerika bekannte – ein Grüppchen weißgewandeter Weltuntergangspropheten, die nun den Teufel nicht mehr an die Wand zu malen brauchten. Ein ausgemergelter Ältester sprach zu einer Gemeinde, die nach Tierfett stinkende Fackeln trug: »... Und ich sah einen neuen Himmel und eine neue Erde, denn der erste Himmel und die erste Erde waren nicht mehr, und das Meer war nicht mehr. Und ich sah die Heilige Stadt, das neue Jerusalem, von Gott aus dem Himmel herniederkommen, geschmückt wie die Braut für ihren Bräutigam ...«

Seit der Zeit, als Maria Gropius, als Braut für ihren Bräutigam geschmückt, diesem Gehorsam gelobt hatte, mußte sich tief in ihrem Inneren eine massive Portion Auflehnungslust angesammelt haben. Nun kostete sie den neuen, berauschenden Geschmack dieses Gefühls und spuckte gelegentlich Kostproben zu Gropius hinüber. Gropius lenkte den Wagen stumm. Zur Rechten sprangen die Ozark-Berge, wie die Berge des Salomon zugeschriebenen Hohen Liedes. Die Bibel hatte doch recht. Und auf eine Art und Weise, wie man es nie erwartet hätte. Hinter ihrem Wagen, dessen Rücksitz und Kofferraum mit Marias nutzlosen Kleidern, ihrem Schmuck, ihren frivolen Klunkern und Nippes vollgepfropft waren, fuhr, wie er wußte, der Wagen seines Sohnes Dashiel, und seine Beifahrerin war Edwina Goya. Wiederum hinter diesen fuhr (obwohl die Gropius' das zunächst nicht wußten) der protzige Concordia '00 der Brüder Tagliaferro, Salvatore am Steuer, Gianni auf dem Rücksitz inmitten eines ganzen Arsenals: Kopple-Maschinenpistolen, Lefferts-Hipfirer, eine Munsey Angel, jede Menge Pistolen. Gianni wußte nichts von Shakespeare, doch er paraphrasierte einen Monolog des Lear mit mehr Wucht und Knappheit, als jenem etwas weitschweifigen Meister je zu Gebote gestanden hatte: »Warum soll eine gottverdammte Maus am Leben sein und die dort gottverdammt noch mal gestorben?« Im vorderen Wagen, der gerade an Tishomingo vorbeigefahren war, zeigte Maria ähnliche Kampfbereitschaft.

»Du hast kein Recht, Calv, du hast kein Recht, mich mitzuschleppen, und ich käm' auch nicht mit, wenn es nicht wegen dieser vulgären kleinen Schlampe wäre, die jetzt da hinten bei Dashiel mitfährt, es ist die Pflicht einer Frau, ihren Mann vor der Sünde zu retten, das sage ich, das war immer meine Meinung, aber du hast kein Recht, von irgendwelchen anderen Pflichten zu reden, Pflichten gegen den Botschafter, der das Wort des Herrn verkündet, und all dieser Scheiß...«

»Was hast du da gesagt? Wie war das Wort, das du da eben gebraucht hast?« Es war absurd. Der Himmel war rotes und silbernes Feuer mit schweren, öligen Wolkenschlieren, der Lärm wurde von den lärmsicheren Fenstern kaum ferngehalten, und sie hier zankte vor sich hin, als ginge das ewig so weiter mit dieser Welt, was sie natürlich auch glaubte. Bibelfestigkeit, so gestand er sich selbst traurig, zerstreut ein, hatte selten etwas mit dem Verständnis der Schrift zu tun. Er sagte: »Dir ist nicht gut, Liebling, und das ist ja kein Wunder. Aber, Liebling, schlag dir das ein für alle Mal aus deinem dicken dummen Kopf, daß dieses Mädchen irgendetwas anderes im Sinn hat, als ihr Kind zu retten. Das ist ihr einziger Gedanke, und sie glaubt, ich sei der einzige auf der Welt, der ihr dazu helfen könnte. Eine Menge Leute, Gott steh mir bei, haben an meine übernatürlichen Kräfte geglaubt. Aber sie hat recht mit dem anderen, was sie sagt, daß man das Wort des Herrn vor die Großen tragen muß, und ich bin, Gott steh mir bei, nochmals sei es gesagt, der einzige, der das tun kann.«

»Die Großen! Das Wort des Herrn! All dieser Scheiß, wo die Straßen volliegen mit Autowracks und die Flüsse über die Ufer treten und die Berge da drüben vor Erdstößen zittern. Warum fahren wir nach Kansas? Warum konnten wir nicht in Dallas bleiben, bis alles vorbei ist?«

»Es wird nicht, zum hundertsten Male! irgendwann alles vorbei sein. Dies ist das Ende der Welt. Erinnerst du dich an diesen Begriff? *Das Ende der Welt!* Das steht in der Bibel. Der Jüngste Tag. Erinnerst du dich?«

»Ach ja, der Jüngste Tag!« Und dann, weniger sarkastisch: »O Jesus, o Jesus, Retter meiner Seele!« Denn die Straße vor ihnen brach auf und schleuderte Brocken von sich selbst in die Höhe. Der Wagen schlingerte wie auf einer Achterbahn. »Halt an, halt den Wagen an! O Herr Jesus, rette mich!«

»Ich fahre weiter. Es ist unsere einzige Hoffnung.«

Sie kreischte auf, als ein längliches Trapezoid zerbröckelnden Asphaltbelags gegen die Windschutzscheibe flog. »Kehr um, Calv! Dreh um, fahr zurück!«

»Nein, wir fahren weiter. Bete, Liebling, bete, was du kannst!«

»Ich *habe* die ganze Zeit gebetet, Scheiße noch mal! O Herr Jesus, vergib meine Sünden!« Sie fuhren mit einem Mal wieder ruhig dahin. »Sag mir's«, sagte sie, »sag mir die Wahrheit, Calv. Wir sind jetzt nahe bei Gott, also mußt du die Wahrheit sagen.«

»Was für eine Wahrheit denn um Gotteswillen? Ich habe dir immer die Wahrheit gesagt, oder etwa nicht? Ich habe immer allen die Wahrheit gesagt. Gottes Wahrheit.«

»Ich will nicht Gottes Wahrheit, ich will die echte Wahrheit hören. Das Mädchen meine ich. Sag mir die Wahrheit, schwöre es mir. Hat sie das Kind von dir?«

»O Gott, ich werde noch verrückt! Nein. Oder besser gesagt, ja.«

»Ich wußte es, ich wußte es! Ich wußte es.«

»Ihr Kind und fünfzigtausend andere Kinder sind von mir. Bist du jetzt zufrieden? Ich habe mein Leben mit Unzucht verbracht. Ich bin ein nimmermüdes Sex-Ungeheuer.«

»Du brauchst hier gar nicht ironisch werden, Calvin. Du bist kein Sex-Ungeheuer. Jedenfalls warst du das nie bei mir. Wenn wir schon bei der Wahrheit sind, du warst nie besonders gut im Bett. Das mußt du zugeben. Oder etwa nicht?«

»Ich hatte immer an anderes zu denken.«

»Ich kehre um, Calvin, solange noch Zeit ist. Ich bin noch jung. Ich habe das Leben noch vor mir.«

»Sex, meinst du das? Denkst du daran, dir jemand zu angeln, der gut im Bett ist? Nicht wie ich, dein Gatte, treu, immer treu, immer zu gottverdammt treu. Jesus, selbst die Patriarchen hatten ihre Mägde!«

»War sie deine Magd, Calvin? Sag mir die Wahrheit. Ich will dir verzeihen, ich verspreche es.«

Vor ihnen war die Straße durch eine umgestürzte Sequoia blokkiert. Er mußte den Wagen anhalten. Hinter ihm, bemerkte er, hielt der zweite Wagen. Und dahinter ein dritter. Wer war in dem dritten Wagen? War der schon seit Dallas mit ihnen gefahren? Nun, mochte Errettung suchen, wer da wollte. Er sagte: »Dann geh zurück und laß mich meine Pflicht tun. Die Pflicht eines Mannes kommt zuerst.«

»Bei dir kam immer die Pflicht zuerst. Nie deine Frau.«

»Ich habe dir Kinder geschenkt. Deine Kinder haben dir Enkel geschenkt. Geh zu ihnen zurück. Laß mich mit klarem Kopf mich auf meine Pflicht konzentrieren.«

»Das wolltest du ja immer – allein sein, ja? Mit einem *klaren Kopf*. Dankeschön, Calv! Vielen Dank!«

»Laß uns nicht so auseinandergehen. Laß uns in Liebe voneinander scheiden. Im Vertrauen auf den Herrn und die Errettung. Wir werden uns im Himmel wiedersehen, Maria.«

»Irgendwann dann mal«, sagte Maria. »Also gut. Steig aus. Du kannst mit dieser obszönen kleinen Schlampe da hinten fahren. Dashiel wird dafür sorgen, daß du keine Geschichten machst.«

»Zum fünfhundertsten Male–«

»Und wenn du mit eingezogenem Schwanz aus Kansas zurückkommst, dann rechne bloß nicht damit, daß ich mit dem Abendessen auf dich warte. Vielleicht bin ich in Miami, vielleicht in Palm Springs. Ich habe das Recht auf ein bißchen Leben ohne dauernd das Scheiß-Wort des Herrn in den Ohren!«

Er seufzte tief auf, stieg aus, überließ ihr das Steuer. »Soweit«, sagte er, »ist es also gekommen.« Erde und Himmel waren merkwürdig still, als lauschten sie interessiert.

»Ja, Calv, soweit. Also, irgendwann dann mal.« Sie wendete den Wagen geschickt und fuhr zurück, davon. Es blieb still. Die aufgerührten Elemente verstummten ehrfürchtig vor diesem Beispiel weiblicher Perfidie. Erschöpft ging Calvin Gropius zum Auto seines Sohnes. Irgendwo da hinten zweigte eine Nebenstraße ab. Die würde sie vielleicht nach Guthrie bringen, wo sie die Nacht verbringen wollten. Maria Gropius war bereits an der Abzweigung vorbeigeschossen und hatte sich, im Gegensatz zu Lots Weib, nicht umgesehen.

So näherten sich auf verschiedenen Wegen, mit unsteter Geschwindigkeit, unsere Reisenden ihrem unvorhergesehenen Zusammentreffen im rettenden Kansas.

In Kansas war Professor Hubert Frame mit frisch aufgeladenen Batterien bereit, die letzte konkrete Verkörperung seiner theoretischen Studien zu besichtigen. Er konnte natürlich nicht gehen. O'Gradys starke Arme hoben ihn mühelos vom Bett in den einzigen Rollstuhl des Camp-Hospitals. Seine Tochter stand, Tränen unterdrückend, dabei.

»Hör auf zu heulen, Kind«, sagte er. »Gibt nichts zu weinen.«

Bartlett, in flott-korrektem Schwarz mit einer KATZ-Binde am linken Arm (eine stilisierte Muschi, von hinten gesehen, sehr aufrecht sitzend), stand bereit, um ihn zur *Bartlett*, oder nein, *Amerika* zu geleiten. Frame, der durch das Dämmerlicht gerollt wurde, wo Lynx und Mond (zunehmend) am Himmel aufgegangen waren, bewunderte die Weite des Firmaments, die er in ihrer ganzen Ausdehnung seit vielen Monaten nicht mehr gesehen hatte. »Sie wachsen stetig«, atmete er beinahe unhörbar. »Erstaunlich. Doppelte Beschleunigung natürlich. Man fühlt sich ironischerweise an eine dieser alten Filmkomödien erinnert. Wo. Zwei Verliebte. Aus verschiedenen Richtungen auf einander. Zu. Laufen. Um sich zu. Umarmen. Können nicht anhalten. Also vorbei. Wird hier nicht geschehen. Nichts verfehlt.« Man brachte ihn zur *Amerika*, groß, riesenhaft, elegant, wo das ganze Team wartete. Er, Bartlett, Vanessa, O'Grady begaben sich in den Fahrstuhl und wurden sanft zum A-Deck emporgehoben. Als der sterbende Professor auf dem sogenannten Ring erschien, klatschten die meisten Teammitglieder gedämpft. Er winkte mit schwacher Bewegung zurück.

Man fuhr ihn herum, er wurde zum Deck B emporgehoben, dann zu Deck C. An Bartletts Effizienz bestand kein Zweifel, leider. Leider. Die Konzentration auf Lebens- und Bewegungsraum, die Berücksichtigung des menschlichen Grundbedürfnisses nach schierer räumlicher Freiheit hatte nicht dazu geführt, daß die technischen Einrichtungen in irgendeiner Weise zurückgedrängt worden wären. Die ploiarchische Zone beispielsweise, wo Dr. McGregor und Dr. McEntegart in einer kleinen Demonstration ihre Schalthebel antippten, Schirme aufglühen ließen, Radioanlagen zum Sprechen brachten, war geradezu üppig ausgestattet. Frame hörte Nachrichten von *Amerika II* und *Amerika III*, von dem australasiatischen Schiff *Kreuz des Südens*, von der *Defrit* der Europäischen Gemeinschaft, blöder Name, ohne Inspiration. Mondstationen waren schwach zu hören. Frame bewunderte das in drei Ebenen angeordnete Hospital, die unglaublichen Nahrungsfelder, die geräumige Wohnfläche, die auch nach dem geplanten Bevölkerungszuwachs immer noch geräumig sein würde. Er sah die Bibliothek, funktionell und rein technologisch eingerichtet, und die audiovisuellen Vorführgeräte, bestimmt für Belehrung, nicht Unterhaltung. Er bewunderte den Textilomaten, der in einer Mikrosekunde nach Eingabe von Muster und Maßen ein Kleidungsstück produzierte. Dr. Maude Adams, die beiden Bibliothekologen und andere stimmten ihn durch ihr Aussehen bedenklich. Sie wirkten wie tot, als wären sie selbst nur automatisierte tote Materie, die bestimmte vorprogrammierte Bewegungen durchlief. Er sagte, mit einer Schärfe, die ihn schmerzte, aber deutlich hörbar war, zu Bartlett:

»Haben Sie zu Pazifizierungsmaßnahmen gegriffen?«

»Es war notwendig.«

Frame ließ sich ein Mikrofon geben. Er sprach hinein: »Meine Damen und Herren, wir sollten auf unser Unternehmen trinken. Haben wir Champagner an Bord?« Nein. Bartlett runzelte die Stirn.

O'Grady schüttelte den Kopf, stirnrunzelnd. Frame grinste bitter und zog aus einer geräumigen Jackentasche eine lederumhüllte Messingflasche. »Whisky«, sagte er. »Ein symbolischer Tropfen, Frau Doktor?« sagte er zu Dr. Adams. O'Grady wollte sich einschalten. Bartlett schob einen Arm vor und sagte:

»Alkohol ist bestimmten Besatzungsmitgliedern ausdrücklich untersagt. Es handelt sich dabei um–«

»Pazifizierung«, sagte Frame. »Die Wirkung des Alkohols kann natürlich recht dramatisch sein. Trinken Sie, Doktor! Trinken Sie. Ich bestehe darauf.« Sie trank mit totem Blick. Eine automatische Trinkerin. Zu Vanessa sagte er: »Ein Wort dir ins Ohr, meine Liebe. Er sagte es ihr: »Es ist nun soweit. Ich kann es ebensogut hier zu Ende bringen.«

»Nein!«

»Doch. Eins hab ich noch auf dem Gewissen. Ich habe dich belogen. Ich habe gesagt, Val sei tot. Das kann nun mittlerweile natürlich durchaus der Fall sein. Aber ich wußte nichts über seinen, äh, biotischen Status, als wir hierherflogen. Es tut mir leid. Ich wollte ihn nicht bei dem Projekt dabei haben. Ich habe mich geirrt, glaube ich. Es tut mir leid. Er lebt vielleicht, er versucht vielleicht, dich zu erreichen. Ich habe so eine Ahnung, wie sie wohl ein Sterbender haben mag.« Er nickte grimmig zu Bartlett hinüber, der mit einiger Mühe Dr. Adams die Flasche abgenommen hatte. »Hoffnung, meine Liebe. Hoff du, daß er zu dir kommt!« Vanessa, sehr bleich, schlug die Hände vors Gesicht. Zu der ganzen Versammlung gewandt, sagte Frame nun: »Meine Damen und Herren, ich habe ein erfülltes Leben hinter mir, und ich werde ihm jetzt ein Ende setzen. Ein erfülltes, aber kein erfolgreiches. Ich weiß nichts, trotz aller Fülle. Ich weiß viel von den Wissenschaften, aber nichts vom Leben. Nun ist es zu spät, noch etwas zu lernen. Aber es ist für Sie, bedenken Sie's, Zeit, zu beginnen. Wenn Sie ein Motto haben möchten, das man über den Sichtschirm dort gravieren könnte, der Ihnen das pulsierende Universum zeigen wird, durch das die Reise geht, und der Ihnen jetzt zeigt, wie die Erde und Lynx unaufhaltsam ihrem Zusammenstoß entgegengehen, dann könnte dieses Motto lauten: *Scientia non satis est.* Wissen ist nicht genug. Jetzt wollen wir sehen, wie gut Ihr Leichenrecycler funktioniert. Nehmet hin, esset und trinket. Recht sakramental, nicht wahr? Seid Gott befohlen, was die ursprüngliche Bedeutung ist von–« Er lächelte, schaltete sein Atemgerät ab, atmete verzweifelt aus: »Adieu«, mit großen, weitgeöffneten Augen, blauer Haut. Sein Blick ruhte einen Moment lang giftig auf Bartlett und dann auf nichts mehr. Sein Kopf schlug auf die rechte Schulter. Es herrschte Schweigen. Ausgerechnet Dr. Adams war die erste unter den wenigen, die ein, zwei Tränen vergossen. Bartlett war effizient wie stets. Er befahl Dr. Durante:

»Sie haben gehört, was der Professor gesagt hat. Schieben Sie ihn in den Recycler. Nicht den Rollstuhl – der wird vielleicht noch gebraucht.« Blaß gehorchte Dr. Durante. Der Recycler lag zur Linken der Nahrungsfelder. Es war ein einfacher Vorgang, mit der Hilfe von Dr. Sara Bogardus den erloschenen Körper aus dem Stuhl und der nun rührend wirkenden Apparatur zu heben und als einen bloßen Klumpen Morphologie in die Atomisierungskammer zu legen. Das taten sie. Sie schlossen die schweren Türen und schalteten die Anlage ein. Es gab keinen Laut, keinen Lichtblitz. Stumm erfüllte sich das Werk der Extraktion und Aufbereitung – Protein, Kohlenstoffhydrate, Phosphor; reine und trinkbare Flüssigkeiten, und die Abfallstoffe wurden zu Brennstoff für die Hilfsgeneratoren. Frame würde in ihnen und für sie weiterleben.

Bartlett sagte mit jener Brutalität, die, wie sie nun wußten, mit seinem innersten Wesen verwoben war: »Soviel zur Vergangenheit. Unser Werk ist beinahe vollendet, ein Werk der Gegenwart. Wir holen nun tief Atem und bereiten uns vor auf die zukünftige Arbeit. Heute abend nach dem Essen wird eine allgemeine Versammlung stattfinden. 2130, am üblichen Ort. Gut denn. Wegtreten!« Sie traten weg. Dr. Maude Adams sagte zu Vanessa:

»Ich fühl mich nicht besonders wohl«, und suchte an ihr Halt.

»Kommen Sie mit in mein Quartier«, sagte Vanessa. Sie warf dem stirnrunzelnden O'Grady einen wilden Blick zu: aus den Augen einer gerade verwaisten Frau. »Ich kümmere mich um Sie.«

Und so, Jungs und Mädels, meine Damen und Herren, nach einer ungewöhnlich frugalen Mahlzeit (nicht zu Ehren des Toten, sondern als Vorgeschmack der ewigen Weltraumdiät, die ihnen bevorstand) begann ein Abend, der für immer in unseren Annalen seinen Platz haben wird.

Während des Essens spürten die Versammelten ungewohnte Erderschütterungen. Alle sahen einander an und sorgten sich um das Schiff, wenn es auch auf einem Hügel aus Elastikom ruhte, der es – zumindest theoretisch – durch die Stöße der Erdstürme tragen würde wie ein Schiff durch die Meereswogen. Und doch: es war ungewohnt. Louise Boudinot wäre beinahe hinausgelaufen, um nachzusehen, ob alles in Ordnung war. Bartlett, der Unerschütterliche, klopfte mit dem Griff seines Messers auf das Tischtuch vor seinem

Platz am Kopf der Tafel und sagte: »Ruhig! Ruhig, ruhig.« Sie blieben ruhig.

Sie waren – nicht ohne Grund – weniger ruhig, als die allgemeine Versammlung begann und der Oberkatz auf das Podium trat. Sie befürchteten (ihren bisherigen Erfahrungen entsprechend) längere Arbeitszeiten und neue Einschränkungen der ohnehin beschränkten Annehmlichkeiten. Was sie tatsächlich zu hören bekamen, war völlig unerwartet. Er sagte:

»Die Zeit ist nun gekommen – ich habe es bereits angedeutet –, wo wir an die Zukunft denken müssen. In der Tat an mehr als nur an unsere eigene Zukunft: wir müssen an die Zukunft der gesamten menschlichen Rasse denken. Wir müssen uns zu einer neuen Rasse fortpflanzen, meine Damen und Herren« – mit leicht verzogenem Gesicht, als wäre die Fortpflanzung eine bittere Notwendigkeit, ihnen von einem ehernen Pflichtgefühl auferlegt. »Ehe wir uns fortpflanzen, müssen wir uns paaren. Sobald wir auf dem Weg ins Sonnensystem hinaus sind, wird der Paarungsprozeß beginnen.« Einige begannen ihn mit offenem Mund anzustarren. Er sagte: »Ich habe der Frage der Paarung viel Zeit und eingehende Studien gewidmet. Ich habe mich dabei mit keinem von Ihnen beraten und es gibt in der Tat auch niemand unter Ihnen, mit dem eine Beratung sinnvoll gewesen wäre, da unser Team nicht über einen professionellen Zeugaromatologen verfügt. Aber ich habe eine endgültige Liste angelegt, in welcher, dessen bin ich sicher, jeglicher relevante Faktor Berücksichtigung gefunden hat. Ich möchte Sie nun bitten, bei der Verlesung der Liste genau achtzugeben und sich den für Sie ausgewählten Partner gut zu merken. Wenn ich jeweils zuerst den Namen des Mannes anführe, soll dies keine Herabwürdigung bedeuten – schließlich wird traditionell der Paarungsprozeß vom Manne eingeleitet.« Die offenen Münder öffneten sich noch weiter. Man hörte keinen Atemzug. Die rumorende Erde, deren Geräusche durch die Isolierung des Schiffes gedämpft wurden, war vergessen. »Gut denn«, sagte Bartlett. »In alphabetischer Reihenfolge:

Dr. David T. Abramovitz wird sich paaren mit Dr. Jessica Laura Thackeray. Dr. Vincent Audelan wird sich paaren mit Dr. Gianna da Verranzano. Dr. Paul Maxwell Bartlett, Projektleiter, wird sich paaren mit Dr. Vanessa Mary Frame. Dr. Robert F. Belluschi wird sich paaren mit Dr. Belle Harrison. Dr. Miguel S. Cézanne wird sich paaren mit–« Die erste, die lachte, war seltsamerweise Dr. Adams. Bartlett sah mit großem Erstaunen zu ihr hinunter. »Bitte! Dr. Cézanne, wie gesagt, wird sich paaren mit Dr. Guinevere Irving. Dr.

Douglas C. Cornwallis wird sich paaren mit Dr. Minnie Farragut–« Doch nun hatte das erste Aufkichern dem allgemeinen Gelächter die Schleusen geöffnet. Ein paar lachten, andere stimmten ein. Es war verdammt lange her, daß irgendeiner von ihnen anständig gelacht hatte. Sie lachten, manche, und dann immer mehr. O'Grady runzelte die Stirn. Bartlett konnte seine tiefe Verblüffung nicht verbergen und suchte vergeblich nach einer Ursache für das Lachen – eine offene Hose, eine gegen sein Tischbein pissende Katze. Er versuchte fortzufahren: »Dr. John R. Durante mit Dr. Kathleen Orlinda Eastman. Dr. Mackenzie Eidlitz–« Doch man konnte ihn nicht mehr verstehen. Das Lachen war nun fast allgemein. Selbst die klinisch Pazifizierten lachten – das Lachen, so schien es, war ein Mittel, das selbst die stärkste chemische Konditionierung auflöste und zergehen ließ. Bartlett, entsetzt, mit weißem Gesicht, schrie: »Ruhe! Ruhe! Ruhe!« Das machte es nur noch schlimmer.

Dr. Eidlitz bellte wie ein Seelöwe. Bartlett griff ihn heraus und rief: »Dr. Eidlitz, beherrschen Sie sich! Die Paarung ist eine ernste Angelegenheit.« Aus irgendeinem Grunde löste diese Bemerkung einen Lachreiz bei Dr. O'Grady aus. Bartlett nahm dies zunächst nicht wahr: O'Grady saß etwas hinter ihm. Er sagte: »Wenn es irgendwelche Kompatibilitätsprobleme geben sollte, wird Dr. O'Grady selbstverständlich gerne die klinischen Spezialisten bei den erforderlichen Anpassungen anleiten.« Er schaute O'Grady an und sah mit ungläubigem Entsetzen, daß O'Grady sein großes Pferdegebiß zeigte und vor Lachen heulte. Bartlett konnte sich kaum mehr verständlich machen. »O'Grady – Dr. O'Grady–« Dr. O'Grady reagierte nicht. Bartlett wandte sich zu Dr. Greeley, dem Diastemopsychologen, der sich in der ersten Reihe vor Lachen ausschüttete und die klassischen Parameter der Annäherung an die totale Lacherschöpfung durchlief: sich mit einer Hand den Bauch haltend, mit dem Finger der anderen blind auf den Auslöserreiz deutend. »Sie«, sagte Bartlett, »Sie! Sie verdammter–« Und er kam vom Podium herunter. Er schlug den vor Tränen blinden Greeley. Dann hörte das Gelächter abrupt auf. Greeley schlug zurück. Die beiden Männer rangen miteinander. Bartlett rief: »O'Grady, verhaften Sie diesen Mann!« O'Grady erhob sich mit ernstem Gesicht und ging hinunter; er schritt langsam und ohne große Überzeugung zu den Kämpfenden hinüber. Dann – wie er offene Münder und bleiche Gesichter da sah, wo eben noch allgemeine Freude geherrscht hatte – brach ein lautes, aufgackerndes Lachen aus ihm heraus. Homerisches Gelächter auf den hinteren Plätzen. »Verhaften Sie alle!« schrie Bartlett. Dies war das Ende. Kreischende Lachschreie, ersticktes Geheul, was man einst, Kinder, hysterisches Gelächter zu nennen pflegte. Bartletts Wut machte alles nur um so komischer.

Nur Bartlett sah, wie die Haupttür sich öffnete und wie Leutnant Johnson, Kommandant des zurückgebliebenen Soldatentrupps, hereinkam. Johnson blickte voll Erstaunen auf das fünfzigfache (oder doch beinahe!) Gelächter und sah sich reflexartig selbst zu einem Grinsen gezwungen. Dann erinnerte er sich an den offenbar ernsten Anlaß seines Auftritts und sagte Bartlett etwas ins Ohr. Bartlett konnte kaum noch grimmiger dreinsehen. »Etwa zweihundert, Sir«, sagte Johnson. »Ein paar haben Handschuhe und Drahtscheren und schneiden den Elektrozaun durch. Wir sind unbewaffnet, das ist das Problem. Bitte um Erlaubnis, Waffen auszugeben, Sir.«

»Ruhe!« brüllte Bartlett wieder die wild Lachenden an. »Ruhe! Ruhe. Ich habe besorgniserregende Nachrichten erhalten. Da wird Ihnen Ihr stupides Lachen vergehen.« Aber es verging nicht, noch nicht.

Trotzki geht auf und ab.

Warten, warten –
wie oft mußte ich warten
auf meinen Fahrten.
Aber es gab immer einen Artikel zu schreiben,
eine Rede zu halten, um mir die Zeit zu vertreiben,
ich machte Pläne, studierte die Karten.
Und jetzt kann ich nichts tun, was dir nützt,
Serjoscha, was dir hilft und dich schützt.
Müßte ich alles widerrufen,
um dich damit zurückzugewinnen,
ich würde mich keinen Moment besinnen.
(Und später den Widerruf widerrufen ...)
So sind wir. Unzuverlässig. Man glaubt, fest zu bleiben.
Aber die Angst, was dir geschehen sein mag
bringt alles an den Tag.
Warten, bis das Telephon läutet.
Warten, warten, während die staatlichen Organe
Fangen spielen,
diese elenden hane-
büchenen Idioten. Aber ich lerne fühlen,
was wirklich etwas bedeutet.

Trotzki singt:

Nämlich zuerst das Familienleben!
Als ich noch jung war
(vor einer Stunde etwa)
sah ich das anders. Ach, wie ich dumm war!
Wie steh ich jetzt da!
Nur ein Begehren –
meinen Sohn will ich wieder!
Alles muß sich verkehren,
alles andre sinkt nieder.
Nach dem einen nur streben:
Dem Familienleben.
Mein Sohn! Der Ehrgeiz
für jeden Mann
(ein archaischer Reiz,
den nichts schlagen kann),
deine Zukunft, dein Sproß.
In ihm bist du groß.
Was ist aller Besitz?
Ein schlechter Witz.
An Gütern zu kleben!
Die Politik? Ach habt mich doch gern!
Die Macht? Ein öder Stern.
Um uns aus diesem verfluchten Dreck zu heben
gibt es nur eins: das Familienleben.

Wie durch Trotzkis Liebe, wie durch seinen Schmerz beschworen, kommt Serjoscha herein. Trotzki packt ihn, erdrückt ihn beinahe vor Erleichterung und Zuneigung. Er ist ein ganz gewöhnlicher kleiner russischer Junge, der sich bereits in einen Amerikaner zu verwandeln beginnt. In der Umarmung seines Vaters kaut er ungerührt Kaugummi. Er wird von Dr. Goldsteins Chauffeur begleitet. Trotzki wendet sich an diesen Mann, diesen Heiligen, diesen Helden.

»Sie haben ihn gefunden, Genosse, mein Herr, alter Freund – wie soll ich Sie nennen? Wo war er?«

»Ich dachte es mir«, sagte der Chauffeur ruhig. »Mrs. Trotzki und Dr. Goldstein waren anderer Ansicht. In der Oberstadt, sagten sie. Ich sagte: In der Innenstadt. Eine Frage der Zahl.«

»Erklären Sie das genauer. Bitte!«

»Der junge Herr hat mit mir oft über die logische Anordnung der

Straßen von Manhattan geredet. Aber er hat nicht geglaubt, daß es am Anfang eine *First* Street gibt. Ich sagte ihm, es müsse wohl eine geben, es sei aber nicht nötig, daß man hinginge, um nachzusehen. Einfach Glaubenssache. Das konnte er so nicht hinnehmen. Er ging sie suchen. Ich dachte es mir. Ich fand ihn in einem überaus schmutzigen kleinen Restaurant. Er spielte Dame mit einem alten Mann.«

»Wie kann ich Ihnen danken? Wie kann ich meiner–«

»Fangen Sie an, sich mit Verbrennungsmotoren zu befassen! Da liegt die Zukunft. Dieser junge Herr wird es lernen. Er hat die entsprechende wissenschaftliche Vernunft. Er hat nach der First Street gesucht. Ein sehr logisches Vorgehen. Ich werde jetzt zurückfahren und den Telephonanruf meines Herrn abwarten. Er sagt, er würde zur vollen Stunde anrufen. Mrs. Trotzki ist bei ihm. Sie wird sich freuen. Gute Nacht!«

»Und auch von mir. Und meine ewige Dankbar–«

»Gute Nacht, Mr. Vavasour«, sagte Serjoscha. Der Chauffeur lächelt freundlich-erhaben und geht. Vater und Sohn schauen sich an, der Vater lächelnd, der Sohn verwundert, sogar ein wenig vorwurfsvoll.

»Dad«, sagt er, »du hast gesagt, Mr. Marx und Mr. Engels sind tot. Aber die sind nicht tot. Ich hab sie heute abend getroffen, der eine hat einen Altkleiderladen und der andere betrinkt sich. Und dann war da noch ein alter Mann, der hat gesagt, wenn ich Trotzki bin, dann sollte ich mich mit Dialekt und noch was auskennen, dialektiger–«

»Dialektischer Materialismus. Aber davon wollen wir jetzt nicht reden, mein Sohn. Nicht heute nacht. Ich glaube, heute nacht könnte ich überhaupt nicht mehr viel reden.« Er umarmt seinen Sohn, doch der schiebt ihn streng wieder weg und sagt: »Erklär mir, was das ist, diese Dialektgeschichte.«

Trotzki seufzt. »Nun, mein Sohn, schau her: Es beginnt alles mit der Zeit, und wo Zeit ist, muß es auch Geschichte geben. Aber Geschichte gibt es erst, wenn man Sachen in die Zeit hinein tut. Und was tun wir nun hinein? Gedanken oder Dinge? Bewußtsein oder Materie? Materie, Dinge – denn wenn man *über die* nicht nachdenken kann, dann gibt es auch keine Gedanken. Verstehst du das?«

»Ich glaube.«

»Gut! Also tut man das erste Ding in die Zeit und nennt es eine These. Moment! Frag mich jetzt nicht, was eine These ist, das fragen sie alle. Hör zu. Eine These braucht eine Antithese – das bedeutet, ein Gegenteil. So wie – Tag und Nacht. Süß und sauer. Herr und

Knecht. Du verstehst? Gut! Nun, also, These und Antithese müssen miteinander kämpfen. Aber keiner schlägt den anderen k.o. O nein! Sie werden zu Einem, zu einem neuen Ding, und das nennen wir die Synthese. Nun steht die Synthese alleine da, und wir können sie geradesogut eine neue These nennen. Und was findet die These?«

»Wieder so ein Antidingsda. Wie du gesagt hast.«

»Richtig! Gut. Und das geht immer so fort, bis die letzte These auf die letzte Antithese trifft. Und die werden zur endgültigen Synthese. Das Proletariat trifft zum letzten Mal mit den Kräften des Kapitals zusammen, und es entsteht die klassenlose Gesellschaft.«

»Und das ist das Ende?«

»Das Ende. Die Geschichte endet hier.«

»Das glaub ich nicht.«

»Glaub's mir nur. Frieden, Gerechtigkeit, der Arbeiterstaat. Für die Geschichte gibt's nichts mehr zu tun.«

»Ich kann das nicht glauben. Es muß immer zwei geben.«

»Na gut« (laß dem Kind seinen Willen). »Und wo sollen die zwei herkommen, wenn die Revolution da ist?«

Prompt sagt Serjoscha: »Die Partei spaltet sich.«

Trotzki dämmert nun plötzlich die Wirklichkeit. »Sie *ist* da. Mein Gott, sie ist da. Ich habe es ganz vergessen. Du hast es mich ganz vergessen lassen, mein Sohn. Die Revolution ist da! Oder träume ich?«

Die Tür geht auf, und Wol, Bucha und Tschud führen eine aufgeregte Menge New Yorker Journalisten herein. Sie wollen alles über die Revolution hören.

ERSTER JOURNALIST:
Die rote Fahne flattert
anscheinend auf dem Winterpalast.
Und im ganzen Reich
werden alle vergattert:
zeig mal die Flossen,
zeigt her eure Schwielen, Genossen.
Wenn du keine Schwielen hast,
wirst du gleich
erschossen.

ZWEITER JOURNALIST:
Das rote Blut fließt
in den Straßen, man schießt
auf Zarin und Zar.

Die Meldungen überschlagen
sich, darf ich mal fragen:
Ja, ist es auch wahr?

ERSTER JOURNALIST:
Die rote Fahne auf dem Winterpalast –
Ich meine, wenn du so eine Schlagzeile hast:
Wunderbar.
Aber ist es auch wahr?

DRITTER JOURNALIST:
Und alle, alle Proletar-
ier, die kriegen Kaviar.
Es fließt der Krimsekt bei Siegesliedern,
wenn sich Arbeiter und Bauern verbrüdern.
Ja, ist es auch wahr?

ALLE JOURNALISTEN:
Ja, ist es auch wahr?

Doch nun kommt Trotzkis Frau Natalja herein, mit dem anderen Sohn, aber ohne Dr. Goldstein. Ein freudiges Wiedersehen, alle harten Worte sind vergessen. Trotzki, die Arme um seine Familie gebreitet, wendet sich an die Journalisten:

»Genossen, meine Herren von der Presse. Ich weiß nur, daß die Arbeiter in Rußland die Macht ergriffen haben. Das Ende der Tyrannei und der Beginn der Hoffnung für alle Unterdrückten der Welt. Morgen kann ich vielleicht mehr sagen. Doch heute abend–«

Ein weiterer Journalist kommt atemlos herein. »Tut mir leid, daß ich zu spät komme«, sagt er und haucht Trotzki mit Whiskyatem an (Trotzki nimmt es gelassen hin). »Es kam gerade eine Nachricht vom Ende der Welt rein. Ein Telegramm aus Valparaiso oder wo. Ein Planet ist aus einer anderen Galaxis oder irgendwoher hier zu uns gewandert. Er wird mit der Erde zusammenstoßen, heißt es.«

»Spinnereien«, sagt Trotzki. »Nur ja die Aufmerksamkeit der Menschen von den realen Problemen ablenken. Das Ende der Welt, soso! Nur eine Welt geht zu Ende, Sie wissen, welche. Aber davon morgen mehr. Für heute nacht sage ich: Die Revolution kann mir gestohlen bleiben.« Er singt, und alle fallen ein:

Zuerst das Familienleben!
Mein Weib und mein Kind.
Die Macht, der öde Stern
kann uns das nicht geben,

was die Verfluchten heilt,
die wir alle sind.
Ach, das Familienleben!
Die Liebe nur teilt
mit Freuden und gern
den Sturz wie das Schweben.
Mein Weib und mein Kind!

Sommer 1938, ein früher Morgen. Freud, Anna und Martha lagen in leichtem Schlaf, als der Zug sich langsam in den Bahnhof schob. Anna erwachte als erste. Behutsam weckte sie ihre Eltern. Freud kam zu sich, öffnete die Augen, spürte Schmerzen, blinzelte. Mit zitternden Händen setzte er sich die Brille auf, dann den Hut.

»Paris, Mutter!«

»Sind wir da?« Andere Reisende drängten sich auf dem Weg zu den Türen im Gang. Jemand hatte sich eine Zeitung gekauft. Auf der ersten Seite stand etwas, wie Freud sah, über *le fin du monde.* Banaler Blödsinn. Nur ja die Aufmerksamkeit der Öffentlichkeit von den realen Problemen ablenken.

W. C. Bullitt wartete auf dem Bahnsteig. Ebenso Prinzessin Marie Bonaparte. Sie küßte die beiden Frauen. Bullitt sagte auf Englisch: »Dr. Freud, willkommen in Paris! Ich bin ein alter Patient von Ihnen – Bullitt ist mein Name, ich bin der amerikanische Botschafter.«

Eine fremde Sprache zu sprechen linderte überraschenderweise Freuds Schmerzen. »Ah ja«, sagte er. »Sie waren auf das anale Stadium fixiert.«

»Doch nun geht es mir dank Ihrer Hilfe gut. Der deutsche Botschafter läßt sich entschuldigen. Man hielt es für eher taktlos, wenn er Sie hier getroffen hätte.«

»Ein taktvolles Volk. Sie töten ihre Feinde, ohne sich dessen zu rühmen.«

»Mein Auto wartet«, sagte die Prinzessin und zeigte hinüber.

»Prinzessin«, sagte Freud. »Er wurde in einem Binsenkorb vom Flußufer hinweggetragen. Er lebte im Hause der Königstochter . . .«

»Übermorgen«, sagte sie, »sind Sie in London. Es ist alles vorbereitet.«

Ein alter Mann, ging er zwischen ihnen auf das ruhig wartende Fahrzeug zu. Ein anderer Otto Rank wartete dort, dick, vermögend, langsam selbst alt werdend. Er trat schüchtern vor.

»Herr Professor–«

»Was tun Sie hier in Paris?« fragte Freud auf Französisch.

»Ich habe hier meine Praxis. Sie floriert. Darf ich sagen, wie sehr erleichtert–«

»Betrüger. Verräter! »sagte Freud rasch auf Deutsch. »Es gibt eine Hölle, welche auf all euch tückische, undankbare Deserteure wartet – Jung und Adler und Stekel und Ferenczi, und auf Sie. Otto Rank–«

»Aber ich *heile* Menschen. Ist das Verrat?«

»Verräter, Verräter! Gehn Sie mir aus den Augen!« Er hob sogar den Stock. Rank wich zurück, zog den Kopf ein. Freud eilte ohne stützenden Arm weiter. Die Prinzessin und der Botschafter eilten ihm nach, ihm zu helfen. Rank stand verwirrt und unentschlossen da. Aber Anna lächelte ihn kühl an. Martha schien sich nicht zu besinnen, wer er war.

Er saß im Salon des Stadthauses der Prinzessin Bonaparte; sie saß neben ihm. Ein Diener nahm seinen Mantel mit, und Hut und Stock. Sie sagte:

»Welche Erleichterung–«

»Sie hören sich an wie Rank. Nein, das stimmt nicht. Die Frauen haben mich nie betrogen. Nur die Männer. Einer davon sitzt schon in der Hölle.«

»Bitte, lassen Sie das doch gut sein. Dies sollte ein Augenblick der Freude sein.«

Er lachte vor sich hin. »Oh, ich freue mich auch, ich freue mich auch.« Vor ihm stand ein sehr klares Bild, wie Adler seinen letzten Vortrag hielt, vor kühl-vernünftigen schottischen Ärzten:

»Und lassen Sie mich abschließend sagen, daß meine ganze Anstrengung dem Ziel gegolten hat, die Wissenschaft der Psychoanalyse in den Dienst der Menschheit zu stellen – nicht sie dazu zu gebrauchen, in die Kloaken des Unbewußten zu kriechen. Die am Schmutz klebenden Obsessionen Sigmund Freuds, seine manische Konzentration auf Kot und Dreck, waren immer und sind noch heute – ein Hindernis – für die – eigentliche Arbeit – Sie als Ärzte von Aberdeen – aufgewachsen und erzogen – in einer Tradition protestantischer Sauberkeit – welche ich selbst – wiewohl ein Jude – mir zu eigen gemacht habe – Sie werden wissen – was von diesem pornolalischen – Wühlen – zu halten ist – von seinem das Menschenbild – entwürdigenden –« Zusammengebrochen, nach Luft ringend, umgeben von kühl-vernünftigen schottischen Ärzten, die nichts für ihn tun konnten.

»Selbst wenn ich nun sterbe«, sagte Freud, »jetzt, in diesem

Moment, habe ich ihn überlebt. Paranoider Dieb, Verräter – Ja, Prinzessin. Nur die Frauen haben mich nicht enttäuscht.«

Sie sah Übermüdung im ungewöhnlichen Glanz seiner Augen. »Würden Sie gerne auf Ihr Zimmer gehen – ein wenig ruhen?«

»Ich ruhe mich hier aus«, sagte er.

Hier ausruhen. Seltsam: Er hatte nicht erwartet, daß hier ein Kongreß stattfinden würde, so groß und großzügig ausgestattet das Haus auch war. Auch war es nicht recht, daß die Toten ebenso wie die Lebenden anwesend waren. Gott sei Dank für das Wunder. Vorsichtig fühlte er mit der Zungenspitze: die Prothese war verschwunden, der Gaumen geheilt. Im großen Spiegel sah er sich, wie er sich prüfend befühlte. Wieder dem jungen Mannesalter zurückgegeben, konnte er es verzeihen, daß Adler wiederauferstanden war, den er da im Hintergrund erkannte, wie er angeregt mit Ferenczi und Jones sprach. In den Spiegel sprang eine reife Frau von erstaunlicher Schönheit, in roter Seide und Silberfuchspelz, metallisch glänzendes Haar, metallisch schimmerndes Geschmeide. »Sie wissen, wer ich bin?« fragte das Spiegelbild. Freud wandte sich vorsichtig nach der Realität um.

»Ich habe Sie gesehen. Ich habe natürlich – Nein, ich hatte noch nicht das Vergnügen.«

»Ich bin Lou Andreas-Salomé.«

»Sigmund Freud.«

Sie wiederholte sich mit nachdrücklicher Schärfe. »Ich bin Lou Andreas-Salomé. Ich war die Geliebte des großen Dichters Rainer Maria Rilke. Davor war ich die Geliebte von Friedrich Nietzsche. Sie kennen Nietzsche?«

»Sein Werk natürlich–«

»Ich war seine Geliebte. Nun will ich die Ihre sein.«

»Ich weiß – natürlich – weiß die Ehre zu schätzen. Meine Frau könnte jedoch der Ansicht– es gibt, verstehen Sie mich bitte, bestimmte Probleme–« Schlange und Kaninchen. Er hatte schon von dieser Art der Faszination gehört. Er versuchte, sich freizukämpfen. Ihre Augen und ihr Parfüm hielten ihn fest wie Zähne. »Ich brauche keine Geliebte, Madame–«

»Ich verstehe. Ablehnung der Frau. Sie fürchten sich vor Frauen. Als Sie eben in Ihrem Vortrag von der Vagina sprachen, konnte ich die Angst in Ihren Augen sehen, sie war in Ihrer Stimme hörbar. Sie fürchten sich davor, verschlungen zu werden.«

»Keineswegs«, erwiderte er tapfer. »Ich habe eine Ehefrau. Wir leben glücklich zusammen. Es ist eine harmonische Ehe–«

»Ohne Geschlechtsverkehr?«

»Wirklich, das ist eine– sehr persönliche–«

Sie lachte scharf. »O ihr bourgeoisen Juden! Sie reden frei über Geschlechtliches auf dem Vortragspodium – alles Theorie, nur sehr wenig Praxis. Erzählen Sie mir etwas über die sexuellen Bedürfnisse der Frau.«

»Das Geschlechtsleben der erwachsenen Frau ist ein dunkler Kontinent. Ein noch zu lösendes Rätsel.«

»Nun zitieren Sie irgendwelchen Unsinn aus einem Ihrer Bücher.«

Es stimmte. Er hatte das verdammte Buch in der Hand. Er versuchte, es zu verstecken, doch es verwandelte sich in Fliegenpapier. »Warum fragen Sie nicht die Frauen?«

»Das würde sich nicht schicken.« Das Buch wurde eine Katze und glitt davon. »Es gibt gewisse Formen des Anstands.«

»Sie behaupten auch«, sagte sie – nun an einer strahlendhell beleuchteten Frisierkommode sitzend, ein Négligé über der Unterwäsche, die Beine in den Seidenstrümpfen ausgestreckt, behutsam etwas Lidschatten auftragend – »daß das Geschlechtsleben einer Frau nur zwanzig Jahre dauert. Unsinn! Die Baronin de Neuchâtel wurde, als sie dreiundneunzig Jahre alt war, gefragt, wann das geschlechtliche Begehren bei Frauen erlischt, und sie sagte: ›Ich weiß nicht.‹ Sie sagen, die sexuelle Befriedigung der Frau hinge ab von der Vagina, nicht von der Klitoris. Natürlich – Sie sind ein Mann. Sie wollen, daß Frauen vom Mann abhängig sein sollen. Sie glauben, daß die Frauen wie eine andere, geringere Rasse unter den Männern stehen. Wissen Sie, warum Sie Amerika hassen?«

»Ich habe nie gesagt, ich haßte– Ich bin in Amerika immer sehr zuvorkommend–«

»Weil dort die Frauen frei sind, weil sie ihre europäischen Fesseln abgeschüttelt haben. Sie nennen sich einen Psychoanalytiker! Sie wissen nichts über irgendeine Psyche außer Ihrer eigenen.«

»Meine Psyche«, sagte er, »kann man als eine Art Modell–«

»Nicht für mich, Herr Professor. Sie ist nicht dieselbe wie die meine. Sie werden das lernen. Ich werde Ihre Geliebte sein.«

»Ich muß bei aller Dankbarkeit für Ihr Angebot–«

»Gut, also dann«, in seidenglitzerndem Ballkleid, »muß ich die Geliebte eines vielversprechenden Mitgliedes Ihres Kreises werden. Ihres brillantesten Schülers. Wer wäre das?«

»Ich betrachte es nicht«, steif-förmlich und etwas ältlich jetzt, »als Teil meiner Pflichten, für Sie, Madame, Liebhaber unter meinen zwölf Stämmen auszuwählen, das heißt, meinen zwölf Jüngern – das heißt–«

»Ich fordere Sie auch nicht auf, auszuwählen« (mit parfümierter *hauteur*). »Ich bitte Sie nur um die Mitteilung Ihrer Einschätzungen.«

»Nun, da wären Rank – Jones – Nein, Jones ist verheiratet und lebt in London–«

»Was besagt das? Gibt es keine Eisenbahnzüge, keine Fährschiffe? Natürlich sind die meisten von ihnen so häßlich.«

»Ich bedauere das aufrichtig. Ich habe es immer bedauert.«

»Sie fühlen sich zu männlicher Schönheit hingezogen? Sie nehmen homosexuelle Züge bei sich selbst wahr? Dieser junge Mann dort drüben – er scheint sich innerlich sehr zu quälen, aber er sieht wirklich gut aus.«

»Ach der? Tausk meinen Sie?«

Tausk unterhielt sich eifrig mit Ernest Jones. Er trug Husarenuniform, den Tschako unter dem Arm, zweifellos ein hübscher, dunkelhaariger Mann.

»Tausk ist brillant«, gab Freud zu. »Tausk ist zweifellos auch ehrgeizig.«

»Gut. Er soll mein Geliebter sein. Das bedeutet, daß Sie und ich Freunde sein müssen.«

»Ich habe dagegen nichts einzuwenden. Aber warum? Diese Logik scheint mir, wenn ich so sagen darf, kategorisch weiblich.«

»Er ist ehrgeizig. Sie haben Angst vor ihm. Er stiehlt vielleicht Ihre Ideen. Vielleicht entwickelt er auch neue, eigene. Sie brauchen einen Spion. Ich kann Ihre Spionin sein. Nun ist es Zeit für deinen Vortrag, lieber Sigmund.«

»Ich muß mich, Madame, gegen diese Art der Anrede verwahren, zu welcher Sie nichts berechtigt, Madame.«

»Warum nicht? Werden wir nicht Freunde sein? Wir werden natürlich auch Kollegen sein, das versteht sich.«

»Aber das ist un–«

»Möglich? Nur allzu möglich. Ich beabsichtige, mich selbst mit Psychoanalyse zu befassen. Frauen verstehen das besser als Männer. Sie kennen die Wirklichkeit. Sie haben die Intuition auf ihrer Seite. Aber komm – dein Vortrag!«

»Ich habe schon einen gehalten.«

»Ah, aber jetzt kommt ein besonders wichtiger Vortrag. Hier kannst du lernen statt zu lehren. Da sind sie schon alle und warten.« Zu Freuds leisem Erstaunen erschien eine Gruppe von Frauen um ihn. Er erkannte Helene Deutsch, Melanie Klein. Seine Mutter war auch da, sehr alt, mit einer Zeitung in der Hand. Er näherte sich ihnen mit unsicheren Schritten, selbst alt, wenn auch noch nicht beladen mit diesem verdammten – Seine Mutter sagte:

»Sigi, heute ist mein neunzigster Geburtstag. Komm her und gib deiner Mama einen Kuß! Schau nur, da kommt mein Bild in der Zeitung: ›Mutter eines berühmten Mannes‹, heißt es. Furchtbares Bild, da seh ich aus wie hundert.«

»Ich muß jetzt einen Vortrag halten, Mama. Aber alles Gute zum Geburtstag!«

»Das ist mein Sohn, der Sigi«, erklärte seine Mutter den versammelten Damen. »Mein Sohn, der Herr Doktor. Professor heißt er jetzt. Er spricht wunderschön, hören Sie nur gut zu!«

»Das Thema meines Vortrages, meine Damen«, verkündete Freud, »ist–«

»Wir wissen's schon«, sagte seine Mutter: »Die Frau. Aber, ach Gott ja, er weiß ja gar nichts über die Frauen. Da bin ich sichergegangen. Die Hamburgerin rechne ich nicht, die er da geheiratet hat. Schaut euch an, wie sie kocht! Der Magen dreht sich einem um.«

»Frauen«, sagte Freud in pastoralem Ton, »sind die Opfer der Zivilisation. Die Kultur hat sie verdummt. Ihre geschlechtlichen Instinkte sind künstlich reduziert und unterdrückt worden.«

Lou Andreas-Salomé schien nun nicht anwesend, doch ihre Stimme drang klar aus dem Kristallüster:

»Sprich für die Frauen, die du kennst. Nicht für mich!«

»Frauen«, sagte Freud, »sind dem Manne intellektuell unterlegen, es fehlt ihnen die volle Kraft der männlichen Libido, es steht ihnen eine geringere Energie zur kulturellen Sublimierung zur Verfügung. Ihr Gerechtigkeitsempfinden ist schwach entwickelt. Dies hängt zweifellos mit der zentralen Rolle des Neides in ihrem Seelenleben zusammen. Die Forderung nach Gerechtigkeit ist eine Umwandlung des Neidgefühls. Gerechtigkeit bietet die Möglichkeit, keinen Neid mehr zu empfinden: da Frauen am Neid hängen, lehnen sie Gerechtigkeit ab. Frauen sind in ihren sozialen Instinkten schwächer als Männer. Sie besitzen eine geringere Fähigkeit zur Sublimierung ihrer animalischen Triebe. Sie haben nur wenige Beiträge zu den Entdekkungen und Erfindungen der Zivilisation geleistet. Sie haben nur wenig Sinn für Humor. Ihr Über-Ich ist nicht so abhängig von abstrakten Autoritäten, nicht so unabhängig von Gefühlen wie beim Manne. Liebe? Die Frauen sind da, von Männern geliebt zu werden, aber die Liebe selbst ließe sich als sexuelle Überschätzung definieren. Sie bildet sich mit ihrer ganzen Kraft nur in Bezug auf eine Frau heraus, welche sich zurückhält und ihre Sexualität negiert. So weit, so gut. Ist das so in Ordnung, Mama?«

»Du sprichst hinreißend, Sigi.« Die andern Damen waren anderer Meinung. Sie hatten amüsiert gelauscht, schockiert, mit unterdrücktem Zorn. Lou Andreas-Salomé sprach wieder aus dem Lüster: »Setzen Sie sich auf ihn, meine Damen!«

Man setzte sich auf ihn. Seine Mutter fand nichts Besonderes dabei. »Er hat ja schon immer«, sagte sie, »gerne mit seinen Schwestern alle möglichen Sachen gespielt.«

»Lassen Sie mich aufstehen!« keuchte er. »Eine würdelose Situation! Sie scheinen sich nicht darüber im klaren zu sein, wer ich bin. Das ist unerträglich.«

»Wirklich?« fragte Helene Deutsch.

»Nicht unerträglich, nein. Nur unerwartet.«

»Unerwartet?« wiederholte Helene Deutsch. »Aber das hätten Sie eigentlich immer erwarten können. Wo Sie die Rolle der Mutter vergessen haben, alles mit dem Vater beginnen ließen. Die Mutter ist das urspüngliche Liebesobjekt für Frauen wie für Männer. Das verträgt sich gar nicht mit Ihrer Ödipustheorie, nicht wahr?«

»Ich fühl mich nicht ganz wohl, Sigi«, sagte seine Mutter. »Mein Herz. Bin auch nicht mehr die Jüngste.«

Freud versuchte sich unter den hockenden Hintern hervorzukämpfen. »Lassen Sie mich zu ihr. Sie sagt, sie fühlt sich nicht wohl. Sie ist alt.«

»Behalten Sie Platz, meine Damen«, sagte die Stimme von Lou Andreas-Salomé. »Er braucht wegen seiner Mutter keine Schuldgefühle zu empfinden. Nur wegen seines Vaters.«

»Fünfundneunzig Jahre, Sigi. Ein schönes Alter. Keine Sorgen. Nichts zu bereuen. Nicht genug Liebe, das ist alles, aber wer wollte da rechnen?«

Sie starb. Freud versuchte, gewisse Gesten des Bedauerns, der Trauer zu machen, doch die Hintern der Damen preßten ihn noch immer zu Boden. Helene Deutsch hielt ihm einen kleinen Vortrag.

»Es wird Ihnen vielleicht auffallen, daß Sie Ihre Frau Martha aus diesem Traum ausgeschlossen haben. Und wissen Sie warum? Sie wollten von Ihrer Frau einen reiferen Trost, als eine Mutter ihn dem Sohn gibt. Das bekamen sie nicht. Sie nahmen ihr das übel. Deshalb reden Sie von den Frauen so, wie wir es eben gehört haben.«

»*Das* nehme ich übel. Diese Unterstellungen!«

»Natürlich. Sie nehmen die Existenz der Frauen schlechthin übel.

Frauen beunruhigen sie. Angst vor den weiblichen Genitalien. Hören Sie zur Abwechslung auf die Stimme der Vernunft. Sie haben gesagt, zuerst käme als Grundlegendes der Ödipuskomplex. Kommt er nicht. Nicht für Frauen jedenfalls. Frauen lieben ihre Mütter, Sie Dummkopf! Sie wollen auch gestreichelt und geküßt und bemuttert werden.«

»Eine Frau«, versuchte Freud zu rufen, »ist ein unvollkommener Mann.«

»Ach ja«, sagte Helene Deutsch kühl, »der Penisneid. Ein wesentlicher Bestandteil weiblicher Psychologie, unserem guten Doktor zufolge. Das kleine Mädchen erkennt ihr Geschlechtsteil als mangelhaft und unvollständig, wenn sie den Bruder im Bad sieht. Sie will ein Kind als Kompensation für den Penis haben, den sie nie besitzen kann. Was für ein Unsinn!«

»Warum«, fragte Melanie Klein, »empfinden die Männer keinen Brustneid?«

»O das tun sie, das tun sie«, sagte Helene Deutsch.

»Das tun sie nicht!« schrie Freud. »Seit dreißig Jahren erforsche ich die Frauenseele, und es gibt eine große Frage, welche die Frauen nicht beantworten wollen. Und diese Frage lautet: WAS WOLLEN DIE FRAUEN?«

»Ja!« sagte Melanie Klein. »Das wüßten Sie wohl gerne!«

»Ja, ja, ja! Das ist das Rätsel der Sphinx. Alle miteinander seid ihr Sphingen – jede eine verdammte Sphinx–«

»Aber, aber«, sagte Melanie Klein. »Schlimme Ausdrücke vor den Damen.«

»Ich habe das Rätsel nicht gelöst. Also bin ich nicht Ödipus.«

»Niemand hat das Rätsel gelöst«, sagte Helene Deutsch, »deshalb gibt es auch keinen Ödipus. Ödipus ist nur ein Mythos, das heißt: eine Lüge. Und auf einer Lüge kann man kein System errichten.«

Anna kam erschrocken herein. »Was machen Sie mit meinem Vater?«

»Wer bist du?« fragte Helene Deutsch.

»Ah, Antigone neben Ödipus. Aber Ödipus gibt es nicht. Ergo existierst du auch nicht.«

»Ich existiere durchaus. Schaffen Sie diese Leute hier heraus. Er ist müde. Er leidet an unheilbarem Kieferkrebs. Er hat Schmerzen.«

»Entsetzliche Schmerzen«, stöhnte ihr Vater. »Lassen Sie mich aufstehen. Lassen Sie mich die Mutter begraben.«

»Ach«, sagte Melanie Klein, »das ist schon geschehen.«

»Sie wurde begraben«, fügte Helene Deutsch hinzu, »während Sie anderweitig beschäftigt waren.«

»Wo? Wo?«

»Spielt das eine Rolle?«

Er erwachte und sah Anna, die sich über ihn beugte. »Wie geht es Mutter?« fragte er.

»Gut. Sie ruht sich aus.«

»Oh. Ja. Ich verstehe ... ich habe geschlafen. Geträumt.«

»Es ist Zeit, das Monstrum herauszunehmen. Es sauberzumachen. Es wiedereinzusetzen.«

»Es kommt alles aus dem Ödipuskomplex. Nicht wahr? Alles?«

»Wir werden darüber noch reden. Komm.« Sie hob den alten Mann auf die Füße.

»Wie man früher im Vaudeville zu sagen pflegte«, brummte Willett, »›Das ist wohl der richtige Fleck?!‹« Er verstellte hie und da etwas an den Armaturen, daß das Ding in den feindseligen Windstößen sicher schweben blieb – einander feindlich wie ihrer Maschine. Val war immer noch nicht über seine Überraschung hinweg, daß Willett – Schauspieler, Vielfraß, Trinker und Lobpreiser der Vergangenheit – mit einem Hubschrauber so gut umgehen konnte. Offenbar hatte das mit seinem Sohn George zu tun: Willett wollte nicht allzuviel davon erzählen. Ehe George nach Looncom (Lunar Communications) versetzt worden war, hatte er einen Helikopterkursus absolviert, im Zusammenhang mit Inspektionsaufgaben an Hochmastleitungen. Er war einmal, illegalerweise, mit seinem Chopper daheim aufgetaucht. Sein Vater war fasziniert gewesen, hatte darauf bestanden, daß sie sofort einen Flug unternehmen sollten und hatte dann das Kommando übernommen. Er war sogleich vom Hubschrauber überzeugt gewesen – einer vernünftigen und gleichzeitig irgendwie recht poetischen Maschine.

Sie hatten diesen Helikopter in der Nähe von Sedalia, Missouri, aufgegriffen. Der Verkehr zu Lande war zu diesem Zeitpunkt bereits gründlich durch zerstörte Straßen, Verwerfungen des Bodens und ständige, zitternde Erdstöße behindert. Und bei Sedalia hatten sie zu ihrem Erstaunen am hellichten Mittag gesehen, wie ein Teil des Luftraums von Hubschraubern wimmelte, die in suizidalem Kampf einander zu rammen versuchten. Wahnsinn, lynkstatischer Wahnsinn! Ein Metallschild – zerschlagen, verformt – lag im versengten

Gras; darauf stand: HELIBASIS 56. Durch ein überlaut aufgedrehtes Lautsprechersystem erschallte freudige, einfache Musik:

I scream you scream
We all scream for ice cream
Rah! Rah! Rah!
Tuesdays Mondays
We roar out for sundaes
Siss! Boom! Yah!
Boola boola sarsaparoola
If you've got chocolate I'll have vanoola...

Val und Willett näherten sich vorsichtig dem massiven Drahtzaun. Ein militärischer Festtag. Alkohol, Unzucht, Selbstmord in den Lüften. Ein beschwipster Sergeant hatte sie zu den Opferspielen willkommen geheißen. Was anscheinend als eine Art Square Dance der Hubschrauber begonnen hatte, war zu einer Art Trau-dich-doch-Wettbewerb im haarscharfen Vorbeifliegen geworden. Nun war es reiner, fröhlicher Freitod. Konnte jeder mitmachen? Nun ja! sagte der Sergeant, Val und Willett waren Zivilisten, eigentlich nicht teilnahmeberechtigt. Auf Urlaub nur, sagte Willett, beide. Darf ich vorstellen, Hauptmann Katz, Oberst Kalauer. Na, dann kein Problem. Und man eskortierte sie im Zickzackschritt aufs Flugfeld, wo die Helikopter aufgereiht standen; ein singender Corporal drückte ihnen Whiskyflaschen in die Hand. Dann waren sie hoch droben in der Luft und fort, unter Verletzung der Spielregeln.

Über Kansas City hatten heiße Luftströme sie durchgerüttelt. Die Stadt war nur noch Schutt und Feuer. Es bot sich ihnen ein entsetzlich faszinierendes Panorama von ameisengroßen Städtebewohnern, die sich hebende und senkende Straßen entlangrannten, um zusammenstürzenden Mauern auszuweichen. Über Leavenworth gab es ein Treibstoffproblem. Sie segelten hinab zu einem Gebäude, das man klar als große, verlassene Tankstelle erkennen konnte, schlugen mit dünnen flachen Füßen auf dem Boden auf, fanden die Benzinpumpen beschädigt, entdeckten aber große Wellblechfässer Polyoktan in dem offenen Laden. Sie ließen die goldene, rasch verdunstende Flüssigkeit in den Tank gluckern und flogen weiter nach Topeka, das durch irgendein Wunder, irgendeine kosmische Ungerechtigkeit, völlig unbeschädigt dazuliegen schien. Sie landeten außerhalb der Stadt bei einer großen Kantinenbaracke, in der sich mürrisch schimpfendes Militär drängte – ein dicker Eintopf wurde von Ordonnanzen unter einem fetten, betrunkenen Küchensergeanten mit Schöpfkellen verteilt. Man gab ihnen ärgerlich, aber ohne eigentlichen Widerspruch auch je eine Portion.

Val fragte nach dem KATZ-Camp. Niemand wußte Bescheid. Moment mal, Shorty vielleicht? Shortys Haufen hatte sich aufgelöst. Shorty war zu diesem Räumbataillon versetzt worden und schimpfte jetzt immer, flennte nach seinen alten Kameraden, erzählte die unglaublichsten Geschichten über ein Mondschiff und einen sogenannten Oberkatz, der dort alles unter Kontrolle hatte. Nun wurde Shorty aus der Küche hergezerrt, wo er gerade einen tragbaren Generator reparierte, und sagte: aber klar, den Laden kenn ich. Dort war man eingesperrt, aber das war schon okay, war viel los, jede Menge rumgevögelt, keine Ahnung, wo das genau war, aber bei der Abfahrt seien sie dann durch so ein Rübendorf namens Sloansville gekommen, das hatte einer, Meatball, gekannt, hatte gesagt natürlich! da hat mein Alter an der Kanalisation gearbeitet, Jesses, was für ein Dorf, am Arsch der Welt! Sloansville.

Wieder in den Lüften sagte Willett:

»Du hattest recht. Siehst du? Du hattest recht. Wahrscheinlich haben diese Figuren, diese szientifischen Nichtfiktionalen, die Idee überhaupt bloß aus deinem Buch.«

Aber Val war bedrückt. Das Ende der Reise nahte. Besser, hoffnungsvoll zu reisen, als am Ende anzukommen... Weiter, immer weiter, das war es. Aber nun – was sollte nun wirklich werden mit ihm? Und mit Willett? Es ging ihm plötzlich auf, daß die Welt unterging. Diese Tatsache drängte sich nun in jenen Teil seines Hirns, wo es um verifizierbare Behauptungen ging, um das, was war. Und da sein Denken wesentlich poetischer Natur war, nahm diese Tatsache die Eigenschaften eines dichten, unmittelbaren Sinneseindrucks an. Er konnte den Weltuntergang riechen und schmecken wie einen Apfel. Er sagte: »Warum zum Teufel sollten *wir* gerettet werden?«

Willett, mit seinen Kontrollinstrumenten beschäftigt, knurrte und sagte dann: »Aus einem einfachen Grund. Weil das eine Frage ist, die sich diese wissenschaftlichen Hurensöhne niemals stellen würden. Eben darum.« Val verstand es nicht ganz. Sie folgten dem Lauf des Smoky Hill River, der sichtbar schäumte wie ein Rinnsal dreckigen Champagners. Seismische Immunität, hm? Keine Immunität mehr irgendwo. Nirgends mehr. Ein sehr saurer Apfel. Sein Mund war trocken, als hätte er Alaun gelutscht.

»Wie man früher im Vaudeville zu sagen pflegte«, brummte Willett, »›Das ist wohl der richtige Fleck?!‹« Val erwachte aus unangenehmen Träumen, aus denen aufzuwachen er immerhin in der Lage war, glücklicherweise. Er sah hinunter auf ein großes, präzises Quadrat, die rechten Winkel makellos gezogen, Baracken, Baracken, Baracken und in der Mitte lag *es*, das Ding, das Ende der vertrauten Straße, groß und dick, wunderbar. Sein Herz fiel ihm in die dreckverschmierten, abgewetzten Arbeitsstiefel, in denen sich bereits seine frierenden und schmerzenden Füße befanden. »Das also«, sagte Willett mit der ehrfürchtigen Stimme eines Schuljungen, »ist das Raumschiff! Es ist also wirklich wahr.Manchmal habe ich mich gefragt... Was machen wir jetzt? Daneben landen, die Tür aufmachen, hineinmarschieren und einen Sitz belegen?«

»Warte mal«, sagte Val mit der Vorsicht des Science Fiction-Autors. »So einfach kann das nicht sein. Sie werden unseren Hubschrauber abschießen. Es muß Alarmsysteme geben. Oder vielleicht ist das Ganze mit einem magnetischen Abwehrschild gesichert.« Die Maschine schwankte gefährlich. »Raus hier«, sagte Val. »Noch viel Zeit. Nichts Unüberlegtes. Wir warten erst mal. Landen – hinter den Ulmen da.«

»Du Zauderer«, sagte Willett und gehorchte. Er legte eine saubere Landung hin. Einen Augenblick lang saßen sie da und seufzten zur gleichen Zeit. Willett stellte den Motor ab. »Essen«, sagte er. In der Abenddämmerung öffneten sie ihren Picknickkorb und holten einen kalten Lendenbraten heraus, einen Topf englischen Senf, Brot, einen Apfelkuchen, Sahne, drei Flaschen Montrachet (durch die Luftreise gekühlt) und eine Flasche Meridian-Kognak (V.f.N.w.g.). Traurige Herbststimmung ringsumher. Die Erde hatte kurz den Schluckauf.

Die Erde hatte kurz den Schluckauf. Am südlichen Ortsrand von Sloansville hielt ein Mann namens Elias Howe durchs Megaphon eine Ansprache an die Menge. Diese bestand aus etwa zweihundert Menschen – Männer, Frauen, Kinder, Krüppel, alte Leute, alle verstörte Bürger des Staates Kansas. »Ihr wißt die Wahrheit, Freunde«, sagte er. »Ich bin ja vielleicht nur ein einfacher Zimmermann, aber Zimmerleute haben schon früher die Wahrheit erkannt und haben die Botschaft gesehen, die ihnen von oben zuteil geworden ist. Noah und Jesus Christus sind zwei Namen, die einem da gleich einfallen. Die Regierungen der Erde haben sich in Schweigen gehüllt, aber es gibt welche unter uns, die können die Zeichen lesen. Die Erde«, sagte er nüchtern, »hat's lange ausgehalten. Eines Tages mußte es zu Ende gehen, und es endet, wie es begonnen hat, die

Kapitalisten obenauf, und die Arbeiter werden unterdrückt und in den Staub getreten. Täuscht euch da nicht, Schwestern und Brüder! Im Camp da droben mit dem elektrischen Zaun drumherum, damit niemand hinein kann, steht ein Schiff, das in den Raum hinausfliegen wird, beladen mit den Reichen, denen man dann Champagner und Kaviar serviert. Gut, jetzt werden welche von euch sagen, es sind auch Wissenschaftler dabei, die Knöpfe drücken und so weiter, aber die stehen wie immer im Sold der Kapitalisten, und die Kapitalisten haben das letzte Wort. Und wo gehn sie hin, könnt ihr mich jetzt fragen. Nun, ich will es euch sagen, Freunde und Genossen! Sie gehen einfach nach da droben in den Weltraum hinaus, weit weg von diesem schrecklichen Planeten und von unserem Mond, den der uns gestohlen hat, damit er ihn jetzt wie einen großen weißen Stein wieder auf uns drauf werfen kann. Sie werden bis ans Ende ihrer Tage leben wie in einem großen Raumhotel sozusagen, werden sich die Sterne angucken und trinken und es mit den schönen Hostessen treiben, die sie da oben haben, von allem das Beste. Kein schlechtes Leben, nicht wahr, das Leben, von dem wir alle geträumt haben, keine Arbeit, nur immer so dahinfliegen, Filme anschauen und Brathühnchen essen, bis es einmal Zeit wird und sie lächelnd einschlafen und sich denken, war kein schlechtes Leben, und das war's für die auch nicht und wird es nicht sein. Aber ich sage euch, was heute abend passiert, Brüder und Mütter, Väter und Schwestern. Die gehen nicht! Die Wissenschaftler, die das betreiben, die werden im Dienste der Arbeiter stehen, ob ihnen das paßt oder nicht. Die schönen Stewardessen oder wie sich die nennen mögen werden den Arbeitern Champagner und Hordöwer und Hamburger servieren, jawohl, und werden den Arbeiter auch in anderer Weise bedienen, was ich jetzt hier nicht besonders beschreiben muß, da ihr alle selber denken könnt. Und ein letztes sage ich euch. Wenn *wir* nicht gehen, dann geht niemand hier weg.«

Das Negativprogramm schien der Menge besser zu gefallen als das positive. Sie schrieen ihren Beifall. Ein einäugiger Mann, der vorne stand, fragte: »Wer schießt zuerst?«

»Niemand schießt, wenn es sich vermeiden läßt, Freunde und Genossen. Gewalt war immer schon die Art der Kapitalisten, die Geld für Waffen der Gewalt haben. Die von euch mit Gewehren sollen erst schießen, wenn das Kommando kommt. Ihr mit den Isolierhandschuhen und den Drahtscheren, keine Angst vor der Arbeit, die Zäune durchzuschneiden – ihr wißt, es gibt zwei Zäune, einen äußeren Zaun und einen inneren. Der Trupp mit den Scheren zuerst. Wir anderen folgen in Ruhe und guter Ordnung.« Die Erde schluckte, die Menge brüllte. Die Menge bestand aus anständigen und verängstigten Leuten, aber nur wenige unter ihnen gehörten dem Industrieproletariat an. Der Begriff »Kapitalisten« war ihnen fremd; sie brachten das Wort am ehesten noch mit korrupten Politikern aus der Landeshauptstadt oder dem Kapitol in Washington in Verbindung. Es waren meist Farmer und ihre Familien, die von ihrem Grund und Boden gelebt hatten. Aber jedermann und jedefrau erhitzte sich bei dem Gedanken, er oder sie erhalte nicht den vollen Anteil an der Demokratie, der ihr oder ihm zukäme. Howe hatte den richtigen Nerv getroffen.

Er war kein Amerikaner, sondern ein Engländer, der vor über einem Jahr in Coventry den Streik für höhere Löhne in einer Raumschiffwerft angeführt hatte. Er hatte damit geholfen, sicherzustellen, daß das britische Raumschiffprojekt sich so verzögerte, daß es zu spät war, als die ersten Erdstöße begannen. Er war kein Zimmermann, sondern Metallfacharbeiter. Aber er kannte den elementaren Reiz des Zimmermann-Motivs für den Volksredner. Sein eigentlicher Beruf war jedoch Obstruktion in der Fabrik. Schlau, ein Mann, der las und horchte, war er mit einem der letzten transatlantischen Flüge aus England entwischt, ehe der größte Teil des Landes zerstört worden war und nur noch die höchsten Gipfel des Grampiangebirges und der Penninischen Gebirge aus dem Wasser ragten, wo sich Männer und Frauen sinnlos zerdrückten und auf das Ende warteten. Er war an den richtigen Ort gekommen, er wußte es. Und nun würde er, wenn schon niemand anders, wieder die richtige Stelle erreichen – hoffte er. Des Arbeitsmannes Traum erfüllt sich: Saufen, Ficken, Fernsehen. Oder Kino eben. Die Erde schluckte.

Calvin Gropius, sein Sohn Dashiel und das seltsame Mädchen Edwina, deren Niederkunft nun offensichtlich unmittelbar bevorstand, fuhren müde in Sloansville ein. Das Städtchen war intakt, aber verlassen; nur in einem kleinen Imbiß mit dem Schild JACK, JOE & CURLY brannten noch ein paar Öllampen und ein Mann, der wegen seines Kahlkopfes nicht Curly sein konnte beziehungsweise es ebendeswegen war, spielte ruhig Dame mit einem alten Mann. Die beiden blickten zuerst nicht auf, als Calvin Gropius mit seinen Begleitern erschöpft hereinstolperte. Der alte Mann beendete das Spiel, indem er einen triumphierenden Sprung über einen Stein seines Gegners ausführte, und schaute in zahnlos grinsendem Triumph auf. »Hab ich dich erwischt, Junge!« sagte er. Gropius bestellte Kaffee.

»Haben von rechts wegen nicht mehr offen, aber ich kann noch bißchen Kaffee auftreiben, schätze ich, für euch müde Wanderer.« Ein literarischer Touch, vermerkte Edwina zerstreut. Sie verlor immer mehr ihren Glauben an Calvin Gropius und gewann dafür immer mehr Glauben an seinen Sohn. Sie spürte das Kind in ihrem Leib sich regen. Sie würde ihm bald einen Vater aussuchen müssen. Aber es fiel ihr auf: ein literarischer Touch. Der Kleinhandel ging mit Würde seinem Ende entgegen. Der alte Mann sagte: »Kommt ihr von weit her?«

»Aus Dallas in Texas«, sagte Dashiel.

»Habt ihr wohl einiges gesehen unterwegs?« fragte der alte Mann. »Ein Menschenopfer, Gott hilf uns allen, Gott vergib ihnen, hinter Ponca City«, sagte Calvin Gropius erschauernd. Verlor das Vertrauen in ihn. Dashiel war ruhig, sah ordentlich und gefaßt aus. Lächelte ein wenig.

»Das ist schon ein schlimmer Ort, Ponca City. War ja mal dort als Kind, war noch nicht so groß wie hier bis zum Tisch hoch. Ja, da bleibt man am besten weit weg von. Ponca City!« Der alte Mann lachte gackernd. »Habt ihr viel vom Weltuntergang reden hören in Oklahoma?«

»Ständig«, sagte Dashiel. Er hielt sich dankbar an einer Tasse lauwarmen Kaffees fest.

»Die Okies, die glauben auch wirklich alles. Nun ja, ich sage immer, wenn's kommt, dann kommt es«, sagte der alte Mann behaglich. Er war, schätzte Edwina, schon weit über achtzig. »Erdbeben, Vulkane, und die Erde gibt ihre Toten zurück. Das steht schon in der Bibel, Mister«, sagte er zu Calvin Gropius.

»Ich weiß Bescheid mit der Bibel«, sagte Calvin Gropius gereizt.

Die Brüder Tagliaferro kamen nun herein; Gianni mit wildem Blick, aber ohne Waffe in der Hand oder an der Hüfte.

»Hallo, Dash«, sagte Salvatore. »Haben Sie noch Kaffee hinter Ihrer Theke?« fragte er Jack, Joe oder Curly. Gianni hatte nur für Calvin Gropius Augen.

»Kommt ihr von weit her, Leute?« fragte der alte Mann.

»Fort Worth, Opa«, sagte Salvatore.

»Das ist bißchen weiter weg als die Herrschaften hier. Opa sagst du, Junge? Bin schon zwölfmal Opa, hast du das gewußt? Na, wohl nicht, hast mich ja noch nie gesehen.« Der Boden zitterte. »He, leg dich«, gackerte der Alte. »Bißchen aufmüpfig«, fügte er gackernd hinzu.

»Sind Sie«, fragte Gianni, »ein Geistlicher?«

»Doktor der Theologie«, sagte Calvin Gropius, »was jetzt vielleicht nicht mehr sehr viel bedeutet.« Er sah ärgerlich zu Dashiel hinüber. Diese beiden Sizilianer bedurften keiner großen Erklärung – Dashiels Chefs, seine Kollegen, irgendwas, auf jeden Fall Mafiosi.

»Ich muß beichten«, sagte Gianni. »Hab Sünden auf dem Gewissen.«

»Ich lehne die Ohrenbeichte grundsätzlich ab«, sagte Calvin Gropius streng. »Wenn Sie beichten wollen, gehen Sie und beichten Sie dort in der dunklen Ecke. Warum sollte ein Mensch zwischen einem anderen Menschen und seinem Schöpfer stehen?«

»Sie verstehen nicht recht«, sagte Salvatore, zündete sich eine filterlose Zigarette an und zwinkerte Gropius verstohlen zu. »Der *muß* beichten. Sorgen wegen der Hölle.«

»Hölle gibt's keine«, sagte der alte Mann kategorisch. »Die Hölle, das ist unsre Welt hier, hat mein Dad immer gesagt. Seid ihr beide also Römische?«

»Nein, nicht Römisch«, sagte Salvatore. »Halt du dich raus, Opa!«

Calvin Gropius seufzte und sagte: »Nun gut. Es widerspricht meinen Prinzipien, aber ich werde es tun. Die Situation erfordert eine gewisse Elastizität. Gut. Kommen Sie.« Und er winkte Gianni, ihm in die dunkle Ecke der Imbißstube zu folgen. Der alte Mann sagte:

»Kommt ihr wegen der großen Versammlung her? Bald zweihundert sind da marschiert. Stimmt's, Junge?« sagte er zu Jack, Joe oder Curly.

»Großer Kommunistenmarsch. Hab ich hier noch nie gesehen vorher, sowas. Hatten die Roten noch nie viel zu holen hier.« Man hörte Calvin Gropius im Dunkeln gelegentlich aufschreien: »Gott, o Gott, o mein Gott!«, während Giannis reinigendes Murmeln eintönig weiterging. »Droben zum Camp an der Straße. Dieser englische Bursche, der war hier drin und hat's mit den Arbeitern und den Kapitalisten gehabt. Wußte schon, was er meint. Einer von meinen beiden Jungs, Charlie war das, der ist genauso gewesen, als er aus der Armee gekommen ist. Ich hab im Grunde nichts dagegen, muß ich sagen. Es ist alles so, daß einer für den anderen kämpft, so hat mir's einmal einer in Anthony erklärt, der hat viel gelesen. Das liegt in South Kansas. Seid ihr vielleicht da durchgekommen?«

»Orgien«, sagte Edwina. Dann zuckte sie zusammen, als das Kind in ihr wild strampelte. Der alte Mann merkte es gleich. Er sagte:

»Ich glaube, für Sie ist es bald soweit, junge Frau. Und wir haben gar keinen Doktor mehr in der Stadt. Mit den anderen fortgelaufen, wie die Karnickel. Nächstes Krankenhaus ist bei Lossing. Wissen Sie, wo das ist?« Die Erde schluckte zweimal und geriet dann in ein langes Zucken.

»Er hat recht«, sagte Edwina. »Ich bin bald soweit.«

Calvin Gropius kam zitternd von Giannis Enthüllungen zurück.

Gianni selbst lächelte. »Er versteht nichts von *penitenza*«, sagte er. »Drei Gegrüßest seist du, Maria, das wird langen. Ich sprech sie dann unterwegs. Wo ist der Kaffee?«

»Es wird ans Töten gehen«, sagte Salvatore im Dialekt. »Weißt du das, Gianni? Töten.«

Gianni zuckte die Achseln. »Selbstverteidigung«, sagte er, wobei er einer alten Maxime des Pentagon folgte, »das geht am besten, wenn du selbst anfängst.« Es hörte sich ziemlich furchterregend an auf Sizilianisch, aber bei weitem nicht so furchterregend, Kinder, wie damals »anticipatory retaliation« immer klang. Vorgreifender Gegenschlag. Der alte Mann sagte:

»Seid ihr vom Ausland? Ihr redet so wie Ausländer.«

»Hundert Prozent amerikanisch«, sagte Gianni. Die Erde schluckte.

Die Erde schluckte. »Hat das mit dem Hubschrauber zu tun?« fragte O'Grady. »Vorher, der Chopper da. Haben sie sich da unsere Verteidigungslinie angeschaut?«

»Oben gibt's kein Problem«, sagte Bartlett, »solange unser Magnetfeld hält.«

»Wie weit kann man ihnen mit Waffen trauen?« O'Grady meinte das KATZ-Team, sich selbst ausgeschlossen.

»Die kommen nie hier herein«, sagte Bartlett. Trotzdem gab er O'Grady eine Hutchinson Hipman, mit drei Ladungen Munition, und nahm selbst eine. Er wand sich auch einen Gurt mit Gas-Minibomben um den Oberkörper.

»Und die Truppen?«

»Johnson teilt Gewehre an sie aus. Platzpatronen natürlich. Können es nicht riskieren, ihnen scharfe Munition zu geben.«

»Sie sind zu unserem Schutz hier.«

»Wir beschützen uns selbst, O'Grady. Abramovitz, Hazard, Vanessa Frame – die sind sicher, glaube ich. Verläßlich. Und doch – ich weiß nicht. Waffen in ihren Händen? Ich hätte nie gedacht, daß es so weit kommt.«

»Es gibt vieles, was Sie sich nie gedacht haben«, sagte O'Grady. Bartlett sah den Astunomikologen scharf an, aber er sagte nichts.

Nur von dem absurd angeschwollenen Mondlicht beleuchtet

(Lynx wurde momentan von seinem gestohlenen Satelliten verdeckt) gingen die beiden dem Mob entgegen; vorher schauten sie noch bei dem KATZ-Team herein, das nun nicht mehr lachte, und sagten den Leuten, sie sollten auf ihre Anweisungen warten und bleiben, wo sie waren. Im Augenblick gab es Anweisungen nur für Hazard und Vanessa. Abramovitz sah doch nicht besonders verläßlich aus, trotz dem Schnellkursus in Pazifizierung oder selektiver Amnesie oder was immer ihn dazu gebracht hatte, alle Texte mit dissidierendem Inhalt zu vergessen. Hazard und Vanessa nahm man mit nach draußen; sie erhielten jeweils eine Hipman und eine Lescaz-Pistole. Sie hantierten unbeholfen damit, mit großen Augen. »Ich hätte nie gedacht, daß es so weit kommt«, sagte Bartlett.

Es war, wie sie erkannten, nicht bloß ein Mob. Die Menge war organisiert. Eine Gruppe konzentrierte sich auf das Durchschneiden des Elektrozaunes, nur an einer Stelle, kein verschwenderisches Herumhacken hier und dort. Eine Stimme mit englischem Unterschicht-Akzent drang mit hoher, klarer Deutlichkeit durch ein Megaphon. »Im Namen der Unterdrückten«, rief sie, »befehlen wir euch, euer Raumschiff den Arbeitern auszuhändigen. Wir wollen keine Gewalt. Wir fordern euch nur auf, die Berechtigung unseres Ansinnens einzusehen. Ihr Wissenschaftler dort drüben, laßt ab, Werkzeuge der kapitalistischen Unterdrücker zu sein! Tretet auf unsere Seite! Ihr Soldaten, ihr wißt doch, was gespielt wird. Ihr bleibt zurück und sterbt, während die kapitalistischen Unterdrücker droben im Weltraum Fettlebe machen. Legt die Waffen nieder, öffnet das Tor, laßt uns ein! Wir kommen in Frieden. Wir wollen nur, was uns zusteht, und selbiges sind die Rechte der Arbeiter!« Der Sergeant gab auf ein Nicken seines Lieutenants hin den Befehl zum Feuern. Eine prächtige Runde Schüsse, ein Geruch wie von Bratfett, doch obwohl die Vordersten in der anrückenden Menge vom Drahtzaun zurückrannten und die hinter ihnen Stehenden umwarfen und zum Stolpern brachten, fiel niemand tot um. Leutnant Johnson sah sich fragend nach seinen Zivil-Kommandeuren um. Der Sergeant gab wieder das Kommando zum Feuern, und wieder folgte eine blinde Salve harmlosen Knallens. Wie als Tadel für solches Kinderspiel dröhnte grollend und krachend um den ganzen Horizont der Laut der erwachsenen Welt, des wirklichen Tötens, der stürzenden Berge, der fallenden Städte.

Eine Stimme, die es verschmähte, sich einer elektronischen Prothese zu bedienen, war nun zu hören, ihr Besitzer unsichtbar. »Hier ist Calvin Gropius!« rief sie. »Ich komme als der letzte Bote Gottes des Herrn. Ich will mein Recht: das Wort des Herrn in die Weiten des Universums zu tragen, das er selbst geschaffen hat. Öffnet eure Tore! Ich fordere es, der Herr selbst fordert es!« Die Stimme der Arbeiter schallte in lautem Protest:

»Der Gott, den die verdammten Kapitalisten geschaffen haben! Öffnet die Tore dem Proletariat!« Doch aufgrund der protestantischen Tradition der radikalen Rhetorik in Großbritannien war er für den Rhythmus von Gropius' Predigtton empfänglich: »Die Erde ist des Arbeiters, mitsamt all ihren Früchten. Platz für die Arbeiter!«

»Jetzt, glaube ich«, sagte Bartlett, und schleuderte, schön aus der Schulter, eine Gasbombe auf den Punkt, wo die Drahtscheren in den Zaun schnitten, golden erleuchtet von Starkstromfunken. Eine plötzliche Wolke aus Dreck erhob sich riesig zusammen mit einem Chor von Flüchen und verzweifeltem Husten. Ermutigt durch dieses Ergebnis warf Bartlett eine zweite in die Richtung, aus der die Megaphonstimme des Arbeiterführers zu kommen schien. Die Bombe segelte durch die Luft, über den Zaun, doch diesmal gab es keine Schmutzwolke, war kein Husten zu hören. Stattdessen wurde die Bombe im Fluge aufgefangen und sauber zurückgeschickt (ihr wißt ja, Kinder, die Briten hatten den Sport erfunden). O'Grady, mit den trainierten Reflexen des Polizisten, zog Bartlett weg. Beide rannten davon. Gas zischte auf und wurde dann vom kräftigen Wind vertrieben. Die Erde schluckte. Die Erde zuckte wild auf. Die Erde des Herrn? Des Arbeiters?

Von demselben unsichtbaren Punkt aus wie vorher hob Gropius wieder an: »Ich verlange, daß man dem Zutritt gewährt, der die Wahrheit des Herrn trägt. *Ich verlange es.*« Wie zur Bekräftigung begann ein gutes Stück hinter ihm das nervöse Prasseln von Geschossen aus automatischen Waffen, so wie es sich anhörte. Und nun fielen einige von den Arbeitern, viele mit lautem Schreien. Andere rannten davon. Das Megaphon tönte:

»Seht ihr, was die Kapitalisten nun tun, ihr Wissenschaftler? Wissenschaftler, Arbeiter auch ihr –« Nun war nichts mehr von ihm zu hören, nur noch ein heulender Aufschrei, ein Gurgeln, Würgen, teilweise noch durch das Gerät verstärkt. Dann lag er – mußte man annehmen – mitsamt dem Megaphon am Boden.

Es ist nun Zeit, unsere Perspektive zu wechseln und zu schauen, was außerhalb des KATZ-Camps geschah. Gianni, von Salvatore unterstützt, pumpte den Tod in die Reihen der Arbeiter, Farmer, besser gesagt, und knirschte auf sizilianisch: »Sollen sie sterben, was sollen sie noch leben, mit welchem Recht, die Hurensöhne, wenn,

wenn, wenn–« Doch er durfte sich nicht durch Witwertränen die Sicht nehmen lassen. Er pumpte weiter, die schönen weißen Zähne glänzten in dem lächerlichen Mondlicht, der Boden zitterte unter ihm. Salvatore sagte zu Gropius, der bestürzt auf ihren Wagen zugegangen kam:

»Gianni, der wird uns alle dort reinkriegen, Herr Pfarrer. Wir brauchen nur die beiden Typen, die das Flugzeug steuern. Die anderen sind doch scheißegal, oder? Nur wir und die Frau und Dash und die Piloten und vielleicht ein paar Stewardessen.«

»Nein! Nein! Nein! Das ist Mord!«

»Kein Mord, Herr Pfarrer! Selbstverteidigung. Gianni braucht das nicht zu beichten. Selbstverteidigung ist keine Sünde, Herr Pfarrer.«

Hinter einer bebenden Eiche, ausgestreckt in der warmen Nacht, schliefen eine Zeitlang Val und Willett. Sie hatten tüchtig gegessen und getrunken, sie waren sehr müde nach ihren Abenteuern. Auf Lärm reagierten sie nicht mehr. Seit Beginn ihrer Reise waren sie von Lärm umgeben gewesen. Sie hatten gelernt, trotz allem Lärm zu schlafen. Es war beinahe reiner Zufall, daß Dashiel Gropius Edwina Goya in den Schutz desselben Baumes zog. Es gab tatsächlich nicht viele Bäume in der Umgebung.

»Um Gotteswillen«, rief Edwina, ihre Schmerzen vergessend. »Es kann nicht sein! Das ist ja Dr. Brodie.« Sie schüttelte ihn. »Dr. Brodie, wachen Sie auf. Hier herrscht große Gefahr.«

Aber es war Willett, der zuerst erwachte, grunzend, stöhnend, schmatzend, sehr verschwiemelt. Er kannte diese beiden nicht und griff rasch nach der Pistole an seinem Gürtel. Das Mädchen war, wie er sah, schwanger. Jesus, jetzt war nicht die Zeit, schwanger zu werden. *»Freunde!«,* sagte der Mann. »Warten Sie mal – Sie sind doch–«

»Willett ist mein Name.«

»Ich habe Sie in New York im Albee als–«

»Hamlet. Es hieß, ich sei zu fett. Aber, wie ich in einem Brief an die *New York Times* ausgeführt habe–«

»Edwina«, sagte Val, der jetzt wach war. »Was zum Teufel tun Sie denn hier?« Er hatte sie zuletzt in der Fakultätsbibliothek gesehen, wo sie düster in eine große Ausgabe der Werke von John Donne mit umfangreichem Kommentar vertieft gewesen war.

»Dies ist das Ende der Welt«, sagte Edwina. »Ich gehe davon aus, daß hier jeder mitmachen kann.«

»Was für eine Menge Leute«, sagte Willett erstaunt, als er in allen Richtungen kreischende Kansasbürger rennen sah. »Der Chopper«, sagte er. »Ist er in Sicherheit?« Er war es nicht, nicht solange soviele Menschen verrückt vor Angst herumliefen, die es sich in den Kopf setzen mochten, dem Gemetzel und am besten gleich dem ganzen Ende der Welt davonzufliegen. Willett gab ein paar Schüsse aufs Geratewohl ab, sah Gestalten stolpern, aufheulend, sah sie sich zerstreuen und wegrennen. Dashiel sagte:

»Gropius ist mein Name. Ich würde vorschlagen–«

»Sie sind für Gropius zu jung«, sagte Val stirnrunzelnd.

»Dashiel Gropius. Mein Vater Calvin Gropius ist dort drüben und verlangt Einlaß im Namen Gottes. Hören Sie, diese Dame hier ist kurz vor der Niederkunft, wie Sie selbst sehen können. Dort drinnen muß es einen Doktor geben–«

»Es sind alles Doktoren«, sagte Edwina mit verzerrtem Gesicht; ihre Züge krampften sich um den Schmerz wie eine Faust.

»Der einzige Weg nach drinnen«, sagte Dashiel, »wäre durch die Luft. Ich nehme an, Sie können mit dem Ding umgehen–«

»Magnetische Barriere«, sagte Val. »Aber, Menschenskind, meine Frau ist da drin. Sie müßte uns doch reinlassen können. Auf jeden Fall habe ich das Recht. Die Pflicht, so gesehen.«

»So eifrig warst du vorhin nicht«, sagte Willett. »Du hast vom Runterschießen geredet.«

»Ich habe an uns beide gedacht, wenn du es genau wissen willst«, sagte Val. »Ich bin zuerst von dir ausgegangen, und du hast weder das Recht noch die Pflicht. Aber jetzt, wenn ich mir's überlege, ein Mann in meiner einmal als einwandfrei unterstellten Position hat ein Anrecht auf einen Fahrer oder Piloten oder was–«

»Oder was«, brummte Willett. Dann sagte er: »Steigen wir ein und starten. Zumindest sind wir damit diesem Arschloch aus dem Weg, der hier den Tod in die Gegend ballert, wer es auch sei.«

»Einer von den Brüdern Tagliaferro«, sagte Dashiel. »Er ist wahnsinnig. Er hat seine Frau und die Kinder verloren und ist verrückt geworden.« Inzwischen waren sie bei dem Helikopter angekommen und stiegen ein, Edwina unter Mühen und Schmerzen.

Im Camp war der größte Teil des KATZ-Teams im Widerspruch zu seinen Instruktionen herausgekommen, um zu sehen, was los war. Bartlett konzentrierte sich auf die offiziellen Beschützer. »Hinaus«, sagte er gerade zu Leutnant Johnson. »Ihre Arbeit hier ist beendet. Bringen Sie Ihre Leute hinaus!« Währenddessen prallten Giannis Kugeln jaulend am harten Metall des Zauns ab.

»Hinaus, um uns von diesem Bastard umnieten zu lassen? Wir bleiben hier bei Ihnen.«

»Ein Befehl, Leutnant. Hinaus! Versammeln Sie Ihre Leute an der Straße. Nehmen Sie zwei Lastwagen. Hinaus!« Blitze signierten den ganzen Himmel mit ausladenden Schnörkeln. Ferne Städte brachen in sich zusammen. Der heiße Mond schien näher als jemals zuvor.

»Wir bleiben bei Ihnen.«

Der Sergeant kam keuchend angelaufen. »Herrgott, wir brauchen Munition! Das waren Platzpatronen. Irgendein Flachkopf hat da einen Fehler gemacht.« Er schaute schwitzend hinüber zu den sich windenden Leibern der von Gianni Umgeschossenen; der tödliche Wagen, von Salvatore gesteuert, näherte sich dem Haupttor des Camps, während Gianni immer weiter feuerte.

»Munition nützt Ihnen nichts«, sagte Bartlett. »Die bringt einen so und so nicht durch den Zaun. Sie sind hier sicher vor seinem Feuer.«

»Nicht, wenn wir hinausmüssen«, sagte Leutnant Johnson berechtigterweise. »Dieser wahnsinnige Bastard hier«, erklärte er seinem Sergeant, »will, daß wir die Männer abziehen. Gott weiß wohin.«

»Versammeln Sie Ihre Leute an der Straße«, sagte Bartlett.

»Hören Sie, Mister«, sagte der Sergeant, »wir gehorchen keinen Zivilbefehlen. Wir bleiben hier.«

»Das werden Sie nicht«, sagte Bartlett.

»Wollen Sie mir vielleicht verdammt noch mal einen Befehl geben, Mister?«

»Nicht Ihnen persönlich«, sagte Bartlett. »Nicht von jetzt an.« Er machte fünf Schritte rückwärts, setzte seine Hutchinson Hipman an die Hüfte und gab einen kurzen Feuerstoß ab. Der Sergeant fiel mit dem Ausdruck vollkommenen Erstaunens auf seinem offenen, breiten Gesicht zu Boden. Die Erde, wie eine Sprungfedermatratze, warf ihn ein wenig wieder in die Höhe. Dann lag er so still, wie man es unter den obwaltenden Umständen erwarten konnte. Der Leutnant und O'Grady schauten Bartlett sprachlos an. Bartlett sagte: »Ich erschieße Ihren ganzen Zug, Mann für Mann, wenn es sein muß. Lassen Sie sie aus dem Camp abziehen.«

»Und dabei kommen diese Scheißangreifer herein?« sagte O'Grady.

»Eins nach dem anderen«, sagte der gelassene Bartlett.

»Sie sind verrückt, Bartlett. Verdammte Scheiße, Sie sind verrückt.«

»Insubordination. Da werde ich Sie wohl persönlich rehabilitieren müssen, wie? Später natürlich. Leutnant, Sie haben gehört, was ich gesagt habe.« Johnsons Augen schienen unnatürlich geweitet. Er starrte wieder auf die Leiche seines Sergeanten. Er konnte es nicht glauben. »Ihr Korporal da drüben würde ein angemessenes Ziel abgeben«, sagte Bartlett und hob seine Waffe. Der Leutnant blies einen schrillen Pfiff, noch einen, wieder und wieder. Seine Männer formten sich zu drei unordentlichen Reihen, der Korporal als Markierungspunkt. Johnson ließ sie abmarschieren; er gab seine Befehle mit schwankender Stimme. Gianni hatte anscheinend bis auf weiteres das Feuer eingestellt. Hinter dem Tor sah man Calvin Gropius, sah den Todeswagen der Tagliaferros. Gropius versuchte es wieder:

»Ich billige die Gewalttaten dieses Mannes nicht. Diese beiden Männer gehören nicht zu mir. Ich fordere euch im Namen des Herrn auf, seinen Boten allein eintreten zu lassen.«

Gianni hörte das selbstverständlich deutlich. »Der Bastard«, sagte er auf Englisch. »Nach allem, was ich für ihn getan habe, diese ganzen Typen umlegen. Sie meinen, Herr Pfarrer, uns wollen Sie nicht da drin haben?«

»Seien Sie vernünftig«, sagte Gropius. »Denken Sie doch um Gottes Willen nach! Ich will keine bestimmten Menschen retten. Ich will das Wort des Herrn retten.«

»Protestante«, grinste Gianni furchtbar.

»Okay, okay«, sagte Salvatore. »Er will nur alleine rein. Er traut uns nicht, Gianni.«

»Assoluzione, penitenza«, sagte Gianni. »Er kennt sich nicht aus damit. Du!« sagte er grob zu Gropius. »Bist du sicher, daß meine Sünden vergeben sind?«

»Jetzt ist nicht die Zeit–«, fing Gropius verlegen an.

Sie schauten nach oben, als das Surren eines tieffliegenden Hubschraubers sich bemerkbar machte. Gianni hob instinktiv den Lauf seiner schweren automatischen Waffe.

»Okay, Gianni, du kannst nicht die ganze gottverdammte Welt umlegen«, sagte sein Bruder.

Zwei Lastwagen kamen angefahren, nach allen Seiten verschlossene gepanzerte Monster mit Soldaten darin. Sie krochen – nervös, wie es den Anschein hatte – auf das Tor zu. Das Tor war jedoch elektronisch versperrt. Leutnant Johnson schaute nervös vom Beifahrersitz des ersten Fahrzeugs herunter und machte zögernd die Geste des Aufschließens.

»Öffnen Sie das Tor, O'Grady«, befahl Bartlett.

»Soll ich denn diese Schweine hereinlassen?«

»Öffnen Sie! Sie kennen den Code. Delphin E4, nachts.«

»Sie sind verrückt«, sagte O'Grady mit wütender Grimasse. Aber er zog einen Taschenaktivator heraus und stellte 7388026 ein. Das Tor schwang langsam auf. Die Lastwagen fuhren an nach draußen. Ein paar von den Soldaten riefen ein schwaches Hurra. Calvin Gropius, der sich immer fit gehalten hatte, sprintete zu der Öffnung und versuchte sich mit dem Ruf »Im Namen des Herrn« hindurchzuzwängen. Das Feuer wurde wieder eröffnet: Der *bastardo* fiel, er schluchzte: »Im Namen des.« Der erste Lastwagen überrollte ihn gleichgültig, dann der zweite. Der Hubschrauber sank tiefer. Auch aus ihm drangen rasche Feuerstöße, Sohnesrache. Gianni Tagliaferro ließ kreischend seine Maschinenpistole fallen, schlug die Hände vor sein verwüstetes Gesicht und wußte sogleich, ob es eine Hölle gab oder nicht. Ein weiterer Stoß, der ihn – überflüssigerweise – erledigen sollte, erwischte Salvatore, der aufsah wie zu unerwartetem sanftem Regen. Er sank sehr leise um.

Eine lautsprecherverstärkte Schauspielerstimme kam vom Himmel:

»Wie geht denn das verdammte Ding – ah ja, vielen Dank. Mein Name ist Willett.« Das Team, seinen Führer eingeschlossen, blickte erstaunt auf. Über das ganze Camp hinweg erklang das selbstbewußte Bühnenorgan, verstärkt noch durch den Hall der elektromagnetischen Barriere. »Ich bin Schauspieler, nun bis auf weiteres ohne Engagement. Ich habe hier bei mir Dr. Valentine Brodie, der sich verspätet zur Stelle meldet, aber besser spät als gar nicht, Mr. Dashiel Gropius und Mrs. Edwina Goya, die demnächst, ahum, gebären wird und dringend der Hilfe eines *accoucheurs* beziehungsweise einer *-euse* bedarf. Lassen Sie uns landen! Schalten Sie Ihren Topfdeckel ab!«

Bartlett sagte zu O'Grady: »Die bleiben draußen.« Vanessa stand da, unfähig, zu denken, auch nur zu atmen. Dr. Adams stand neben ihr. Sanft, wie man einem eben eingeschlafenen Kind ein Spielzeug aus der Hand nimmt, öffnete Dr. Adams Vanessa die Finger und ließ die warme kleine Pistole sanft in ihre eigene Hand fallen. Sie entsicherte sie. Vanessa kam erschauernd zu sich. »Hast du gehört, was ich gehört habe?«

»Es ist dein Mann. Dr. Valentine Brodie.«

»Mein *Mann* – woher weißt du das?«

»Du hast oft genug von deinem Mann erzählt – ehe du dich selbst zur Ordnung gerufen hast. Ich glaube, alle hier werden sich freuen, deinen Mann zu sehen. Besser, als mit Projektleiter Bartlett gepaart zu werden.«

»Ich kann ihn sehen – da ist er, er winkt–« Und dann, ängstlich, im

Bewußtsein der großen unberechenbaren Spannung überall, die selbst in der normal wirkenden Maude Adams noch lauern mochte: »Was willst du mit der Pistole?«

O'Grady sagte zu Bartlett: »Sie haben gehört, was er sagt. Eine Frau da oben braucht Hilfe.«

»Von uns bekommt sie keine. Wir sind keine Frauenklinik.«

»Deaktivieren Sie die Barriere«, sagte Dr. Adams und richtete die Pistole auf O'Grady. O'Grady, der nur zu gerne gehorchte, wandte sich mit einer unbeholfenen Da-muß-ich-ja-wohl-Geste an Bartlett und lief dann rasch zu dem Zementblock, der das Symbol einer sitzenden Katze zeigte, von hinten gesehen, sowie einen Blitzstrahl, an dem sich das Tier wie an einem Herdfeuer zu wärmen schien.

Bartlett richtete seine Hüftwaffe auf O'Grady und schrie: »Ich warne Sie! Hören Sie mich?«

»Ich mach's lieber gleich«, sagte Dr. Adams. »Wir haben keine Zeit mehr.« Und sie erschoß Bartlett mit viel Geschick. Aufheulend fuhr Bartlett herum, sein wahnsinniger Blick suchte nach etwas, nach jemand, dann starrten die Augen nur noch und spiegelten große, aufgeschwellte Zwillingsmonde. Er sank mit schwerem Aufschlag hin und die Erde, gerade ruhig, ließ ihn liegen. O'Grady sah es, zurückkommend, die Augen weit aufgerissen, in kauernder Bewegung erstarrt, den Anblick nicht fassend. Er sah Dr. Adams' rauchende Pistole. Instinktiv griff er nach seiner eigenen, kalten, noch unbenutzten. Dr. Adams sagte:

»Werden Sie ein braver Junge sein, Dr. O'Grady?«

O'Grady leckte sich über die Lippen. Die Hand ging zur Hüftwaffe. Dr. Adams schoß präzise auf einen Punkt gerade fünf Zentimeter vor seinem linken Stiefel.

»Was ist, O'Grady?«

O'Grady grinste hilflos, zuckte die Achseln. Dann warf er seine Waffe weg. Es war eine schwere Waffe. »Nicht besonders gut«, sagte er, »diese Art Pazifizierung.«

»Alkohol, Lachen – die helfen«, sagte Dr. Adams. »Und hie und da eine Dosis rein tierischer Angst.« Die Erde regte sich dringlich. Der Mond schien sie mit seinem Atem anzuhauchen.

»Er war verrückt«, sagte O'Grady und sah auf den toten Bartlett hinunter. »Hochintelligent, aber verrückt. Wer macht weiter?«

»Da kommt er!« sagte Vanessa. Der Deckel war fort. Sie lief dort hinüber, wo gerade der Hubschrauber aufsetzte. Val, dreckig, magerer, als sie ihn kannte, ungeheuer zottelhaarig und bärtig, kam gleich zu ihr. Sie umarmten sich, zögernd zuerst, dann nicht mehr zögernd.

Edwina erschien stöhnend oben an der Leiter, von Dashiel Gropius gestützt. Dr. Fried und Dr. La Farge (deren erste maieutische Aufgabe während des Projekts dies war) schauten unsicher zu Vanessa. Ein Sturm schien vom Monde her zu wehen. Der Boden fühlte sich an wie das Deck eines Schiffes bei der Geburt eines Orkans. Hekate, Schutzherrin der Frauen im Kindbett, sah drohend herab. »Ins Schiff«, sagte Vanessa. »Von jetzt an das Schiff!«

»Und der Transport?«

»Ein Hüpfer für mein Vögelchen«, sagte Willett. »Wieder an Bord, Edwina! Hinauf und hinein, meine Damen. Ich wollte schon immer ein Raumschiff besteigen.« Und so ließ er den Propeller wieder an. Dashiel Gropius schaute auf den toten Bartlett hinunter und sagte:

»Wer war das?«

Alles sah Dr. Adams an.

»Danke«, sagte Dashiel. »Ich wollte es im Grund nicht. Ich hatte es Edwina versprochen, aber–« Der Leichnam rührte sich leise auf seinem ruhelosen Lager. »Ich kannte ihn nicht, wissen Sie.«

»Ja«, sagte Dr. Adams. »Man muß ihn kennen. Mußte ihn kennen«, verbesserte sie sich.

Freud war zum Tee bei der Prinzessin Bonaparte. Das Teeservice war aus getriebenem Silber, verziert mit Lorbeergirlanden, Cherubim, den Bienen Napoleons. Durch das Fenster sah er das sommerliche Paris mit seinem phallischen Turm, einem Monument für ihn. Freud sagte: »Prinzessin Marie Bonaparte–«

»Wie formell!«

»Ich habe den Namen ausgekostet. Heute morgen bin ich am Bahnhof von einem Repräsentanten der größten unter den Demokratien abgeholt worden und von einer Tochter aus der Dynastie, die der größte aller Kaiser begründet hat. Ich habe es weit gebracht. Und doch habe ich nichts getan.«

»O kommen Sie! Sie haben meine Neurose geheilt. Und seine.«

»Es war kaum der Mühe wert, Prinzessin. In beiden Fällen. Ich habe entdeckt, daß Jungen ihre Mütter lieben und Angst vor ihren Vätern haben. Das weiß jeder. Alle haben es immer gewußt. Ich habe entdeckt, daß Kinder sexuelle Wünsche empfinden. Jedes Kindermädchen kann einem dasselbe erklären. Aber ich dachte, ich sei Ödipus Rex. Ich dachte, ich hätte das Rätsel der Sphinx gelöst. Ich habe es ungelöst gelassen. Warum widmen Sie einem Versager solche

Anhänglichkeit?« Sein Krebs biß zu. Er verzog das Gesicht. Sie bemerkte es nicht. Sie sagte:

»Oh, wir sind alle Versager. Sie sind es weniger als die meisten Menschen. Sie haben die herrlichsten Bücher geschrieben. Man wird sie immer lesen. Man wird nicht immer an sie *glauben*, natürlich – aber macht das etwas aus? Wir lesen die Bibel, ohne an sie zu glauben. Sie haben mir eben eine Frage gestellt, die Sie nie zuvor gestellt haben. Ich werde Ihnen die Antwort sagen. Erinnern Sie sich daran, wie ich bei Ihnen auf der Couch lag? Wie Sie mich analysierten, tief gruben, bis auf die Knochen – da sagten Sie etwas, das ich nicht hinnehmen konnte.«

»Ah ja. Und zwar sagte ich, Sie wären Zeugin des Geschlechtsaktes geworden. Als Kind. Sie haben das unter Tränen bestritten.«

»O ja, unter Tränen. Und dann habe ich einen von den Gärtnern gefragt. Und der sagte: O ja, ich hätte es gesehen. Er sah es, wie ich es sah. Er ließ es mich weiter sehen. Und ich verbarg die ganze Erfahrung vor mir selbst. Aber Sie wußten, daß ich sie gemacht hatte. Deshalb wurde ich Ihre Schülerin.«

»Es ist nicht genug.«

»Nicht genug? Einen Mann kennenzulernen, der tatsächlich eine Frau war? Der Dinge wußte, die ich nicht mehr wußte? Der eine Intuition besaß, größer als die meine? Eine Sphinx tötet man nicht: man macht eine Göttin aus ihr.«

»Die Sphinx hat sich selbst getötet, bedenken Sie das. Es gab für sie kein Leben mehr, als ihr das Rätsel genommen worden war. Wollen Sie mich«, der Krebs schlug wieder zu; unter Schmerzen sagte er: »als Sphinx bezeichnen, Prinzessin?«

»Natürlich. Sie sind halb Frau und halb etwas anderes. Löwe-Adler–«

»Nicht Adler, nein, nicht Adler!«

Sie lächelte. »Ja, ich verstehe. Aber jedenfalls etwas Geflügeltes.«

»Und doch«, stöhnte er, »weiß ich nicht das Geringste über Frauen.«

»Die Frauen auch nicht«, sagte sie und ergriff den Henkel der Teekanne mit ihrer starken, reichberingten Kralle.

Er hatte in dieser Nacht einen seltsamen Traum, als er ungewohnterweise neben Martha lag, in dem großen Ehebett, das mit Lorbeergirlanden, Cherubim und Bienen verziert war. Er sah seine Tochter Anna, die sich aus irgendeinem Grund zu einer Frau von beträchtlichem sinnlichem Reiz entwickelt hatte, Unterricht in einem Klassenzimmer geben, das vom Lärm alter klirrender Schlachten und dem Donnern und Ziehen der Meeresbrandung hallte. An die Tafel hatte sie die Buchstaben P und V und N und C geschrieben, und sie war dabei, die Inschrift geduldig zu erläutern. Der Träumer konnte die Erklärung nicht hören wegen der tosenden Schlacht und der brüllenden Wogen. Er erwachte abrupt, doch ohne Schmerzen und ohne Angst. Er weckte Martha.

»Was ist, Liebling? Ist es dein–«

»Nein, nein. PVNC. Was bedeutet das?«

»Ich weiß es nicht, Lieber. Geh wieder schlafen.«

Aber er knipste die Nachttischlampe an. Eine ganze Mauer von Büchern türmte sich im Bücherschrank in dem großen Zimmer. Er tappte mit bloßen Füßen hinüber und fand einen Band in englischer Sprache, den er zuvor nicht gesehen hatte: *Pears' Cyclopedia.* Dort fand er, was ihn im Hinterkopf kitzelte: den Ortsnamen Pevensey. Ein Küstenort in Sussex. Der Punkt, wo Wilhelm der Eroberer gelandet war. Er lächelte, er war der Alte voll Triumph und Selbstvertrauen. Es weckte den Krebs.

Die Musik des Triumphes schmetterte und pochte in ihm, als er in der Victoria Station aus dem Zug stieg. Er war angekommen. Jones wartete zusammen mit anderen distinguierten Herren in Nadelstreifenanzügen. Uniformierte Polizei, und ein paar erkennbare Polizisten ohne Uniform. Eine Limousine. Ein Haus. Eine Ausgabe des *Evening Standard* mit seinem Photo. FREUD IN LONDON. Jones sagte: »Sehen Sie, der Garten. Da drüben liegt Primrose Hill. Und gleich dahinter der Regent's Park–« Aber Freud studierte eine Anzeige im *Evening Standard.* Er las sie Jones vor:

»Wie werde ich Psychoanalytiker, in zwölf einfachen Lektionen. Studieren Sie zuhause! Nur 65 Pfund.«

Ein wundervoller Garten, die Luft voller Vogelsang, die Erde duftend nach dem Regen, Zinnien, Rosen –

»Ich glaube, ich melde mich an«, sagte Freud. »Für zwölf einfache Lektionen hätte ich gerade noch Zeit.«

»Da – Ihr Garten. Er gehört Ihnen.«

»Ich habe nie einen Garten gehabt. All die Jahre in Wien keinen Garten. Und nun verhilft mir Hitler zu einem Garten. Heil Hitler!«

Zwei Arbeiter, die gerade eine Bücherkiste hereinschleppten, hörten das.

»Einer von diesen Nazis.«

»Die machen das schon richtig. Den Juden eins auf den Hut.«

»Hör mal, mein Schwager ist aus Whitechapel.«

Freud und Anna gingen spazieren. Ein Polizist tippte grüßend mit dem Finger an seinen Helm. »Abend, Miss. Abend, Dr. Freud.«

»Guten Abend, Constable«, sagte Freud stolz.

Im Pub an der Ecke war es voll. Freud fand einen Platz an einer Tischecke, wo ein paar Männer rasch und engagiert Domino spielten. Anna ging zur Theke und bestellte zwei Halbe Dunkles. Freud hörte zwei alte Frauen über ihrem Stout schwatzen.

»Und da hab ich ihr's ganz klar gesagt, wenn du so weiter machst, dann kriegt der bestimmt noch mal so einen minderwertigen Komplex.« Das gefiel ihm nicht. Böse starrte er in sein dunkles Bier. Verräter, Renegat!

»Wie der erzogen worden ist. Muttersöhnchen, hat richtig Angst auf die Straße zu gehn. Richtigen Ödiwuskomplex muß man da sagen.«

Ah, das war besser. Das war viel besser.

Und jetzt war sein Londoner Sprechzimmer fertig, und es war beinahe genau so wie das alte in der Berggasse. Aber seine Patienten sprachen Englisch. Wie diese hier, jung, brünett, nicht unattraktiv trotz der weinerlichen Stimme. Sylvia.

»Sylvia. Sie sagen, Sie wollen, daß man Sie liebt.«

»Ja.«

»Sie wollen heiraten.«

»Ja.«

»Ein Zuhause haben und Kinder – ein normales Eheleben mit Ihrem Mann. Das ist es, was Sie sich wünschen?«

»Natürlich, das ist es.«

»Und trotzdem schrecken Sie schaudernd vor dem Gedanken an eine sexuelle Berührung zurück. Warum?«

»Ich weiß es nicht. Sagen Sie mir, warum.«

»Holen Sie tief Atem. Die Wahrheit wird Ihnen nicht gefallen. Niemandem gefällt die Wahrheit.«

»Ich halte es aus, Herr Doktor.«

»Gut denn, Sylvia. Was Sie sich wirklich wünschen, ist, bei Ihrer Mutter zu sein. Sie wollen immer ein Baby bleiben, immer im Alter von anderthalb, zwei Jahren sein – an der Brust Ihrer Mutter saugen. Sie sind im oralen Stadium–«

»Was bedeutet das, oral–«

»Ach, das gehört ja eher Ihrer Sprache an als der meinen – orales Stadium, auf den Mund bezogen und fixiert. Nur der Mund kann Ihnen Lust verschaffen, lustvolle Empfindungen vermitteln. Wir durchlaufen alle diese Phase, aber die meisten überwinden sie. Sie wollen sie nicht hinter sich lassen.« Sie sagte nichts, sah ihn nur mit großen braunen englischen Augen an. »Sie lassen sich küssen, wann immer es geht. Sie lutschen Bonbons, kauen Schokolade. Aber sie wollen das Zentrum der Lustempfindung nicht nach unten, zur Vagina, verschieben.«

»Das sollten Sie nicht sagen. Das schickt sich nicht.«

»Vagina. Genitalien. Das Ding zwischen Ihren Beinen.«

Sylvia war schockiert. Sie konnte nur noch »Herr Doktor!« sagen.

»Sehen Sie? Sie weisen es von sich, Sie würden am liebsten so tun, als sei es nicht da. Aber es ist da. Sie müssen in das genitale Stadium eintreten. Dann werden Sie ohne hysterische Reaktionen zu sexuellen Beziehungen in der Lage sein. Verstehen Sie?«

»Aber ich liebe meine Mutter.«

»Sie ist tot, Mädchen, tot. Seit fünf Jahren tot, wie Sie mir erzählt haben. Sie können nicht die Tote lieben. Was Sie lieben, ist die Erinnerung an die Gefühle, die sie Ihnen verschafft hat, nichts anderes. Orale Befriedigung. Verschieben Sie diese nach unten – das ist das Geheimnis Ihrer Heilung–«

Die Tür ging auf und ein Hund sprang herein. Martha hatte die Tür geöffnet; sie schloß sie wieder, ohne einzutreten. Der Chow-Chow sprang an Freud hoch, leckte ihm das Gesicht, roch dann vorsichtig an seiner Wange.

»Lun, Lun, meine liebe Lun! Haben sie dich in der bösen Quarantäne so lange eingesperrt, meine Gute? Aber jetzt ist alles vorbei, mein kleiner Liebling.«

Sylvia stand von der Couch auf und sagte (Beweis für die gute Beobachtungsgabe der britischen Arbeiterklasse): »Und wie erklären Sie das – wenn man einen Hund liebt? Was für eine Verschiebung ist das?«

»Hunde«, sagte Freud, »sind ehrlich und offen. Hunde verbergen nichts. Ein Hund muß sich nicht auf die Couch legen, nicht wahr, Lun, mein Liebling?«

Aber Lun zappelte und jaulte und versuchte, seiner zärtlichen Umarmung zu entkommen. Sie lief in eine Ecke und kauerte dort winselnd, ihn mit seltsamem Blick ansehend.

»Was ist denn los mit ihr?«

»Nichts. Es ist etwas mit mir. Mit meinem Mund, meinem Kiefer–«

»Ach, das ist nicht nur, weil Sie ein Ausländer sind, daß Sie so sprechen?«

»Nein. Nächste Woche um dieselbe Zeit. Guten Tag.«

»Tag.« Sie sah ihn nun zusammen mit dem Hund mit seltsamem Blick an. Dann ging sie.

»Komm zu mir, Lun! Komm, Liebchen!« Aber Lun blieb, wo sie war.

Schwach, mager, einen Verband um den Kiefer, so lag er ein paar Wochen später im Bett. Drei Herren kamen ihn besuchen; einer trug ein großes schwarz eingebundenes Buch, einer war Sir Albert Seward von der Royal Society. Freud streckte eine schwächliche Hand aus. Sir Albert sagte:

»Strengen Sie sich nicht an, zu reden, Dr. Freud. Wir haben mit großer Besorgnis von Ihrer letzten Operation gehört; wir beten um eine rasche Genesung. Hier haben wir das offizielle Eintragungsbuch der Royal Society, das Buch mit den bedeutenden Unterschriften, welches die Gesellschaft als einen Schatz bewahrt. Hier werden Sie unter anderen die Namen von Sir Isaac Newton und Charles Darwin finden. Ich darf im übrigen sagen, daß dies der erste Besuch ist, den die Vertreter der Gesellschaft je abgestattet haben – Besuche beim König ausgenommen. Würden Sie Ihren Namen den anderen hinzufügen?«

Darwin, Huxley, Einstein. Sigmund Freud. Ohne zu zittern. PVNC.

Professor Hill reichte Freud ein anderes Buch. Seine Augen leuchteten auf. Es war die englische Übersetzung von *Der Mann Moses*. Wenn er die Güte haben würde, auch dies zu signieren. *Moses and Monotheism*. Sigmund Freud. Ein wenig zitterig. Bei dem letzten ›d‹ zuckte seine Hand in einem plötzlichen Aufflackern von Schmerz.

Er war wieder im Vatikan. Das gehörnte Standbild. Minna sagte: »Wirst du das, Dr. Moses Freud?« Von einer Felsklippe herab schaute er auf die Israeliten, die ihm ungehorsam gewesen waren. In seinen Armen lagen die Gesetzestafeln. Adler und Stekel, Rank und Jung duckten sich und verbargen ihr Gesicht in den weiten Ärmeln ihrer staubigen Gewänder.

»Ihr habt Greuel über Greuel begangen. Ihr habt die Libido verleugnet, die der Herr ist, Euer Gott. Ihr habt auf das erste Gebot gespieen – du sollst glauben an die sexuelle Ätiologie der Neurosen . . .« Er schleuderte die Tafeln auf sie hinab. Sie schlugen nur auf dem Boden auf. Dort zersplitterten sie zu Staub. Er wachte schweißnaß auf. Anna war da. Anna sagte:

»Sprich jetzt nicht. Ruh dich aus. Aber hör zu. Ich glaube, ich kann hier in London eine Kinderklinik eröffnen. Hampstead. Ich habe heute wieder ein Waisenhaus besucht, in Clerkenwell. Die Kinder brauchen ihre Mütter. Um sie zu halten, zu beschützen. Der Vater – dessen sind sie sich überhaupt nicht bewußt. Die präödipale Phase. Ist sie vielleicht die einzige, auf die es wirklich ankommt – Versagung der Wärme des Mutterleibes, der intimsten Umarmung der Mutter?«

Ihr Vater machte hoffnungslose Zeichen mit seinen verkrümmten und hageren Händen.

»Wir gewöhnen uns nie daran«, sagte sie, »außerhalb des Mutterleibes zu leben. Das Englische ist eine merkwürdig ausdrucksstarke Sprache – in drei Wörtern wird das Leben zusammengefaßt: *womb, room, tomb*. Der Mutterleib, die Behausung, das Grab. Und Leib und Grab sind dasselbe. Der Raum dazwischen eine Art Gefängnis . . . Seltsam. Otto Rank – lag dort vielleicht doch Weisheit? Alle unsere Neurosen entspringen dem Trauma der Geburt – kann das am Ende möglich sein?«

»Nein. Nein. Nein.« Der Schmerz war unerträglich.

»Vater – was soll ich tun? Ich bin Jungfrau. Ich werde Jungfrau bleiben, glaube ich. Eine ewige alte Jungfer. Miss Freud. Ich arbeite für dich. Ich predige die Bedeutung des Sexualtriebes. Aber für mich, in meinem eigenen Leben, scheint der Sexus nicht besonders wichtig. Was soll ich tun? Soll ich weitersuchen nach einer anderen Wahrheit?« Er zuckte sehr müde die Achseln.

»Nun lassen wir das. Später.« Sie küßte ihn auf die Stirn. »Schlaf gut.«

Auch Dr. Pichler war in London. Mit einem englischen Kollegen leitete er eine radiotherapeutische Sitzung. Freud sagte mit Mühe: »Wird es etwas nützen?«

»Nur ein Palliativ. Die Untersuchung zeigt unmißverständlich das Weiterwuchern bösartigen Gewebes. Die gestrige Beratung hat ergeben – daß wir einstimmig zu dem Schluß gekommen sind, daß eine weitere Operation nicht durchführbar ist. Sie haben stets der Wahrheit ins Auge gesehen. Also – inoperables und unheilbares Karzinom.«

»Wird diese Behandlung – es mir ermöglichen, meine analytischen Sitzungen fortzuführen?«

»Noch ein paar Wochen.«

Höchste Ironie. Der Patient auf der Couch war die Verkörperung physischer Gesundheit. Der Arzt starb sichtlich.

»Masturbation ist *keine* Sünde. Sie ist lediglich eine Verschleuderung von Möglichkeiten, das ist alles.«

»Doch, es ist eine, es ist eine«, rief der Patient mit fester Stimme. »Eine schreckliche Sünde. Es wird in der Bibel verboten. Die Sünde Onans.« Er schlug auf seine Leistengegend wie nach einem dreisten Hund.

»Die eigentliche Sünde ergibt sich natürlich durch die Frau, an welche Sie denken, während Sie masturbieren.«

»Woher wissen Sie denn, an welche Frau ich denke?«

»Sie glauben alle, Sie seien der Erste. Dabei sind Sie, jedenfalls was meine eigene Erfahrung betrifft, etwa der Fünftausendste. Es ist Ihre Mutter, nicht wahr?«

»Nein! Nein, Nein, Nein!«

»Es besteht kein Grund für Schuldgefühle. Es stößt uns allen zu. Sie wollen mit Ihrer Mutter schlafen. Und Sie glauben, Ihr Vater wird Sie überraschen und alles entdecken. Und was trägt er da in der Hand? Ein Messer, nicht wahr? Und wir wissen ja, was er damit machen wird.«

»Neinneinneinneinnein!«

»Es kommt allgemein vor. Es ist grundsätzlich so. Man nennt es den Ödipuskomplex.«

»Den was?«

»Wenn Sie das nächste Mal masturbieren, lesen Sie dabei die Tageszeitung. Das wird Sie ablenken.«

Und er gab seinem Patienten die Morgenausgabe des *Daily Express*, aufgeschlagen bei einem Artikel mit der Überschrift HATTE HITLER ANGST VOR SEINEM VATER?

Er war dem Ende nahe, er wußte es. Und das alte Europa dem seinen. Er lag auf einer Chaiselongue im frühherbstlichen Garten. Kirchenglocken klangen herüber. Er lauschte der höchst banalen Musik eines Kofferradios. Jones saß bei ihm, einen Whisky-Soda in der Hand. Jones sagte:

»Ich wußte nicht, daß Sie sich für Musik interessieren.«

»Das tue ich auch nicht. Zuviel Es. Der Kontrolle des Ich entzogen. Aber ich warte auf eine bestimmte Nachricht.«

»Natürlich. Ich hatte nicht mehr daran gedacht. Glauben Sie, es wird so kommen?«

»Natürlich wird es so kommen. Was hat der Kongreß beschlossen?«

»Was die Berufsausübung betrifft? Niemand kann sich ohne einen medizinischen Doktorgrad als praktizierender Psychoanalytiker niederlassen.«

»Das geht auf Anna. Die nicht einmal ihre Oberschule zu Ende gebracht hat. Ich lehne diesen Beschluß ab. Ich habe die Psychoanalyse begründet, ich habe das Recht, dies abzulehnen.«

»Sie können keine Ausnahme für eine Einzelperson machen, nicht einmal für Ihre eigene Tochter. Es muß eine medizinische Qualifikation vorliegen, sonst öffnet man den Quacksalbern und Scharlatanen Tür und Tor.«

»Dr. Adler war ein Quacksalber. Dr. Jung ist ein Scharlatan. Wollen Sie darauf bestehen, daß ein Maler einen Doktorgrad in Kunstwissenschaft erwirbt, ehe er zu malen beginnt? Hätte Shakespeare sich als Dramaturg qualifizieren sollen? Psychoanalyse ist eine Kunst. Der ganze Gegenstand ruht nun in den Händen meiner Tochter, welche eine entsprechende Kontrolle– Ah.« Denn da war er, *J'aime Berlin,* der Mann mit dem Regenschirm, und er erklärte Deutschland den Krieg. Sie lauschten, Freud schaltete das Radio ab. Jones sagte:

»Angeblich wird dies der letzte Krieg sein.«

»Für mich der letzte. Ah, welche Effizienz!« Denn die Luftschutzsirene heulte tritonal.

Jones war ein wenig nervös, aber Freud lag gleichgültig da und sagte: »Krieg. Alle Regeln der Freudschen Lehre werden durchbrochen. Der Vater tötet den Sohn, aber der Sohn will vom Vater getötet werden. Der Sohn haßt den Vater nicht, fürchtet ihn nicht einmal. Er gehorcht und liebt ihn. Natürlich verachtet er ihn auch, ein wenig.«

»Der Krieg«, sagte Jones, »mag vielleicht der einzige Ausweg aus der Sexualunterdrückung sein. *War and Whores,* wie Aldous Huxley sagte. Schlachtfelder und Bordelle.« Die Entwarnung ertönte, hell-triumphierend, aber mit tritonaler Unruhe. »Ein falscher Alarm.« (Recht erleichtert.) »Sie haben Schmerzen. Kann ich Ihnen etwas bringen?«

»Nein. Ich ziehe es vor, unter Qualen noch denken zu können, statt gar keinen Gedanken mehr zu fassen. Nein danke!«

Er lag im Bett und dachte unter Qualen nach. Lun winselte jämmerlich in der Ecke. Der Krebs sprach. »Hier spricht Ihr alter Feind, lieber Sigmund. Es scheint, daß von mir ein höchst penetranter Geruch ausgeht. Oder besser gesagt, von Ihrem verrottenden Fleisch – ich lebe, ich bin stark und gesund. Die Fliegen, die um Sie herumsummen, sind nicht so heikel wie Ihr kleiner Hund. Sie würden allzugerne Ihr Fleisch verzehren. Die Schmerzen? Unerträglich? O bitte, ertragen Sie sie doch noch ein wenig. Ich würde mich so ungern von Ihnen trennen. Ich bin keine Fliege, nicht einmal ein Hund. Ich brauche lebendes Fleisch. Leichname sind nichts für mich. Ah, hier kommt mein ohnmächtiger Gegner. Seien Sie stark! Geben Sie nicht nach! Ich will Sie im Grunde nicht töten. Und doch tue ich es natürlich. Lösen Sie dieses Paradox, wenn Sie können. Entwirren Sie dieses Rätselknäuel, Ödipus, mächtiger Mann, Zerstörer der Sphinx! Was für ein Unsinn. Niemand zerstört die Sphinx.«

Dr. Pichler war eingetreten. »Schmerzen?« sagte er.

Freud nickte, dann sprach er in großer Pein. »Ihr Versprechen, Pichler. Sie sagten, Sie würden dann – erst wenn ich nicht mehr – Es ist nur noch eine einzige Qual ... Es hat keinen Sinn mehr.«

»Sie sind an Morphium überhaupt nicht gewöhnt. Ich werde Ihnen ein Drittelgran geben. Keine letale Dosis. Sie verstehen?«

»Ich verstehe. Sagen Sie Anna – unser Abkommen. Aber Martha nicht. Realistisch bleiben ... ja? Ohne Illusionen gehen.«

Beruhigend klopfte Pichler ihm auf den Arm.

Ein Schlafwagen, ein Halt auf freier Strecke, Arbeiter an den Geleisen, die Lichter der Baustelle, die grell das bloße Fleisch der jungen und schönen Mutter beleuchten.

»Komm, Liebling. Komm zu Mama«, rief sie. Ein kleines nacktes Kind kroch aus dem Licht hinaus und ins tröstende Dunkel.

Das Schiff lag ruhig, obwohl die Erde draußen raste. Im ansonsten beschäftigungslosen Hospital saß Edwina im Bett und säugte ihr Kind, einen Jungen, ein wenig zu früh auf die Welt gekommen, was wirklich kein Wunder war, und sie überlegte, wie sie ihn nennen sollte. Calvin? Nathan? Calvin Nathan? Calthan? Nalvin? Dashiel Gropius, der neben dem Bett saß, bewunderte die Wölbung ihres schlanken Oberkörpers. Unerotischerweise selbstverständlich – Frauen, die eine Brust entblößten, um ihr Kind zu stillen, waren der Verantwortung dafür, daß sie Begehren weckten, enthoben. »Der Name Dashiel«, sagte er, »ist ein schöner ungewöhnlicher Name.«

Sie sah ihn an, ohne zu lächeln. »Ich habe immer an den freien Willen geglaubt«, sagte sie. »Und trotzdem scheint es so, als sei ich mehr als irgend jemand, den ich je gekannt oder von dem ich je gehört habe, gezogen – geleitet, geschoben worden. Prädestination. Hast du daran gedacht, daß das mit der Vorherbestimmung vielleicht richtig und die Annahme eines freien Willens falsch ist?«

Er grinste. »Du vergißt, daß ich einen Vater namens Calvin hatte.«

»Entschuldige. Du hast dieses große Kasino geleitet – manchmal verstellt mir das den Blick darauf, was du eigentlich bist. Ich wollte sagen – nun, ich meine, ich hatte von deinem Vater diese Vorstellung wie von einer großen Elementarkraft. Bis ich ihn kennenlernte. Und in Wirklichkeit bin ich wohl zu dir geführt worden.«

»Vielleicht bist du in Wirklichkeit zu einer Wahrheit geführt worden, und die ist nicht sehr kalvinistisch. Trotzdem verkörpere ich sie: Gottes Schöpfung ist ganz Zahl und Zufall und Spiel. Der Zufall existiert, wenn Zufall auch kein freier Wille ist. Aber wenn die Prädestination wahr wäre, dann hätte das Spiel keinen Sinn.«

Aber sie dachte an etwas anderes. »Armer Nat«, sagte sie. »Man hat ihn getötet, weil er mich liebte. Aber er war nur so etwas wie ein Werkzeug. Ein verfrüht eingesetztes Werkzeug – ich hätte auf dich warten können.« Sie legte ihre freie Hand in seine. Das Baby sog blindlings weiter.

»Wir wären nicht hier«, sagte Dashiel.

»Wir sollten nicht hier sein«, sagte sie. Und dann: »Der arme Nat!«

»Und all die andern! Hast du deinen Nat geliebt?«

»Eine zwischenzeitliche Liebe. Der irdische Vater dieses Kindes, das den Heiden das Licht–« Sie wurde rot. »Ich weiß nicht, warum ich so etwas sage. Ich weiß nicht, was es heißen soll. Seltsam, es scheint in mir immer noch – vergiß, was ich gesagt habe.«

»Vergessen. Zwischenzeitliche Liebe, sagst du. Und jetzt?«

»Ich muß es nicht sagen, oder?«

»Was auch immer du für mich empfinden magst, ich erwidere es tausendfach. Aber du wirst mich mehr und mehr als ein kleines Nichts sehen, unter diesen ganzen Ologen. Wenn ich ihnen allerdings erzählen würde, daß ich ein Tycheropaigniologe bin, dann sind sie vielleicht beeindruckt und stellen mir ein Labor zur Verfügung.«

»Was ist ein– wie war das?«

»Das bedeutet einen Experten für Glücksspiele.«

Sie lachte. »Schreib es mir auf und ich lerne es auswendig. Dann kann ich den Leuten erzählen, mein Mann ist ein– wie gesagt.«

»Du sagtest eben: *Mann*. Wer vermählt uns?«

»Der Kapitän des Schiffes, nehme ich an. Dr. Valentine Brodie.«

Dr. Valentine Brodie hielt im Augenblick eine verlegene Ansprache an das versammelte Team im großen Salon. »Meine einzige Qualifikation«, sagte er, »für die Leitung des Unternehmens liegt darin, daß ich zu nicht viel anderem tauge. Ich kann nichts außer einem nutzlosen Handwerk: Science Fiction schreiben. Auf dem Gebiet gibt es nun nichts mehr zu tun. Die Chronik, die zu beginnen ich vorhabe, wird wohl in der Tradition der Science Fiction stehen, wenn sie auch schlichter Science Fact sein wird. Ich meine die Aufzeichnungen über unsere Raumfahrt, eine sehr lange Chronik, die ich anfangen werde, die aber jene unserer Nachkommen, meine Damen und Herren, die wie ich nicht Ihre *spezifischen* Talente besitzen, werden vollenden müssen. Ich weiß nur, daß das erste Wort bald geschrieben werden muß. Die letzten Annalen der Erde sind schon aufgezeichnet, und wir müssen die Erde vergessen – die Erde als zerbrechliche Kruste fester Materie über heißer Flüssigkeit, meine ich. Die Erde, die uns Shakespeare, Beethoven und Leonardo gegeben hat, lebt mit uns.« Aber die Worte klangen hohl, und ihre Hohlheit wurde durch einen Einwurf von Dr. Abramovitz bekräftigt.

»Nein«, sagte er, »sie lebt nicht mit uns. Unsere Bibliothek enthält nichts als technologische Literatur. Wir haben keine Musikaufnahmen, keine Reproduktionen der Kunstwerke der toten Welt, kein Theater, keine Philosophie, keine Dichtung. So wollte es Dr. Bartlett. Es ist jetzt zu spät, um die Situation noch zu ändern. Wir nehmen nichts mit außer unzuverlässigen und verlöschenden Erinnerungen. Die Realität scheint eine von Zahl und Masse, Kraft und Gravitationsschub zu sein. Keine Träume. Keine Schönheit.«

Val hörte dies nicht mit Entsetzen, sondern mit einer Art Erleichterung. Wieso? Er sagte: »Wo Menschen sind, da muß Schönheit sein, muß es Träume geben. Wir müssen anscheinend wieder ganz von vorn anfangen. Der Mensch, der überleben soll, darf kein kaltes, stählernes Ideal sein, nur Muskulatur und Intellekt, sondern wird, ich darf es zumindest hoffen, ein warmes, launisches, unvollkommenes, anpassungsfähiges Wesen sein. Solch einem Wesen müssen auch Schönheit und Träume gegeben sein. Vielleicht«, er grinste, »erschaffe ich da den Menschen nach meinem Bilde, oder nach dem meines Freundes Willett. Aber, wenn ich das sagen darf, von herzloser Perfektion werden Sie alle genug haben.«

Willett war nicht glücklich. Das Essen schmeckte ihm nicht: so phantasievoll es auch aufgetischt wurde, ob breiig oder bißfest, sein künstlicher Ursprung war ihm doch anzumerken. Er war überrascht, daß er sich nach der Mahlzeit satt fühlte, aber es war eine betrügerische Sättigung. Wirklich satt war man nach verdammt großen Stükken Rindfleisch, nach Rebhühnern, Truthähnen, aus denen die Fülle quoll, Plumpuddings, Apfelkuchen mit dicker Sahne, Brotlaiben mit krachender Kruste. All dies gab es hier nicht. Ebensowenig wie Wein oder Kognak, wenn er einmal die an Bord geschleppten Flaschen geleert haben würde. Außerdem würde es eine Nichtraucher-Reise werden. Illegalerweise schmauchte er gelegentlich eine von den Zigarren, die Dashiel Gropius an Bord gebracht hatte, eingeschlossen in eine der hübschen Toiletten, wo er schuldbewußt und ohne viel Vergnügen paffte – doch jeder Zug war ein trauriges Lebewohl an den Tabak, nicht die Vorfreude auf endlose, noch bevorstehende Raucherfreuden. Er rezitierte aus einem Stück, in dem er einmal aufgetreten war, eine Art Glorifizierung der toten Welt fleischlicher Genüsse:

»Ganze Morgen roten Fleisches zischen in den Öfen,
singen und fauchen von einem Sommer unglaublichen Saftes,
reicher, dicker Soße. Truthähne, Kapaune,
Schnepfen, Krammetsvögel – ganze gebratene Volieren,
ganze Schinken, rosa wie die Unschuld. Ach, und all die Näschereien, Cremes, Pasteten, Torten, Kuchen,
Eis, das scharf den Nerv des Zahnes prüft
wie ein Dentist. Und denkt auch an den Wein –
was für Ströme kalter Sonne aus den Ländern,
die in der Sonne baden, Namen wie die alter Helden:
Cérons, Barsac, Loupiac, Moulis, Madiran,
Blanquette de Limoux, Jurançon, Fleurie und Montrachet –
nimmer werden wir ihresgleichen sehn.«

Manche von den Wissenschaftlern, die schon mit Hamburgern und Cokes aufgewachsen waren, fanden Synthetozwiebeln, Tomatenmarkersatz, Fleischimitat, Düsenmilch und Vitaminsäfte der alten irdischen Cuisine nur wenig unterlegen; doch anderen kamen die Tränen, wenn sie sich an zivilisiertere Mahlzeiten erinnerten. Willett, so dachte sich Val – zuerst ironisch, dann besorgter – war ein subversiver Einfluß.

Herman A. McGregor, erster Ploiarch, kam zu Willett, als der verloren in einem Sessel von herrlich komfortablem Design saß und auf einem großen Bildschirm das Vorrücken von Lynx mit seinem Mond betrachtete. »Sind Sie Willett?« fragte er.

»Kein anderer.«

»Kennen Sie einen George Frederick Willett?«

»Mein Sohn. Warum?«

»Eine Nachricht kommt gerade von Lunacap durch.«

Willett rannte, so gut er konnte, den langen Weg zur Radiokabine. Er erkannte die Stimme, jung, ein wenig kehlig, doch das Herz konnte ihm nicht tiefer sinken. Die Stimme sagte durch statisches Pfeifen und Jaulen:

»... letzte Nachricht aus Lunacapital, Lunamerika. Ich wiederhole, alle Sender stellen nun den Betrieb ein. Seismische Störungen auf der Mondoberfläche und die Aussicht unmittelbar bevorstehender Auflösung lassen weitere Sendungen nicht mehr praktikabel erscheinen. Ich wiederhole, hier spricht George Frederick Willett, Leiter der Kommunikationsabteilung, Lunacap, ich schließe hiermit die letzte Nachricht vom Mond.« Eine Pause. »Das ist ein so banales Lebewohl, wie es meinem sehr banalen Hirn eben einfiel. Ich brauche bessere Worte. Mein Vater hat mir einmal solche Worte gesagt. Wenn mein Vater noch lebt und durch irgendeinen unwahrscheinlichen Zufall diese Nachricht empfängt, wird er mir vielleicht schlechte Betonung und Vortragsweise verzeihen. Es ist nicht leicht, in diesem letzten Augenblick etwas gut zu machen.« Und dann – die Zeilen drangen desto schärfer in Willetts Herz, je laienhafter sie gesprochen wurden – sprach er:

»... und aufgelöst in Luft, in dünne Luft,
Wie dieses Scheines lockrer Bau, so werden
Die wolkenhohen Türme, die Paläste,
Die hehren Tempel, selbst der große Ball,
Ja, was daran nur teilhat, untergehn;
Und, wie dies leere Schaugepräng' erblaßt,
Spurlos verschwinden. Wir sind solcher Zeug
Wie der zu Träumen, und dieses kleine Leben
Umfaßt ein Schlaf.«

Der Rest war Schweigen. Die beiden Ploiarchen sahen Willett in stummer Sympathie an, der eine halbe Minute dasaß und auf seine abgetragenen Stiefel schaute, schniefend. Er putzte sich mit einem schmutzigen Taschentuch die Nase und sagte: »Danke, meine Herren.«

»Kein Problem.«

Willett fand Val in seinem Büro im untersten Deck, beschäftigt mit einem kleinen Computer und vielen Papieren. Willett sagte: »Ich gehe jetzt.«

»Was?«

»Ich gehe. Ich werde mit dem Schiff untergehen. Dem anderen, meine ich. Das ist hier nichts für mich.«

Val dachte darüber nach, den Blick auf seinen Schreibtisch gesenkt, mit seinem Stift eine zufällige Morsenachricht auf die polierte Stahlplatte klopfend. »Für mich gibt's hier auch nicht viel, wenn man es so sieht.«

»Du hast deine Frau. Ein reizendes Mädchen, wenn ich das sagen darf. Weniger – nun ja – selbstbewußt, als ich erwartet hatte. Mehr *zerfließend*.«

»Ja, Vanessa. Aber am Ende ist es ihre Welt, der ich mich anschließe. Der Welt reinlicher Effizienz.«

»Das wirst du alles ändern. Nicht zu sehr, natürlich. Doch, für dich gibt's hier viel, Val. Deine Pflicht zum Beispiel.«

»Pflicht ist bloß Pflicht. ›Die Pflicht, der göttlichen Stimme strenge Tochter.‹ Nicht sehr verführerisch. Also. Du gehst. Ich will dich natürlich nicht zurückhalten. Wenn nicht Vanessa wäre und die verdammte Pflicht, käme ich mit. Wir könnten wenigstens betrunken sterben. Wie immer ich auch in Erfüllung meiner Pflicht sterben werde, ich werde dabei nicht betrunken sein. Wann gehst du?«

»Jetzt.«

»Und wohin gehst du?«

»Einfach zurück auf die Erde. Es tut nichts zur Sache, wohin.« Ungewohnterweise schien Willett einen merkwürdigen Zwiespalt zu empfinden. »Wenn ich jetzt gehe, lasse ich dann die Menschheit im Stich?«

»Du hattest ihnen etwas zu geben. Dich.«

»Ich hätte den Falstaff für sie spielen können. Auch den Hamlet, obwohl fett und kurzatmig. Aber draußen ist die andere Menschheit. Die Menschheit mit den Beinen auf der Erde. Bald einheitlich mit der ganzen Erde vermengt. Ich gehöre nach draußen.«

Val sprach nicht aus, was er als wahr erkannt hatte: daß Falstaff oder Hamlet zu spielen unerträglich nostalgisch wäre, daß die Vergangenheit tot war, daß Bartlett – aus den falschen Gründen – recht gehabt hatte. Daß die Kultur in diesem Schiff von dem Mann repräsentiert wurde, der den geringsten Anspruch auf sie erhob: einem Mann, der alles über die Zahlen und den Zufall wußte. Das Schicksal oder irgend jemand hatte den richtigen Gropius vorbeigeschickt.

»Es stehen genug Vehikel herum, mit denen du irgendwo hinfahren kannst.«

»Ja. Zu einer leeren Bar, in der die Flaschen noch nicht zerschlagen sind. Ich werde Whisky, Gin und Kognak herunterkippen und drei Zigarren auf einmal rauchen. Vielleicht mach ich meinen Abgang mit Gesang. Kann mich jemand in diesem Fahrstuhl da rauslassen?«

»Ich bring dich ans Tor.«

Und er tat es. Willett zog aus seiner Tasche ein Abschiedsgeschenk. »Das sind Videokassetten«, sagte er. »Ich bin da drauf, wenn auch zugegebenermaßen in recht kleinen Rollen. Vielleicht werden Sie dich an mich erinnern, wenn du dich erinnern magst. Du findest sie vielleicht interessant oder sogar instruktiv. Per Zufall umfassen sie die wichtigsten Probleme, mit denen sich die menschliche Rasse beschäftigt hat – das Wesen der Seele, die Ordnung des Staates.« Val schaute sich die Titel an: *Freud* hieß die eine, die andere *Trotzki in New York*. Der Luxus der Revolution und der Couch. Wie entlegen, wie frivol!

»Danke dir, Willett.« Und ohne eine andere Abschiedszeremonie verließ Willett die sichere *Amerika* und kehrte in ein Amerika zurück, das wie der Rest der Erde vor der Auflösung stand. Es war ein Nachmittag mit heftigen Winden und giftgrünen Wolkenscharen; der Boden schwankte wie blasenwerfendes Porridge. Leichen lagen umher, aber die ganze Welt war ein einziger Friedhof. Val sah zu, wie Willett zum Parkplatz hinübertaperte. Sein Hubschrauber hatte schon den letzten Tropfen Treibstoff verstottert. Außerdem hätte die Fahrt durch die Luft bedeutet, daß er sich vom Geruch der sterbenden Erde abgeschnitten hätte. Val fuhr wieder hinauf in sein Büro, schloß die Tür ab und weinte. Viele natürliche Tränen. Bald wischte er sie ab, und er hatte sich gesammelt, als es klopfte. Er öffnete die Tür und begrüßte die beiden Ploiarchen, zähe junge Schotten, deren Vorfahren über bittere Ozeane hinweg Kurbelwellen angeheizt hatten. Sie wollten Instruktionen.

»Vierzig Tage noch«, sagte Val, »bis Katztag. Werden wir startbereit sein?«

McGregor sagte: »Wir kommen erst aus dem Orbit von Lynx raus, wenn die Arbeit an den Gravitationslinien beendet ist. Dr. Jumel muß noch die Modifikationen am Megaproagon fertigstellen.«

Val nickte, durchaus nicht überfordert. Das war reinste Science Fiction. »Was muß da getan werden?«

»Umwandlung der nuklearen Energie in den Jetschub«, sagte McEntegart. »Gibt da etwas, was sie das Epsilonglied nennt. Sie hat Schwierigkeiten.«

»Wie große Schwierigkeiten?«

»Schaun Sie doch am besten selber nach«, in breitem Schottisch. Val sah scharf auf: Eine Frechheit? Keine Frechheit, einfach ein Rückfall in die Sprechweise der Väter.

»Schwierigkeiten oder nicht«, sagte Val, »unser großer Tag muß KATZ 35 sein. In fünf Tagen. Wir können es nicht riskieren, noch viel länger auf der Erde zu bleiben. Die Erde bricht in sich zusammen. Selbst das Risiko, tangential an einem turbulenten Lynx vorbeizufliegen, ist noch kleiner.«

»Turbulent genug wird's werden«, sagte McGregor.

»Ja«, sagte Val. »Ich werde unseren Starttermin heute abend bekanntgeben.«

»Es ist ein Glücksspiel.«

»Natürlich ist es ein Glücksspiel.« Val grinste. »Heute abend nach dem Essen spielen wir vielleicht ein wenig Roulette. Blackjack. Chemin de fer. Eine Nacht in Monte Carlo mit Dashiel Gropius als Zeremonienmeister. Damit alle in die Stimmung für das große Glücksspiel kommen. Natürlich ist es eins... was wäre keines?«

Zu diesem Zeitpunkt war der Love Field Municipal Airport in Dallas noch intakt – wenigstens seine südöstliche Hälfte; die nordwestliche hatte der angeschwellte Bachman Lake unter Wasser gesetzt. Sehr wenig von der Stadt selbst stand noch nach dem letzten Erdbeben.Bidu Saarinen und Florenz Zenger warteten ungeduldig darauf, mit dem Präsidenten zusammen abzufliegen, aber Skilling hatte seine eigenen Pläne. Er sagte:

»Ihr habt eure schriftlichen Befehle, mit dem Siegel des Präsidenten. Ich wünsche keine Bravourstückchen, keine Eigeninitiative, nicht von euerer Seite und nicht von Heyser.« Heyser war der Leiter des *Amerika IV*-Projektes in Richmond, Indiana. Das Raumschiff, nach dem Frame-Plan gebaut und beinahe identisch mit seinem Prototyp in Kansas, verfügte über einen sogenannten Windstand, eine Einrichtung, die dem massiven Schaumbett des nun von Val regierten Schiffes überlegen war: das Fahrzeug schwebte einen Kilometer über dem unruhigen Boden auf einem Luftkissen, man mußte es per Hubschrauber anfliegen (aber wie sollte man heutzutage einen Hubschrauber sicher unterbringen?), und zumindest die, die bereits droben waren, hatten von den Zuckungen der Erde wenig zu befürchten. Nach Richmond, Indiana, sollten Saarinen und Zenger nun aufbrechen. Wenigstens waren sie schon halb unterwegs: zögernd standen sie auf den Stufen ihrer Montfleury 9. Der Präsident sollte mit ihnen einsteigen. Statt dessen–

»Ihr braucht euch um mich keine Sorgen zu machen«, sagte Skilling. »Ich befehle euch sogar, euch keine Sorgen zu machen. Wenn ich in drei Tagen nicht dort bin, sollt ihr ohne mich starten. Ihr habt das schriftlich.«

»Es ist Wahnsinn, Sir«, sagte Zenger und biß sich auf die Lippen.

»Ein Präsident hat dem Territorium gegenüber, für das er verantwortlich ist, gewisse Pflichten. Er muß sozusagen schauen, daß sein Land für die lange Nacht gut zugedeckt ist.«

Saarinen erschauerte bei diesem Galgenhumor. Aber er sagte milde: »Also, ich seh Sie dann dort, Sir. Viel Glück!« Und er und Zenger stiegen ein. Skilling sah zu, wie das kleine Flugzeug startete und ging dann, die Hände tief in den Taschen seines vom Hersteller witzigerweise so genannten Poto-Mac, zu seinem Phyfe-Zweisitzer. Wie zumindest noch ein anderer ehemaliger Bürgermeister von New York war er Flieger gewesen. Leider würde man nach ihm nun keinen Flugplatz mehr benennen. Nicht in diesem Sonnensystem. Die Phyfe trug keine präsidentiellen Kennzeichen, sie war Teil seines Privatlebens gewesen. Er liebte die kleine Maschine – die Zartheit der Armaturen, den Energieschub, der von einer winzigen Nußschale Atomkraft ausging. Sie war nun das einzige, was er lieben konnte. Ohne Frau und ohne Kinder konnte er für seine Einsamkeit dankbar sein, die Einsamkeit, die er einst bedauert hatte. Aber eine buchstäblich zölibatäre Lebensweise – so hatte ihn seine katholische Erziehung gelehrt, indem er die Bedingungen für die Ausübung des Priesteramtes durch Analogieschluß auf die Politik übertragen hatte – war nützlich, wenn nicht unabdingbar für den Herrscher einer Stadt, eines Landes, eines ganzen Staates. Wenn er je etwas leidenschaftlich geliebt hatte, dann war es die Stadt New York. Er mußte New York noch einmal besuchen, ehe er, oder ehe die Stadt starb.

Es war früher Morgen; eine blutrote Sonne kämpfte gegen ein Heer von Wolken, die sich dreckig wie Ölqualm wanden. Ein wundervoller, vogelleichter Start gelang ihm, und er flog weiter, sich an McKinney, nördlich von Dallas, orientierend. Er stieg nicht allzu hoch: er wollte sein geplagtes, sterbendes Königreich sehen. Überall unter ihm lag verwüstetes Land, manchmal sich emporhebend, die offenen Wunden seismischer Stöße zeigend. Rauch stieg von den toten Städten auf. Der Red River war über die Ufer getreten und hatte seine eigene Katastrophe angerichtet. Die Ozarkberge, auf einer unruhigen Grundlage aus Luft und Wasser, sprangen zum Himmel auf, wurden wieder zurückgezerrt, sprangen wieder. Hot Springs bestand nun wirklich nur aus heißen Wasserquellen. Er schwebte tief über Little Rock und sah die Stadt wie den großen verlassenen Werkhof eines Steinmetzen, steinerner Abfall, kleinen toten Stein. Kein Lebenszeichen in Arkansas, die Uferstädte Augusta und Pocahontas von ihren Flüssen ersäuft. Und dann der Mississippi, der Vater der Wasser.

Die Breite und Wut des großen Stromes waren staunenswert. Er glaubte, seine brüllenden Stimmen selbst von der Höhe aus zu hören, wo er über Rosedale schwebte, trotz des versiegelten Plexiglases der Kabine. Und hier und dort sprang der Mississippi hoch aus seinem Flußbett auf, in einem Schauer schmutzigen Silbers, sprang, wie ein Lachs springt. Er flog nordöstlich nach Holly Springs und sagte dem Staat Lebewohl, der vom Flusse seinen Namen gehabt hatte, flog weiter nach Tennessee und aß über dem zerstörten Nashville sein frugales Mittagessen – ein Schinkenbrot mit englischem Senf, ein Cadbury-Schokoladenriegel, dazu starken schwarzen Kaffee ohne Zucker aus der Thermosflasche. Er aß sein Mahl mit sakramentaler Feierlichkeit, mit besonderem aufmerksamem Genuß. Genuß der kleinen Dinge, die Männer und Frauen in Zukunft nicht mehr brauchen würden – das Silberpapier der Schokolade, scharfer gelber Senf in einem Töpfchen, das Tropfen und Klatschen, wenn der Kaffee durch die Maschine lief.

Kentucky leuchtete nicht mehr purpurrot unter ihm. Eine klaffende Wunde oder, dachte er weniger dramatisch, ein aufgeplatzter Schnitt wie in einer großen Röstkartoffel erstreckte sich – schätzte er – von Frankfort bis Bowling Green. Er war sich seiner Orientierung nun nicht mehr ganz sicher, und es verblieben keine Anhaltspunkte mehr – nur noch eine Strecke Eisenbahngeleise, die wunderbarerweise noch geduldig dalagen, daneben eine zu Staub zermahlene Stadt: das mußte wohl Lexington sein. Gegen drei überflog er den geschwellten und verformten Lauf des Big Sanay River und war in West Virginia. Er hatte einmal kurze Zeit einem Mädchen aus Charleston den Hof gemacht, einer schönen kaffeebraunen Tänzerin namens Betsy Domenico. Das war in den Tagen gewesen, wo man recht sorglos gelebt hatte, wo es nur um Politik ging und wo sich politisches Profil in menschlichen Schwächen ausdrückte – eine Tänzerin aus Charleston umwerben, sich bei Wahlveranstaltungen betrinken, in Ausschußsitzungen derbe Witze erzählen. Von Charleston standen noch ein paar der stolzeren Türme, was bedeutete, daß vielleicht noch ein paar Menschen am Leben waren. Es trieb ihn, zu landen, die hoffnungslosen und verängstigten Wesen zu umarmen, wenn möglich, für die er immer noch verantwortlich war und vor denen er, vielleicht, versagt hatte.

Versagt? Ja, zu seiner Verantwortung hatte es gehört, die Wahrheit zu sagen, gehörte es immer noch. Er hatte nicht die Wahrheit gesagt. Er hatte sich nicht einmal verspätet dafür entschuldigt, nicht die Wahrheit gesagt zu haben. Eine Zeitlang hätte er über die noch existierenden Radio- und Fernsehsender sprechen können und hätte sagen können: »Das Ende kommt, und ich habe euch mit falschen Hoffnungen getröstet. Ich habe um eures kurzen Glückes willen gelogen. Ich habe euch keine Zeit gelassen, euer Haus zu bestellen – also dem Bedürfnis aller Menschen zu genügen, ihre Seele auf das Ende vorzubereiten. Aber ich war ein Politiker, kein Mann der Religion. Meine Pflicht war es, die Ordnung aufrechtzuerhalten, selbst um den Preis, daß ich euch im unklaren lasse. Nun wißt ihr, daß uns das Ende aller Dinge bevorsteht, und welchen Trost kann ich euch bringen? Ich kann sagen: Die Welt war schon an ihr Ende gekommen, wenn wir uns auch eingeredet haben, dem wäre nicht so. Sie endete, weil zu viele Menschen auf der Welt waren und nicht genug zu essen. Weil ein Krieg heraufzog, dessen einziges Ergebnis es sein würde, daß sicherlich niemand auf der Welt mehr irgend etwas zu essen hätte. Wenn es einen Gott gibt, dann hat er sich vielleicht unserer erbarmt. Wir brauchen uns nicht selbst anzuklagen, daß das Ende da ist. Wir müssen uns nur erinnern, daß die Natur stark ist, der Mensch schwach. Die Psalmen haben recht: Alles Fleisch ist wie Gras. Und nun wird dieses Gras ins Feuer geworfen. Seid tapfer, wenn ihr könnt. Bedenkt, daß das Leben kein Recht, sondern ein Geschenk ist. Und nun wird es uns wieder genommen. Seid dankbar, daß ihr es genossen habt. Geht mit erhobenem Haupt und offenen Augen ins Dunkel!«

Blödsinn. Billiger, nutzloser Phrasenschwall. Es gab nichts zu sagen. Es hatte nie etwas zu sagen gegeben.

Die Sonne schien ihm voll auf den Rücken, als er nun aufstieg und direkt nach Osten steuerte. Er war jetzt über Virginia und flog auf das tote Richmond zu. Der James River schäumte und toste. Richmond war nicht nur tot, es war ertränkt. Er bog in rechtem Winkel ab und schoß nach Norden. Die Wasser der Chesapeake Bay rasten über Maryland; Delaware, von zwei Baien eingeschlossen, mußte unter dem Meeresspiegel liegen. Nicht lange, und er sah, was einst Washington gewesen war. Er schluchzte kurz auf und redete sich dann zu, seine Tränen besser aufzusparen. Wieder flog er direkt nach Osten, und es wurde ihm schlecht und schwindlig: er wußte, nun kam er ans Ende. Er kam nun in die Landschaft, wo alles begonnen hatte – an die Küste, wo Menschen die Erde geküßt und die See verflucht und ihre Fäuste gegen Europa geschüttelt hatten, das sie zur Armut oder zur Tyrannei von Narren und bigotten Pfaffen verurteilt hatte. Sie waren gekommen, ihren Lebensunterhalt zu finden, Frieden und Toleranz; es hatte lange gedauert, bis sie eins oder das andere fanden. New Jersey. Und dann die Stadt, die er regiert hatte, eine Stadt, die er nicht mehr richtig erkennen konnte. Aus den überall strudelnden Wassern ragten zwar die höchsten Wolkenkratzer Manhattans noch grotesk hervor. Es war ein furchtbarer, rührender Anblick – diese stolzen Turmspitzen von der Sintflut umspült. Die obersten Stockwerke des Newman Tower, die steinerne Nadel, die aus dem Herzen des Scotus Complex emporstach, das Outride Building und Paternoster Convention City, die Dächer knochenweiß in der blutigen Sonne, die Tractarian Folly mit ihren zweihundert Stockwerken. *Folly,* als hätten sich die Erbauer mit diesem koketten Namen ihrer Scham über die große Höhe entledigen wollen oder ihre Leistung vor dem Auge eines Gottes verringern, der den Turm zu Babel zerschmettert hatte. »Bürgermeister von New York«, sagte Skilling laut, »während drei aufeinanderfolgender Amtszeiten.«

Gott, oder was, hörte ihn und handelte. Für den Schlußakt brauchte es einen Zuschauer – und wer wäre besser geeignet gewesen als der dreimalige Bürgermeister? Aus den Eingeweiden der sich überallhin dehnenden Wasserflut schob eine unterirdische Faust ein Gebäudestück empor, das – von den zerfetzten Kanten abgesehen – einen so säuberlichen Umriß hatte wie eine Eiswaffel. Ein einziger Flutschlag eines dicken Breis aus Wasser, Schlamm, Stein, Metall zertrümmerte die noch stehengebliebenen Türme und ließ sie versinken. Dann schlug dieselbe unsichtbare Faust noch einmal zu, dann eine andere, stärker als vorher, und mit jedem Schlag hob sich ein Stück der Stadt empor, wie zu einer Inspektion durch ihren Bürgermeister, leuchtete kurz in dem grellen Licht auf, flog durch die Luft und versank in einem Ballett einzelner Atome. Dann öffnete sich die Erde und trank alles Wasser ein, das sie fand, und sogleich schloß sie sich wieder, wie um zu gurgeln. Skilling, ehemals erster Bürger der größten Metropole der Welt, dreimal hintereinander, drei Amtszeiten lang, sah seine verwüsteten Stadtbezirke trocken und tot unter sich liegen, und hie und da hatte sich durch irgendein ironisches Mirakel die Struktur der Straßen und Avenues noch erhalten. Dann zog neues Wasser galoppierend in die Stadt ein, rostfarben wie die Sonne, und verbarg alles. New York hatte sich zu all den anderen alten Städten auf dem Meeresgrunde gesellt. Skilling weinte und wischte sich mit dem Ärmel die Augen. Er nickte zum Abschied, für niemand besonders. Er schob sich den Rest der Schokolade in den Mund, genoß den dicken bittersüßen Bissen, rollte das Silberpapier zu einer Kugel, die er zwischen die Pedale fallen ließ. Kauend richtete er die Nase seines Flugzeugs erdwärts, wasserwärts, schaltete den Motor ab und tauchte hinunter nach New York, mit offenen Augen in die Dunkelheit.

New York, ein Pier, eine Schiffssirene heult: Abfahrt! Gepäckträger, Passagiere, Gewühle, Koffer, Möwen. Trotzkis Familie ist schon an Bord, aber eine Arbeitermenge hält den großen Mann selbst noch zurück und feiert ihn nochmals wie auf jenem Fest. Trotzki, den revolutionären Spitzbart wie einen Flintenlauf aufgerichtet, steht am Fuß der Gangway. Man singt ihn an:

> Trotzki in New York!
> Hell erstrahlt sein Name
> wie die Leuchtreklame
> am Broadway.
> Trotzki in New York
> redet zu Millionen
> lauter als Kanonen
> der US-Armee.
> Schüttet seiner Weisheit Füll-
> horn überreich
> aus,
> Fegt reaktionären Müll
> mit einem Streich
> raus.
> Wilder als ein Hurrikan
> geht Trotzki ran!

Olga tritt auf, allein.

> Alles auf die Straße!
> Stolz dahermarschiert!
> Trotzki eine Gasse,
> der uns nun führt!

Man jubelt Trotzki zu, läßt ihn hochleben. Er breitet die Arme aus und sagt: »Freunde, Genossen. Was ich zum Leben brauche, ist bereits an Bord, und dazu gehören meine liebe Frau und meine Kinder. Gleich wird die Gangway hochgezogen. Ich habe nur noch Zeit, euch allen, euch Bürgern dieser prosaischen und phantastischen Stadt –«

Aber von nirgendwoher erscheint plötzlich ein Mexikaner mit einer Gitarre. Er spielt und singt, und Trotzki lauscht ihm fasziniert:

Mexiko, Mexiko,
komm doch nach Mexiko,
dort ist gut sterben.
Am harten blauen Himmel
ein fernes Gewimmel
von Kondorschwingen.
Mexiko, Mexiko,
ein schweres Leben–
Peitsche und Messer
vor allen Dingen.
Besser
dort sterben.
Du wirst schon sehn,
es wird geschehn,
unter Kakteen.
Laß dir vom Tequila
die Kehle gerben.
Die Cucarachas
wird's immer geben.
Alles bleibt stehn
hier in Mexiko.
Hier ist gut sterben.

Und dann ist er fort. Trotzki überwindet sein Erstaunen und sagt:

»Wieder unser mexikanischer Freund. Nun, ich glaube, ich werde in seinem Lande weder leben noch sterben. Meine Arbeit liegt im Augenblick im Osten, die Aufgabe, mit meinen Mitkämpfern Lenin und Stalin ein neues Rußland aufzubauen, nachdem wir zuerst einmal den Krieg mit Deutschland beendet haben. Dieser Krieg, Genossen, ist eine reine Verschwendung. Weigert euch, ich bitte euch nochmals, in diesem Krieg mitzukämpfen! Gebt mir dieses letzte Versprechen, bevor ich euch verlasse. Kämpft in einem imperialistischen Krieg, und ihr verschiebt die Möglichkeit – oder vernichtet sie gar –, in dem wahren Krieg zu kämpfen, gegen den blutsaugerischen Kapitalismus und all seine Lakaien. Und dieser wahre Krieg kann gewonnen werden. Die herrlichen Nachrichten aus Rußland bestätigen das. Versprecht ihr mir, die kapitalistischen Kriegsvorbereitungen in Washington zu sabotieren? Euch zu weigern, die Waffen gegen eure Brüder, gegen die deutschen Arbeiter zu erheben? Versprecht ihr, daß ihr die Imperialisten sich allein gegenseitig in Stücke hauen laßt, ohne eure Hilfe?«

Die Menge jubelt, die Menge stimmt ihm zu, sie singt:

Friede, nur Friede!
Laßt die Jungs zu Haus
schickt sie nicht hinaus
in den Krieg.
Wen die Trommel ruft,
führt sie in die Gruft,
daheim ist der Sieg.
Schlagt eure Flügel wie silberne Täubchen
und sihihihingt von der Liebe –
Friede, nur Friede!

Aber Zeitungsjungen treten auf, brüllen: »Krieg!«, tragen Plakate, die KRIEG! brüllen. Die Menge zerfällt in zeitungskaufende Individuen. Ein Sergeant von einem Rekrutierungsbüro tritt auf mit einer Fahne, die grell schreit: UNCLE SAM BRAUCHT DICH. Ein einsamer Spinner trägt ein unbeholfen gemaltes Plakat vor sich her, das verkündet, das Ende der Welt stehe bevor. Ein dicker Mann mit einer dicken Zigarre, tadellos, makellos als permanenter Zivilist gekleidet, ruft mit Stentorstimme:

»Von diesem Augenblick an befinden sich die Vereinigten Staaten von Amerika im Krieg mit dem Deutschen Reich. Alle tauglichen Männer sind aufgefordert, sich der Armee der Vereinigten Staaten anzuschließen. Das Rekrutierungsbüro befindet sich vor den Toren zu den Docks. Folgen Sie dem Sergeanten!«

Und die Menge marschiert voll patriotischer Begeisterung davon und singt:

Wir wollen keinen *rechten* Krieg,
wir wollen den *gerechten* Krieg.
Zeigt's den Deutschen,
Besorgt's den Deutschen,
Schlagt sie, so ist es recht!
Im gerechten Krieg,
da geht's auf Bieg-
en und Brechen, und das ist gerecht,
Zeigt's ihnen bis zum Sieg,

jetzt ziehn wir in den Krieg,
den gerechten Krieg!
Ja und was heißt Gerechtigkeit?
Das führt jetzt zu weit.
Hauptsache wir ziehn recht
schnell in den Krieg,
bis zum Sieg,
das ist gerecht!
In den gerechten Krieg,
rechten Krieg,
rechten Krieg –

Man hört sie singend zum Rekrutierungsbüro ziehen, während Olga und Trotzki allein zurückbleiben, ein wenig verlegen.

»Kein sehr überzeugendes Abschiedsgeschenk, Genosse«, sagte Olga.

»Die Dummheit der amerikanischen Arbeiter? Ach, sie werden's noch lernen. Vielleicht wirst sogar du es lernen. Daß die Revolution notwendig ist, meine ich.«

»Ich glaube, es spielt keine große Rolle. Jeder von uns ist am Ende allein. Die wahren Probleme sind keine politischen Probleme.«

»Alle Probleme sind politische Probleme.«

»Du wirst es auch noch lernen.«

Die Schiffssirene heult. »Es gibt Dinge«, sagte Trotzki, »vor denen ich einfach die Augen verschließen muß. Nur so kann man tun, was getan werden muß.«

»Was getan werden muß! Beachte die passive Konstruktion.«

»Vielleicht läßt sich die Realität am besten als dasjenige definieren, was uns angetan wird. Aber – aber – Ich bin mir nicht mehr sicher. Und ich *muß* sicher sein. Jetzt muß ich es.« Er singt:

Die ganze Geschichte durch hinterdrein
hinkt das Bewußtsein hinter dem Sein.
Und was ist das? Etwas, das keiner so recht versteht...
Was nicht aufgeht in der Kausalität.
In den einfachen Antworten, die uns äffen...

Ein Schiffsoffizier erscheint. Trotzki muß die Gangway hinaufgehen. Wieder schreit eine Sirene. Langsam rückwärts emporsteigend, grübelt er:

Tatsächlich könnte ja sein, daß menschlichen Leiden und Freuden
etwas zugrunde liegt,
das jeden guten Marxisten schockierte, begriffe er, daß hier seine
Wunde liegt!
Das Sein – es ist

Aber das Dampfertuten und die Abschiedsrufe löschen das letzte Wort. An der Reling stehend wirft Trotzki ihr eine Kußhand zu. Sie wirft eine zurück. Er ruft mit erhobener Faust:

»Arbeite für die neue Welt!«

»Die gibt es nicht.«

Er zuckt die Achseln, lächelt, verschwindet, ist nicht mehr zu sehen. Olga ist allein. Sie singt:

Die neue Welt, die kommt morgen –
Wie? Morgen? Fragen die Leute.
Und ich muß sagen: Am Tag nach
am Tag nach
am Tag nach
am Tag nach
am Tag nach

Val schaltete ab. »O mein Gott«, stöhnte er. »Das also nehmen wir mit in den Weltraum. Wenn ich denke, daß ich davon geträumt habe, daß die Welt in einem Schmettern trotziger Musik untergeht! Ein Theaterorchester, ungeschulte Stimmen, banale Texte. O mein Gott!«

»Verbrenn sie beide«, sagte Vanessa. »Lieber gar nichts als die.«

»Ah«, sagte Val, den Blick auf das Wandchronometer im Vorführraum gerichtet, »der Augenblick ist da.«

Die Besatzung oder die Bürger von *Amerika* bemerkten den Start kaum. Das magnetische Gravitationssurrogat des großen Schiffes hielt sogar den Becher Wasser völlig im Gleichgewicht, den Edwina Gropius an die Lippen setzte. Es war eine Dreitagereise zum fauchenden Lynx. Das Tier röhrte, zitterte, seine Muskeln spielten bei der Aussicht, bald nun sich auf das Opfer zu stürzen. Aus was zum Teufel bestand das Ding? Reinem Eisenerz? Die ungeheure Masse zerrte an dem Schiff, als es zu einem neuen (wenn auch sehr kleinen) Satelliten wurde, der den in Wasserstoffnebel gehüllten Planeten in glatten neunzig Minuten umkreiste. Die Instrumente nahmen auf, was sie von Lynx' Oberfläche erfassen konnten – die Scharten alter Schlachten, Pockennarben, eine lange purpurne Linie, die einer leichtgläubigeren Gruppe von Betrachtern vielleicht als künstlich, als eine Art lyngine chinesische Mauer erschienen wäre. Aber alle Instrumente piepten Nachrichten von einem toten Planeten. Tot? Er lebte, er war entsetzlich stark, er war nun bereit, seinen Willen durchzusetzen, begann nun seinen langen oder endlosen Aufenthalt im Sonnensystem, mit einer elliptischen Umlaufbahn, die in einem Winkel von dreißig Grad zu der irdischen stand, wobei er sich – natürlich höchst unregelmäßig – in entgegengesetzter Richtung drehte wie die Erde. Zwischen Lynx und Mond kreisend sah die Besatzung, sahen die Postamerikaner auf dem großen Schirm einen Mond, dem alle Details fehlten, die doch jedes Schulkind kannte – die seismischen Katastrophen hatten das Gesicht des Mondes wie eine schreckliche Seuche verheert. Inzwischen ging die Arbeit in Dr. Jumels Labor weiter. Dr. Jumel – eine hübsche, blonde junge Frau – arbeitete an den Epsilongliedgleichungen, das Gesicht vor Anstrengung erhitzt, die attraktive niedere Stirn nachdenklich gerunzelt. Kybernetik und Automation produzierten gehorsam immer neue Versionen des kleinen komplizierten Artefakts, der schließlich den Schlüssel zu einem stärkeren Schub der Triebwerke liefern sollte. Val war bei ihr, aber er gestand seine völlige Unfähigkeit, ihr zu raten, zu helfen oder auch nur seine SF-Phantasie mit zum Einsatz zu bringen.

»Es muß jetzt bald sein«, sagte der besorgte McEntegart. Der Kalender zeigt KATZ 10.

»Es *wird* jetzt bald sein«, beruhigte Val.

Aber es war nicht bald. Der Kalender klickte um die künstliche Mitternacht auf KATZ 9, dann folgte KATZ 8. Künstliche Morgendämmerungen, künstlicher Mittag, künstliche Nächte – ihr raffiniertes Beleuchtungssystem klammerte sich verzweifelt an das einzige zeitliche Muster, das sie kannten. Doch das mußte sich ändern – es durfte keine Schranken gegen die Wirklichkeit geben. Inzwischen kam die Erde näher, der Mond war blendend groß, doch nicht so unerträglich blendend wie Lynx. Sie sogen die Sonne in sich ein wie einen stärkenden Trank, zum Angriff, zum Widerstand. Es war nicht leicht, vor allem nicht für Mr. und Mrs. Gropius, zu glauben, daß ein schreckliches kosmisches Drama außerhalb der starken Wände ihrer eigenen Welt stattfand. Diese beiden streichelten ihr Baby und gurrten es an, und der Junge schrie mit selbstsüchtiger Kraft. Er hatte nun einen Namen: Joshua. Edwina sang ihm ein altes Liedchen vor, das ihr Großvater als Kind von seinem Vater gehört hatte:

Joshua, Joshua,
Sweeter than lemon squash you are,
Oh by Gosh you are,
Joshua, Joshuaaaah.

Leben hieß warten, mit drei Mahlzeiten am Tag. Das Essen, das nun aus der Küche kam, schien substanzlos, aber es sättigte. Es schmeckte nun besser; Florence Nesbit und Sven Maximilian Josiah Markelius hatten sich im Gebrauch von Kräuter- und Gewürzsurrogaten noch erfinderischer gezeigt als die Diätologin Rosalba Opisso. Es schien eine große Zahl von Amateurköchen an Bord zu sein. Es gab sogar eine Art Chemowein aus Traubenaromat und Alkohol, der durch Recycling aus dem immer noch nützlichen Überrest von Professor Frame gewonnen worden war. Gin? Wodka? Gar kein Problem. Der arme Willett hätte doch bleiben sollen. Nein, vielleicht besser nicht. Er war kein Bewohner für aseptisch saubere Innenräume.

KATZ 7. Val weigerte sich, zu verzweifeln. Wenn irgend jemand die Aufgabe lösen konnte, dann Lilian Jumel. Wenn sie niemand lösen konnte, würden sie alle untergehen. Niemand hatte ein verbrieftes Recht auf Leben. Leben war ein Geschenk. Und doch wuchs, als sie zwischen der Skylla des Mondes und der Charybdis Lynx, zwischen dem Dampfnebel des einen und dem verwüsteten Gesicht des anderen hindurchsegelten, eine animalische Angst bei den wenigen unter ihnen, welche die Bewegung auf das Kataklysma hin auf den Beobachtungsschirmen der Ploiarchen verfolgen konnten. Val mochte nicht an die Geschwindigkeit denken, welche die *Amerika* entwickeln mußte, um aus dem Orbit von Lynx zu entkommen: beinah ein halber Megastundenkilometer. Er erwachte in der künstlichen Nacht schweißüberströmt. Vanessa schlief fest, wunderschön in dem künstlichen altmodischen Mondlicht, das sanft durch ein Fenster flutete, welches auf einen weiten Rasen und eine Tempelruine hinauszublicken schien. Auch das würde aufhören müssen.

Val wühlte verzweifelt in seinem Gedächtnis nach Einzelheiten der verrückten Bücher, die er geschrieben hatte, voll Einbildungen, die von wissenschaftlichen Tatsachen nicht diszipliniert worden waren. Er fand nichts.

Dann, am Tage KATZ 6, brach Lilian Jumel zusammen – überarbeitet, übernächtigt, voller Verzweiflung. Sie hatte natürlich Kollegen – gute Fachleute, aber im Vergleich zu ihr reine Handwerker: John Durante, Fred Lopez, Louise Boudinot. Das Megaproagon war Lilian Jumels Schöpfung. O'Grady, stiller als einst, schlug schüchtern eine Pazifizierungsdroge vor. Val wies das zurück – nur ein mildes Hypnotikum. Und dann dachte er: warum überhaupt Drogen? In einem Buch, das er vor so vielen Äonen geschrieben hatte, *Die schweren Ruder der Schiffe,* war ein Amateurhypnotiseur vorgekommen – Jess Hartford oder Harvey oder so. Val hatte damals seine Hausaufgaben gründlich wie immer gemacht. Während Lilian Jumel sich im Halbschlaf wälzte, in den Intervallen ihres hysterischen Wachens, brachte Val gelassene Ruhe an ihr Bett sowie eine sich langsam drehende goldene Uhr, von Dashiel Gropius geliehen (das Geschenk seines Vaters zum High School-Abschluß). Er beruhigte sie mit dem Rhythmus sanften Lichtblinkens und einem einzigen, ständig wiederholten Wort. Er versetzte sie in Tiefschlaf. Er sprach ruhig zu ihrem Bewußtsein, immer ruhig. Er sagte:

»Es gibt viele Wege, die aus dem Problem herausführen. Die Erschütterung von Lynx selbst, wenn er die Erde auffrißt, kann den notwendigen Schub abgeben, die Kraft eines Sekundenbruchteils. Anscheinend schwirren eine Menge Asteroiden herum. Wer weiß, ob nicht das Schwerefeld eines von ihnen, so winzig klein es auch sein mag, unser Schwerkraftproblem erleichtern kann? Es gibt keinen Grund zur Besorgnis. Sie haben unbegrenzt viel Zeit. So verzweifelt ist die Lage nun wirklich nicht. Nichts ist wirklich so furchtbar wichtig. Wir haben alle das reiche Leben auf der Erde kennengelernt. Dieses neue Leben im Raum ist nur eine Zusatzprämie, ein Bonus, der auch wegfallen kann. Ruh dich aus, liebe Lilian. Ruh dich aus, solange du magst. Alles ist in guten Händen.«

Am Tage KATZ 4 stand sie auf, ohne etwas zu jemand zu sagen, außer einer Bestellung: Orangensaftsurrogat und Kaffee. Sie duschte, wusch sich die Haare, zog sich an. Sie ging ruhig in ihr Labor, wo Durante, Lopez und Louise Boudinot verspannt, verknotet über Gleichungen hockten. »Na dann«, sagte sie, und alle machten sich an die Arbeit.

Am Tage 3 vor KATZ hatten sie die Geschwindigkeit so steigern können, daß das Fahrzeug sich stetig von dem Punkt des bevorstehenden Zusammenstoßes entfernte; Lilian Jumel äußerte sich hoffnungsvoll. Und dann hielten alle in ihren Arbeiten inne und versammelten sich vor dem großen Schirm, um das Ende des Mondes zu sehen.

Der Mond hatte seinen neuen Herrn in regelmäßigem Satellitenrhythmus umkreist. Doch die Erde würde schließlich einmal in seine Kreisbahn geraten. Das war schon immer offensichtlich gewesen, und man hatte unruhige Hypothesen aufgestellt, was dann mit dem

Mond geschehen würde: Würde er aus seiner Bahn stolpern und, fortgeschleudert, zu einem Satelliten der Sonne werden? Was nun geschah, das Einfache, Banale, war immer von den meisten Mitgliedern des KATZ-Teams vorhergesagt worden. Sie sahen den Mond sich in eleganter Kurve nähern, die Erde erreichen, und dann – nicht brutal, nicht einmal rasch – an ihr zu kleinen Fragmenten zerschellen. Der Punkt des Auftreffens war, schätzten sie, das tote Herz Europas. Der Mond zerbrach, sie stöhnten auf. Eine der Frauen schluchzte. Der kleine Joshua Gropius heulte, aber nicht wegen des Mondes. Der Mond zersplitterte in elegant davonsegelnde Teile und Teilchen, die sich langsam in sonnenbestrahlten Staub verwandelten und – wunderschön – einen Staubring um Lynx zu bilden versuchten. Aber die Erde war im Wege. Ein Ring kreiste, von herrlich perlenschimmernder Zusammensetzung, aber als die Erde wieder auftraf, zerbarst er zu amorphem Staub und rundete sich erst wieder, als er vom Sog dieses dicken Körpers frei war.

Am Tage 2 vor KATZ kündigte Lilian Jumel ohne laute Siegesfanfaren an, sie seien nun bereit, in den Raum abzuhauen.

Und so löste sich mit einem verzweifelten Ruck, der sogar zu einer kurzen Dysfunktion des magnetischen Gravitators führte, das Raumschiff *Amerika* aus dem Sog des Planeten Lynx und hob sich in den freien Raum, mit Kurs auf den Mars. Was sie nun alle mit ansehen mußten und doch nicht sehen wollten, war das Ende ihres eigenen Planeten. Während sie von Lynx wegrasten, sahen sie auf dem großen Schirm den riesigen Buckel des Jägers mit seinem Satellitenring (einstmals der Mond Shakespeares und Shelleys, der Mond einer astronomischen Anzahl von Schnulzen), der sich immer weiter ablöste, immer mehr zu Etwas-da-draußen wurde. Val versammelte das Team im Salon. Er hatte noch nie die schwarze Kleidung getragen, welche die Uniform der Bürger dieses neuen Amerika war, und er kam nun höchstens noch schäbiger als gewöhnlich herein – mit den abgewetzten Hosen, der Sportjacke und den zerrissenen Stiefeln, die er auf seiner Anabasis mit Willett getragen hatte. Er sagte:

»Wir werden nun, wie Sie wissen, Zeugen des Untergangs der Erde sein. Ich glaube, wir sollten auf etwas trinken – auf uns, auf die Zukunft, vielleicht nicht auf unsere Vergangenheit. Wir haben keine Vergangenheit, aber unsere Zukunft hat keine Grenzen.«

Dashiel Gropius rollte einen Barwagen herein, den man mit großer Geschwindigkeit im Utilab hatte herstellen lassen. Darauf standen Flaschen, Gläser und Eiswürfel. »Mr. Gropius«, sagte Val, »wird in Kürze der wichtigste Mann in *Amerika* oder auf der *Amerika* sein – wir müssen uns irgendwann auf die angemessene Präposition einigen. In seinen Händen wird die Organisation der Spiele liegen.« Der größte Teil der Bürgerschaft sah verblüfft, sogar indigniert drein. »Ich meine damit, daß wir als einzig sinnvolles Erbe aus unserer Vergangenheit die Geschicklichkeits- beziehungsweise Glücksspiele retten können, die auf der Abstraktion der Zahl beruhen. Alles andere – Literatur, Metaphysik, Musik – ist nur noch Nostalgie. Was gehen uns Gedichte an, die von der Liebe unter den Sykomoren im Mondschein reden?«

»Aber Musik«, sagte Dr. Adams. »Wir *brauchen* Musik.«

»Nur wenn wir lernen, selbst Musik zu machen. Mit welchem Recht wollen wir Instrumenten lauschen, die schon lange tot sind, die fiedeln und blasen zum Ruhm einer Welt, die nicht mehr besteht? Nein, wir müssen lernen, selbst etwas zu machen.« Vanessa erkannte in ihm eine Härte, in der die Züge Bartletts wiederauferstanden. Aber er war ein vernünftigerer Bartlett. »Laßt uns zumindest, ehe die Erde endet«, sagte Dr. Adams, »noch etwas von der Musik der Erde hören.« Sie holte eine Kassette aus ihrer Schultertasche. Val lächelte verständnisvoll (Bartlett nicht gleichend). »Alles, was ich habe«, sagte sie. »Und nach dieser Aufführung steht es Ihnen frei, sie für immer zu liquidieren.«

»Was ist es?«

»Mozarts Jupitersymphonie.«

»Gut, den letzten Satz! Verstehen Sie das, meine Damen und Herren, als eine Demonstration unserer Macht, unserer sehr menschlichen Macht, durch Intelligenz und Kunstfertigkeit die riesenhaften, aber törichten, dummen Ereignisse, die das Ergebnis blinder Himmelsmechanik sind, in eins zu beschließen. Die Erde ist tot, oder doch schon fast. Es lebe die Menschenwelt.« Die Kassette wurde in eines der Abspielgeräte geschoben. Vanessas Finger drückte eine goldene Raute in der Konsole, die in die Wand des Salons eingelassen war. Aus den vier Ecken der Decke ergoß sich Musik – die Essenz menschlicher Göttlichkeit oder göttlicher Menschlichkeit, manifestiert in den groben Zufällen gestrichener Katzendarmsaiten und geblasenen Rohres. Und auf dem Schirm sahen sie, was durch diese Musik verringert, bedeutungslos, fern erschien, fast banal, oder was durch sie wie ein choreographisches Arrangement wirkte – kosmisch zwar, doch durch menschliche Ordnung herbeigeführt. Sie sahen, wie sich Lynx und die Erde trafen, und der erste Fleck der Erde, der den Schlag auffing, waren die nördlichen Rocky Mountains, das Gebirge, das den Klauen Lynx' bereits in törichter Liebe entgegengesprungen sein mußte. Sie kosteten das wärmende, ermutigende Feuer des Gins, seine kleine, liebevolle Brutalität, als die Erde zersprang – ein Kern tanzender Flüssigkeit, eine Kruste aus Staub – und sofort einen äußeren Satellitenring um ihren Nachfolger in den schwindelerregenden Annalen des Sonnentanzes bildete. Der Mond war ein Ring, und als ein größerer Ring kreiste um ihn bereits die pulverisierte Erde in vollkommener Konzentrizität: leuchtender Staub, bestehend aus dem Staub von Skilling und Willett und den Brüdern Tagliaferro, von Calvin Gropius und seiner Familie und seinem Kater und von Millionen und Abermillionen anderen, von allen, welche die fruchtbare Oberfläche angekratzt und gesehen hatten, wie sich auf ihr die gestaltgewordenen Wunder des menschlichen Bewußtseins erhoben. Auch Mozart war Teil dieses Staubringes, doch – o Wunder! – Mozart war auch hier, zärtlich, triumphierend, sogar das laute Geheul des Säuglings übertönend. Und Mozarts Rhythmen trugen sie in den Raum hinaus, zu Beginn ihrer, unserer Fahrt.

EPILOG

Ihrer, unserer Fahrt. Das, Jungs und Mädels, meine Damen und Herren, ist die Geschichte.« Valentine O'Grady hielt inne und schaute prüfend die zwanzig Gesichter an, die sich ihm in dem Klassenzimmer zuwandten, welches ›das Frame‹ hieß. Die Geschichte hatte natürlich mehr als nur eine Schulstunde gebraucht. Er hatte sie ausführlich erzählt, hatte seiner Phantasie Raum gegeben, aber auch die lange, unabgeschlossene Chronik, die im Brodie-Archiv ruhte, und die zwei alten, bizarren Filme benutzt, die nur ausgewählte Mitglieder der Hierarchie ansehen durften. Er hatte die Geschichte einer Gruppe von jungen Leuten erzählt, die nicht mehr ganz Kinder und noch nicht ganz erwachsen waren, die gerade in jenem unbequemen Interim der Pubertät steckten, wo man »Meine Damen und Herren« und »Jungs und Mädels« austauschbar verwenden konnte. »Was«, fragte er, »haltet ihr von der Geschichte?« Sie zuckten die Achseln, schoben die Lippen vor, schauten weg. Ein oder zwei gähnten, vielleicht aus Hunger. Maude Abramovitz, ein kaltes und kluges Mädchen, sagte:

»Es ist nicht richtig Geschichte, oder? Es ist– es ist–«

»Ein Mythos«, sagte Nat Irving.

»Es ist so geschehen«, sagte Valentine O'Grady, »mehr oder weniger so. Es ist gut, wenn man an den eigenen Ursprung erinnert wird. Deshalb habe ich euch die Geschichte erzählt.«

»Warum gut?« fragte Bill Harrison. »Es ist alles so – weit weg, so verschieden von der Wirklichkeit. Ich meine, es ist eine Märchenwelt, voller – wie nennt man das, Gebäude, Wolken, Bäume, die Dinger mit vier Beinen und die mit vier Rädern. Es ist nicht unsere Welt. Wie können das unsere eigenen Leute sein?«

»Wir stammen von ihnen ab«, sagte Valentine O'Grady. »Aber das ist lange her, allerdings.« Er schaute sie an. Sie waren perplex, sauer, skeptisch, desinteressiert. »Wir tragen ihre Namen, wir leben in der Welt, die sie gebaut haben.«

»Weshalb ich Mythos gesagt habe«, sagte Maude Abramovitz (obwohl es Nat Irving war, der es für sie gesagt hatte), »war, weil dieser Joshua, von dem wir so viel gehört haben – der war ein Mythos. Ich meine, die ganze Geschichte wird durch ihn zum Mythos. Er soll Gottes Sohn gewesen sein.«

»Er war der Sohn von Edwina und Dashiel Gropius, obwohl der wahre Vater Nat Goya war. Er glaubte, er sei Gottes Sohn. Er gab uns unsere erste Raumreligion.«

»An die niemand mehr glaubt«, sagte Sylvia Ewing.

»Einige schon«, sagte Valentine O'Grady ohne viel Nachdruck.

»Es ist schwer zu begreifen«, sagte George Eidlitz. »Diese Geschichte mit der Fahrt zum Beispiel.«

»Wir *sind* auf einer Fahrt. Dieses Schiff ist entworfen worden, damit es irgendwohin fährt. Zu einem Ort, wo wir Bäume pflanzen können, Häuser bauen, den Wind im Gesicht spüren.« Einige in der Klasse lächelten. Sophie Farragut sagte:

»Ihre Generation redet von einer Fahrt. Unsere Generation, wir wissen, daß wir einfach *hier* sind. Wir waren schon immer hier, bis zu dem zurück, was man die mythische Vorzeit nennt. Ich glaube Ihre Geschichte nicht.«

»Wir werden immer hier sein«, sagte Bill Harrison. »Das leuchtet doch ein. Wir waren immer hier, werden immer hier sein. All das Zeug, was Sie uns erzählt haben, das ist doch Geflunker.«

»Wer hat das Schiff denn gebaut?« fragte Valentine O' Grady verzweifelt.

»Gott oder wer«, sagte Fred Greeley. »Das ist egal, es ist da, darauf kommt es an.«

»Und A. J. Gromrich, der euer Mathematikbuch geschrieben hat, und die Erfinder des Bridge, und die Schachmeister?«

»Die waren auch hier, vor langer, langer Zeit.« Fred Greeley schaute auf sein Armbandchron, ein neues, direkt aus dem Utilab. »Es gibt nur das hier«, schloß er. »Alles andere das ist wie so Hexenmärchen.«

Rasch fragte Valentine O'Grady: »Und was ist eine Hexe?«

»Das Ding im Kopf, das einen flunkern läßt.«

Maria Brodie hatte bisher nichts gesagt. Jetzt fragte sie: »Warum erzählt man uns nichts von dem anderen Mythos? Dem Mythos, der mehr Sinn hat als der, den Sie uns gerade erzählt haben?«

»Welcher andere Mythos?«

»Der von dem bösen Mann namens Fred Fraud, der die Leute auf die Couch geschnallt hat, und dem guten, der wollte, daß es alle so machen wie er und durch den Himmel laufen, und so hieß er auch, Trot Sky.«

»Das sind doch Kindereien«, sagte Fred Greeley. »Das ist noch ärgerer Märchenkram, als wir's gerade gehört haben. All das Zeug mit Sücho und Polli und der ganze Blödsinn!«

»Wo habt ihr das denn alles her?« fragte Valentine O'Grady.

»Ach«, sagte Fred Greeley, »das soll irgendwo weggeschlossen sein und niemand darf es sich anschauen. Sücho läßt die Leute mit ihrem Vater ins Bett gehen und Polli singt und tanzt. Was für ein Blödsinn! Die Menschen«, verkündete er weise, »sollten sich an die Wirklichkeit halten.«

Eine skeptische, harte, illusionslose Generation. Valentine O'Grady seufzte. Die Klingel läutete zum Ende der Stunde. »Also dann«, sagte er. »Ihr könnt gehen.« Sie rannten davon zu ihrem Essen, Synthetozwiebeln mit Fleischimitat und Tomatenmarkersatz. Sie hatten die Geschichte schon vergessen.